## 순례자 박명숙 옮김
비범한 삶은 언제나 평범한 사람들의 길 위에 있습니다
'산티아고의 길'을 걸은 후 작가의 길에 들어서기까지, 그 경이로운 변화와 다시 태어남의 여정. 작가의 철학에 깃든 인간애와 성찰의 깊이가 그대로 드러난, 코엘료의 가장 진솔한 내면의 얼굴과도 같은 작품.

## 피에트라 강가에서 나는 울었네 이수은 옮김
사랑하는 순간에는 누구나 기적을 행하는 자가 된다
사랑과 신성에 대한 빛나는 잠언들로 가득한 마법 같은 책. 무미한 삶을 황홀한 마법의 순간으로 바꾸어놓는 생의 모든 기적, 두려움 없는 사랑을 통해 자아를 찾아나서는 영혼의 구도행.

## 베로니카, 죽기로 결심하다 이상해 옮김
선택한 죽음과 선택하지 않은 죽음 사이에 놓인 생에 대한 열정
메마른 인생에 꼭 필요한 한 줌의 '광기'에 대한 경이로운 이야기. 살아 있음을 축복으로 만드는 예기치 못한 반전이 놀랍다. 영혼을 뒤흔드는 매혹과 시적인 문체로 생의 드라마를 이끄는 소설.

## 악마와 미스 프랭 이상해 옮김
인간의 영혼 안에서 일어나는 빛과 어둠의 싸움
인간의 탐욕과 비겁함, 그리고 공포가 잠식해버린 외딴 마을에서 기이한 난투극이 벌어진다. 부와 권력의 문제를 통해 인간에 내재된 선과 악의 본모습과 인간 약점의 메커니즘을 탐사하고 있는 작품.

## 일러스트 연금술사 최정수 옮김
뫼비우스의 환상적인 그림과 함께 만나는 『연금술사』
모래바다처럼 펼쳐지는 사막, 그 위를 따뜻하게 감싸는 밤하늘, 모닥불 주위에서 나누는 영혼의 대화와 꿈에 계시된 피라미드…… 책을 읽는 내내 가슴 설레며 그려보던 장면들을 시각적으로 만끽할 수 있는 이미지의 향연.

오시리스의
신비

**LES MYSTÈRES D'OSIRIS**
Volume 4: LE GRAND SECRET by Christian Jacq

Copyright © XO editions 2003.
Korean Translation Copyright © MUNHAKDONGNE Publishing Corp., 2008

This Korean edition was published by arrangement with XO Editions
through Sibylle Books Literary Agency, Seoul.
All rights reserved.

이 책의 한국어판 저작권은 시빌에이전시를 통해
프랑스 XO 출판사와 독점 계약한 (주)문학동네에 있습니다.
저작권법에 의해 한국 내에서 보호를 받는 저작물이므로
무단 전재 및 무단 복제를 금합니다.


이 도서의 국립중앙도서관 출판시도서목록(CIP)은
e-CIP 홈페이지(http://www.nl.go.kr/cip.php)에서 이용하실 수 있습니다.
(CIP제어번호: CIP2007004087)

위대한 신비

**크리스티앙 자크** 장편소설

**임미경** 옮김

문학동네

## 등장인물

**이케르** ❖ 가혹한 운명에 맞서며 온갖 역경을 헤쳐온 젊은 서기관이자 이집트의 왕위 계승자. 이집트를 무너뜨리려는 예고자의 은신처를 알아내라는 파라오의 임무를 목숨을 걸고 수행한다. 오랫동안 사랑해온 여사제 이시스와 부부의 연을 맺고, 아비도스에 파라오 특사로 파견되어 사제단을 대상으로 탐문수사를 펴는 한편, 황금의 집 의식에 입문하여 오시리스 부활제의 집전을 눈앞에 두고 예고자에게 살해당한다.

**여사제 이시스** ❖ 아비도스의 수석 여사제이자 파라오 세소스트리스의 딸. 오시리스의 아카시아나무를 되살리기 위한 제의를 맡고 있으며 아비도스의 사제단을 탐문 수사하는 남편 이케르의 일을 돕는다. 살해당한 이케르의 소생제의를 거행하기 위해 이집트 전역에 흩어져 있는 오시리스의 유체 조각을 찾아 나선다.

**세소스트리스 3세** ❖ 상하 이집트를 통일하여 강력한 왕권 체제를 확립한 파라오. 백성들로부터 큰 신임과 존경을 받고 있으며 오시리스의 부활을 막고 이집트를 파멸시키려는 예고자의 공격에 정면으로 맞선다. 오시리스 부활제의를 통해 이케르의 소생제의를 주관한다.

**예고자** ❖ 파라오에 맞서는 이집트 최대의 적. 유일신의 뜻을 받들어 세상에 악과 폭력, 광신을 퍼뜨리려 한다. 멤피스에 비밀 조직을 구축해놓고 적절한 때를 노리며 이집트의 피지배민족들을 자극하여 무장봉기를 부추긴다. 대홍수의 음모가 실패로 돌아가자 임시 사제로 꾸미고 아비도스에 잠입하여 마침내 이케르를 살해한다.

**수호자 소벡** ❖ 파라오 세소스트리스의 친위대장. 총리 크눔호테프 서거
후, 새 총리로 임명된다. 예고자가 보낸 사악한 인형들의 공격을 받고 목숨을
잃을 뻔하지만 구사일생으로 살아난다. 이케르가 살해당했다는 소식에 복수를
다짐하며 예고자 일당의 꼬리를 잡기 위해 때를 기다리고 있다.

**세카리** ❖ 이케르의 든든한 친구이자 파라오의 비밀요원. 멤피스에 잠입한
반란자들을 색출하기 위해 이곳저곳에 잠입해서 은밀히 오가는 정보를 모으
고, 오시리스의 유체 조각을 모으러 떠나는 이시스를 수행한다.

**베가 사제** ❖ 아비도스의 대사제로 임명되지 못하자 파라오에게 앙심을 품
고 예고자의 수족이 된 종신 사제. 예고자의 대담한 계획을 실행에 옮기면서 이
집트 신전의 권력을 쥐게 될 순간을 기대하고 있다.

**탁발 사제** ❖ 아비도스의 대사제. 사제단을 대상으로 탐문 수사를 벌이는
이케르를 못마땅한 눈으로 지켜보지만 차츰 마음을 열고 이케르가 오시리스
신비제의를 집전할 자격을 갖출 수 있게 돕는다.

**여사제 네프티스** ❖ 아셰르(예고자)라는 임시 사제에게 이끌린 아름다
운 용모의 여사제. 왕비의 명으로 아비도스에 오게 된 후, 탁발 사제를 도와 제
의를 올리면서 예고자의 공모자를 색출하는 임무를 수행한다.

**비나** ❖ 예고자에 의해 '밤의 여왕'이 된 위험한 매력을 가진 여인. 예고자와
함께 아비도스에 잠입해 종신 사제들의 시중 드는 일을 하며 예고자의 명령이
떨어지기만을 기다린다. 예고자의 마음을 사로잡은 여사제 네프티스에게 심한
질투심을 느낀다.

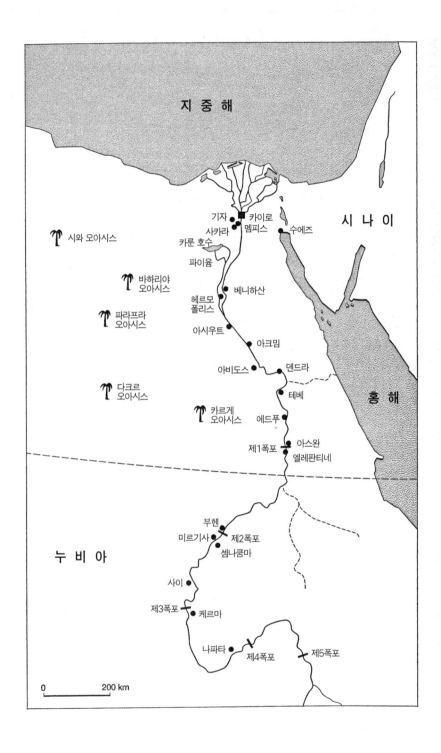

지중해

기자
샤카라
카룬 호수
파이윰

시와 오아시스

바하리야
오아시스

파라프라
오아시스

다크르
오아시스

카르게
오아시스

카이로
멤피스
수에즈

시 나 이

베니하산
헤르모
폴리스
아시우트
아크밈
아비도스
덴드라
테베
에드푸
제1폭포
아스완
엘레판티네

홍 해

부헨
미르기사
제2폭포
셈나쿰마

사이

제3폭포
케르마

나파타
제4폭포
제5폭포

누 비 아

0        200 km

# 아비도스

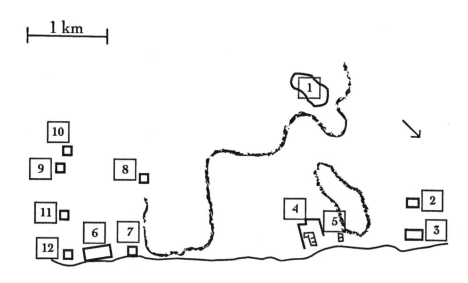

1 km

| | |
|---|---|
| **1** | 제1왕조 왕들의 무덤 |
| **2** | 초기 왕조 시대 무덤들 |
| **3** | 오시리스 신전 |
| **4** | 세티 1세 신전과 오시레이온 |
| **5** | 람세스 2세 신전 |
| **6** | 중왕국 시대와 신왕국 시대 도시 유적 |
| **7** | 세소스트리스 3세 신전 |
| **8** | 세소스트리스 3세 묘비 |
| **9** | 아흐모세 묘비 |
| **10** | 아흐모세 신전 |
| **11** | 아흐모세 피라미드 |
| **12** | 테티셰리 제실 |

나는 저 너머의 세상을 보고 그곳에 들어갔다가 다시 나오리니
죽음의 잠 이후에 다시 살아나 영생을 얻으리라.

『사자의 서』, 41장(폴 바르게 옮김)


법은 위대하며 그 효력은 지속된다.
법은 오시리스의 시대 이래로 흔들림이 없었노라.
세상이 끝난다 해도 법은 남으리라.

프타호테프, 잠언 5

# 1

오시리스의 위대한 영지 아비도스에 새벽이 밝아오고 있었다. 새해 첫새벽인 만큼 설레면서도 두려운 시간이었다. 이 특별한 날, 과연 나일 강의 범람이 시작될 것인가? 이집트의 번영이 이 범람에 달려 있었다. 그러나 나일 강 치수를 담당한 기술관 가운데 그 누구도 자신 있는 예측을 내놓지 못했다. 고문헌들을 꼼꼼히 뒤져보아도, 또 엘레판티네의 수위 측량 기사들이 보내온 수치들을 놓고 한참 궁리해보아도 답이 나오지 않았다. 사람들의 가슴은 긴장과 걱정으로 졸아들었지만, 세소스트리스에 대한 믿음을 잃는 사람은 아무도 없었다.

아비도스를 지키는 특별 주둔군의 지휘관 역시 조금도 불안한 마음을 품지 않았다. 그의 상관 네스몬투 장군은 파라오가 나일 강의 정령들을 다스린다고 했다. 때맞춰 제의를 올리고 봉헌물을 바쳤으니 나일 강은 이번에도 조화롭게 넘쳐흐르지 않겠는가? 하지만 이런 확신이 있다고 해서 그가 자신의 의무를 게을리 한 적은 없었다. 매일 아침 이 지휘관은 오시리스의 영지로 들어오는 임시 사제들을 철저히 검문했다. 빵 굽는 장인과 맥주 제조인, 목수, 석공 들에 이르기

까지 모두가 빠짐없이 신원 확인 절차를 거친 뒤 출입 날짜를 기록해
두어야 했다. 근무에 빠진 이유를 대지 못한 임시 사제들은 남녀를
불문하고 즉시 쫓겨났다.

수염과 머리카락을 모두 밀어버린 큰 키의 사내가 나타났다. 지휘
관이 물었다.

"오늘 맡은 일은 뭔가?"

"종신 사제 관사들을 훈증 소독하는 일이오."

"오래 걸리는 일인가?"

"적어도 삼 주는 필요하죠."

"작업 감독관은 누구인가?"

"종신 사제 베가 님이오."

베가 사제가 보증하는 사람이라면 더 캐물을 필요도 없었다.

"저녁에는 아비도스에서 나가겠지?"

"아니오. 일꾼 숙소에서 자도 좋다는 허락을 받았소."

임시 사제가 대답했다.

지휘관은 자신이 방금 통행 허가를 내준 사내가 이집트 최대의 적
인 예고자라는 사실을 상상도 하지 못했다.

예고자는 세소스트리스가 아비도스에 건설한 작은 도시 '굳건히
견디는 곳'으로 천천히 걸어갔다.

한 명랑한 정원사가 그에게 물었다.

"맡은 일은 마음에 들어?"

"아주 좋아."

"받는 보수야 섭섭잖겠지만 조금이라도 한눈을 팔았다간 큰 코 다
칠 거야. 그쪽 작업 감독관들은 고지식하기 짝이 없어서 절대 사정을

봐주지 않거든. 어쨌든 이것도 오시리스를 섬기는 일이니까, 자랑스러운 일이지. 우리 일을 탐내는 사람도 아주 많고 말이야. 자네가 하는 일은 뭐야?"

"관사를 훈증 소독하는 일일세."

"그거 괜찮은걸! 적어도 손이 험해지지는 않겠군. 게다가 등이 아플 일도 없을 테고. 자, 힘을 내보세나! 저렇게 해가 뜨거우니 미적거리다간 지치고 말 거야. 그나저나 이번 범람이 넘치는 둥 마는 둥 하거나 반대로 사방을 물 천지로 만들어놓으면 이만저만 낭패가 아닐 텐데 말이야! 그런 불행이 없도록 신들이 보호해주시기를."

예고자는 슬며시 웃음을 흘렸다.

'굳건히 견디는 곳'은 여느 도시들과는 달랐다. 이곳에는 사제와 장인, 관리 들이 거주했다. 관리들의 업무는 신전과 그 부속 기관의 원활한 운영을 돕는 것이었다. 파라오 직속인 이 정예 관리들에게는 부족한 것이 없도록 충분한 보수가 주어졌다. 이곳에서 늘 오시리스의 존재를 느끼며 살아가는 덕분에 이들의 행동에선 어떤 진지함이 배어나왔다. 이들은 건강을 회복한 생명의 나무가 또다시 공격받지나 않을까 노심초사했다.

예고자는 사람들이 생명의 나무의 앞날을 낙관하게 내버려두었다. 누비아와 푼트에서 가져온 금은 분명 효력이 있었고, 덕분에 생명의 나무는 다시 생기를 회복하여 푸른 잎을 싱싱하게 빛냈다. 모두들 이 나무가 또다시 사악한 마법에 걸리지 않도록 하는 데 힘을 쏟았다. 사실 예고자의 강력한 주술도 아비도스에서 멀리 떨어져 있을 때에는 나무에 큰 영향을 미칠 수 없었다. 그러나 지금처럼 가까이에서라면 생명의 나무를 둘러싼 보호 마법따위는 그에게 장애물이 되지 않왔다. 예고자의 저주가 바로 옆에서 행해진다면 나무는 더이상 버티지 못할 것이다.

얼마쯤 걸어가던 예고자는 돌연 불쾌감을 느끼고 주위를 둘러보았다. 신전들이 발산하는 정기가 자신에게 스며들어 맥을 빼놓고 있었던 것이다. 하지만 서두르는 건 금물이었다. 세트의 소금을 삼켜 힘을 비축하고 파괴의 불꽃을 살려나가야 했다. 그는 다가올 최후의 결전이 결과를 낙관할 수 없는 힘든 싸움이란 걸 알았고, 그런 만큼 적의 영토에서 신중하게 움직여야 했다.

황금률 법칙에 따라 건설된 이 세소스트리스의 도시는 예고자의 존재를 쉽게 받아들이지 않았다. 그가 시의 중심 도로에 발을 들여놓는 순간 뜨거운 바람이 휘몰아쳐 그의 발걸음을 막았다. 제자리에 멈춰 선 그는 입을 벌려 이 역풍을 빨아들였다.

예고자는 다시 걸음을 옮겨 한 골목 초입에 있는 베가의 관사로 왔다. 그곳에는 해가 잘 들지 않았다. 그는 입구에 쳐놓은 자리를 걷어올리고 안으로 들어갔다. 조상을 모시는 작은 방이 나타났다.

매부리코를 한 못생긴 남자가 앉아 있다가 펄쩍 뛰어 일어났다.

"오는 길에 귀찮은 일은 없었습니까?"

"전혀 없었다, 베가 사제."

"그래도 조심하십시오. 이곳 지휘관은 아주 깐깐한 인물입니다."

"내가 원래의 임시 사제와 닮아 의심을 사지 않은 것이겠지. 검문을 받는 것이 흥미롭기도 했다."

예고자가 물었다.

"스합을 만났는가?"

"오시리스 언덕 근처에 있는 어느 제실에 숨어 있습니다. 주인님의 지시를 기다리고 있지요."

"그 구역에는 순찰이 없는가?"

"거긴 속인들이 드나들 수 없는 곳입니다. 때때로 사제들이 그곳에서 명상을 하는 경우는 있지요. 구석진 곳에 자리 잡은 제실을 골랐으니 스합은 안전할 겁니다."

"지금 생명의 나무를 보호하는 마법은 어떤 것인가?"

"결코 넘어 들어갈 수 없는 마법의 방벽입니다!"

예고자는 얼굴을 기묘하게 일그러뜨리며 웃었다.

"그 방벽에 대해 상세히 말해봐라."

이렇게 말하는 예고자의 부드러운 목소리를 듣는 순간 베가는 몸을 부르르 떨었다. 베가의 손바닥에 새겨진 세트의 머리가 붉게 달아올랐고, 견딜 수 없는 고통을 느낀 베가는 허겁지겁 털어놓기 시작했다.

"생명의 나무 둘레에 아카시아나무 네 그루를 심어놓았습니다. 그 네 그루가 품은 마법이 영속적인 기의 자장(磁場)을 형성해서 생명의 나무를 감싸고 있는 것이지요. 외부의 어떤 힘도 그 자장을 뚫지 못할 겁니다. 그 나무들은 호루스의 네 아들의 현신이니까요. 거기엔 또한 사자 네 마리가 등을 맞댄 형상의 함 하나가 놓여 있는데, 이 사자 네 마리가 호루스의 네 아들의 힘을 한층 강화해주고 있어요. 마아트를 먹이로 삼는 이 사자들이 항상 눈을 크게 뜨고 생명의 나무를 지키는 것입니다. 아비도스의 상징물은 꼭대기가 가리개로 가려진 기둥인데, 네 마리 사자 형상의 함 위에 꽂힌 이 기둥이 함에 기를 불어넣고 있습니다. 누구든 이 기둥 꼭대기의 가리개에 손을 대는 순간 목숨을 잃게 됩니다. 이런 보호 마법 말고도 푼트와 누비아에서 가져온 금이 있습니다. 이 금이 생명의 나무둥치를 감싸 모든 공격을 막아주지요.”

“해보기도 전에 안 된다고 생각하는군.”

“현실을 알기 때문에 하는 소립니다, 주인님!”

“내가 어떤 힘을 지녔는지 잊어버린 건가?”

“물론 그런 건 아니지만, 그처럼 강한 보호 마법을 깨기란……”

“마법의 방벽을 포함해서 그 어떤 보호 벽에든 취약한 틈이 있기
마련이다. 내가 그 틈을 찾아낼 것이다. 세소스트리스 신전에 들어갈
방법은 있는가?”

“신전 일을 맡으면 출입이 허용됩니다.”

“내가 관사 소독 작업을 끝낼 때까지 신전의 일거리 하나를 찾아
와라.”

“그건 쉽지 않을 겁니다, 사실……”

“빠져나갈 생각은 마라, 베가. 나는 아비도스에 대해 샅샅이 알아
야 한다.”

“저 역시도 모든 지성소에 들어갈 수 있는 건 아닙니다.”

“네가 들어가지 못하는 곳은 어디냐?”

“세소스트리스의 영생의 집과 오시리스의 무덤에는 들어갈 수 없
습니다. 오시리스 무덤의 경우는 문의 봉인이 제대로 있는지 담당 사
제가 수시로 확인하고 있지요. 그 무덤 안에 오시리스의 체액이 담긴
단지가 보관되어 있습니다.”

“그 단지를 무덤 바깥으로 내오는 경우도 있는가?”

“그건 잘 모르겠습니다.”

“네가 그걸 모르는 이유가 궁금하군, 베가.”

“이곳 사제단의 위계 때문입니다. 저를 포함한 종신 사제들은 각자

수행해야 할 구체적 업무가 있지요. 이곳 대사제인 탁발 사제는 사제들이 맡은 업무를 차질 없이 해내고 있는지 감시하고 있습니다. 실수가 있을 경우, 그게 아무리 사소한 것이라도 해당 사제는 쫓겨나게 됩니다."

"너는 절대 실수를 저질러선 안 된다. 쫓겨나면 곤란하니까. 그건 나를 배신하는 거나 마찬가지다."

그때 젊은 여인의 명랑한 목소리가 들렸다.

"들어가도 될까요?"

베가는 예고자에 대한 두려움에서 도망칠 기회를 얻었다는 듯 얼른 고개를 돌려 문 쪽을 보았다.

"빵과 맥주를 가져왔어요."

예고자가 문에 쳐놓은 자리를 직접 걷어 올렸다.

비나였다. 그녀는 머리에 인 바구니를 왼팔로 붙잡고 오른팔로는 손잡이 달린 항아리를 들고 있었다. 바구니와 항아리를 바닥에 내려놓는 그녀에게서 생기와 관능적 매혹이 배어 나왔다. 비나는 예고자 앞에 무릎을 꿇고 앉아 그의 손에 입을 맞추었다.

예고자가 흡족한 듯 말했다.

"밤의 여왕이 왔군. 이제 암사자로 변신할 수는 없지만 그래도 적을 괴롭힐 능력은 충분하지."

베가가 다급하게 말했다.

"여자는…… 여자는 이 집에 들어올 수 없습니다!"

비나가 딱 자르듯이 대꾸했다.

"천만의 말씀. 나는 종신 사제들의 집안일을 도와주는 하녀로 고용되었거든요. 매일 음식과 의복을 날라주는 게 내 일이에요."

"탁발 사제가 그 일을 허락했단 말이오?"

"주둔군 지휘관이 그에게 부탁했지요. 나보다 일을 더 성실하게 잘 할 하녀를 구할 수는 없을 거라고 말예요."

예고자가 말했다.

"너는 사제단 최고위층에 접근하도록 해라. 가장 먼저 구워삶아야 할 인물은 오시리스의 무덤을 지키는 사제이다."

베가가 걱정스러운 어조로 끼어들었다.

"그 문제는 아주 신중하게 생각해야 합니다. 탁발 사제가 분명 남몰래 대비책을 세워놓았을 겁니다. 주인님이 오시리스 무덤에 발을 들여놓았을 때 어떤 마법의 힘이 반격해올지 모르잖습니까?"

"탁발 사제가 어떤 보호 마법을 걸어놓았는지 알아오는 게 네 일이다. 그리고 내가 공격받을지도 모른다는 건 네가 걱정할 일이 아니다."

"주인님, 오시리스가 발산하는 빛은……"

"이케르와 오시리스가 세상에서 영원히 사라지게 될 거라는 걸 모르겠는가?"

# 2

이시스를 만나기 전 이케르는 여인을 알지 못했다. 또한 그녀 외에 다른 여인을 알게 되는 일은 앞으로도 결코 없을 터였다. 두 사람이 함께 보낸 사랑의 밤은 쾌락이나 열정을 넘어선 영원한 약속의 시간이었다. 어느 위대한 신이 그들의 언약을 운명으로 바꾸어놓았다. 영혼과 마음, 그리고 몸으로 온전히 하나가 된 두 사람은 이제 눈길을 나누는 것만으로도 서로를 읽을 수 있었다.

이 크나큰 행복은 어디에서 온 것일까? 아비도스에서 이시스와 함께 지낼 수 있다니…… 잠에서 깬 이케르는 눈을 뜰 수가 없었다. 눈을 뜨는 순간 이 행복이 사라질까 두려웠던 것이다.

그러나 이시스는 그의 곁에 있었다. 그녀의 깊고 아름다운 초록빛 눈이 그를 그윽이 바라보았다. 이케르는 손을 내밀어 그녀의 부드러운 살결을 어루만지고 아름다운 얼굴에 입맞춤했다.

"당신인가요? 정말 당신이 맞나요?"

그녀와 나누는 입맞춤의 감촉은 꿈이라기에는 너무나 생생했다.

"지금 우리가 있는 곳이 정말 당신의 집인가요?"

19

이시스가 말을 고쳐주었다.

"우리의 집이지요. 우린 이제 혼인한 사이니까."

이케르가 별안간 몸을 일으켰다.

"내가 감히 파라오 세소스트리스의 따님과 결혼하다니요!"

"그걸 막을 사람은 누군가요?"

"분별과 양식이 있다면, 또……"

이케르는 이유를 더 찾아 대려 했지만 그녀의 미소를 보자 그만 말을 잊고 말았다.

"그건 그릇된 겸손이에요, 이케르."

그는 자리에서 일어나 침대를 만져보고 방을 이리저리 오가며 벽과 가구를 쓰다듬었다. 그러고는 달려와 그녀를 세차게 껴안았다.

"너무 행복해! 이 순간이 끝나지 않았으면 좋겠어."

이시스가 약속했다.

"끝나지 않을 거예요. 하지만 피할 수 없는 과제가 우리를 기다리고 있어요. 당신은 왕세자이자 왕위 계승자로서 완수해야 할 의무가 있어요."

"당신이 없으면 난 결코 성공할 수 없을 겁니다."

이시스가 그의 손을 다정하게 잡아주었다.

"전 당신의 아내잖아요? 우리가 서로 멀리 떨어져 있을 때에도 당신은 제가 곁에 있음을 느낄 수 있었고, 저는 당신이 제 생각 속에 있다는 걸 알고 있었어요. 이제 우리는 영원히 한 몸이 되었고, 당신과 나는 하나로 단단히 묶여 결코 떨어지지 않을 겁니다. 우리의 사랑이 지상에서의 삶 너머로 우리를 인도해줄 거예요."

"내가 과제를 완수하지 못해도 당신의 사랑을 받을 수 있을까요,

이시스?"

"실패하든 성공하든 우리는 한 몸이에요, 이케르. 그 어떤 죽음도 우리를 갈라놓지 못할 거예요."

이케르를 생명의 나무가 있는 곳으로 안내하던 이시스는 파라오로부터 종신 사제들과 임시 사제들의 행동을 감시하라는 지시를 받았지만 의심스러운 점을 보고한 적은 없다고 털어놓았다. 사실 그녀는 맡은 임무대로 제의를 수행하고 또 신비 입문 과정을 거치느라 동료 사제들을 유심히 관찰할 수 없었던 것이다. 하지만 이곳 사제들에 대한 파라오의 우려를 가볍게 돌릴 수는 없다는 게 그녀의 생각이었다.

이야기를 들은 이케르는 놀라움을 감추지 못했다.

"아비도스의 사제로서 어떻게 어둠의 아들이 될 수 있을까요?"

이시스가 대답했다.

"저도 그걸 믿을 수 없어서 수없이 생각해보았어요."

"명색이 사제인 사람이 겉과 속이 다르게 행동할 만큼 위선적일 수 있을까요?"

"그럴 수 있기에 지금 같은 임무가 주어진 것이겠죠."

두 사람은 생명의 나무에서 멀찍이 떨어진 자리에 멈춰 섰다.

이시스가 네 그루의 어린 아카시아나무와 네 마리 사자에게 생명의 나무로 다가갈 길을 열어달라고 기도했다.

불현듯 이케르의 코끝에 처음 맡아보는 감미롭고 은은한 향기가 느껴졌다. 이시스가 앞으로 나아가도 좋다는 손짓을 했다.

생명의 나무가 있는 곳으로 가보니 탁발 사제가 이미 와 있었다. 그가 금을 둘러놓은 나무둥치에 물을 봉헌하면서 말했다.

"늦었군요. 우유 단지를 들어 나무에 봉헌하세요. 이건 이시스 님이 해야 할 일이니까."

이시스가 우유를 나무둥치에 부었다.

탁발 사제가 무뚝뚝한 말투로 덧붙였다.

"예기치 않은 일들로 분주한 건 알지만, 그래도 맡은 임무를 수행하는 일이 우선되어야 하오."

이케르가 탁발 사제의 말을 가로막았다.

"그 예기치 않은 일이 나를 가리키는 거라면 틀린 말씀입니다. 나는 이시스의 남편이니까요."

"가정사에는 관심 없습니다."

"탁발 사제님께선 내가 무슨 일로 이곳에 왔는가에 더욱 관심이 갈 겁니다. 파라오 세소스트리스께서 내게 공식적으로 맡기신 임무는 사제단의 위계를 흔드는 불화를 해소하고, 오시리스 신비제의에 필요한 제의 도구를 새로 제작하라는 것입니다."

한참 동안 침묵을 지키던 탁발 사제가 대답했다.

"왕세자이자 왕위 계승자이며 파라오의 특사라니 듣기만 해도 기가 눌릴 만큼 지체 높은 분이구먼! 나는 평생을 이곳 아비도스에서 지내왔고, 생명의 집과 그곳에 보관된 신성한 문서를 관리해왔습니다. 또한 종신 사제들이 맡은 과제를 완수했는지 확인하고, 만약 소홀함이 있을 경우 엄하게 징계하는 것이 내 일입니다. 나는 이제까지 단 한 번도 비난받을 일을 한 적이 없고, 파라오도 나를 신뢰하고 계시지요. 아비도스의 종신 사제들에 대해서라면 내가 보증합니다."

"하지만 폐하께선 이 문제를 그렇게 낙관하고 계시지 않습니다. 탁발 사제님의 감시가 미치지 못하는 경우도 있지 않겠습니까?"

"말을 함부로 하는군, 젊은이!"

"내 나이는 중요하지 않습니다. 탁발 사제님의 생각이 어떻든, 내가 이곳에서 종신 사제들을 수사하도록 도와주시겠습니까?"

탁발 사제가 이시스를 돌아보았다.

"파라오의 따님 생각은 어떠시오?"

"우리가 서로 반목하는 건 불행을 자초하는 일입니다. 탁발 사제님의 지원이 없다면 이케르는 임무를 수행할 수 없어요. 게다가 생명의 나무도 위험에서 완전히 벗어난 건 아닙니다."

탁발 사제가 수긍할 수 없다는 듯 말을 받았다.

"나무가 저렇게 싱싱한데 그런 말을 하다니! 지금 저 나무는 태초의 대양에 뿌리를 내리고 부활의 물을 빨아올려 의인들에게 공급해주고 있지 않소?"

이시스가 대답했다.

"생명의 나무 안에서 오시리스는 단일한 존재이니, 삶과 죽음이 그에게서 하나가 되기 때문이지요. 오늘 저는 어떤 혼탁한 기운을 느끼고 있습니다. 아마도 또다른 파괴의 힘이 공격해오고 있다는 신호인 듯합니다."

이케르가 걱정스러운 표정으로 물었다.

"파라오께서 아비도스에 물샐틈없는 방어체제를 세워놓으셨잖아요?"

"그걸 과신해선 안 됩니다."

이케르가 탁발 사제를 향해 다짐하듯 말했다.

"이런 때일수록 내부의 배신자를 찾아내야 합니다! 혹시라도 있다면 말입니다."

탁발 사제는 편치 않은 얼굴이었지만 불필요한 언쟁을 하려 들지는 않았다.

"어떤 방식으로 사제들을 수사할 생각인가요?"

"종신 사제들을 한 사람 한 사람 심문하고 파라오의 뜻을 알리겠습니다. 또한 그들 밑에서 일하는 장인들도 불러 혹시라도 수상한 인물이 없는지 확인해봐야지요."

"적을 사서 만드려는구려, 이케르! 당신은 아비도스 외부 사람이오. 모두들 당신한테 반감을 품을 거고, 그렇게 되면 이곳에서 편히 지내기 힘들 겁니다."

이시스가 나섰다.

"제가 이케르를 돕겠습니다."

탁발 사제가 반문했다.

"우리가 찾아내지 못한 내부 배신자를 왕세자가 무슨 수로 찾아낼 거라는 말이오? 종신 사제 가운데 누군가가 죄를 짓고 있다는 징후는 전혀 없어요. 게다가 우리 앞엔 지금 시급한 문제가 있습니다. 오리온 성좌가 칠십 일째 모습을 감춘 상태예요. 오늘 밤에도 나타나지 않는다면 우주의 질서는 무너질 것이고, 그토록 기다리던 범람도 일어나지 않을 겁니다."

이케르가 대답했다.

"황금 팔레트에 그 해결책을 물어보겠습니다."

탁발 사제가 깜짝 놀라며 되물었다.

"폐하께서 그걸 당신에게 맡기셨단 말인가요?"

"황공하게도 그렇습니다."

노사제가 고개를 끄덕였다.

24

"황금 팔레트에 자문을 구할 때는 신중해야 합니다. 좋은 질문만이 좋은 대답을 얻을 수 있다는 사실을 명심하세요. 나는 이제 나일 강 정령에게 제물을 봉헌하러 가야겠소."

탁발 사제는 뭔가 입속말로 투덜거리면서 그 자리를 떠났다.

이케르가 시무룩해져서 중얼거렸다.

"저 사제님은 나를 싫어하는군."

"아비도스 외부인이면 전부 달갑게 생각하지 않는 분이세요. 하지만 당신은 저분의 마음을 움직였어요. 탁발 사제는 당신을 정중히 대할 것이고, 또 우리가 하는 일을 막지 않을 겁니다."

"그 '우리'라는 말, 정말 듣기 좋군요! 혼자라면 난 아무것도 해낼 수 없을 겁니다."

"이젠 결코 혼자가 아닙니다, 이케르."

두 사람은 길을 따라 함께 걸어갔다. 제의 행렬을 위한 이 길 양편에는 삼백육십오 개의 작은 제탁이 늘어서 있었다.

이곳 제탁에 매일 제물을 봉헌하는 건 몹시 고된 일이었으므로 이 일을 맡은 종신 사제는 여러 임시 사제들의 도움을 받아야 했다. 그날따라 임시 사제들의 몸놀림에 활기가 없었다. 범람과 관련된 걱정스러운 소문을 들었기 때문이었다. 올해는 강물이 아예 넘치지 않을 거라는 말까지 떠돌았다.

이케르가 이시스에게 물었다.

"오리온 성좌가 모습을 보이지 않는 이유가 뭘까요?"

"어떤 힘이 범람을 막기 위해 하늘과 땅의 질서를 교란하고 있어요."

"그렇다면 그건 인간의 힘이 아니겠군요."

이시스가 대답을 하지 않자 이케르는 불안한 마음이 들었다. 아비도스의 사제들이 아무리 힘을 모은다 한들 그처럼 강한 적을 어떻게 이길 수 있겠는가? 생명의 나무가 지금 보여주는 생기는 일시적인 현상일 뿐이었다. 또다른 폭풍이 몰려오고 있는 것이다. 예고자는 이 곳 아비도스에 한 명 이상의 공모자를 심어두고 있는 게 분명했다. 그 공모자를 찾아내서 흉계를 막는 게 자신이 해야 할 일이었지만, 아무 경험도 없는 자신이 과연 그 일을 할 수 있을까?

이시스는 세소스트리스 만세 신전으로 이케르를 안내했다. 종신 사제들이 신전에서 주문을 외고 있었다. 오시리스의 부활을 통해 나일 강이 범람하기를 기원하는 주문이었다. 이시스가 이케르에게 종신 사제들을 소개해주었다. 음악을 연주하여 신의 영혼을 위안하는 임무를 맡은 일곱 명의 여사제, 카의 종복이 되어 영적인 힘을 섬김으로써 사제들이 보이지 않는 세상과 굳게 이어질 수 있도록 하는 사제, 제단에 신선한 물을 봉헌하는 임무를 맡은 사제, 오시리스의 위대한 육신을 지키는 사제, 신의 계시를 읽어내는 임무를 맡은 사제가 차례로 이케르와 인사를 나누었다.

이케르는 지성소로 다가갔다. 둘러선 사제들이 감탄과 의혹이 교차하는 눈길로 자신을 바라보고 있다는 것도 의식하지 못했다. 마치 자신이 예전부터 이곳을 알고 있었던 것 같은 느낌이었다. 탑문을 넘어 들어가자 오시리스로 형상화된 세소스트리스의 거대한 조각상들이 늘어서 있었다. 그는 이 거상들 사이를 지나 어떤 방으로 들어섰다. 기둥들이 늘어서 있고 천장은 별들로 가득 덮인 방이었다. 벽에는 파라오가 신들과 소통하는 장면이 그려져 있었다.

그곳에서 긴 명상을 끝낸 이케르는 뒤편에 둘러선 사제들에게 말했다.

"토트 신의 달 두번째 날이 왔는데도 오리온 성좌가 아직 모습을 드러내지 않고 있어요. 예고자가 흉계를 꾸미고 있는 게 분명합니다. 우리도 이대로 당하고 있을 수만은 없어요."

탁발 사제가 물었다.

"좋은 방안이 있나요?"

"황금 팔레트에 물어봅시다."

이케르가 황금 팔레트에 질문을 썼다.

'범람을 맞이하려면 어느 신의 도움을 구해야 합니까?'

글자가 사라지더니 다음과 같은 대답이 나타났다.

'이시스 여신의 눈물이 필요하다.'

탁발 사제가 지시했다.

"여사제님들이 나서야 할 때요. 제의를 올려 이시스 여신이 눈물로 이 땅을 적시게 해주시오."

여사제들이 신전 지붕으로 올라갔다. 이시스가 선두에서 여사제들을 이끌었다. 그녀가 우주를 향해 바치는 사랑의 시를 선창했다.


오리온이여, 그대의 빛으로 어둠을 흩어주소서.
이 몸은 그대의 누이인 소티스*이니
언제나 그대를 따르리라.
밤을 환히 밝히시고 우리의 땅 위로 강물을 뿌려서
이 땅의 갈증을 풀어주소서.

---

\* 천랑성 시리우스.(옮긴이)

여사제들이 제의를 올리는 동안 이케르와 종신 사제들은 자리에서 물러났다.

신전 앞으로 걸어 나오던 이케르는 누군가 자신을 염탐하고 있다는 느낌을 받았지만 특별히 의심할 만한 사람을 발견하진 못했다. 이케르는 눈을 들어 하늘을 바라보았다. 자신의 어깨에 아비도스와 이집트의 운명이 걸려 있다는 생각에 마음이 무거웠다.

이케르가 자신이 있는 쪽을 쳐다보는 순간 예고자는 벽 뒤로 몸을 숨겼다. 왕세자는 예고자가 숨어 있다는 걸 눈치 채지 못했는지 해가 저무는 서쪽 하늘을 물끄러미 바라보고 있었다.

원래는 그의 뒤를 밟아 으슥한 곳에 이르렀을 때 처치할 계획이었지만 이는 그리 쉽지 않았다. 임시 사제 신분인 예고자로서는 발을 들여놓을 수 없는 구역이 많았기 때문이다. 그런 곳에 들어갔다가 적발되면 아비도스 밖으로 추방될 위험이 있었다. 그러므로 시간이 좀 걸리더라도 먼저 아비도스 곳곳을 세밀하게 파악해야 했다.

물론 이케르를 없애는 게 궁극적 목표는 아니었다. 이케르는 파라오의 기를 꺾기 위한 수단일 뿐이었다. 왕세자가 살해당하는 참변이 일어나면 이집트 왕국은 실로 엄청난 좌절감과 불안에 휩싸일 것이다.

예고자는 사방에 내리덮이기 시작한 어둠 속으로 스며들어 자신의 숙소로 돌아왔다. 비나가 그의 앞에 소금 한 움큼을 대령했다. 열기로 타오르는 서부 사막에서 캐온 세트 신의 땀이었다. 예고자는 늘 그렇듯 이 소금으로 갈증을 풀고 적을 끈질기게 공략할 힘을 키워나갔다.

이케르는 하늘의 여신 누트의 거대한 몸을 장식한 별들의 아름다움에 취해 잠을 이루지 못했다. 지금 이 시간, 태양신이 어둠의 세력들과 벌이고 있을 격렬한 싸움, 끝을 예단할 수 없는 그 위험한 여정이 떠올랐다. 밤 동안 태양신은 누트의 몸속을 여행하면서 별빛을 모아들이고 차례로 문들을 통과하여 마침내 새롭게 부활하는 것이다.

밤이 끝나고 새벽이 다가올 무렵, 새로운 세상이 열리듯 하늘의 형상이 별안간 바뀌었다.

깊은 고요가 아비도스 위를 덮었다.

지상의 눈들이 일제히 하늘로 쏠렸다. 칠십여 일 동안이나 모습을 감추고 있던 오리온이 불의 문을 지나 막 모습을 드러낸 것이다.

기적은 또다른 기적을 불렀다.

아비도스 높은 지대에서 엄청나게 불어 오른 강물이 넘실거리고 흘러내리면서 나일 강의 신 하피가 펄쩍 뛰어오를 때마다 강둑 위로 조금씩 범람했다. 이시스의 눈물이 나일 강을 흘러넘치게 하여 오시리스를 다시 살려낸 것이다.

# 3

멤피스는 기쁨의 환호성으로 터져나갈 듯했다. 조금 늦긴 했어도 마침내 나일 강이 범람하기 시작한 것이다. 강물은 풍요하게 넘쳐흘렀지만 피해를 걱정할 만큼은 아니었다. 부자건 가난한 사람이건 모든 이집트 백성들이 입을 모아 파라오를 칭송했다. 하늘과 땅이 이처럼 조화를 유지하는 건 파라오가 자신의 역할을 훌륭히 수행하고 있다는 의미였다. 파라오가 올린 제의들 덕분에 오리온은 다시 모습을 드러냈고, 이제 계절들이 마아트의 질서에 따라 차례로 펼쳐질 일만 남았다. 상하 이집트는 또다시 혼돈을 이겨낸 것이다.

나일 강의 범람으로 멤피스는 근심을 벗어버릴 수 있었고, 덕분에 소벡은 신년 하례식을 안전하게 치르는 일에 온 신경을 집중할 수 있었다. 이 의식을 올리는 동안 고관들과 각 직종 장인 조합의 수장들은 파라오 앞으로 나와 선물을 바쳤는데, 이런 상황에서 파라오의 신변을 안전하게 지키는 데는 어려움이 많았던 것이다.

하례식 참석자들을 하나도 빠짐없이 몸수색하는 게 좋은 해결책이긴 했지만, 예의상 그럴 수도 없었다. 소벡이 취할 수 있는 방법은 일

초라도 긴장을 늦추지 않고 경계하다가 위험한 상황이 벌어질 경우 전광석화처럼 대처하는 것뿐이었다.

파라오와 왕비에게 신년 하례를 올리기 위해 가장 먼저 나선 사람은 육중한 체구의 노총리 크눔호테프였다. 이 유능하고 명망 높은 이집트 총리는 조금도 의심할 필요가 없었다. 이어서 등장한 이집트군 총사령관 네스몬투 역시 성격은 무뚝뚝해도 가장 믿을 만한 사람이었다. 세난크흐와 세호테프 역시 마찬가지였다.

이 네 명의 고관이 파라오와 왕비 앞으로 나아가 선물을 바쳤다. 아홉 창조신을 상징하는 넓적한 목걸이, 금은 합금물인 호박금으로 만든 검, 금제 소형 신전 모형, 재생 효능을 지닌 신년수를 가득 담은 은단지였다. 이들에 이어 국정원 비서 메데스가 앞으로 나왔다. 메데스는 금과 은, 청금석, 터키석이 담긴 함을 들고 있었다.

소벡은 작달막하면서 피둥피둥한 이 인물이 별로 마음에 들지 않았다. 하지만 메데스는 멤피스 관리들 사이에서 평판이 아주 좋았다.

메데스 뒤로도 쉰 명가량의 궁정 관리들이 차례로 파라오와 왕비 앞으로 나아가 저마다 앞 다투어 하례를 올렸다.

의식이 진행될수록 소벡의 신경은 점점 더 예민해졌다. 소벡은 참석자들의 일거수일투족을 놓치지 않고 지켜보면서 뭔가 심상찮은 기미가 없는지 살폈다.

멤피스 조각 석공들의 수장이 파라오와 왕비 앞으로 나아가 하례를 올릴 차례였다. 우두머리 석공이 파라오의 얼굴을 본뜬 작은 하얀 대리석 스핑크스 상을 파라오 앞에 바치며 말했다.

"저희 석공들이 폐하의 카를 상징하는 대형 석상 백 개를 완성했습니다."

멤피스 석공들이 제작한 이 석상들은 각 주로 하나 이상씩 분배되어 이집트의 통합을 상징하게 될 터였다. 검은색에서 짙은 초록에 이르기까지 다양한 색을 띤 섬록암으로 제작된 석상들은 힘과 위엄을 발산했다. 큰 귀를 지닌 이 장년의 파라오를 아무 과장 없이, 있는 그대로 표현한 이 석상들에서는 한층 강력한 카를 발산하려는 파라오의 의지가 느껴졌다. 이처럼 카를 지닌 석상들을 이집트 곳곳에 세우는 것은 은혜로운 초자연적 힘을 계속 불러들여 이를 통해 예고자의 사악한 공격을 물리치기 위해서였다.

마침내 신년 하례식이 끝나가고 있었다.

소벡은 손등으로 이마에 맺힌 땀을 닦았다. 몇몇 사람들은 소벡에 대해 상대가 누구든 우선 의심부터 하고 보는 사람이라고 빈정거렸지만 소벡은 그의 태도를 바꿀 생각이 없었다. 파라오를 지키는 일이 그 무엇보다 중요했던 것이다.

마지막으로 하례를 올릴 사람은 한 깡마른 사내였다. 사내는 단단한 돌항아리를 들고 파라오와 왕비 앞으로 나아갔다.

사내가 왕좌에서 다섯 걸음도 채 안 떨어진 자리에 이르렀을 때 별안간 당나귀 울음소리가 요란하게 울려퍼졌다. 깡마른 사내가 멈칫하고 섰다. 그 순간 어디선가 상갱이 나타나 앞을 막아서는 병사 둘을 밀치고 그 사내를 덮쳤다. 사내가 땅바닥에 쓰러지면서 돌항아리 속에 담긴 것이 쏟아져 나왔다. 십여 마리나 되는 독사였다. 하례 참석자들은 순식간에 겁에 질려 우왕좌왕했다.

소벡과 정예 감찰관들이 몽둥이를 휘둘러 뱀들을 모두 죽였다. 항아리를 엎지른 깡마른 사내는 뱀한테 이미 여러 군데 물려서 숨이 끊어진 상태였다.

파라오와 왕비는 친위병들에게 빈틈없이 둘러싸여 조용히 그 자리를 떠났다.

공을 세웠다는 사실에 의기양양해진 상겡은 한 남자가 옆으로 다가오자 칭찬을 바라듯 남자의 손 아래로 고개를 부볐다.

소백이 남자 곁으로 다가왔다.

"잘했네, 세카리."

"북풍과 상겡의 공이죠. 위험을 알아차리고는 충성스럽게 폐하의 생명을 지킨 겁니다."

"두 녀석에게 상을 주어야겠군! 그런데 저자의 신분을 아는가?"

"처음 보는 얼굴입니다."

"자기가 가져온 뱀한테 물려 죽다니…… 놈을 심문할 수 있었으면 좋았을걸. 하지만 반란자 무리들은 이자가 죽어준 게 고마울 거야. 행여 추적당할지도 모를 꼬리를 잘라낸 셈이니까. 자네의 비밀 수사는 진척이 좀 있나?"

"사방을 샅샅이 캐보았는데도 별 소득이 없어요. 적은 연락망이 끊긴 게 분명합니다. 그러니 뭔가 일을 꾸미기엔 무리가 있겠죠. 이자를 보낸 것도 막다른 골목에 몰린 그들의 궁여지책일 거예요."

소백이 대꾸했다.

"그렇지 않아. 이런 시간 이런 장소에서 파라오를 지킨다는 건 무모한 도박에 가까워. 그 삐쩍 마른 자객 놈은 운만 좋았다면 충분히 성공할 수도 있었어. 놈들의 조직은 꽤 큰 타격을 입었는데도 여전히 살아 있단 말이야!"

"그건 틀림없어요."

"자네는 예고자가 죽었다는 소문을 믿나?"

세카리는 확신이 서지 않는 듯 잠시 대답을 망설였다.

"몇몇 누비아 부족들이 그자를 죽이려고 서슬 퍼렇게 나서고는 있죠."

"멤피스는 그자 때문에 이미 큰 고통을 겪었어. 죄 없는 많은 사람들이 목숨을 잃었지. 그자는 자신이 죽었다고 믿게 하려는 거야. 제법 그럴싸한 전술이지. 지금은 또 무슨 음모를 꾸미고 있을까?"

세카리가 말했다.

"그의 종적을 다시 추적해봐야겠어요."


메데스는 잔뜩 화가 나 있었다. 조금 전에 있었던 파라오 암살 기도에 대해 미리 기별을 받지 못했기 때문이다.

메데스는 자신의 저택으로 돌아오던 길이었다. 집 근처에 다다렸을 때 한 비대한 사내가 그의 곁으로 바싹 다가왔다. 사내는 한눈에 보기에도 술에 취해 있었다.

"세소스트리스는 이번에도 무사히 빠져나간 건가요?"

제르구였다.

"불행히도 그래."

"그렇다면 헛소문이 돌고 있는 거네! 나리는 이번 일이 있을 거라는 기별을 받으셨어요?"

"아니, 못 받았어."

제르구의 두꺼운 입술에서 핏기가 가셨다.

"예고자가 드디어 우리를 내친 거군요!"

"성급하게 단정하지 마. 이번 일은 아마 레바논 상인이 꾸민 걸 거야."

"나리하고 저는 이제 끝장났구먼요!"

"넌 지금 맘대로 돌아다니고 있고, 나도 마찬가지야. 만약 소벡이 우리를 의심했다면 벌써 붙잡아 심문실에 가둬놨을걸."

메데스의 말에 제르구는 조금 안심이 됐지만 그것도 잠시뿐, 또다른 불안감으로 안절부절못했다.

"예고자가 죽었다는 소문이 사실이군요! 그래서 그의 부하들이 겁에 질려 무모한 짓을 저지른 거고요."

"진정해. 그 정도의 거물이 좀도둑처럼 모습을 감출 리가 없어. 이번 암살 기도는 운이 좋았다면 성공할 수도 있었던 계획이었어. 그 당나귀와 개가 끼어들지만 않았어도 파라오와 왕비는 독사들한테 당하고 말았을 거라고. 이번 일로 멤피스 비밀 조직은 그 역량을 증명해 보였어. 수호자 소벡의 체면이 어떻게 될지 생각해 봐. 사람들로부터 비웃음을 살 거고, 무능을 질타당하게 될 거야. 파라오가 그를 해임한다면 우리 쪽은 성가신 방해꾼 하나를 없애게 되는 거지."

"설마 그렇게야 되겠어요? 그 감찰대 두목은 진드기보다 더 악착같은 위인인데."

"진드기라는 표현 한번 마음에 드는군. 그래, 또 악착같이 벗어나겠지. 하지만 언젠가는 내가 직접 짓밟아주겠어!"

입술이 바싹 마른 제르구는 목을 축이고 싶어 견딜 수 없었다.

"독한 맥주 좀 없을까요, 나리?"

메데스가 빙긋 웃었다.

"없다면 절대 안 될 말이지! 집으로 따라와, 가서 기운 좀 차리라고."

메데스의 넓은 저택 출입구를 지키던 문지기는 주인이 오자 머리가 땅에 닿도록 허리를 굽혔다.

저택 안으로 들어온 메데스와 제르구가 정자 그늘 아래 자리 잡고 앉자마자 하인 하나가 시원한 맥주를 내왔다.

메데스가 마음이 놓이지 않는 표정으로 말을 꺼냈다.

"우린 이케르가 무슨 임무를 띠고 아비도스에 갔는지 진짜 사정을 모르고 있어."

제르구가 의외라는 듯 눈을 둥그렇게 떴다.

"공식 임명장을 작성한 사람은 나리잖아요!"

"녀석은 엄청난 권한을 위임받았지. 그 권한들을 가지고 대체 뭘 하려는 걸까?"

"좀더 알아보실 수는 없습니까?"

"그러다가 국정원 위원들의 의심이라도 사는 날엔 다 끝나는 거야. 네가 아비도스로 가봐라, 제르구. 임시 사제인 네 신분을 이용해서 확실한 정보를 모아오란 말이다."

# 4

가장 시급한 건 다가올 제의에 필요한 물품을 준비하는 일이었다.

석재와 목재, 파피루스는 최고급품이어야 했다. 이케르는 매일 장인들을 찾아다니며 작업을 독려했다. 거만함이라고는 조금도 찾아볼 수 없는 언동 덕분에 그는 성실하고 엄격하며 사람을 존중할 줄 안다는 평판을 얻었다.

이케르를 못 미더운 눈으로 지켜보던 탁발 사제도 그가 아비도스의 규율과 분위기에 자신을 맞춰나가고 있다는 사실을 확인했다. 어쨌든 젊은 사람이니 조급하고 독단적일 거라 우려했는데, 그렇기는커녕 일을 추진하고 완성하는 역량이 뛰어났던 것이다.

탁발 사제가 이케르에게 털어놓았다.

"장인들이 당신한테 호감을 갖고 있어요. 이건 대단한 성과라오! 그들은 성정이 투박한 편이라 쉽게 마음을 열지 않는데. 오시리스 신비제의가 이제 두 달 남짓 남았는데, 그때까지 모든 준비를 끝내는 일이 무엇보다 중요합니다. 한 가지라도 부족한 게 있으면 안 돼요."

"조각공들이 새로운 오시리스 신상을 제작하고 있고, 목수들이 오시리스의 나룻배를 만들고 있습니다. 나는 작업 진척 상황을 매일 보고받고 있습니다. 자리와 의자, 바구니, 샌들과 허리옷도 차질 없이 준비되도록 확인하고 있습니다. 제문을 쓸 파피루스도 공들여 제작하고 있고요."

"글 쓰는 사람이 되고 싶은 생각은 없소?"

"해야 할 다른 일들 때문에 그럴 여유는 없지만, 글 쓰는 건 내가 가장 좋아하는 일입니다. 신성한 문자들이야말로 최고의 예술 아닌가요? 신들이 전해준 신성한 힘을 지닌 말씀이 그 문자들 속에 새겨져 있으니, 그 어느 책도 제문을 능가할 수는 없습니다. 언젠가 내가 제문을 쓸 수 있게 되면 내 사명은 완성될 겁니다."

"황금 팔레트를 지니고 있으니 당신의 목표는 이미 이루어진 게 아니오?"

"황금 팔레트는 어쩔 수 없는 경우에만 사용할 수 있습니다. 결코 나 자신을 위해 사용할 수는 없지요. 황금 팔레트는 파라오에게 속하는, 다시 말해 아비도스와 황금원에 속하는 것이니까요."

탁발 사제는 당황한 듯이 보였다.

"황금원에 대해 얼마만큼 알고 있소?"

"아비도스 황금원이야말로 이집트 정신세계의 최고봉을 구현하는 것 아닙니까? 창조의 힘들을 부양하고 조상들의 지혜를 보존하는 것이 황금원의 역할이지요."

"당신도 황금원에 들기를 원하시오?"

"이제까지 내 삶은 기적의 연속이었습니다. 이번에도 기적을 기대하고 있습니다."

"꿈에 사로잡히지 말고 계속 열심히 노력하시오."

밤이 되자 이시스가 이케르를 찾아왔다. 그녀는 이 오시리스의 땅이 간직한 헤아릴 수 없는 풍요로움을 하나씩 그에게 열어 보여주었다. 그날 밤 두 사람은 생명의 호수로 갔다. 이케르와 나란히 호숫가에 앉아 명상에 잠겨 있던 이시스가 말했다. 둘은 어느덧 말을 편하게 놓을 정도로 서로에게 익숙해졌다.

"이곳은 세상 그 어느 호수와도 달라. 종신 사제들만이 여기서 몸을 정화하고 눈의 힘을 받아들일 수 있어. 눈의 힘은 오시리스가 발산하는 향기와 이어져 이 호수에서 최고로 강해지지. 주요 축제들이 열릴 때나 오시리스 신비제의 기간 동안 이 호수의 물은 아누비스 신에게 요긴하게 쓰여. 아누비스는 이 물로 오시리스의 내장을 씻어 영원히 변하지 않게 보존하거든. 하지만 속인들은 이 신비를 볼 수 없어."

"넌 그 장면을 보았구나."

이시스는 대답하지 않았다.

"너를 처음 만났을 때부터 나는 네가 여느 여자들과는 다르다는 걸 알고 있었어. 네 눈길엔 다른 세상의 빛이 담겨 있어. 그 눈길로 너는 내게 길을 하나 보여주고 있어. 내가 잘 모르는 길을 말이야. 난 네가 이끌어주는 대로 따라갈 거야, 나의 사랑."

호수의 수면이 금빛 은빛으로 눈부시게 반짝였다. 두 사람은 서로를 안고 더없이 행복한 시간을 맛보았다.

이제 이케르는 아비도스가 전혀 낯설지 않았다. 이 위대한 땅이 자신의 진정한 고향이라는 사실을 알게 된 것이다.

그가 이시스에게 물었다.

"생명의 나무를 그렇게 걱정해야 할 이유라도 있는 거야?"

"나무가 잠시 생기를 되찾긴 했지만 완전히 치유된 건 아냐. 어떤 사악한 힘이 아카시아나무를 노리며 배회하고 있어. 매일 제의를 올려서 그 불길한 힘을 막아내는 데도 한계가 있어. 쉽게 포기하고 물러설 세력이 아니거든. 만약 그 악한 세력이 힘을 강화한다면 우리가 그걸 물리칠 수 있을까?"

"탁발 사제는 상황이 이렇게 심각하다는 걸 알고 있니?"

"나무를 위협하는 그 불길한 힘이 어디서 오는 건지 밝히지 못해서 잠을 못 이룰 만큼 걱정하고 있어."

"그 사악한 힘의 근원이…… 아비도스에 있는 걸까?"

이시스의 눈길이 어두워졌다.

"그렇지 않다고는 단정할 수 없어."

"폐하가 우려하던 일이 현실이 되었구나! 그렇다면 예고자의 하수인이 아비도스로 잠입해서 물밑 작업을 벌이고 있다는 거잖아."

이시스는 이케르의 짐작을 부인하지 않았다.

이케르가 제안했다.

"우리가 이런 사실을 눈치 챈 걸 내색해선 안 돼. 난 아직 수사를 시작하지도 못했어. 일단 아비도스에 대해 잘 알아야 했으니까. 이제 종신 사제들을 한 사람 한 사람 접촉해봐야겠다."

"철저히 조사해줘. 그래서 진실을 알아내야 해."


비나가 나타나자 아비도스 주둔군 지휘관은 직접 검문에 나섰다. 그녀는 조금도 반발하는 기색 없이 고분고분 응했다.

"미안하네, 아가씨. 하지만 명령은 명령이니까."

"물론이지요, 대장님. 하지만 대장님은 저를 이미 아시잖아요."

"검문은 한두 번 해서 끝나는 게 아니야."

비나는 입가에 웃음을 띤 채, 지휘관이 자신의 몸을 더듬어 수색하도록 내버려두었다.

"이렇게 짧은 치마 안에 무엇을 감출 수 있겠어요? 또 이 바구니는 비어 있는걸요."

머쓱해진 지휘관은 얼굴을 붉히며 뒤로 물러났다. 임무를 수행하느라 한 일이지만, 이 상냥하고 온순한 예쁜 갈색 머리 여자에게 마음이 끌렸던 것이다.

"하는 일은 마음에 들어, 비나?"

"종신 사제님들의 시중을 드는 일인데 저로서는 영광이지요. 죄송하지만 전 이만 가봐야겠어요."

비나는 세소스트리스 신전의 한 부속실로 갔다. 그곳에서 갓 구운 빵과 맥주 단지를 건네받았다. 오시리스의 무덤을 지키는 종신 사제에게 가져다줄 음식이었다. 이 종신 사제는 무덤 문에 붙인 봉인에 이상이 없는지 수시로 살피며 오시리스의 육신을 온전하게 보존하는 임무를 맡고 있었다.

종신 사제의 생활을 돌보아주는 다른 하녀들처럼 비나도 종신 사제의 숙소에만 출입했다. 마침 그 종신 사제가 숙소에 있었다. 파피루스 문서를 읽고 있는 사제에게 비나가 교태 어린 목소리로 말했다.

"먹을 것과 마실 것을 가져왔어요."

"고맙소."

"이 빵과 맥주 단지를 어디 놓을까요?"

"출입문 왼편 낮은 탁자 위에 올려놓으시오."

"점심식사로 어떤 음식을 드시고 싶으세요? 붉은 살코기 말린 것과 농어가 있어요. 아니면 소갈비구이는 어떠세요?"

"오늘은 빵만으로 충분하오."

"몸이 안 좋으신가요?"

"당신이 상관할 바 아니오."

대부분의 종신 사제가 그렇듯 이 사제도 접근을 쉽게 허락하지 않았다. 비나의 미모가 별 효과를 발휘하지 못하는 것이다.

"전 사제님이 걱정되어서 말씀드린 거예요."

"걱정할 것 없소. 신전 의무국이 있으니까."

"그럼 의무국에 알릴까요?"

"필요하면 내가 직접 연락하겠소."

비나는 눈을 내리깔았다.

"사제님이 하시는 일은 위험한 게 아닌가요?"

"무슨 말을 하는 거요?"

"오시리스 신의 무덤에서 무서운 기운이 퍼져나오잖아요?"

종신 사제의 얼굴이 굳어졌다.

"금단의 비밀을 범하려는 건가?"

"어머 아뇨! 그저 그 무덤 이야기가 너무 멋있고 또 좀 무섭기도 하고 그래서요. 오시리스 신과 그분의 무덤에 대한 전설을 얼마나 많이 들었는데요! 그 무덤에 무시무시한 유령들이 나온다는 이야기도 들었어요. 그 유령들이 적을 붙잡아서 피를 빨아먹는다면서요?"

사제는 아무 대답도 하지 않았다. 속인들이 오시리스의 안식처에 접근하지 못하도록 하는 데 도움이 되는 소문인데 구태여 부인할 필요가 없겠다 싶었던 것이다.

비나가 사제에게 녹아내릴 것 같은 미소를 지어 보이며 말했다.

"언제든 시키실 일이 있으면 말씀하세요."

사제는 비나의 미소를 쳐다보지 않으려고 안간힘을 썼다.
"돌아가서 다른 사제들에게도 빵과 맥주를 갖다주시오."

하토르 여신의 여사제들을 한 명씩 만나본 이케르는 의심스러운
점을 전혀 발견하지 못했다.

여사제들은 모두 흠잡을 데 없었고, 자신들에게 주어진 매일의 제
의도 성실히 수행했다. 수석 여사제의 갑작스런 죽음으로 그 자리를
맡게 된 이시스는 여사제들이 이케르의 수사에 적극 참여하도록 지
원해주었다.

이케르는 모든 여사제들과 긴 이야기를 나누었고, 이들 중에는 예
고자와 내통하는 사람이 없다고 확신했다. 제의 도구를 제작하는 장
인들을 수사해나가면서 이케르는 종신 사제들과도 가까이 이야기를
나누어보았다. 종신 사제들은 자신들이 품고 있는 거부감을 감추지
않았다.

신전 깊숙한 지성소에서 신의 계시를 읽는 일을 하는 종신 사제는
자신의 임무가 비밀스러운 처신을 요구하는 만큼 절대로 자신을 드
러내려 하지 않았다. 왕세자가 묻는 말을 듣기만 할 뿐 그에 대한 대
답은 거부한 것이다. 자신의 대답을 들을 권한은 대사제인 탁발 사제
에게만 있다는 게 그 명분이었다. 이 사제가 이케르의 심문에 대답하
도록 하는 건 이제 탁발 사제의 몫이었다.

탁발 사제 역시 답변을 거부한 종신 사제의 편을 들어 그 사제의
입장만을 되풀이 설명할 뿐 이케르를 도와주지 않았다. 그 사제는 오
시리스 신비제의에 입문한 사람만 오시리스의 숨겨진 실체에 접근할

권한이 있다고 주장하는 것이며, 이케르는 신비제의에 입문한 사람이 아니니, 따라서 종신 사제들이 그의 질문에 대답할 수 없지 않겠느냐는 설명이었다.

이케르가 탁발 사제에게 반문했다.

"답변을 거부하는 게 오히려 의심스러워 보이지 않습니까?"

탁발 사제가 말했다.

"그렇지 않소. 그 사제는 어떤 상황에서든 자신의 의무를 충실히 수행하고 있어요. 그가 중요하게 생각하는 건 오시리스의 비의를 보존하는 일뿐이오. 그 덕분에 오시리스 신비는 여태껏 조금도 누설되지 않았던 겁니다. 그가 그렇게 비밀을 지키지 않았다면, 또한 그가 우리를 배신하고 예고자에게 협력했다면, 생명의 나무는 이미 고사했을 거고 아비도스는 무사하지 못했을 거요."

탁발 사제의 말에 이케르도 고개를 끄덕였다.


카의 종복 사제가 이케르를 초대했다. 영적인 힘을 섬기고 부양하는 임무를 맡은 이 사제가 이케르에게 조상을 기리는 제의를 함께 올리자고 청한 것이었다.

사제가 이케르에게 말했다.

"조상들께서 생생히 존재하시는 덕분에 우리는 보이지 않는 세상과 가까운 거리를 유지할 수 있지요. 보이지 않는 세상과의 관계가 끊어지면 우리는 살아서도 죽은 것과 다를 바 없을 겁니다."

노사제와 이케르는 세소스트리스의 카를 담고 있는 석상들을 향해 함께 경배를 올렸다. 별에서 태어난 힘이 이 석상들로 모여들었다. 카를 섬기는 사제는 느리고 진중한 목소리로 고인이 된 파라오들의 영혼과 의인들을 깨우는 주문을 읊었다. 이 사제는 마법에 대한 조예가 깊은 터라 그가 행하는 이 의식은 매일 큰 효력을 발휘했다.

"내 동료 사제들이 그렇듯 나도 파라오라는 보편적 존재의 한 단면일 뿐입니다. 나는 단독으로 존재할 수 없지요. 파라오의 영혼, 그리고 다른 종신 사제들의 영혼과 연결될 때에야 비로소 나는 오시리스가 온갖 죽음을 극복하고 빛을 발하도록 힘을 보탤 수 있답니다."

자신의 역할에 이렇듯 자부심을 갖고 있는 인물이 예고자와 결탁했을 리는 만무했다.

이케르는 오시리스의 육신을 온전히 지키는 임무를 맡은 종신 사제를 찾아갔다.

"내게 무덤 문을 보여주시겠습니까?"

"안 됩니다."

"파라오께서 내게 까다로운 임무를 맡기셨습니다. 나는 누구도 불쾌하게 하고 싶지 않지만, 신성한 의무들이 잘 수행되고 있는지 확인해야 합니다. 사제님이 맡은 일 또한 예외는 아닙니다."

"알려줘서 고맙구면."

"그럼 무덤으로 같이 가실까요?"

"신비제의에 입문한 사람만 오시리스 무덤에 갈 수 있습니다. 내가 의무를 수행할 능력이 있는지, 성실하고 정직한지를 의심받는다는 건 모욕이오. 그러니 더이상 요구하지 마시오."

"무덤으로 가서 봉인을 확인하는 데 한나절이 걸리지는 않을 텐데, 나머지 시간에는 무엇을 하며 지내십니까?"

종신 사제는 얼굴을 찡그렸다.

"나는 탁발 사제님의 일을 돕고 있소. 그래서 주어진 일들을 하는 것만으로도 하루가 늘 모자랍니다. 그 일들이 무엇인지는 탁발 사제님께 여쭤보시오. 지금 해야 하는 일도 바로 그중 하나요."

탁발 사제는 이케르에게 자신 있는 어조로 확인해주었다.

"그 사제는 내 오른팔과 같은 사람입니다. 퉁명스러운 데가 있긴 하지만 유능하고 헌신적이지요. 오시리스 무덤의 봉인은 내가 직접 확인하고 있는데, 아무 문제도 발견하지 못했어요. 그러니 그가 우리를 배반하고 예고자의 편이 되었다고 생각할 근거는 없소. 이제 당신이 만나볼 사람으로 베가 사제만이 남았어요. 그는 매일 제단에 제물을 봉헌하는 일을 맡고 있지요."

베가 사제는 거만한 태도로 이케르를 맞았다.

"오늘도 고된 하루를 보낸 터라 그만 쉬고 싶습니다만."

이케르가 양보하듯 대답했다.

"그렇다면 내일 다시 찾아 뵙죠."

"아니오, 용건이나 빨리 끝냅시다! 내 동료 사제들과 나는 당신의 권위를 존중하기 때문에 최선을 다해 협조하고 싶습니다. 하지만 당신이 일을 하는 방식에는 기분이 상하는군요. 아비도스의 종신 사제들을 의심하다니 이런 고약한 일이 있나!"

"종신 사제님들의 결백함을 입증해 보일 수 있으니 더 좋은 일 아닙니까?"

"우리의 결백을 의심하는 사람은 아무도 없습니다."

"의심하는 사람이 있으니까 내가 이 일을 맡은 게 아니겠습니까?"

베가의 얼굴에 당황한 빛이 스쳐갔다.

"파라오께서 우리 사제단에 뭔가 못마땅하신 게 있으신 겁니까?"

"폐하께서는 이곳에 어떤 부조화가 있음을 감지하셨습니다."

"그 부조화의 이유가 뭘까요?"

"이 오시리스의 영지에 우리의 적인 예고자와 내통하는 자가 있기 때문이지요."

베가가 갈라지는 목소리로 대답했다.

"그럴 리가! 설사 그런 파렴치한 자가 있다 해도 아비도스가 호락호락 넘어가지는 않을 것이오. 그 어떤 일도 우리 종신 사제들의 단결을 무너뜨릴 수는 없을 겁니다."

"그렇게 자신하시니 마음이 놓입니다."

"왕세자께서는 우리 종신 사제 가운데 배신자가 있다고 의심하시는 겁니까?"

"나는 그럴 가능성을 염두에 둬야 하는 사람입니다."

속을 알 수 없는 베가의 얼굴에 희미한 웃음이 떠올랐다.

"그런 의심을 퍼뜨려 우리를 분열시키는 게 예고자의 계략이 아닐까요? 이런 때일수록 정신을 똑바로 차려야 큰 화를 입지 않을 것입니다. 파라오께서 전하에게 이 임무를 맡기시다니 참으로 현명한 결정이십니다! 전하는 젊은 나이인데도 생각이 아주 깊으시니 말입니다. 아비도스는 전하를 칭송하게 될 겁니다."

베가 사제와의 만남을 끝으로 이케르의 탐문 수사는 막다른 골목에 부딪치고 말았다.

# 5

    하토르 여신의 여사제인 네프티스는 네 줄로 된 목걸이와 정교한 귀걸이, 큰 팔찌를 차고 오른쪽 어깨가 훤히 드러나는 주름진 긴 옷차림새로 수석 여사제인 이시스 앞에 허리를 굽혀 인사했다. 네프티스라는 이름은 '집의 여주인'이라는 의미였다. 그녀는 왕비의 명을 받들어 멤피스의 직조방을 감독했는데, 이번에 새로 내려진 명에 따라 멤피스를 떠나 급히 아비도스로 온 참이었다.

    이시스가 네프티스에게 말했다.

    "수석 여사제께서 세상을 떠나셨어요. 그래서 고인의 자리를 대신할 여사제 한 분을 급히 모셔야 했지요. 네프티스님은 제의에 해박하시니 이 자리를 맡을 수 있을 겁니다."

    "수석 여사제께서 저를 믿어주시니 영광입니다. 기대에 부응하도록 노력하겠습니다."

    네프티스는 이상하리만큼 이시스와 닮은 모습이었다. 같은 나이에 같은 키, 갸름한 윤곽의 얼굴, 거기다가 날렵한 몸매까지 비슷했다. 두 사람은 곧 마음과 생각이 서로 통하게 되었다.

이시스는 네프티스를 오시리스 신비제의에 입문하게 했다. 네프티스는 이시스의 뒤를 이어 불의 길을 걸었고 문들을 통과하여 오시리스의 비의에 도달했다. 네프티스가 마지막 단계를 통과하자 이시스는 그녀에게 아비도스가 겪어온 일들과 자신이 느끼는 불안감을 숨김없이 이야기해주었다.

다가올 제의에 사용될 오시리스의 수의를 맡아서 짓게 된 네프티스는 이 일을 위해 삼월 말에 수확된 아마의 품질을 검사했다. 줄기가 아주 부드러워야 훌륭한 아마포를 짤 수 있었던 것이다. 아마 줄기를 물에 담가 목질 부분을 제거한 후 남은 섬유질만 건져 햇빛에 말리면 품질 좋은 원사를 얻을 수 있었다.

이시스와 네프티스는 실을 자아 베를 짰다. 오시리스의 육신을 감쌀 흰 아마 튜닉에는 단 한 점의 얼룩도 있어선 안 되었다. 이 옷은 불꽃이자 빛이 되어 오시리스의 신비를 보존할 것이기 때문이었다.

두 사람은 우선 실을 길게 자아서 실뭉치를 만들고 이를 도자기 실패에 끼웠다. 베를 짜는 데 사용하는 물레 씨아들은 하토르 여신 여사제들이 대대로 물려받은 연륜 깊은 것이었다. 베를 짤 때는 꼭 지켜야 할 수칙이 있었다. 직물 일 평방센티미터당 예순다섯 올의 날실과 마흔여덟 올의 씨실로 짜여야 한다는 것이었다.

네프티스가 말했다.

"태양신 라께서 몹시 지치셨을 때 그의 땀이 땅에 떨어져 싹을 틔웠는데, 그것이 아마라고 해요. 아마는 태양빛에 몸을 흠뻑 적시고 달빛을 빨아들이며 자라서, 갓 태어난 아기의 배내옷이 되고 또 부활을 위한 수의가 되지요."

두 사람이 지은 옷은 오시리스 신전의 한 제실에 보관되었다.

"실패했어요, 주인님. 무슨 벌을 내리시든 달게 받겠어요."

비나는 종신 사제들을 한 사람도 유혹하지 못했던 것이다. 종신 사제들은 그녀가 달콤한 미소를 지어도, 맛 좋은 맥주와 군침 도는 음식을 내밀어도 근엄한 표정을 풀지 않았다. 그녀는 특히 오시리스 무덤 봉인을 지키는 사제의 관심을 끌기 위해 갖은 애를 써봤지만 별 효과가 없었다. 이 종신 사제는 꼭 해야 할 말 외에는 입을 여는 법이 없었고, 비나의 매혹적인 몸매에조차 눈길 한 번 주지 않았다. 남자를 유혹하는 일이라면 언제든 자신 있는 비나였지만, 이번엔 무참히 실패한 것이다.

예고자가 비나의 머리카락을 쓰다듬었다.

"우린 지금 적의 영토에 있는 만큼 그 어느 일도 쉽지 않을 것이다. 이곳의 사제들이 여느 사람들처럼 처신할 리는 없지. 네가 뜻을 이루지 못한 걸로 봐서 그들이 자신의 욕망보다는 직무를 우선하고 있는 게 분명하다. 그러니 이 위험한 시도는 이쯤에서 멈춰라."

"저를 용서해주시는 건가요?"

"넌 잘못한 게 없다."

비나는 예고자의 무릎을 끌어안았다.

비나가 초조한 기색으로 물었다.

"저들이 깊숙한 곳에 모셔놓은 지성소들을 머지않아 부수어버릴 수 있겠지요?"

"안심해라. 승리는 우리의 것이다."


이케르는 아비도스 주둔군 지휘관과 오랜 시간 이야기를 나누었다. 신전 잡무를 맡은 임시 사제들의 면면과 배치 상황을 알아보기 위해서였다. 그곳에 보관된 임시 사제 명부에는 신전 관리, 석상과 석비의 조각, 벽화 제작과 채색, 도기 제작, 빵과 맥주의 제조, 꽃 재배, 봉헌물 운반을 맡은 사제들 외에도 악기 연주를 담당한 여악공과 노래 담당 가녀들까지, 신전의 갖가지 일을 맡은 임시 사제들의 인적 사항과 담당 분야, 근무 성적이 기록되어 있었다. 이들이 신전에 고용되어 일하는 기간은 단 며칠에서 몇 달에 이르기까지 저마다 달랐다. 이 임시 사제들의 역할 덕분에 오시리스에게 바쳐진 신전과 도시는 활기를 유지할 수 있었다. 물질적인 결핍으로 인해 아비도스의 조화가 깨어지는 일이 있어서는 안 되었던 것이다.

출입하는 임시 사제들을 일일이 검문하기란 어려웠다. 그럼에도 지휘관은 이 신성한 땅에 배반자는 결코 들어올 수 없을 거라 장담했다.

이케르는 임시 사제 가운데 근무 햇수가 오래된 사람들과 고정 근무자들을 불러 이야기를 나누었다. 의심스러운 구석은 찾아낼 수 없었다. 이 임시 사제들은 자기 직무에 충실했고, 정해진 선을 넘어가는 법이 없었다.

이케르가 한 나이 많은 임시 사제와 면담을 하고 있을 때였다. 마침 그때 비나가 그 방으로 들어선 것이다.

이케르의 옆모습을 알아본 비나는 뒷걸음치다가 머리에 이고 있던 바구니를 떨어뜨릴 뻔했다. 햇빛이 비쳐 들어 들어온 사람의 윤곽만을 겨우 알아본 노인이 말했다.

"방해하지 마시오. 음식은 바깥에 놓아두고 가시오."

비나는 시키는 대로 바구니를 내려놓고는 황급히 자리를 떠났다.

하마터면 그에게 들킬 뻔했다는 생각에 비나는 가슴을 쓸어내렸다. 이케르는 종신 사제들만 심문하고 끝낼 심산이 아닌 것이다! 만약 그가 임시 사제들을 모두 심문할 계획이라면 이 곤경에서 어떻게 벗어날 것인가?

제르구는 아비도스의 아름다움에 감탄하면서도 이 도시에 오래 머물고 싶진 않았다. 그는 곡식 저장소 책임 감독관이라는 지위만으로도 충분히 만족했다. 게다가 독한 맥주가 그득한 항아리와 멤피스의 가장 예쁘장한 창부들을 매일 옆구리에 끼고 지낼 수 있는데 뭘 더 바란단 말인가? 그러나 메데스와 예고자는 제르구가 이렇게 지낼 수 있게 내버려두지 않았다.

제르구로서는 이제 위험한 일은 피하며 살고 싶은 마음이 굴뚝같았지만, 도무지 빠져나갈 구멍이 보이지 않았다. 그는 시키는 대로 몸 바쳐 일해야만 했고, 자기가 편하기 위해서라도 파라오가 하루빨리 몰락하고 새로운 통치체제가 수립되어야 했다. 그 새로운 세상이 오면 제르구도 최고위직 하나는 꿰차게 되지 않겠는가?

그런 출세를 고대하는 심정으로 그는 다시 아비도스에 도착했다. 배에는 종신 사제들에게 배급할 물품이 실려 있었다. 화물선을 무사히 부두에 대자 주둔군 지휘관이 배다리 아래에서 제르구에게 인사를 건넸다.

"좋아 보이는군."

"나야 여전하죠, 대장."

"나도 이러긴 싫지만, 명령이 명령인 만큼 화물을 좀 검사해야겠소."

"그러셔야죠. 살펴보세요. 하지만 물품에 손상이 가서는 안 됩니다."

"걱정 마시오. 우리 감찰대원들은 노련하니까."

제르구는 맥주를 홀짝홀짝 마시면서 검사가 끝나기를 기다렸다. 늘 그래왔듯 이번에도 무사히 넘어갔다.

제르구는 베가와 만나기로 한 장소로 갔다. 매번 같은 곳이었다. 베가가 굳은 얼굴로 제르구를 맞았다. 같은 편을 다시 만났는데도 그리 반가운 기색이 아니었다.

"무슨 일로 온 거요?"

"무슨 일이라니요? 보급품을 싣고 왔죠. 늘 하던 일을 그만두면 의심을 사지 않겠습니까?"

베가가 고개를 끄덕였다.

"그럼 진짜 목적은?"

"왕세자 이케르가 아비도스에 무슨 임무로 온 건지 알아보려고요. 메데스 나리는 궁금한 걸 못 참는 성격이거든요."

"국정원 비서 자리야말로 그런 걸 제일 잘 알 수 있는 위치일 텐데?"

"대개는 그렇지만 이번에는 메데스 나리에게 아주 간략한 공문만 전달되었다더군요. 오히려 사제님이 더 많은 정보를 갖고 있을 것 같은데요?"

베가는 뭔가 생각하더니 말했다.

"새 물품 목록을 건네줄 테니 마련해오도록 하시오."

"대답을 거절하는 겁니까?"

"오시리스 언덕 쪽으로 갑시다."

"석비 밀매를 재개하자는 말씀이오? 그건 아무래도 위험한데!"

"아무 소리 말고 그냥 따라오시오."

두 사람은 양편에 제탁과 제실들이 늘어선 길을 따라갔다. 오시리스 언덕이 가까워질수록 제실의 수는 많아졌다. 정원에 둘러싸인 작은 제실들이었다. 사방은 인적 없이 고요 속에 잠겨 있었다.

베가는 버드나무로 둘러싸인 한 제실로 들어갔다. 낮게 드리워진 버드나무 가지들이 제실 입구를 가려주었다.

베가가 말했다.

"들어오시오."

"난 밖에 있겠소."

"따라 들어오라니까!"

제르구는 할 수 없이 내키지 않는 발걸음을 떼어놓았다. 비록 유해 없는 묘실이었지만, 죽은 자들이 있는 것처럼 느껴졌다.

제실 깊숙한 구석에 뭔가가 있었다.

큰 키에 민머리, 붉은 눈을 가진 사제 하나가 제르구를 쏘아보았다. 그 시선을 알아차린 순간 제르구는 제자리에 못 박힌 듯 얼어붙었다.

"세상에 이럴 수가…… 당신은?"

"날 배반하는 자는 오래 살지 못하지, 제르구."

손바닥에 새겨진 세트의 머리가 붉게 달아오르자 제르구는 고통스러운 비명을 내질렀다.

"저를 믿어주십시오, 주인님!"

"네가 무슨 맹세를 하든 관심 없다. 여기에는 왜 온 거냐?"

제르구가 즉시 대답했다.

"이케르가 이곳에 온 진짜 이유를 몰라서 메데스 나리가 불안해하고 있습니다. 베가 사제님은 그 이유를 알 거라 생각했지요."

"그렇게 멋대로 행동해도 된다고 생각하는가?"

겁이 나서 가슴이 턱 막힌 제르구는 간신히 마른침을 삼키며 대답했다.

"주인님의 허락 없이는 안 될 일이지요!"

"대답은 잘하네."

얼간이 스합이 가시 돋친 목소리로 대꾸했다.

이 붉은 머리 사내는 늘 하던 방식대로 제르구의 등 뒤로 다가가 칼끝으로 목덜미를 겨누었다.

"이 배신자를 없애버릴까요?"

"배신이라니요? 전 배신한 적 없습니다."

제르구가 기겁을 하며 소리쳤다.

"용서해주겠다."

예고자가 말했다.

목덜미를 거의 뚫고 들어올 태세였던 칼날이 작은 상처만 남기고 뒤로 물러갔다.

"석비 밀매에 쏟을 시간이 없다. 네 주머니 채울 일은 신경 쓰지 않아도 된다, 제르구. 내 말만 열심히 따른다면 말이다. 베가, 메데스가 궁금해하는 일에 대해 아는 게 있는가?"

"이케르는 얼마 후 있을 오시리스 신비제의를 집전하러 왔습니다. 파라오는 그에게 황금 팔레트를 맡겨 이곳 신전의 사제단을 이끌 수 있도록 했고요. 이케르의 감독하에 오시리스 신상과 나룻배를 새로 만들고 있답니다. 장인들이 그를 잘 따라서 작업도 빠르게 진행된다더군요. 그가 맡은 임무가 또하나 있는데, 종신 사제와 여사제 들을 일일이 심문하는 일입니다. 사제들 가운데 예고자와 내통하는 자가 있을 거라는 의심 때문이지요."

제르구가 놀라서 눈이 휘둥그레졌다.

"그렇다면 우린 끝장이군요!"

"그렇지는 않소. 왕세자는 이 일에서 실패하고 말았으니까. 공들여 심문을 했지만 의심을 뒷받침할 만한 근거는 전혀 찾아내지 못했단 말이오."

예고자가 나섰다.

"단언하기는 이르다. 그는 임시 사제들에게도 눈을 돌리고 있다. 얼마 전 비나와 마주칠 뻔한 적도 있었지. 게다가 그가 이시스와 혼인했다는 사실을 잊어서는 안 돼. 그녀는 우리를 궁지로 몰아넣을 만큼 통찰력이 아주 뛰어나거든."

사제가 추한 얼굴을 더 일그러뜨리면서 물었다.

"그럼 어떻게 하면 됩니까?"

"서둘러선 안 된다. 우선 이 비밀스러운 도시를 샅샅이 파악해야 한다. 베가 사제, 네 도움이 필요하다."

베가는 이런 식으로 일의 전면에 나서고 싶지 않았다. 정체가 발각될 위험 없이 뒤편에 숨어 있고 싶었던 것이다.

"내키지 않는 건가?"

"절대 아닙니다, 주인님! 다만 제 생각엔 신중하게 몸을 사리고 있다가 결정적일 때 움직여야 할 것 같아서요."

"우리가 아비도스에 자리를 잡은 만큼 이미 유리한 위치에 있다. 공격을 동시 다발로 퍼부으면 세소스트리스도 어쩌지 못하고 두 손들 것이다. 오시리스가 더이상 부활하지 못한다는 사실을 그가 받아들이는 순간 그의 왕좌도 함께 무너져내리는 거지."

예고자의 조용하고도 자신감 넘치는 말을 듣자 베가와 스합은 마음이 놓였다.

"우리의 또다른 공격 목표인 멤피스를 잊어선 안 된다. 그곳 사정은 어떤가, 제르구?"

"거긴 만만찮은 장애물이 있습니다, 주인님. 바로 수호자 소벡입니다. 그가 우리 비밀 조직을 찾아내서 치고 들어올지도 모르거든요. 그를 반드시 제거해야 하는데, 그 방법을 모르겠습니다."

"그 문제에 대한 해결책이 여기 있다."

예고자가 아카시아나무 궤짝을 꺼내왔다. 예전에 여왕 터키석을 넣어두었던 궤짝이었다.

"이걸 네게 맡기겠다, 제르구. 무슨 일이 있어도 이 궤짝을 열어봐선 안 된다. 열어보는 날엔 네 목숨이 끝장날 것이다."

"이 궤짝으로 무얼 해야 합니까요?"

"석비 밀매를 할 때 이용했던 비밀 운반책을 동원해서 이 궤짝을 멤피스로 가져간 다음 소벡의 방에 갖다놓아라."

"그건 쉬운 일이 아닙니다. 게다가……"

예고자의 눈이 붉게 달아올랐다.

"넌 할 수 있고 없고를 말할 권리가 없다. 무조건 해내야 한다, 제르구."

# 6

밤의 포근한 어둠 속으로 하프 소리가 은은히 울려퍼졌다. 이시스가 연주하는 소리였다. 현이 스물한 개인 이 악기는 다채로운 곡조를 만들어낼 수 있었다. 이시스는 두 옥타브를 자유자재로 넘나들며 아름다운 운율을 빚어냈다.

이케르는 이시스의 연주에 취한 듯 자신을 내맡겼다. 이 행복은 신들로부터 받은 크나큰 선물이었다. 두 사람은 자신들을 찾아온 행운이 언제까지고 계속되기를 바랐다. 둘은 지극히 사소한 생각, 지극히 미묘한 감정까지도 함께 나누면서 더할 수 없는 사랑의 일체감을 맛보곤 했다.

지상의 낙원은 다름 아닌 이 작은 집이었다. 탁발 사제는 이 집이 왕세자와 세소스트리스의 따님이 지내기엔 너무 초라하다고 말했지만, 두 사람은 다른 집을 구할 생각이 없었다. 언젠가는 이 집을 떠나야 하겠지만, 그때까지만이라도 두 사람이 처음으로 하나가 되었던 이곳에서 행복을 흠뻑 누리고 싶었다.

이케르는 이 집의 흰 벽, 출입문의 하얀 석회 문틀, 따뜻한 색으로 꾸민 실내, 단순하고 소박한 가구를 좋아했다. 때때로 그는 이시스와 자신이 여느 부부처럼 평범한 가정을 이루어 평화롭게 제의를 올리며 살게 되는 상상을 했다.

하지만 지금 처한 상황의 심각함과 임무의 어려움은 그를 곧 현실로 돌아오게 했다. 이케르는 사제들을 심문한 결과에 마음이 놓이면서도 한편으로는 불안했다.

이시스는 높고 낮은 음을 오르내리는 연속 화음으로 연주를 끝맺었다. 그녀가 하프를 옆으로 밀어놓고 이케르의 어깨에 머리를 부드럽게 기댔다.

"걱정거리가 있어 보여."

이시스가 말했다.

"마음이 편치 않아. 누군가가 분명 거짓말을 했다는 생각이 들거든. 그 거짓말을 알아차렸어야 했는데 눈먼 사람처럼 속아 넘어가고 말았어."

이시스는 그의 말에 고개를 젓지 않았다. 그녀 역시 같은 불편함을 느끼고 있었던 것이다. 어떤 불길한 바람이 아비도스를 휘감아 돌고 유해한 파장들이 퍼져나가며 이곳의 평온한 일상을 흔들어놓고 있었다.

이케르가 물었다.

"예고자와 내통하는 자가 한 명일까, 아니면 여러 명일까? 어느 경우든 그들은 전혀 실수 없이 처신하고 있어. 그들이 허점을 보였다면 어떤 부조화가 눈에 띄었을 텐데, 너도 탁발 사제도 이상한 기운을 찾아내지 못했으니까 말이야. 임시 사제들도 특별히 이상한 점은 없었어. 그렇지만 적이 우리 사이에 숨어들었다는 사실을 난 확신할 수 있어. 지금으로서는 그자가 움직이기를 기다리는 수밖에 없어. 카의 섬에서 만난 거대한 뱀이 생각나. 푼트의 주인인 그 뱀은 이런 말을 했었지. '나는 이 세상의 종말을 막을 수 없었다. 너는, 너의 세상을 구할 수 있겠느냐?' 라고 말이야. 난 나의 세상을 구할 능력이 있을까, 이시스?"

"넌 섬에 떠밀려간 조난자가 아냐. 그리고 의인들의 섬인 이곳은 사라지지 않을 거야."

"내 스승이었던 노서기관도 생각나. 그분은 죽음을 맞으면서 내게 유언을 남기셨지. 그 어떤 시련이 닥치더라도, 나는……"

이시스가 그의 말을 이어받았다.

"나는 항상 네 곁에서 너를 도울 것이다. 네가 아직 모르고 있는 어떤 운명을 완성할 수 있도록 말이다."

이케르는 어리둥절한 눈으로 이시스를 응시했다.

"파라오께서도 그 말을 알고 계셨는데…… 폐하와 네가 어떻게 그 말을 아는 거지?"

"많은 사람들은 일이 흘러가는 대로 순응하며 살아가지만, 또 어떤 사람들은 운명의 부름을 좇아 자신의 삶의 의미를 풀려고 하지. 이런 사람들의 소명은 현세에서 신비를 경험하고 그것을 외부에 누설하는 일 없이 보전했다가 후대에 전하는 거야. 전달할 수 없는 것인 그 신비를 말이야. 너의 옛 스승님은 이런 사람들을 알아보고 이들에게 신성한 문자를 가르쳐 스스로 자신의 소명에 눈뜨게 하는 일을 하셨지. 오시리스 신전에 계시다가 세상으로 나온 분이셨거든."

이케르는 놀라움 속에서도 분명히 알 수 있었다. 그가 연달아 겪어 온 시련들 가운데 우연은 없었다는 사실을.

"누가 스승님을 죽였는지도 아니?"

이시스가 대답했다.

"예고자가 저지른 짓이야. 스승님께서 너를 찾아냈듯이 예고자 역시 너를 찾아다니고 있었어. 그자는 너를 바다의 신에게 제물로 바침으로써 자신의 힘을 강화하려고 했지. 사악한 자들은 자신의 희생물로부터 자양분을 얻거든. 그래서 끝없이 희생물을 찾아다니지."

"스승님, 파라오와 너. 이렇게 세 사람이 나를 인도해주고, 지켜주었던 거구나!"

"너는 잠시 어둠 속에서 길을 잃고 헤매기도 했지. 하지만 그럴 때조차 넌 늘 빛을 추구했고, 그렇게 스스로 길을 찾아냄으로써 오늘의 너 자신으로 성장해온 거야."

"지금 이렇게 널 내 품에 안고 있는데, 그렇다면 내 운명은 기대 이상의 모습으로 완성된 게 아닐까?"

"우리 사랑은 흔들림 없는 받침돌이 될 거야. 그 어떤 공격에도 굳건히 버텨낼 받침돌 말이야. 넌 이 사랑을 바탕으로 스스로를 완성해야 해. 그렇지만 네가 아비도스의 모든 문을 통과한 건 아냐. 설마 그렇게 생각하는 건 아니지?"

이시스의 미소를 보자 이케르는 그 어떤 반박도 할 수 없었다.

"목적지에 도달했을 때에야 우리는 비로소 자유를 누릴 수 있어. 그곳에 도달하면 어느 길을 선택할지 더이상 고민할 필요가 없을 테니까. 아직은 마아트의 길로 걸어가야 해."

"내가 앞으로 나아갈 수 있도록 도와줘. 폐하께서 내게 사카라에 있는 서기관들의 무덤을 보여주신 적이 있어. 나는 아비도스 도서관도 보고 싶어."

"아비도스 도서관은 아주 특별한 곳이야."

"나는 아직 그곳에 들어갈 자격이 없는 거니?"

"그걸 판단할 사람은 그곳의 수호 여신이야. 그 여신과 대면할 자신이 있니?"

"네가 인도해준다면 두려울 게 뭐 있겠어?"

이케르는 이시스를 따라갔다. 그는 그녀만큼 경쾌하고도 우아하게 걷는 여인을 본 적이 없었다. 땅을 겨우 스칠 듯 옮겨놓는 그녀의 발걸음은 이 인간세계 위로 금방이라도 날아오를 것처럼 보였다.

생명의 집 높은 담 앞에 다다른 이케르는 자신도 모르게 긴장했다. 안으로 들어가는 출입구는 아주 좁아서 한 사람이 겨우 다닐 수 있을 정도였다.

"여기가 바로 기쁨의 말들이 빚어지는 곳이야. 올바름을 경험할 수 있는, 그러니까 말들을 구별하는 법을 배울 수 있는 곳이지."

출입구 앞, 제단 위에 놓인 봉헌물 가운데서 이시스는 둥근 빵 하나를 집어 이케르에게 내밀며 말했다.

"이 빵에 '세트의 동맹자들'이라고 쓰도록 해."

그는 가느다란 붓에 붉은 잉크를 묻혀 이시스가 시킨 대로 써 넣었다.

"이제 안으로 들어가자. 두려움은 잊어버려."

문지방을 넘어 들어선 순간 이케르는 제자리에 굳어버렸다. 사나운 짐승이 울부짖는 소리에 피가 얼어붙는 것 같았다.

눈앞에 금방이라도 달려들 것 같은 암표범 한 마리가 보였다. 마프데트 여신의 현신이었다.

이케르는 여신에게 오시리스의 적들을 의미하는 빵을 바쳤다. 암표범은 잠시 주저하다가 빵을 받아 물고 사라졌다.

이제 앞을 가로막는 것은 없었다. 통로를 따라가자 큰 방이 나왔다. 여러 개의 기름 등잔이 그을음 없이 방 안을 환히 밝히고 있었다.

서가에 가지런히 정돈된 파피루스 두루마리들이 보였다. 두루마리마다 적힌 제목을 알아본 이케르는 감격하여 어쩔 줄 몰랐다.

그는 우선 하늘의 원리와 땅의 원리, 그리고 이 두 세계를 잇는 중간 세계의 원리가 담긴 책부터 펼쳐 읽기 시작했다. 이어서 골라 든 것은 신성한 나룻배의 보존법에 관한 책과 조각술을 설명한 책이었다.

미지의 세계를 그려 보여주는 책들, 새로운 앎에 도달하는 길이 담긴 책들…… 이시스가 이케르의 어깨에 손을 올려놓으며 말했다.

"먼동이 트고 있어. 생명의 나무에 제의를 올리러 가야 해. 너도 참석하라는 탁발 사제의 전언이 있었어."

이케르는 봉헌의식을 위해 엄숙한 태도로 항아리들을 날랐다. 항아리들을 건네받은 이시스와 탁발 사제가 안에 담긴 물과 우유를 생명의 나무둥치에 부었다. 나무는 더할 수 없이 푸르고 싱싱한 모습이었다.

이시스가 이케르에게 은거울을 건네주었다. 두툼한 은판에 벽옥 손잡이가 달린 거울이었다. 손잡이는 하토르 여신의 얼굴로 장식되어 있었다.

"이 거울로 햇빛을 반사시켜서 나무둥치에 빛을 모으면 돼."

이 거울의식은 간단하면서도 집중을 필요로 했다.

이시스가 말했다.

"어젯밤부터 오늘 아침까지 넌 많은 단계를 통과해왔어. 네가 이 거울을 손으로 잡을 수 있다는 건 네가 빛을 섬기는 사람임을 하토르 여신께서 인정하셨다는 의미야."

탁발 사제가 퉁명스럽게 말을 가로막았다.

"꼭 그렇다고 볼 수는 없소. 오늘 밤 세소스트리스 신전에서 왕세자를 기다리고 있겠소."

이시스와 이케르, 탁발 사제는 의식을 마치고 그 자리를 떠났다. 이 세 사람이 멀어져 가는 모습을 예고자가 숨어서 지켜보고 있었다. 예고자는 베가가 중간에서 수완을 부린 덕분에 근무 장소를 세소스트리스 만세 신전으로 옮길 수 있었다. 행정절차로 인해 다소 시일이 걸린 점을 제외하면 모든 일이 그의 계획대로 진행된 것이다. 신전에서 그가 맡은 일은 항아리와 갖가지 잔들을 관리하는 것이었다. 이 용기들 가운데는 신들에게 봉헌물을 바칠 때 사용되는 제기도 있었고, 사제들이 사용하는 것들도 있었다. 말하자면 예고자가 새로 배치된 일터는 아비도스의 급소에 해당하는 곳이었다.

그는 신전의 뒷방 하나를 숙소로 써도 좋다는 허락을 받아냈다. 오시리스를 둘러싼 보호막을 하나하나 부수며 공격해 들어갈 전초기지를 얻은 셈이었다.

그의 예리한 눈은 생명의 나무를 둘러싼 어린 아카시아나무들이 보호 마법을 발산하고 있다는 걸 금방 알아보았다. 놀랍게도 그 장소에는 위병도 없었고, 종신 사제나 임시 사제가 따로 지키지도 않았다. 지킬 필요가 없을 정도로 안전을 자신한다는 건 이 보호 마법이 그만큼 강력하다는 의미였다.

생명의 나무 앞으로 좀더 다가선 예고자는 사자 네 마리가 등을 맞댄 형상의 함 하나를 발견했다. 함 중심에 꼭대기가 가리개로 가려진 가느다란 기둥이 꽂힌 게 보였다. 꼭대기 가리개는 마아트의 상징인 타조 깃털 두 개로 장식되어 있었다.

　예고자는 서기관들이 즐겨 취하는 자세로 앉아보았다. 명상에 잠기기 좋은 자세였다. 이집트인은 생각을 자유롭게 다룰 줄 알았고, 사유를 풍요롭게 하기 위해 어떤 몸가짐을 지녀야 하는지 알고 있었다. 이런 자세에 익숙해지다보면 일개 속인일지라도 신성함에 이끌릴 것이다. 하지만 예고자는 이집트인이 추구하는 신성함에 아무 감흥도 일지 않았다.

　생명의 나무를 지키는 자기장은 네 마리 사자 형상의 함과 네 그루 아카시아나무로 이루어진 상징적 방어벽에서 발산되는 기의 파장이었다. 생명의 나무로 건너가려면 이 마법을 풀 주문을 정확히 알아야 했다. 그 주문을 외워 나무를 에워싼 기의 장벽을 무력화시켜야 하는 것이다.

　예고자는 신전 내부에서 그 주문을 찾아낼 수 있을 거라 생각했다. 세소스트리스의 말을 기록해둔 문서 가운데 그 주문이 있을 것이었다.

　자신이 배치된 신전으로 돌아온 예고자에게 지시가 내려와 있었다. 몸이 아픈 한 동료를 대신해서 밤새 이곳을 지키라는 것이었다. 그는 조금의 불평도 없이 지시에 따랐다. 밤새 신전 내벽에 기록된 글들을 해독해서 주문을 찾아낼 좋은 기회였던 것이다.

　예고자는 모두 잠자리에 들기를 기다렸다. 이윽고 혼자 남게 된 그는 흰 대리석 항아리 두 개를 들고 나와 조심스럽게 신전을 돌아보기 시작했다. 항아리는 누군가에게 들킬 경우를 대비한 것이었다. 이 귀중한 용기를 씻어 제단에 올려놓으려 했다는 게 그가 준비한 핑계였다.

　신전에 감도는 강력한 정신적 힘이 예고자를 불편하게 했다. 벽에 새겨진 신성한 문자 하나하나가 그를 밀쳐냈고, 천장에 그려진 별들이 그를 향해 적의에 찬 섬광을 쏘아 보냈다. 예고자는 자신의 예감이 맞았음을 깨달았다. 이집트 현자들은 문자와 기호, 상징들에 이 신전을 지킬 임무를 맡겨놓았던 것이다.

예고자가 평범한 마법사였다면 그 장소를 견뎌내지 못하고 달아났을 것이다. 신성한 문자와 상징들이 발산하는 마법의 힘 때문에 숨을 쉬지 못할 정도로 고통을 느낀 그는 서둘러 맹금으로 변신했다. 숨겨두었던 발톱과 부리를 날카롭게 밖으로 드러내자 신전의 마법은 예고자가 둘러쓴 매의 거죽을 타고 흐를 뿐 안으로 뚫고 들어오지는 못했다.

이렇게 마법을 막아내면서 예고자는 계속해서 신전 벽의 그림들을 살피고 신들과 파라오의 말들을 찬찬히 읽어 내려갔다.

신에게 제물을 바치는 모습이 연달아 그려져 있었다. 그 옆의 벽에는 신들과 파라오가 끊임없이 대화하는 장면이 있었고, 이어 파라오가 영겁의 삶과 끝없는 부활의 향연을 보장받는 장면이 펼쳐졌다.

예고자는 맹금의 날카로운 눈으로 신전 벽을 찬찬히 살폈지만 원하는 주문을 찾아내지 못했다.

참을성 있게 탐색을 계속하던 예고자가 별안간 제자리에 멈춰 섰다. 눈앞에 오시리스로 화한 파라오의 거상들이 서 있었다. 양손에 각각 특별한 형상의 홀을 들고 두 팔을 가슴에 교차시킨 모습의 거상들이었다. 예고자의 입가에 미소가 떠올랐다.

어째서 이걸 좀더 일찍 생각해내지 못했을까? 아비도스에서 모든 건 오시리스로부터 비롯되었다. 모든 것이 오시리스로부터 나와 오시리스에게로 되돌아가는 것이다.

예고자는 마침내 문제를 풀 열쇠를 찾아내고 쾌재를 불렀다.

어디선가 탁발 사제의 투박한 목소리가 들려왔다.
긴장한 예고자는 열려 있던 한 제실 문 뒤로 재빨리 몸을 숨겼다.
탁발 사제와 이케르가 오시리스 열주가 늘어선 중정으로 들어서는
모습이 보였다. 두 사람에게 들켜 이 자리에서 대결해야 할 경우 예
고자로서는 승리를 장담할 수 없었다. 신성한 문자들이 내뿜는 마법
때문에 평소의 힘을 발휘하기 어려웠던 것이다.
두 사람은 예고자가 숨어 있는 제실을 등진 채 파라오를 오시리스
로 표현한 거상 하나를 바라보았다.

이케르는 아주 힘든 하루를 보낸 터라 몹시 피곤했지만, 신전으로
오라는 탁발 사제의 요청을 거절할 수는 없었다.
탁발 사제가 말했다.
"오늘 장인들이 유난히 퉁명스럽게 굴지 않던가요?"
"그렇습니다. 하지만 그들이 제의 준비를 게을리 한 건 아닙니다.
혹시 나를 애먹이라고 지시하신 건가요?"
"그런 지시를 해봤자 소용없는 짓이지요. 그들은 아비도스의 법을
아는 사람들이니까. 하지만 왕세자는 그걸 모르고 있지요."
"나도 그 법을 배워 실천하고 싶습니다."
"멤피스는 유흥가가 많은 도시니 왕세자 나이의 젊은 사람이라면
얼마든지 즐겁게 지낼 수 있을 텐데, 그곳이 그립지 않소?"
"내가 정말 멤피스로 돌아가기를 바라시는 겁니까?"
탁발 사제는 언짢은 듯 입속말을 웅얼거렸다.

"왕세자가 맡은 임무를 완수하기 위해선 또다른 문을 통과해야 하오. 장인들은 그 사실을 알고 있고, 또 이 일에 관한 한 그 어떤 특별 대우도 용납하지 않을 거요."

"특별 대우는 바라지 않습니다."

"이 오시리스 석상을 보시오. 이걸 만든 사람이 누구일 것 같소?"

"아비도스의 조각공들이 아닙니까?"

"그들의 힘만으로 이 석상이 완성되는 건 아니오! 그들은 분명 솜씨가 뛰어난 장인이지만, 연금술이 이루어지는 황금의 집에 들어갈 자격을 얻은 장인은 얼마 되지 않소. 석상의 일차 재료인 나무, 돌, 금속을 생명을 지닌 작품으로 변모시키는 비밀스러운 작업은 바로 황금의 집에서 이루어지지요. 석상을 완성시킨 진정한 창조자들은 극히 소수요. 이들은 입문의식을 거쳐 오시리스의 종복이 된 사람들로서, 신의 말씀을 알고 마법의 주문들과 효력 있는 제의들에 정통하오. 그런 경지에 도달하면 그 어떤 불로도 소진시키지 못할 영원한 질료들을 빚어낼 수 있게 되지요. 이들이 당신을 동료로 받아들이지 않는다면 당신은 아비도스를 떠나야 합니다."

이케르는 항의하지 않았다. 주어진 임무를 완수해야 하는 이상, 앞에 닥친 시험을 피할 수는 없었기 때문이다. 오히려 그는 아비도스의 새로운 모습을 발견할 수 있다는 생각에 기쁨과 흥분을 느꼈다.

"그 황금의 집에서 쓰이는 금 역시 황금원에 속한 것이겠지요?"

"신비제의 기간 동안 그 금이 있어야만 오시리스를 부활하게 할 수 있소. 왕세자의 지난 삶이 자신도 의식하지 못한 사이에 그 금을 찾는 데 바쳐진 이유도 바로 거기에 있소. 왕세자는 그 금을 아비도스에 가져옴으로써 자신에게 주어진 길을 계속 갈 것임을 스스로 약속한 셈이오. 오시리스는 신비에 입문한 사람들에게 산과 지하 세상에 숨겨진 보물을 찾아주며, 암석 아래 숨겨진 보물을 드러내 보여주고, 또한 금속 다루는 방법을 가르쳐주지요. 다음과 같은 사실을 명심하시오. 오시리스는 금의 완성*이라는 사실을."

---

* 네페르 은 누브(Nefer n noub, 토리노 석비, BC 1640년).

# 7

제르구는 한시라도 빨리 아비도스를 떠나고 싶어 발걸음을 서둘렀다. 다음번에 신고 와야 할 물품 목록을 챙겨들고 배다리를 막 오르던 그를 목소리 하나가 불러세웠다. 목소리의 주인을 깨닫는 순간 제르구는 그 자리에 얼어붙었다.

"제르구! 당신이 여기 있을 줄은 몰랐군요."

제르구는 돌아서며 대답했다.

"다시 만나 뵙다니, 이렇게 반가울 수가, 왕세자 전하!"

"나한테 인사도 안 하고 떠나려던 거였습니까?"

"저는 전하가 여기 머무시는지 모르고 있었습죠."

이케르가 물었다.

"여기선 즐겁게 지냈습니까?"

"일, 일, 끝나면 또 일! 아비도스가 즐길 수 있어서 유명한 곳은 아니죠."

"정확히 무슨 일을 하고 있습니까? 당신이 일을 좀더 수월하게 할 수 있도록 내가 도울 방법이 있을지도 모르는데."

"전 멤피스로 돌아가야 합니다."

"급한 일인가보군요."

제르구는 입술을 깨물었다.

"아뇨, 그렇게까지 바쁘지는……"

"그럼 우리 집에 가서 맥주나 한잔 하죠."

"전하를 번거롭게 해드릴 것 같아서, 저는……"

"해가 저물고 있어요. 뱃길을 가기에는 좋은 시간이 아니죠. 내일 아침에 떠나도록 해요."

제르구는 왕세자가 자신에게 뭔가 자꾸 물을까봐 겁이 났다. 묻는 말에 대답하다보면 정체를 드러내게 되어 조직을 위험에 빠뜨릴 수도 있었다. 하지만 이대로 내뺀다면 켕기는 게 있다는 걸 자백하는 꼴이지 않은가?

제르구는 긴장된 눈빛으로 이케르를 따라갔다. 불안해서 다리가 휘청거릴 지경이었다. 지나가던 임시 사제 몇 명이 두 사람을 보았다. 그들은 제르구가 왕세자의 환심을 샀으니 이제 출셋길이 열릴 거라고 생각했다.

주방에서는 저녁식사 준비가 막 끝난 참이었다. 메추라기구이, 렌즈콩, 상치, 무화과를 으깬 죽이 차려졌다. 제르구 앞에 이시스가 나타났다. 그녀는 생명의 호수에서 여사제들과 함께 제의를 올린 후 돌아오는 길이었다. 음식 냄새에 자신도 모르게 군침을 삼키던 제르구는 그녀를 보자마자 입을 딱 벌린 채 넋을 잃었다.

어쩌면 이렇게 아름다운 여자가 있을까?

이시스가 이케르에게 물었다.

"이분도 우리와 함께 식사하실 거지?"

"그럼!"

이케르가 당연하다는 듯 대답했다.

제르구는 멍청한 미소를 지었다. 배도 고프고 맥주도 당기던 참이라 그는 대화가 일상적인 이야기 바깥으로 넘어가지 않기만을 바라면서 식성 좋게 먹고 마셔댔다.

문득 이케르가 물었다.

"알고 지내는 임시 사제들이 많은가요?"

"아뇨, 거의 없습니다! 저는 그저 종신 사제들한테 물품이나 배급해줄 뿐이죠."

"물품 주문자는 매번 바뀌겠지요?"

"아뇨, 매번 베가 사제한테서 보급품 목록을 전해 받고 있습죠."

"단호하고 엄격한 사제인데…… 당신이 뭔가 실수라도 하는 날엔 그 사제가 그냥 넘어가지 않을 거예요."

"그래서 정신을 바짝 차리고 있습니다요!"

"다른 종신 사제들 가운데 아는 사람이 있나요, 제르구?"

"없다니까요! 아시다시피 아비도스라는 도시가 마음 편한 곳은 아니잖습니까."

"그렇다면 어째서 이곳에 물품을 보급하는 일을 계속하는 겁니까?"

제르구는 흠칫하며 기어들어가는 목소리로 둘러댔다.

"그게 제가 하는 일이고, 또 이곳 종신 사제님들도 도와드릴 겸, 하여간 그래서 그런 거죠. 저야 실질적 책임이 없는 한낱 임시 사제에 불과한 걸요!"

"뭔가 사리에 어긋나거나 걱정스러운 일이 있었나보군요?"

"그런 일은 없었어요, 맹세코 없었습니다요! 오시리스께서 보호해주시는데 이곳에서 옳지 못한 일이 일어날 리 있나요?"

"혹시 베가 사제가 뜻밖의 요구, 그러니까 온당치 못한 요구를 해 오던가요?"

"절대로 그런 일은 없습니다, 절대로! 그 사제님은 제가 보기엔 청렴 그 자체라고요. 저는 내일 새벽에 떠날 거라서 일찍 잠자리에 들어야겠습니다. 이거 원 고마워서…… 정말 맛있게 먹었습니다."

배로 돌아오면서 제르구는 식사를 하는 내내 이시스가 아무 말도 하지 않았음을 깨달았다. 하지만 뭐 대수로울 게 있겠냐는 생각이 들었다. 자신은 방금 함정에서 멋지게 빠져나왔는데 말이다.

밤새 악몽에 시달리다가 깨어난 제르구는 염소젖와 과자를 들고 찾아온 비나를 보고 반색했다. 애써 낙관적으로 생각하는 제르구를 비나가 화난 얼굴로 몰아붙였다.

"어젯밤에 이케르의 집에서 저녁식사를 했더군, 그가 무슨 이유로 당신을 집에 데려간 거야?"

"우정을 돈독히 하자는 거였지."

"분명 당신한테 많은 걸 물었을 텐데?"

"걱정 말라고, 솜씨 좋게 빠져나왔으니까. 이케르한테 꼬리 잡힐 말은 한마디도 하지 않았어."

"이케르와 무슨 얘길 나눴는지 어서 말해봐."

제르구는 지난밤의 이야기를 기억나는 대로 주워섬겼다. 자신이 했던 말에 살을 푸짐하게 덧붙인 건 물론이었다. 그는 앞에 있는 이 수상쩍은 여자가 몹시 밉살스러웠다. 하지만 충동이 이는 대로 그녀의 목을 졸라버렸다가는 예고자가 자신을 그냥 두지 않을 게 뻔했다.

"서둘러 멤피스로 돌아가도록 해. 그리고 예고자님의 지시가 있기 전까지는 절대 이곳에 오지 마."

비나는 예고자 앞에 꿇어앉아 그의 무릎을 껴안았다.

"이케르는 제르구가 석연찮은 일에 손대고 있다는 의심을 품었지만 그 일이 뭔지는 아직 모릅니다. 그저 사소한 부정 사건일 거라고 생각하고 있지요."

"애썼다, 비나."

"제르구가 말썽을 일으키지 않을까요?"

"그렇다면 오히려 도움이 되지. 적의 눈길이 멤피스의 메데스한테로 쏠리게 될 테니까. 메데스도 제르구도 참된 믿음을 갖고 있지 않다. 두 사람은 더 많은 이득을 챙기는 데 혈안이 되어 우릴 이용할 생각뿐이야."

비나는 잔인한 미소를 지었다.

"이번 실수로 그들은 목숨을 내놓게 되겠군요?"

"일이란 건 그럴 때가 되면 그렇게 되어야 하는 법이다."

비나의 얼굴이 또다시 어두워졌다.

"이케르는 제르구가 베가와 관계가 있다는 사실을 알아요! 만약 그가 베가를 체포하면 우린 쓸모 있는 패를 하나 잃게 되잖아요?"

"위선을 부리는 덴 베가를 능가할 자가 없지. 그는 이케르를 감쪽같이 속여 넘길 수 있을 거다. 어차피 오래 걸릴 싸움이 아니니까 잠시만 속여 넘기면 돼."

비나는 예고자의 다리를 좀더 깊숙이 끌어안았다.

"모든 걸 미리 내다보고 계셨군요?"

"그렇지 않다면 어찌 내가 예고자이겠느냐?"

이케르는 이시스가 한 말이 계속 마음에 걸렸다. 그녀가 '제르구는 썩은 과일 같은 사람'이라고 평했던 것이다. 이 곡식 저장소 책임 감독관이 비록 존경심을 불러일으키는 인물은 아니지만, 그래도 이케르는 그가 낙천적이고 인정이 많다고 생각하던 터였다.

그날 저녁식사를 하는 내내 이시스가 제르구에게서 한시도 눈을 떼지 않고 그의 말과 행동을 유심히 살폈던 건 사실이었다. 그러고 나서 내린 제르구에 대한 그녀의 평가는 이케르의 생각과 너무 달랐다. 이케르는 그녀의 통찰력을 믿었으므로 자신이 순진하게도 제르구에게 속은 걸지도 모른다고 생각했다. 제르구가 끊임없이 늘어놓던 말들이 입에 발린 것이란 사실도 깨달았다. 그건 자신의 환심을 사서 출세해볼 목적이 아니었겠는가? 그런데 이런 천박한 출세욕을 지닌 사람이 반역 음모에 가담할 수 있을까? 세속의 이해타산에 그처럼 밝은데 과연 예고자를 추종할 수 있겠는가? 이렇게 반문해보던 이케르는 한 가지 사실을 떠올리고 흠칫 놀랐다. 그처럼 현실적 쾌락에 열중하면서 신성한 것과는 담을 쌓고 지내는 사람이 베가 사제와 친분이 있다니! 그렇게 차갑고 완고하며 자신의 지식 속에 갇혀 있는 인물과 말이다. 서로 알고 지내기에는 두 사람의 성향이 너무나 달랐다. 어쩌다 알게 된 사이일까?

베가가 예고자와 내통하고 있을지도 모른다는 생각이 들었다. 그러나 그의 성격이 아무리 괴팍하고 용모가 추하다고 한들 그런 오명을 뒤집어씌울 수는 없었다. 그렇다면 제르구가 그와 친분이 있다는 사실은 어떻게 설명할 것인가?

이케르는 생각에 잠긴 채 오시리스 언덕으로 발걸음을 옮겨놓았다. 그곳의 한없는 평화로움에 잠겨 있다보면 어떤 결론을 내릴 수 있을 것 같았다.

제실 안에 숨어서 말린 생선 조각을 우물거리던 스합은 위험이 다가오는 걸 본능적으로 알아차리고는 입과 혀의 움직임을 순간 멈췄다.

바깥을 엿보기 위해 제실 출입구를 가린 낮은 버드나무 가지 하나를 들어올리자 이케르의 모습이 눈에 들어왔다.

밉살스런 그 서기관 녀석이 느린 걸음으로 다가오고 있었다.

저 빌어먹을 녀석이 내가 여기 숨어 있는 걸 어떻게 알아냈을까? 그러나 분명 그는 혼자였고, 무기도 없었다. 그에겐 치명적인 실수지만 스합에겐 예기치 못한 기회 아닌가? 어리석게도 이런 위험을 자초한 이상, 저 녀석은 비싼 대가를 치르게 될 것이다. 스합은 칼 손잡이를 움켜쥐었다.

이케르는 나지막한 담장 가장자리에 걸터앉았다. 스합이 숨어 있는 제실에서 스무 걸음 정도 떨어진 곳이었다.

이케르는 파피루스 두루마리 하나를 펼치고 뭔가를 적어 내려갔다. 그러고는 한참 생각에 잠겨 있다가 먼저 쓴 것을 지웠다.

분명 누군가를 찾으러 온 것 같지는 않았다. 아마도 복잡하게 뒤엉킨 생각을 가다듬어 어떤 결론을 내리려는 것 같았다.

스합은 망설였다. 예상치 않은 이 기회를 이용해서 이케르를 죽인다면 예고자는 흡족해할까? 그의 최후를 결정하는 건 예고자의 몫이지 그의 부하가 나설 일이 아니었다.

스합은 제실 구석으로 다시 돌아가 웅크렸다.

잠시 후 이케르는 자리에서 일어나 멀어져 갔다.

이케르는 옛 스승이 남긴 유언을 생각했다. 그 유언에 따르면 어떤 낯선 사람이 메다무드에 찾아왔는데, 그자는 이케르를 눈엣가시처럼 여기던 메다무드 촌장과 무슨 일인가를 꾸미면서 죽이 아주 잘 맞았던 것 같다고 했다. 분명 예고자였을 것이다! 예고자는 단지 광신도 무리의 우두머리인 것만은 아니었다. 반역 음모를 조종하고 파라오 암살을 획책했던 그는 무자비한 파괴 의지를 지닌 악의 화신이었다. 그리고 파라오 문명의 기반이자 저세상 의인들을 인도하는 방향키인 마아트만이 이 악에 맞서 싸울 수 있었다.

비로소 이케르는 자신의 존재 의미를 깨달았다. 또한 지금까지 끊임없이 시험을 치러온 이유도 알게 되었다. 마아트가 악에 대항해 벌이는 이 투쟁에 뛰어들어 결코 굴하지 않고 온 힘을 다해 맞서 싸우는 것, 이것이 그가 해야 할 일인 것이다. 그리고 이 투쟁은 매일 새롭게 시작되어야 했다. 악의 위협으로 금방이라도 부서질 듯 위태로운 세상, 파멸을 목전에 둔 세상을 정면으로 응시하면서 말이다.

이시스의 사랑이 그에게 큰 힘을 주었다. 그녀가 있었기에 마음을 좀먹는 의혹도, 몸을 움츠리게 하는 두려움도 물리칠 수 있었다. 마법의 주문에 통달하여 그 어떤 괴수라도 제압할 수 있었던 세피 장군을 살해한 것만 봐도 예고자의 힘이 엄청난 건 분명했다. 그 힘이 마아트의 적, 즉 부패와 소멸을 조장하는 헤아릴 수 없는 인자들로부터 끊임없이 양분을 빨아들여 성장하는 이제페트로부터 온 게 아니라면 대체 무엇이겠는가?

인간 세상에서 이제페트를 제거하기란 불가능했다. 오시리스의 위대한 땅 아비도스가 모든 걸 파괴하려는 이제페트의 사나운 물결을 막아낼 수 있을 것인가?

이시스의 미소가 이런 어두운 생각들을 잊게 해주었다. 그녀가 말했다.

"시간이 되었어. 이제 넌 다음 단계의 입문의식을 준비해야 해. 아비도스에 대해 모든 걸 알아야 할 때가 온 거야."

이케르는 숨이 턱 막혔다. 별안간 겁이 더럭 났던 것이다.

"왜 그래?"

"아직 이른 것 같아서. 예전엔 다음 단계가 궁금해서 조바심이 났는데 지금은 여유를 갖고 싶어. 충분한 시간을 두고 각 단계를 누리고 싶어."

"코이악 달(月)이 다가오고 있어. 그때가 되면 넌 파라오의 대리인으로 오시리스 신비제의를 집전해야 해."

"내가 정말 할 수 있을까, 이시스?"

"자신감을 가져. 그 일을 해내야 네 임무를 완성할 수 있어."

또다시 이시스는 이케르의 길잡이가 되었다.

그녀는 자신이 아는 아비도스의 모든 비밀을 이케르에게 전해주었다. 그는 이시스의 인도를 받아 불의 길과 물의 길, 땅의 길을 통과했고, 일곱 개의 문을 지나 오시리스의 나룻배에까지 이르렀다.

이 축복받은 시간 동안 두 사람은 정말로 하나가 되어 같은 시선으로 같은 빛을 바라보았고, 그리하여 단 하나의 삶을 살았다. 이제 이케르와 이시스는 영원히 남편과 아내, 오빠와 누이가 된 것이다. 그들의 혼약은 생명의 나무가 서 있는 언덕 아래, 아비도스에서 가장 신비한 장소인 오시리스의 무덤에서 이루어졌다.

이시스가 말했다.

"이 무덤 안에 태초의 단지*가 있어. 그 단지 안에는 죽음을 넘어선 영원한 생명의 비밀이 담겨 있지. 헤아릴 수 없이 많은 존재의 형상들이 그 단지로부터 나온 거야. 그래서 그 단지가 오시리스 곁에 놓여 있는 것이고."

"그것이 혹시 황금원의 비밀이니?"

"네 여행의 목적지가 가까워지고 있어, 이케르. 그 단지를 열어보거나 마음대로 만질 수 있는 인간은 없지만, 그 신비는 온전히 발현되고 전수되어야 해. 만약 황금의 집이 너를 참다운 사람으로 인정한다면, 황금의 집이 네 눈과 귀와 입을 열어준다면, 네 마음의 단지가 순결한 그릇이어서 무언가를 오염 없이 담을 수 있다면, 너도 앎을 얻을 수 있을 거야."

그녀의 말을 듣자 이케르의 마음속에서 두려움은 지워지고 대신 부끄러움이 밀려왔다. 자신의 보잘것없음에 대한 부끄러움이었다.

하지만 이케르는 이런 번민, 달아나고만 싶은 약한 마음을 지웠다. 그리고 다시금 자신의 자리로 돌아와 이시스가 들려준 운명과 마주섰다.

그가 대답했다.

"마음의 준비가 되었다고 해서 성공할 수 있는 건 아니겠지. 내가 할 수 있는 일은 오직 앞으로 나아가는 것뿐이야. 네가 나를 인도해준다면 나는 밤의 끝까지라도 따라가겠어."

해 저문 하늘에 예사롭지 않은 빛이 나타났다. 이시스가 하늘을 가

---

* 케테메트(khetemet), 성배의 기원.

리키며 말했다.

"황금의 집이 빛나기 시작했어. 너를 기다리고 있다는 의미야."

# 8

메데스는 누군가에게 미행당하고 있음을 눈치 챘다. 그는 레바논 상인의 집으로 가는 중이었다. 수면제를 먹은 아내가 꾸벅꾸벅 졸기 시작하고 하인들도 모두 잠자리에 들자, 그는 자신의 저택을 나섰던 것이다. 상인의 집에 갈 때마다 그는 매번 다른 길을 택했고, 목적지에 거의 다 왔다가도 다시 멀어지곤 했으며, 갔던 길을 되짚어오면서 백번도 넘게 뒤를 돌아보곤 했다. 이런 신중함 덕분에 지금까지는 누군가에게 뒤를 밟힌 적이 없었다.

이처럼 극도로 조심했는데도 미행자가 따라붙었다는 건 한 가지 이유로밖에 설명되지 않았다. 수호자 소벡이 그에게 감시자를 붙여놓은 것이다.

하지만 실수한 적이 없는데 어떻게 의심을 사게 되었을까? 메데스는 골목 모퉁이에 웅크려 잠을 청하는 척했다. 뒤따라오던 인물이 앞을 지나쳐갔다. 실눈을 뜨고 보니 그 감찰관은 중키에 비쩍 마른 체구로 메데스라도 너끈히 때려누일 수 있을 정도였다.

감찰관은 여느 행인 행세를 하며 멀어져 갔다.

미행자가 시야에서 사라지자 메데스는 반대편 골목으로 뛰어들어 있는 힘껏 뛰었다. 숨이 턱에 차도록 달린 그는 어느 빵 굽는 가마 뒤에 몸을 숨기고 뒤따라오는 자가 있는지 살폈다.

아무도 없었다. 하지만 마음을 놓지 못한 메데스는 부근을 한 바퀴 더 돌면서 주변을 확인한 다음에야 레바논 상인의 집으로 갔다.

문지기에게 작은 삼나무 조각을 내보인 뒤 집 안으로 들어서자 집사가 그를 알아보고 말했다.

"이층으로 올라가십시오."

"어서 오세요, 나리."

레바논 상인이 호방한 목소리로 그를 맞이했다.

식이요법을 완전히 포기한 레바논 상인의 몸무게는 나날이 늘어가는 중이었다. 이집트의 맛있는 음식들을 외면하기는 쉽지 않았고, 무엇보다 그의 불안감을 진정시킬 수 있는 건 음식밖에 없었다.

언변이 유창하고 붙임성 있는 이 상인은 장사 수완 또한 대단했다. 한번 예고자에게 거짓말을 했다가 그의 매 발톱에 심장을 뽑힐 뻔한 후로 상인은 예고자의 지시라면 무조건 따랐고, 그러면서 한편으론 이집트에 새로운 통치부가 수립되면 자신에게도 최고위직 하나는 돌아올 거라는 기대를 품었다. 예고자가 내세우는 종교는 그 교리상의 문제로 수많은 반대자를 낳을 것이고, 따라서 무자비한 박해가 벌어질 게 뻔했다. 레바논 상인은 그 일을 자신이 맡게 될 거라는 생각에 내심 흐뭇했다. 그동안 밀수나 밀거래를 위해 세간의 눈을 피해온 그는 그 보상으로 여봐란듯이 권력을 휘두르는 감찰대 총수 자리를 꿈꾸었다.

메데스가 추궁하듯 물었다.

"일이 어떻게 되어가고 있소?"

"세관 검문이 새로 강화되는 바람에 레바논과의 거래를 잠시 중단한 상태지요. 손해 막심한 이 상황이 빨리 끝나야 할 텐데요."

"난 그 문제를 이야기하러 온 게 아니오!"

"저런, 저는 나리께 힘 좀 써주십사 부탁할 참이었는데요."

"공격은 언제 개시할 거요?"

"그거야 예고자께서 정하시는 거죠."

"그가 아직 살아 있다면야 그래야겠지!"

레바논 상인이 붉은 포도주를 큰 잔 두 개에 부었다.

"진정하세요, 메데스 나리, 진정해요! 그렇게 흥분하실 거 없잖습니까? 우리 주인님께선 아주 잘 계시고, 아비도스도 계속해서 야금야금 무너뜨리는 중이십니다. 서두르다간 일을 그르칠 수 있어요."

"이케르의 진짜 임무가 뭔지는 알아냈소?"

"그거야 제르구가 알아오지 않겠습니까?"

"그가 살아 돌아올 거라고는 장담 못 하지!"

"비관적인 생각은 마세요. 물론 제 오른팔 같았던 정보원이 사라진 다음부터는 멤피스 조직원들 간의 연락도 원활하지 않고, 서로 간에 마찰도 있어요. 하지만 소벡은 수사망을 그렇게 확대시켜놓고도 별 소득을 얻지 못했지요. 우리 참된 믿음의 전사들은 한 사람도 붙잡힌 적이 없단 말입니다."

메데스가 조금 전의 일을 이야기했다.

"나를 미행한 사람이 있었소. 감찰관인 게 분명해."

레바논 상인의 표정이 굳었다.

"누군지 얼굴을 확인했습니까?"

"그러진 못했소."

"이 집으로 들어오기 전에 그자를 확실하게 따돌렸겠지요?"

"그러지 못했다면 내 집으로 되돌아갔을 거요."

"소백의 짓이군요. 아마 다른 고관들도 모두 감시당하고 있을 겁니다. 소백은 모두를 요주의 대상으로 놓고 감시를 강화하고 있어요. 이거 귀찮게 됐군요. 아주 골치 아픈 일인데요."

"소백을 없애지 않으면 우리 일을 망치고 말 거야!"

"정말 눈엣가시 같은 인물입니다. 하지만 그를 제거하기란 어렵습니다. 그를 없애느라 우리 조직원들을 희생시킬 필요가 있을까요?"

메데스가 한번 더 힘주어 말했다.

"소백을 없애야 하오."

"방법을 생각해보죠."

"시간을 너무 끌어선 안 돼! 그 빌어먹을 작자는 당신 예상보다 훨씬 빨리 우리를 찾아낼 거요."

레바논 상인이 안색을 바꾸었다. 그때까지 꾸며 보이던 느긋하고 유쾌한 호인의 풍모를 버리고 메데스가 깜짝 놀랄 만큼 잔인한 표정을 드러냈던 것이다.

상인이 말했다.

"걱정 마십시오. 그 누구도 내 앞길을 가로막게 내버려두지 않을 겁니다."


소백은 집무실이 흔들릴 정도로 크게 화를 냈다. 그는 매일 아침 심복들과 밀정들의 보고를 받았는데, 그의 분노가 폭발한 것은 특별 임무를 수행 중인 한 부하의 보고 때문이었다.

소벡이 소리쳤다.

"차근차근 다시 말해봐. 그 수상한 자가 메데스의 집에서 몇 시에 나갔다고?"

"한밤중이었습니다. 모두 잠든 시각이었어요."

"차림새는 어땠느냐?"

"허름한 튜닉을 입고 머리에 두건을 뒤집어쓴 모습이었습니다."

"그자의 얼굴을 전혀 보지 못했단 말이냐?"

"예, 못 봤습니다."

"걸음걸이로 봤을 때 젊은 사람 같더냐, 나이 든 사람 같더냐?"

"거동이 활기차 보인 건 분명합니다!"

"어디로 가더냐?"

"그걸 도무지 알 수 없었습니다. 제 생각에는 길을 못 찾고 헤매는 것 같았습니다."

"널 따돌리려 했던 거야, 넌 그 수에 속아 넘어간 것이고!"

"그자가 땅바닥에 주저앉아버리는 통에 계속 길을 가는 척할 수밖에 없었습니다. 다시 돌아와보니 그자는 이미 사라지고 없었고요. 정말이지 어쩔 수 없었습니다."

"숙소로 돌아가라. 가서 마당이나 쓸어."

이번 일은 비록 실패하긴 했지만 소득이 없진 않았다. 궁정 유력 인사들에 대한 감시를 강화하고 나서 처음으로 실마리를 얻어낸 것이다. 소벡은 이 사실을 총리에게 알리기 위해 집무실을 나섰다.

크눔호테프는 세난크흐와 함께 각 주의 예산을 검토한 후 잠시 쉬고 있었다. 두 다리와 등이 아픈 탓에 그는 더이상 자신의 개들과 산

책을 나가지 못했고, 잠을 잘 이루지 못하는 데다가 식욕마저 줄어버린 이 노총리는 자신의 생명이 손가락 사이로 흘러나가는 것을 느꼈다. 닥터 구아의 의술이 비록 뛰어나긴 했지만 총리의 생명을 붙잡기에는 역부족이었다.

매일 아침 노총리는 뜻 깊은 삶을 살게 해준 것에 대해 마아트 여신과 여러 신들에게 감사드리고, 또한 자리에 누워서가 아니라 일하다가 죽게 해달라고 마지막 소원을 빌었다.

비서관이 들어와서 알렸다.

"감찰대 총수가 각하를 뵙고자 합니다."

수호자 소백이 찾아올 때는 뭔가 중요한 일이 있다는 의미였다.

"총리 각하, 피곤해 보이십니다."

"인사는 생략하고, 무슨 일인가?"

"한 가지는 흥미 있는 일이고, 다른 한 가지는 난감한 문제입니다."

"어떤 것부터 말할 텐가?"

"난감한 것부터 말씀드리죠. 심층 수사라는 게, 특히 궁정 고관을 대상으로 할 때는 때때로 정해진 선 밖으로 넘어가기도 하는 일이라서……"

"알겠네, 소백. 나한테 알리지도 않고, 또 당사자에게 공식 통지도 없이 궁정 고관들을 감시했다는 말이지?"

"그건 너무 심한 말씀이십니다만, 거의 그런 셈입니다. 잡고 싶은 물고기가 늪에서 고개를 내밀었는데, 이 눈치 저 눈치 보다가 놓치고 싶진 않거든요."

"여전히 뻔뻔하구먼."

"다른 방도가 없었습니다. 그래야 그놈이 도망치지 못하죠."

"그 물고기 이름은 뭔가?"

"아직은 모르겠습니다."

"내 도움을 바란다면 약은 수는 쓰지 말게."

"그렇다면 남은 한 가지 흥미로운 일을 말씀드리죠. 국정원 비서가 모종의 수상쩍은 일에 연루된 것 같습니다."

"어떤 종류의 일인가?"

"그걸 도무지 모르겠습니다."

소백은 메데스에게 미행을 붙인 결과를 세세히 이야기했다.

총리가 고개를 끄덕이며 말했다.

"묘한 일이군. 하지만 그 정도 사실만 가지고 메데스가 비밀 조직과 연루되어 있다고 의심할 순 없어."

"그렇긴 하지만 이 문제를 계속 수사하도록 허락해주십시오."

"내가 허락하든 안 하든 자네는 수사를 계속할 거잖은가. 신중해야 하네, 소백. 무고한 사람을 의심하는 건 큰 범죄야. 메데스가 이 일을 되받아쳐서 자네를 궁지에 몰아넣을 수도 있어."

"위험은 감수하겠습니다."


세카리는 이 동네에서 저 동네로, 이 골목에서 저 골목으로, 이 집에서 저 집으로, 멤피스 구석구석을 돌아다니다가 그날의 마지막 탐문 장소로 한 선술집에 들어갔다. 실내는 떠들어대는 소리로 왁자지껄했다. 세카리는 얼마 전에 죽은 반란 조직원 하나가 물장수였다는 데 착안해서 자신도 물장수로 위장해 있었다.

물장수 노릇도 낮잠만 너무 오래 즐기지 않는다면 벌이가 꽤 좋았다. 이 직업의 어려움은 물을 사는 여인네들에게서 어떻게 하면 솜씨 좋게 빠져나오느냐 하는 데 있었다. 어떤 여인네는 은근한 수작을 걸어왔고, 또 어떤 여인네는 한번 말을 시작하면 그칠 줄을 몰랐다.

하지만 지금까지 끌어 모은 정보는 아쉽게도 신통찮았다. 비밀 조직이 멤피스를 빠져나간 것처럼 보일 정도였다. 그래도 세카리는 포기하지 않고 정탐을 계속했다. 조직원들이 멤피스를 떠나지 않았다는 확신이 들었던 것이다. 적들은 상황이 여의치 않자 숨을 죽이고 깊숙한 곳에 숨어 있을 뿐이었다. 이집트를 손에 넣으려면 멤피스를 장악해야 하는데 그들이 이 도시를 버리고 떠날 리 없었다.

세카리는 매일 아침 거리 이발사들을 바꾸어가며 찾아갔다. 유쾌한 그의 태도에 이발사들은 경계심을 쉽게 누그러뜨렸고, 대화는 수월하게 풀려나갔다. 하지만 소소한 불평이며 장래 계획, 가족 이야기, 실없는 농담 등 일상적인 내용뿐, 거리 이발사들의 입에서 세소스트리스에 대한 험구는 조금도 새어나오지 않았다. 그렇다고 예고자를 칭송하는 것도 아니었다. 불순분자들이 거리 이발사들 속에 아직도 숨어 있다면 이들의 위장 솜씨는 아주 완벽하다고 할 수 있었다.

세카리는 부두 화물 창고에도 어슬렁거려보았다. 그곳에는 많은 외국인 노동자들이 일하고 있었는데 파라오를 마뜩잖게 여기는 사람은 없었고, 오히려 찬양하는 소리가 더 컸다. 파라오 덕분에 정당한 보수가 주어지는 일자리와 안락한 집을 얻어 가정을 이루고 살 수 있게 되었다는 것이다.

별다른 정보를 캐내지 못해 실망한 세카리는 북풍의 등에 물을 싣고 멤피스 북쪽 구역으로 갔다. 네이트 신전에서 멀지 않은 곳이었다.

길을 걷던 그는 샌들이 해어져 구멍이 난 걸 보고는, 튼튼하고 값싼 샌들을 파는 곳을 찾아 두리번거렸다.

마침 노점 하나가 눈에 띄었다. 상인은 잠이 든 듯했다. 세카리가 가까이 다가가는데 별안간 북풍이 뒷걸음쳤다. 상겡도 이를 사납게 드러내며 으르렁거렸다.

세카리는 북풍과 상겡이 경계하는 기색을 보이자 긴장했다.

세카리가 북풍에게 물었다.

"이 가게가 수상하니?"

그렇다는 의미로 북풍의 오른쪽 귀가 쫑긋 올라갔다.

"저 남자도 의심스럽고?"

당나귀는 오른쪽 귀를 여전히 꼿꼿하게 세웠고, 상겡도 어금니를 드러냈다. 세카리는 자고 있는 사내를 곁눈으로 살폈다.

그러고는 두 친구에게 나지막하게 말했다.

"돌아가자."

별안간 주변 분위기가 무겁게 느껴졌다.

만약 저 상인이 반란 조직원이라면 그의 동료들이 이 근방에 깔려 있지 않겠는가? 함정에 걸린 게 아닐까 불안해하면서 세카리는 침착한 걸음으로 그 자리를 떠났다.

행인 하나가 물을 사겠다며 세카리를 불렀다. 세카리는 재빨리 방어 자세를 취하면서 주위를 살폈다. 북풍과 상겡은 아무 반응도 보이지 않고 얌전히 있었다.

세카리가 행인에게 물을 건네며 말했다.

"조용한 동네네요. 살기 좋은 곳 같아요."

행인이 물을 마시며 맞장구쳤다.

"불평할 거리가 없지."

"저 샌들 장수는 이 동네에 온 지 얼마나 됐소?"

"온 지는 꽤 됐지! 싹싹한 친구야. 저런 친구가 많아야 세상살이가 정겨워지는 법이지."

# 9

이케르는 태양처럼 빛나는 황금의 집 앞에서 밤새도록 명상에 잠겨 있었다. 어둠을 몰아내는 빛에 둘러싸인 이케르는 조금도 피곤을 느끼지 않았다. 시간이 지날수록 그는 자신의 지나온 과거를, 고통스러웠거나 행복했던 온갖 일들을 하나씩 떨어냈다. 이제 그에게는 이시스만이 변함없이 빛나는 모습으로 남겨졌다.

동이 터오자 탁발 사제가 이케르 맞은편에 와서 서기관 자세로 앉았다.

"알아야 할 게 무엇이오, 이케르?"

"신의 빛나는 광휘입니다."

"그 빛에서 배울 게 무엇이오?"

"변신의 주문들입니다."

"그 주문들로 무엇을 하려 하오?"

"그것을 알아야 문들을 통과하여 다른 세상으로 갈 수 있고, 창조주가 간 길을 갈 수 있습니다."

"창조주는 어떤 말을 씁니까?"

"새로 변한 영혼들의 말을 씁니다."

"그 새들의 말을 알아들을 수 있는 사람은 누군가요?"

"신성한 나룻배에 탄 사람입니다."

"장비는 갖추었소?"

"모든 금속을 몸에서 떼어놓고 황금 팔레트만 지녔습니다."

"누구라도 동쪽의 떠오르는 해, 즉 오시리스가 되어야만 황금의 집으로 들어갈 수 있소. 몸이 타버릴 위험을 감수하고라도 그 불꽃을 알고 싶소?"

"알고 싶습니다."

두 명의 장인이 다가오더니 이케르의 옷을 벗기고 물을 끼얹어 몸을 씻겼다.

탁발 사제가 말했다.

"몸에 불순한 것이 조금이라도 남아 있어서는 안 되오. 호루스와 세트가 그대를 네 번 씻길 것이오."

호루스 신과 세트 신의 가면을 쓴 사제 두 명이 각자 두 개의 항아리를 들어올려 이케르의 머리 위로 부었다. 항아리 입구에서 어떤 기운이 흘러나오는 게 느껴졌다. 그 기운이 발산하는 빛의 조각들이 생명의 열쇠와 같은 형상을 이루며 반짝였다.

"그대 안에 있는 불순한 것들은 모두 씻겨나갔소. 이제 원천으로 인도하는 길을 따라가시오."

사제들과 장인들이 모습을 감추었다.

혼자 남은 이케르는 어디로 가야 할지 몰라 머뭇거렸다. 앞으로 나아가지 못하고 이대로 머문다면 돌이킬 수 없는 실수가 될 것이었다. 그렇다고 방향도 모른 채 무작정 갈 수도 없지 않은가?

그는 이시스가 자신의 곁에 있음을 알고 마음속으로 그녀에게 도움을 청했다. 그러고는 자신의 손을 잡아주는 그녀의 손을 느끼며 앞으로 나아갔다. 아카시아나무 수풀이 있었다. 나뭇가지들을 헤치고 나아가자 작은 언덕 꼭대기였다.

또다시 탁발 사제의 투박한 목소리가 들려왔다.

"태초의 대양에서 솟아오른 이 언덕을 보시오. 이것이 바로 '처음'의 신비라오. 이 언덕에서 매 순간 창조가 이루어지고 있소. 황금의 집에 입문한다는 것은 이 창조 과정을 이해하고, 물질에서 정신으로, 다시 정신에서 물질로의 변환을 실천하는 것이오. 만약 그대가 이 시험을 통과한다면 그대는 땅 위로 하늘을 보게 될 테지만, 그러기 전에 조각공들이 그대를 조각할 것이오. 그대는 산의 심층부에서 캐낸 날것 그대로의 돌이기 때문이오."

세 명의 장인이 언덕 아래로 나무 수레를 끌어왔다.*

맨 앞에 선 장인이 말했다.

"나는 생명의 숨결을 지키는 사람이다. 미라 만드는 사람과 시신 지키는 사람이 나를 보좌할 것이다. 여기 있는 석재를 다듬자. 그리하여 여행을 완수하면 생명이 새로 탄생하는 장소에 도달하리라."

말을 마친 장인이 이케르의 가슴을 움켜잡았다.

"낡은 심장은 뽑아내고, 낡은 피부 가죽과 낡은 머리카락은 불살라야 한다. 새 심장을 만들어 가져라. 변화를 받아들일 수 있는 새 심장을. 그렇게 하지 못하면 새로운 생명을 얻을 자격이 없으니 불꽃이 그대를 삼키리라."

---

* 이 장면은 티케누(tikenou) 제의를 묘사한 것이다.

탁발 사제가 흰색 가죽을 이케르에게 둘러씌운 뒤, 그를 자궁 속 태아의 자세로 수레 위에 눕게 했다.

긴 여정이 시작되었다.

이케르는 자신이 석재가 되어 어느 신전 건설 현장으로 운반되고 있다고 느꼈다. 신전을 지을 수많은 돌들 가운데 하나의 돌인 그는 자신이 어느 자리에 놓일지는 조금도 신경 쓰지 않았다. 신전의 일부가 되는 것만으로도 너무 행복했던 것이다.

이케르는 이제 나이가 없었다. 자궁과도 같은 흰 가죽 속에서 다시금 태아가 되어 웅크리자 모든 두려움이 사라졌다.

수레가 멈춰 섰다.

탁발 사제가 이케르를 일으켜 무릎을 꿇고 앉게 했다.

그의 앞에 큰 파피루스 두루마리가 펼쳐졌다. 신성한 문자들이 세로 행으로 쓰여진 문서였다. 문서 한가운데 그려진 그림을 본 그는 깜짝 놀랐다. 부활의 왕관을 쓴 오시리스가 정면을 보고 앉은 그림이었다. 오시리스는 한 손에 힘을 상징하는 왕홀을, 다른 한 손에 생명의 열쇠를 쥐고 있었고, 오시리스 주위를 불의 원이 둘러싸고 있었다.

"여기 변신의 화덕이 있소. 이것이 그대를 새로운 모습으로 구워낼 것이오. 죽음과 삶이 이 화덕 속에 담겨 있다오."

순간 이케르는 자신이 환영을 보고 있다고 생각했다. 파피루스 문서에서 세피 장군이 모습을 드러낸 것이다.

세피 장군이 자신의 제자를 향해 말했다.

"이 말들의 의미를 읽어내서 너의 새로운 심장에 새겨라. 이 말을 아는 자는 하늘에서 태양신 라처럼 빛날 것이며, 별들이 그를 오시리스로 영접할 것이다. 저 불의 원 한가운데로 내려가 화염의 섬으로 가거라."

세피 장군의 윤곽이 점차 흐려지더니 자취를 감추었다. 이케르는 문서에 쓰인 글을 머릿속이 아닌 자신의 존재 전체에 담았다. 마치 그 자신이 신성한 문자가 된 것 같았다.

탁발 사제가 파피루스 문서를 원래대로 다시 말아서 봉인했다.

세 명의 장인이 나타났다. 석재를 깎고 조각하고 문질러 윤을 내는 장인들이었다. 그들의 걸음걸이에서 살의가 느껴졌다.

탁발 사제가 이케르에게 명했다.

"이들은 아비를 죽여야 하는 자들이니, 이들의 손에 그대를 내맡기시오."

이케르는 방어할 엄두도 내지 못한 채, 장인들이 끌과 망치, 숫돌을 치켜드는 걸 속수무책으로 바라보았다.

탁발 사제가 말했다.

"이제 그대는 잠들게 될 것이오. 조상들께서 그대를 잠에서 끌어내 주시기를 기원합시다."

비나는 검문을 통과하고 신전 부속실로 갔다. 빵과 우유를 받아 종신 사제들에게 가져가기 위해서였다.

"탁발 사제님께 제일 먼저 갖다드려야죠?"

빵과 우유를 나눠주던 임시 사제가 대답했다.

"아니오, 탁발 사제님은 숙소에 안 계시오."

"아비도스를 떠나신 건가요?"

"탁발 사제님이? 천만에! 아마도 왕세자 전하의 입문의식을 치르고 계실걸."

비나는 깜짝 놀라는 척했다.

"왕세자 전하께서는 이미 모든 권력을 누리고 계시지 않나요?"

"이보시오, 여긴 아비도스라오. 여기서는 누구라도 아비도스의 법을 따라야 한단 말이오."

"그렇군요. 그럼 다른 종신 사제님께 음식을 갖다드리겠어요. 다른 분들은 숙소에 계시겠지요?"

"말은 그만 하고 어서 가보시오! 그 노사제님들은 아침식사가 늦는 걸 좋아하지 않아."

비나는 마지막으로 베가 사제에게 갔다.

"이케르에게 무슨 일이 있는 거예요?"

"탁발 사제와 장인들이 그를 위해 황금의 집 입문의식을 치러주고 있소. 황금의 집 비밀을 알려주는 의식이지."

"사제님도 그 비밀을 아세요?"

베가가 차갑게 대꾸했다.

"난 조각공과 석공 들이 모여서 하는 일엔 관심이 없소."

"어째서 이케르가 그들로부터 입문의식을 치르는 거지요?"

"그래야 자신이 맡은 일을 완수할 수 있기 때문일 테지."

비나는 아침 일이 끝나기를 기다려 예고자를 만났다. 예고자는 봉헌을 담당한 사제들이 제탁에 제물을 새로 놓을 때 사용할 제기들을 막 씻어놓은 참이었다.

"걱정됩니다, 주인님."

"뭐가 걱정된다는 거냐?"

"이케르가 새로운 힘을 얻게 되는 게 두려워요."

"그가 황금의 집에 입문하게 된 일을 말하는 것이냐?"

"그걸 알고 계셨어요?"

"그 녀석은 라피드 호가 침몰했어도, 카의 섬이 바닷물 속으로 가라앉았어도 살아남았다. 결국엔 자신의 목적지에 도달할 것이다."

"그렇다면 하루라도 빨리 그를 없애야 하지 않나요? 앞으로는 그에게 손을 쓸 수 없을지도 모르는데."

"안심해라. 그는 내게서 달아나지 못할 테니까. 오시리스 신비의 중심에 다가갈수록 그는 세소스트리스의 후계자로서 확고한 위치를 다지게 될 것이다. 조무래기 적수들이야 처치해봤자지. 하지만 세소스트리스의 유일한 후계자를 없애면 파라오를 무너뜨릴 수 있어. 이케르가 바로 파라오의 약점이니까 말이다. 이집트의 미래를 맡길 후계자를 공들여 가르쳐놓았는데, 그가 죽는다면 파라오는 큰 타격을 받을 것이다. 그때 그를 공격하면 쉽게 무너뜨릴 수 있다."

탁발 사제가 이케르의 이마에 손을 갖다 댔다.

이케르가 눈을 떴다.

"그대는 누워 잠이 들었고, 변신의 항구에 무사히 도착했소. 이제 그대는 신전 건설 현장으로 운반될 것이오."

장인 세 명이 수레를 끌었다.

사방에 밤도 낮도 아닌 부드러운 여명이 깔려 있었다. 수레는 별 탈 없이 목적지를 향해 굴러갔다. 오래전 떠났던 고향으로 되돌아가듯 푸근한 여정이었다.

닫힌 문이 나타났다.

탁발 사제가 명했다.

"일어나 무릎을 꿇고 앉으시오."

이케르는 천천히 몸을 일으켜 탁발 사제의 지시대로 했다.

탁발 사제가 말을 이어갔다.

"오직 오시리스만이 보고 들을 수 있소. 신비에 입문한 자는 오시리스의 눈과 귀를 빌려 보고 들을 수 있는데, 이때 그의 눈은 호루스 매의 눈이 되고 그의 귀는 하토르 암소의 귀가 되지요. 이 눈은 행하고 창조하며, 이 귀는 별에서부터 돌에 이르기까지 살아 있는 모든 존재의 목소리를 듣습니다. 이 눈과 귀가 바로 앎의 문이오. 어둠의 끝까지 꿰뚫어 보고 기원의 말을 듣고, 그리하여 창공을 가로질러 오시리스를 향해 올라가시오. 오시리스의 신성한 땅이 파괴의 불을 빨아들일 것이오. 오시리스를 본받아 명철하고 냉정하고 침착하시오. 그래서 오시리스가 영원한 삶을 사는 빛의 나라를 향해 평화롭게 나아가시오."

황금의 집의 문이 열렸다.

"그대의 길을 가시오, 이케르."

이케르는 앞으로 나아가고 싶은 참을 수 없는 충동에 이끌려 몸을 일으켰다. 그리고 느린 걸음으로 문지방을 넘어 이 신성한 집 안으로 들어섰다.

"이제 물 위를 걸으시오."

은빛 수면처럼 반짝이는 바닥에 발을 내딛자 발이 빠져 들어갔다. 이 오시리스의 물 위로 몸을 내맡긴다는 건 오시리스를 온전히 섬긴다는 의미였다. 이케르는 계속해서 걸음을 옮겼다.

은빛 수면이 단단한 바닥으로 변하더니 거기서 뻗어 나온 한줄기 환한 빛이 이케르를 감쌌다.

탁발 사제가 이케르의 이마에 띠*를 둘러주며 말했다.

"그대는 오시리스 앞으로 인도되었으니, 이제 세상을 향해 시선을 돌릴 수 있고, 살아 있는 것을 어둠에서 구출할 수 있으며, 신의 말을 들을 수 있다는 표지를 부여받았소."

이마에 닿은 띠에서 발산되는 어떤 기운이 이케르 안에 있던 악어의 강렬한 힘을 일깨웠다. 파이윰의 어느 호수 바닥에 가라앉았을 때 악어신으로부터 얻은 힘이었다. 머리띠와 악어의 힘이 하나로 결합하면서 강렬한 섬광이 뿜어져 나왔다.

이케르는 흰색 가죽을 벗어던졌다. 그러고는 머리를 창공에 대고 별들의 배를 문지르며 별들과 더불어 춤을 추었다.

섬광이 잦아들자 파라오 수석 비서관이자 이집트 장인들의 수장인 세호테프가 모습을 드러냈다.

세호테프가 선언했다.

"이제 그대는 오시리스의 후계자가 되었으니, 오시리스를 섬기고 그의 업적을 완수하는 것이 그대가 해야 할 일이오."

세호테프가 빛살이 다섯 갈래인 별무늬가 촘촘히 박힌 옷을 이케르에게 입혀주었다.

"순결하게 정화된 그대는 이제 아비도스의 종신 사제이자 오시리스의 종복이오. 황금의 집에서 어떤 작업이 행해지는지 보시오. 이곳의 작업을 통해 석상이 탄생한다오. 물질을 생명이 있는 작품으로 바꾸는 것이지요."

탁발 사제가 질문을 던졌다.

"오시리스라는 이름이 무슨 의미인지 아시오?"

---

* 세셰드(seshed). 이 띠에 대해서는 『피라미드의 서』에 언급되어 있다.

앎의 말씀들이 이케르의 머릿속으로 흘러들었다.

"창조의 자리, 제의의 수행, 그리고 눈(目)의 장소*라는 의미입니다. 생명의 원천인 오시리스는 마아트의 법을 세우고 의인들을 다스립니다."

"새로운 오시리스 왕좌를 만드시오."

이케르가 왕좌를 꾸밀 금, 은, 청금석, 캐롭나무 목재를 하나하나 들어 올려 세웠다. 이 재료들이 저절로 하나로 모여 받침 형상을 이루자 세호테프가 그 위에 오시리스 석상을 놓았다.

"아비도스의 군주 오시리스의 가슴을 청금석과 터키석, 호박금으로 장식하시오. 이 보석들이 그의 육신을 보호해줄 거요."**

이케르는 침착하게 오시리스의 가슴에 보호석들을 걸었다.

"그대는 부활신비의 대사제이니 그 자격으로 오시리스께 왕관을 바치시오. 양편에 타조 깃털이 꽂힌 이 황금 왕관은 하늘을 꿰뚫어 별들과 섞일 것이오."

이케르가 석상에 왕관을 씌웠다. 그런 다음 두 개의 홀을 석상의 양손에 각각 놓았다. 하나는 농부의 도리깨로서 새로 태어나는 생명의 상징이었고, 다른 하나는 양치기가 가축을 불러 모을 때 사용하는 지팡이였다.

탁발 사제가 선언했다.

"왕세자의 첫번째 임무는 완수되었소. 다가올 신비제의 때 새로 만든 오시리스 석상을 세울 것이오. 이제 아비도스의 고귀한 부인을 잠

---

* 우시르(Ousir)라는 이름은 주로 이런 의미들로 해석된다.
** 이케르노프레의 석비 내용을 옮긴 것으로, 이 석비에는 그가 아비도스에서 행한 공적이 기록되어 있다.

에서 깨우는 일이 남았소."

등잔 세 개가 오시리스의 옛 나룻배가 놓인 묘실을 밝히고 있었다.

"저주의 마법으로 인해 이 나룻배는 자유롭게 순환하지 못하고 있소. 이 나룻배를 보수해서 새로운 힘을 불어넣어야 합니다."

이케르는 금과 은, 청금석, 삼나무, 백단, 흑단을 사용해서 작은 신전을 지은 다음 그것을 나룻배 한가운데 놓았다.

황금의 집 천장을 수놓은 별들이 빛을 발하기 시작하더니 곧 사방이 환해졌다.

세호테프가 말했다.

"라는 오시리스의 나룻배를 짓고, 말씀은 생명을 새롭게 부활시키지요. 라는 낮을 밝히고 오시리스는 밤을 밝힙니다. 라와 오시리스가 하나로 합쳐질 때 온전한 영혼이 되는 것입니다. 오시리스는 신비를 빚어내는 데 없어서는 안 될 재료인 빛이 솟아나는 자리입니다."

탁발 사제가 별안간 탄성을 질렀다.

"나룻배가 다시 움직이기 시작했소. 이 배는 여기 이 세상에서 저 너머 세상으로 순환하며 두 세상을 이어줄 거요. 앎에 입문한 사람의 정신은 하늘의 문들을 넘어갈 수 있습니다. 이로써 왕세자의 두번째 임무가 완수되었소. 이제 왕세자는 신비제의를 집전할 자격을 갖춘 것이오."

탁발 사제가 이케르를 끌어안았다.

이케르는 이 노사제가 깊은 감동에 젖어 있음을 느꼈다.

# 10

    수호자 소벡은 아침 일찍부터 찾아온 메데스를 맞았다. 메데스는 화가 잔뜩 나 있었다.

    "철저히 수사해야 해요! 내 집에 숨어들어 값진 물건들을 훔쳐갔단 말입니다!"

    "저택 경비가 든든한 줄 알았는데요."

    "문지기가 잠들어 있었어요, 멍청한 녀석! 그 도둑놈은 솜씨가 보통이 아니에요. 또다시 침입할지도 모른단 말입니다. 그래서 경비 두 명을 고용해 밤낮으로 집을 지키라고 해놓았죠."

    "잘하셨습니다."

    "그 도둑을 반드시 잡아야 합니다, 소벡."

    "단서가 전혀 없으니 쉽지 않을 겁니다."

    "그자를 얼핏 봤다는 사람이 있어요."

    "누굽니까?"

    "불면증이 있는 한 하인이에요. 잠이 안 와서 정원을 하릴없이 내다보고 있었는데 키가 중간쯤 되는 한 사내가 스쳐가는 게 보이더랍니다. 몸놀림이 민첩하고, 조잡한 튜닉을 걸친 데다가 얼굴은 두건으로 가리고 있었답니다."

"그자의 얼굴을 봤다던가요?"

"아쉽게도 못 봤답니다. 감찰관을 풀어 그 도둑을 잡아주십시오."

"염려 마십시오, 메데스."

메데스가 어두운 표정을 지었다.

"내 느낌에 그자는 흔한 좀도둑이 아닌 것 같아요."

소벡이 이마의 주름을 모으며 말했다.

"좀더 자세히 말씀해보시죠."

"그냥 내 추측이지만 한번 들어보시오. 불순한 폭력 분자들이 주요 인사들을 해치려는 게 아닐까요? 만약 그렇다면 내 집 담을 넘어온 그자는 날 습격하기에 앞서 미리 정탐을 하러 온 걸 겁니다. 물건을 훔쳐간 건 눈속임일 뿐인 거죠!"

소벡이 대답했다.

"나도 그 점을 의심하고 있었지요. 세호테프와 세난크흐의 집에도 누군가가 침입했었거든요."

메데스는 화들짝 놀란 듯했다.

"그렇다면 곧 습격해오겠군요!"

소벡이 주먹을 불끈 쥐었다.

"국정원엔 손끝 하나 대지 못할 겁니다. 내가 장담하죠."

"믿을 사람은 당신뿐입니다, 소벡."

"내게 맡기십시오."

소벡은 한참 동안 혼자 생각에 잠겼다.

메데스를 의심한 게 오해였단 말인가? 이 열성적인 관리는 자신의 명석함과 파라오에 대한 충성을 또다시 입증해 보였다. 만약 메데스의 예상이 맞다면 비밀 폭력 조직은 공격을 준비하고 있다는 말이었다.

아내의 울부짖는 소리에 메데스는 잠을 깼다. 그 자신도 십여 명이나 되는 사나운 소벡에게 쫓기는 악몽을 꾸던 중이었다.

식은땀에 젖은 채 아내의 방으로 달려간 그는 뺨을 한 대 올려붙였다.

메데스의 아내가 다 죽어가는 시늉을 하며 말했다.

"어서 빨리 닥터 구아를 불러줘. 죽을 것 같아. 이게 다 당신 때문이야!"

메데스는 종종 아내의 목을 조르고 싶은 충동이 들었다. 하지만 요즘 같은 때 감찰대의 이목을 끄는 건 좋지 않았다. 대신 그는 이집트를 무너뜨리는 일만 성공하고 나면 이 거추장스러운 짐부터 치워버려야겠다고 마음먹었다.

"닥터 구아를 불러줘, 빨리!"

"곧 사람을 보내지. 그 전에 미용사를 불러서 머리 꼬락서니랑 화장을 좀 손보라고. 그 꼴로 구아를 만날 수는 없잖아."

메데스는 그 명성 높은 의사를 불러오라고 집사를 보냈다. 구아에게는 아무리 두둑한 보수를 내밀어봤자 소용없었다. 의술이 뛰어나기로 소문이 자자했지만 성격은 고집불통에 대쪽 같았던 것이다. 이 의사는 때때로 고관의 진료를 나중 순서로 미루곤 했다. 훨씬 위급한 하층민 환자가 있어서 먼저 돌봐야 한다는 게 그 이유였다. 그럴 때는 아무리 압력을 넣어도 이 의사의 고집을 꺾을 수 없었고, 차라리 그를 성가시게 하지 않고 기다리는 편이 나았다.

메데스의 예상과 달리 닥터 구아는 점심시간 전에 왔다.

메데스가 반색하며 방문 앞으로 달려 나와 맞았다.

"이렇게 일찍 와주시다니 고맙소. 내 생각엔 약을 배로 늘려야 하는 게 아닌가 싶은데."

"나리가 의사입니까, 내가 의사입니까?"

"나는 그저……"

"좀 비켜보십시오, 들어가야 하니까. 환자를 진찰하는 동안 아무도 방해하지 않게 해주세요."

구아는 이 집으로 왕진을 오면서 내심 두 가지가 궁금했다.

첫번째는 메데스에 대해서였다. 이 양심적이고 청렴한 관리는 명랑하고 솔직한 데다 사람들의 칭송도 받았는데, 기질의 바탕인 그의 간은 이런 겉모습에 어울리지 않게 병들어 있었던 것이다. 겉으로 보이는 메데스의 모습은 분명 꾸며낸 것이었다. 그렇다면 이건 정치적인 인물의 단순한 처세술인 걸까? 아니면 뭔가 드러낼 수 없는 속내가 있는 것일까?

두번째는 그의 아내가 앓는 병의 진짜 원인에 대해서였다. 그녀는 이기적이고 표독하며 까다로운 성격에 신경이 극도로 예민했는데, 거기에 여러 가지 난감한 병증이 겹쳐 있었다. 하지만 그 어떤 처방도 당장의 증세만 누그러뜨릴 뿐 근본 원인을 없애진 못했다.

구아로서는 자신의 의술이 이처럼 효과를 보지 못하는 게 언짢았다.

"의사 선생님, 드디어 오셨군요! 수십 번도 더 죽는 줄 알았다니까요."

"보기엔 힘이 넘치는걸요. 게다가 아직도 지나치게 뚱뚱하고 말입니다."

그녀는 얼굴을 붉히며 어린아이처럼 투정을 부렸다.

"고민이 많아서 그래요. 그래서 과자나 맛난 음식을 보면 참지 못하는 거라고요. 죄송해요, 의사 선생님!"

"누워서 손목을 내밀어보세요. 맥박을 재봐야 하니까."

그녀는 구아가 시키는 대로 몸을 길게 누이고는 그를 쳐다보며 해죽 웃었다. 구아는 이런 식의 아양이 거슬렸지만 그대로 진찰을 계속했다.

"이상은 없군요. 몸 안의 독소를 빼내고 나면 좋은 건강 상태를 유지할 수 있을 겁니다."

"그럼 내 발작 증세는 어쩌죠?"

"부인은 더이상 진료하고 싶지 않군요."

메데스의 아내가 펄쩍 솟구치듯 몸을 일으켰다.

"나를 버리시겠다는 말씀인가요?"

"약이란 건 쓰면 효과가 있어야 하는데, 부인의 경우는 소용이 없어요. 그러니 진단을 다시 해봐야겠습니다. 약이 안 듣는 이유가 뭔지 알아내야죠."

"나도 모르겠어요, 정말……"

"부인은 알고 계실 겁니다."

"의사 선생님, 난 고통스럽다고요!"

"부인의 마음이 뭔가에 쫓기고 있어요. 아주 강하고 뿌리 깊은 강박이라서 어떤 약도 듣지 않는 거지요. 부인의 양심을 돌아보고 치유하도록 하세요. 그러면 병이 나을 겁니다."

"아픈 건 내 신경이에요, 양심이 아니라 신경이 아프다고요!"

"그렇지 않아요."

그녀가 구아의 팔에 매달렸다.

"날 외면하지 말아요. 제발!"

구아는 재빨리 몸을 뺐다.

"약제사 렌세넵이 환약을 조제해줄 겁니다. 약효가 아주 강해서 심한 신경 발작도 진정시킬 수 있을 거예요. 만약 그 약조차 듣지 않는다면 내 진단이 맞다고 할 수 있겠죠. 마음속 깊이 뭔가 큰 잘못을 감추고 있다는 진단 말입니다. 그 압박감이 부인을 괴롭히고 발작을 일으키게 하는 거예요. 털어놔보세요. 그러면 편해질 겁니다."

닥터 구아는 가죽 가방을 다시 챙겨 메고 메데스 저택을 나섰다.

메데스가 아내에게 달려와 물었다.

"의사와 무슨 이야기를 한 거야?"

"그야 내 병에 대한 이야기지…… 난 오래 살지 못할 거래, 여보!"

메데스는 속으로 '그것 참 반가운 일이군' 하며 내심 즐거워했다. 그의 아내가 다 죽어가는 표정으로 말을 이었다.

"닥터 구아가 충격요법을 권하더라고."

"그가 하라는 대로 해."

그녀가 남편의 목에 매달렸다.

"당신은 정말 좋은 남편이야! 향유랑 연고랑 옷을 좀 사야겠어. 그리고 요리사도 쫓아내고 새로 들이자. 미용사도 갈아치워야지! 내 성질만 돋우고, 도무지 솜씨라곤 없거든. 그들 때문에 내 병이 자꾸 도지는 거야."


메데스 저택의 집사는 주인에게 헌신하는 대가로 많은 보수를 받긴 했지만 때때로 참기 힘든 모욕을 당하는 적도 있었다. 제르구가 다짜고짜 퍼붓는 욕설도 그런 경우였다. 이번에도 제르구는 완전히 술에 절어 나타나서는 당장 주인을 만나야겠다고 고집을 부렸다.

집사가 메데스에게 달려왔다.

"나리, 코를 들지 못할 만큼 술 냄새를 풍기는 데다 옷은 악취에 절어 있는데 어떡할까요?"

"데려가서 목욕을 시키고 향수를 뿌려줘. 그런 다음 새 옷으로 갈아입혀서 정자로 데려와. 그곳에서 만날 테니까."

몸을 비틀거리며 나타난 제르구가 의자에 털썩 주저앉았다

"곤드레가 되었구나."

"이리 갔다 저리 갔다 돌아다니기만 하고, 거사를 벌인다는 그 일도 너무 오래 끌고 있고, 또……"

"넌 술을 마시느라 할 일을 팽개쳤고 도망갈 궁리나 했어. 네 손바닥에 박힌 세트의 표지 덕분에 겨우 제정신을 차려 멤피스로 돌아온 거고."

제르구가 눈을 내리깔았다.

"어린애 같은 짓은 덮어두자. 이케르가 아비도스에 간 진짜 목적을 알아왔느냐?"

"베가의 말로는 오시리스의 나룻배를 복원하고 새 석상을 만드는 게 그의 임무라더군요. 황금의 집 입문의식을 치른 만큼 이제 그는 종신 사제가 될 게 분명하답니다. 그래서 신비제의를 집전하게 될 거고, 결국 아비도스에 머물게 될 겁니다. 말하자면 일종의 영광스러운 유배라고나 할까요. 절대 돌아올 수 없는 유배이기도 하고요."

"예고자는 뭐라고 하더냐?"

"자신의 승리를 자신하고 있죠."

"그렇다면 그가 이케르를 없애고 아비도스의 방어벽을 뚫을 수 있을 거란 말이군!"

"그렇겠죠."

"유난히 풀이 죽어 있구나, 제르구. 무슨 잘못이라도 저지른 거냐?"

"아닙니다, 안심하세요!"

"그렇다면 예고자가 뭔가 임무를 맡겨서 그 때문에 겁을 집어먹었나보군."

"이쯤에서 그만둬야 하는 게 아닐까요? 한 발자국만 더 내디뎠다간 우린 끝장날 겁니다!"

메데스는 백포도주를 잔에 가득 부어 제르구에게 내밀었다.

"이게 제일 좋은 약이지. 이걸 마시면 정신이 돌아와 다시 현실을 볼 수 있을 거다. 마시고 기운을 차리란 말이다."

제르구는 포도주를 단숨에 들이켰다.

"맛이 기가 막히네요! 이 좋은 걸 한 잔만 마시고 만다는 건 이 포도주에 대한 예의가 아니죠."

"예고자가 무슨 지시를 내렸는지나 얘기하고 더 마시도록 해."

"정말이지 그런 지시를 내리다니 완전히 정신이 나갔어요."

"판단은 내가 할 테니 말해봐."

"소벡을 없애라던데요."

"어떻게?"

"함을 하나 주면서 절대 열어보지 말라고 하던걸요."

메데스가 의심의 눈초리를 던졌다.

"그 함을 열어본 건 아니겠지?"

"겁이 나서 어떻게 열어봅니까? 오만 가지 저주가 들어 있을 텐데!"

"그 함은 어디에 두었느냐?"

"물론 여기 가져왔지요. 천으로 둘둘 감아서 말입니다."

"예고자가 그걸 어떻게 하라고 하더냐?"

"소백의 방에 갖다놓으라던데요."

"단지 그 일만 시키더냐?"

"그 일도 할 수 있을 것 같지 않은데요."

"엄살떨지 마라, 제르구."

"그 빌어먹을 감찰관은 경호가 철통같아요. 아무리 뛰어난 자객이라도 그자한테 손도 못 써보고 붙잡힐 거라고요. "

"어디 그 함을 가져와봐."

제르구가 함을 가져왔다. 메데스가 함을 감싼 천을 풀었다.

"이거 아주 멋진 함인데! 평범한 목수의 솜씨가 아냐. 일등품 아카시아 목재로 짠 것이군."

"만지지 마세요. 무슨 일이 벌어질지 몰라요."

"예고자가 만지지 말라고 했으니 그래야지. 그의 목표는 소백이니까."

"이걸 소백 앞에 갖다놓아도 그는 의심이 많아 열어보지 않을걸요."

"그런 위험한 일을 너한테 시킬 생각은 없어. 이번 일로 우리가 의심받아선 안 돼. 그 귀찮은 사냥개를 마침내 해치울 수 있게 되었군. 마침 그자가 뭔가 냄새를 맡은 것 같았는데. 나에게 미행을 붙인 걸 보면 말이야."

제르구의 얼굴이 하얗게 질렸다.

"그럼 나리가 체포될지도 모른단 말입니까?"

"아마도 그럴 작정이었겠지. 하지만 내가 한발 먼저 움직였어. 안 그러면 나를 붙잡으려고 계속 덫을 놓을 테니까."

제르구가 조르듯이 말했다.

"아직 시간이 있으니까 이집트를 떠납시다. 챙길 수 있는 만큼 챙겨서 말입니다."

"뭣 때문에 그런 어리석은 짓을 하겠느냐? 우린 예고자의 지시나 착실하게 따르면 돼."

제르구가 징징거렸다.

"나리도 저도 이 함을 소백한테 가져다주긴 어려워요."

"그러니까 누군가 다른 사람이 해야지."

"그럴 사람이 누가 있단 말입니까!"

메데스는 잠시 생각에 잠겨 있더니 결심이 섰다는 듯 대답했다.

"우리 일에 협력할 사람이 하나 있어. 구태여 설득할 필요도 없는 협력자이지. 또 한번 내 아내를 써먹어야겠다. 이런 일에 쓸모가 있다는 게 내 아내의 단 한 가지 장점이란 말이야."

# 11

세카리는 그 수상한 샌들 장수의 노점 주위를 오가는 사람들을 밤새 지켜보았다. 처음엔 실망스러웠다. 잡담을 나누며 어슬렁거리는 행인들, 비틀거리며 지나가는 취객들, 짝을 찾아 돌아다니는 개 서너 마리, 쥐를 쫓는 고양이 몇 마리가 눈에 띄는 전부였다.

하지만 그의 훈련된 눈은 마침내 한 가지 이상한 점을 포착해냈다. 보초처럼 보이는 사내 하나가 어느 테라스 구석에 숨어서 마을의 넓은 터와 그 주변 거리를 감시하듯 살피고 있었던 것이다.

바람을 쐬러 나온 주민이라고 하기에는 행동이 석연치 않았다. 사내는 일정한 간격으로 허공에 손짓을 했다. 다른 파수꾼에게 보내는 수신호였다. 이 파수꾼은 세카리도 금방 식별할 수 없을 만큼 용의주도하게 몸을 숨기고 있었다. 그렇다면 사방에 이 둘 말고도 분명 더 많은 파수꾼이 있을 것이었다.

효과적으로 구역을 나눠 맡아 적절한 위치에서 망을 보는 걸로 봐서 이들은 잘 훈련된 조직원들이었다.

세카리는 위험을 느꼈다. 어쩌면 자신도 이미 저들에게 발각되었을지 몰랐던 것이다. 달아나는 대신에 그는 천천히 마을 한가운데 있는 넓은 터로 걸어갔다. 주민 서너 명이 광장 한가운데 모여 주거니 받거니 이야기를 나누고 있었다. 세카리가 그들에게 말을 걸었다.

"안녕하시오, 친구들. 잠이 안 와서 그러는데 어디 이 근처에 다정한 친구가 되어줄 만한 아가씨가 없을까?"

한 남자가 퉁명스러운 어조로 대답했다.

"이 동네분이 아니시구먼."

곱슬머리 사내가 나섰다.

"내가 이 친구를 알아. 새로 온 물장수야. 물 값을 싸게 받고 있지. 다정한 아가씨라면 없을 리가 있나."

곁눈으로 주변을 살피던 세카리의 눈에 파수꾼 하나가 움직이는 게 포착되었다. 저들도 낯선 자의 출현에 동요하는 게 분명했다.

"수고를 하면 대가를 받는 법이지, 어이 친구. 아가씨 좀 소개해주면 섭섭하지 않게 보답할게."

곱슬머리가 입맛이 당긴다는 듯 혀로 입술을 쓸었다.

"시리아 여자가 있는데, 괜찮겠어?"

"자넨 어땠어, 그 여자와 해보니까?"

"나? 난 얼마 전에 약혼한 몸이라고! 하지만 그 여자 단골들 얘기로는 끝내준다던걸."

"그럼 얼른 가보세."

세카리는 여러 명의 눈이 자신을 지켜보는 걸 느꼈다. 앞장 선 곱슬머리는 어느 으슥하고 조용한 골목길로 꺾어 들어갔다. 조금 전 퉁명스럽게 대꾸했던 사내가 두 사람의 뒤를 쫓아왔다.

세카리는 곱슬머리를 따라 한 아담한 삼층집으로 들어갔다.

"저기 쫓아오는 친구도 우리와 함께 가는 거야?"

"아니, 저 친구는 자기 집으로 돌아가는 거야."

"가까이에 살고 있나보구먼?"

"이층으로 올라가자. 여자를 소개시켜줄게."

코를 찌르는 향내도, 관능의 쾌락을 암시하는 장식도, 자리와 방석이 갖춰진 밀실도 없었다. 새로 들어온 손님한테 으레 내오는 맥주도 나오지 않았다. 도무지 유곽이라고 보기 힘든 장소였다.

곱슬머리가 계단을 천천히 올라가며 말했다.

"실망하지 않을 거야, 두고 봐!"

세카리는 번개같이 곱슬머리에게 달려들어 쓰러뜨렸다. 첫번째 층계참에 한 사내가 몽둥이를 들고 기다리는 걸 보았던 것이다. 사내도 그를 공격해왔다. 세카리는 사내의 배를 머리로 들이받아 넘어뜨린 후 삼층까지 한달음에 달려 올라갔다.

그가 삼층 테라스로 빠져나가려는 순간, 날이 선 단도가 그의 뺨을 스쳤다. 달아날 방법은 한 가지였다. 목이 부러질 각오를 하고 지붕에서 지붕으로 건너뛰어 도망가는 것.

세카리가 옆 지붕으로 날쌔게 몸을 날렸다. 맨 앞머리에서 그를 쫓던 자가 발을 헛디뎌 지붕 사이로 떨어졌다. 다른 자들은 겁을 집어먹고 뒷걸음쳤다. 뒤쫓아 온 곱슬머리가 동료들을 불러 모으더니 자신들의 소굴로 되돌아갔다. 더 소란을 피웠다가는 감찰대가 달려올 수도 있었기 때문이다.


소백은 심복들의 수사 보고서를 검토하고 있었다. 생각을 가다듬기에 좋은 조용한 밤 시간이었다.

새로운 보고가 들어와 있었다. 이번 것은 확실해 보였다. 의미심장한 단서 하나를 찾아냈다는 세카리의 보고였다. 소벡은 세카리의 글을 신중하게 검토했다. 세카리가 돌아오는 대로 필요한 조치를 취할 생각이었다.

누군가 문을 두드렸다.

"들어와."

병사 하나가 들어와 허리를 숙였다.

"방해해서 죄송합니다, 대장님. 누군가 이 함을 보내왔습니다. '긴급'이라는 표식이 딸린 서신도 함께요."

연락병은 작은 파피루스 두루마리를 내밀었다. 소벡은 봉인을 떼어내고 두루마리를 펼쳤다. 고급품 파피루스에 다음과 같은 글이 쓰여 있었다.

이건 비밀 문서를 보관할 때 사용하라고 선물하는 정리함입니다. 이집트 최고의 장인이 만든 물건이지요. 함이 견고해서 마음에 들 겁니다. 폐하께서 다른 사람들에게도 같은 종류의 함을 하사했는데, 모두들 기뻐했답니다. 그럼 내일 국정원 회의에서 뵙겠습니다. 세호테프.

멋진 물건이라고 흡족해하며 함 뚜껑을 연 소벡은 깜짝 놀랐다. 함 안에 무엇인가 들어 있었던 것이다. 저승의 보증인* 형상으로 빚은 여섯 개의 작은 점토 인형이었다.

---

* 우솁티스(ouchebtis) 또는 샤우압티스(shaouabtis).

소벡은 예사롭지 않은 그 인형들을 유심히 살펴보았다. 점토 인형들은 위협하듯 칼을 치켜들고 있었다. 수염을 기른 험악한 얼굴로 봐서 이집트인의 형상은 아니었다.

"이게 파라오의 하사품이란 말인가? 농담치고는 불길한데!"

소벡이 점토 인형 하나를 집어 드는 순간, 인형이 손에 든 칼로 소벡을 사납게 찔렀다.

예상치 못한 공격을 받은 소벡은 엉겁결에 인형을 놓쳤다. 점토 인형 여섯 개가 일제히 소벡에게 달려들어 칼로 찌르고 또 찔렀다. 소벡은 이 작은 무리를 물리칠 수 있을 거라 믿고 인형을 막으려 했다. 그러나 사방에서 덤벼드는 인형의 칼날을 다 피할 수는 없었다. 점토 인형들이 얼마나 빠르게 움직이는지 소벡의 손을 번번이 빠져나갔다.

수십여 군데를 찔린 끝에 소벡은 탈진하고 말았다. 인형들의 칼끝은 쉼 없이, 지칠 줄 모르고 그의 살을 뚫고 들어왔다. 소벡을 죽이는 것에 희열을 느끼는 듯, 이들의 얼굴은 웃고 있었다.

소벡은 비틀거리다가 함에 부딪치고 쓰러졌다. 점토 인형들이 광란하듯 달려들어 그의 목과 머리를 공격했다. 하지만 그 와중에도 소벡은 끝까지 자신의 두 눈을 방어했다. 이렇게 죽는다는 것에 분노한 소벡이 야수 같은 포효를 내질렀다. 너무나 절망적인 울부짖음에 밖에 있던 병사가 용기를 내어 고개를 디밀고 소벡의 집무실 안을 살폈다.

"대장님, 무슨 일이십니까? 대장님!"

아수라장이 된 집무실을 보고 크게 놀란 병사가 점토 인형들을 발로 걷어차내어 소벡을 구하려 했다. 하지만 인형들은 끄덕도 않고 더세차게 공격해왔다.

이 지옥에서 소벡을 끌어내기 위해 병사가 그를 두 팔로 잡아끌며

116

뒷걸음치다가 등잔에 부딪쳤다. 등잔이 넘어지며 기름이 바닥에 쏟아졌다.

불붙은 기름이 점토 인형 하나에 튀자 인형은 곧장 불에 타기 시작했다.

"도와줘!"

병사의 다급한 목소리를 듣고 달려온 감찰관 몇 명이 이 믿을 수 없는 광경에 넋을 잃었다.

피투성이가 된 소백은 나머지 인형들의 공격에 둘러싸여 움직이지 못했다.

"저 끔찍한 것들을 불태워야 해!"

감찰관들이 인형들을 불길 속에 던져 넣었다. 불붙은 점토 인형들은 타닥타닥 타들어가면서 귀를 찢을 듯 비명을 질러댔다.

만신창이가 된 소백의 몸은 손을 댈 수조차 없을 정도였다. 병사가 다급하게 외쳤다.

"닥터 구아를 불러와야 해!"


위험에서 벗어난 세카리는 눈을 감고 안도의 숨을 내쉬었다. 이번엔 그도 십년감수했다. 그렇게 잘 훈련된 적들과 맞닥뜨린 건 처음이었다. 그동안 감찰대가 이 비밀 조직원들을 찾아내지 못한 것도 이해가 갔다. 그들은 이 동네를 비롯해 어딘가 다른 동네에서도 안정된 자리를 잡고 토박이 이집트인과 다름없이 살고 있을 것이다. 평범한 직업에 종사하면서 가정을 꾸리고 이웃과 교분을 맺으면서 말이다. 그러니 아무도 그들을 외국인으로 취급하지 않고, 아무도 그들을 의심하지 않았던 것이다.

이런 상황에서 수사를 계속해봤자 별 소득이 없을 건 자명했다. 감찰대 내에도 예고자의 끄나풀이 있을지 몰랐다.

세카리는 몇 구역을 가로질러 가다가 문득 자신이 실수를 저질렀음을 깨달았다. 적들은 세카리가 취한 행동을 봤으니 단순한 산보객이 아니라는 걸 알았을 테고, 그런 이상 반드시 그를 없애려 할 게 아닌가?

'난 정말 멍청하군.'

세카리는 생각했다.

'그들은 동료들을 불러 모아 날 쫓아오려 하지 않고 신중하게 후퇴했어. 그렇다고 날 그냥 보내줄 리는 없잖아! 어쩌면……'

바로 그 순간이었다. 어느 집 이층에서 한 사내가 뛰어내려 세카리를 덮친 것이다. 세카리는 사내에게 깔려 땅바닥에 쓰러졌다. 세카리는 반격을 시도했지만 이미 단단히 짓눌린 상태라 몸을 빼낼 수가 없었다. 자객은 굵은 가죽 줄로 세카리의 목을 휘감고는 힘껏 죄기 시작했다.

목이 졸린 세카리는 의식을 잃어갔다. 별안간 자객이 큰 충격을 받은 듯 가죽 줄을 죄던 손을 놓았다. 그도 자객도 무슨 일이 일어난건지 몰라 얼떨떨했다. 하지만 곧 상겡이 날카로운 송곳니로 자객의 머리통을 공격했고, 그의 머리통은 얼마 안 가 부서지고 말았다.

"넌 시간을 딱 맞춰 오는 감각이 있다니까, 상겡!"

상겡은 두 눈을 반짝이며 세카리의 손을 핥았다.

"소백에게 알리러 가자."

여전히 비틀거리면서도 세카리는 서둘러 몸을 추슬렀다. 자객이 어딘가 또 숨어 있을지 몰랐다.

그는 걸음을 재촉해서 좁은 골목길을 빠져나왔다. 마을 공터에서 북풍이 물통을 짊어지고 그를 기다리고 있었다. 차가운 물이 화끈거리는 목의 상처를 진정시켜주었다.

셋은 거의 내달리듯 궁정으로 향했다.

소벡의 집무실 근처에 왔을때 분위기가 심상치 않았다. 관저에서 연기가 피어올랐고, 사람들이 물통을 들고 관저로 몰려가고 있었던 것이다.

"무슨 일이오?"

세카리가 한 감찰관을 붙잡고 물었다.

"불이 났소. 불은 우리가 끌 테니까 댁은 집으로 돌아가시오."

"소벡 대장은 무사하시오?"

"그게 댁하고 무슨 상관이오?"

"대장님한테 전해야 할 서신이 있으니까 그렇지."

언제 어느 때건 신중하게 처신한다는 규칙이 몸에 밴 세카리도 상황이 급박한 나머지 흥분을 주체하지 못하고 있었다.

감찰관이 수상쩍다는 듯이 세카리의 행색을 샅샅이 살폈다.

"이상한데, 당신 목에 있는 이 상처 말이야. 어쩌다가 당한 건가?"

"아무 일도 아니오."

"사정을 자세하게 들어봐야겠는걸."

"소벡 대장에게 이야기하겠소."

"이봐, 자리에서 꼼짝 마라!"

감찰관이 몽둥이를 들어 세카리를 겨누었다. 북풍과 상겡이 즉시 감찰관을 둘러쌌다. 북풍은 발굽으로 땅바닥을 긁고 상겡은 위협하듯 으르렁거렸다.

세카리가 둘을 말렸다.

"진정해, 이 친구는 날 해치려는 게 아니니까."

감찰관이 몸을 사리며 뒤로 물러섰다. 감찰관 몇 명이 동료를 돕기 위해 달려왔다.

장교 계급을 단 감찰관이 물었다.

"무슨 일인가?"

세카리가 공손하게 청했다.

"소벡 대장님을 만나 뵙고 싶습니다."

"무슨 일로?"

"개인적인 문제라 여기서는 말씀드릴 수 없어요."

장교는 머뭇거렸다. 이 엉뚱한 자를 감옥에 처넣을 것인지, 아니면 대장을 가까이에서 보좌하는 친위장교에게 데려갈 것인지 판단이 서지 않았던 것이다. 한참 망설인 끝에 장교는 두번째 방법을 택하기로 했다.

소벡의 친위장교는 세카리를 알아보고 사람이 없는 장소로 데려 갔다.

세카리가 말했다.

"소벡 대장한테 즉시 알려야 해요. 네이트 신전 북쪽 구역을 수색 해야 한다고요."

"그곳을 왜요?"

"그 동네에 비밀 조직의 은신처가 있어요."

장교는 갈라지는 목소리로 겨우 사실을 털어놓았다.

"소벡 대장님은 작전을 지휘할 수 있는 상황이 아니에요."

"설마 신상에 무슨 일이……"

"따라와요."

소벡은 자리에 누워 있었다. 그의 머리를 베개로 받쳐놓은 게 보였다. 닥터 구아가 헤아릴 수 없이 많은 상처를 일일이 소독하는 중이었다.

세카리가 다가갔다.

"살아 있는 거죠?"

"숨만 겨우 붙어 있지. 이렇게 심한 상처는 처음 봐."

"살려주실 수 있죠?"

"지금으로선 운명에 맡기는 수밖에."

"누구 짓인지 아세요?"

친위장교가 사건의 전모를 목격한 병사를 불렀다. 병사는 자신이 목격한 끔찍한 광경을 더듬거리면서 이야기했다.

친위장교가 세카리에게 피 묻은 작은 파피루스 두루마리를 건네며 말했다.

"범인이 누군지 알 만 해요. 그자가 점토 인형을 만들어 이 함에 담아 보낸 겁니다. 그러면서 자기 짓이란 것도 분명히 알 수 있게 했지요."

# 12

예고자가 세소스트리스 만세 신전을 샅샅이 연구해서 얻은 결론은 신전 벽에 쓰인 신성한 문자들을 파괴하거나 석상들에 저주의 마법을 거는 방법은 별로 도움이 되지 않을 거라는 것이었다. 신전 안에서 끊임없이 생기를 빚어내고 발산하는 이 모든 비의적 장치들은 파라오의 카를 부양하기 위한 것이었고, 그 영향력은 아비도스 내로 한정되었다. 신전의 제의 기제를 무너뜨려 생기의 흐름을 끊어놓더라도 그 결과는 보잘것없을 게 뻔했다. 그러므로 직접 적을 공략해 쓰러뜨려야 했다.

평소대로 예고자는 아침 일과를 빈틈없이 수행한 뒤 지성소의 관리를 맡은 다른 임시 사제들과 근무 교대를 했다. 그는 자신의 숙소로 돌아가는 척하며 아무도 지켜보는 사람이 없다는 걸 확인한 후 생명의 나무가 있는 곳으로 발걸음을 옮겼다.

사제도 경비병도 보이지 않았다.

새벽제의가 끝난 시간이라 오시리스의 아카시아나무는 홀로 햇볕을 받으며 서 있었다. 네 그루의 어린나무가 형성하는 마법의 보호벽만으로도 생명의 나무를 지키기에 충분했던 것이다.

　예고자는 호주머니에서 작은 약병 네 개를 꺼냈다. 야간 당직을 구실로 신전에서 며칠 밤을 보내면서 조제실로 몰래 숨어들어가 만든 치명적인 독약이었다. 이 액체가 닿은 식물은 겉으로는 싱싱해 보여도 내부는 점차 말라 들어갔다. 생명의 나무가 심상치 않다는 걸 탁발 사제가 알아차릴 때는 이미 손쓸 수 없는 상태가 된 다음일 것이다.

　예고자는 먼저 동쪽에 있는 어린 아카시아나무 밑동에 독약을 부었다. 냄새도 색깔도 없는 액체였다.

　"아침에 새로 태어나는 빛은 이제 더이상 네 몸을 덮히지 못할 것이다. 빛은 한겨울 얼음 바람처럼 너를 말려 죽이리라."

　이어서 서쪽 나무에 두번째 병의 독약을 부었다.

　"서쪽 하늘 석양빛이 네 죽음을 재촉하고 너를 어둠으로 감싸리라."

　이어서 세번째 병의 독약이 남쪽 나무 밑동으로 스며 들어갔다.

　"중천에서 쏟아지는 뜨거운 빛이 너를 태우고 네 수액을 바싹 마르게 하리라."

　마지막으로 북쪽 나무에 네번째 병의 독약을 부었다.

　"여기 모든 것을 소멸케 하는 냉기가 있으니, 이 냉기가 너를 덮쳐 고사시키리라."

　독약의 효과는 다음 날부터 당장 나타날 것이다. 만약 예고자의 뜻대로 독약이 힘을 발휘해준다면 생명의 나무를 둘러싼 마법의 보호벽은 사라질 것이다. 그렇게 되면 예고자는 다음 순서로 네 마리 사자의 마법을 깨뜨릴 계획이었다.


　이케르는 황금의 집에서 올린 입문의식의 매 순간을 돌이켜 생각해보았다. 그때의 감동이 뇌리에서 떠나지 않았다. 보잘것없는 자신 앞에 이제껏 알지 못했던 드넓은 지평이 열렸다. 신성한 상징에 내포된 그토록 많은 의미를 자신 같은 평범한 사람이 엿보게 되다니. 계시된 그 의미들을 하나하나 따지고 분석하려 드는 건 부질없는 짓이었다. 이케르는 자신이 할 일이 영혼의 힘을 일깨워 신비의 핵심으로 뚫고 들어가는 것임을 알았다.

이시스는 아침 일찍 깨어나 하토르 여신의 여사제들과 제의를 올리러 갔다. 황금의 집에서 오시리스 석상과 나룻배에 생기를 부여하는 의식을 치르고 나온 이후 그녀는 이케르에게 아무 말도 하지 않았다. 동일한 시험을 이미 치른 그녀였으므로, 이런 강렬한 체험 다음에는 조용히 명상에 잠기는 게 중요하다는 걸 알고 있었던 것이다. 이 명상을 통해 분산되었던 힘들이 앎에 입문한 사람의 내면에 하나로 모여 새로운 눈을 탄생시켰다.

이케르는 점차 명상에서 빠져나와 현실로 돌아왔다. 그러나 시간과 공간 너머로 떠났던 이 여행을 한 장면도 빠짐없이 기억 속에 선명하게 간직했다. 이시스와 함께 지내는 아담한 흰 집의 문을 열고 나와 그가 가장 먼저 한 일은 오랫동안 하늘을 바라보는 것이었다. 그러나 이제 이케르는 그 하늘을 예전과는 다른 방식으로 바라보게 되었다. 하늘은 불멸성으로 작품을 빚어내는 자궁이었다. 그리고 장인들의 손이 그 불멸의 작품들을 눈에 보이는 것으로 바꾸어놓는 것이다.

불행히도 이와는 다른, 마음을 무겁게 하는 현실도 존재했다. 그것과 맞서 싸우는 것이 파라오의 후계자이자 특사인 이케르가 할 일이었다.

"우유에선 악취가 나고 빵은 나무껍질 맛이군. 종신 사제들에게 가져오는 음식에 좀더 신경을 쓰시오. 사제 가운데 누구라도 불평을 하면, 당신은 이곳에 붙어 있을 수 없을 거요."

베가의 말에 비나가 발끈하며 물었다.

"사제님 입맛에 그렇다고 다른 분들 입맛에도 그럴까요?"

"이곳에선 아무도 내 말을 무시할 수 없어."

"아비도스가 썩은 건 그 때문이로군!"

"함부로 말하지 마시오. 가서 맡은 일이나 똑바로 하란 말이오."

베가는 여자를 증오했다. 여자란 경박하고 불손하며 욕정에 눈이 면 사악한 존재로서, 치유할 수 없는 결점 덩어리였다. 베가는 아비도스 최고 권력자 자리에 오르기만 하면 여자들을 이곳에서 내쫓아 제의나 의식에 참여하지 못하게 할 생각이었다.

비나는 빈정거리는 얼굴로 베가를 쏘아보았다.

"그럼 이 우유와 빵을 도로 가져갈까요?"

"이번엔 봐주지만 내일부턴 그냥 넘어가지 않겠소. 이케르가 오고 있군. 어서 가보시오!"

비나는 재빠르게 자리를 떴다.

베가는 몸을 웅크리고 음식 먹는 시늉을 했다.

"이른 아침부터 찾아와서 죄송합니다."

"우리야 언제든 왕세자 전하의 처분에 따라야 하지요. 아침식사는 하셨습니까?"

"아직 식사 전입니다."

"그럼 나눠 드십시다."

"고맙습니다만, 배가 고프지 않아요."

"그러다가 병이 나면 어쩌시려고!"

"안심하세요. 의식을 치르면서 힘을 얻었으니까요."

"황금의 집에 입문한 걸 축하드립니다. 그런 특권은 아무나 얻는 게 아니지요. 그런 만큼 무거운 책임도 짊어져야 하고요. 왕세자께서 코이악 달에 있을 제의를 집전하시게 된 것은 우리 사제들 모두 자랑스러워할 겁니다."

"제의까지 얼마 남지 않았는데, 난 부족한 게 너무 많습니다!"

"모든 종신 사제들이 전하를 도와 그 대사를 준비할 겁니다. 염려하지 마십시오. 사제들의 심문은 잘 진행되고 있습니까?"

"내가 심문을 벌여 베가 사제님을 비롯해 모든 분의 기분을 상하게 했다는 거 압니다. 하지만 그건 불가피한 일이었습니다."

베가가 대답했다.

"이미 잊었습니다. 우리는 전하의 신중함과 겸손한 태도를 높이 평가합니다. 전하는 종신 사제들이 얼마나 엄격한 생활을 하는지, 이들이 오시리스 신비제의에 얼마나 열성적으로 헌신하는지 확인했을 겁니다. 이집트의 정신적 중심지인 아비도스에 그 어떤 오명도 붙어서는 안 되지요. 이제부터는 사제들을 정기적으로 수사하는 것도 좋을 것 같습니다. 폐하께서 통찰력을 발휘하셔서 이런 검증의 기회를 만드셨고, 또 이 일을 잘 수행할 수 있는 사람을 골라 보내셨으니 말입니다."

이렇게 말하는 베가의 표정은 얼음처럼 차가웠고, 목소리는 갈라졌지만, 이케르는 그의 말에 마음을 놓았다. 이 엄격한 사제가 뭔가를 인정하거나 칭찬하는 일은 좀처럼 없었기 때문이다. 그러니 그가 이렇게 생각한다면 다른 사제들 역시 자신의 일을 용인한 거라고 이케르는 생각했다.

베가가 말을 이어갔다.

"황금 팔레트를 아비도스의 의식들과 신비제의에 문외한인 젊은 분한테 맡기셨다는 사실에 우리는 모두 놀랐지요. 나는 탁발 사제께서 그렇게 못마땅해하는 모습을 본 적이 없습니다. 우리 사제들은 이곳 세계에만 갇혀 살아서 파라오의 혜안을 미처 헤아리지 못하는 실수를 저질렀던 거지요. 참으로 가소로운 허영이자 용서할 수 없는 잘못이었습니다! 나이와 경험이 오히려 우리를 잠들게 합니다. 오시리스의 창조는 날마다 이루어지나니, 우리가 할 일이란 자신의 하찮은 야망을 잊고 오시리스의 과업을 겸허히 이어가는 것이지요. 이케르 전하, 전하가 이곳에 온 것이 우리 사제들에게는 교훈을 얻을 좋은 기회가 되었습니다. 게을렀던 우리 자신을 돌아보고 다시금 각자의 임무를 충실히 하는 데 이보다 좋은 방법은 없을 겁니다. 파라오가 아비도스와 멀어지면 이집트는 위태로워질 것이고, 파라오가 아비도스를 존중하고 아끼면 조상님들의 유산이 헤아릴 수 없는 은혜를 베풀어 상하 이집트를 번영하게 만들 겁니다. 세소스트리스 폐하의 결정은 탁월하시니, 그분의 명성과 인기가 그냥 얻어진 게 아니지요. 전하와 우리 사제들은 이렇게 비범한 군주를 모시는 행운을 누리고 있으니, 그분의 판단력이 우리의 길을 밝혀줄 겁니다."

이 권위적이고 무뚝뚝한 사제가 이처럼 속을 털어놓으리라고는 생각지 못한 이케르는 그의 마음이 고마웠다. 이런 진지함이야말로 아비도스 종신 사제들의 굳은 맹세를 증명해준다는 생각이 들었다.

그렇다고 해서 이케르가 머릿속에 맴도는 의문을 잊은 건 아니었다. 이시스가 '제르구는 썩은 과일 같은 사람'이라고 말한 다음부터 품게 된 의문이었다.

"종신 사제님들은 아비도스 바깥으로 자주 나갈 수 없으시죠?"

"나가는 일이 거의 없지요. 하지만 아비도스의 법이 그걸 금해서는 아닙니다. 오시리스의 영지를 사랑하고 생명의 본질을 가까이 접하는데, 더 바랄 게 뭐가 있겠습니까?"

"한 가지 궁금한 게 있습니다. 사제님은 어떻게 제르구를 알게 되셨습니까?"

베가가 얼굴을 찌푸렸다.

"우연히 알게 된 거지요. 나는 종신 사제들에게 필요한 물자를 보급하는 일을 맡고 있어요. 사제가 생활하는 데 불편이 없도록 다양한 물품을 들여와야 하는데, 제르구가 그 일을 하겠다고 나섰고, 그래서 일을 시켜보았던 겁니다."

"그를 아비도스에 보낸 사람이 누군지 아십니까?"

"모릅니다."

"그에게 물어보지 않으셨어요?"

"난 원래 호기심이 많은 성격이 아닙니다. 아비도스의 검문을 통과한 사람인데 의심할 필요가 있습니까? 나로서는 그가 일을 정확하고 성실하게 해주면 되는 거고, 그 점에서 제르구는 날 실망시키지 않았어요."

"그가 사제님께 예의에 어긋난 질문을 하지 않던가요?"

"그런 적은 없습니다. 그는 단지 물품 목록을 받아가고, 그 물품을 가져올 뿐입니다."

"매번 그가 직접 왔습니까?"

128

"제르구는 아주 양심적인 관리입니다. 자신이 직접 화물을 검사하고 무사히 운반해옵니다. 정확하고 성실하게 일한 덕분에 임시 사제로 임명되었지요. 성격이 다소 거칠긴 하지만 아비도스에 대한 존중심은 대단하고, 또 본분을 지킬 줄 아는 사람입니다."

베가가 말을 잇기 전에 마른기침을 했다.

"그런데 왜 그걸 묻습니까? 제르구에게 뭔가 혐의라도 있는 건가요?"

"증거가 있는 건 아닙니다."

"그런데도 의심이 간다는 말이군요!"

"곡식 저장소 책임 감독관이라는 그의 직책상 다른 일에 시간을 내기는 어려운 것 아닙니까?"

"상당한 지위에 있는 사람들이 멤피스나 테베, 엘레판티네에서 옵니다. 아비도스의 중요성을 감안하면 거리는 중요하지 않지요. 일이 주일 머물다 가는 사람도 있고 더 오래 머무는 사람도 있습니다만, 이곳에서 맡은 일을 포기하는 사람은 없을 겁니다. 아무리 하찮은 일이라도 말입니다."

"말씀 잘 들었습니다, 베가 사제님."

"전하는 이제 우리 사제들을 이끄는 사람입니다. 혹시라도 청할 게 있으면 언제든지 말씀해주시오."

멀어져가는 이케르를 지켜보면서 베가는 빵 조각을 신경질적으로 씹었다. 그는 제르구를 옹호한 걸 후회했다. 하지만 그의 잘못을 탓하거나 비난했다면 이케르는 한층 더 자세히 캐물었을 것이고, 결국엔 그 의혹이 자신에게 쏟아졌을 것이다.

베가는 조금 전의 대화를 떠올리며 이케르가 과연 제르구의 결백을 믿었을지 자문해보았다. 분명 그렇지 않을 것이다.

이케르는 이제 아주 위험한 인물이었다. 그는 아비도스의 핵심 권력을 얻고 오시리스의 신비에 접근할 자격을 인정받는 예상치 못한 성공을 거둔 것이다.

한순간, 베가의 머릿속에 음모와 배반의 계획을 단념하고 다시금 성실한 종신 사제로 돌아가 오시리스를 섬기는 편이 더 낫지 않을까 하는 생각이 스쳐갔다.

베가는 짜증을 내며 눈꺼풀을 벅벅 문질렀다. 이미 너무 멀리까지 와버린 것이다. 오시리스를 섬기며 살아온 자신의 과거와 사제 서약을 부인하고 악의 음모에 가담한 이상 다시 과거로 되돌아갈 수는 없었다. 이러한 선택은 오랫동안 억눌러왔던 그의 본능과 부에 대한 욕망, 권력의지를 자유롭게 풀어주었다. 이케르와 같은 본성을 지닌 존재는 세상에서 사라져야 했다.

베가는 조금 전의 일을 예고자에게 알려서 빨리 손을 쓰도록 해야겠다고 생각했다.


얼간이 스합이 은밀히 예고자를 찾아왔다. 그는 여전히 오시리스 언덕 가까이, 아비도스 외곽 사막을 순찰하는 병사들의 눈을 피할 수 있는 장소에 숨어 지냈다. 일몰제의가 끝나고 종신 사제들과 임시 사제들의 숙소에 등잔불이 하나둘 켜졌다. 이 임시 사제들은 아비도스에서 밤을 지내도 좋다는 허락을 얻은 사람들이었다. 잠시 후 저녁식사가 끝나는 시각이면 천체를 관측하는 사제들이 세소스트리스 신전 지붕으로 올라갈 터였다. 별들의 위치를 살펴 누트*의 뜻을 해독하기 위해서였다.

"오시리스의 무덤은 정탐해보았느냐?"

"겉보기엔 경비가 허술하던걸요. 늙은 사제 하나가 무덤 문에 붙은 봉인을 살피며 주문을 외곤 했습니다."

"위병은 없느냐?"

"한 명도 못 봤습니다. 그런데 무덤 문 앞까지 가본 게 아니라 주인 님이 일러주신 대로 몇 십 걸음 떨어진 자리에서 지켜본 거니까 자세한 건 모르죠. 무덤을 지키기 위한 방비책이 눈에 띄지는 않더라도 분명 있을 겁니다. 그렇게 중요한 장소를 아무나 접근하도록 내버려 둘 리가 없죠."

예고자가 대답했다.

"거긴 신성한 곳이어서 오시리스의 후광만으로도 호기심 많은 구경꾼들을 물리치기엔 충분하지. 오시리스의 노여움을 살까봐 두려워하는 자들이니까."

"사제들이 거기에 마법을 써서 방어벽을 세워놓지 않았을까요?"

"그래도 나를 막을 수는 없다. 나는 이제 아비도스의 벽들을 서서히 무너뜨릴 것이다."

"저는 언제까지 제실에 숨어 있어야 합니까, 주인님?"

"오래 걸리지 않을 거다."

스합의 얼굴에 사악한 웃음이 번졌다.

"그때가 되면 제게 이케르를 죽일 영광을 주실 거죠?"

예고자의 눈이 붉게 달아올랐다. 몸은 화로와도 같은 열기를 내뿜었다.

---

* 하늘의 여신.(옮긴이)

스합이 겁을 내며 뒤로 물러섰다.

"내가 빚은 인형들이 함에서 나왔구나."

이렇게 중얼거리는 예고자의 목소리는 소름이 돋을 만큼 무시무시
했다.

"그걸 열었으니 수호자 소벡은 이승에서 마지막 실수를 저지른 셈
이다. 오늘 밤 그는 죽을 것이다. 이제 멤피스의 우리 조직이 공격을
개시할 때가 왔다."

# 13

세소스트리스는 이케르가 황금의 집 입문의식을 잘 치렀다는 소식
에 크게 기뻐했다. 이케르 자신은 미처 모르지만 그는 이제 아비도스
황금원으로 향하는 첫번째 문을 통과했으며, 점차 하나의 오시리스
가 되어가고 있었다. 얼마 후 있을 코이악 달의 제의를 집전하면서
그는 제의의 중심에 설 것이고, 그리하여 이집트의 가장 비밀스러운
결사에 들어오게 될 터였다.

이제 이케르는 모든 피라미드와 신전, 영원의 집의 모태인 빛의 돌
이었다. 그리고 이 빛의 돌 위에서 파라오는 자신의 왕국을 확고히
다졌다.

세소스트리스가 이케르에게 파라오 수업을 시키기 위해 곧 그를
공동 섭정으로 임명해 통치를 맡길 거라는 소문이 끝없이 떠돌았다.
파라오도 이 방법을 생각해보지 않은 건 아니었다. 하지만 그의 계획
은 이런 단순한 절차를 넘어선 것이었다. 선왕들이 그랬던 것처럼 그
도 오시리스의 카를 받을 자격이 있는 사람에게 전해주어야 했다. 오
시리스의 카를 받아 보존하고 키워나가다가 물러날 차례가 되면 후

계자에게 온전히 전해주어야 하는 것이다. 오시리스 거상과 나룻배를 완성해 보인 이케르라면 이 중요한 역할도 잘해낼 수 있을 것이다. 또한 신비에 대한 앎을 얻었으니 이번 제의를 훌륭히 치러낼 것이다. 이케르는 생각과 행동, 깨달음과 실천이 완벽하게 일치하는 아주 특별한 경우였다. 훗날 시간의 흐름이 멈추게 될 때 이케르는 오시리스의 시간, 물질과 정신으로 빚어져 자연을 넘어 영속하는 상징들의 기원에 자리 잡은, 그 시간을 살게 될 것이다. 그때 그는 불의 길을 건너 이시스와 다시 만나게 될 것이며, 생명의 나무 안쪽을 보게 되리라.

세소스트리스는 예고자가 죽었다는 말을 믿지 않았다. 사막뱀 같은 그런 자는 누군가를 공격하기 전 모래 밑에 숨어 자신을 위장하는 법이다. 파라오는 생각을 이어나갔다. 이케르가 얼마나 중요한 존재인지 그자가 알아차렸을까? 아니면 단지 자신과 맞서 싸우는 데만 힘을 쏟을 것인가? 후자일 경우 그자는 또다시 멤피스를 공격해올 것이다. 소벡은 멤피스 내 적의 비밀 조직이 이 도시에 자행할 폭력을 염려했다. 그 조직은 몇 가지 사소한 단서만을 노출했을 뿐 아주 깊숙이 숨어 있어 세카리조차 추적의 실마리를 붙잡지 못하고 있었다.

깊은 밤 파라오의 상념은 급히 달려온 네스몬투 장군으로 인해 중단되었다.

"폐하, 소벡이 공격당해 쓰러졌습니다. 소벡에게 함 하나가 배달되었는데 그 안에 들어 있던 마법에 쓴 점토 인형들이 그를 공격해서 무수한 자상을 입혔습니다. 그 인형들은 불태워 겨우 무찔렀답니다. 닥터 구아가 소벡을 살리기 위해 애쓰고 있습니다만 가망이 별로 없다고 합니다. 설상가상으로 총리도 위태롭습니다. 닥터 구아가 위중한 총리의 병상을 지키다가 소백을 돌보러 달려왔다고 합니다. 구아의 말로는 크눔호테프가 얼마 살지 못할 거라고 합니다."

"빨리 손을 써야 해요. 미적거리다간 폭력 분자들이 다 숨어버릴 겁니다."

세카리가 주장했다.

소백의 부관이 대답했다.

"결정을 내릴 수 있는 사람은 대장님뿐입니다."

"현실을 직시해요! 소백 대장은 금방이라도 숨을 거둘 상황이라고요. 그는 내가 탐문 수사 중인 걸 알고 있고, 그래서 내 보고를 기다리고 있었어요. 행동 개시, 이 한마디면 됩니다. 소백 대장이라면 대대적인 소탕 작전을 벌일 거예요, 확실해요!"

부관은 얼이 빠져 어떻게 해야 좋을지 몰랐다.

"감찰대 전 병력을 동원해서 대규모 작전을 벌이려면 소백 대장이 계셔야 합니다. 그분이 지휘하지 않으면 우린 승산이 없어요. 대장은 모든 일을 직접 검토한 후 결단을 내리셨습니다. 대장이 저 지경이 되었으니 우리도 손발이 묶인 거예요."

"이번처럼 좋은 기회도 다시는 없을 거예요. 내게 잘 훈련된 병력을 최대한 마련해줘요. 잘하면 예고자의 비밀 조직 하나를 무너뜨릴 수도 있을 거란 말입니다."

소백을 돌보던 닥터 구아가 밖으로 나오며 말했다.

"어서 황소 피를 한 단지 구해 오시오."

"아직…… 살아 계신 거죠?"

부관이 물었다.

"어서 구해 오라니까!"

감찰관들은 세소스트리스 신전의 우두머리 백정을 찾아가 깨웠다. 백정이 큰 황소 두 마리를 잡아 피를 받았다. 서둘러 가져온 황소 피를 닥터 구아가 소벡의 목구멍에 조금씩 흘러넣었다.

세카리가 물었다.

"대장을 살려주실 거죠?"

"과학은 기적을 만들어내진 못해요. 또 나는 파라오가 아니란 말이오."

"내가 돕겠다."

한 사람이 문을 들어서면서 말했다. 파라오였다.

파라오는 즉시 소벡의 몸에 손을 대고 오랫동안 기를 불어넣었다. 파라오의 힘이 부상자의 머리맡에서 어른거리던 죽음의 그림자를 물리친 것일까? 소벡이 의식을 되찾았다.

"폐하……"

"그대가 해야 할 일이 아직 끝나지 않았다, 소벡. 내가 너를 치료하겠다. 자, 이제 잠들어라. 그래서 힘을 되찾아라."

소벡은 파라오의 최면에 걸려 다시 잠이 들었다.

닥터 구아는 자신의 눈을 믿을 수 없었다. 수호자 소벡이 비록 강건한 육체를 가지고 있긴 했지만 파라오의 힘이 없었다면 숨을 거두고 말았을 것이다. 파라오의 최면 요법과 황소 피 덕분에 소벡은 어느 정도 혈색을 되찾았다.

의사가 기원하듯 말했다.

"원기를 회복시켜줄 약이 필요합니다. 약제사 렌세넵이 부디 최고의 조제술을 발휘해주기를."

파라오가 세카리를 데리고 방을 나왔다.

"감찰대는 동요하고 있어서 작전을 수행하기 어렵습니다, 폐하. 네스몬투 장군의 힘을 빌려 멤피스의 한 구역을 수색하고 싶습니다. 그곳에 폭력 분자들이 은신하고 있습니다."

"장군에게 가서 병사들을 내어달라고 하라."

소벡의 부관이 꼭 할 말이 있다는 듯 파라오에게로 왔다.

"폐하, 저희는 이번 사건의 범인이 누구인지 알고 있습니다."

"예고자 말인가?"

"아닙니다, 폐하."

"그렇게 단언하는 근거는 무엇인가?"

"범인의 서명이 있습니다."

"증거를 보여봐라."

"이 파피루스입니다. 폐하의 명이라며 문제의 함을 보낸 범인이 직접 쓴 것입니다."

세소스트리스가 두루마리를 펼쳐 읽었다.

문서에 적힌 서명을 믿는다면 범인의 이름은 세호테프였다.


네스몬투 장군은 폭력 분자들을 체포하게 되었다는 기대감에 일사천리로 토벌대를 조직했다. 자신이 직접 멤피스 제1병영으로 가서 병사들을 깨웠고, 몇 개 연대를 이끌고 문제의 구역까지 가서 세카리가 알려준 정보에 따라 병사들을 배치했다.

한밤중이어서 골목과 마을 광장은 쥐 죽은 듯 고요했다.

세카리가 네스몬투 장군에게 말했다.

"함정이 있을지 모르니 조심해야 합니다."

"우선 이 구역을 봉쇄한 후 보병 소부대를 들여보내 집집마다 수색할 생각이야. 지붕에 배치한 궁수들이 엄호할 테니 걱정 말게."

네스몬투 장군이 명령을 내리자 병사들이 신속하고 일사분란하게 움직였다.

동네가 술렁거리기 시작했다. 이 집 저 집에서 불평이 터져나오고 아이들이 울음을 터뜨렸다. 하지만 검문을 거부하며 소동을 벌이거나 도망치는 사람은 없었다.

세카리도 자신이 도망쳐 나왔던 집으로 십여 명의 병사를 이끌고 갔다.

먹다 남긴 음식물, 그을음이 붙은 등잔, 낡은 자리들. 이곳을 버리고 서둘러 도망친 흔적이 역력했다. 하지만 행적을 추적할 만한 단서는 전혀 남아 있지 않았다. 의심스러웠던 샌들 장수의 가게에 희망을 걸어보는 수밖에 없었다.

샌들 장수는 겁에 질려 바들바들 떠는 아내와 아이를 여봐란듯이 앞세우며 자신은 결백하다고 펄쩍 뛰었다.

"집을 수색해라."

네스몬투가 명령했다.

샌들 장수가 병사들의 앞을 가로막으며 항의했다.

"이런 법이 어디 있소? 누구의 명이오?"

"공무 집행이다."

"총리께 탄원하겠소! 이집트에선 죄 없는 사람을 이런 식으로 취급하지 않아. 법을 지키시오."

네스몬투가 거칠게 대드는 샌들 장수를 똑바로 노려보았다.

"나는 이집트군 총사령관이다. 예고자의 하수인에게 훈계를 들을 생각은 없어."

"하수인이라니, 예고자는 또 누구고, 대체 무슨 말을 하는 겁니까?"

"너는 비밀 폭력 조직에 가담해서 이집트인을 살상하려 한 반란자의 혐의를 받고 있다."

"반란자라니? 무슨 말을 그렇게 함부로 하시오!"

"너야말로 불손한 태도를 고쳐야겠군! 심문관이 너를 잘 대우해줄 거다. 그동안 나는 네 소굴을 샅샅이 뒤질 것이다."

악을 쓰며 길길이 날뛰는 샌들 장수를 병사들이 끌고 갔다. 세카리는 병사들과 함께 집을 수색하며 샌들 장수의 혐의를 입증할 만한 단서를 찾아내려고 애썼다. 흔히 보는 가죽들이 널려 있었고, 십여 켤레 남짓한 샌들이 쌓여 있었다. 파피루스 두루마리 몇 개도 눈에 띄었지만, 나머지는 단출한 일가족이 사는 데 필요한 가재도구들이었다.

세카리가 낙심하며 중얼거렸다.

"이러다간 허탕치고 말겠는걸요."

"아마 숨겨놓은 무기들이 있을 거야."

네스몬투가 대답했다.

"저들이 벌써 다른 곳으로 옮겼을 겁니다."

"이 구역 주민들을 일일이 심문해봐야겠어. 그럼 뭔가 캐낼 수 있겠지. 나를 믿어!"

"아뇨, 만약 폭력 분자들이 이곳에 남아 있다면 그들은 일부러 체포당할 심산일 겁니다. 심문에 대비해서 거짓말을 준비해두었거나 묵비권을 행사하려는 거겠죠."

노장군은 더이상 세카리의 말에 반박하지 않았지만, 끝까지 수색 작전을 밀고 나갔다.

결과는 쓰라린 실패였다.

동네 공터에서 봤던 퉁명스러운 사내나 곱슬머리도 자취를 감춘 뒤였다. 붙잡아왔던 샌들 장수도 사과의 말을 덧붙여서 석방해야 했다.

새벽제의를 마친 세소스트리스가 닥터 구아를 불렀다.

구아는 환자의 경과를 보고했다.

"소백은 다시 일어설 겁니다. 그에게 투여한 약은 야생 들소나 견딜 만큼 독한 것인데, 다행히 소백은 들소만큼이나 튼튼한 몸을 갖고 있습니다. 깊은 상처들이 아물 때까지 환자를 자리에 붙잡아두어야 하는데, 그러기가 쉽지 않을 것 같아 걱정입니다. 어쨌건 심하게 다친 장기가 없어서 기력을 되찾는 덴 문제없을 것입니다."

"총리의 상태는 어떤가?"

의사는 숨김없이 사실을 털어놓았다.

"더이상 가망이 없습니다, 폐하. 총리의 심장은 그동안 너무 혹사당해서 얼마 못 가 멈출 것입니다. 제가 마지막으로 내린 처방은 그저 그의 고통을 덜어주기 위한 겁니다."

"최선을 다해 총리를 돌보게."

세소스트리스가 당부했다.

네스몬투 장군이 들어와 지난밤 수색 작전의 실망스러운 결과를 보고했다. 문제 구역 주민들의 과거 행적을 추적하고 심문 내용을 검토하는 건 감찰대가 할 일이었다. 시간도 오래 걸리고 진이 빠지는 작업이지만 거기서 소득을 얻을 수 있으리란 보장도 없었다. 폭력 분자들은 일반인 틈에 섞여들어 도통 정체를 드러내지 않았다.

파라오가 말했다.

"소벡의 부관이 세호테프를 체포해달라고 하더군."

장군이 대답했다.

"세호테프가 이 범죄에 연루되었다고는 생각할 수 없습니다! 아비도스 황금원의 회원이 감찰대 총수를 없애려 했을 리 없지요."

"문서에 적힌 그의 서명이 증거로 남아 있다."

"위조된 겁니다! 또 한번 국정원을 음해하려는 시도이지요."

"오늘 아침에는 국정원 회의를 열지 않겠다. 우선 세호테프의 말을 들어봐야 하니까."


"중요하고 시급한 일이라면서도 자기 이름은 밝히지 않겠답니다, 장군."

"자네가 알아서 처리하게."

네스몬투는 부관에게 지시했다.

"장군한테만 이야기하겠답니다. 파라오의 신변이 위험해질지 모른다면서요."

왼쪽 팔뚝에 흉터가 있는 키 큰 삼십대 남자였다. 사내는 조리가 있으면서도 불안해 보였다. 침착한 목소리로 사내가 말했다.

"저는 소벡 대장의 명을 받고 메데스의 부서에 들어가 일하고 있습니다. 제가 맡은 임무는 메데스와 그의 수하들의 동태를 살피는 일입니다."

네스몬투는 마땅찮다는 듯 헛기침을 하며 말했다.

"소벡은 정말이지 아무도 믿지 않는군! 궁정 각 부서마다 감시꾼을 잠입시켜놨겠지?"

"그건 모르겠습니다, 장군. 주목할 만한 일이 눈에 띄어서 소벡 대장에게 즉시 보고하려 했는데, 얼마 전의 일 때문에 대장을 만나 뵐 수 없었습니다. 그래서 대신 장군님께 알려야겠다고 생각한 겁니다."

"잘 판단했네, 말해보게."

"메데스의 부서에서 저는 꽤 중요한 역할을 맡고 있어서 메데스와 그의 최측근들이 작성한 문서 대부분을 볼 수 있습니다. 메데스에게서 신임을 얻고 그걸 계속 유지하기란 아주 힘들지요. 그는 그야말로 가차 없는 사람이라서 엄청난 양의 일을 시킬 뿐 아니라 단 하나의 실수라도 눈감아주는 법이 없습니다."

네스몬투가 대답했다.

"그건 그가 자신의 업무를 잘 수행하고 있다는 증거지. 국정원 비서로서 그만큼 유능한 사람은 없을 거야."

"메데스는 관리들의 본보기가 되고 있습니다. 업무 수행에 있어선 도무지 흠잡을 데가 없으니까요. 어제까지만 해도 이상하거나 의심스러운 점은 조금도 발견할 수 없었습니다. 그런데 집무실 문을 잠그고 나가기 전에 몇 가지 문서를 들춰보다가 익명의 서신 한 통을 발견했습니다. 그 서신의 내용은 이러합니다. '한 반역자가 국정원을 조종하고 있습니다. 오래전에 죽은 인물인 예고자라는 이름의 시리아인이 살아 있는 것처럼 소문을 꾸며낸 것도 그자입니다. 그 냉혹하고 거침없는 괴물은 멤피스의 지하 반란 조직을 지휘해서 갖가지 범죄를 저지르고 있으며, 이번에도 감찰대 총수의 암살을 도모했습니다. 이제 곧 그는 또다시 파라오를 공격할 것입니다. 의심의 여지없는 암살자, 그자는 바로 세호테프입니다.' 메데스는 내일 아침에 이 문서를 검토하게 될 것입니다."

"그 서신은 가지고 왔느냐?"

"아닙니다. 그 서신을 읽은 메데스의 반응을 관찰해야 할 것 같아서 그냥 두고 왔습니다. 그가 이 사실을 보고할 것인지, 덮어둘 것인지 말입니다."

네스몬투 장군은 서둘러 파라오에게 달려갔다.

# 14

　레바논 상인은 가장 유능한 밀정이었던 물장수가 행방을 감춘 뒤로 멤피스에 심어둔 조직원들 간의 연락 속도가 느려져 불만이었다.

　레바논 상인은 다른 사람에게 연락 임무를 맡기고 싶었지만, 예고자의 신도들은 하나같이 신뢰가 가지 않았다. 게다가 그는 침착하고 믿을 만한 사람이 아니면 자기 집에 들일 생각이 없었다. 레바논 상인이 집으로 맞아들이는 사람은 메데스가 유일했다. 그는 손바닥에 세트 신의 표지가 찍힌 터라 배신은 꿈도 꾸지 못할 것이다.

　문지기가 서신 한 통을 상인에게 가져왔다. 암호로 적힌 내용을 읽은 상인은 좋아서 입이 벌어졌다. 소벡이 마법의 인형에게 공격당해 죽어간다는 내용이었다.

　마침내 예고자가 결정타를 날린 것이다. 총수를 잃은 멤피스 감찰대는 오합지졸이 될 것이고, 비밀 폭력 조직의 활동은 그만큼 용이해질 것이었다.

　레바논 상인은 신이 나서 크림이 줄줄 흘러내리는 과자를 한꺼번에 세 개나 입속에 밀어 넣었다.

문지기가 다시 나타났다.

"곱슬머리가 시장 거리에서 급히 좀 뵙잡니다."

상인은 좀처럼 집 밖으로 나가지 않았다. 이런 청을 해왔다는 것은 무언가 중대한, 말하자면 걱정스러운 일이 생겼다는 의미였다.

엄청난 몸무게 때문에 움직이기가 불편했다. 시장까지 가는 길이 멀고도 멀게 느껴졌다. 그는 무화과를 쌓아놓고 파는 좌판 앞에서 발을 멈췄다. 무화과 장수는 비밀 조직원이었다.

곱슬머리 사내가 레바논 상인 곁으로 다가와 섰다.

"근처에 감찰관은 없겠지?"

"시장 입구에 두 명이 지키고 있고, 다른 두 명이 행인들 틈에 섞여 시장 바닥을 돌아다니고 있어요. 감시를 붙여뒀으니 안심하십쇼. 이쪽으로 다가오면 알려줄 겁니다."

"무슨 일로 보자고 한 거냐?"

"이집트인 첩자 하나가 우리 은거지를 찾아냈어요. 놈을 처치하려고 두 번이나 시도했지만 다 실패하고 말았죠. 감찰대가 곧 들이닥칠 걸 예상하고 나와 동료들은 즉각 그 동네를 떠났습니다. 아무 흔적도 남기지 않고 말입니다. 그런데 그곳에 들이닥쳐 집집마다 수색을 벌인 건 놀랍게도 감찰관들이 아니라 병사들이었습니다."

"그래서 어떻게 되었느냐?"

"병사들은 말짱 허탕을 쳤고, 동네 사람들한테서 욕만 잔뜩 먹었지요. 거기 남아 있던 우리 동료들도 욕을 퍼붓는 데 한몫 거들었고요. 샌들 장수는 공식 사과까지 받아냈습니다."

"잡혀간 사람은 없겠지?"

"없습니다. 소백이 죽었다는 소문이 맞는가봅니다. 그러니까 감찰대가 아니라 군대가 출동했던 거겠죠. 감찰대는 얼이 빠져 두 손 놓고 있을 테니까요. 윗대가리들도 지금쯤 우왕좌왕하고 있을 겁니다. 조직은 안전해요. 우리의 주인님, 예고자 덕분이지요. 그분이 보호하시는 한 누구도 우리를 건드릴 수 없을 겁니다."

레바논 상인도 맞장구쳤다.

"물론이지, 물론이야. 하지만 절대 노출이 되어서는 안 돼. 계속해서 신중하게 움직여야 한다."

"소백이 죽었으니 이제 결정적 기회가 온 게 아닙니까?"

"아직 네스몬투 장군이 남아 있잖아."

"그 늙다리가 할 줄 아는 건 병사들을 모아놓고 일장 연설을 하는 것뿐이라고요! 게다가 그의 병사들은 시내에서 치고 빠지는 유격 전술엔 속수무책일 거란 말입니다."

"이제 어디 숨어 있을 계획이냐?"

"아무도 짐작 못할 장소에요. 일전에 샅샅이 수색당한 바로 그 동네 말입니다. 숨어 지내는 방식도 새로 바꾸었으니, 우릴 절대 찾아내지 못할 겁니다. 하지만 너무 오래 기다리게는 하지는 마십쇼. 그런 곳에 숨어 지낸다는 게 그리 편한 일은 아니니까."

"예고자님의 지시만 내려오면 당장 움직이게 될 거다."

상인의 이 대답은 곱슬머리를 흡족하게 했다. 곱슬머리는 때때로 레바논 상인이 식탐 때문에 정신이 나태해진 건 아닌지 의심했다. 그래서 비밀 조직을 이끄는 사람으로서의 역할을 명심하고 있는지 이런 식으로 슬쩍 떠보곤 했다. 지금 상인의 태도를 보니 안심해도 좋을 듯했다.

"때가 오면 우리 동지들은 예고자님과 새로운 교리의 이름으로 공격을 개시할 겁니다. 불신자를 모조리 쓸어버리고, 오직 새로운 믿음으로 개종한 자들만 살려둘 겁니다. 그땐 모두가 유일한 신의 법을 따라야 할 거고, 종교재판소가 불경한 자들과 부정한 여인네들을 처단해버릴 겁니다."

흥분한 곱슬머리를 진정시키려는 듯 레바논 상인이 말을 가로막았다.

"멤피스를 장악하기는 쉽지 않을 거야. 우리 조직 내 각 세포들에게 역할을 나눠주고 협력 방식을 정하는 일도 골치 아픈 문제라고."

"빨리 해결하십쇼. 언제가 됐든 예고자님이 적절한 때를 잡을 겁니다. 이집트인은 즐겁고 행복하게 사는 데에 모든 기운을 다 쏟아붓는 자들이니 우리가 가차 없이 휘두를 정화의 칼날과 맞닥뜨리면 맥없이 무너질 겁니다. 수많은 감찰관과 병사 들이 무릎을 끓고 우리에게 목숨을 구걸할 거란 말입니다. 우리가 그들의 머리를 잘라 창끝에 매달아놓으면 장교들은 줄행랑을 놓을 겁니다. 파라오를 홀로 내버려두고요. 그러면 우리는 파라오를 사로잡아 예고자님께 바치면 되는 거지요!"

레바논 상인은 이처럼 멋진 미래상에 혹하긴 했지만 그렇다고 적을 과소평가하지는 않았다. 무엇보다 그는 자신의 무리를 불신했다. 장차 승리를 거두어 자신이 감찰대 총수가 되면, 이 곱슬머리 같은 자들은 타락했다는 죄를 뒤집어씌워 처형할 생각이었다. 이렇게 앞뒤를 재지 못하고 믿음에 열광하는 자들은 승리를 위해 싸우는 과정에서만 유용할 뿐, 얼마 못 가 통제 불능의 골칫거리가 되어 해를 끼치는 법이다.

아침에 알약 두 개, 점심에 한 개, 저녁에 세 개, 그리고 약초를 우려낸 물을 수시로 마실 것. 메데스의 아내는 닥터 구아의 처방을 어김없이 지켰다. 약제사 렌세넵이 조제한 약을 먹으면 그녀는 금세 기분이 좋아지고 긴장이 풀렸다. 느긋한 졸음이 밀려왔고 신경 발작은 사라졌으며 평온한 상태가 오랫동안 지속되었다.

기운을 차린 그녀는 다시금 집을 꾸미는 일에 열중했다. 한 무리의 장인들이 새벽부터 저택으로 불려와 그녀에게 여러 가지 지시를 받았다. 바깥 담장을 새로 칠하고, 수조를 청소하고, 정원수의 가지들을 손질하고, 하수로를 점검하라는 등의 내용이었다.

메데스가 의외란 듯 말했다.

"아주 좋아 보이는데!"

"닥터 구아가 내 수호 정령이야. 내가 뭘 했는지 알면 당신도 좋아할걸! 이 집엔 뜯어고쳐야 할 것 천지였는데, 내가 마침내 손을 댔다고."

"잘했어. 일꾼들을 마음대로 호령해봐. 그들한테 틈을 보여선 안돼. 우리 걸 훔쳐갈 생각만 하는 자들이니까."

메데스는 입가에 웃음을 머금고 총리를 찾아갔다.

소백이 서기관으로 위장시켜 자신의 부서에 잠입시킨 밀정은 자신이 서류 사이에 슬쩍 끼워놓은 익명의 서신을 분명 읽었을 것이다. 그 감찰관은 늘 끝까지 집무실에 남아 있다가 나가기 전에 구석구석을 뒤지곤 했으니 말이다. 이때까지 참을성 있게 밀정 노릇을 했는데, 이 중요한 서신을 발견했으니 상이라도 줘야 옳지 않겠는가?

물론 그 밀정은 메데스가 그 서신을 읽고 어떤 반응을 보일지 관찰하고 있었다. 메데스가 서신 내용을 숨기고 침묵한다면, 세호테프와 공모해서 반역 음모에 가담했다는 의미가 아니겠는가?

총리 관저에는 우울한 기운이 감돌았다.

메데스와 친하게 지내는 관리 하나가 다가와 말했다.

"총리의 건강이 걱정스럽소. 한차례 고비가 닥쳐서 이젠 총리를 잃었구나 싶었거든. 하지만 닥터 구아가 다시 살려냈다는구려."

"고비를 넘기고 안정을 찾으셨다니 정말 다행이군요!"

"불행히도 그렇진 않소. 들어가보시오. 당신을 기다리고 계시니까."

지시 사항을 들으러 오던 여느 아침처럼 메데스는 총리의 방으로 들어갔다. 평소 위풍당당하던 총리의 모습은 어디로 사라졌는지, 그의 변한 모습에 메데스는 깜짝 놀랐다. 바싹 야위고 주름살이 깊게 팬 얼굴에 흙빛이 된 안색으로 총리는 겨우 숨을 쉬고 있었다.

메데스가 가슴 아픈 표정으로 말했다.

"무슨 말씀을 드려야 할지 모르겠지만, 각하의 그 과중한 업무를 좀 덜어내시는 게 좋지 않을까요?"

"일은 우리에게 생명에 꼭 필요한 생기인 카를 만들어주지, 그렇잖은가? 일을 하다가 죽는 건 삶을 끝내는 방법 가운데 가장 아름다운 것이야."

"그런 말씀은 마십시오!"

"현실을 직시하세나. 닥터 구아도 포기했어."

메데스는 난처한 듯 주저하며 말을 꺼냈다.

"이상한 서신이 제게 배달되었습니다. 서명도 없이 거짓말을 끼적여놓은 건 분명합니다만, 그 익명 서신이 국정원 위원 한 분을 음해하고 있습니다. 화가 치밀어 찢어버리려다가 각하께 보여드리는 게 낫겠다고 생각했습니다."

메데스는 총리에게 서신을 내밀었다.


세호테프는 사랑의 기교가 뛰어난 한 젊은 여인과 즐거운 밤을 보낸 다음이었다. 두 연인은 푸짐한 아침식사를 한 후 기분 좋게 헤어졌고, 세호테프는 면도사의 능숙한 손길에 얼굴을 맡긴 채 국정원에 보고해야 할 업무를 머릿속으로 정리했다.

세호테프가 궁정에 도착하자 한 위병 장교가 그를 국정원 회의실이 아닌 세소스트리스의 집무실로 데려갔다.

"나에게 털어놓을 일이 없는가, 세호테프?"

세호테프는 뜻밖의 질문에 어리둥절했다.

"제가 폐하께 사적인 일을 보고해야 하는 것입니까?"

"그대는 소벡의 행동을 못마땅해하지 않았는가?"

"소벡 대장이 최근까지 이케르 왕세자를 오해하긴 했지만, 그렇다고 해도 저는 그가 감찰대 총수로서 탁월하다고 생각합니다."

"내 이름으로 아카시아나무 함을 소벡에게 보낸 게 그대 아닌가? 마법을 건 점토 인형들을 넣어서 말이다."

상황 판단이 빠른 세호테프는 한순간 넋이 나간 듯 멍해졌다.

"절대 아닙니다, 폐하! 그런 고약한 장난을 친 자가 누구입니까?"

"어떤 사악한 자가 그 인형들에 저주를 걸어 소벡을 암살하려 했다. 소벡은 수없이 난자당해 목숨을 잃을 뻔했지만, 지금은 겨우 고비를 넘긴 상태이다. 그런데 그 범인은 죄를 저지르면서 서명을 남겼다. 바로 그대의 서명이다!"

"그럴 리가요, 폐하!"

"이 문서를 보아라."

세호테프는 당황하여 핏자국이 묻은 파피루스를 펼쳐 읽었다. 쓰러진 소벡 옆에 떨어져 있던 그 문서였다.

"제가 쓴 것이 아닙니다."

"자신의 필체도 못 알아보는가?"

"필체가 너무 똑같아서 저도 경악스럽습니다! 이처럼 흡사하게 위조할 수 있는 자가 누굴까요?"

파라오가 말했다.

"그대의 죄를 입증하는 문서가 하나 더 있다. 익명의 편지인데, 거기에는 그대가 멤피스 비밀 폭력 조직의 우두머리이고, 나를 암살할 계획이라고 쓰여 있다. 또한 자신에게 돌아올 혐의를 피하기 위해 이미 죽은 한 도둑의 이름을 빌려 예고자라는 가공의 인물을 만들어냈다고 고발하고 있다."

세호테프는 큰 충격을 받아 대답할 말을 찾지 못했다.

세소스트리스가 말을 이었다.

"소벡의 부관을 비롯한 감찰대 장교들이 그대의 체포를 요구하고 있다. 이 문서만으로도 그대를 고발할 충분한 증거가 된다."

"폐하께선 이런 조잡한 술수를 믿으십니까? 만약 제가 그런 일을 저질렀다면 서명에 제 이름을 남기는 우둔한 짓은 하지 않습니다! 게다가 이집트 재판정에서는 익명 편지를 증거로 인정하지 않습니다."

"그러나 크눔호테프 입장에서는 이 문제를 법에 따라 판결할 수밖에 없다. 그대의 죄를 묻고, 직위를 박탈할 수밖에 없다."

"폐하께서도 저를 의심하십니까?"

"의심한다면 그대에게 이런 말을 하겠는가?"

세호테프의 눈에 감사와 기쁨의 빛이 떠올랐다. 파라오가 자신을 믿어주는 한, 이 모험에 맞서 끝까지 싸우리라. 그러나 서명을 위조한 자를 어떻게 찾아낸단 말인가?

세소스트리스가 말했다.

"어쨌든 그대가 의심받는 상황이니, 황금원 회합에 그대를 참석시킬 수는 없다. 그대의 자리는 무죄가 입증될 때까지 비워둘 것이다."

"저에게 가장 위험한 적은 소문입니다. 힘담과 모함이 사방에 퍼져나갈 테니까요! 더구나 감찰대가 저를 적대시하고 있으니 일이 한층 어려워질 겁니다. 이 모든 걸 고려해볼 때 예고자가 다음번에 노릴 과녁은 분명 총리와 세난크흐, 네스몬투 장군이겠지요."

파라오가 대답했다.

"총리의 건강이 돌이킬 수 없이 악화되었다."

"그래도 닥터 구아라면……"

"이번만큼은 그도 어쩔 수 없다고 털어놓았다."

천성이 낙천적인 세호테프도 목소리가 떨렸다.

"악의 세력이 폐하를 노리고 있습니다! 충실한 신하를 하나하나 제거해서 국정을 마비시키고 황금원의 단합을 무너뜨려 폐하의 힘을 약화시키려는 것입니다. 적은 정면충돌을 피하면서 무서운 독을 조금씩 흘려넣고 있습니다. 상황이 시급합니다. 이럴 때 국정원의 명예가 훼손되어서는 안 됩니다. 저를 해임하시고, 현재 진행 중인 건설공사들은 다른 사람에게 맡겨 계속 진행시키는 게 좋을 듯합니다."

파라오가 단호하게 대답했다.

"나는 누구도 해임할 생각이 없다. 각자 자신의 자리를 지키도록 하라. 그대를 해임한다면 총리의 법정이 판결을 내리기도 전에 그대의 유죄를 선언하는 셈이 된다. 이번 일은 지위 고하를 막론하고 평등하게 적용되는 이집트 재판정의 정식 절차를 따르게 될 것이다."

"만약 저의 무죄를 입증할 길이 없다면 어쩌시렵니까? 감찰대 일부가 적의 흉계에 넘어가 제게 복수하려 든다면 이 함정에서 벗어나기는 정말 어려워질 겁니다."

"마아트의 길을 계속 따라가면 진실이 밝혀질 것이다."

세호테프는 몸을 부르르 떨었다. 사악한 바람이 이집트를 휘감아 돌며 위협하는 게 느껴졌다. 그러나 파라오는 꿋꿋하게 전투를 준비하고 있었다. 이 전투는 더없이 용감한 자조차 겁을 먹을 만큼 크고 격렬할 터였다.

# 15

아비도스 특별 주둔군 지휘관이 비나를 불러 세웠다.

"어딜 그리 서둘러 가는 거야?"

비나가 지휘관에게 웃음을 흘렸다.

"저야 늘 그렇듯 신전에 음식물을 가져 가는 길이죠. 종신 사제님들께 가져다 드리려고요."

"일이 좀 지겨울 것 같은데, 안 그래?"

"전 이 일이 좋아요."

"그 나이엔 그렇게 말하기 쉽지 않은데, 계속 성실하게 일하라고. 그러면 좋은 자리로 올라갈 수 있을 거야."

"전 그저 제가 도움이 되었으면 하고 바랄 뿐이에요.

"그래, 잘해보라고. 어쨌든 몸을 좀 수색해봐야겠는데."

"왜요?"

"모르겠어? 이렇게 예쁜 아가씨가 늙은 종신 사제들한테 아침식사를 가져다주는 일만 하고 지낼 리는 없잖아. 그 늙은 사제들은 제의와 신성한 상징물에만 빠져 사는 사람들인데 말이지. 그러니 자네가 애인을 만나고 다닐 거란 짐작이 가거든. 임무 수행상 자네 애인의 이름을 알아야겠어."

"미안하지만 전 누구도 만나지 않아요."

"그 말은 믿기 어려운걸, 아가씨! 그 운 좋은 남자를 보호하고 싶은 마음은 이해해. 하지만 난 아비도스에서 무슨 일이 일어나는지 다 알아야 할 책임이 있어."

"어떡해야 절 믿으시겠어요?"

지휘관은 팔짱을 꼈다.

"비나, 혹시 결혼을 생각 중인가본데, 결혼은 아무 사내하고나 해서는 안 돼! 경험 많은 남자한테 조언을 구하라고."

"그러니까 대장님 같은 분한테요?"

"젊고 예쁜 아가씨들이 내 주위에는 우글우글해. 그런데도 난 자네 때문에 그 여자들한테 눈길도 안 주고 있거든."

비나는 감동한 표정을 지어 보였다.

"어머, 고마워라. 하지만 보잘것없는 저한테 대장님처럼 높은 분은 과분해요."

"고관 중에도 서민 아가씨하고 결혼하는 사람이 있잖아?"

비나는 눈을 내리깔았다.

"정말 뜻밖이에요! 어떻게 대답해야 좋을지 모르겠어요."

지휘관이 비나의 어깨를 쓰다듬었다.

"서둘 건 없어, 예쁜이. 우리에겐 행복하게 지낼 시간이 아주 많아."

"정말요?"

"나를 믿어, 행복하게 해줄게!"

"생각할 시간을 좀 줘요."

지휘관이 환한 미소를 지었다.

"강요할 생각은 없어, 귀염둥이. 하지만 너무 오래 기다리게 하지는 마."

비나는 교태가 흐르는 걸음걸이로 그 자리를 떠났다.

상황이 나쁘게 돌아가고 있었다. 언제까지고 저 바람둥이의 수작을 따돌릴 수는 없을 터였다. 예고자한테 알려서 빨리 손을 쓰는 수밖에 없었다. 예고자가 마침내 아비도스를 끝장내는 날, 자신의 손으로 저 지휘관을 죽이고야 말겠다고 비나는 다짐했다.

독약이 스며든 어린 아카시아나무 네 그루는 더이상 충분한 힘을 발산하지 못했다. 마법 자기장 안에 발을 들여놓았는데도 두 다리가 바늘로 콕콕 찌르듯 따끔거리는 게 전부였다. 예고자는 그 느낌이 재미있기까지 했다. 이제 어린나무들이 형성하는 보호벽은 예고자를 가로막을 수 없었다.

생명의 나무를 보호하는 마지막 마법이 남아 있었다. 언제나 눈을 뜨고 있는 네 마리 사자의 마법이었다. 지칠 줄 모르는 파수꾼인 이 사자들은 누구든 오시리스의 아카시아나무를 해치려 하면 천둥처럼 포효하며 달려들 것이다. 이 네 마리 사자 형상의 함 위에는 꼭대기가 가리개로 가려진 가느다란 기둥이 꽂혀 있는데, 아비도스 주의 상징인 이 기둥이 사자들에게 무시무시한 힘을 불어넣고 있었다.

예고자는 이 기둥에 몸이 닿지 않도록 조심했다. 오시리스를 죽이지 못한 이 상황에서 이 상징물이 내뿜는 힘은 여전히 위험했던 것이다.

사자들은 각각 다른 모습을 하고 있었다. 예고자는 가장 위엄이 넘치는 북쪽 사자를 택해서 그 눈꺼풀 위에 독보리와 누비아 사막의 모래, 사막 소금, 그리고 비나의 피를 섞은 불그스름한 액체를 끼얹었다. 그러고는 액체가 석회암 재질 속으로 스며들어 눈을 멀게 하도록 사자의 눈꺼풀을 참을성 있게 문질렀다.

첫번째 사자에 이어 나머지 남쪽, 동쪽, 서쪽의 사자도 같은 방식으로 눈을 멀게 했다.

이어서 각각의 송곳니와 발톱을 무용지물로 만들면, 이 파수꾼들은 생명 없는 돌의 상태로 되돌아가게 될 터였다.


이케르는 황금 팔레트를 받드는 아비도스 대사제의 자격으로 아침 제의를 올렸다. 탁발 사제가 그를 보좌했다. 이어서 그는 역시 탁발 사제와 함께 종신 사제들의 제의 업무를 점검한 후 오시리스 무덤 앞으로 가서 명상에 잠겼다.

명상이 끝난 후 탁발 사제가 말했다.

"주어진 업무를 단 한 번의 실수도 없이 마치셨습니다. 그러니 이제 전하는 정말로 아비도스 사제단의 대사제가 된 겁니다."

"난 파라오의 특사일 뿐, 사제단을 이끄는 사람은 탁발 사제님이세요."

"이제부터는 아니지요, 이케르 전하. 아주 짧은 시간 안에 전하는 엄청난 길을 통과했습니다. 수많은 암초를 피하고 헤아릴 수 없는 장애물을 넘어서면서 말입니다. 또한 그 과정에서 어려운 임무도 완수해냈지요. 나이는 중요하지 않습니다. 종신 사제들은 이제부터 당신을 내 후계자로 인정할 것입니다. 나로서도 가장 훌륭한 후계자를 얻은 것이고요."

"너무 이른 결정이 아닐까요?"

"장차 자신이 맡게 될 일을 여유 있게 미리 준비하는 사람도 있지만, 어떤 사람은 그 일과 맞닥뜨리면서 배워나가기도 하지요. 전하는 스스로 걸음을 내디딤으로써 자신의 길을 만들어나갈 운명입니다. 전하가 아비도스를 원했고, 이에 아비도스가 대답한 것이지요."

"황금원은……"

"전하는 이미 황금원 안에 들어와 있습니다. 넘어야 할 최후의 문만 남겨두고 있지요. 오시리스 신비제의 때 그 문 앞에 서게 될 겁니다. 그러므로 제의 준비를 빈틈없이 해두어야 합니다. 오늘 밤부터 제의 물품 목록을 작성합시다. 그런 다음 제의 진행 절차를 검토합시다."

이케르가 집으로 돌아오자 이시스가 아름다운 미소로 그를 맞았다. 이케르가 걱정스러운 표정으로 물었다.

"내가 과연 잘해낼 수 있을까?"

"쓸데없는 질문이야. 스스로 위대한 신비에 입문할 자격이 있다고 생각하는 사람이 누가 있겠어? 아비도스의 정신이 우리를 부르고 있고, 우리의 심장이 빛을 향해 열리고 있어. 이제 우린 조상이 앞서 간 길을 따라 신비제의를 완수해야만 해. 이 중요한 임무를 앞두고 감정 때문에 흔들려선 안 돼."

두 사람은 테라스로 올라갔다. 나무 기둥 네 개로 떠받친 아마포 차양이 햇볕을 가려주었다.

행복이란 일상과 신성함의 완벽한 결합, 이상과 그 실천의 조화로운 일치를 의미했다. 이케르와 이시스는 서로의 눈길과 호흡이 하나가 된 걸 느끼며 신들이 이런 행운을 준 것에 감사했다.

"황금원의 내 누이는 정말로 나를 환영해줄까?"

이케르가 짐짓 짓궂게 묻자 이시스도 장난스럽게 대답했다.

"황금원의 그 누이는 많이 고민했고 많이 망설였지. 하지만 그 오라비가 지원자들 가운데서는 그래도 봐줄만 했거든."

가벼운 웃음이 배어든 이시스의 목소리와 다정한 눈빛이 이케르를 더할 수 없이 행복하게 했다. 처음 만났을 때부터 싹튼 사랑은 시간이 갈수록 커지고 깊어졌다. 하지만 한편으로는 어떤 정체를 알 수 없는 불안감이 또다시 이케르를 엄습해왔다.

"베가 사제가 제르구를 칭찬하던데. 하지만 나는 마음속에 있는 의심을 숨김없이 털어놓았어. 네 판단이 틀릴 리가 없으니까 말이야."

"베가 사제가 그랬다니 놀라운걸. 그는 절대로 누군가를 칭찬하는 법이 없거든."

"그 사제는 냉정한 성격 때문에 호감을 주지는 못하지만 그래도 성실한 사람으로 보여. 제르구가 베가 사제의 요구대로 성실하게 물품을 배급하고 있어서 그를 칭찬하는 것 같아. 하지만 밝히지 못한 부분이 남아 있긴 해. 제르구가 자신의 뜻으로 아비도스에 왔던 걸까? 아니면 누가 시켜서일까?"

"베가는 뭐라고 말해?"

"그 문제에 대해선 관심도 없어. 어쨌거나 제르구는 일을 잘하고 있고, 검문도 아무 문제없이 통과하니까."

"그처럼 매사에 철저한 사람이 그 문제엔 관심이 없다니 이상한걸."

"설마 베가 사제가 의심스럽다는 거니?"

"아니, 그는 흠잡을 데 없는 사람이야. 심성이 메마른 걸 빼고는."

이시스가 말을 이었다.

"베가 사제는 여사제들과 거의 말을 나누지 않고 지내왔어. 하지만 나에게만은 호감을 사려고 노력했지."

"네가 수석 여사제가 된 걸 보고 자신이 과거에 겪은 좌절을 되새기는 건 아닐까?"

"주기적으로 침울해지는 걸 보면 정말 알기 힘든 사람이야! 성격이 엄격하고 율법에 충실하다고 해서 누구나 그처럼 삭막해지는 건 아니거든. 탁발 사제도 비록 무뚝뚝하긴 하지만 따뜻하고 유쾌한 면이 있잖아."

"베가 사제가 나를 돕겠다고 약속했어. 내가 아비도스에 와서 사제들을 심문한 일이 심각한 반감을 불러일으켰지만, 이젠 다들 이해하고 있다고 말하던걸."

"그러길 바라야지."

"넌 믿지 않는 모양이구나."

"이케르, 넌 자신의 힘을 잘 몰라. 경험 많은 사제들이 네 앞에서 허리를 숙이는 이유는 네가 지닌 힘 때문이야. 그들은 네가 비록 나이는 어리지만 자신들도 어찌할 수 없는 힘이 있다는 걸 알고 있어. 개중에는 체념한 사람도 있을 거고, 또 불만을 품은 사람도 있을 거야. 또 폐하를 노리는 자도 있어. 그러니 우린 한순간도 긴장을 늦춰선 안 돼."

"수호자 소백에게 제르구가 무슨 일을 하고 누구와 친분을 맺고 있는지 자세히 알아봐달라고 부탁해야겠어. 그가 석연치 않은 일에 손대고 있는지 확인할 수 있을 거야. 베가 사제를 특별히 주의해서 지켜봐야겠어. 신비제의를 준비하면서 그에게 조언을 구할 작정이야. 하토르 여신을 모시는 여사제들의 수장께서도 나를 도와주시겠지요?"

이시스가 웃으며 대답했다.

"아비도스의 법 때문에라도 그래야만 하는걸요."


네프티스는 아비도스에 온 이후로 잠을 잊고 살았다. 여사제의 제의에 참여하고, 신비제의에 쓰일 엄청난 양의 베를 짜고, 어떤 물질에 신성한 힘이 담겼는지 종신 사제와 함께 검사하고…… 그녀의 하루는 어떻게 흘러가는지도 모르게 흘러갔고, 또한 그 모든 시간이 그녀가 바랐던 것 이상으로 뜻 깊었다.

이시스와의 만남은 하나의 기적이었다. 이시스는 그녀의 안내자가 되어주었고, 언제나 그녀를 도와주었다. 두 여사제는 마치 한 몸인 듯 생각이 일치했고, 말을 나누지 않고도 서로의 마음을 읽곤 했다.

네프티스는 세소스트리스 만세 신전으로 갔다. 다가올 코이악 달의 제의에서 사용할 잔과 단지 들의 상태를 점검하기 위해서였다. 그녀는 임시 사제 총감독에게 용기 관리를 담당하는 임시 사제를 만나고 싶다는 뜻을 전했다.

총감독이 그녀를 한 제실로 안내했다. 키가 큰 사내가 그곳에서 일하고 있었다. 거만하면서도 비범해 보이는 남자였다. 이 임시 사제의 강렬한 인상에서 풍기는 어떤 기이한 매력을 네프티스는 금세 감지했다. 말끔히 면도한 얼굴에 기분 좋은 향을 바르고 순백의 아마로 지은 긴 허리옷을 두른 이 사내가 보여주는 움직임은 부드럽고 섬세했다.

그는 제1왕조 때부터 사용되어 온 아름다운 흰 대리석 단지를 막 씻어놓은 참이었다.

"말씀 좀 나눠도 될까요?"

임시 사제가 천천히 눈을 들었다. 특이하고도 매혹적인 붉은빛이 도는 눈이었다.

"말씀하세요."

그가 감미로운 목소리로 대답했다.

"이런 귀한 옛 용기가 이 신전 창고에 몇 점이나 있나요?"

"백여 점 정도 있습니다. 대부분 화강암 재질이지요."

"상태는 좋은가요?"

"잘 보관되어 있습니다."

"그렇다면 제의 때 꺼내 쓸 수 있겠지요?"

"금이 가서 석공장에게 맡긴 한 점을 제외하고는 모두 사용 가능합니다. 이렇게 물어보는 게 결례인 줄 알지만, 혹시 하토르 여사제단 수석 여사제님의 쌍둥이 자매가 아니신가요?"

네프티스가 미소를 지었다.

"많이 닮은 건 사실이지요. 전 네프티스라고 합니다. 왕비님의 명을 받고 아비도스로 왔어요. 고인이 된 여사제의 후임으로요."

"멤피스에 계셨습니까?"

"네, 아름다운 도시이지요. 하지만 아비도스에는 제가 원하는 모든 게 있습니다."

"저는 멤피스에 가본 적이 없습니다. 이 근방 작은 마을 출신이지요. 제 꿈은 늘 아비도스를 위해 일하는 것이었습니다."

예고자의 거짓말에 네프티스가 진지하게 되물었다.

"종신 사제가 되려는 건가요?"

"제 능력으로는 어림없지요. 저는 돌 한가운데를 파서 단지를 만드는 일을 합니다. 그걸로 생계를 잇고 있지요. 일 년에 두세 달가량 이곳에 와서 일하는 게 제 기쁨입니다. 무슨 일이든 주어지면 고맙지요. 중요한 건 자신이 오시리스 가까이에 있음을 느끼는 거니까요."

"탁발 사제님께 당신 이야기를 하겠어요. 당신이 좀더 오랫동안 이곳에서 일할 수 있게 해주실 겁니다."

"꿈같은 일이군요! 도와주셔서 감사합니다."

"이름이 뭔가요?"

"아셰르라고 합니다."

아셰르는 '아주 뜨거운 것'을 의미했다. 네프티스는 이 이름이 겉보기에는 조용한 사람이지만 불타는 듯한 눈빛을 가진 이 남자에게 어울린다고 생각했다. 이 남자에게 연정을 품은 여인이 여럿일 거라는 생각도 들었다.*

"이번엔 제가 결례를 무릅쓰고 여쭤보고 싶은데, 결혼했나요?"

"벌이가 시원찮아서 아내와 아이들을 먹여 살릴 처지가 못 됩니다. 결혼을 했다가 가족을 부양하지 못하면 그것만큼 괴로운 일이 없을 겁니다."

"그런 마음을 갖고 있다니 훌륭하군요. 그런데 따로 자신의 일을 가진 여자를 만난다면 괜찮지 않겠어요? 예를 들어 아비도스의 여사제 같은……"

예고자는 몹시 놀라는 표정을 지었다.

"저는 일에만 신경 써야 할 처지라서……"

"단단한 돌을 파내는 기술이 궁금한걸요. 저녁식사를 함께 하면서 그 이야기를 해주지 않겠어요?"

---

* 신화에 따르면 네프티스라는 이름의 여신은 세트의 누이이자 아내였다.(옮긴이)

여사제의 이런 과감한 태도는 지극히 이집트 여인다운 것이었다. 유일신의 세상이 오면 이런 뻔뻔한 여인은 회초리질과 몽둥이질을 당한 후 돌에 맞아 죽게 되리라. 예고자는 겉으로는 부드러운 표정을 지었지만 속으로는 화를 꾹 참으며 이렇게 다짐했다.

"당신은 여사제이고 저는 한낱 일꾼인 임시 사제입니다. 여사제님께 누를 끼치고 싶지 않습니다."

"내일 저녁 괜찮겠어요?"

예고자는 이 여인을 벌하리라 결심했으면서도 그녀가 무척 매혹적으로 느껴졌다.

그는 초대를 받아들였다.

# 16

"믿을 수 없어."

수호자 소벡이 부관에게 소리친 뒤 덧붙였다.

여전히 병상에 누워 있는 처지인 데다 공식적으로는 임종이 가까운 상태였지만, 소벡은 믿을 수 없을 만큼 빠른 속도로 기운을 되찾고 있었다.

"외람된 말씀입니다만 대장님이 잘못 생각하신 겁니다! 증거가 명백해요. 세호테프의 서명이 있지 않습니까?"

"그가 바보인 줄 아나? 세호테프는 그처럼 우둔한 사람이 아냐!"

"그 함이 믿을 만한 사람이 보낸 게 아니었다면 대장님은 그 함을 열어보지 않았을 겁니다. 점토 인형들은 대장님을 암살한 다음 그 파피루스를 없애버릴 계획이었을 겁니다. 그렇게 하면 범인의 흔적이 남지 않으니까요."

부관의 주장도 일리가 있었다.

"신들이 대장님을 지켜주신 겁니다. 하지만 운명의 신을 너무 애태우진 마십시오. 운명의 신이 대장님께 기회를 준 겁니다. 국정원에 숨어 있는 그 범인을 사로잡을 기회 말입니다."

"세호테프가 멤피스 지하 반란 조직의 우두머리라니, 그럴 리 없네!"

"바로 그 때문에 우리가 지금까지 그 비밀 조직을 뿌리 뽑지 못했던 겁니다. 세호테프는 파라오의 계획을 가장 먼저 알 수 있는 자리에 있으니 자신의 무리에게 위험을 미리 알려주었던 거지요. 그는 대장님이 자신의 숨겨진 정체에 접근하자 대장님을 해치지 않을 수 없었던 겁니다. 고관들에 대한 수사가 벌어지는 걸 보고 다급해져 대장님을 없애고 감찰대를 무력화시켜 모든 수사를 중지시키려고요. 국정원 위원이라면 점토 인형에 저주를 불어넣는 방법 정도는 알지 않겠습니까? 저를 비롯한 정예 감찰대원이 크눔호테프 총리에게 세호테프를 고발할 겁니다. 사건이 확실하고 물증도 있는 데다 혐의를 뒷받침하는 명백한 문서도 있습니다. 우리가 세호테프의 기소와 재판을 요구하겠습니다. 사전 모의에 의한 암살 기도 죄목으로 말입니다."

"그건 사형에 해당되는 죄목이야."

"이런 일을 저지른 범인한테 당연히 돌아가야 할 처벌 아닙니까?"

국정원 위원이 사형을 당한다면 국정원의 명예는 실추되고 세소스트리스의 영향력은 약해질 것이다. 그러면 국가의 기반이 흔들리고, 그 결과는 감당키 어려운 혼란으로 이어질 것이다. 반면에 책략이 뛰어난 우두머리를 잃은 멤피스 반란 조직의 조직력이 무너져, 그들을 일망타진하기가 쉬워질 수도 있었다.

그렇게 된다면 악몽은 끝나는 것이다.

의심에서 벗어난 게 분명하다고 메데스는 쾌재를 불렀다. 저택 주위에 배치되었던 감시자들이 철수한 것이다. 아내는 필체를 기막히게 위조했고, 거기에 익명의 서신까지 보탠 덕분에 이제 혐의는 세호테프에게로 돌아갔다. 감찰대는 세호테프의 죄를 찾아내는 데 열중할 것이고, 이에 따라 다른 사람을 미행하거나 수사하는 건 중단될 터였다.

메데스는 의기양양했다. 세호테프를 멋진 희생양으로 만들어 감찰 당국에 근사한 가짜 미끼로 던져주었으니 말이다. 감찰관들은 소벡의 복수를 위해 이 희생물을 악착같이 물고 늘어질 게 뻔했다.

메데스는 계속해서 모범적인 관리이자 파라오의 충실한 신하로 처신했다. 물론 의심 많은 성격답게 금방 긴장을 풀진 않았다. 저택 근처에 감찰관이 어슬렁거리지는 않는지 며칠이나 확인했고, 일부러 한밤중에 길을 나서보기도 했다.

그날도 그는 감시자가 없다고 확인한 뒤에야 집을 나섰다. 평소 걸치던 것과는 다른 갈색 튜닉을 입고 머리에 두건을 쓴 차림새였다. 위험이 아주 없진 않았지만 레바논 상인을 만나러 가야 했다.

멤피스 시가는 고요히 잠들어 있었다.

별안간 발소리가 어지럽게 들려왔다. 순찰대였다!

메데스는 주택가 외진 곳의 한 창고 문에 바싹 붙어 섰다. 순찰병이 지나가더라도 그를 알아보기는 힘든 위치였다.

그는 눈을 질끈 감고는, 만약 발각될 경우 둘러댈 변명을 분주하게 생각해냈다. 몇 분이 흘렀다. 끝나지 않을 것처럼 길게 느껴지는 시간이었다.

순찰대가 방향을 돌려 멀어져갔다.

메데스는 길의 방향을 몇 번이나 바꾸면서 뒤따르는 자가 없는지 확인했다. 안전하다는 걸 확신한 후에야 그는 레바논 상인의 집으로 갔다. 늘 하던 신분 확인 절차를 거쳐 집 안으로 들어간 메데스는 순간 멈칫했다.

험상궂은 인물 셋이 그를 에워싼 것이다.

그중 수염을 기른 사내가 말했다.

"우리 주인이 방문객을 일일이 수색하라고 하셨소."

"그야 상관없지!"

"감춰둔 무기가 있소?"

"뭐 하러 그러겠나?"

"그렇다면 몸수색을 하는 동안 가만 계시오. 안 그럼 호된 맛을 보게 될 거요.

레바논 상인이 나왔다. 안심이 된 메데스가 소리쳤다.

"이 불한당 같은 놈들을 치워주게."

상인이 비만한 몸집을 추스르며 대꾸했다.

"이들도 지시를 따라야죠. 내가 지시한 일인걸요."

메데스는 어이가 없었지만 잠자코 상인을 따라 거실로 들어갔다.

거실에는 과자도 포도주도 보이지 않았다. 메데스가 상인에게 덤벼들 듯이 따졌다.

"머리가 돈 거요? 날 이렇게 대우하다니!"

"상황이 중대한 만큼 절대 신중을 기해야지요."

레바논 상인은 메데스를 만난 이후 처음으로 자신의 조급하고 예민한 성격을 드러냈다.

"거사일이 다가온 거요?"

"그건 예고자께서 결정할 일이죠. 나는 준비를 다 끝냈습니다. 쉬운 일은 아니었지만 마침내 조직 연락망을 다시 구축해놨지요."

"내 전략 덕분에 감찰대가 세호테프를 원수로 여기고 있소. 그를 비밀 반란 조직 결성과 수호자 소백의 암살 기도 혐의로 고발했더군."

"소백이 살아날까요?"

"부상이 심각해. 소백 부하들의 복수심이 우리한테 퍽 쓸모가 있을 거요. 세호테프를 기소함으로써 국정원의 권위는 땅에 떨어질 테니까. 파라오가 세호테프의 무죄를 믿는다 해도 총리는 법을 적용해야만 하거든. 결국 세호테프가 맡아서 하던 일은 마비될 거요."

메데스의 이야기에 상인의 불안감은 다소 진정됐다.

"지금이 딱 좋은 기회인데…… 예고자께서 지체 없이 명을 내려주시면 좋겠구먼! 나를 좀더 도와주십시오, 메데스 나리."

"무엇을?"

"우리 조직에 무기가 필요합니다. 단도와 검, 창이 많으면 많을수록 좋습니다."

"그건 어렵소. 힘든 일이야."

"목표가 바로 눈앞입니다. 일을 다잡아 몰아붙여야 해요."

"방법을 궁리해보기는 하겠지만, 확답은 못 하겠소."

레바논 상인이 싸늘하게 대꾸했다.

"이건 명령입니다. 못하겠다면 그건 배신이나 마찬가지죠."

두 사람은 서로를 노려보았다.

메데스는 자신을 위협하려 드는 상인이 괘씸했지만, 지금은 체면을 생각할 때가 아니었다.

"중앙 무기고의 보초병을 매수하는 건 불가능하오. 내 생각에는 부두 화물 창고를 기습해서 무기를 탈취하는 방법이 나을 듯한데. 무기

창에서 제작한 무기들을 군대에 배급하기 전에 거기 잠시 보관해두곤 하니까."

"그 방법은 사람들의 이목을 끌 위험이 있습니다. 다른 방법을 찾아보세요."

"지방으로 운송되는 무기를 빼돌리는 방법도 있지. 불가능한 건 아니오. 화물 명세서를 바꿔치기하면 되니까. 그러고는 화물도 가짜 명세서대로 다시 채워놓는 거지. 하지만 단 한 번으로 끝내야 하오! 명세서가 바뀐 게 분명 발각될 거고, 책임자는 처벌을 피할 수 없을 거요. 한 번에, 단 한 번에 일을 끝내시오. 아무것도 모르는 책임자를 기소하는 건 내가 힘을 써줄 테니."

"성공을 빕니다. 우리 조직의 은신처 한 곳을 수색하러 왔던 자들은 감찰관이 아니라 병사들이었습니다. 수호자 소벡이 더이상 성가신 짓을 못하게 된 거지요. 이제 멤피스를 무너뜨리기 위해 제거해야 할 장애물은 하나가 남았을 뿐입니다. 전설적인 장군을 잃으면 군 고위 장교들도 우왕좌왕하다가 제풀에 무너지고 말 겁니다."

"네스몬투 장군을 해치우자는 말이오?"

"그렇습니다."

"장군은 물샐틈없는 경호를 받고 있소!"

"꼭 그렇지는 않습니다. 그 노장군은 자신에 대한 믿음이 지나쳐서 일반 사병처럼 함부로 앞에 나서곤 하죠. 그의 죽음은 이집트군은 큰 타격을 받을 겁니다. 군대와 감찰대가 모두 흔들리는 거죠. 이보다 더 좋은 기회가 있겠습니까?"

늘 해오던 대로 네스몬투 장군은 신병들에게 환영 만찬을 열어주었다. 신병들을 앞에 두고 장군은 자신이 치렀던 전투에 대한 몇 가지 기억을 이야기했고, 군사훈련의 장점을 역설했으며, 승리에 대한 자신감으로 연설을 마무리했다. 신병들의 질문이 쏟아졌다. 장군은 모든 질문에 흔쾌히 대답해주었고, 훈련이 아무리 고되어도 찌푸리지 않고 열심히 자신을 단련한 병사들에게는 승진으로 보상하겠다고 약속했다.

술로 넉넉하게 적셔진 신병 환영 만찬은 목청껏 소리 지르며 함께 부르는 노랫소리로 끝을 맺었다.

네스몬투가 신병들에게 말했다.

"해가 뜨면 기상해서 찬물로 몸을 씻어라. 구보와 병기술 훈련이 있을 것이다."

어깨가 건장한 젊은 신병 하나가 장군에게로 다가왔다.

"장군님, 부탁드릴 게 있습니다."

"말해봐라."

"제 아내가 해산을 했습니다. 제 아들의 대부가 되어주시겠습니까?"

"나 같은 나이 든 사람보고 대부가 되어달라는 건가?"

"예. 아내는 장군님의 무병장수가 갓난아이에게 축복이 될 거라고 생각합니다. 장군님이 제 아들의 대부가 되어주시면 아내는 정말 기뻐할 겁니다. 제가 사는 곳이 여기서 가까우니 장군님의 시간을 그리 많이 빼앗지는 않을 겁니다."

"알았다. 어서 가보자."

신병은 빠른 걸음으로 앞장서서 장군을 안내했다. 두 사람은 계속 이어지는 골목을 지나 비스듬히 꺾어지는 골목길로 들어섰다. 아주 좁은 길이었다. 별안간 뭔가 쩍 갈라지는 듯한 음산한 소리가 정적을

171

깨뜨렸다. 가짜 신병이 부리나케 달아나기 시작했다.

"조심하세요!"

어디선가 외치는 소리가 들렸다. 세카리였다. 네스몬투가 공격을 당할까봐 걱정이 된 그가 두 사람을 뒤쫓았던 것이다.

달아나는 반란자를 쫓아갈까 물러설까 네스몬투가 잠시 망설이는 사이 나무 축대의 들보들이 그의 머리 위로 쏟아져 내렸다. 쉽게 무너지도록 미리 손을 써둔 축대였다. 순식간에 장군은 통나무 더미 아래 파묻히고 말았다.

달려온 세카리가 장군을 나무 더미에서 끌어내려 했다.

"장군님! 제 목소리가 들리세요? 저예요, 세카리! 대답해보세요!"

세카리는 온 힘을 다해 무거운 통나무 들보를 하나하나 치웠다.

마침내 장군의 몸이 보였다.

네스몬투는 눈을 뜨고 있었다. 그가 웅얼거리듯 말했다.

"자네 솜씨가 줄었군. 저 생쥐 같은 놈을 도망치게 내버려두다니 말이야. 왼팔이 부러졌군. 여러 군데 쑤시는 걸 보니 멍도 들었나본데. 하지만 혼자 일어설 수 있어."

세카리가 말했다.

"누군가가 일을 꾸몄나봅니다. 하마터면 이 자리에 무덤을 만드실 뻔했어요."

"공식적으로는 이 자리에 무덤을 만든 걸로 하자고. 반란자들이 나를 죽이려 한 이상 그들을 기쁘게 해주어야 하지 않겠나? 내가 죽었다는 소식이 들리면 숨어 있던 구멍에서 옳다구나 하고 기어나올 거야."

크눔호테프 총리는 황금원 동료인 세호테프의 기소장에 서명하면서 가슴이 찢어질 듯 아팠다.

세호테프가 결백하다는 건 분명했다. 적은 국정원을 흔들고 세소스트리스를 무력화하기 위해 이집트의 사법제도를 이용한 것이다. 적에게 이렇게 농락당하다니, 크눔호테프는 참을 수 없었다.

별안간 현기증이 일었다. 짧은 순간이었지만 의식을 잃은 총리는 가까스로 정신을 차린 다음 창문으로 가서 몸을 기댄 채 억지로 심호흡을 해보려 했다. 가슴 한가운데 견딜 수 없는 통증이 느껴졌다. 총리는 자리에 주저앉고 말았다. 숨을 쉴 수가 없었다. 누군가를 부를 수도 없었다. 그는 이것이 마지막이라는 사실을 알았다.

총리의 마지막 생각이 세소스트리스를 향해 날아갔다. 적과의 싸움을 포기하지 말아달라는 부탁과 자신에게 행복한 삶을 준 것에 대한 고마움이었다.

그의 개들이 한꺼번에 구슬프게 울어댔다.


크눔호테프의 아름다운 무덤은 다슈르 피라미드에서 북쪽으로 오십여 미터 떨어진 곳에 마련되었다. 총리의 미라가 국정원 위원들과 메데스, 수호자 소벡이 지켜보는 가운데 이 영혼의 집으로 운반되었다.

하늘에서 쏟아지는 뜨거운 열기가 사방을 내리눌렀다. 빠른 시간에, 그러나 정성을 기울여 완성된 총리의 미라는 땅을 수직으로 파내려간 통로 깊숙이 옮겨져 관에 안치되었다.

파라오가 직접 이 장례식을 집전했다. 미라의 입과 눈, 귀를 여는 의식이 끝난 뒤 파라오는 무덤 제실 벽면에 그려진 그림과 신성한 문자로 기록된 글에 생명을 불어넣었다. 이 제실에는 무덤지기 사제가 배치되어 크눔호테프의 카를 섬기며 그의 업적을 기릴 예정이었다.

크눔호테프의 죽음은 메데스를 희망에 부풀게 했다. 세호테프는 기소된 상태라서 손발이 묶여 있었고, 세난크흐는 그가 아니면 맡을 사람이 없는 재무 대신의 업무 때문에 옴짝달싹 못하는 처지였다. 그러니 다음 총리 자리를 놓고 메데스와 겨룰 사람이 누가 있겠는가? 세소스트리스는 이 국정원 비서를 성실한 일꾼이자 모범적인 관리로 생각하고 있으니 그를 총리 자리에 앉히지 않겠는가? 예고자의 하수인인 메데스를 말이다!

네스몬투 장군이 뜻밖의 사고로 숨을 거둔 사건 또한 국정원 위원들로서는 감당하기 어려운 슬픔이었다. 그럴듯하게 슬픔을 가장하고 있었지만 사실 메데스는 소벡이 장례식에 나타난 것을 보고 몹시 놀랐다. 건강이 완전히 회복되지 않은 소벡은 지팡이에 몸을 의지하고 있었다.

장례를 마치고 무덤 제실을 나서면서 세소스트리스는 오랫동안 뒤를 돌아보았다. 그렇게 한참 동안 크눔호테프의 무덤을 응시하던 파라오가 자리에 모인 고관들에게 말했다.

"나는 지금 즉시 아비도스로 가겠다. 지금까지 일어난 불행한 일들만 봐도 멤피스가 큰 위험에 직면했다는 건 누구나 알 수 있을 것이다. 나는 그대, 수호자 소벡을 새로운 총리로 임명하겠다. 내가 멤피스를 비운 동안 신임 총리는 시민들의 안전을 지키고 혹시라도 있을지 모를 적의 공격에 단호히 대처하라. 총리의 직무는 쓸개즙처럼 쓰디쓴 것이니, 그대는 탁월했던 전임 총리 크눔호테프를 본받아 이 직무를 수행하라."

# 17

레바논 상인은 부드럽고 달콤한 포도주를 홀짝거리며 메데스를 적절히 위협했다는 사실에 만족해하고 있었다. 진작부터 그랬어야 했다. 국정원 비서는 안락한 생활에 너무 익숙해져서 이렇게 정신이 번쩍 들게 해주지 않으면 제자리에 주저앉을지도 몰랐다. 이제 그는 최선을 다해 거사에 협조할 터였다.

이렇게 메데스를 을러댄 결과는 실제로 레바논 상인을 실망시키지 않았다. 멤피스 전체가 경악할 소식이 이 동네 저 동네로 퍼져나가고 있었던 것이다. 네스몬투 장군이 죽었다는 소식이었다. 어떤 사람은 장군이 암살당했다고 수군댔고, 또 어떤 사람은 사고로 죽었다고 주장했다. 크눔호테프 총리는 서거했고, 세호테프는 기소당하더니, 이번엔 네스몬투 장군이 세상을 뜬 것이다! 운명의 신이 세소스트리스의 측근을 모두 없애기로 작정한 것 같았다. 이러다가 결국 파라오는 고립되어 힘을 잃게 되지 않겠는가? 수호자 소벡이 총리에 임명된 데 대해서는 모두가 우려하고 있었다. 얼마 전의 사고로 큰 상처를 입은 소벡의 몸이 회복되는 중인지는 잘 모르겠지만, 비록 그렇다 하더라도 총리직이라는 막중한 지위를 떠맡을 능력이 그에게 있을지 의심하는 것이었다. 감찰관 출신인 소벡이 치안과 범죄 소탕에만 관심을 두고 다른 국정은 등한시하면 어쩔 것인가?

파라오의 통치가 위기에 봉착해 있었다.

사실 이처럼 터무니없는 선택을 한 걸 보면 파라오도 판단력을 잃은 게 틀림없었다. 평소의 명철한 그라면 세난크흐나 메데스를 총리에 임명하지 않았겠는가? 파라오는 잡히지 않는 적과 맞서 싸우느라 궁지에 몰린 나머지 쇠약한 부상자에게 실권을 넘기고 만 것이다.

곱슬머리와 그의 부하들은 네이트 신전 북쪽 구역의 은거지로 다시 돌아와 있었다. 여느 때처럼 순찰대가 동네를 돌아다녔고, 주로 하층 건달인 감찰대 밀정들이 동네 여기저기를 기웃거리며 염탐하는 모습도 눈에 띄었다. 이 염탐꾼들은 이미 오래전에 정체를 파악해둔 터였으므로 문제될 게 없었다. 군대의 모습은 보이지 않았다. 비밀 조직원들은 언제 어느 때 감찰대가 들이닥쳐도 작은 단서 하나 찾아낼 수 없도록 철저히 대비했다.

물장수와 거리 이발사, 샌들 장수 들이 감시받고 있다는 걸 안 레바논 상인은 정보나 지시 사항이 있으면 여인네들을 시켜 시장 거리에서 잡담을 나누는 척하며 전달하게 했다.

이렇게 해서 연락 체계가 어느 정도 잡힌 비밀 조직은 바야흐로 전투태세에 돌입했다. 예고자의 추종자들은 하루빨리 싸우고 싶어 몸살이 날 지경이었다.

레바논 상인 역시 슬슬 조바심이 나기는 마찬가지였다. 예고자로부터 여전히 공격 명령이 내려오지 않았던 것이다. 아비도스의 심장을 치려는 예고자의 계획이 큰 장애물에 부딪친 게 틀림없다는 생각이 들었다.

순간 레바논 상인의 가슴에 길게 난 흉터가 불에 닿은 듯 달아올랐다. 그가 예고자를 의심할 때마다 여지없이 찾아오는 고통이었다.

세난크흐는 수석 재정 관리관이자 '두 겹의 흰 집'을 이끄는 재무대신으로서 이집트의 경제가 활기차게 돌아가는 것에 기뻐해야 옳았다.

그러나 그는 기뻐할 수가 없었다. 형제이자 친구인 세호테프가 사전 모의에 의한 암살 기도 죄목으로 기소된 상황에서 어떻게 자신의 성공을 즐기겠는가? 더구나 세호테프 때문에 죽을 뻔했던 소백이 지금 총리가 되어 세호테프의 재판을 주재하고 있었다.

세호테프에게 씌워진 암살 기도 혐의는 음모가 분명했지만, 일단 재판을 받게 된 이상 법 자체의 논리에 떠밀려 처형당할 수도 있었다.

이 상황을 타개할 수 있는 사람은 세카리뿐이었다.

세난크흐는 세카리를 남쪽 구역의 한 주점으로 불렀다. 둘을 알아보는 사람은 아무도 없었다.

"이 끔찍한 함정에서 세호테프를 구해내야 해. 자넨 분명 좋은 방법을 생각해낼 수 있을 거야, 세카리."

"불행한 일이지만 저 역시도 어떻게 해야 좋을지 모르겠어요."

"자네마저 포기한다면 그는 살아날 길이 없어."

"포기한 건 아니에요. 다른 중요한 일부터 해야 해요. 비밀 조직 일부를 찾아냈는데 그들을 빠른 시간 안에 붙잡아야 하거든요."

"세호테프는 잊어버릴 셈인가?"

"기소는 취하될 거예요."

"헛된 기대야. 소백 총리는 끝까지 죄를 밝히려 들 거라고. 우리 나름대로 수사를 벌여 무죄를 입증할 증거를 찾아내야 해."

"섣불리 움직이다간 상황을 악화시킬지도 몰라요. 폐하께서 자리를 비우신 바람에 소백을 통제할 사람이 없거든요."

메데스는 화를 가라앉힐 수가 없었다.

능력과 자질로 볼 때 총리 자리는 마땅히 자신에게 돌아와야 했다. 그러나 세소스트리스는 또다시 메데스를 인정하지 않음으로써 자신에게 참을 수 없는 모욕을 안겨주었다. 메데스는 파라오가 몰락하고 새로운 통치체제가 수립되는 순간을 통쾌한 심정으로 지켜보겠노라고 앙심을 다졌다. 더불어 그때가 되면 자신이 권력의 중심에 서겠다는 야심도 솟구쳤다.

레바논 상인을 없애기는 어렵지 않겠지만, 예고자라는 인물은 그리 만만치 않을 것이다. 그러나 예고자의 능력이 아무리 뛰어나다 해도 분명 어딘가 약점이 있을 것이다. 아비도스에서 벌이는 싸움에서 어느 정도 힘을 뺏길 것이고, 또 세소스트리스와의 마지막 전투를 치르고 나면 진이 빠지지 않겠는가?

메데스는 스스로 위대한 운명을 타고났다고 믿었다. 자신이 최고의 권력을 움켜잡는 건 누구도 막을 수 없으리라. 하지만 우선은 새로 맡은 일부터 해결해야 했다. 무기를 빼돌려 비밀 조직원에게 공급해야 하는 것이다. 네스몬투 장군의 사망이 메데스의 일을 쉽게 해주었다. 고위 장교들이 소식을 듣고 의기소침해지는 바람에 명령 체계가 흔들렸던 것이다. 또한 무기창의 경계를 서던 많은 병사들이 얼마 전 병영으로 다시 불려 들어가면서 무기창 한 곳은 위병 하나 없이 일시적으로 폐쇄된 상태였다. 이 무기창은 무뎌진 칼과 검을 모아 다시 벼리는 곳이었다.

완벽한 기회였다. 메데스는 제르구를 시켜 돈을 넉넉히 풀어 하역 인부들을 매수하고, 이들로 하여금 무기고의 칼과 검을 외진 곳에 있는 한 화물 창고에 옮겨놓도록 했다. 그런 다음 비밀 조직원에게 이 무기를 가져가도록 했다. 이렇게 해서 메데스는 레바논 상인에게 자신의 능력을 증명해 보였지만 자신이 개인 의용대를 만들 목적으로 무기 일부를 빼돌린 사실은 말하지 않았다.

무기창의 칼과 검을 빼돌린 덕분에 메데스는 레바논 상인에게 말했던 복잡한 작전을 벌일 필요가 없어졌다.

분명 행운은 메데스를 돕고 있었다.


활동과 거주지를 제한당한 세호테프는 자신의 아름다운 저택에 갇혀 지내야 했다. 그렇다고 그의 생활이 흐트러진 건 아니었다. 아침마다 그는 전속 이발사의 능숙한 손을 빌려 말끔히 면도를 하고 몸을 씻고 향수를 뿌린 다음 멋진 옷들을 골라 입었다.

하지만 더이상 매력적인 여인과 저녁식사를 즐기는 일은 불가능했다. 연회를 열어 멤피스 전역에 떠도는 소문을 수집하던 일도 중단해야 했다. 지방 시찰도, 오래된 기념물의 보수공사도 할 수 없었다. 새로 건설 공사에 착수한다는 건 어림없는 일이었다. 학문이 깊은 세호테프는 고전을 다시 읽으면서 시간을 보냈다. 고전 속에서 잊혀졌던 수많은 지식과 지혜를 발견하는 일은 즐거웠다. 현자들의 글에서는 기교가 사유를 앞서는 적이 없었고, 형식은 늘 자연스럽게 내용과 동화되었다.

햇빛 한줄기가 스며들어 연꽃이 정교하게 조각된 아카시아나무 함을 비추었다. 세호테프는 이 함과 똑같은 물건이 자신을 파멸로 몰아넣었다는 걸 생각하고 씁쓸히 웃었다. 하지만 그의 눈앞에 있는 이 조촐한 걸작품은 파라오 문명, 즉 신성한 문자에서 거대한 피라미드에 이르기까지 수없이 다양한 모습으로 정신을 형상화하는 데 전력하는 이집트문명의 한 증거물이었다.

집사가 들어와서 알렸다.

"소벡 총리께서 찾아오셨습니다."

"테라스로 모시게. 그리고 시원한 백포도주를 가져와주겠나? 세소스트리스 폐하 통치 원년에 생산된 것으로 말이야."

수호자 소벡은 세호테프를 총리 집무실로 부를 수도 있었지만, 그의 집에서 심문하는 편이 낫겠다고 생각했다. 진실을 털어놓을 때까지 다그치기에는 사적인 장소가 더 좋을 것 같아서였다.

잘생긴 용모와 지성으로 반짝이는 눈을 지닌 세호테프는 소벡으로선 늘 답을 알 수 없는 의문의 대상이었다. 소벡을 고민하게 만드는 또 한 가지 의문이 있었다. 크눔호테프 전임 총리는 어째서 세호테프의 기소장에 서명을 하지 않았을까 하는 것이었다. 가장 단순한 답은 임종 직전의 고통 때문이라는 것이었지만 다른 가정도 가능했다. 전임 총리는 세호테프가 죄를 지었다고 생각하지 않았으며, 이집트 대법정에 국정원 위원을 세우기 전에 사건을 더 수사해보길 바랐을 거라는 가정이었다.

세호테프가 소벡을 맞으며 물었다.

"재판 전에 유죄를 선고하려고 온 것입니까? 아니면 아직 확인할 게 남은 겁니까?"

소백은 얼굴을 찌푸린 채 이리저리 서성거렸다.

"그러고 있지 말고 이 테라스에서 내려다보이는 전망이나 감상하시지요. 상하 이집트를 통합했던 파라오 메네스가 쌓아올린 흰 성벽과 이 아름다운 도시의 수많은 신전들이 한눈에 들어옵니다."

소백은 세호테프에게서 등을 돌리더니 그대로 꿈쩍도 하지 않았다.

"경치 감상은 다음번에 하겠소."

"현재를 즐길 줄도 알아야 하지 않겠습니까?"

"지금 나와 이야기하고 있는 사람이 멤피스 비밀 반란 조직의 우두머리가 맞는 거요? 많은 인명을 끔찍하게 해친 그 범인이 맞느냔 말이오. 내가 묻고 싶은 건 이것뿐이오."

"신임 총리는 자신의 위엄을 과시하기 위해 일벌백계의 본보기를 보여야 하는 법이지요. 내 운명은 이미 정해졌으니 난 삶의 마지막 남은 시간이나마 구차하게 얽매이지 않고 살고 싶습니다."

"나를 잘 모르는구려, 세호테프!"

"총리께선 이케르를 반란자로 몰아 투옥했던 사람이 아닙니까?"

"그건 내 실수였소. 지금은 총리의 임무를 떠맡은 만큼 한층 더 신중하고 지혜로워지려 애쓰고 있소."

세호테프가 두 손을 내밀었다.

"이 손을 결박하십시오."

"죄를 인정하는 거요?"

"사형 판결이 기다리고 있으니 스스로 목숨을 끊을 필요는 없겠지요. 하지만 나는 마지막 순간까지 내 결백을 주장할 겁니다."

"이해하기 어려운 태도로군. 당신이 죄인이라는 증거가 명백하단 사실을 잊었소?"

"우리의 적들은 뭔가를 거짓으로 꾸며내거나 위조하는 능력이 탁월합니다. 나는 이집트 사법 체계에 따라 법의 희생자가 될 수밖에 없습니다!"

"이집트의 법이 불공정하다는 말이오?"

"어느 법이든 허점이 있기 마련입니다. 판관, 특히 총리가 해야 할 일이 그런 허점을 최대한 보완하는 것이죠. 겉으로 드러난 사실 이면에 감춰진 진실을 찾아 나섬으로써 말입니다."

"당신은 나를 암살하려 했소, 세호테프!"

"그런 적 없습니다."

"당신이 직접 마법의 인형을 만들어 내게 보냈던 거요?"

"아닙니다."

"나를 제거한 다음에는 폐하를 해치려 했을 테지."

"아닙니다."

"오래전부터 당신은 국정원의 의결 사항을 공범들에게 흘려 그들이 감찰대의 추적을 피할 수 있게 했소."

"아닙니다."

"아무 해명도 없이 부인만 하고 있군. 끌어댈 구실이 막힌 건가?"

"아닙니다."

"당신이 아무리 비상한 머리를 지녔다 해도 극형을 피하긴 어려울 거요. 명백한 증거들이 있으니까."

"어떤 증거들 말입니까?"

"익명의 편지가 께름칙하긴 하오. 그렇지만 편지 내용은 아귀가 들어맞아. 반란 분자들이 목표로 하는 것과 같은 내용이었단 말이오."

세호테프는 말없이 총리의 눈을 똑바로 쳐다보았다. 강하고 솔직한 시선이 상대를 꿰뚫을 듯 맞부딪쳤다.

"당신은 암살을 기도했고 직접 자신의 서명까지 남겼소. 내가 살아났다고 해서 당신의 범죄 사실이 사라지는 건 아니오. 암살 기도 역시 실제 범행만큼이나 큰 죄요. 그러니 재판정은 결코 관용을 베풀지 않을 거요. 혐의를 솔직히 인정하고 내게 공범들의 이름을 털어놓으시오."

"실망을 안겨드려 미안합니다. 나는 파라오에게 충성하며, 또한 그 어떤 죄도 저지르지 않았습니다."

"파피루스 문서에 당신의 서명이 들어 있는 이유를 어떻게 설명할 거요? 점토 인형을 시켜 그 문서를 없앴어야 했는데, 그렇게 못해 난감할 테지."

"같은 말을 몇 번이나 되풀이해야 합니까? 적은 재주가 뛰어난 필체 위조꾼을 동원한 겁니다. 그 위조꾼은 국정원 위원들에 대해 잘 아는 자이고 말입니다. 적은 우리가 이 함정에서 결코 벗어날 수 없을 거라고 생각하겠죠, 부디 총리께서 적에게 속지 마시기를."

소벡은 세호테프가 너무도 침착한 데 놀랐다. 자신의 동요를 감추는 특별한 능력이라도 지닌 게 아닐까 싶었다.

세호테프가 말을 이었다.

"적이 조작한 그 증거는 비록 재판정에서는 효과를 발휘하겠지만, 어쩌면 적이 제 발등을 찧은 꼴이 될지도 모릅니다. 나와 가까운 사람들의 행적을 빠짐없이 조사해보세요. 그들 가운데 내 서명을 빼돌린 자가 있을 겁니다."

"당신의 애인들까지 포함해서 말이오?"

"그 여인네들의 명단을 만들어 넘겨드리지요."

"궁정 고관 중에서도 의심 가는 사람이 있소?"

"마아트의 법을 지켜 진실을 밝히는 것이 총리의 일입니다. 주변의 눈치를 보거나 그 파장을 염려해서는 안 되지요."

# 18

네 그루 어린 아카시아나무와 네 마리 사자를 제거한 지금 생명의 나무 수호 마법은 이제 두 가지만이 남아 있었다. 아비도스를 상징하는 '부적'과 생명의 나무둥치를 둘러싼 금이었다. 누비아와 푼트에서 가져온 이 금의 효력을 없애려면 아비도스 상징 부적의 힘을 파괴해야 한다는 사실을 예고자는 알고 있었다. 네 마리 사자 형상의 함 위에 꽂힌 기둥에서 가리개를 벗겨버리면 되는 것이다.

그러기 위해서는 우선 새로 오시리스가 될 자를 없애야 했다. 새로운 오시리스는 이미 제의를 통해 왕세자이자 왕위 계승자인 이케르로 정해진 상태였다. 이케르는 아직 모르지만, 예고자는 오래전부터 이 순간을 준비해왔다.

신성한 언어를 배우는 데만 열심일 뿐 세속의 명예에는 무관심하던 외로운 소년이 어떤 인물인지를 알아본 예고자의 눈은 옳았다. 이 소년은 수많은 시련을 겪으면서도 용기와 열의를 잃지 않았다. 예고자는 소년을 제거하고자 여러 번 함정을 놓았지만, 그때마다 그의 역량을 확인했을 뿐이다. 성난 바다도, 유혹하는 여인도, 가짜 감찰관도 이케르를 죽이지 못했다. 음모도, 무자비한 전투도 마찬가지였다. 겁에 질려 떨면서도, 수없는 몽둥이질에 사경을 헤매면서도, 수모를 당하고 모함에 빠져 죄수가 되었어도 그는 번번이 다시 일어나 자신의 길을 걸어왔다. 이케르가 걸어온 그 길은 영원한 생명의 지성소인 아비도스로 향하는 길이었고, 마침내 그는 이곳에 도달한 것이다. 그러나 이제는 사정이 다를 거라고 생각하며 예고자는 회심의 미소를 지었다. 아비도스는 이케르에게 죽음의 장소가 되리라.

이케르를 없애기 위해서는 예고자가 직접 나서야 하는 것은 물론, 세트의 동맹자들이 서로 힘을 합해야 했다. 새 오시리스로 정해진 이케르를 없앰으로써 오시리스의 끝없는 부활에 종지부를 찍고 저 너머 세상으로 이어진 모든 줄을 끊어야 했다. 이것이 그가 이집트의 미래를 없애고 이집트문명을 파괴할 방법이었다.

파라오 세소스트리스가 이케르를 자신의 정신적 아들로 삼은 것은 옳은 일이었다. 이케르는 장차 오시리스의 새로운 현신이 되어 아비도스의 위대한 신비를 지켜나갈 역량을 충분히 보여주었다. 나이는 중요하지 않았다. 그의 정신과 마음이 이 임무를 훌륭히 수행할 수 있을 만큼 크고 풍요로웠으니 말이다. 이제 이케르는 완성을 눈앞에 두고 마지막 단계를 거치는 중이었으며, 연륜 깊은 탁발 사제가 그를 돕고 있었다.

세소스트리스도 위험을 의식하긴 했지만, 예고자가 이케르를 노릴 거라고는 미처 예상치 못한 상태였다. 이케르는 이제 세트의 동맹자들이 필사적으로 겨냥하는 과녁이었다. 이케르야말로 이들이 세소스트리스에 맞서, 이집트의 모든 파라오들에 맞서 벌일 최후의 전투를 위해 마련된 무기인 것이다! 세소스트리스가 이케르를 가르치고 시험하며 마치 신전을 건설하듯 그를 성장시킨 이유는 그를 통해 악의 공격을 막아낼 성벽을 세우기 위해서였다. 그런 이케르가 죽는다면, 아비도스는 예고자의 최후의 일격 앞에 무방비로 노출되고 말 것이다.

예고자는 신전 일을 마치고 식당으로 가서 다른 임시 사제들과 함께 점심을 들었다. 임시 사제들은 다들 아비도스에서 일하는 걸 자랑스러워했다.

예고자는 누구나 상냥하게 대했고 도움이 필요한 사람에겐 기꺼이 손을 빌려주었기 때문에 아주 평판이 좋았다. 머지않아 탁발 사제가 그를 더 좋은 자리에 발탁할 거라는 소문도 돌고 있었다.

느린 걸음으로 걸으면서 예고자는 네프티스의 저녁 초대에 대해 생각했다. 맛깔스러운 요리에 젊은 여인의 매력까지 얹힌 대접을 받을 게 분명했다. 더구나 그 여인은 진지하면서도 생기 있고 아주 총명했다. 여인을 침대에 눕히고 마음껏 즐겨보는 것도 나쁘지 않으리라. 그녀가 참된 믿음을 받아들이려 하지 않는다면 그녀를 처형할 때 예고자 자신이 첫번째 돌을 던질 것이다.

비나가 다가와 물었다.

"소금을 가져다드릴까요?"

"좋지."

예고자는 비나의 눈에서 성난 빛이 번득이는 걸 알아차렸다.

"속상한 일이 있었느냐?"

"그 네프티스라는 여자는 주인님을 꾀어보려는 거예요!"

"그 여자가 하는 짓이 거슬리느냐?"

"저는 밤의 여왕이에요. 주인님 곁에 있을 수 있는 여자는 저뿐 아닌가요?"

예고자가 너그러운 눈길로 비나를 지긋이 응시했다.

"생각이 많아서 길을 잃었구나, 비나. 여자란 열등한 생물이라는 걸 잊었느냐? 남자만이 결단을 내릴 능력이 있지. 게다가 남자 한 사람은 여자 여러 명을 합한 만큼의 가치가 있어. 그러니 남자는 한 여자만으로 만족할 수 없는 법이다. 반대로 여자는 자신의 남편만을 충실히 섬겨야 하고, 정조를 지키지 않으면 돌에 맞아 죽게 될 것이다. 이것이 유일신께서 세운 법이다. 파라오의 나라 이집트는 어리석게도 남자와 여자가 서로 한 명만을 택해 짝을 짓게 하고 있다. 또한 여자들에게 어울리지도 않는 대접을 해주어 여자들이 제 본분을 잊고 멋대로 설치도록 했다. 새로운 믿음이 지배하는 세상이 오면 이런 잘못된 일들은 다 쓸어버릴 것이다."

예고자가 손을 뻗어 비나의 머리를 쓰다듬었다.

"신의 법에 따라 네프티스를 비롯해 내가 어떤 여자를 고르든 너는 다 받아들여야 한다. 네 자신이 정신적으로 성숙하기 위해 참고 따르도록 해라. 너를 비롯한 여자들은 지금보다 나아져야 하고, 그렇게 되려면 우선 남자에게 복종하는 법을 배워야 한다. 남자는 여자의 길잡이이고, 나는 그 남자들의 왕이다. 이 점은 너도 잘 알고 있겠지?"

비나는 무릎을 꿇고 예고자의 손에 입을 맞추었다.

"주인님의 뜻대로 하세요."


멤피스에 제르구에 대한 조사를 부탁했던 이케르는 걱정스러운 답신을 받았다. 수호자 소벡이 공격을 받아 큰 부상을 당해 곧바로 수사에 착수하기 어렵다는 내용이었다.

이케르는 곧장 이시스에게 달려가 이 소식을 전했다.

이시스가 예언하듯 말했다.

"소벡은 회복될 거야. 파라오께서 그의 육신에서 사악한 마법을 몰아내실 거고, 닥터 구아가 그를 완치시켜줄 거야."

"적이 다시 일을 꾸미기 시작했어!"

"적은 언제나 일을 꾸미고 있었어, 이케르."

"소벡이 회복되면 제르구를 조사할 수 있겠지. 제르구의 뒤를 캐보면 반란 조직 우두머리가 나올지도 몰라."

"베가가 널 대하는 태도는 어때?"

"친절하고 깍듯해. 묻는 말에 솔직히 대답해줘서 일을 쉽게 할 수 있지. 이제 하루만 더 일하면 제의 준비를 마치게 돼."

두 사람은 사랑을 담아 서로를 바라보았다.

이시스가 나직이 말했다.

"신비제의를 집전할 때는 행동과 말을 서둘러선 안 돼. 너는 신의 말씀이 흐르는 강이 되고, 그 말씀을 조화롭게 연주하는 악기가 되어야 하는 거야."

이케르는 이렇게 막중한 책임을 맡기에는 많이 부족하다는 걸 알고 있었지만, 그렇다고 도망칠 수는 없는 노릇이었다. 매일 아침 그는 신들에게 감사 기도를 올렸다. 이시스와 함께 아비도스에 살고 있고, 파라오의 큰 신뢰를 받으며, 앎을 향해 한 걸음 한 걸음 나아가고 있는데, 그 이상 더 바랄 게 무엇인가? 지금까지의 그 혹독한 시련들은 이런 행복을 얻기 위한 것이었다. 이케르는 다음 날 새벽제의를 올리기 위해 자리에서 일어날 때까지 이 가슴 시린 행복의 갖가지 맛과 느낌을 감미롭게 음미했다.

실을 잣고 베를 짜는 일에서는 네프티스의 솜씨를 따라올 사람이
없었다. 코이악 달의 신비제의 기간에 쓰일 아마포와 의복은 눈이 부
실 정도로 곱고 매끄러웠다. 칭찬에 인색한 탁발 사제도 네프티스의
공을 인정했다.

이시스와 네프티스는 제의에 필요한 물품 목록을 검토하며 혹시라
도 빠진 것이 있는지 살폈다. 제의 준비에는 한 치의 소홀함도 없어
야 했다.

네프티스가 말했다.

"수석 여사제님은 대부분의 임시 사제를 알고 계시더군요."

"이곳에서 오랫동안 일해온 사람들과 성실한 사람들은 어느 정도
기억하지요."

"세소스트리스 만세 신전에 새로 들어온 임시 사제를 알게 됐어요.
아주 잘생기고 키도 크고 행동이나 말투도 고상하고 무척 매력적인
사람인데, 아비도스 밖에서는 단단한 돌을 파서 단지를 만드는 일을
한다더군요. 어려운 일일 텐데 솜씨가 뛰어난 듯해요. 이곳에선 제의
에 쓰이는 잔과 단지 들을 씻고 관리하는 일을 맡고 있죠. 그런 일을
하기엔 아까운 사람이란 생각이 들어요. 종신 사제가 되어도 좋을 그
릇으로 보이던걸요."

"그런 칭찬을 하는 걸 보면, 혹시 그 사람한테 반한 거예요?"

"어쩌면요."

"분명 그렇군요!"

네프티스가 털어놓았다.

"그 사람과 저녁식사를 함께한 적이 있어요. 또 만나기로 했죠. 그 사람은 지적이고 근면하고 사람을 끄는 면이 있지만, 뭔가……"

"마음에 걸리는 점이라도 있나요?"

"지나치게 부드러워요. 마치 속에 숨겨진 어떤 난폭함을 부드러움으로 감추려는 것처럼 말예요. 내가 잘못 생각한 거겠죠?"

"자신의 직관에 먼저 귀 기울여봐요. 깊이 사귀는 건 그다음에 해도 늦지 않아요."

"수석 여사제님은 이케르 님에게서 그런 느낌을 받아본 적이 있나요?"

"아뇨, 네프티스. 내가 알고 있었던 건 그의 사랑이 진지하고 진실하다는 것과 그가 이 사랑에 모든 것을 바치려 한다는 것뿐이었어요. 그처럼 강한 사랑에 나는 겁을 먹었고, 내 마음을 분명히 들여다보지 못해 그에게 거짓말을 하곤 했죠. 하지만 나는 자주 그를 생각했어요. 그를 그리워했던 거죠. 이 마법 같은 관계가 점점 사랑으로 변한 거예요. 그리고 깨달았죠. 그가 내 삶에서 단 하나뿐인 남자가 되리라는 것을요."

"그 확신이 흔들릴 때는 없나요?"

"오히려 하루하루 강해지는걸요."

"복 받으신 거예요, 이시스 님. 그 잘생긴 임시 사제도 내게 그런 행복을 안겨줄지 모르겠어요."

"직관을 따르도록 해요."


얼간이 스합은 야수처럼 귀를 바짝 세웠다. 누군가 그의 은신처로 다가오고 있었던 것이다. 제실 입구를 가린 낮은 나뭇가지를 들어 올리고 내다보자 베가의 모습이 보였다.

스합은 베가가 마음에 들지 않았다. 저런 위선적인 태도에 종신 사제들이 속아 넘어간다는 게 믿어지지 않을 정도였다. 베가는 새로운 세상이 오면 자신이 정화된 사제단을 이끌게 될 거라고 믿었지만, 그건 엄청난 착각이었다. 사제단을 숙청해서 정화하는 일은 스합이 맡게 될 것이고, 스합은 가장 먼저 베가를 추방할 테니 말이다. 예고자의 믿음이 지배하는 세상을 건설하려면 과거의 흔적은 남김없이 지워야 했다.

스합이 의심 가득한 목소리로 베가에게 물었다.

"혼자 온 거요?"

"그렇소, 나오시오."

스합이 주변을 경계하며 손에 단도를 쥐고 제실에서 나왔다.

사제가 말했다.

"좋은 기회가 왔소. 이케르를 해치울 준비를 하시오."


사제 두 명이 자칼 가면을 쓰고 각각 북쪽과 남쪽을 향해 길을 여는 사람*의 역할을 했다.

이케르가 명했다.

"길이 열렸으니 나아가라! 앞을 향해 가서 그대들의 아버지 오시리스를 모셔라."

창을 든 한 전사**가 자칼을 호위했다. 사자의 여신을 누비아 오지

---

* 우프와우트(Oup-ouaout).
** 오누리스 신을 가리킴(전사와 사냥꾼의 신으로, 긴 창을 들고 긴 겉옷에 네 개의 긴 깃털로 머리 장식을 한 수염을 기른 모습으로 묘사된다 — 옮긴이).

로 다시 데려가, 이 무서운 암사자를 얌전한 고양이로 바꾸어놓는 임무를 맡은 전사였다. 이들 옆에는 따오기 이비스의 머리를 한 토트 신이 마법의 책을 들고 있었다. 오시리스의 부활을 막으려는 어둠의 힘을 물리치려면 이 책이 꼭 있어야 했다.

오시리스의 나룻배*가 가운데 놓여 있었다. 아비도스를 가로질러 신성한 호수를 건너가 보이는 세상과 보이지 않는 세상을 이어줄 나룻배였다. 토트 신의 가면을 쓴 사제가 소리 높여 말했다.

"아비도스의 군주께서 부활하여 빛나는 모습을 보이시리라."

왕관을 쓴 오시리스의 조각상이 나룻배 안에 지어진 제실에 놓였다.

이케르가 말했다.

"길이 신성해졌으니 이 길을 따라 신성한 숲으로 가라."

이제 오시리스의 나룻배는 커다란 나무 수레에 실려 동쪽세상 산 사람들과 서쪽세상 죽은 사람들이 지켜보는 가운데 다시 영생의 집으로 돌아갈 것이다. 정화되고 복원된 나룻배의 아름다운 모습은 지켜보는 사람들의 마음을 저 너머의 세상을 향해 넓혀줄 것이고, 그럼으로써 '오시리스를 넓게 펼치고 그를 충만하게 채우는 밤' 동안 황금의 집에서 이루어진 이 복원 작업이 값진 의미를 얻게 될 것이다.

이제 오시리스의 추종자들과 세트의 동맹자들의 대결을 그리는 제의 절차만이 남았다. 세트의 무리에 맞서서 오시리스의 추종자들을 이끌기 위해 앞으로 나선 사람은 '강한 힘'이라고 불리는 끝이 뾰족한 곤봉을 든 이케르였다.

---

* 네슈메트(nechemet).

올이 거친 아마 튜닉을 입은 한 사내가 길이가 짧은 곤봉을 든 임시 사제들 틈에 섞여 이케르를 뚫어지게 바라보고 있었다. 붉은 가발을 쓰고 눈썹과 콧수염까지 붉게 물들인 그는 얼간이 스합이었다.

스합은 이케르에게 달려들어 우선 뒷목을 찌른 뒤 그를 돕는 척하면서 가죽 끈으로 목을 조를 계획이었다. 모두가 혼비백산한 틈을 타서 도망치려면 민첩하게, 눈 깜짝할 사이에 해치워야 했다.

이케르가 외쳤다.

"오시리스의 적들을 물리치자! 적들을 쓰러뜨려 다시는 일어서지 못하게 하자."

양쪽 편 모두 자신이 맡은 역할을 진지하게 연기했다. 하지만 진짜로 무기를 휘두르는 건 아니었다. 각자 손에 든 곤봉을 일정한 리듬에 맞춰 허공으로 들어 올렸다가 다시 내리는 모습이 마치 춤을 추는 것처럼 보였다.

세트 편에서 싸우는 사람들이 하나 둘씩 쓰러져갔다.

이 제의가 어떻게 진행되는지 정확히 모르던 스합은 함정에 걸렸다는 생각에 분해서 펄펄 뛰며 오시리스 편을 향해 내달았다. 어쨌든 이케르의 머리를 박살내야 했던 것이다.

그러나 정면에서 상대를 공격해본 적이 없었던 스합은 기세 좋게 달려들기만 했을 뿐 마지막 순간에 움츠러들어 곤봉을 내던지듯 떨어뜨리고 바닥에 길게 쓰러지는 시늉을 했다.

마침내 세트의 추종자들이 굴복하고 오시리스 편 행렬에 길을 내주었다. 제의 행렬은 오시리스 무덤을 향해 갔다.

세트의 무리 역할을 맡았던 사람들도 일어나서 몸에 묻은 흙을 털었다. 한 임시 사제가 스합에게 나무라듯 말했다.

"빨리 쓰러지지 않고 왜 그렇게 시간을 끌었던 거야? 신비제의를 올릴 때는 그렇게 미적거리지 말라고."

스합이 되물었다.

"좀더 싸워야 하는 거 아냐?"

"세트의 졸개 역할에 너무 빠졌구먼! 제의에서 싸울 때는 흉내만 내는 거야. 세트 쪽이 졌다는 의미만 살리면 된다고. 숙소로 돌아가서 몸을 씻고 그 붉은 털이나 다 밀어버려. 이곳에선 그런 색을 좋아하지 않아."

스합은 면박을 주는 이 임시 사제의 목을 졸라버리고 싶었지만, 함부로 행동했다간 예고자가 벌을 내릴까 두려워 꾹 눌러 참았다. 이 실패를 예고자가 용서해주기를 바라며 그는 어깨를 축 늘어뜨린 채 은거지로 돌아갔다.

# 19

모래 폭풍이 아비도스를 망토처럼 뒤덮고 있었다. 황토색 모래 먼지 때문에 걸음을 내딛기조차 어려웠다. 먼지는 점점 더 짙어져 한 치 앞도 보이지 않을 정도였다.

하지만 이케르는 코와 입으로 파고드는 이 모래 먼지를 뚫고 베가의 집으로 갔다. 베가가 아비도스의 장래를 위한 중요한 정보를 알려주겠다면서 그를 저녁식사에 초대했던 것이다.

순찰을 돌던 지휘관이 이케르를 보고 말을 걸었다.

"이런 날씨엔 바깥에 나오시면 안 됩니다. 이렇게 지독한 폭풍은 처음이네요!"

"베가 사제와 약속이 있어요."

"하여간 바람을 피하는 게 상책입니다. 서두르세요."

지휘관은 이케르를 보낸 뒤 자신도 걸음을 재촉했다. 혹시라도 사고가 생길까 걱정스러웠다. 병사들은 모두 병영에 들어앉아 있어 즉시 출동하기 어려운 상황이었다.

모래 먼지 속에서 한 여자의 윤곽이 어렴풋이 나타났다. 지휘관은 여자에게로 가까이 다가갔다.

"비나! 이렇게 밖에 나다녀선 안 돼. 위험하다고."

"대장님을 만나고 싶어서요."

지휘관은 흐뭇해져서 싱긋 웃었다.

"급한 일이라도 있는 거야?"

비나는 몸을 살랑살랑 흔들며 교태를 부렸다.

"저 말이죠……"

"날 따라와. 안전한 곳에 데려다줄게."

비나는 지휘관의 목에 매달려 입을 맞춰달라고 졸랐다.

"여기, 이 모래 먼지 속에서 말이야?"

"여기서 지금 해줘요."

지휘관은 들뜬 기분을 참지 못하고 그녀의 옷을 슬쩍 끌어내렸다. 그녀의 금갈색 어깨가 드러났다. 지휘관이 그녀의 가슴을 움켜쥐려는 순간, 뒤편에서 다가온 얼간이 스합이 가죽 끈으로 그의 목을 졸랐다.

지휘관은 몸을 버둥거리다가 곧 숨이 끊어졌다. 이케르가 어디로 가는지 알고 있는 지휘관을 그대로 살려둘 순 없었다. 게다가 그를 없애는 것은 비나의 간절한 바람이기도 했다.

베가의 숙소는 여기저기 크게 손을 봐야 할 만큼 낡은 데다 손님의 심기를 불편하게 하는 냉랭한 분위기까지 감돌았다. 이케르는 이 근엄한 인물이 꽤 호사스러운 식사를 준비한 걸 보고 내심 놀랐다. 보자기를 씌운 긴 나무 식탁 위에는 포도주 두 단지, 소고기 요리와 생선 요리, 야채와 과일이 차려져 있었다.

"이렇게 모시게 되어 영광입니다. 왕세자 전하. 오늘 밤 함께 축하연을 열게 되어 기쁘기 그지없습니다."

"무엇을 축하한단 말이죠?"

"물론 전하의 성공을 축하하려는 거죠! 전하께선 아비도스를 한 손에 넣으시지 않으셨습니까? 이 엄청난 승리를 위해 건배합시다."

이케르는 포도주 잔을 받아들었다. 포도주에서 혀를 자극하는 쓴맛이 느껴졌지만 아무 말 없이 한 모금 들이켰다.

이케르가 말했다.

"지금 하신 말씀은 뜻밖인 데다 듣기 거북합니다. 나는 아비도스를 손에 넣으려고 온 사람이 아닙니다. 내가 원하는 건 오시리스와 파라오를 위해 헌신하는 것뿐입니다."

"저런, 저런, 겸손한 말씀은 그만 하시죠! 전하 나이에 아비도스 종신 사제를 거느리는 대사제가 되다니, 얼마나 대단한 출세입니까? 어서 먹고 마셔봅시다."

이케르는 사제의 말 속에 섞인 빈정거림이 마음에 거슬렸다. 그는 언짢은 기분으로 말린 물고기와 채소 조각을 조금 집어 들고 먹는 시늉을 하다가 포도주를 다시 한 모금 마셨다. 여전히 아릿한 쓴맛이 느껴졌다.

"내게 알려주고 싶다는 이야기가 뭔가요, 베가 사제님?"

"너무 서두르시는군! 폭풍이 이대로 거세지면 댁으로 돌아가기 힘드실 테니 여기서 아예 주무시고 가시죠."

"그 중요한 이야기라는 걸 듣고 싶습니다."

"여기 있소, 바로 이거요!"

베가의 눈이 사나운 빛을 숨김없이 드러내며 번득였다. 오랫동안 마음속에 감춰두었던 차갑고 사악한 표정이 얼굴 전체로 번져나갔다.

이케르가 되물었다.

"이해하기 어려운데, 설명을 좀 해주시겠습니까?"

"서둘지 말라니까! 너도 다 알게 될 테니. 난 이 순간을 좀 즐겨야 겠어. 네 승리는 껍데기에 불과해. 야심이 뱃속에 꽉 들어찬 이 애송이 같으니. 넌 나한테 돌아와야 할 자리를 가로챘어. 그것만으로도 용서받을 수 없는 죄를 저지른 거야. 이제 넌 그 대가를 치러야 해."

이케르가 자리를 박차고 일어났다.

"제정신이 아니군요!"

"이걸 봐라, 내 손바닥에 찍힌 게 뭔지."

그 순간 이케르는 눈앞이 뿌옇게 흐려지는 걸 느꼈다. 피곤과 독한 포도주 탓일 거라고 생각했다. 잠시 후, 베가가 앞으로 내민 손바닥이 또렷이 눈에 들어왔다. 거기엔 놀라운 어떤 작은 형상이 새겨져 있었다.

"이건, 이럴 수가! 이건 세트 신의 머리인데!"

"그렇다, 이케르."

"무슨 의미죠?"

"다시 앉아, 지금 휘청거리고 있잖아."

몸을 가누기 힘들었던 이케르는 털썩 주저앉았다.

베가가 잔인한 눈빛으로 이케르를 쏘아보았다.

"무슨 의미인가 하면 내가 세트 신의 동맹자라는 말이다. 이제 곧 악이 세상을 정복할 것이고, 나도 그 거사에 힘을 보태고 있다. 메데스와 제르구도 함께 말이야. 멋진 동맹이지 않아, 그렇지? 그런데 네가 놀랄 일은 이게 전부가 아냐."

이케르는 한 대 세게 얻어맞은 사람처럼 멍해졌다. 호흡이 가빠지고 피가 불처럼 달아오르는 느낌이었다. 파라오의 예상은 정확했다. 악은 아비도스 한복판에서 커나가고 있었던 것이다.

수염과 머리카락을 남김없이 밀어버린 키 큰 사내 하나가 들어왔다. 사내는 붉은 두 눈으로 이케르를 뚫어지게 응시했다.

베가가 허리를 굽히며 말했다.

"이번엔 그 무엇도, 어느 누구도 이 녀석을 구할 수 없을 것입니다, 주인님."

이케르가 사내를 향해 물었다.

"당신은 누구시오?"

사내가 부드러운 목소리로 대답했다.

"잘 생각해봐라. 내가 누군지 알아맞히기는 그리 어렵지 않을 거다."

"예고자로군! 예고자가 이 신성한 땅 아비도스에 있다니……"

"이케르, 넌 어려운 시험을 통과하고 수많은 위험을 이겨냈다. 다른 어느 누구도 너만큼 잘해내지 못했을 것이다. 넌 이제 네 특별한 운명을 완성할 지점에 와 있다. 파라오를 계승하고 오시리스의 신비를 전수할 운명, 이집트 정신을 이어갈 소중한 아들로서의 운명 말이다. 바로 이런 운명 때문에 넌 세상에서 사라져주어야겠다. 그러면 미래를 빼앗긴 세소스트리스가 스스로 무너지면서 이집트를 몰락으로 이끌 테니까."

이케르는 남은 힘을 모두 짜내 포도주 잔을 들어 눈앞의 괴물을 내리치려 했다.

뒤에서 달려든 얼간이 스합이 이케르를 붙잡았다. 이케르는 술잔을 떨어뜨리고 쓰러지듯 주저앉았다.

예고자가 말했다.

"네 몸에서 힘이 빠져나가고 있다. 난 세소스트리스 신전의 조제실 문서들에서 많은 걸 배웠다. 독물과 독약 분야에서 이집트 학자들은 아주 뛰어나지. 뱀과 전갈의 독을 사용하는 방법은 감탄할 만하더군. 이 포도주 맛이 좀 이상하지 않더냐? 원망하려거든 포도주와 갖가지 술을 즐기는 이집트의 방탕한 풍습을 원망해라. 새로운 믿음의 세상이 오면 술이란 술은 모조리 금지될 거다."

어느새 비나가 들어와 있었다.

"드디어 네가 끝장나는구나. 이 꼴로는 싸우지도 못하겠는걸! 꼭 대기로 올라갈 심산이었을 텐데 이렇게 밑바닥으로 굴러 떨어진 꼴을 보다니 정말 기쁘군."

식은땀에 젖은 이케르는 생명이 점차 빠져나가는 걸 느꼈다.

예고자가 말을 이어갔다.

"네 숨이 끊기기 전에 앞으로 벌어질 일을 이야기해주는 게 도리인 것 같군. 너를 없애면 이집트의 주춧돌에 메울 수 없는 금이 가게 되지. 세소스트리스는 좌절해서 스스로 무너질 것이고, 신하들은 그를 버리게 될 거야. 멤피스는 나를 따르는 자들의 손에 파괴될 거다. 우리의 참된 믿음을 받아들이는 자는 목숨을 구하겠지만, 불신자는 누구도 죽음을 피할 수 없다. 조각과 그림, 문학, 음악은 금지될 것이며, 사람들은 내 말을 받아 적어 그걸 끊임없이 암송하게 될 것이다. 내가 진리임을 의심하는 자는 누구든 처벌받을 것이고, 열등한 존재인 여자들은 집에서 남편을 섬기고, 아들을 낳아 군대에 병사들을 공급할 것이다. 우리의 믿음을 퍼뜨리기 위해 세상을 정복할 군대에 말이다. 여자들은 신체를 조금도 내보여서는 안 될 것이며, 남자들은 원하는 만큼의 여자를 아내로 거느리게 될 것이다. 신들의 금이 내 차지가 되었으니, 나는 또다른 경제를 일으켜 내 신도들을 배불릴 것이다. 그리고 무엇보다 중요한 건, 오시리스가 다시는 부활하지 못하게 되리라는 사실이다."

"착각하지 마라, 이 악마야! 내가 죽더라도 변하는 건 아무것도 없다. 파라오께서 너를 응징하실 테니까."

예고자가 조용히 웃었다.

"이제 넌 너의 세상을 구할 수 없게 되었다, 꼬마 서기관. 세상 그 누구도 나를 이기지 못한다."

"어리석은 소리…… 빛의 신이 너를 그냥 두지 않을 것이다."

이렇게 소리치는 이케르의 입술에 경련이 일었다. 불꽃이 혈관 속을 훑고 다니는 것 같았다. 팔다리가 뻣뻣이 굳고 눈앞이 까맣게 꺼져갔다.

악의 유혹에 굴복한 게 아닌 만큼, 죽음이 두렵지는 않았다. 그는 부왕 파라오를 위해 기도했다. 그러고는 남은 힘을 쥐어짜 이시스를 생각했고, 이 마지막 생각을 그녀, 바로 곁에 있으면서도 너무나 멀리 있는 이시스에게로 떠나보냈다. 그녀가 이 사랑을 저버리지 않을 거라 확신하면서 마지막 숨에 자신의 사랑을 새겨넣었다.

베가가 가장 먼저 다가와 이케르의 시신을 살폈다.

"이젠 더이상 귀찮게 굴지 못하게 됐군요."

사제가 몸을 일으키며 싸늘하게 내뱉었다.

그는 거친 손놀림으로 이케르의 황금 목걸이를 벗겨내고 지배를 상징하는 왕홀 부적을 발로 밟아 부수었다. 그런 다음 식탁을 덮은 보자기를 걷어냈다. 거기엔 나무로 짠 관이 놓여 있었다.

베가와 스합이 이케르의 시신을 목관에 넣었다.

예고자가 지시했다.

"세소스트리스 신전 가까운 곳에 버려두어라. 해야 할 일이 아직 남았다."

비나가 걱정스러운 얼굴로 나섰다.

"모래 폭풍이 점점 더 거세지고 있어요."

예고자가 비나의 머리카락을 쓰다듬었다.

"오시리스의 무덤을 범하려는 참인데, 저 정도의 모래 바람이 날 막을 수 있겠느냐?"

"조심하세요, 주인님! 오시리스의 무덤은 마법의 보호를 받아 그 누구도 들어갈 수 없다고 합니다."

"이케르가 죽었으니 오시리스의 정신을 이어갈 맥이 끊겼다. 눈에 보이는 벽이든 보이지 않는 벽이든 이제 그 무엇도 내 앞을 막아설 수 없다."


폭풍이 휩쓸어온 모래가 사방으로 뚫고 들어왔다.

이시스는 집 안으로 스며들어온 모래를 쓸어낼 엄두도 내지 못했다. 그저 창문과 문을 꼭꼭 닫은 채 폭풍이 걷히기를 기다릴 뿐이었다.

바람이 울부짖는 소리에 그녀는 몸을 떨었다. 바람은 슬픔과 고통의 신음 소리를 가득 실은 채 쉼 없이 창문과 벽을 두드리며 골목 사이로 휘몰아쳤다.

참을 수 없이 초조했다.

이케르는 왜 돌아오지 않는 걸까? 해야 할 일도 많으니, 차라리 이 바람이 잦아들 때까지 신전에 있는 게 낫겠다고 생각한 걸까?

별안간 어떤 극심한 고통이 그녀의 심장을 꿰뚫고 지나갔다. 그녀는 고통을 이기지 못해 털썩 주저앉아 숨을 가쁘게 몰아쉬었다.

이토록 극심한 불안감에 짓눌린 건 처음이었다.

낮은 탁자 위에 올려놓은 황금 팔레트가 기이한 빛을 내며 번득였다. 이시스는 고통을 참으며 손을 내밀어 황금 팔레트를 집어들었다.

왕관 형상의 문자가 팔레트에 나타났다. 그녀의 이름이었다. 이케르가 그녀를 부르는 것이다.

고통스러운 기억들이 떠올랐다. 오늘은 고인이 된 전임 대사제의 기일이었다. 그녀는 노대사제의 임종을 지키면서 그로부터 자신의 운명에 대한 말을 들었다. 자신은 여느 여사제와 같은 길을 갈 수 없으며, 어떤 위험한 임무를 수행해야만 한다는 예언이었다. 이시스는 불길한 예감에 짓눌려서는 안 된다고 스스로를 달래며 차가운 물로 얼굴을 식힌 후 침대에 누웠다.

다시 황금 팔레트에 생각이 미쳤다. 팔레트 위에 자신의 이름을 의미하는 문자가 새겨진 건 이케르가 자신을 부른다는 의미였다. 이시스는 자리에서 일어나 하토르 여사제들이 입는 흰색의 긴 옷을 다시 입고 허리에 붉은색 허리띠를 두른 뒤 가죽 샌들을 신었다.

바람은 여전히 거세게 불었다. 모래 알갱이가 그녀의 얼굴을 사정없이 후려쳤다. 몇 걸음 앞도 분간하기 어려웠다. 되돌아가야 할 것 같았다. 하지만 이케르가 그녀를 부르고 있지 않은가? 서로의 영혼과 심장이 마치 하나인 듯 이어진 덕분에 두 사람은 지금처럼 서로 떨어져 있더라도 늘 서로의 곁에 머물렀다. 그런데 조금 전, 어느 순간부터 이케르가 멀어져가고 있었다. 이대로 가다간 그를 잃고 말 것 같았다.

그녀는 모래 폭풍을 헤치고 세소스트리스 만세 신전을 향해 발걸음을 옮겼다. 이케르에게 뭔가 예상치 못한 어려움이 닥친 게 틀림없다는 생각이 들었다.

이런저런 이유를 떠올려봐도 이시스의 마음은 진정되지 않았다.

한 걸음씩 발을 옮길 때마다 어떤 참극이 일어난 게 분명하다는 느낌이 또렷해졌다. 악의 세력이 조금 전 아비도스를 침범해온 것이다.

밤이 이처럼 캄캄하고 혼란스러웠던 적은 없었다.

언젠가 왕비가 그녀에게 이렇게 예언한 적이 있었다.

'가혹한 시련이 너를 기다린다. 그러므로 너는 힘을 지닌 말들, 즉 신의 말들을 배워 눈에 보이는 적과 보이지 않는 적에 맞서 싸워야 한다.'

포석이 깔린 길에 이르렀다. 신전을 향해 난 길이었다. 그 누구보다 이곳을 잘 아는 그녀였다. 하지만 그녀의 발걸음은 자꾸만 머뭇거렸다.

신전 제1문에 가까이 왔을 때 그녀는 무엇인가에 걸려 비틀거렸다. 관이었다. 관 뚜껑에는 붉은 잉크로 세트 신의 머리가 그려져 있었다.

이시스는 떨리는 손으로 관 뚜껑을 밀어젖혔다. 관 속에 시신 하나가 있었다. 자신이 잘못 본 것이기를 바라며 이시스는 눈을 꼭 감았다가 다시 떴다.

"안 돼, 이케르. 안 돼!"

그녀는 손을 뻗어 이케르를 어루만지고 품에 끌어안았다.

이시스는 자신의 허리띠를 풀어 마법의 매듭을 만든 후 이케르의 몸에 올려놓았다. 자신의 영혼과 그의 영혼이 계속해서 이어지도록 하기 위해서였다. 그리고 손가락에서 생명을 상징하는 안크 십자가 형상의 반지를 빼어 이케르의 오른손 가운뎃손가락에 끼워주었다.

어둠 속에서 한 거인이 그녀에게로 다가왔다.

"폐하!"

세소스트리스가 자신의 딸을 가슴에 끌어안았다.

그녀가 울음을 터뜨렸다. 세상에 더없이 슬픈 울음이었다.

# 20

세소스트리스는 재앙이 닥쳤음을 예감했다. 이미 한발 늦은 게 아닌가 싶었다. 불길한 예감은 적중했다. 적의 일격이 심장을 관통한 뒤였던 것이다. 적은 이케르를 죽임으로써 이집트의 미래를 무너뜨리고 말았다.

이시스가 하늘을 올려다보며 다짐하듯 말했다.

"적은 이케르와 저를 갈라놓으려 하지만 결코 그렇게 되지 않을 겁니다. 적은 행복과 시간의 순리를 파괴하여 나를 무너뜨리고 절망에 빠뜨리려 합니다. 그러니 내가 그를 쳐부술 것입니다. 죽음이란 치유할 수 있는 질병이 아니던가요? 소생제의를 올려 죽음을 물리치고 이케르를 다시 살려야 합니다, 폐하."

"네 고통을 안다. 하지만 불가능한 일을 바라지는 말아라."

"카는 파라오에게서 파라오에게로 전수되는 게 아닙니까? 또한 파라오가 될 사람은 하나뿐이지 않나요? 카가 이케르에게 스며 있다면 우리는 이 힘을 되살릴 수 있을 겁니다. 현자이며 건축의 거장이신 임호테프의 경우만 보더라도 그는 피라미드 시대 이후로 늘 살아 있었습니다. 그의 카는 앞에 입문한 사람들을 통해 대대로 전해졌고, 그래서 그는 신전들의 토대를 세운 유일한 분으로 남아 계십니다."

"가장 시급한 일은 이케르를 죽게 만든 원인들을 없애고 그의 육신이 더이상 손상되지 않게 하는 일이다. 신비제의를 위해 준비해두었던 오시리스의 수의를 가져오너라. 나는 생명의 집에 가 있겠다."

파라오의 친위병들이 관을 생명의 집까지 운반했다.

마침내 모래 폭풍이 잦아들었다.

한 장교가 와서 알렸다.

"폐하, 아비도스 주둔군 지휘관의 시신을 발견했습니다. 목이 졸려 숨진 상태였습니다."

하지만 파라오의 얼굴에서는 그 어떤 표정도 읽을 수 없었다.

"모든 병사를 깨우고, 인근 도시들에 원군을 요청하라. 그리고 사막을 포함하여 아비도스 전체를 봉쇄하라."

탁발 사제가 노구를 이끌고 달려왔다. 사제의 얼굴이 걱정으로 온통 일그러져 있었다.

관에 눈길이 멈춘 사제가 탄식하듯 중얼거렸다.

"이케르 전하! 설마 전하가……"

"예고자의 하수인이 그를 살해했다."

별안간 탁발 사제의 모습이 몇 년은 더 나이 들어 보였다.

"그렇다면 적들이 우리 사이에 숨어 있다는 말이군요. 그런데도 아무런 눈치도 채지 못했다니!"

"소생제의를 올릴 생각이다."

"폐하, 그 제의는 파라오와 임호테프 같은 특별한 현인을 위해서만 올릴 수 있습니다."

"이케르도 그에 해당하는 자격이 있지 않느냐?"

"제의를 올릴 때 혹시라도 실수를 저지르게 되면 왕세자는 영원한 죽음을 맞게 될 겁니다!"

"이시스가 죽음과의 이 힘든 싸움을 원한다. 나 역시 결심이 섰다. 서둘러라. 우리는 죽음을 물리쳐야 한다."*

탁발 사제가 생명의 집 문을 열었다.

신성한 문서를 지키는 암표범은 파라오의 모습을 보자 경계를 풀었다.

이시스가 상아와 푸른 자기로 만든 함을 들고 오자 세소스트리스는 이케르의 시신을 들어 생명의 집 깊숙한 곳으로 옮겼다.

파라오는 이케르의 시신을 나무 침상 위에 올려놓았다. 침상은 칼로 무장한 신들의 형상으로 장식되어 있었다. 그 어떤 사악한 정령도 누워 잠든 이를 해치지 못하게 하기 위해서였다.

파라오가 이시스와 탁발 사제에게 명했다.

"이케르에게 오시리스의 수의를 입혀라. 그리고 모든 생명의 기원에 깃들어 있는 빛나는 공기 슈(Chou)**의 베개 위에 그의 머리를 올려놓아라."

이시스는 들고 온 함을 열어 아마포로 지은 옷을 꺼냈다. 이시스가 손수 빨아서 손질해둔 이 옷은 신비제의를 올릴 때 이케르가 오시리스에게 바치려던 것이었다. 불꽃처럼 반짝이는 이 옷을 만질 수 있는 사람은 하토르 여사제뿐이었다. 신성한 빛의 표현 라의 땀방울인 이

---

* 이어서 언급되는 모든 제의는 고대 이집트의 기록들(신전, 무덤, 석비, 파피루스 문서)을 기초로 한 것이다.

** 발현의 공간인 테프누트와 더불어 아툼에게서 가장 먼저 태어난 신.(옮긴이)

209

옷은 육신을 정화하고 부패하지 않게 해주는 수의였다.

탁발 사제는 이케르의 얼굴을 들여다보고 깜짝 놀랐다. 그가 눈을 크게 뜬 채 평화로운 표정을 짓고 있었던 것이다.

이시스는 물끄러미 그를 바라보았다. 비록 한마디 말도 입 밖으로 내지는 않았지만 그녀는 계속해서 그에게 말을 건넸다. 이 첫번째 시련 속에서도 이케르는 계속 싸우고 있었다. 죽음도 아니고 소생도 아닌 다른 공간에서 말이다.

이시스는 탁발 사제가 자신을 말리고 싶어하는 걸 알고 있었다. 지금 올리려는 이 의식이 얼마나 위험한지도 알았다.

파라오가 아누비스의 가면을 쓰고 이케르의 시신 앞에 섰다. 세소스트리스가 엄숙히 선언했다.

"내가 온전한 영혼의 살들을 모아서 죽음을 치유하리라. 황금 돌해를 만들어 힘을 북돋는 빛을 퍼뜨리고, 달을 빚어 끊임없이 새롭게 탄생하게 하리라. 내가 네게 해와 달의 힘을 주노라."

파라오는 이케르의 시신에 손을 올리고 마법의 기를 불어넣었다. 그의 주술은 새벽녘까지 계속되었다.

죽은 이의 육신을 미라로 만드는 건 그 육신이 이 세상과 저세상 사이에 머물면서 더이상 허물어지거나 부패하지 않게 하기 위해서였다.

탁발 사제가 파라오에게 팔꿈치 모양으로 굽은 곤봉 하나를 건넸다. 흰색 바탕에 붉은색 고리들이 장식된 곤봉이었다. 세소스트리스는 '곧게 늘리는 것'*인 이 곤봉을 이케르의 등 밑에 받쳤다. 곤봉이 이케르의 척추와 척수 구실을 함으로써 파라오가 그에게 불어넣은

---

* 페자하(Pedj-âhâ).

기가 계속 순환하면서 주검의 냉기를 몰아내게 하려는 것이었다.

이시스가 짐승 가죽 한 장을 세소스트리스에게 내밀었다. 가죽을 받아든 파라오는 이 가죽을 찢어 그것으로 아들의 시신을 감쌌다.

세소스트리스가 선언했다.

"세트 신이 네게 임하노라. 세트가 너를 죽였노라. 그러나 세트는 이제 너를 보호하고, 결코 너를 해치지 않을 것이다. 세트의 불꽃은 파괴의 힘을 가졌으나 너를 태우지 않을 것이며 오히려 네 생명의 열기를 보존해줄 것이다. 신성한 일곱 가지 기름을 너에게 발라주리라."

일곱 가지 기름을 하나로 모으자 호루스의 눈 형상이 되었다. 호루스의 눈은 분산과 혼돈을 이겨내는 단일체였다. 이시스는 '축제의 향기' '환희' '세트 신의 징벌' '결합' '받침대' '최고의 소나무' '리뷔에*에서 최상의 것', 이 일곱 가지 기름을 새끼손가락으로 찍어 기름에 담긴 생명의 기운을 이케르의 입술에 발랐다.

파라오는 여전히 아누비스 가면을 쓴 채 탁발 사제로부터 단지 하나를 건네받았다. 단지 안에는 다섯 가지 생명의 원소가 담겨 있었다. 황금의 집에서 정제하고 제련한 광물과 금속원소들이었다.

"이 신성한 물질은 너의 카를 위해 조제된 것이니, 이것을 네 몸속에 흘려 넣을 것이다. 그리하여 너는 돌이 되리니, 그 돌을 터전 삼아 변신을 이루리라."

아누비스가 천상의 금속으로 만든 손도끼로 이케르의 심장과 연결된 관들을 뚫고, 양쪽 귀와 입을 열어주었다. 잠들어 있던 육신에서 새로운 감각들이 눈을 뜨고, 심장과 다시 연결된 열두 개의 혈관이

---

* 북아프리카 지방.(옮긴이)

심장을 둘러싸고 보호하며 육신에 숨결을 불어넣었다.

미라를 만드는 의식이 완성되어 마침내 이케르는 영원히 부패하지 않는 오시리스의 육신이 되었다. 그렇다고 부활이 이루어진 것은 아니었다. 부활하기 위해서는 그에게 빛을 불어넣어야 했다. 모든 탄생 이전에 존재한 태초의 빛으로 그의 생기를 일깨워야 하는 것이다.

세소스트리스가 아누비스의 가면을 벗고 『피라미드의 서』 첫 구절을 암송했다. 이 구절은 파라오의 영혼을 이끌어 부활의 길로 들어서도록 하는 내용이었다.

"분명 그대는 죽어서 떠난 것이 아니라 살아서 떠났노라."*

이시스가 다음 구절을 이어갔다.

"그대는 떠났으나 다시 돌아오리라. 그대는 잠들었으나 다시 깨어나리라. 그대는 저세상 강가에 이르렀지만 살아 있노라."**

탁발 사제는 그 자리에 파라오와 이시스를 남겨두고 물러갔다.

세소스트리스가 딸에게 말했다.

"태어난 것은 죽듯, 죽음 역시 태어난 것이므로 죽을 것이다. 겉으로 보이는 이 세상, 우리가 '삶'과 '죽음'이라고 부르는 것 너머에서 빛나는 그 무엇은 소멸하는 고통을 초월해 있다. 창조가 이루어지기 이전에 있었던 존재들은 죽음의 날을 맞지 않아도 된다.*** 태어나지 않은 것들만이 부활할 수 있다. 그러므로 오시리스의 신비에 입문하는 건 새로운 탄생일 뿐만 아니라 죽음을 건너오는 과정이기도 하다. 인간은 자신을 처음과 이어놓을 줄 모르기 때문에, 그리고 하늘의 어

---

* 『피라미드의 서』 134a.
** 같은 책, 1975a-b.
*** 같은 책, 1456a.

머니 무트(Mout)가 들려주는 말에 귀 기울이지 않기 때문에 죽음을 피하지 못한다. 무트 여신은 죽음과 올곧음, 명확함, 적절한 순간, 풍요를 가져오는 물길, 그리고 새로운 씨앗의 창조를 모두 껴안고 있다."*

이시스가 불안한 얼굴로 물었다.

"죽은 이들이 머무는 곳은 으슥하고 어둡지 않을까요? 문도 없고 창문도 없어서 빛줄기 하나 들지 않고 청량한 북풍 한 점 스며들 수 없는 그런 곳이요. 그런 곳에선 결코 해가 뜨지 않아요."

"두번째로 죽어서 가게 되는 지옥은 그런 모습이다. 앎을 얻은 존재라면 그 지옥을 피할 수 있다. 그 어떤 마법으로도 그를 지옥에 묶어둘 수 없어. 네가 관의 의례를 치를 때를 생각해봐라. 그 통과의례를 치르면서 너는 한순간 부활의 위대한 신비를 꿰뚫어 보았다. 오시리스의 신비에 입문한 사람이라면, 악에 사로잡히지 않는 한, 그리고 최후의 재판에서 의로운 사람이라는 판결을 받는다면 죽음으로부터 되돌아올 수 있다는 것을 말이다."

이시스는 파라오의 말에 귀 기울이며 자신이 치렀던 관의 의례를 떠올렸다.

인간 각 개인을 형성하는 것은 소멸하는 육신, 운명을 어느 정도는 좌우하는 이름, 죽음 이후에도 첫번째 소생에 이르기 위해 여전히 남아 있는 그림자, 해까지 날아올라가 가져온 그 빛을 오시리스의 육신에 전할 수 있는 바, 죽음을 넘어 되찾아야 할 불멸하는 생명의 힘 카, 그리고 오시리스의 신비에 입문할 때 눈을 뜨게 되는 빛나는 정

---

* 이러한 개념들이 모두 m(ou)t라는 어근에 담겨 있다.

신 아크흐였다.

이케르도 이 모든 것을 빠짐없이 갖추고 있었다.

파라오가 계속 설명했다.

"저 너머의 세상은 세 개의 세계로 이루어져 있다. 하나는 혼돈과 어둠의 영역으로 오시리스의 재판을 통과하지 못한 사람들이 벌을 받는 곳이다. 또하나는 오시리스의 재판을 통과한 사람들이 가는 빛의 영역으로, 그곳에서 라와 오시리스는 하나가 된다. 이 두 개의 세계 사이에 세번째 세계가 걸쳐져 있는데, 이곳은 악을 걸러내기 위한 중간 영역이다. 너는 네프티스와 함께 이 중간 영역을 향해 제의를 올리도록 해라."

이시스와 네프티스는 서로 화장을 해주었다. 두 사람은 호루스의 눈을 본떠 눈 아래쪽에 초록색 분을 길게 칠했다. 눈꺼풀에는 라의 눈을 본떠서 검은색 분을 칠했다. 이 눈 화장용 분은 '눈을 열어주는 것'이라는 이름의 함에 보관되었다. 신전의 장인들이 제조한 이 분은 신성한 눈을 표현할 때 사용되곤 했다.

입술은 주토(朱土)로 선명하게 칠했고, 피부는 호로파 기름을 발라 부드럽게 반짝이도록 했다.

이시스는 네프티스의 심장 부위에 별 하나를 그렸다. 배꼽에는 해를 그려 넣었다. 이렇게 해서 이시스와 네프티스는 장례의식에서 죽은 사람을 위해 곡을 하는 여인의 차림새를 갖추었다. 이시스는 오시리스 나룻배의 뱃머리에 해당하는 대곡녀(大哭女)의 역할을 맡았고, 네프티스는 뱃고물에 해당하는 소곡녀의 역할을 맡았다.

네프티스가 이시스에게 서로 다른 색깔의 옷 일곱 벌을 건넸다. 이

옷들은 하토르 여신을 모시는 수석 여사제 이시스가 아카시아나무의 신전에서 거쳤던 일곱 단계의 통과의례를 각각 구현한 것이었다.

이어서 두 여사제는 아주 얇고 섬세한 아마 천으로 만든 튜닉을 입었다. 순결한 아침 해의 흰색과 크로커스의 노란색, 불꽃의 붉은색이 어우러진 옷이었다.

두 사람은 홍옥수 꽃과 청금석 장미 문양으로 장식된 황금 왕관을 머리에 쓰고 가슴에는 금과 터키석으로 만든 폭 넓은 목걸이를 걸었다. 이 목걸이의 고리쇠는 매의 머리 형상이었다. 손목과 발목에는 생명의 기를 자극하는 붉은색 홍옥수 팔찌와 발찌를 찼고 발에는 흰색 샌들을 신었다.

네프티스가 이시스를 껴안았다.

"이시스 님…… 얼마나 고통스럽고 슬픈지 알고 있어요. 이케르 전하를 그렇게 해치다니, 정말 용서할 수 없는 죄예요."

"우리가 그를 다시 살려야 해요. 당신의 도움이 필요해요, 네프티스. 파라오께서 그의 육신에 생기를 불어넣으셨고, 또 마법의 주문을 외운 덕분에 이케르는 저 너머 세상의 중간 지대에 멈춰 있어요. 그를 거기서 구해오는 것이 우리가 할 일이에요."

두 여인은 이케르의 관이 놓인 방으로 들어갔다. 등잔 하나가 희미한 빛을 비추고 있었다. 이시스는 관의 발치에, 네프티스는 관의 머리맡에 자리를 잡았다.

두 사람은 손을 뻗어 이케르의 육신에 기를 불어넣었다. 두 사람의 손바닥에서 물결치듯 부드러운 빛이 흘러나와 이케르의 시신을 감쌌다.

두 여사제는 돌아가며 서글프게 곡을 했다. 이 곡은 오시리스 시대부터 전승되어온 것으로, 가락과 장단을 맞춘 비탄의 읊조림이 사악한 힘을 막아 미라에 해를 끼치지 못하도록 해주었다. 또한 마법의 말로 짠 그물이 되어, 산 사람들의 세상과 죽은 사람들의 세상 사이에 드리워져 선하고 정결하지 않은 모든 것을 걸러냈다.

드디어 마지막 탄원을 올릴 순간이 왔다.

이시스가 애소했다.

"처음의 모습으로 그대의 신전으로 돌아오라. 평화로이 돌아오라! 나는 그대를 사랑하는 누이이니, 내가 절망을 몰아내리라. 이곳을 떠나지 말고 나와 한 몸이 되자. 내가 불행을 쫓으리라. 빛은 그대의 것이니 그대는 밝게 빛나리라. 그대의 아내에게로 돌아오라. 그녀가 그대를 껴안고, 그대의 흩어진 뼈와 팔다리를 모아 온전한 육신이 되게 하리라. 신성한 말씀이 그대의 입술에 머물고 있으니, 그대가 어둠의 세력들을 몰아내리라. 나는 영원히 그대를 지키리라. 내 심장은 그대에 대한 사랑으로 가득 찼노라. 나는 그대를 안고 그대 곁에 머물 것이니, 그 무엇도 우리를 갈라놓을 수 없으리라. 나는 지금 그대를 해친 악을 물리치기 위해 이 신비로운 지성소에 있노라. 그대의 생명을 내 안에 놓으라. 내 생명 속에 그대를 품으리라. 나는 그대의 누이이니, 내 곁을 떠나지 말라. 신들과 인간들이 그대를 위해 울고 있노라. 나는 하늘 저 꼭대기에 닿도록 그대를 부르노라! 그대는 내 목소리가 들리지 않는가?"*

긴 밤을 지새운 뒤 파라오와 탁발 사제, 이시스, 네프티스는 이케

---

* 브렘너린트(Bremner-Rhind) 파피루스에 포함된 '이시스와 네프티스의 애도의 곡'에 나오는 구절. R. O. 포크너와 S. 스코트의 번역 참조.

르의 관 주위에 둘러섰다.

파라오가 말했다.

"누구나 죽어서 오시리스에게 갈 수 있는 건 아니다. 오시리스는 모든 죽은 자들의 신이 아니라 마아트를 충실히 지킨 사람들, 살아 있는 동안 올곧은 길을 간 사람들의 신이다. 저세상의 재판관들은 우리가 어떤 삶을 살았는지를 한눈에 볼 수 있다. 재판정에서 우리는 각자 행한 일들을 옆에 쌓아두는데, 재판관들이 판결을 위해 살펴보는 건 우리가 행한 이 행위들뿐이다. 재판관들은 결코 눈감아주는 법이 없다. 그러므로 오로지 의로운 사람만이 영원으로 가는 아름다운 길을 자유로이 걸어갈 수 있는 것이다. 물론 지금 말한 저세상의 재판에 앞서 인간이 여는 재판이 있다. 상하 이집트를 대표하는 나와 아비도스 사제단을 대표하는 탁발 사제, 하토르 여사제단을 대표하는 이시스가 여기 모였다. 그대들은 이케르가 오시리스 앞으로 나아가 그의 나룻배에 오를 자격이 있다고 생각하는가?"

탁발 사제가 당연하다는 듯 큰 소리로 대답했다.

"이케르는 아비도스에 그 어떤 해도 끼친 적이 없고, 통과제의에서 불경을 저지른 적도 없습니다."

이시스도 자신 있게 말했다.

"이케르의 심장은 고귀하며 조금도 더럽혀지지 않았습니다."

이제 파라오가 판결을 내릴 차례만 남아 있었다.

"이케르는 자신의 운명을 좇아 여기까지 왔다. 그는 자신의 길을 가는 데 비겁하지도 나약하지도 않았다. 오시리스께서 자신의 왕국에 그를 받아들이시리라."

# 21

오시리스의 재판정이 내린 판결이 호의적일 때, 그 결과는 새나 나비 혹은 스카라베의 모습으로 사람들 앞에 나타나곤 했다.

이시스는 생명의 집을 나서자마자 하늘을 유심히 올려다보았다. 물론 그녀는 이케르의 심장을, 그 순수함과 올곧음을 알고 있었다. 이케르를 위해 그녀가 무엇을 해야 할지는 신이 어떤 판결이 내리느냐에 달려 있었다.

별안간 커다란 따오기 한 마리가 긴 날개를 우아하게 펼치고 창공을 가로질러 천천히 날아갔다. 따오기를 눈으로 쫓던 이시스는 새가 자신을 바라보고 있음을 알았다. 따오기와 이시스의 눈이 마주쳤다.

그 순간 이시스는 이케르가 서기관들의 수호신 토트의 도움을 받아 자신에게 말을 건네고 있음을 알아차렸다. 이케르는 신성한 문자의 창조자 토트로부터 배운 방법으로 창공을 선회하며 글을 써 보인 다음, 다른 세상으로 날아갔다.

파라오가 들고 있던 황금 팔레트를 들여다보았다. 팔레트에는 '의인'이라는 말이 쓰여 있었다.

세소스트리스가 말했다.

"가장 어려운 일이 남아 있다. 이제 이케르의 죽음을 오시리스의 미라 속으로 옮겨놓아야 한다. 오시리스의 미라가 이 죽음을 물리치면 이케르는 오시리스의 몸으로 다시 태어날 것이다."

탁발 사제가 생명의 나무에 물과 우유를 봉헌하는 동안 세소스트리스와 이시스는 오시리스의 무덤으로 갔다.

무덤을 지키는 종신 사제가 두 사람을 맞으러 달려 나왔다.

"폐하, 어젯밤 무덤 문의 봉인이 깨졌습니다. 세상에 이런 일이 일어나다니!"

파라오는 신성한 숲으로 들어갔다. 그 숲 속 우거진 나무 덤불들 사이에 무덤으로 들어갈 수 있는 유일한 통로가 숨겨져 있었다. 무덤에 가까워지자 불에 탄 아카시아나무들이 보였다. 침입자가 이 신성한 장소를 에워싼 보호 마법에 가로막히자 격렬한 싸움을 벌인 흔적이었다.

무덤 입구에 부서진 봉인 조각들이 널려 있었다. 세소스트리스는 최악의 상황을 걱정하며 안으로 들어갔다. 여러 개의 등잔불이 부활의 방을 밝히고 있었다. 누군가가 부수고 유린한 흔적이 눈에 들어왔다.

세소스트리스는 두 마리 사자가 받치고 있는 검은 현무암 침상으로 다가갔다. 최근까지도 오시리스의 미라가 흰색 왕관을 쓰고 양손에 각각 힘을 상징하는 마법 홀과 생명의 부활을 상징하는 홀을 들고 누워 있던 침상이었다.

모든 것이 산산조각 나 있었다.

예고자의 짓이었다. 그가 오시리스가 머무는 이 평화로운 장소에 침범해, 관을 둘러싼 일곱 개의 보호벽을 뚫었던 것이다. 오시리스가 부활하는 데 가장 먼저 필요한 그의 미라도 남아 있지 않았다.

역시 예고자의 짓이었다. 그자는 오시리스의 신성한 육신을 잘게 자른 뒤, 다시 합할 수 없도록 사방에 흩뿌릴 것이 분명했다.

한 가지 희망은 있었다.

세소스트리스는 무거운 포석 하나를 들어 올렸다. 포석 아래로 통로가 나 있었다. 계단으로 이루어진 이 통로는 지하의 넓은 방으로 이어졌다. 그 방 안에는 봉인된 단지* 하나가 불꽃에 둘러싸인 채 놓여 있어야 했다. 신성한 창조의 신비, 생명의 원천인 오시리스의 체액을 담은 단지였다.

불꽃은 여전히 타고 있었지만 단지는 이미 사라진 뒤였다.


이시스는 세소스트리스의 눈빛을 보고 엄청난 재앙이 일어났다는 것을 알아차렸다. 파라오가 동요하는 모습은 이번이 처음이었다.

그녀가 말했다.

"숨김없이 말씀해주세요."

"오시리스의 영원한 안식처에서 이런 불경한 짓을 저지를 수 있는 사람은 예고자뿐이다."

"신의 미라는요?"

"훔쳐갔다. 분명 온전히 놓아두지 않을 테지."

"생명의 단지는요?"

"그것 역시 훔쳐갔다."

---

* 크헤테메트(khetemet).

"그렇다면 이케르의 죽음을 오시리스에게로 옮겨 신의 체액으로 그를 되살려내기는 불가능하겠군요."

탁발 사제가 혼비백산해서 달려왔다.

"폐하, 생명의 나무가 또다시 시들고 있습니다! 누군가 네 마리 수호 사자의 눈을 멀게 하고, 네 그루 아카시아나무의 생기로 형성한 보호 마법을 깨버렸습니다. 나무둥치에 둘러놓은 금도 빛을 잃었습니다."

"아비도스의 상징 부적은?"

"기둥은 뽑혔고, 꼭대기 가리개는 찢겼습니다."

"오시리스의 유골함은?"

"완전히 부서졌습니다."

탁발 사제가 물었다.

"황금원을 소집해야 하는 게 아닐까요?

세소스트리스가 대답했다.

"그건 어렵다. 새 총리가 된 소벡은 멤피스를 떠날 수 없는 상황이다. 소벡은 반란 분자들을 그들의 소굴에서 끌어내기 위해 네스몬투 장군이 습격을 받아 죽었다는 소문을 퍼뜨리고 있다. 그러니 장군 또한 몸을 숨기고 있어야 한다. 게다가 세호테프는 자택에 연금당한 상태다. 그는 사형 판결을 받게 될지도 모른다."

"그렇다면 우린 결국 이렇게 손발이 묶인 채 당하고 마는 겁니까?"

파라오는 단호히 대답했다.

"아직은 패배하지 않았다. 즉시 위병의 수를 늘려 이케르의 미라를 철저히 지켜라. 수석 목공장과 황금의 집에 소속된 장인들을 시켜 오시리스의 나룻배를 생명의 집 내부로 옮기도록 하라. 그런 다음 그곳에 위병들을 배치하여 탁발 사제와 이시스, 네프티스를 제외한 그 누구도 들여보내지 말라. 봉쇄를 뚫고 들어가려는 자가 있으면 즉시 처형하라. 탁발 사제, 그대는 이케르와 아비도스 주둔군 지휘관의 살해 현장을 목격한 자가 있는지 알아보라."

파라오와 두 여사제는 이케르의 미라를 오시리스 나룻배 안에 안치했다. 신비제의를 위해 최근에 손질한 이 나룻배는 그 자체만으로도 부활한 오시리스의 상징이었다.

파라오가 이케르의 미라를 향해 말을 걸었다.

"노를 저어 네 마음이 원하는 곳으로 나아가라. 아비도스의 의인들이 평화로이 너를 맞이하리라. 의인들과 함께 제의를 올리고 오시리스를 따라 이 신성한 땅의 정결한 길을 거닐어라."

이시스가 파라오에 이어 기원했다.

"별들과 더불어 살아가라. 새가 된 그대의 영혼은 서른여섯 데칸스에 속하게 되었으니, 그대는 그 가운데 원하는 별로 변하여 그들이 발하는 빛을 누리기를."

네프티스가 나룻배 가까이 있는 작은 정원에 물을 뿌렸다. 이케르의 영혼 새가 해를 향해 날아가기 전 이 정원에 날아와 목을 축이게 해주기 위해서였다.


파라오의 지시에 따라 아비도스의 석공장은 이케르의 정육면체 조각상을 만들었다. 이 조각상은 앉아 있는 서기관의 모습을 표현한 것으로 다리를 수직으로 세워 무릎이 어깨까지 올라와 있었고, 몸은 부활의 수의로 감싸인 채 머리를 들고 눈을 크게 떠 저 너머의 다른 세상을 바라보는 듯했다.

이케르의 조각상을 이런 모습으로 만든 것은 그가 죽어서도 흩어지지 않고 변함없는 질서 속에 자리 잡도록 하기 위해서였다.

이시스는 먹고 자는 일도 잊은 채 이케르의 관 옆을 한시도 떠나지 않았다. 이시스와 함께 관을 지키던 네프티스가 잠시 쉬러 갔을 때였다.

파라오가 와서 자신의 딸을 다정히 품에 안았다. 이시스는 최악의 상황을 예상하고 두려움에 떨며 물었다.

"이젠 더이상 희망이 없는 거지요, 그렇지요?

"실낱같은 희망이 남아 있긴 하다, 이시스. 아주 어려운 일이긴 하지만 가능성이 없지는 않아."

파라오가 말을 이었다.

"오시리스의 체액 단지가 있으면 이케르를 저승의 중간 지대에서 빠져나오게 할 수 있다."

"하지만 그 단지가 사라져버렸으니……"

"어쩌면 어딘가에 오시리스의 체액이 담긴 또다른 단지가 있을지 모른다."

"그곳이 어디입니까?"

"메다무드일 것이다."

"이케르의 고향 말입니까?"

"우리가 예고자를 상대로 벌이는 싸움에서 우연이란 없다. 모든 것이 필연으로 얽혀 있는 것이다. 운명은 이케르를 너무 오래되어 잊혀진 그 오시리스의 땅에서 태어나게 했다. 그러니 메다무드에 문제를 풀 열쇠가 있을 것이다. 내가 메다무드로 갈 것이다. 오시리스의 최초의 무덤이 정확히 어디에 있는지는 아무도 모른다. 그 비밀을 마지막으로 알고 있던 사람은 한 노서기관이었지. 그 노서기관이 이케르를 보호하고 가르쳤다. 예고자가 노서기관을 죽인 건 바로 그 때문이다."

"오시리스의 첫번째 무덤을 어떻게 찾으실 생각입니까?"

"내가 어떤 죽음을 겪어야 한다. 그래서 조상님들과 만나 인도받을 생각이다. 이 일에 성공하지 못한다면 이집트 왕권은 약화되어 결국 소멸될 것이다. 만약 이케르가 다시 살아나지 못한다면 오시리스도 영원한 죽음을 맞게 된다. 그렇게 되면 예고자가 마음대로 활개칠 것이고, 광신과 폭력, 압제의 시대가 시작될 테지. 지금 내가 해야 할 일은 오시리스의 체액이 든 단지를 찾아내는 것이다. 그것이 세상 어딘가에 있다면 말이다. 네게 주어질 임무도 어렵기는 마찬가지다."

세소스트리스가 딸에게 신비 바구니를 건넸다. 파피루스 줄기를 노랑, 파랑, 빨강으로 물들여 엮은 것으로, 바닥에는 나무 막대 두 개가 십자 모양으로 튼튼하게 덧대어 있었다. 이 바구니는 흩어진 것이 다시 모이는 자리로서 오시리스의 영혼이 이 바구니 안에서 온전하게 복원되곤 했다. 예전에 한 농가에서 추수제의가 열렸을 때 사용되었던 바구니도 바로 이것이었다.

"예고자와 세트의 동맹자들은 큰 말씀, 다시 말해 오시리스로 구현된 빛의 표현을 파괴하려 하고 있다. 지방 각 주와 도시들을 돌아다니며 신전과 무덤에 간직된 신성한 보물을 찾고, 오시리스의 유체 조각을 모아 아비도스로 가져와라. 아비도스에서 그 유체 조각들을 하나로 짜 맞추어야 한다. 오시리스는 생명이다. 오시리스 안에서 의인들은 죽음을 벗어나며, 하늘은 무너지지 않고 땅은 갈라지지 않는다. 우리는 이 생명을 이어나가기 위해 오시리스를 흐트러짐 없이 온전하게 지켜야 하는 것이다. 너는 통과제의를 거쳐 앎에 입문한 덕분에 새로운 심장을 지니고 있다. 그 심장으로 상하 이집트 전역에 자리 잡은 수많은 신전에 간직된 비의를 꿰뚫어 볼 수 있을 것이다. 네가 코이악 달이 시작되기 전까지* 오시리스의 유체 조각을 모두 모아 온다면, 우리는 그로부터 삼십 일간의 시간을 얻어 오시리스 이케르를 부활시킬 수 있다."

세소스트리스는 자신을 위해 지어놓은 무덤으로 딸을 데려갔다. 보물의 방으로 들어간 그는 순은으로 만든 무기 하나를 가지고 나왔다.

"여기 토트 신의 칼이 있다, 이시스. 이 칼은 현실을 베어 그 너머로 넘어갈 수 있게 해주고, 올바른 길을 가려내주며, 산산조각 나 흩어진 오시리스의 육신을 가리고 있는 덮개들을 벗겨낸다."

이시스가 걱정스러운 듯 말했다.

"제게 주어진 시간이 너무 짧은 게 아닐까요?"

"네가 파라오 스콜피온의 상아홀을 갖고 있다는 걸 잊었느냐? 마법으로 빚어져 신들을 움직일 수 있는 그 왕홀은 악의 공격을 막아주고, 네게 힘의 말씀들을 일깨워주며, 바람을 타고 이동할 수 있게 해줄 것이다. 신성한 호수로 가서 그곳 태초의 대양 밑바닥까지 내려가거라. 신들이 우리를 저버리지 않았다면 너는 거기서 가죽 두루마리 하나를 발견하게 될 것이다. 그 두루마리는 토트 신이 호루스를 섬길 때 쓴 것으로, 네가 가야 할 여정을 알려줄 것이다."

신성한 호수는 이시스가 매일 생명의 나무에 봉헌할 물을 길러 가는 곳이었다. 그녀는 이미 그 호수 한가운데에서 태초의 대양 눈을 본 적이 있었다. 신성한 호수로 난 돌계단을 천천히 걸어 내려간 이

---

* 시월 이십일경.

시스는 토트 신의 칼과 마법 왕홀을 양손에 꼭 쥐고 물속으로 들어 갔다.

캄캄한 어둠이 그녀를 둘러싸더니 별안간 달빛 한줄기가 그녀에게 길을 열어주었다. 달빛이 비추는 지점에서 어두운 밤이 끝나고 쇠로 만든 함 하나가 빛나고 있었다.

그녀는 함의 자물쇠 안으로 칼끝을 밀어넣었다. 뚜껑이 저절로 열렸다. 철제함 안에 청동함이 들어 있었다. 청동함 안에는 나무함이, 나무함 안에는 상아와 흑단으로 만든 함이 들어 있었고, 또 그 안에는 은으로 만든 다섯번째 함이 있었다. 은으로 된 함이 굳게 닫힌 걸 본 이시스는 들고 있던 왕홀로 은함의 뚜껑을 건드렸다.

함 뚜껑이 열리고 금함이 나타났다. 금함은 뱀들로 둘러싸여 있었다. 그녀가 손을 내밀자 뱀들은 머리를 꼿꼿이 쳐들고 위협적인 소리를 내며 함을 건드리지 못하게 했다.

이시스는 칼을 치켜들었다. 칼날이 반짝이자 뱀들이 얌전히 함에서 나와 이시스를 둘러싸고는 큰 원을 만들었다.

그녀가 금함을 열자 안에서 청금석 꽃잎의 연꽃이 피어올랐다. 연꽃 한가운데 평온하고도 생기 넘치는 한 청년의 얼굴이 있었다.

이케르의 얼굴이었다.

함에서 토트 신의 두루마리를 꺼낸 이시스는 연꽃을 두루마리 속에 감추어 호수 위로 올라왔다.

파라오에게 간 그녀는 연꽃을 내밀며 말했다.

"여기 오시리스의 머리가 있습니다. 신들이 우리를 버리지 않고 여전히 지켜주고 있습니다. 이케르는 부활의 새로운 초석이 되었으니, 이제부터 우리의 운명은 언제나 그의 운명과 이어질 겁니다."

세소스트리스는 생명의 나무를 지키던 네 마리 사자의 눈을 마법으로 다시 뜨게 했다. 이어서 어린 아카시아나무 네 그루를 다시 살려냈고, 아비도스의 상징 부적을 다시 복원하고 그 유골함의 기둥 꼭대기에 네프티스가 짠 아마포로 새 가리개를 만들어 달았다.

하늘이 다시 열리고 해가 빛났다. 수많은 새들이 날아와 생명의 나무 위를 맴돌았다. 나무둥치에 둘러놓은 금이 광채를 되찾았다.

파라오가 이시스에게 말했다.

"저 새들의 소리에 귀를 기울여라. 저 새들도 너의 길을 인도해줄 것이다."

이시스의 귀에 새들의 말이 들려왔다. 다른 세상의 영혼들이 한 목소리로 그녀에게 부탁하고 있었다. 흩어진 오시리스의 유체를 모두 모아 다시 온전하게 짜 맞추어달라고.

# 상이집트의 주

하이집트

멤피스
파이윰　㉒
크로코딜폴리스　㉑
　　　　　㉚
헤라클레오
폴리스　⑲　⑱

　　⑰
　　⑯
베니 하산
헤르모폴리스　⑮
　　⑭　쿠사이
　　⑬　⑫
아시우트　⑪
　　　⑩
　　　⑨　아크밈
　　　　덴드라
　　⑧
아비도스　⑦　⑥
　　　　　　콥토스
　　　　　　⑤
　　　④
　　　　　테베
에스나　③
히에라콘폴리스　엘카브
에드푸　②
게벨 실실레
　　콤 옴보　①
엘레판티네　아스완

0　　100 km

❶ 활의 땅(누비아)
❷ 호루스의 왕관
❸ 마당(에르)
❹ 지배의 홀
❺ 두 명의 신
❻ 악어
❼ 시스트럼
❽ 위대한 땅
❾ 민 신의 운석
❿ 코브라
⓫ 세트의 동물
⓬ 뿔뱀의 산
⓭ 전(前) 석류나무(그르나디에)
⓮ 후(後) 석류나무
⓯ 산토끼(리에브르)
⓰ 영양(오릭스)
⓱ 어린 개
⓲ 발톱으로 움켜잡는 매
⓳ 정화의 홀
⓴ 전 협죽도
㉑ 후 협죽도
㉒ 칼

* P. 몽테, 『고대 이집트 지리』(전2권, 파리, 1957, 1961); J. 벤느, J. 말렉, 『고대 이집트 지도』(파리, 1981); C. 자크, 『고대 이집트 입문』(퓌보, 2001) 참조.

# 22

파라오와 이시스는 탁발 사제와 네프티스를 불러 오랫동안 의견을 나누었다. 탁발 사제가 파라오를 대신하여 아비도스의 안전을 지키고 제의를 빠짐없이 수행하기로 했다. 네프티스는 탁발 사제를 도와 제의를 올리면서 범인을 수사할 임무도 맡았다.

세소스트리스가 명했다.

"탁발 사제와 네프티스 두 사람을 제외한 그 누구도 생명의 집에 들어가지 못하게 하라. 그곳에 정예병을 배치하여 밤낮으로 지켜야 한다. 이케르가 죽었다는 소식을 널리 퍼뜨려라. 만약 살인자들이 아직도 아비도스에 머물고 있다면 그들은 승리를 자신할 것이고, 그러다 꼬리를 드러낼 것이다."

네프티스가 걱정스러운 표정으로 물었다.

"그렇게 물샐틈없이 감시하는 게 오히려 그자들의 경계심을 불러일으키지 않겠습니까?"

"우리가 당황하고 있는 것처럼 보여야 한다. 아비도스의 모든 유적과 성지를 철저히 지켜야 한다. 특히 이케르의 미라가 중요하다. 매일 마법의 주문을 외어 미라를 보호하라. 그리고 아비도스를 완전히 봉쇄하여 아무도 드나들 수 없게 하라."

탁발 사제가 말했다.

"이곳으로 곧 돌아오시리라 믿습니다, 폐하."

"오시리스의 체액 단지를 찾아서 가져올 수 없다면 돌아올 수 없을 테지."

파라오가 멀어져 가는 모습을 보면서 탁발 사제는 이제 아비도스도 최후의 날이 얼마 남지 않았다는 생각을 했다.

이시스는 네프티스와 작별 인사를 나누며 몸조심할 것을 당부했다.

토트 신의 두루마리에 따르면 남편을 잃은 아내가 가장 먼저 가야 할 곳은 엘레판티네였다. 엘레판티네는 이집트의 머리이므로 거기서부터 나일 강을 따라 내려와야 하는 것이다.

그녀는 쾌속선에 올랐다. 선장은 아주 노련한 뱃사람이었고 선원들도 나일 강의 위험을 속속들이 아는 사람들이었다. 열 명가량의 정예병들이 세소스트리스의 딸을 호위했다.

출발을 위해 돛을 펼치자마자 이시스는 마법 왕홀로 하늘을 가리켰다. 곧장 북풍이 세차게 일었다. 배는 북풍을 타고 빠르게 앞으로 나아갔다. 선장도 이제까지 경험해본 적이 없는 속도였다. 선원들은 별로 애를 쓰지 않고도 상당한 거리를 운항해갈 수 있었다.

이시스가 말했다.

"밤에도 계속 가야 합니다."

"그건 위험한 일입니다."

"달빛이 길을 밝혀줄 겁니다."

얼간이 스합은 은신처 밖으로 나왔다. 주위엔 아무도 보이지 않았다. 그는 아비도스의 봉쇄 상황이 어떤지, 빠져나갈 틈은 있는지 확인해볼 생각이었다.

제실들이 펼쳐진 구역을 넘어서면 곧장 사막 지대였다. 최근 베가는 이쪽 통로를 이용해서 작은 석비들을 빼돌리고 있었다.

근처에 두 명의 궁수가 망을 보는 게 눈에 들어왔다. 궁수들의 절도 있는 동작으로 봐서 정예 전투부대 소속 같았다. 스합은 몸을 웅크려 재빨리 그 자리를 떠났다.

처음엔 몇몇 지점에만 궁수들이 배치되어 있을 거라고 생각했다. 하지만 스합의 예상과 달리 병사들은 주위에 빈틈없이 깔려 있었다. 사막 쪽으로 빠져나가기는 불가능했다.

스합은 긴장한 얼굴로 은신처로 돌아왔다. 잠시 후 누군가가 오고 있었다.

낮은 가지를 들어올려 바깥으로 고개를 내민 스합이 말했다.

"들어오시오, 베가."

사제가 큰 체구를 작은 제실 안으로 가까스로 구겨 넣었다.

"사막에 감시군이 쫙 깔렸소. 도망갈 방법이 없단 말이오."

베가가 대답했다.

"병사들이 사방에 진을 치고 있는 건 사실이오. 수상한 자가 있으면 즉시 화살을 쏘라는 명이 내려졌다더군."

"그렇다면 파라오는 이케르를 죽인 범인들이 아직 아비도스에 있다고 생각하는 거로군! 이 궁지에서 우릴 빼내줄 분은 예고자님밖에 없소."

"댁은 이곳에 꼼짝 말고 있으시오. 먹을 건 내가 가져다줄 테니."

"내가 임시 사제로 위장하는 건 어떻소? 이케르도 죽었으니 날 알아볼 자도 없을 텐데!"

"감찰대가 임시 사제들을 일일이 심문하고 있소. 섣부르게 둘러대다간 꼼짝없이 붙잡힐 거요. 여기 숨어서 지시를 기다리시오."

베가도 스합만큼이나 신경이 곤두서 있었다. 하지만 승리가 멀지 않았다는 느낌이 어느 정도 불안을 진정시켜주었다.

떠도는 소문을 들은 종신 사제들이 탁발 사제에게 자세한 설명을 요구하자 탁발 사제가 이들을 불러 모았다.

베가가 탄식하듯 말했다.

"있을 수 없는 일이오! 만약 이케르 전하가 정말 돌아가셨다면 가장 영광스러운 자리에 도달한 순간 죽음의 일격을 당한 셈이구려. 그는 아비도스의 관례를 존중했고, 그런 만큼 우리는 그를 칭송하게 되었잖소?"

종신 사제들과 여사제들이 베가의 말에 고개를 끄덕였다.

오시리스 무덤을 지키는 사제가 모습을 나타냈다. 몹시 충격을 받았는지 넋이 나간 표정이었다.

베가가 한마디 건넸다.

"많이 힘들어 보입니다. 의사한테는 가보셨습니까?"

"그래봤자 무슨 소용이겠습니까?"

"왜 그런 말을 하는 거요?"

"죄송하지만 말씀드릴 수 없습니다."

"우리 사이에 비밀이라니요!"

"말씀드릴 수 없어요. 탁발 사제님의 명이거든요."

베가는 속으로 회심의 미소를 지었다. 그 노사제는 이케르가 죽었다는 사실이 밖으로 새나가지 못하게 함구령을 내린 게 틀림없었다.

카를 섬기는 사제가 넌지시 말했다.

"이케르 전하가 암살당했다는 소문이 돌고 있던데요."

베가가 나섰다.

"그런 터무니없는 말을 하다니! 정신 나간 소문에 귀 기울이지 마시오."

"주둔군 지휘관도 목 졸려 죽었다면서요?"

"아마 누군가하고 주먹다짐을 벌이다가 그랬겠지요."

"그럼 군인들은 왜 사방에 깔려 있는 겁니까? 경계도 강화되고…… 뭔가 위급한 일이 생긴 게 분명합니다!"

탁발 사제가 들어왔다. 사제들은 입을 다물고 조용히 노사제의 말을 기다렸다.

노사제의 얼굴은 갑자기 늙어버린 듯 깊은 주름살이 도드라져 보였다. 타고난 위엄 있는 태도에는 깊은 슬픔이 배어 있었다. 무사태평한 사람들조차 사태의 심각성을 눈치 챌 정도였다.

탁발 사제가 재앙을 알렸다.

"이케르 전하가 세상을 떠나셨소. 하지만 코이악 달에 있을 신비제의 준비는 계속해나갈 것이오."

카의 종복 사제가 물었다.

"어떻게 돌아가셨습니까? 혹시 암살당한 건가요?"

"살해당하셨소."

땅이 무너져 내리는 듯한 충격에 다들 넋을 잃었다. 베가조차도 새삼 그 충격이 느껴질 정도였다.

"범인들은 잡혔습니까?"

"아직 잡지 못했소."

"누가 저지른 짓인지는 밝혀진 건가요?"

"아직 모르오."

"이미 아비도스를 빠져나갔다고 보십니까?"

"아니오, 아직 여기 남아 있는 게 분명하오."

카의 종복 사제가 불안에 찬 얼굴로 중얼거렸다.

"그렇다면 우리 모두가 위험하군요!"

지성소에서 신의 계시를 읽는 일을 맡은 사제가 거들었다.

"주둔군 지휘관은요? 그도 살해당한 겁니까?"

"그렇소."

"그건 다른 자들의 소행인가요?"

"잘 모르겠소. 수사가 시작되었으니 곧 밝혀질 거요. 폐하께서 사제 여러분의 안전을 지키기 위해 필요한 조치를 취하셨소. 아비도스의 법을 지키고, 맡은 제의를 충실히 수행합시다. 이것이 이케르 전하를 추모하는 가장 좋은 방법이오."

베가가 노사제의 말을 자르며 물었다.

"가엾은 이시스 여사제님이 보이지 않는군요. 아비도스를 떠난 겁니까?"

"이시스 님은 상심이 너무 커서 맡은 임무를 수행할 수 없다고 하오. 네프티스 여사제가 대신 여사제단을 이끌게 될 거요."

베가는 쾌재를 불렀다. 이케르는 죽고 이시스는 물러난 것이다! 이 두 사람은 수천의 병사보다 더 위험한 인물이었다. 이 여인을 제거하고 싶어서 얼마나 오랫동안 안달해왔던가!

탁발 사제의 탄식이 이어졌다.

"우리에게 닥친 불행은 이게 아니오. 어떤 불경한 자가 오시리스의 무덤을 짓밟고, 신의 체액이 담긴 단지를 훔쳐갔소."

카의 종복 사제가 곧 쓰러질 듯 휘청거리면서 중얼거렸다.

"그런 재앙이 닥치다니, 이젠 아비도스도 종말을 맞게 되겠군요."

탁발 사제가 엄격한 어조로 대꾸했다.

"다시 말하지만 우리는 평소대로 의무를 다해야 하오."

"무슨 희망으로 말입니까?"

"맡은 일을 수행하는 데 꼭 희망이 있어야 하는 건 아니오. 제의란 그 어떤 상황에서도 이어져야 하오. 우리를 통해, 그리고 우리를 넘어 이후까지도 말이오."

종신 사제들은 근심으로 넋이 나간 표정이긴 했지만 각자의 자리로 되돌아갔다. 이들이 우선 처리해야 할 일은 임시 사제들에게 업무를 나눠주는 것이었다. 임시 사제들 역시 당황하고 불안해하기는 마찬가지였다. 아비도스에 닥친 재앙의 소식은 빠른 속도로 퍼져나갔다.


밤이었다. 비나는 예고자의 발을 주무르고 있었다. 어두컴컴한 이 작은 관사에 있는 시간만큼은 예고자도 비나의 차지였다. 비나는 언젠가 자신의 손으로 그 여사제를 없애버릴 작정이었다.

문간에 누군가의 그림자가 비쳤다. 비나는 칼을 잡아 쥔 채, 문으로 막 들어선 자의 앞을 가로막아 섰다.

"나 베가요!"

"한 걸음만 더 내디뎠다면 내 칼이 사제님 몸에 구멍을 냈을 거예요. 다음부턴 누구라는 걸 미리 말하세요."

"근처 사람들의 이목을 끌지 않으려고 그런 거요. 가까운 곳에 감찰대가 보초를 서고 있소. 위병과 보초병이 아비도스를 스물네 시간 감시하고 있어서, 아비도스로 들어오는 것도 나가는 것도 불가능하오."

비나가 대꾸했다.

"우린 비상 탈출로가 있어요."

"스합의 말로는 궁수들이 사막에 쫙 깔려 있어 그쪽으로도 갈 수 없다고 그럽디다."

구석에서 조용히 듣고 있던 예고자가 나직하게 말했다.

"걱정 마라. 탁발 사제가 모두에게 사실을 알렸는가?"

"그가 입을 다물고 있기엔 받은 충격이 너무 컸지요! 내일이면 이 엄청난 재앙에 대해 모르는 사람이 없을 겁니다. 종신 사제들은 다들 넋이 나갔고 오시리스 문명은 뿌리째 흔들리고 있습니다. 오시리스의 보호를 잃는다면 저들은 살아 있어도 죽은 거나 다름없습니다. 우리가 완전한 승리를 거둔 겁니다, 주인님! 이제 멤피스에 폭동과 유혈 사태가 일어나면 이곳 주둔군도 그리로 달려가지 않을 수 없을 거고, 그러면 이곳은 우리 차지가 될 겁니다."

"세소스트리스의 동태는 어떠한가?"

"그는 아비도스를 떠났습니다."

"어디로 간 것이냐?"

"모르겠습니다. 이시스도 슬픔에 잠겨 어디론가 떠났습니다."

"남편의 장례식에도 참석하지 않고 떠났단 말이냐?"

"시신을 서둘러 매장해버린 것 같습니다."

예고자가 혼잣말을 하듯 중얼거렸다.

"이집트인답지 않은데. 승리에 취해서 네 눈이 멀어버린 게 아니냐?"

"적은 지금 도망치는 꼴이니 얼빠진 짐승처럼 행동하는 게 당연하지요!"

"적어도 우리 눈에 그렇게 보이려고 애쓰는 건 틀림없군."

"적이 달아났다는 걸 의심하시는 이유가 뭡니까?"

"파라오는 네 그루 어린 아카시아나무에서 발산되는 힘의 방어벽을 복구했고, 수호 사자들의 눈을 다시 뜨게 했으며, 유골함 한가운데 다시 기둥을 꽂고 그 꼭대기를 가리개로 가려놓았어."

"그거야 우리를 교란하려는 거죠! 파라오는 오시리스의 머리를 무사히 지키고 있다는 걸 믿게 하고 싶은 겁니다."

"그 점에 관해 탁발 사제가 뭔가 말한 게 있느냐?"

"없습니다. 하지만 오시리스의 무덤이 침범당해 봉인 단지가 사라졌다는 사실은 털어놓더군요. 아비도스는 이제 오시리스가 발산하는 힘을 모조리 빼앗기고 말았습니다."

"어린 아카시아나무들은 여전히 생기를 발산하고 있다. 게다가 병사들까지 생명의 나무를 지키고 있으니 나무를 빠른 시일 내에 고사시키려던 계획이 어긋났어. 파라오가 우리와 맞서는 걸 포기했다면 이런 신중한 대비책을 세울 이유가 없지 않느냐?"

베가가 대답했다.

"단지 눈속임일 뿐이라니까요! 그는 멤피스의 혼란을 걱정해서 서둘러 거기로 돌아간 겁니다."

"사실 일의 순리를 따지자면 그래야겠지. 하지만 정신적 아들이 죽고 아비도스에 재앙이 닥치자 대책 없이 이곳을 떠난다는 건…… 아니야, 그라면 이런 식으로 행동할 리 없다."

그래도 베가는 파라오가 도망갔다고 믿고 싶은 눈치였다.

"멤피스를 지키는 일이 시급하니까 그런 거겠죠."

"오시리스를 구하는 게 더 중요하지. 그처럼 대담한 파라오가 할 일을 버리고 달아날 리 없다. 궁여지책으로나마 마법의 보호벽을 복구해서 생명의 나무를 지키려한 것만 봐도 그는 이 싸움을 계속할 생각이다. 쓸 수 있는 모든 무기를 동원하겠다는 의미지."

예고자의 눈이 붉게 달아올랐다. 확신하듯 그가 말했다.

"세소스트리스는 멤피스로 가지 않았다. 그의 진짜 의도가 무엇인지 궁금하군. 부두 관리들과 뱃사람들을 상대로 탐문해봐라."

"제가 그랬다가는 의심을 사게 될 겁니다!"

"네 충성심을 입증해 보여라!"

손바닥에 타는 듯한 통증이 밀려오자 베가는 더 항의하기를 단념했다.

비나가 물었다.

"이시스가 떠난 것도 뭔가 다른 꿍꿍이가 있는 게 아닐까요?"

예고자가 비나의 머리카락을 쓰다듬으며 대답했다.

"그깟 여자 하나가 나한테 무슨 위협이 되겠느냐?"

# 23

이집트의 각 주들은 우주의 형상을 지상에 투영시킨 모습이었다.
이 세상과 저 너머 세상이 결합하여 빚어내는 일치와 조화로움 덕분
에 이집트는 신들의 사랑을 받았다. 상하 이집트 이 두 개의 땅이 곧
오시리스의 육신이었으므로, 파라오는 이집트를 하나로 단단히 묶음
으로써 오시리스의 부활을 실현하려 했던 것이다.

지방 주들은 저마다 여러 성물을 보유하고 있었다. 그중에서 특히
중요한 것은 오시리스 유체 조각으로, 각 주는 이 신성한 유체들을
정성스럽게 감추어 보관했다. 이시스는 『토트의 서』를 통해 이 신성
한 유체 가운데 특히 열네 개의 유체가 중요하다는 사실을 알아냈다.
이것들만 있으면 온전한 미라를 만들어 이케르의 죽음을 그 안에 담
아 넣을 수 있었다. 하지만 이시스가 가야 할 길은 험난했다. 두려운
적들이 그녀의 앞길을 가로막고 있었다.

그녀가 가장 먼저 가야 할 곳은 엘레판티네였다.

엘레판티네는 부드러운 햇살에 잠겨 있었다. 나일 강의 제1폭포가
있는 이 도시는 이집트의 남쪽 경계선이었다. 튼튼한 요새와 벽돌로

쌓아올린 벽은 통행과 교역의 안전을 보장했고, 이곳에서 이루어지는 활발한 상거래는 누비아가 번영할 수 있는 토대가 되었다.

이시스는 주 총독 사렌푸트의 궁정으로 갔다.

사렌푸트가 모습을 나타냈다. 그가 엄숙하고 진지한 태도로 말했다.

"아비도스의 수석 여사제님을 맞이하게 되어 영광입니다. 몸소 이렇게 찾아주시니 이보다 더 값진 선물이 어디 있겠습니까?"

이시스는 코앞에 닥친 비극적 상황에 대해 숨김없이 털어놓았다.

사렌푸트는 마음을 진정시키기 힘든지 독한 포도주를 가져오게 해서 벌컥벌컥 들이켰다.

"이 나라가 무너질 위기에 처하다니! 그 사악한 적과 맞서 싸우려면 어떻게 해야 하겠소이까?"

"새로운 오시리스가 탄생하도록 해야 합니다. 그래서 엘레판티네가 보유하고 있는 오시리스의 유체 조각이 필요합니다. 제게 그걸 넘겨주시겠습니까?"

이시스는 사렌푸트가 어떤 반응을 보일지 몰라 긴장했다. 그러나 사렌푸트는 조금도 망설이지 않고 시원하게 대답했다.

"지금 갑시다. 내가 신성한 유체가 있는 곳으로 안내해드리겠소."

이시스는 사렌푸트가 아끼는 나룻배에 올랐다. 사렌푸트는 자신이 직접 노를 잡고 힘차게 저어 갔다.

오시리스의 신성한 섬이 보이자 이시스는 지난 기억이 떠올랐다. 그녀가 나일 강의 범람을 위해 목숨을 내던졌던 때 말이다. 그때 이케르는 물속에 잠긴 그녀를 구해 지상으로 데려왔다. 이번에는 그녀가 그를 완전한 소멸로부터 구해내려 하고 있었다.

사렌푸트는 '그의 주인이 쉬는 동굴' 입구를 가려 보호하는 바위

가까이 나룻배를 댔다. 매 한 마리와 독수리 한 마리가 각각 아카시아나무와 대추나무 꼭대기에 올라앉아 섬에 오르는 두 사람을 지켜보고 있었다.

사렌푸트가 말했다.

"저 매와 독수리보다 더 훌륭한 감시자는 없소이다. 누군가 동굴을 침입하려 한 적이 있었는데, 저 두 맹금이 그냥 놓아두지 않았지요. 맹금에게 당한 침입자의 시신을 보자 호기심 많은 자들도 슬금슬금 뒷걸음치더이다. 그다음부턴 아무 사고도 일어나지 않았지요. 지금부턴 여사제님 혼자 해내셔야 하오. 나는 여기서 기다리겠소."

이시스는 샘물 소리가 들려오는 동굴 속 좁은 돌길을 따라갔다. 낯선 장소인 데다 사방이 물기에 젖어 축축하고 공기도 희박했지만 앞으로 내딛는 그녀의 발걸음에는 망설임이 없었다.

길이 넓어지더니 빛줄기 하나가 동굴 깊은 곳에서 비쳐 나왔다. 나일의 수호신이며 풍요한 범람의 힘인 하피가 머무는 곳이었다. 이시스는 제대로 찾아왔다는 사실에 안도하며 울퉁불퉁한 돌길을 밟아나갔다. 그녀가 도달한 곳은 푸른빛에 감싸인 넓은 동굴 한복판이었다.

눈앞에 아비도스의 상징 부적과 똑같은 상징물이 놓여 있었다. 그녀가 기둥 꼭대기의 가리개를 걷어올렸다. 거기엔 금과 은, 귀한 돌로 만들어진 오시리스의 두 발이 있었다.

사렌푸트가 말을 꺼내기 거북한 듯 입을 열었다.

"이런 이야기를 하게 되어 유감인데, 몇몇 주 총독들과 대사제들은 여사제님을 도우려 하지 않을 겁니다. 여사제님을 호위하는 병사들이 따라온 건 알지만, 상대에 따라서는 그 호위대가 전혀 힘을 쓸 수 없을지도 모른다는 말입니다."

"어떻게 하면 좋겠습니까?"

"내가 여사제님을 호위하겠소이다. 전투선 한 척과 정예병 일개 연대면 역심을 품은 자들을 제압해서 고분고분하게 만들 수 있습니다."

이시스는 이처럼 귀중한 도움을 거절할 수 없었다.

사렌푸트가 말했다.

"문제는 남풍이 불지 않는다는 겁니다. 강물의 흐름을 타야 할 텐데, 이럴 경우 아무리 열심히 노를 저어도 빠른 속도로 갈 수는 없을 거요."

"제가 대책을 마련해보겠습니다."

뱃머리에 오른 이시스는 마법 왕홀을 들어올려 나일 강의 제1폭포를 겨누었다.

강한 바람이 일었다. 두 척의 배는 상이집트 두번째 주 '호루스의 왕관'의 주도인 에드푸를 향해 쏜살같이 미끄러져 나아갔다.


매 한 마리가 뱃머리 위를 맴돌고 있었다.

이시스가 지시했다.

"저 매를 따라가자."

매는 두 척의 배를 에드푸의 제1부두에서 멀찍이 떨어진 곳으로 데려갔다.

어느 포도밭 상공을 크게 맴돌던 매가 한 아카시아나무 꼭대기에 내려앉았다.

이시스가 말했다.

"저기 배를 댑시다."

선원들은 미심쩍어하면서도 빠르고 민첩한 솜씨로 배를 정박시켰다. 배다리를 놓자 궁수들이 먼저 뭍에 내려 경계태세를 취했다.

주위는 평온해 보였다.

사렌푸트가 나섰다.

"이런 곳에 오시리스의 신성한 유체가 있을 리 없소이다. 이 '호루스의 왕관' 주는 품질 좋은 포도주가 생산되는 고장이오. 나도 이곳 포도주를 많이 사들이는 편이고, 이제까지 그 맛에 실망한 적이 없었지요."

일행이 배를 댄 포도밭은 담장으로 둘러싸여 있었다. 열두 종류의 포도나무 모종이 있는 이 포도밭에는 군데군데 대추야자나무도 어우러져 있었다.

일꾼들이 늦은 포도 수확을 막 끝낸 참이었다. 이시스와 사렌푸트는 큰 압착기가 있는 곳으로 다가갔다.

일꾼들이 굵은 포도송이를 날라 와서 큰 통에 부으면, 기다리던 사람들이 노래를 부르며 포도송이들을 발로 밟아 으깼다. 통에 낸 여러 개의 구멍으로 흘러나와 모인 포도즙은 뚜껑 없는 진흙 항아리 안에서 이삼 일 발효 과정을 거쳐야 했다. 양조 기술자들이 본격적으로 작업하는 건 그다음이었다. 이들은 우선 일차 발효시킨 포도즙을 형태가 다른 항아리에 옮겨 담는 일부터 시작했다.

보조 일꾼들이 남은 포도 껍질과 씨앗을 모아 자루에 넣고 힘껏 비틀어 달콤한 과즙을 마지막 한 방울까지 모두 짜냈다.

얼근히 취한 얼굴의 사내 하나가 막 짜낸 포도즙을 권했다.

"좀 드시겠습니까?"

사렌푸트가 흔쾌히 대답했다.

"그거 좋지."

포도밭 주인이 앞으로 나섰다.

"왜 병사들을 데리고 오신 겁니까? 저는 세금을 꼬박꼬박 내고 있는데요."

"불안해할 것 없네. 자네한테 잘못이 있어서 온 게 아냐."

이시스가 물었다.

"포도주의 진짜 이름이 무엇인지 아십니까?"

포도밭 주인이 놀란 듯 눈을 둥그렇게 떴다.

"그런 것을 묻는 걸 보니 당신은……"

"아비도스 사제단에 소속된 사람입니다."

"진짜 이름은 오시리스지요. 오시리스는 빵이자 포도주입니다. 신성한 힘 오시리스는 우리가 먹는 음식물로 스스로를 구현하니까요. 포도를 눌러 짜는 건 죽음에 이르는 과정이고, 이 죽음의 시련을 통해 포도는 부패하는 것과 부패하지 않는 것으로 분리되지요. 그런 다음 우리는 오시리스를 마시게 됩니다. 포도주는 불멸로 인도하는 길을 우리에게 열어주지요. 오늘 수확의 날을 맞아 우리는 고인에게 뛰어난 포도주를 바칠 수 있게 되었습니다."

"포도주 말고 또 어떤 봉헌물을 준비했습니까?"

"저는 호루스 신 사제들의 행렬을 기다리고 있습니다. 그들이 제게 필요한 걸 가져다주거든요."

사렌푸트는 느긋하게 포도주를 맛보고 싶었지만 그럴 겨를이 없었다. 호루스 신의 사제들이 곧 도착했던 것이다. 눈매가 날카로운 노인이 행렬의 선두에 서 있었다. 그의 뒤를 따르는 사제들은 여러 개의 단지와 직물, 꽃을 들고 있었다. 행렬 한가운데 나룻배가 보였다.

선두의 노인은 에드푸의 대사제였다. 이시스가 대사제에게 자신의 직분을 밝혔다.

"아비도스의 수석 여사제를 뵙게 되다니, 큰 영광입니다! 오늘 밤 올릴 제의에 참석해주시겠습니까? 횃불을 밝히고 최고의 포도주를 바친 후 고인을 기리는 향연을 열 예정입니다."

"저 나룻배는 많이 보던 거군요."

"오시리스 나룻배를 본떠 만든 것이니까요. 저 나룻배는 흩어진 조각을 다시 짜 맞춘 신성한 육신을 상징하지요. 우리는 저 배를 숭배합니다. 저 나룻배 덕분에 우리 신전에는 죽음이 침범하지 못하니 말입니다. 저 배를 제단에 내려놓을 때 보호 주문을 외어주시겠습니까?"

"죄송합니다만 제게는 다른 임무가 있습니다. 이것은 신비를 담는 바구니입니다. 흩어진 것이 이 바구니 안에서 다시 모여야 하지요. 이 지방에 오시리스의 가슴이 있다는 걸 압니다. 신의 육신을 온전히 모을 수 있도록 그 신성한 유체 조각을 저에게 주시겠습니까?"

에드푸의 대사제는 긴 세월을 살아오며 온갖 일을 겪은 터라 그 어떤 무례한 말에도 단련이 되어 있다고 믿었다. 하지만 이번에는 그도 너무 어이가 없어 입만 쩍 벌릴 뿐이었다.

"이집트의 존망이 걸린 일입니다."

"그 신성한 유체는 우리 겁니다!"

"상황이 상황인 만큼 그 유체는 일시적으로라도 아비도스에 되돌아가야 합니다."

"다른 사제들의 생각을 물어봐야겠습니다."

봉헌물을 날라 온 행렬에는 전령 일을 하는 사내가 하나 섞여 있었

245

다. 메데스의 쾌속선이 파라오의 칙령을 가져오면 그 배에 올라가 칙령을 받아 전달하는 게 그의 임무였다. 하지만 그는 칙령만 받아오는 게 아니라 에드푸 주에서 끌어 모은 여러 정보를 선장들에게 넘겨주고 자신의 수입을 늘리곤 했다.

평화로운 의식이 치러져야 할 이 포도밭의 분위기가 어쩐지 심상찮은 걸 본 전령은 뭔가 벌이가 될 일이 생겼다는 걸 알아차렸다.

궁수들이 한눈을 판 틈을 타서 그는 포도밭 일꾼들 틈에 끼어 포도즙을 함께 마시는 척했다. 일꾼들은 평소 잘 웃고 떠드는 사람들이었지만, 다들 어쩐지 찌푸린 얼굴이었다.

전령이 말을 붙였다.

"못 보던 사람들이 찾아왔던데."

영악해 보이는 일꾼이 대답했다.

"높으신 양반들이야. 저런 사람들은 건드리지 않는 게 상책이지. 우리 형이 알려준 건데, 저기 있는 사람이 사렌푸트 총독이래. 보통 때는 우리 포도밭에 화물선을 보내 포도주 단지들을 실어 가곤 하지. 그런데 오늘은 전투선을 끌고 왔거든! 어쩐지 느낌이 안 좋아."

"저 기막히게 예쁜 여자는 누구야?"

"아비도스의 여사제라는군. 누가 그러는데, 글쎄 수석 여사제래. 하지만 절대 아는 척해서는 안 돼! 무슨 소린지 알겠어? 뭔지는 모르지만 아주 심각한 일이 생긴 거라고."

전령은 군침을 삼켰다. 이 정보면 얼마만큼 주머니를 불릴 수 있을까? 꽤 값이 나갈 게 분명했다! 야무지게 흥정을 해서 최대한 많이 받아내고야 말리라.

다른 일꾼들하고도 이야기를 나눠본 결과 첫번째 일꾼한테서 들은 말은 사실이 분명했다. 더이상 미적거릴 필요가 없었다.

사내는 슬며시 뒤로 빠져서 포도밭을 벗어나 강을 향해 내달았다. 강둑을 따라 부두까지 갈 생각이었다. 부두에 메데스의 전령선 한 척이 정박해 있었던 것이다. 흥정에 시간이 걸리더라도 제값을 쳐주기 전에 성급히 정보를 넘겨줄 마음은 없었다.

이시스 일행을 안내했던 매가 하늘로 다시 날아올랐다. 강둑을 따라 달려가던 전령은 머리털을 쭈뼛 서게 하는 기이한 울음소리를 듣고 발을 멈췄다.

사내는 숨이 차서 헐떡이면서도 소리가 들려온 위쪽을 향해 눈을 들었다. 햇빛에 눈이 부셔 그는 자신을 향해 달려들고 있는 게 무엇인지 알아볼 수 없었다. 돌덩이 같은 것이 엄청난 속도로 내리꽂혔다.

단숨에 머리에 구멍이 난 사내는 무너지듯 땅바닥에 처박혀 숨이 끊어졌다.

호루스의 매는 이시스를 지키는 임무를 완수한 뒤 아카시아나무 꼭대기에 다시 내려앉았다.


사렌푸트가 말했다.

"말로 아무리 설득해봤자 소용없소이다. 계속 같은 소리만 늘어놓는 자들 아니오? 내가 저들에게 뜨거운 맛을 좀 보여주리다. 그러면 신성한 유체를 내놓을 거요."

이시스가 말렸다.

"더 기다려보는 게 좋겠습니다. 저 대사제도 상황의 심각성을 이해하게 될 겁니다."

"여사제님은 인정이 너무 많아서 탈이외다! 저자들이 모여서 하는 거라곤 그저 중구난방으로 떠들어대는 것뿐이오. 저들의 결정을 기다려줄 필요가 없단 말입니다."

눈매가 날카로운 대사제가 마침내 이시스에게로 왔다.

"따라오시겠습니까?"

에드푸의 대사제는 그녀를 데리고 오시리스 나룻배가 놓인 곳으로 갔다. 그가 배를 거꾸로 뒤집자 바닥에 무화과나무 함이 나타났다. 대사제가 함을 열어 진귀한 보석들로 만들어진 오시리스의 가슴을 꺼냈다.

"에드푸의 사제단이 만장일치로 결정했습니다. 값을 헤아릴 수 없는 이 보물을 여사제님께 드리기로 말입니다. 이 보물을 최선의 방식으로 활용해서 이집트를 불행에서 구해주시기 바랍니다."

# 24

제아무리 뛰어난 관상가라도 그가 세카리인 줄은 알아차리지 못했을 것이다. 수염을 덥수룩하게 기르고 머리카락과 눈썹은 회색으로 물들인 데다 등을 구부정하게 구부린 그의 모습은 영락없이 지친 노인네였다. 이 노인은 굼뜨고 고집이 세 보이는 당나귀 등에 조악한 도기들을 실어놓고는 하나라도 팔아보려고 애쓰고 있었다. 당나귀 옆에는 혀를 축 늘어뜨리고 헐떡거리는 개 한 마리가 앉아 있었다.

세카리의 계산은 간단했다. 곱슬머리 사내와 그와 함께 있던 퉁명스러운 사내는 여전히 같은 구역에 숨어 있을 것이다. 이미 한 번 탄로났던 곳이기 때문에 감찰대가 불시에 들이닥칠 일도 없고 가택수색도 당하지 않을 이런 안전한 은신처를 그들이 그냥 버려둘 리 없었다.

힘없고 지쳐 보이는 이 노인은 이제 이 구역 주민들에게 낯익은 사람이었다. 노인은 자신의 옹색한 도기를 팔아 근근이 먹고살기만도 바쁘다는 듯, 행인들을 붙잡고 뭔가 물어보는 일도 없었다. 행인들은 노인에게 빵과 채소를 주었고, 노인은 그걸 당나귀와 개와 함께 나눠 먹곤 했다.

밤이 되자 세카리는 잠을 청했다.

그날따라 상겡이 가만있지 않고 앞발을 세카리의 머리 위에 올려놓았다.

"잠 좀 자게 내버려둬."

그래도 상겡이 발을 치우지 않자 세카리가 눈을 떴다. 몇 걸음 떨어진 곳에서 어떤 남자가 한 행상에게서 대추야자를 사서 으적으적 먹는 게 보였다. 그 곱슬머리 사내였다.

이번엔 절대 놓칠 수 없었다.

곱슬머리 사내는 입 안 가득 대추야자를 우물거리면서 어디론가 가기 시작했다. 세카리도 몸을 일으켜 사내를 따라갔다.

사내는 그리 멀리 가지는 않았다. 냄새를 쫓던 북풍이 어느 아담한 삼층집 앞에서 딱 멈춰 섰다. 세카리가 안을 기웃거리자 사나운 여자가 나와서 고함을 질러댔다.

"썩 꺼져, 이 더러운 놈! 게으름뱅이라면 아주 지긋지긋해."

"단지 좀 사세요. 한 개 가격에 두 개를 드립지요."

"단지들 꼴하고는! 꺼져, 감찰관을 부르기 전에 말이야."

세카리는 구시렁거리며 물러나는 척했다. 곱슬머리 사내는 분명 저 집 안에 있었다. 이미 몇 번이나 수색을 벌였던 곳이었다.

비밀 조직원들이 이 구역에 숨어 있을 거라는 세카리의 추측이 맞았던 것이다.

세카리는 여기저기 숨어 망보는 자들을 민첩한 몸놀림으로 따돌리고, 마치 그림자처럼 어둠 속으로 스며들어 총리 관저로 향했다.

한밤중인데도 소백은 집무실을 떠나지 않고 있었다. 처리해야 할 업무가 산더미 같았던 것이다.

험담꾼들의 예상과는 반대로 소벡은 빠르게 총리 업무를 익혀나갔다. 세난크흐의 도움이 소벡에게 큰 힘이 되어주었다. 소벡은 어려운 일이 있을 때마다 수시로 그에게 자문을 청하곤 했다.

멤피스의 안전은 여전히 그의 최대 관심사였다. 그는 사방에 풀어놓은 비밀 요원들이 쓸 만한 정보를 갖고 오기를 기다렸다.

세카리는 늘 그렇듯 소리 없이 모습을 나타내서 소벡을 놀라게 했다.

총리가 일그러진 얼굴로 몸을 일으키며 말했다.

"자네에게 알려야 할 일이……"

세카리가 총리의 말을 잘랐다.

"제 말을 먼저 들어보세요. 지금 막 폭력 분자들의 소굴 한 곳을 찾아냈습니다."

두 사람은 즉시 멤피스 지도를 펼쳤다. 소벡이 감찰대 총수로 있을 때 제작한 지도였다. 세카리가 집게손가락으로 비밀 조직원의 은거지 위치를 짚었다.

소벡이 고개를 가로저으며 말했다.

"이 동네는 열 번도 더 수색해본 곳이야! 그렇지만 아무것도 안 나왔단 말일세."

"당연하죠. 이번에도 아무것도 안 나올 게 분명하니까요."

"그런데도 이곳을 지목한 이유가 뭔가?"

"우리가 순진하고 눈이 먼 것을 이용해 그 곱슬머리 녀석이 여기에 숨어 있기 때문이에요."

"무슨 말인지 모르겠군. 좀 자세히 설명해보게. 난 지금 수수께끼

놀이를 할 기분이 아니야."

"안이 아니라 밑이란 말입니다."

소벡이 주먹으로 지도를 내리쳤다.

"땅속! 지하에 굴을 파놓고 거기 쥐새끼들처럼 웅크리고 있는 것이로군. 자네 말이 맞아. 그래서 우리가 찾아내지 못했던 거야!"

"지금 즉시 출동하죠. 그들의 몸통은 아니더라도 가지 하나는 손봐줄 수 있을 겁니다."

"아직은 아니네! 나는 지금 공식적으로 병중이고 네스몬투 장군은 죽은 걸로 되어 있어. 그러니 조만간 적들로부터 아주 흥미로운 반응을 끌어낼 수 있을 걸세. 비밀 조직의 몸통이 드러나면 그때 움직이도록 하세. 난 한 번의 일격으로 놈들을 일망타진하고 싶어."

"그 작전은 위험부담이 너무 큽니다."

소벡의 얼굴이 갑자기 어두워졌다.

"일을 잘해주었네, 세카리. 향연이라도 열어주고 싶지만 자네에게 알려야 할 소식이 있네. 몹시 불행한 소식이지."

소벡은 목이 메는지 간신히 말을 이었다.

"이케르 왕세자가 세상을 떠났다는군."

"네? 방금 뭐라 그러셨죠? 확실한 소식입니까?"

"불행히도 그래. 이번엔 그도 운명의 횡포를 피하지 못했어."

세카리는 무너지듯 털썩 주저앉았다. 친구이자 형제이며 죽을 고비를 함께 넘겨왔던 그를 잃었다는 사실이 견딜 수 없는 고통을 안겨주었다.

"대체 어떻게?"

"살해당했다고 하네."

"아비도스에서 말인가요? 그럴 수가!"

"파라오께서 알려주신 바로는 예고자의 소행이라더군."

고통에 경악이 겹쳤다.

"예고자가 오시리스의 신성한 영지를 더럽혔단 말입니까?"

"자네에게 멤피스를 떠나 이시스 여사제와 합류하라는 파라오의 명이 내려졌네. 지금 이시스 여사제는 남쪽에 가 있어. 그녀가 자네에게 상황을 설명해줄 걸세. 그녀에겐 자네의 도움이 꼭 필요해."

세카리는 모든 걸 그만두고 싶었다. 예고자와 그 사악한 일당을 쳐부순다는 게 불가능한 일처럼 느껴졌다.

소벡이 말했다.

"여기에서 포기해선 안 돼! 이케르가 그걸 용서치 않을 거야."

세카리는 맥이 빠져 움직이기조차 힘든 몸을 간신히 추슬러 일어났다.

"다시 뵙지 못하게 되어도 저를 위해 슬퍼해주실 필요는 없습니다. 적을 쳐부수지 못한다면 그런 운명을 맞는 게 당연한 일이니까요."


소벡은 잠을 이룰 수 없었다. 이케르 생각이 뇌리를 떠나지 않았다. 한없는 용기로 온갖 역경을 헤치고 공을 세워온 이케르가 아비도스에서 위험에 처하게 되리라고 어떻게 예상할 수 있었겠는가? 예고자가 감히 그 오시리스의 왕국을 침범할 거라곤 생각조차 못한 일이었다.

분노가 치밀어올랐다. 멤피스 방어군 전력을 동원해서 비밀 조직이 은거해 있는 그 구역을 쓸어버리고 싶었다. 그러고는 그 반란 분자들을 모조리 잡아들여 서서히, 아주 서서히 고통을 안기고 처형해버리는 것이다. 그러나 울분을 못 이겨 분별을 잃는다는 건 총리로서 해서는 안 될 일이었다. 이건 파라오의 다른 신하들도 마찬가지였다. 예고자가 노리는 게 바로 이것이었기 때문이다. 예고자는 상대방이 흥분해서 빈틈을 보이기를 기다리고 있었다.

이케르의 죽음은 이집트로서는 엄청난 손실이었다. 이케르는 최고의 소임을 맡기기 위해 이집트가 오랫동안 기다려온 사람이었다. 그런 사람을 잃었으니 악과 맞서 싸우려는 이집트로선 치명타였다. 하지만 소벡은 결코 포기하지 않고 끝까지 싸우리라 다짐했다.

예고자의 무리가 멤피스를 침범한다 해도 수호자 소벡은 결코 길을 내주지 않을 것이다,

네스몬투 장군은 우리에 갇힌 사자처럼 방 안을 빙빙 돌고 있었다. 하지만 얼마 전 장례식을 올린 만큼 사람들이 놀라 자빠지는 불상사를 막으려면 이곳에 숨어 지내는 수밖에 없었다. 가택 연금 명령을 받고 판결을 기다리는 세호테프의 집만큼 숨기에 안전한 데가 어디 있겠는가?

네스몬투와 세호테프, 이 두 사람에겐 상황의 심각함을 잠시 잊을 수 있는 화제가 적어도 두 가지는 있었다. 자신들이 치른 통과의례와 아비도스였다. 장군이 말했다.

"호사스러운 음식을 먹다보니 병영 식사를 잊어버리고 말겠어. 이러다간 사람이 물러지기 십상이야! 어서 빨리 적들과 맞서 싸우고 싶구먼. 그러자면 우선 반란 분자들이 내 사망 소식을 자기네 조직 내에 빠짐없이 돌려야 할 텐데!"

"안심하세요. 그들의 정보망이 치밀하다는 건 이미 아는 사실이니

까요."

네스몬투가 세호테프의 얼굴을 유심히 들여다보며 말했다.

"풀이 죽었군! 식욕도 없고, 웃지도 않고…… 여인네들이 그리운 건가?"

"전 처형당할 겁니다."

"아무 말이나 함부로 하는 게 아닐세!"

"이미 판결은 내려졌어요. 장군도 소벡이 어떤 사람인지 아시잖습니까. 그는 법대로 할 거고, 그것이 잘못이라고 할 수도 없어요."

"파라오께서 자네를 처형하게 내버려두시진 않아!"

"폐하라 해도 마아트의 법을 좌우할 순 없어요. 폐하는 지상에서 마아트를 대리하는 분이에요. 그리고 총리는 폐하를 대신하여 그 법을 집행하는 사람이고요. 유죄판결을 받는 이상 처형당하는 건 당연합니다."

"너무 앞서가지 말게!"

"마지막 시간이 다가오고 있다는 게 느껴집니다. 죽는 게 두려운 건 아니지만 그런 식으로 끝난다는 건, 누명을 쓰고, 이름을 더럽힌 채 비문 하나 얻지 못하고 죽는 건…… 그건 도저히 참을 수 없어요. 그런 치욕을 당하기 전에 스스로 목숨을 끊는 게 낫지 않을까요?"

늘 재기로 반짝이던 세호테프가 이처럼 크나큰 절망감에 사로잡혀 있는 모습을 본 네스몬투가 세호테프를 위로했다.

"자네의 무죄를 입증하기가 어렵다는 건 인정하네! 하지만 우린 도저히 넘을 수 없을 것 같던 장애물들을 헤쳐오지 않았는가? 우린 열세에 몰려 있으니 적의 힘을 역이용할 방법을 모색해봐야 해. 함께 묘책을 찾아보세나! 총리의 재판정은 진실을 요구하네. 그리고 이 진실은 우리가 가지고 있어. 확실한 무기만 있다면 승리는 우리 것이야."

세호테프의 얼굴에 희미한 미소가 떠올랐다.

"말씀을 듣고 보니 기운이 날 것도 같은데요."

"뭐라고? 기운이 난 게 아니라 날 것도 같다니, 이건 모욕이야! 이 포도주를 마시면 용서해주지. 이건 맛을 음미하면서 마셔야 되는 특등품 포도주일세."

세호테프 저택의 경비를 맡은 감찰대 장교가 들어와 세난크흐가 찾아왔다고 알렸다.

세난크흐의 얼굴은 평소의 인자함을 잃고 침울하게 일그러져 있었다. 그는 황금원으로 맺어진 자신의 두 형제를 마치 처음 보는 사람처럼 바라보며 중얼거렸다.

"세호테프, 네스몬투 장군……"

장군이 말을 받았다.

"무슨 일이 있는 건가?"

"조금 전 소벡 총리를 만나고 오는 길입니다."

세호테프가 나섰다.

"내 죄를 입증하는 다른 증거들이 나온 건가요?"

"아니, 이케르 전하와 아비도스에 관한 소식이야. 불행한 일이 일어났어. 너무 엄청난 불행이……"

"말을 해보게!"

네스몬투가 재촉했다.

"이케르 왕세자가 살해당하고 아비도스는 적의 발에 짓밟혔답니다. 예고자가 이긴 겁니다."

세카리와 북풍, 상갱은 동이 터올 때까지 멤피스의 거리를 헤매고 다녔다. 머리끝까지 무장한 반란 분자 한 부대가 앞으로 지나갔다 해도 알아차리지 못했을 만큼 세카리는 넋을 놓은 모습이었다. 슬픔에 짓눌려 발길 닿는 대로 무작정 걷고 또 걷는 그의 눈길이 멍하게 흔들렸다.

북풍과 상갱은 세카리에게서 잠시도 떨어지지 않고 거의 몸을 붙이다시피 하고 걸었다. 세카리의 비통한 심정을 알아차린 둘은 자신들의 방식대로 그 이유를 묻고 있었다. 결국엔 말해줄 수밖에 없다는 걸 알면서도 세카리는 입이 떨어지지 않았다. 그의 머릿속에 이케르와 함께 겪었던 일들이 하나하나 스쳐갔다.

세카리는 꺾어지듯 다리를 휘청거리다가 한 축대 발치에 주저앉았다. 북풍과 상갱이 그의 앞에 섰다.

"너희한테도 알려줘야겠지…… 진실을 말이야. 하지만 차마 입이 떨어지지 않는구나. 무슨 일인지 알겠니?"

북풍과 상갱이 사실을 알아차리는 데는 세카리의 목소리만으로도 충분했다. 당나귀와 몰로스 개가 가슴을 에는 세찬 울음을 한꺼번에 토해내는 바람에 잠들어 있던 동네 사람들이 놀라서 벌떡 일어났다.

그중 한 사람이 투덜거리며 집 밖으로 나왔다가 기이한 장면을 보았다. 한 남자가 당나귀와 개의 목을 끌어안고 뜨거운 눈물을 펑펑 흘리고 있었던 것이다.

"언제까지 울 거야? 난 일찍 일하러 나가야 해. 그러니 좀 자둬야 한단 말이야."

"조용히 해, 이 양반아. 당신의 잠을 지키기 위해 목숨을 내놓은 한 영웅의 명복이나 빌란 말이야!"

# 25

　전투선이 도착하자 부두가 술렁거렸다. 이시스 일행이 찾아온 곳은 뱀의 여신 와드제트와 독수리의 여신 네크베트가 지켜주는 상이집트 세번째 주 에르*의 주도 네켄이었다. 아주 오래된 도시인 이곳은 왕위 계승자의 보호와 연관된 신성한 땅이었다.

　사렌푸트는 이 지방 총독과 친분이 있었다. 두 사람이 서로를 가볍게 끌어안고 인사를 나누었다.

　"전투가 있는 겁니까?"

　"아비도스의 수석 여사제께서 이곳 총독에게 도움을 청하시려는 거요."

　에르 주의 총독이 이시스의 아름답고 고결한 모습에 감탄하며 허리를 굽혔다.

　"무엇이든 도와드릴 테니 말씀해주십시오!"

　이시스는 알 수 없는 불길함을 느꼈다. 가까운 곳에 어둠의 힘이

_____

\* '마당'이라는 의미.(옮긴이)

배회하고 있었다.

"최근에 이 지방에서 나쁜 일이 있지는 않았는지요?"

"'붉은산'의 색이 걱정스러울 만큼 짙어지고 있습니다. 사제들이 불안한 마음에 아침저녁으로 제의를 올리며 네켄의 수호신들을 위로하는 주문을 외고 있지요. 그들의 보호가 없으면 이 지방은 메마른 땅이 될 테니까요."

"저는 오시리스의 신성한 유체를 찾기 위해 왔습니다. 오시리스의 목과 턱뼈입니다."

총독의 얼굴에 뚜렷한 적의가 떠올랐다.

"그 보물은 우리 주의 전통입니다. 어느 누구도 그걸 빼앗을 수는 없어요!"

이시스가 대답했다.

"아비도스를 구하려면 그것이 꼭 있어야 합니다. 목적을 이루고 나면 에르 주로 다시 가져오겠습니다."

"아비도스가 위험에 처했단 말입니까?"

"사활이 걸린 문제입니다."

이처럼 고귀하고 슬픔 가득한 모습을 한 여인이 거짓말을 할 리 없었다.

사렌푸트가 나섰다.

"조금 전 돕겠다고 말하지 않았소이까?"

"글쎄요, 그게⋯⋯"

"한번 말했으면 지켜야지요. 오시리스의 재판정에 서게 되었을 때 약속을 어긴 사람의 심장은 반드시 표가 나게 되어 있소이다."

총독은 마음이 흔들리는지 한걸음 물러섰다.

"'붉은산'의 진노가 심상찮아 네켄의 대사제가 신전에서 오시리스의 신성한 유체를 가지고 나왔습니다. 그것을 숨긴 장소를 아는 사람은 대사제와 나, 그리고 우두머리 대장장이뿐입니다."

사렌푸트가 반색을 하며 대답했다.

"그렇다면 총독께서 우리를 그리로 안내해주시면 되겠구면."

"먼저 알려드려야 할 게 있으니 수석 여사제님과 또……"

"그런 말씀은 나중에 하십시다. 우린 시간이 없습니다."

엘레판티네 궁수들의 호위를 받으며 세 사람은 큰 대장간으로 향했다. 쉰 명가량의 대장장이가 일하고 있었다.

대장장이들은 도가니를 얹어놓은 화로에 골풀 대롱을 풀무 삼아 계속 바람을 불어넣어 불의 열기를 유지하고 있었다. 이 대장장이들은 쇳물을 녹이기 위한 도가니 온도를 적절하게 맞출 줄 알았고, 금속이 녹는 융점을 본능적으로 감지했다.

우두머리 대장장이가 세 사람 앞으로 나섰다. 민머리에, 크고 건장한 체격을 가진 사람이었다.

"외부인은 이곳에 들어올 수 없습니다. 비법이 누출되어서는 안 되니까요. 총독님이라 해도 마찬가지입니다."

이시스가 물었다.

"아비도스의 여사제도 안 됩니까?"

대장장이의 입술이 일그러졌다.

이시스가 말했다.

"금속들은 그 순수성을 오시리스로부터 얻지요. 만약 신성한 빛이 금속 각각이 지닌 일관된 성질을 보존해주지 않으면 그것들은 가치를 잃고 말 겁니다."

260

"원하는 게 뭡니까?"

"당신이 맡아서 보관하고 있는 오시리스의 유체를 내어주십시오."

"그건……"

에르 주의 총독이 말했다.

"그렇게 하게."

우두머리 대장장이는 묘한 표정을 지었다.

"우리 대장장이들만이 이 대장간의 열기를 견딜 수 있고 이곳에서 일어나는 위험을 피할 방법을 압니다. 연약한 젊은 여인의 몸으로 그런 모험을 하는 건 말리고 싶습니다."

이시스가 간곡하게 부탁했다.

"안내해주세요."

불길한 예감을 느낀 사렌푸트가 앞으로 나섰다.

"나도 함께 가겠소이다."

대장장이가 단호하게 말했다.

"안 됩니다. 아비도스의 신비제의에 입문한 여사제만이 오시리스의 유체를 보고 만질 수 있습니다."

이시스는 자신이 그 자격을 갖추고 있음을 밝혔다.

대장간 안으로 들어서자 누구라도 뒷걸음질할 만큼 뜨거운 열기가 혹 끼쳐왔다. 하지만 불의 길을 통과한 이시스로서는 이 대장간의 열풍도 견딜 수 있었다.

우두머리 대장장이는 이시스가 그 자리에 있든 없든 상관없다는 듯 이곳저곳에 멈춰 서서 작업이 제대로 되고 있는지 살폈다. 금속 주형, 메와 모루로 사용되는 돌, 대롱 형태의 풀무, 집게 등의 연장이 문제없는지 검사하고, 벼린 금속의 두께를 재더니, 담금질을 책임진 대장장이를 불러 정신을 바짝 차리라고 호통을 치기도 했다. 그러고 는 직접 팔을 걷어붙이고 땜질한 금속 표면에 포도주 찌꺼기 태운 것 을 문질러 금속의 색을 되살리고, 금과 은, 구리를 섞어 시간이 흘러 도 변치 않는 합금을 만드는 작업을 마무리했다.

이시스는 조금도 힘든 기색을 보이지 않았고 조바심을 내지도 않 았다.

우두머리 대장장이가 그녀를 돌아보더니 놀란 척을 했다.

"아직 거기에 계셨습니까? 지금까지 버텨내다니 대단하군요! 여 자들이란 기껏해야 수다 떨고 징징 짜고 아양을 부리는 일이 전부인 줄 알았는데."

"그리고 또한 어리석다고 말하고 싶은가요? 여자들은 이곳에 들어 오면 우선 당신이 쳐놓는 장애물부터 넘어야 하겠군요."

우두머리 대장장이는 집게를 슬쩍 집어들었다. 집게 끝이 불에 벌 겋게 달아 있었다.

이시스가 그를 바라보며 말했다.

"그걸로 나를 한 대 치고 싶을 테지만, 당신은 그럴 용기가 없을 거 예요. 아비도스를 떠나더니 아주 저급한 사람이 되었군."

대장장이의 손이 흠칫 풀리며 집게가 바닥에 떨어졌다.

"그걸 어떻게 알고 계시오?"

"쇠를 다루는 당신의 기술은 오시리스 신전 임시 사제로 일하면서 배운 게 분명해요. 아비도스의 금 정련 기술자들이 당신에게 그 기술 을 가르쳐주었겠지요. 뜨거운 쇳물은 해의 형제입니다. 그러니 쇳물 을 다루는 일은 신들의 살을 만지는 일이지요. 다시 말해 소카르 신 으로 구현되는 신의 형상과 신성한 힘에 닿는 일이란 말입니다. 당신과 동료들이 만들어낸 불멸의 작품들이 영원한 빛에서 떨어져 나온 빛 조각들을 뿜어내게 되는 건 그런 이유입니다. 하지만 당신은 자신의 일이 얼마나 위대한 것인지를 잊고 마치 천박한 작은 폭군처럼 굴고 있군요."

대장장이가 눈길을 내려뜨렸다.

"한 여사제에게 혼인해달라고 청했다가 거절당한 적이 있었죠. 전 앞날이 아주 창창했는데 말입니다! 차라리 아비도스를 떠나는 게 낫겠다 싶어 제 고향으로 돌아온 겁니다. 여기선 모두 저를 인정해주니까요."

"만약 오시리스의 영지가 악에 의해 파괴당한다면 당신의 대장간 역시 무사하지 못할 겁니다."

"설마 그런 일이……"

"이렇게까지 말해도 믿지 못하겠단 말입니까?"

"알겠습니다. 신성한 유체를 넘겨드리겠습니다."

사내는 대장간 안쪽을 향해 갔다. 구석에 천장이 낮은 굴이 보였다. 아래로 뻗어 내려간 굴 깊숙한 곳에서 매운 연기가 피어오르고 있었다.

대장장이가 설명했다.

"화염이 이글거리는 구덩이입니다. 사람들이 이 지옥의 가마솥을 발견한 건 벌써 몇 백 년 전이지요. 저렇게 연기를 쏟아내다가도 때로는 입을 닫기도 합니다. 이곳 덕분에 이 대장간은 충분한 불을 얻을 수 있지요."

이시스는 굴 안의 무시무시한 정경을 들여다보았다. 부글거리며 올라오는 기포들이 유독가스를 내뿜었다.

대장장이가 갑자기 웃음을 띠며 말했다.

"신성한 유체를 숨기는 데 여기보다 더 좋은 장소가 어디 있겠어? 이 화염지옥이 오시리스의 그 유체 조각을 깨끗이 태워 없애주었을 텐데 말이야."

"어째서 그런 범죄를 저지른 것이오?"

"이 몸은 예고자님의 충성스러운 신도거든!"

대장장이가 이시스를 화염 구덩이에 밀어넣으려고 달려들었다.

사내의 뻗은 팔이 이시스의 몸에 막 닿으려는 순간 그의 발끝이 튀어나온 돌부리에 걸렸다. 휘청하며 중심을 잃은 그는 허공에 팔을 몇 번 내젓다가 구멍으로 굴러 떨어졌다.

사내의 머리가 끓어오르는 용암에 닿자마자 불꽃으로 변했다. 사내의 몸이 전부 타버리는 데는 몇 초도 걸리지 않았다.

이시스는 들고 있던 상아홀을 가슴에 꼭 끌어안았다. 조금 전 자신을 지켜준 것이 이 마법의 홀이라는 걸 알았던 것이다. 하지만 목숨을 구한들 무슨 소용인가, 꼭 있어야 할 신성한 유체가 타버리고 말았다는데?

이시스는 재가 된 유체나마 직접 확인해볼 생각에 뜨거운 거품이 부글거리는 굴 아래로 위험천만한 발걸음을 내디뎠다. 뜨거운 열기에도 불구하고 바위벽은 축축하고 미끄러웠다. 그녀는 정신을 모아 천천히 한발 한발 내려놓았다.

피어오르는 연기 때문에 잘 보이지는 않았지만 무엇인가 언뜻 눈에 잡혔다. 불꽃이 널름거리는 구덩이 가장자리에 턱뼈 형상의 돌덩이 두 개가 신성한 유체를 보호하듯 둘러싸고 있었다. 하지만 한 걸음만 더 아래로 내디디면 불꽃이 곧장 그녀를 삼킬 상황이었다. 이미 그녀의 얼굴은 붉게 달아올랐고, 그녀의 옷자락에는 불길이 옮겨 붙기 시작한 참이었다.

그녀는 낙심했지만, 다시 올라오는 수밖에 다른 도리가 없었다. 굴 위로 손을 뻗자마자 고함과 비명, 무기 부딪는 소리가 들려왔다. 전투가 벌어진 것이었다.

이시스는 가쁜 숨을 고르며 상황을 살펴보았다. 예고자를 따르는 십여 명의 대장장이가 동료 대장장이들을 공격해서 싸우다가, 사렌푸트의 병사들이 도우러 달려오자 힘에서 밀려 하나둘 쓰러지고 있었다.

상대를 제압한 사렌푸트가 소리쳤다.

"이거야 원, 정말 악마 같은 놈들이군! 죽을 만큼 부상을 입고도 계속 싸우겠다고 달려들다니."

궁수 한 사람이 외쳤다.

"조심하세요!"

단도를 움켜잡은 한 젊은 대장장이가 이시스를 등 뒤에서 막 덮치려는 찰나였다.

사렌푸트가 재빨리 이시스를 가로막고 섰다. 그러고는 마치 숫양처럼 머리를 앞으로 내밀어 대장장이의 배를 세차게 들이받았다. 대장장이는 뒤로 튕겨나가더니 뒤이어 달려든 병사들의 검에 찔리고 말았다.

사렌푸트가 명했다.

"샅샅이 뒤져라. 이런 버러지 같은 자가 또 어딘가 남아 있을 거다!"

이시스가 화염 구덩이 아래에서 본 것을 사렌푸트에게 말했다.

"오시리스의 유체는 무사해 보이는데, 거기까지 내려갈 수가 없습니다."

"어디 봅시다."

사렌푸트는 화염 구덩이 입구로 다가갔다가 얼른 뒤로 물러섰다.

"밧줄을 쓴다 해도 불에 타버릴 거요. 긴 장대도 마찬가지일 거고."

장대라는 말을 듣자 이시스의 눈이 다시 희망으로 반짝였다.

"어떤 장대인가에 따라 다르겠지요!"

사렌푸트가 고개를 저었다.

"이런 훨훨 타는 아궁이 속에서 타지 않고 견딜 나무는 없소이다."

"배까지 같이 가시겠습니까?"

사렌푸트는 이시스가 뭘 착각한 게 아닌가 싶으면서도 그 끈기에 내심 감탄하며 뒤따라 나섰다.

대장간 밖으로 나오던 사렌푸트의 눈에 누군가 횃불을 들고 숨차게 뛰어 달아나는 게 보였다.

"달아나지 못하게 해라!"

두 명의 궁수가 화살을 쏘았지만 빗나갔다.

도주자가 달려가는 방향은 나일 강 쪽이었다.

"저자가 우리 배에 불을 지를 작정이군!"

강으로 달려간 사내는 배에 횃불을 던지는 대신, 배를 묶어놓은 말뚝을 태우려 했다. 하지만 불을 붙이기도 전에 배에서 망을 보던 궁수가 쏜 화살이 그에게 명중했다.

사렌푸트와 이시스가 달려왔을 때 사내가 들고 있던 횃불은 제방의 축축한 흙에 처박혀 꺼져가고 있었다.

사렌푸트가 말했다.

"이놈이 아마도 제정신이 아니었나 봅니다."

이시스가 대답했다.

"아닙니다. 오히려 아주 영특한 행동이었죠. 신성한 유체를 화염 구덩이에서 꺼낼 수 있는 유일한 방법을 없애려 했으니까요."

이시스는 말뚝 앞에 무릎을 꿇고 간청했다.

"고통받는 오시리스를 위해 눈물을 흘려다오. 나는 애도의 울음을 우는 여인이니, 내가 바로 네가 되리라. 나는 장애물을 헤치고 오시리스를 찾아 나선 길이니, 이 아비도스의 군주가 죽음의 피로를 이길 수 있도록 그의 이름을 외쳐 부르노라. 대답해다오, 악을 몰아내다오! 불의 폭풍을 흩뜨려다오. 화염 구덩이로 내려갈 수 있도록 길을 열어다오."

이시스는 몸을 일으켜 무거운 나무 말뚝을 움켜잡았다. 병사들이 놀라서 입을 쩍 벌렸다. 말뚝이 어느새 쑥 뽑혀 올라왔던 것이다.

사렌푸트는 반신반의하면서도 병사들과 함께 화염 구덩이가 있는 곳으로 이시스를 다시 호위해 갔다.

"설마 이 불지옥을 어찌해보려는 건 아닐 테지요?"

이시스는 말뚝을 안고 다시 불구덩이로 내려갔다. 사렌푸트는 말려봤자 소용없다는 걸 알고 입을 다물었다.

중간쯤 내려왔을 때 그녀가 말뚝을 아래로 내던졌다. 남편이자 오라비인 오시리스를 구하려는 대곡녀의 애원이 실린 말뚝이 불구덩이 한가운데 꽂혔다. 무시무시한 불길이 말뚝을 에워쌌다. 하지만 말뚝은 불이 옮겨 붙기는커녕 오히려 불꽃을 빨아들였다. 부글거리는 기포들이 하나둘 가라앉더니 끓어오르던 불구덩이가 잠잠해졌다.

이시스는 아래로 마저 내려가 돌덩이 두 개 사이를 벌리고 신성한 유체를 꺼냈다. 오시리스의 목과 턱뼈는 조금도 손상되지 않고 온전하게 보존되어 있었다.

사렌푸트는 놀라움과 감탄으로 할 말을 찾지 못할 정도였다.

"그 어떤 악의 세력도 여사제님을 막아설 수 없을 거요!"

이시스가 희미한 미소를 지었다.

"예고자는 물러서지 않았습니다. 앞으로 더 위험해질 겁니다."

"그를 따르는 무리가 이곳에 있다는 것은 다른 도시에도 그들이 침투했다는 말이 아니겠습니까?"

"틀림없이 그렇겠지요."

이시스의 짐작대로 어쩌면 예고자의 무리는 이 아비도스의 수석 여사제를 없애기 위해 이미 이집트 전역에서 부지런히 움직이고 있을지도 몰랐다.

# 26

상이집트의 네번째 주 '지배의 홀'의 주도인 와제트*는 넓고 비옥한 평야 지대에 피어난 꽃이었다. 이곳 주민들은 풍요한 지방 사람답게 삶의 기쁨과 아름다움을 가장 중요하게 여겼다.

이시스는 이 지방 주신전인 '남쪽의 헬리오폴리스' 카르낙으로 갔다. 이 신전에서는 창조주 아툼, 신성한 빛 라, 그리고 숨겨진 자 아몬이 하나로 합쳐져 완성되고 있었다. 하늘과 땅이 이 신전에서 서로 결합했고, 모든 사물의 기원에 자리잡은 아홉 신**이 이곳 동쪽에서 모습을 드러냈다.

이시스는 두 개의 거대한 세소스트리스 입상 앞에서 명상에 잠겼다. 거상 하나는 두 겹의 왕관***을, 다른 하나는 흰 왕관만을 쓰고 있었다. 파라오는 이집트가 그에게 물려준 신들의 훈령을 한 손에 단

---

* 테베.
** 창조의 아홉 신인 에네아드.(옮긴이)
*** 파라오는 이집트 남부와 북부의 통합을 상징하여 흰색과 붉은색 두 개의 왕관을 썼다.(옮긴이)

단히 쥐고 앞으로 나아가고 있었다. 거상의 얼굴은 평온하면서도 단호했다.

카르낙 신전의 대사제가 이시스와 사렌푸트를 맞으러 나왔다. 궁수들을 신전 밖에 대기시켜놓고 두 사람은 대사제를 따라 신전으로 들어갔다.

나이 지긋한 대사제가 말했다.

"폐하 덕분에 태평성대를 누리니 이 시대는 후대에 기억될 겁니다. 파라오는 그가 이룬 업적으로 남아 결코 사라지지 않습니다. 그리고 그중 가장 눈부신 업적이 영원성을 구현하고 보증하는 일입니다. 어서 오십시오. 아비도스의 수석 여사제님."

"저를 오시리스의 묘실로 안내해주시겠습니까?"

"여사제님이라면 그곳에 언제든 들어가실 수 있습니다."

아비도스에서처럼 오시리스 무덤은 나무로 둘러싸여 있었다. 무덤 주위에는 짓누르는 듯한 정적이 감돌았다. 묘실 안에 두짝문이 달린 벽감이 있었다. 신상(神像)을 넣어두는 곳이었다.

이시스는 잠을 편안히 깨울 때 쓰는 주문을 외운 뒤, 세트의 손가락, 즉 벽감 빗장을 당겨 열었다. 벽감 안에는 높이가 일 쿠데 정도 되는 아몬라의 황금상이 있었다. 이시스는 이 아름다운 신상을 감탄의 눈으로 바라보았다. 하지만 이 작은 신상에서 그녀가 찾고자 했던 신성한 물건은 사라지고 없었다.

그녀는 실망과 불안을 억누르며 신상을 향해 제의를 올린 후 벽감 문을 닫았다. 그러고는 토트 신의 빗자루로 자신의 발자국을 지우며 뒷걸음질로 그 자리에서 물러나왔다.

길게 늘어선 기둥 그늘에서 대사제가 그녀를 기다리고 있었다.

그녀가 대사제에게 물었다.

"최근 신전에 도둑이 든 적이 있습니까?"

"누가 감히 이 신성한 장소의 평화를 범한단 말입니까? 아무리 사악한 악당도 감히 그런 짓을 저지를 생각은 못 할 겁니다."

"이곳에서 일하는 임시 사제들을 전부 알고 계시는지요? 그들의 신원을 확실히 보증하실 수 있습니까?"

"거의 그렇다고 할 수 있죠. 보좌 사제들이 지원자들 가운데서 능력 있고 믿을 만한 사람을 가려 뽑고 있습니다. 카르낙의 사제들은 조금도 흠잡을 데가 없습니다."

"최근 사고가 일어난 적도 없었는지요?"

"한 번도 없었습니다!"

"이 근방에 소동이 있었던 적도 없었습니까?"

"없었다니까요! 하기야 아주 하찮은 일까지 이야기하자면……"

"무슨 일이 있었는지 소상히 말씀해주세요."

"말씀드려봤자 별로 도움이 되지 않을 겁니다."

"그래도 알고 싶습니다."

대사제는 망설이다가 입을 열었다.

"사막 감찰대가 토트의 언덕 쪽에서 사소한 소동이 있었다고 보고했습니다. 거긴 아주 외진 장소라서 순찰도 자주 돌지 않습니다. 한 무뢰배가 그곳에 보물이 있다고 큰소리치더니, 아무것도 찾아내지 못하고 도망쳤다고 합니다."

대사제로부터 건네받은 상세한 지도를 들고 이시스는 나일 강 서안으로 건너갔다. 사렌푸트와 그의 병사들이 그녀를 호위했다. 그녀는 가파른 골짜기로 둘러싸인 한 언덕을 향해 사막 지대를 가로질렀다.

머리 위의 태양이 별안간 불을 쏟아내는 듯했다. 사방을 짓눌러오는 열기 때문에 걸음을 옮겨놓기조차 힘들었다.

"한눈팔지 말고 잘 살펴라."

매복자들을 염려한 사렌푸트가 병사들에게 지시했다.

전쟁터에서 단련된 정예병들인 사렌푸트의 궁수들은 저격자들이 매복해 있을 만한 장소들을 샅샅이 살폈다.

앞장선 궁수 하나가 전방에 어느 금속 물체에 반사된 빛을 보고 일행에게 소리쳤다.

"엎드려!"

사렌푸트와 병사들이 모두 몸을 숙여 엎드렸다. 이시스만은 여전히 버티고 서서 금속의 반사광이 일렁이는 지점을 뚫어지게 응시하고 있었다.

사렌푸트가 간곡히 말했다.

"몸을 숙이시오. 그렇게 서 있다간 영락없이 과녁이 될 거외다!"

예상과는 달리 화살이 날아오지 않자 모두들 몸을 일으켰다. 그래도 불안감은 떨어버리지 못한 얼굴이었다.

이시스가 말했다.

"저곳으로 갑시다."

사렌푸트가 낭패한 목소리로 대답했다.

"길이 너무 좁고 가팔라서 한 줄로 올라가야 합니다."

"제가 앞장서겠습니다."

"위험하게 그러실 것 없소. 병사 하나가 앞장서게 두십시오!"

"두려워하지 않아도 됩니다. 토트의 언덕이 우리를 너그럽게 맞이해줄 겁니다."

사렌푸트는 더이상 반대하지 않았다. 아무리 만류해본들 그녀는 안전을 위해 몸을 사릴 사람이 아니었다.

길은 몹시도 험하고 위험했다. 경사가 가파른 데다 발밑에서는 자갈까지 굴렀다. 그러나 일행은 무사히 언덕 꼭대기에 올랐고, 눈앞에 해가 뜨겁게 내리쬐는 평평한 땅이 펼쳐졌다. 그 고원 한복판에 아담한 신전이 있었다. 신전 벽에는 불에 탄 흔적이 있었다.

병사들은 저마다 주저앉아 목을 축였다. 이시스는 신전 문 안으로 들어갔다. 벽들이 검은 그을음으로 덮여 그림도 문자도 알아볼 수 없었다. 온전한 벽면을 찾던 이시스는 한 귀퉁이에서 토트 신의 모습이 일부 훼손된 모습으로 남아 있는 것을 발견했다.

선명한 윤곽의 뾰족한 부리*가 바구니 형상의 상형문자를 가리키고 있었다. '조절'을 의미하는 글자였다.

이시스는 따오기의 부리에 손끝을 갖다 댔다. 바구니 그림의 상형문자 부분이 움푹 꺼지면서 구멍이 드러났다.

구멍 안에는 작은 황금 홀이 들어 있었다. 오시리스 신비제의를 올릴 때 사용되는 홀과 같은 것으로, 신성한 표상들에 초자연적 힘을 부여해주는 홀이었다. 반란 분자들이 신전을 불태웠지만 정작 그들이 노렸던 이 홀은 무사했던 것이다.

아비도스의 수석 여사제가 별 탈 없이 신전에서 나오자 사렌푸트는 가슴을 쓸어내리며 기뻐했다. 그가 이시스에게 길이가 짧은 검을 내밀었다. 근처에서 주워온 것이었다.

---

* 토트는 따오기의 머리를 한 모습으로 표현된다.(옮긴이)

"아까 보았던 수상한 빛은 이 칼날이 반사한 것이었소. 모양을 보니 시리아에서 건너온 무기인 것 같은데. 병사들에게 이 지역을 샅샅이 뒤지라고 지시했소."

"여기까지 왔으니 인근의 다이르 엘 바하리 신전*으로 가 파라오의 카에 경배드리고, 여기서 우리가 찾아야 할 다른 것이 있는지 물어보아야 합니다."

신전으로 향하는 길 양편에는 허리옷을 두르고 양손을 그 위에 올린 모습의 세소스트리스 조각상들이 늘어서 있었다.

딸은 아버지에게 경배하며 그를 향해 자신의 생각을 띄워 보냈다. 둘 사이에 놓인 거리에도 불구하고 두 사람의 생각이 서로 만났다. 그녀가 파라오에게 물었고, 파라오는 그 물음에 분명한 대답을 보내왔다. 그것은 그녀가 계속해서 오시리스의 신성한 유체를 찾아야 하고, 스스로의 좌절감과 싸워 이겨야 하고, 그 어떤 장애물 앞에서도 뒤로 물러나서는 안 된다는 것이었다. 이케르가 아직 살아 있기 때문이었다. 이케르의 영혼이 하늘과 땅 사이에서 떠돌고 있는 것이다. 완전한 죽음에도, 죽음을 넘어선 저 너머 세상에도 머물지 못하면서 말이다.

그녀는 이곳에서 '계곡의 아름다운 축제'가 벌어진다는 사실을 생각해냈다. 죽은 사람과 산 사람이 무덤 묘실에서 함께 어우러져 향연을 즐기는 축제였다. 이 축제가 열리는 며칠 동안 카르낙 신전의 아몬 신상은 파라오의 배에 실려 나일 강 서안, 즉 생명의 땅으로 옮겨졌고 그럼으로써 아몬의 만세 신전들에 새로 생기를 불어넣어주곤

---

* 신왕국 시대가 되면 이곳에 유명한 하트수트 여왕의 장제전이 세워지게 된다.

했다. 밤이 되면 주민들은 이곳 죽은 사람들의 도시*에 수많은 횃불을 밝혔다. 또한 의인들에게 여러 가지 제물을 바쳤는데, 제물 가운데는 신성한 회춘수와 '생명'이라는 이름의 꽃다발도 포함되어 있었다. 이 축제 기간 동안 노랫소리는 하늘로 올라가 별들에 닿았고, 이세상과 저 너머 세상 사이의 경계는 사라졌으며, 무덤 하나하나가 '큰 기쁨의 집'이 되곤 했다.

다이르 엘 바하리에는 몬투호테프**의 독특한 장제전이 있었다. 몬투호테프는 세소스트리스보다 이백 년 앞서 통치했던 파라오였다. 이집트를 재통합하고 오시리스 신비제의에 입문했으며 연금술을 공부한 학자이기도 했던 몬투호테프는 세소스트리스에게 파라오로서의 귀감이 되어주었다.

신전 영빈관에서부터 시작된 오르막길은 아카시아나무가 있는 오시리스 언덕까지 이어졌다.

언덕 아래 비탈에는 파라오 좌상들이 쉰다섯 그루의 타마리스나무와 두 줄로 나란히 심어진 무화과나무로 둘러싸여 있었다. 파라오 좌상들은 소생제의의 의복인 흰색 튜닉을 입은 모습이었다.

한 우아한 여사제가 이시스를 맞이했다.

"이름이 무엇인가? 또 지위는?"

"이시스, 아비도스 수석 여사제이며 파라오 세소스트리스의 딸입니다."

여사제가 깜짝 놀라며 허리를 굽혔다.

"계곡 축제를 벌써 준비하러 오신 겁니까?"

---

* 나일 강 서안 무덤 구역.(옮긴이)
** 넵헤페트라 몬투호테프('황소 전사 몬투가 평화를 누린다'), BC 2061~2010.

"아니오. 이곳에 오시리스의 신성한 유체가 있는지 알고 싶어 온 겁니다."

"글쎄요, 저는 잘 모르겠습니다."

"이곳 묘실에 들어가본 적이 없나요?"

"거기는 아주 오래전부터 닫혀 있었습니다."

"내가 들어가볼 테니 문을 열어주십시오."

"그건 불경을 저지르는 게 아닐까요?"

"내 아버지가 이 신전의 보호자이십니다."

여사제가 고개를 끄덕였다.

"파라오께서는 먼 조상 몬투호테프를 경배하는 당신의 모습으로 많은 석상을 세우게 하셨습니다. 파라오 덕분에 오시리스의 평화가 지켜지고 있지요."

"오시리스의 평화가 지켜지고 있다고 확신하십니까?"

"그게 무슨 말씀이십니까?"

"최근 호기심 많은 자들이 파라오의 묘실에 침입하려고 한 적은 없었나요?"

"감찰대가 이곳을 늘 감시하는 건 아니죠. 정말로 그런 일이 있었을까요?"

"묘실 입구까지 나를 안내해주세요."

비록 목소리는 조용하고 부드러웠지만 이시스에게는 거부할 수 없는 위엄이 있었다. 여사제는 이시스를 몬투호테프의 무덤으로 데려갔다. 산을 파내려간 지하 묘실이었다.

몬투호테프의 거상 하나가 입구를 지키고 있었다. 붉은 왕관을 쓰고 흰색 튜닉을 입은 이 파라오는 얼굴과 손, 발이 검고, 양손에 각각 오시리스의 홀*을 들고 두 팔을 가슴 위에서 교차시킨 모습이었다. 날카로운 눈길로 당당히 버티고 선 이 거상 때문에 속인들은 무덤에 다가갈 엄두도 내지 못할 것 같았다.

여사제가 발을 멈추며 말했다.

"더이상은 못 가겠습니다."

이시스가 석상을 보며 중얼거렸다.

"엄청난 규모군요."

"저 거상은 접근하는 사람이 누구든지 봐주는 법이 없습니다!"

"카를 진정시키는 주문을 모르는 건 아닐 테지요?"

"물론 압니다. 하지만 이곳은 워낙 특별한 장소인 만큼……"

"예고자가 너에게 시켰겠지. 몬투호테프 무덤에 숨겨진 뭔가를 찾아내라고 말이다. 하지만 너는 그 방법을 몰랐을 것이다."

정체가 발각된 가짜 여사제는 뒷걸음치다가 벽 기둥 장식에 등을 부딪쳤다. 왼쪽 손바닥에서 불꽃이 일면서 그녀가 고통의 비명을 내지르더니, 미친 듯이 허우적거리다가 풀썩 쓰러져버렸다.

이시스는 거상을 향해 다가가 말했다.

"그대의 카를 만나라. 그대 아들이 그대 정신 가까이에서 그것을 돌보고 있으니, 그대는 아들의 카가 되리라. 빛이 그대의 생명력을 솟아나게 하니, 그대는 결코 죽지 않으리라. 대지신의 창조 원리로 그대는 신전과 무덤을 얻으리라."

석상의 얼굴에 깔려 있던 적대감이 어느 정도 가셨다. 이시스는 석상 앞을 가로질러 무덤 입구로 갔다. 문이 어느새 열려 있었다.

---

* 갈고리와 도리깨.(옮긴이)

무덤으로 들어가는 통로의 둥근 천장은 석회암 판석으로 덮여 있었다. 통로 양편으로 장례 용구가 놓인 방들이 보였다. 산 아래로 파내려간 통로 끝에 관이 놓인 묘실이 나왔다. 파라오 몬투호테프의 카가 숨은 신 오시리스와 소통하는 장소였다.

이시스는 이 묘실에서 오랫동안 명상하며 위대한 파라오의 의도를 읽으려 했다. 그는 신비제의에 입문한 사람인 만큼 오시리스 숭배의식에 꼭 필요한 어떤 상징물을 보존해왔을 게 분명했다. 생명의 집에 보관된 책들에도 언급되지 않은 그것은 대체 무엇일까?

이시스는 관 둘레를 일곱 바퀴 돌았다. 이 의식이 끝나는 순간 묘실의 분위기가 달라졌다. 천장이 붉은색으로 변하고, 벽들이 흰색으로 바뀌고, 바닥이 검어졌다. 관에서 불꽃 한줄기가 길게 솟아오르더니 화강암으로 만든 한 작은 방으로 뻗어나갔다.

작은 방 안에 무덤 입구의 거상과 같은 조각상이 오시리스의 미라처럼 아마포에 감겨 있었다.

이시스가 조각상을 들어 올렸다.

조각상 바닥에 숫양 가죽이 깔려 있었다. 벽면에 쓰인 글대로라면 이 가죽은 아비도스에서 온 것으로 신비제의 때 사용된 것이었다. 이시스는 숫양 가죽을 접어 들고 무덤 밖으로 나왔다. 그녀의 등 뒤에서 무덤 문이 다시 닫혔다.

오시리스 언덕 위로 햇살이 눈부시게 쏟아지고 있었다.

이시스가 신전을 빠져나오자 사렌푸트가 달려왔다.

"슬슬 걱정이 되는 참이었소이다! 무슨 일이 있었소이까?"

"배로 돌아가서 다시 길을 떠납시다."

# 27

카르낙 북동쪽 메다무드 마을로 들어가던 세소스트리스는 자신의 딸이 조금 전 숫양 가죽을 찾아냈다는 사실을 알게 되었다. 이 숫양 가죽은 오시리스 신비제의를 올릴 때 필요한 물건이었다. 이것을 손에 넣은 건 중요한 성과였다. 하지만 여정은 이제 갓 시작되었을 뿐이고, 더 큰 위험이 그녀를 노리고 있었다. 어둠의 세력은 앞으로도 쉼 없이 그녀를 공격해올 터였다.

아버지와 딸이 이렇게 생각을 주고받는 것은 서로에게 무엇과도 견줄 수 없는 큰 힘이 되어주었다. 거리는 멀리 떨어져 있었지만 이시스는 결코 혼자가 아닌 것이다. 또한 파라오는 이케르의 영혼과도 이어져 있었다. 이케르의 영혼은 두번째 죽음, 다시 말해 완전한 소멸을 피해 그의 미라에 담아둔 상황이었지만, 그를 부활시키자면 아직도 해야 할 일이 너무나 많았다.

코이악 달 말일까지 부활제의에 필요한 조건을 갖추지 못한다면 모든 노력은 물거품이 되고 말 것이다. 무엇보다 중요한 건 이시스가 오시리스의 흩어진 유체를 모두 모아 다시 온전하게 짜 맞추는 일이었다. 또한 파라오가 오시리스의 체액이 담긴 다른 하나의 봉인 단지를 구해 아비도스로 가져가야 했다.

동네 아이들이 저마다 떠들어대며 달려왔다. 집에서 일하던 아낙네들은 빗자루와 그릇을 내팽개치고 나왔고, 밭과 공방에서 일하던 남정네들도 손을 멈추고 고개를 내밀었다. 놀라운 행렬이 지나가는 것을 보기 위해서였다. 병사들과 이들의 호위를 받는 한 거인이 동네를 가로지르고 있었다.

파라오가 메다무드에 행차했단 말인가? 낮잠을 자다가 벌떡 일어난 촌장은 서둘러 가장 좋은 옷을 갖춰 입었다. 부랴부랴 관사에서 달려 나오는데 한 장교가 촌장을 막아섰다.

"당신이 이 마을 촌장이오? 폐하께서 촌장을 보자고 하시오."

촌장은 부들부들 떨면서 장교를 따라 마을의 작은 신전으로 갔다.

파라오가 신전 문 앞에 왕좌를 놓고 앉아 있었다.

촌장이 파라오의 눈길을 견뎌내지 못하고 납작 엎드려 땅바닥에 코를 박았다.

"이 신전 문의 이름을 아는가?"

"폐하, 소인은…… 소인은 이곳에 자주 오지 않는 데다 또한……"

"이 문은 '힘센 자의 말을 듣듯 힘없는 자의 탄원에도 귀를 기울이고, 마아트의 법에 따라 정의를 행하는 문'이다. 이 신전이 어째서 이렇게 소홀히 관리되고 있는가?"

"사제들이 모두 떠난 지 오래입니다. 황소의 노여움 때문이지요! 소인은 이 신전을 돌볼 여력이 없었습니다. 주민들이 편히 살도록 우선 민생부터 보살펴야 해서……"

"황소의 노여움을 사게 된 이유는 무엇인가?"

"소인도 모릅니다, 폐하! 이젠 아무도 황소 가까이 갈 수 없습니다. 황소를 위한 축제는 중단되었고, 사제들은 우리 마을을 버리고 떠나버렸습니다."

"네가 이 재앙을 일으킨 게 아닌가?"

촌장은 다급하게 대답했다.

"소인이요? 아닙니다, 폐하. 절대 아닙니다!"

"네 마리 황소가 마법으로 이 지방을 지키고 있다. 그 황소들은 테베, 헤르몬티스, 토드, 그리고 메다무드에 각각 자리 잡고 악의 세력에 대항하는 일종의 요새를 구축하고 있지. 네 마리 황소가 완전한 눈을 이루어 그 한가운데서 불굴의 빛이 빛나게 된 것이다. 그런데 너는 파렴치한 짓을 저질러 그 요새를 위험에 처하게 하고, 그 눈을 멀게 만들었다."

"소인은 그저 평범한 사람에 불과합니다. 그런 엄청난 죄를 지을 능력도 없습니다!"

"네가 무슨 짓을 저질렀는지 잊었는가? 너는 가족도 없는 가엾은 소년 이케르를 해적에게 팔아넘겼고, 이케르의 스승이자 보호자인 노서기관을 죽이고 그의 재산을 빼앗았다. 그러고는 예기치 않게 이케르가 돌아오자, 그에게 사죄하고 용서를 빌기는커녕 그에게 돌아가야 할 유품을 가로채고 마을에서 쫓아냈고, 한 자객에게 알려 그를 죽이도록 했어. 너의 이런 악행이 쌓여 황소의 분노를 산 것이다."

촌장은 부인하지 못하고 식은땀만 흘렸다.

"폐하, 소인이 잠시 정신이 나가서, 그래서……"

세소스트리스가 말을 잘랐다.

"너는 예고자의 수하가 되어 나라를 배반하고 네 영혼을 구원받을 수 없을 만큼 더럽혔다."

촌장이 울음을 터뜨렸다.

"소인은 이용당한 겁니다. 그자가 저를 조종했어요. 그자를 저주합니다. 저는……"

촌장은 별안간 얼이 빠진 듯 숨을 딱 멈췄다. 누군가 자신의 심장을 움켜쥐고 뽑아내는 느낌이 들었던 것이다. 그는 벌떡 몸을 일으키다 피와 담즙을 토해내며 풀썩 쓰러지더니 그 자리에서 숨을 거두고 말았다.

세소스트리스가 명했다.

"시신을 불태워라."

파라오는 메다무드의 황소가 있는 외양간 신전으로 갔다. 머리 앞부분은 검은색이고 뒷부분은 흰색인 이 황소는 태양신과 이어져 있는 존재였다. 이 황소를 위한 축제가 열려 악사들과 남녀 합창대가 황소를 칭송하고 위안할 때면 황소는 많은 병자들, 특히 눈병 환자들을 치유해주곤 했다.

파라오와 마주 선 황소의 눈은 분노로 이글거리고 있었다. 이 신성한 짐승이 진정으로 원하는 게 무엇인지 모르고서는 파라오도 황소를 진정시킬 수 없을 것이었다.

파라오가 황소를 향해 말했다.

"옛 과오들은 지워졌고, 죄인은 벌을 받았노라. 아비도스의 수석 여사제와 나는 이케르를 소멸의 운명으로부터 구해내기 위해 모든 노력을 기울이고 있다. 우리가 가야 할 다른 길이 있다면 알려다오."

파라오와 황소 사이에 말 없는 대화가 오갔다. 파라오에게 해줄 말을 모두 전한 황소는 처음처럼 격노한 태도로 되돌아갔다.

세소스트리스는 친위대장을 거느리고 신전을 둘러본 후 지시했다.

"테베로 전령을 보내 장인과 석공, 화공 들을 모아 오라. 공사를 벌여 신전을 복구하고 확장하겠다. 이곳에 신성한 호수를 만들 것이며, 종신 사제들의 숙소를 지을 것이다. 내일 동이 트자마자 공사를 시작해 밤낮을 가리지 말고 일을 진행시켜라. 파라오 몬투와 황소는 자신들에게 어울리는 신전을 원하는 것이다. 또한 감찰대와 병사들을 동원하여 건설 현장을 안전하게 지켜라."

전령이 즉시 떠났다.

촌장의 관사로 간 세소스트리스는 마을 자문 회의를 소집했다. 위원들이 질겁한 얼굴로 모여들었다. 모두가 재물에 의해 움직이는 자들로 죽은 촌장의 수족들이었다. 이들이 변명을 늘어놓으며 무죄를 하소연하자 파라오는 쫓겨났던 예전의 자문 위원들을 불러오게 했다.

"그대들에게 새로운 촌장이 필요하다. 누구를 추천하겠는가?"

키 큰 은발 노인이 대답했다.

"한 사람이 있는데 그는 이 마을에서 가장 비옥한 밭의 주인입니다. 폐하께서 처단하신 촌장을 싫어했고, 협박과 비열한 공격에도 굴하지 않고 저항했던 사람이지요, 폐하. 그의 재산은 이 작은 마을에 도움이 될 것이므로, 마을 사람 누구도 양식이 떨어지는 일은 없을 것입니다."

다른 자문 위원들도 이 말에 찬성했다.

파라오가 선언했다.

"이 마을 신전은 이 지방에서 가장 아름다운 신전 가운데 하나가 될 것이다. 테베의 가장 뛰어난 장인들로 하여금 파라오 몬투에게 새로운 집을 지어 바치도록 하겠다."

은발 노인이 걱정스럽게 물었다.

"그걸로 황소의 노여움이 다 풀리겠는지요?"

"그것만으론 부족하다. 그러기에는 지금까지 너무 많은 죄가 저질러졌고, 또 우리 앞에 너무 많은 위험이 도사리고 있으니 말이다. 하지만 황소를 진정시킬 방법이 있다."

"저희가 도울 수 있겠습니까?"

"오시리스의 옛 무덤 위치를 아는 사람이 있는가?"

위원들은 자신 없다는 태도로 서로 몇 마디 이야기를 나누었다.

은발 노인이 대답했다.

"오시리스의 옛 무덤 이야기는 그저 전설일 뿐입니다."

"아비도스 생명의 집에 소장된 고문헌에는 그 무덤이 존재했다는 기록이 남아 있다."

"이 마을이 생긴 아주 오랜 옛날로 거슬러 올라가면, 메다무드는 대지의 신 게브의 언덕 같은 곳이었습니다. 어둠을 이긴 신성한 빛이 그 언덕을 비옥하게 일구어 풍요로운 땅으로 만들었지요."

"그 신성한 언덕으로 함께 가자."

"폐하, 그곳은 사람이 다닐 수 없는 덤불에 묻혀버렸습니다. 예전에 몇 사람이 그 덤불로 들어갔다가 숨이 막혀 죽었지요. 저는 어릴 적부터 그곳에 가지 말라는 이야기를 듣고 자랐습니다. 우리들 가운데 그 무서운 곳에 발을 들여놓으려 한 사람은 아무도 없습니다."

"나를 안내하라."

노인은 파라오를 더 설득하기를 단념하고 지팡이에 몸을 의지해 천천히 발을 옮겨놓았다. 세소스트리스가 노인에게 팔을 빌려주며 물었다.

"이케르를 만난 적이 있는가?"

"그 견습 서기 말씀입니까? 알고말고요! 아주 지혜로운 아이였습니다. 재능이 뛰어났고, 비범한 길을 갈 것으로 보였지요. 늘 혼자였고, 말이 없었습니다. 그 아이는 지칠 때까지 공부에 매달리곤 했는데, 관심이 온통 신성한 문자에만 쏠려 있었지요. 분명 이 세상은 그 아이에게 스쳐 지나가는 통로에 불과했을 겁니다. 기원의 세상에서 보이지 않는 존재의 세상으로 건너가는 통로 말입니다. 그 아이가 납치당하고, 그의 스승이 죽은 뒤로 메다무드는 슬픔과 비참에 빠지고 말았지요. 태양조차도 저희를 따뜻이 덥혀주지 못했습니다. 이제 폐하께서 저희를 이 불행으로부터 구해주십시오!"

"이케르를 가르쳤던 그 노서기관은 오시리스의 옛 무덤의 위치를 알았을 것이다."

노인은 잠시 생각에 잠겼다.

"그는 그 비밀을 누구에게도 누설하지 않았습니다. 그는 무서운 일이 다가오고 있다는 말을 우리에게 여러 번 했는데, 그때마다 우리는 그를 비관적인 사람이라고 몰아세우곤 했지요. 그후 머리에 터번을 쓰고 양털로 짠 옷을 입은 한 낯선 자가 와서 촌장의 혼을 빼앗았습니다. 그 낯선 자가 잠시 머물다 간 다음부터 어둠이 메다무드를 뒤덮은 것입니다."

폐허가 된 신전을 넘어가자 여러 가지 향기 식물이 자라는 정원이 나왔다. 그윽한 향기가 사방으로 퍼져나가고 있었다.

노인이 말했다.

"여기가 마을 조상들이 일구던 밭입니다. 새들이 없기 때문에 사방이 숨이 막힐 만큼 고요하지요. 저 큰 대추나무가 금지된 땅으로 넘어가는 경계선인데 저 나무 곁으로는 가지 마십시오. 저 나무에서는 죽음의 기운이 흘러나오고 있습니다."

"도와주어서 고맙다."

"폐하, 설마 저 너머로……"

"새 촌장 임명을 축하하는 잔치를 준비하게 하라."

세소스트리스는 잠시 명상에 빠져 이케르를 생각했고, 황소가 들려준 말을 떠올렸다. 황소는 이케르의 부활이 파라오 자신의 부활을 통해서 이루어진다고 말했다. 그리고 파라오의 부활은 오시리스의 무덤들 가운데 가장 오래된 곳에서 행해져야 한다고 했다.

파라오는 대추나무를 향해 걸음을 옮겼다. 적의가 담긴 노랗고 흰 빛줄기가 그에게로 따갑게 쏟아졌다. 안정을 상징하는 기호들이 그려진 파라오의 허리옷이 그 빛줄기를 흡수했다.

나무 발치에 원반이 두 개 있었다. 하나는 금, 다른 하나는 은으로 만들어진 것이었는데, 누군가 그 원반들에 가나안에서 사용되는 주술 형상들을 그려놓은 게 보였다. 파라오는 아카시아나무와 무화과나무 잎사귀들로 그 저주의 형상들을 지웠다.

부드러운 바람이 일었다. 나무에 새로 돋은 잎사귀들이 살랑거리고 어디선가 새들이 날아와 지저귀기 시작했다. 조상들의 목소리가 다시금 주위를 맴돌고 있었다. 이제 해와 달이 낮과 밤을 맡아 이 정원을 비춰줄 것이다.

파라오가 앞을 막아선 나뭇가지를 들어올리자, 나뭇가지가 귀를 찢을 듯한 신음 소리를 냈다. 파라오는 아랑곳없이 나뭇가지를 헤치고 앞으로 나아갔다. 오십 보쯤 걸어가자 부서진 탑문이 보였다.

군데군데 허물어진 벽돌담 안으로 통하는 출입구는 그 탑문이 유일했다.

세소스트리스는 탑문을 지나 작은 신전 안으로 들어갔다. 잡초가 빽빽이 우거진 장방형 중정이 나오고 이어서 두 번째 탑문이 보였다. 탑문 너머에 두번째 중정이 있었다. 크기는 더 작지만, 잡초는 덜해서 널찍이 트여 있었다.

신전 벽은 기록도 부조도 없이 텅 비어 있었다.

파라오는 서쪽 벽과 동쪽 벽에서 각각 벽을 파고 만든 공간을 발견했다. 일종의 벽감인 이 방에서 좁고 구불구불한 통로가 시작되고 있었다. 궁륭형 천장으로 덮인 이 통로를 따라 내려가자 바닥에 고운 모래가 깔린 장방형 방이 나왔다. 달걀처럼 둥글게 언덕을 쌓고 그 지하에 지은 묘실이었다.

이 두 개의 묘실은 별들의 모태이며 재창조의 공간, 오시리스가 부활하는 자리였다.

황소에게서 들은 말이 이렇게 현실로 이루어지고 있었다. 이제 파라오가 가야 할 길이 정해진 것이다.


세소스트리스는 신전 공사를 위해 테베에서 불러온 현장 감독에게 세세한 지시를 내렸다. 메다무드 신전 중심부는 파라오의 소생을 기리는 내용으로 건설하라는 지시였다. 조각상과 부조 들에는 파라오가 신들 그리고 조상들과 소통함으로써 새로운 힘을 얻는 중요한 순간을 담도록 했다. 우주가 끊임없이 공들여 빚어낸 걸작품인 이집트의 파라오가 소생하여 자신의 의무 수행에 필요한 생기를 얻게 됨을 찬양하도록 한 것이다.

새롭게 탄생하기에 앞서 이제 세소스트리스는 시련을 거쳐야 했다. 이 시련이 그에게는 아마도 지상에서의 삶의 끝이 될 터였다. 황소는 세소스트리스가 오시리스의 체액이 담긴 단지가 있는 장소를 계시받게 되는 것은 오직 지하 묘실의 어둠 속, 죽음에 가까운 잠 속에서라고 예언했다.

대지신이 살아 있는 사람들의 왕좌를 자신의 아들 오시리스에게 넘겨준 곳이 이 지하 묘실이었다. 이곳에서 세소스트리스는 앞선 모든 파라오 조상들의 카를 부여받게 될 것이다.

그가 과연 시련의 밤을 통과할 수 있을까? 하지만 망설임이란 있을 수 없었다.

첫째 묘실에는 왕좌가 있었다. 파라오는 자신을 위한 그 자리에 꽃다발을 놓았다.

둘째 묘실로 들어가자 침상이 있었다. 침상 머리맡에는 생명을 나타내는 신성한 문자를 들고 앉아 있는 마아트 여신의 인장이 놓여 있었다.

세소스트리스는 자신의 두개골 부위에 연고를 발랐다. 번개를 끌어 모을 위험 없이 두 겹 왕관을 쓰고 있기 위해서였다. 이렇게 하면 태양신 라의 눈인 암코브라 우라에우스도 그를 향해 불을 뿜지 않을 것이다.

목에는 붉은 아마실 술 장식이 달린 현장을 둘렀다. 헬리오폴리스 신전에서 가져온 이 현장은 어둠을 밝힐 수 있는 것으로, 생각을 눈에 보이는 표면 너머로 안내하는 역할을 해주었다.

세소스트리스는 자신의 죽음의 자리가 되거나 소생의 자리가 될 침상에 눕기에 앞서 오랫동안 별 하나를 응시했다. 청금석으로 된 그

별에는 그가 지켜왔고 그의 나라와 백성들에게 전해준 하늘의 법이 새겨져 있었다.

이윽고 파라오는 눈을 감았다.

# 28

오시리스 유체의 보존 장소가 기록된 『신성한 지리서』에 따르면 이시스가 다음으로 가야 할 곳은 덴드라였다. 이 도시는 상이집트 여섯번째 주 '악어'의 주도였다. 여느 때와는 달리 순조로운 바람이 불어준 덕분에 배는 빠른 속도로 나아갈 수 있었다.

이시스의 배가 도착했을 때 부두에는 아무도 보이지 않았다.

불안해진 사렌푸트가 부하 두 명에게 근처를 살펴보고 오라고 지시했다. 두 부하는 곧 돌아와 마을이 텅 비었고, 밭에서도 인적을 찾을 수 없다고 보고했다.

"신전으로 갑시다."

이시스가 결단을 내렸다.

푸르른 초목으로 무성한 들판 한가운데 하토르 여신에게 바쳐진 훌륭한 신전이 서 있었다. 사렌푸트의 사수들은 경계를 늦추지 않고 여차하면 활을 당길 준비를 했다.

신전 대문은 닫혀 있었다. 이 이중 대문은 신성한 나룻배가 신전 밖으로 나갈 때와 같이 특별한 경우에만 열리기 때문이었다.

닫힌 건 대문만이 아니었다. 신전으로 통하는 모든 출입구가 폐쇄되어 있었다. 임시 사제들이 신전에 들어가기 전에 몸을 정화하는 작은 문 역시 마찬가지였다.

높은 벽 위에서 한 여사제가 나타났다. 한눈에 보기에도 몹시 겁에 질린 모습이었다.

"누구시오?"

"아비도스의 수석 여사제입니다."

"저 병사들은 왜 데리고 온 겁니까?"

"나를 호위하는 사람들입니다."

"꿀벌들이…… 꿀벌들이 공격하지 않던가요?"

"꿀벌은 전혀 보지 못했습니다."

여사제는 망을 보던 자리에서 내려와 옆문을 살짝 열고 이시스에게 들어오라고 했다. 사렌푸트가 그녀를 쫓아가려고 하자, 여사제가 그를 가로막았다.

"하토르 여신의 집에 무기를 든 남자는 들어올 수 없습니다!"

이시스가 물었다.

"신전에 무슨 일이 있습니까?"

"며칠 전부터 꿀벌들이 사나워졌습니다. 평소 꿀벌들은 우리 여신의 이름 '신들의 황금'과 조화되는 식물의 황금을 빚어내어 우리에게 귀중한 약을 제공해주지요. 그런데 지금은 꿀벌들이 이 신전만 제외하고 어디에서든 사람만 눈에 띄면 가리지 않고 달려들어 죽이고 있습니다. 우리는 이 신전으로 주민들을 모두 피신시키고, 하토르 여신에게 이 재앙을 멈추게 해달라고 기원하고 있지요."

"원인이 뭔지 알아냈습니까?"

"불행히도 모르겠습니다! 우리는 꿀벌들을 진정시키려고 여러 번 의식을 올렸고, 시스트럼을 연주하고 춤을 춰서 꿀벌들을 위로해보았지만 이 끔찍한 상황은 끝나지 않는군요."

"오시리스의 유체는 어디 보관되어 있나요?"

"신성한 숲에 있습니다. 하지만 거긴 이제 갈 수 없어요! 꿀벌 떼가 그곳에 몰려들었거든요. 누군가 도와주지 않으면 우리는 전부 죽을 겁니다. 꿀벌들이 당신을 쏘지 않은 걸 보니 당신이 바로 우리를 구해줄 사람인가봅니다."

"나를 병원으로 안내해주세요."

여사제는 초조한 태도로 이시스를 데리고 그 유명한 덴드라 병원으로 갔다. 이집트 전역에서 모여든 병든 사제들이 치료를 받으며 건강을 회복하는 곳이었다.

이 병원의 수석 의사는 건장한 체구에 나이 지긋한 여인이었다. 그녀는 분주하게 움직이며 의녀들에게 쉼 없이 일을 지시하고 있었다. 의사들이 중환자들과 상태가 가벼운 환자들 사이를 눈코 뜰 새 없이 분주히 오갔다.

이시스가 수석 의사에게 다가가 청했다.

"내게 회복실 하나를 내주세요."

"빈방이 없어요!"

"아비도스의 수석 여사제로서 신에게 해답을 구하려는 겁니다. 어떻게 하면 이 지방의 병을 고칠 수 있을지 말입니다."

"잠시 기다리세요. 환자 한 사람을 다른 곳으로 옮기겠습니다."

수석 의사가 곧 돌아왔다. 이시스는 그녀의 인도를 받아 천장이 낮은 작은 방으로 들어갔다. 벽면 가득히 마법 주문들이 쓰여 있었다.

방 한가운데 따뜻한 물이 담긴 욕조가 놓여 있었다.

"옷을 벗고 머리카락을 묶어 올린 후 눈을 감고 잠을 청해보세요. 향기로운 김이 이 방을 가득 채울 겁니다. 하토르 여신께서 당신에게 말을 건네실지 모르겠군요. 이번 재앙이 닥친 이후로 여신께서는 침묵하고 계시거든요."

이시스는 의사가 시키는 대로 했다.

목욕물이 이시스를 부드럽게 감쌌다. 그녀는 긴장을 풀고 자신의 정신이 자유롭게 부유하도록 내버려두었다. 여러 종류의 향이 차례차례로 피어올라 향기의 소용돌이를 이루며 감미롭게 취하게 했다.

그때 꿀벌 한 마리가 그녀에게 달려들었다. 이시스는 석재 욕조 가장자리에 몸을 바싹 붙인 채 움직임을 멈추었다. 수면이 흔들리면 물 위에 비친 영상들에 벌들이 겁을 먹고 상대를 무조건 쏘려 한다는 걸 그녀는 알고 있었다.

어디선가 몰려온 꿀벌 떼가 그녀의 몸 전체를 뒤덮었다. 이시스는 눈을 꼭 감은 채 이케르를, 자신의 계속되는 여정을, 그리고 오시리스의 육신을 생각했다.

백합꽃 향기가 퍼져나가더니 그녀의 몸을 뒤덮고 있던 꿀벌 떼가 순식간에 어디론가 사라져버렸다. 그녀 앞에 하토르 여신의 얼굴이 나타났다. 여신은 평온한 목소리로 그녀에게 무언가를 일러주었다. 재앙을 물리칠 방법이었다.

덴드라 신전의 보물 창고에는 아주 다양한 종류의 금속과 진귀한 돌이 있었다. 여사제 한 사람이 보물함들을 열어 이시스가 필요한 것들을 가져가도록 해주었다.

이시스는 침착하고 세밀한 손놀림으로 호루스의 눈을 만들었다. 세트에 의해 찢긴 눈을 다시 온전한 모습으로 되살린 것이었다. 이시스가 정확하고 정교하게 재현한 눈의 각 부분들이 각각 하나의 상징이 되었다.

완전한 건강을 상징하는 호루스의 눈을 들고서 이시스는 신전을 나와 신성한 숲으로 갔다.

꿀벌 떼가 날아와 그녀 주위를 둘러싸고 붕붕거렸다. 이시스는 두려움을 느끼면서도 침착함을 잃지 않았다. 빛나는 호루스의 눈이 흥분한 꿀벌들이 달려드는 걸 막아주고 있었다.

신성한 숲은 몰려든 꿀벌 떼로 지옥처럼 들끓었다. 숲 한가운데 아카시아나무가 자라는 언덕이 있었다. 이시스가 언덕 위에 호루스의 눈을 놓자, 여왕벌들이 각자의 무리를 불러 모았다. 꿀벌들은 자신의 여왕벌을 따라 질서정연하게 열을 지어 사막 지대 변방에 있는 자신들의 집으로 돌아갔다.

언덕 꼭대기에 우뚝 선 오시리스의 아카시아나무 발치에서 샘이 솟았다. 샘에 신성한 유체가 있었다. 오시리스의 두 다리였다.

상이집트의 여섯번째 주 '악어'의 주도인 "시스트럼 '힘'의 신전" 바티우에 도착하기까지는 그리 많은 시간이 걸리지 않았다.

부두와 강둑에는 무슨 일인지 수백여 명의 사람들이 몰려나와 웅성거리고 있었다. 병사들이 호기심에 찬 이들을 흩어버리려 했지만 역부족인 것 같았다. 사제들은 나일 강 물속 이곳저곳을 뒤지며 애도의 곡을 하고 있었다.

사렌푸트가 말했다.

"가까이 다가갔다간 봉변을 당할 것 같소이다."

이시스가 대답했다.

"이곳의 신성한 유체를 얻기 위해서라도 우리는 저 소동의 이유를 알아봐야 합니다. 배를 가까이 대세요."

나일 강 감찰대 배 한 척이 이시스 일행의 앞을 가로막았다. 운 좋게도 이 감찰선의 대장은 어릴 적에 사렌푸트의 도움을 받으며 자란 사내였다.

일행의 배와 감찰선이 뱃머리를 맞댔다.

"사렌푸트 각하를 다시 뵙다니, 이렇게 기쁠 데가요!"

"자네도 의젓한 병사가 되었구먼!"

"이 지방의 안전을 지킨다는 사실에 자부심을 가지고 있습니다."

"저 소란을 보면 그리 쉬운 일은 아니겠는걸."

"사제들이 조금 전 엄청난 실수를 저질렀습니다. 지금 주민들은 신의 노여움을 살까봐 전전긍긍하고 있습니다."

"여기 계신 아비도스 수석 여사제께서 문제를 해결해주실 걸세. 이분이 오셨다는 소식을 전하게."

사렌푸트의 배가 부두에 닻을 내렸다.

군중들의 아우성은 잠잠해졌지만 사제들은 여전히 큰 소리로 곡을 하고 있었다. 이시스가 사제들에게 다가가 이유를 물었다.

사제들 가운데 하나가 설명했다.

"의식을 주도하던 우리 대사제께서 이 지방 성유물인 오시리스의 성기를 들고 가시다가 어지럼증 때문에 그만 나일 강에 빠지셨습니다. 아무리 물속을 뒤져봐도 그 성유물을 찾을 수가 없었습니다. 물고기가 그걸 삼켜버린 게 틀림없어요. 우린 그 신성한 유체를 영영 잃어버리고 만 겁니다."

"왜 그리 비관적으로 생각하세요?"

"제일 솜씨 좋다는 어부들도 다 실패했단 말입니다! 저세상에서 온 그 물고기는 어부들이 던진 그물에 절대 걸려들지 않을 겁니다."

"신전으로 나를 안내해줘요."

사제의 말대로 물고기가 신성한 유체를 삼켰다면 모든 게 허사였다. 하지만 희망, 아주 희미한 희망이 이시스의 의지를 지탱해주었다. 그녀는 눈앞의 명백한 상황을 받아들이지 않고 실낱같은 희망에 매달렸다. 이 지방 상징물은 하토르 여신의 머리가 장식된 시스트럼이었다. 그것이 어쩌면 그녀를 도와줄지도 몰랐다. 그 시스트럼을 연주할 수 있다면 새로운 길이 열릴지도 몰랐다.

이시스는 연못이 있는 한 정원으로 갔다. 연못마다 연꽃이 가득 피어 있었다. 고문헌에서 배운 대로 그녀는 '처음', 즉 태초에 피어난 신성한 연꽃이 지녔던 창조의 생식기를 생각해냈다.

이시스는 탐스러운 푸른 연꽃 한 송이를 꺾어 들고 연꽃을 향해 물었다. 연꽃은 오시리스의 성기가 사라진 게 아니라고 대답했다. 어떤 사악한 힘이 그 신성한 유체를 감추었고, 그걸 삼켰다는 물고기는 속임수에 불과하다고 했다.

한 여사제가 이시스에게 시스트럼 '힘'을 가져왔다. 이시스가 시스트럼을 흔들자 그 힘찬 울림에 불꽃같은 섬광이 연달아 일어 연못 표면으로 퍼져나갔다.

이시스가 사제들을 불러 모았다.

"이제 그만 기운을 차리세요. 이 노랫소리가 들리지 않습니까?"

어떤 날카로운 음악 소리가 귀를 찢을 듯 울리고 있었다.

"사실대로 말해주지 않는다면 당신들은 듣지도 보지도 못하게 될 것입니다. 내게 무엇을 숨기고 있는 겁니까?"

여든이 넘은 노사제가 털어놓았다.

"세트의 나무입니다. 이렇게 되고 보니 차라리 그 나무를 잊어버리고 사는 게 좋았을 거란 생각이 듭니다. 그 나무가 우리의 평화로운 삶을 흔들어놓고 오시리스의 신성한 유체 조각을 빼앗아 갈까봐 두려웠거든요. 그래서 위험을 조금이나마 피해보려다가 이런 돌이킬 수 없는 실수를 저질렀던 겁니다."

"그 나무가 있는 장소를 알려주세요."

"그리로 가서는 안 됩니다, 그 나무는……"

"서두릅시다. 앞장서세요."

신전 북쪽에 황량하게 버려진 장소가 있었다. 꽃 한 송이, 풀 한 포기 볼 수 없는 곳이었다. 땅에서 뜨거운 열기가 솟아올랐다.

노사제가 설명했다.

"이 열기는 세트의 콧구멍에서 뿜어져 나오는 겁니다."

땅이 갈라진 틈 사이에 검은 나무 한 그루가 솟아나 있었다. 몸통은 앙상히 말랐고 나뭇가지들은 뒤틀려 있었다. 나무 옆에는 생김새가 기이한 네발짐승이 누워 있었다. 긴 귀와 오카피를 닮은 주둥이를 가진 짐승이었다.

사제가 더듬거리며 말했다.

"나는…… 나는 이만 가봐도 되겠지요?"

이시스가 고개를 끄덕이자 노사제는 부리나케 그곳을 떠났다.

이시스는 위엄 있는 목소리로 말했다.

"세트여, 나는 그대를 안다. 이 푸른 연꽃을 받으라. 그대는 사막

금의 지배자이니, 그대의 힘이 금에 담겨 있노라. 생식의 불꽃이 그대의 몸속에 흐르나니, 그 생식력은 죽음을 이길 수 있으리라. 내가 네 형제의 유체를 모을 수 있게 해다오."

네발짐승은 잠시 뒤척이더니 몸을 일으켰다. 짐승이 붉은 눈으로 이시스를 노려보았다.

이시스가 한 걸음 앞으로 내디뎠다. 짐승도 그녀를 따라서 한 발 앞으로 나섰다. 둘은 천천히 서로에게 다가섰다.

세트의 나무를 지키는 이 수호 정령의 뜨거운 입김이 이시스의 코끝을 스칠 만큼 둘 사이의 거리가 좁아들었다. 그녀가 손을 내밀어 짐승을 어루만졌다. 짐승의 거죽은 연고 같은 끈끈한 물질로 덮여 있었다. 그녀는 입고 있는 튜닉의 소매를 찢어 그 물질을 끌어 모은 다음 나무 가까이로 다가갔다.

등 뒤의 짐승이 자칫 그녀를 공격할지도 모를 상황이었다. 하지만 그녀는 아랑곳없이 나무를 향해 손을 뻗었다. 나뭇가지들이 툭툭 부러지더니 나무 전체가 먼지를 일으키며 부서져 내렸다. 땅이 갈라진 틈에서 붉은 연기가 솟아올라 이시스를 감쌌다.

어디선가 푸른 연꽃의 향기를 품은 바람이 불어와 붉은 연기를 씻어주었다.

갈라진 땅 언저리에 금과 은의 자연 합금물인 호박 금으로 이루어진 오시리스의 성기가 놓여 있었다.

이시스는 뜯어낸 소맷자락으로 이 신성한 유체를 감쌌다. 세트의 짐승이 분비한 연고 물질이 이 유체 조각을 다시 힘차고 강건하게 만들어줄 터였다.

주위를 돌아보자 파릇한 풀들이 어느새 한가득 돋아나 있었다. 기이한 네발짐승은 이미 모습을 감춘 뒤였다.

상이집트 여덟번째 주의 주도 아비도스가 이시스의 시야에 들어왔다. 이 도시는 모든 행복이 집약된 곳이면서 또한 극한의 불행이 빚어진 곳이기도 했다. 세상의 사악함으로부터 멀리 떨어진 이곳에서 이케르와 더불어 오랫동안 행복하게 살 수 있기를 얼마나 바랐던가!
부두에 많은 병사들이 나와 있었다. 그들 틈에 세카리와 북풍, 상겡의 모습이 보였다.

# 29

　마주 선 이시스와 세카리는 한참 동안 한마디도 꺼낼 수 없었다. 세카리는 여사제를 존경 어린 태도로 포옹했다. 북풍과 상겡이 긴 울음을 울었다. 두 짐승의 눈에서 눈물이 흘렀다.

　이시스가 힘주어 말했다.

　"아직 절망할 때가 아닙니다. 나는 오시리스의 흩어진 유체 조각들을 다시 모으고 있어요. 만약 내가 이 일에 성공해서 오시리스의 육신을 온전하게 짜 맞추게 되면 우리는 제의를 올려 신비를 전수할 수 있어요. 그렇게 하면 이케르를 죽음으로부터 구해낼 수 있을 거예요."

　세카리는 그녀의 말을 믿지 않았지만 그런 기색을 전혀 내비치지 않았다.

　그가 말했다.

　"이제부터 우리도 함께 가겠어요. 내가 이시스 님을 지켜드리겠습니다."

　이시스가 대답했다.

　"고마워요. 예고자가 이미 손을 써서 도처에 장애물을 만들어두었

300

어요."

사렌푸트가 인사를 나누러 왔다. 세카리는 사렌푸트와 가벼운 포옹을 나누었다.

총독이 말했다.

"저 여사제님은 참으로 특별한 분입니다. 그 어떤 장애물도 저분을 막지 못할 거요. 포기하느니 차라리 죽음을 택할 분이니 말이오. 우리가 무시무시한 함정에서 빠져나온 게 이미 한두 번이 아니외다. 하지만 적은 앞으로 점점 더 기승을 부릴 테지요."

세카리가 대답했다.

"총독님의 전투선은 너무 쉽게 눈에 띕니다. 제가 총독님을 대신해서 가볍고 빠른 배로 여사제님을 호위할 테니, 엘레판티네로 돌아가셔도 됩니다."

"내 궁수들이 필요하시오?"

"궁수들에게 뱃사람 행세를 하게 해야겠습니다. 장삿길에 나선 배로 위장하는 거죠. 무기는 감추고 다니다가 필요할 때만 사용하도록 해야지요. 사렌푸트 총독 각하도 경계를 게을리 하시면 안 됩니다. 앞으로 어떤 곤란한 일이 생길지 모르니까요."

"누비아인들이 공격해 올까봐 걱정하는 것이오?"

"그쪽은 걱정할 게 없습니다. 오히려 멤피스가 위험하지요. 예고자는 파라오를 겨냥하고 있습니다. 이런 때일수록 주 총독들께서 각 지방의 안정을 유지해주셔야 합니다."

"엘레판티네는 흔들림 없을 거외다. 무엇보다 이시스 님을 잘 지켜주시오."

사렌푸트가 장담했다.

무뚝뚝한 사렌푸트도 이시스에게 작별 인사를 할 때는 감정이 북받치는 듯했다. 그는 뜻 깊고 멋진 말로 이시스에 대한 존경과 흠모의 마음을 전하고 싶었지만, 정작 입에서 나온 말은 지극히 의례적인 인사말 몇 마디가 고작이었다.

하지만 이시스의 눈빛을 본 총독은 그녀가 자신의 진심을 이해했다는 걸 알았다. 총독이 덧붙였다.

"몸조심하시라고 당부해봤자 소용없겠지만, 그래도 적은……"

"우린 적을 이길 겁니다, 사렌푸트."

이시스와 세카리는 북풍과 상겡을 데리고 아비도스 시내로 들어갔다.

"부왕께서도 큰 위험을 겪고 계십니다. 세카리 님이 폐하 곁에 있는 게 더욱 도움이 되지 않을까요?"

"난 이시스 님을 도우라는 지시를 받았어요. 폐하께서는 소벡 총리가 훈련시킨 정예 친위병들이 호위하고 있으니 안전하실 겁니다."

"이번에 파라오가 치르는 여행은 비록 몸은 움직이지 않지만 몹시 위험합니다. 폐하께서 삶의 저편에서 되돌아오지 못한다면, 폐하께서 봉인 단지를 얻지 못해서 소생제의를 올리지 못하게 된다면 우린 끝장입니다."

"파라오께서는 꼭 돌아오십니다."


"물을 좀더 드릴까요?"

비나가 장교에게 물었다. 장교는 아비도스 생명의 집 주위에 배치된 병사들을 지휘하고 있었다.

"나중에."

"언제가 좋아요?"

예쁘고 요염한 여인의 유혹 앞에서 장교는 흔들리는 마음을 다잡으려고 애썼다.

"봐서. 그러니까 내 말은…… 근무시간은 피하자는 말이지. 보초를 서는 중에는 이야기를 나눠선 안 되거든."

"이렇게 많은 병사들이 밤낮으로 지키다니…… 여기 엄청난 보물이 있나봐요!"

"난 아무것도 모른다니까."

비나는 장교의 뺨에 슬쩍 입을 맞추었다.

"나한테까지 숨길 건 없잖아요! 오늘 밤에 우리 다시 만나서……"

"오늘 밤에는 근무 교대야. 나는 아비도스를 떠나고 다른 사람이 이 자리에 올 거라고. 이제 그만 가봐."

장교가 갑작스레 태도를 바꾼 건 탁발 사제와 네프티스의 모습이 보였기 때문이었다. 비나는 다시금 신전 하녀다운 성실하고 조신한 태도를 꾸미며 얌전히 그 자리를 떠났다.

오시리스의 영지 안에 무장한 병사들이라니! 이건 분명 놀랍고도 당혹스러운 광경이었다. 얼마 전에 있었던 두 건의 살인 사건 때문일까? 표면적으로는 신성한 문서들을 보호하기 위해 탁발 사제가 생명의 집에 병사들을 배치해달라고 요청했다는 발표가 있었지만 그 설명을 곧이곧대로 믿을 수는 없었다. 노사제와 네프티스는 그 안에서 뭘 하고 있을까?

베가는 평소처럼 자신이 맡은 업무를 세심하게 챙겼다. 하지만 그는 치미는 화를 간신히 억누르고 있었다.

탁발 사제가 자신을 하찮게 취급하고 있었다. 연륜 깊은 종신 사제인 자신을 생명의 집에 들어가지 못하게 하고, 그 이유에 대해 단 한마디 설명조차 없다니!

바보 같은 동료 종신 사제들은 고분고분 순종하는 양들답게 탁발 사제의 지시를 아무런 저항 없이 받아들이고 있었다. 베가는 예고자가 권력을 잡으면 탁발 사제와 아비도스의 종신 사제들을 모조리 노예로 만들겠다고 다짐했다.

세소스트리스가 아비도스를 떠난 게 멤피스로 돌아가기 위해서인지, 아니면 다른 목적이 있어서인지 알아보기 위해 베가는 부두로 향했다. 파라오를 수행하고 돌아온 선원 한 사람을 찾기 위해서였다. 오래전부터 알고 지내던 사이로 허리 병을 앓는 그 선원은 통증을 덜어줄 작은 부적을 탐내고 있었다.

베가와 선원은 아비도스 제1부두에서 만났다. 이 부두에서 베가는 아비도스에 보급되는 채소의 하역 작업을 감독하곤 했다. 베가가 선원에게 인사를 건넸다.

"어떻게 지내는가?"

"허리 병이 도졌습죠."

"멤피스까지 그 먼 길을 갔다 왔으니 병이 도질 수밖에!"

"멤피스요? 최근엔 거기 가본 적이 없습니다요."

"자넨 파라오 수행 선단 소속이 아닌가?"

"그렇습죠, 하지만……"

선원이 입을 다물었다.

"멤피스가 목적지는 아니었습니다요. 죄송하지만 더이상은 말씀드릴 수가 없구먼요. 군사기밀이거든요."

"아, 그거야 내가 궁금해할 일이 아니지. 게다가 난 그리 호기심이 많은 사람이 아니거든!"

베가는 자신의 튜닉 호주머니에서 원기둥 형태의 작은 홍옥수 부적을 꺼냈다.

"이건 건강과 회춘을 가져다주는 물건이지. 이걸 잠자는 동안 자네 허리 밑에 놓아두게. 통증을 덜어줄 거야."

"사제님은 정말 인정 많은 분이십니다요! 그런데 아비도스에서 이런 끔찍한 일들이 일어나다니…… 이번에도 파라오께서 불행을 몰아내주시기를 모두가 바라고 있습죠. 파라오께서 멤피스로 가시지 않고 메다무드로 가신 이유가 대체 뭘까요? 아마도 그럴 만한 이유가 있으시겠죠. 저는 파라오를 믿습니다요."

"당연히 그래야지!"

베가가 맞장구쳤다.

"능력 있는 군주께서 우리를 보호하시는데 두려워할 게 뭐 있겠나? 이 부적의 효력이 다하면 말하게. 내가 다른 걸로 하나 더 줄 테니."

"고맙습니다요, 정말 고맙습니다요!"

예고자가 흥미롭다는 듯이 중얼거렸다.

"메다무드란 말이지. 믿을 만한 정보인가?"

베가가 자신 있게 대답했다.

"틀림없습니다. 한 선원한테서 들었는데, 그자는 미신에 빠진 데다가 또 우둔하기 짝이 없어서 자신이 무슨 이야기를 털어놨는지도 모르고 있지요."

"메다무드는 이케르가 태어난 마을이고, 늙은 서기관이 살았던 곳이다. 오시리스의 옛 무덤이 그곳에 있다는 말이 있지. 이젠 아무도 찾지 않는 무덤이지만 말이다. 세소스트리스는 그 무덤에 관심이 있는 거야. 거기서 나와 맞설 방법을 찾아내려는 거지."

베가가 대답했다.

"세소스트리스의 패배는 이미 돌이킬 수 없습니다. 단지 마지막 시간을 늦추고 있을 뿐이죠. 이케르는 죽었고, 봉인 단지는 사라져버렸으며, 아비도스의 상징 부적은 부서졌습니다. 더이상 그를 도와줄 것은 없습니다. 절망적 상황에 빠진 세소스트리스는 낡아빠진 믿음에 매달려보려는 겁니다, 파라오가 소생한다는 믿음 말입니다."

"그 작은 마을이 얼마나 중요한 곳인지 모르고 있군. 파라오는 그 중요성을 감지하고 있다. 그리고 이제 곧 그 비밀을 꿰뚫게 되겠지. 오시리스의 두 묘실이 별들의 모태라는 것을 말이야. 그곳에서 파라오는 자신의 카를 꽃다발로 구현해놓고 생기를 재충전하려 할 테지."

예고자의 말에 베가는 입을 다물지 못했다.

"주인님은…… 우리의 제의를 모조리 꿰뚫고 계시는군요!"

"그렇기 때문에 나는 너희 이집트인의 종교의례를 모조리 파괴할 수 있는 것이다."

베가는 두려움으로 뱃속이 오그라들었다. 인간의 형상을 한 이 예고자의 껍질 안에 육신이 죽어도 살아남는 파괴의 정령이 숨어 있는 게 아닐까?

"그렇게 소생한다 한들 세소스트리스가 기대할 게 뭐겠습니까?"

예고자의 눈이 붉게 물들었다.

"메다무드가 보인다. 파라오의 모습이 보여. 그의 영혼이 떠돌고 있군."

"그가…… 죽었단 말씀입니까?"

"계속 싸우는 중이지. 세소스트리스가 허약해진 이때를 틈타 그를 영원히 소멸시켜야겠다."

"하지만 주인님, 지금 아비도스 바깥으로 빠져나가기는 불가능합니다. 어디서나 검문인 데다 경비대가 이곳을 포위하고 있습니다."

"내가 움직일 필요는 없어. 비나가 가진 영매 능력을 이용할 생각이다. 세소스트리스의 이름을 저주하여 그의 영혼이 육신과 다시 만나지 못하고 구천을 떠돌다가 결국 지쳐 사라지게 할 것이다."

비나가 급히 들어와 예고자 앞에 엎드렸다.

"주인님, 이시스가 돌아왔습니다."


오시리스의 머리는 아비도스에 보관되어 있었다.

이시스가 이 신성한 유체를 가린 덮개를 들어올렸다. 신의 평온한 얼굴이 드러났다. 여전히 이케르의 모습을 하고 있었다. 예고자도 오시리스에 새겨진 이케르의 얼굴까지 지우지는 못한 것이다.

그렇지만 분위기는 어두웠다.

탁발 사제는 자신의 실패를 숨기지 않았다.

"수없이 많은 심문을 하고 심층 수사를 벌이고 경계를 강화해두었소만…… 범인을 추적할 작은 실마리 하나 찾아내지 못했소."

이시스가 물었다.

"생명의 집에서 행해지는 일을 염탐한 자가 있었습니까?"

"그런 일은 없었소."

"병사들을 왜 배치했냐고 물어보는 사람은 없던가요?"

"많았지요! 그런 조치에 놀라지 않는 사람이 있었다면 오히려 의심해봤을 거요. 종신 사제든 임시 사제든 병사들과 뒤섞여 지내게 되었으니 내게 이유를 묻는 게 당연하지요. 그들에게는 네프티스와 내가 아비도스를 보호해줄 오래된 마법 주문들을 불철주야로 찾는 중이라고 믿게 해두었어요."

네프티스가 이시스의 손을 잡았다.

"이케르 님의 미라는 오시리스 나룻배에 보존되어 있어요. 하루에도 몇 차례씩 생명의 기를 미라에 불어넣고 있고, 탁발 사제께서도 신성한 주문들을 외고 있지요. 부패의 흔적이 조금도 없는 걸로 봐서 자매님의 부군께선 두 세상 사이에서 여전히 살아 계세요. 정원에는 물을 흠뻑 뿌려 이케르 님의 영혼 새가 목을 축일 수 있도록 하고 있어요. 신성한 유체를 모두 찾아와요, 이시스. 절대 포기해서는 안 돼요!"

이시스의 얼굴에 떠오른 희미한 미소에 가냘픈 희망이 드러났다.

네프티스가 물었다.

"이케르 님을 보러 가볼래요?"

"범인들이 분명 생명의 집을 계속 지켜보고 있을 거예요. 만약 내가 그곳에 들어간다면, 우리가 무엇을 하려는지 그자들이 눈치 챌 테지요. 이 일을 알아차리는 순간 예고자는 또다시 파괴의 힘을 동원해 이케르를 한 번 더 죽이려 들 거예요."

이시스는 여행의 순례지들에서 찾아온 오시리스의 유체 조각들을 신비 바구니에서 꺼냈다.

"이 신성한 유체들을 생명의 집 내부에 보관해줘요. 난 지금 다시 떠날 겁니다."

네프티스가 부두까지 이시스를 배웅하며 속에 감춰둔 생각 하나를 털어놓았다.

"종신 사제 가운데 한 사람이 마음에 걸려요."

"베가 사제 말인가요?"

"자매님도 그를 의심하고 있었나요?"

"의심이라는 표현은 좀 과해요. 속을 알 수 없는 사람이라고 생각한 정도죠. 그가 어떤 구체적인 잘못을 저지른 건가요?"

"아직 그런 일은 없어요."

"그가 이케르의 살해범들과 내통하고 있다고 생각하는 건가요?"

"확실한 증거 없이 그렇다고 단정할 수는 없죠."

"부디 몸조심해요. 우리의 적은 서슴지 않고 사람을 죽이는 자들이에요."

네프티스는 수수께끼 같으면서도 매력적인 아셰르와 어느덧 특별한 사이가 되어 있었지만, 그 이야기를 이시스에게 털어놓지는 않았다. 아비도스의 운명과 이케르의 사활이 걸린 이 중요한 시기에 사사로운 문제를 꺼내서 이시스를 불편하게 하고 싶지 않았던 것이다.

# 30

멤피스는 잠들어 있었지만, 네스몬투 장군은 잠을 이루지 못했다. 세호테프 저택의 화려함도, 테라스에서 보이는 아름다운 야경도 그를 위로할 수는 없었다. 무엇보다 견디기 힘든 건 그 자신의 무력한 처지였다.

세호테프가 테라스로 나왔다. 그 역시도 풀이 죽어 있기는 마찬가지였다.

네스몬투가 투덜거렸다.

"몸이 자꾸 불어서 큰일이야. 자네 집 요리사의 솜씨가 너무 좋아서 말이야. 군사훈련도 못하는 처지이니, 이러다 살진 돼지 꼴이 되고 말겠네!"

"프타호테프의 『잠언』에 나온 자신을 다스리는 법 몇 구절을 들려드릴까요?"

"그 구절은 아예 외우고 있어. 매일 밤 그걸 되새기면서 잠을 청하곤 하지! 어째서 소벡은 우릴 이렇게 오래 기다리게 하는 걸까?"

"결정적인 순간을 기다리는 거겠지요."

"세카리가 반란 분자들의 소굴 한 곳을 찾아냈어! 그자들을 붙잡아 와서 심문해보면 우두머리의 이름을 털어놓을 거고, 그걸 알아내면 어둠의 군대를 궤멸시킬 수 있을 텐데!"

세호테프가 대답했다.

"적은 평범한 상대가 아니에요. 그들은 항복하느니 차라리 죽음을 택할 겁니다. 소벡이 택한 방법이 지금으로선 최상입니다. 그들에게 자신들이 활개 칠 시기가 왔다고 믿게 하는 거지요."

"하지만 그자들은 코빼기도 비치지 않고 있잖아!"

"적의 조직망에 소식이 퍼질 시간을 줘야 합니다. 무엇보다 장군이 죽었다는 것과 소벡의 병세가 회복 불가능하다는 걸 믿게 만들어야지요. 이집트군 총사령관은 죽고 총리는 있으나 마나 하고 고관들은 자리를 두고 앞 다투어 싸우고 있는 상황이라니, 공격하기에 얼마나 좋은 기회입니까! 하지만 예고자의 참모들은 매우 조심스러운 자들입니다. 그들은 이길 수 있다는 확신이 들기 전에는 움직이지 않을 거예요."

"그렇겠지, 그럴 거야! 확신이 서면 그때야 고개를 쳐들 테지!"

"그리 오래 기다리지 않아도 될 겁니다."

세호테프가 예측했다.

"나도 자네처럼 낙관할 수 있었으면 좋겠군."

"하지만 저도 그렇게 속이 편한 건 아닙니다."

"자신을 괴롭히는 일은 그만둬! 자네의 결백은 밝혀질 거야."

"시간이 지날수록 저한테는 불리해요. 물론 파라오께서 이집트를 구하시고 아비도스를 지켜내시기만 한다면 상관은 없지만 말입니다."

네스몬투는 뒷짐을 진 채 테라스를 이리저리 거닐었다. 세호테프는 멤피스 시가를 내려다보았다. 도시가 사나운 포식자들 앞에 내던져진 희생물처럼 느껴졌다.

얼마 전 죽은 메다무드 촌장의 보좌관이었던 사내는 예고자가 심어둔 첩자였다. 그는 자리에서 쫓겨난 것이 분해 씨근거리면서도 처신은 용케 잘해나가고 있었다. 파라오가 이 마을에 왔다는 사실은 그로서도 놀랍기 그지없었다. 파라오가 오시리스 신전에 대해 물은 걸로 봐서 진짜 목적은 분명했다. 분명 오래전에 파괴되어 없어진 오시리스 무덤을 찾아보려는 생각일 것이다.

사내는 콧수염을 밀고 농부들이 입는 허리옷을 둘러 평범한 행색으로 꾸민 뒤, 신전 공사 현장 쪽으로 어슬렁거리며 갔다. 테베에서 불려온 장인들이 일하는 곳이었다. 장인들은 주간 작업조와 야간 작업조로 나누어 일했는데, 뛰어난 건축 기술자들답게 손발이 척척 맞았다. 파라오는 무슨 이유로 신전 보수공사를 이처럼 서둔단 말인가? 정예병들이 공사 현장을 둘러싸고 지키는 이유는 또 무엇인가?

파라오가 메다무드 마을을 중요하게 생각한다는 건 분명했다. 사내는 파라오가 이런 심상찮은 일을 벌이는 이유를 캐내면 예고자가 자신을 진급시켜줄 거라는 계산이 섰다. 그렇게 되면 이 초라한 마을을 떠나 멤피스의 으리으리한 저택에서 하인을 부리며 살게 될 것이다. 그런 근사한 미래는 위험을 무릅쓰지 않으면 얻을 수 없는 법이었다.

사내는 뜨뜻한 전병을 싸들고 위병 장교에게로 가서 굽실거리며 말했다.

"새로 부임한 촌장님이 보내신 겁니다요."

"마다할 이유야 없지."

"오늘 밤에는 누에콩을 갈아 만든 죽을 가져다드리겠습니다요. 또 필요하신 게 있으시면 말씀만 하십시오. 파라오께서는 아마도 고급 요리를 즐기실 테지요."

"그건 네가 신경 쓸 일이 아냐."

"폐하께서 어디 편찮으신가요?"

"가서 남은 전병이나 더 가져와."

장교가 입을 꾹 다무는 걸로 봐서 뭔가 감추고 있는 게 분명했다.

병사들이 에워싸고 있는 통에 신전 안으로 들어가기는 어려웠다. 사내는 외진 모퉁이를 골라 슬그머니 담을 넘었다. 그러고는 깜짝 놀라고 말았다. 아주 오래전부터 사람들의 접근이 금지되었던 신성한 숲 역시도 병사들이 엄중히 지키고 있었던 것이다!

그렇다면 파라오는 분명 저 대추나무 경계선을 지나 금지된 땅으로 들어갔을 것이다. 그곳에는 악마들이 있어서 섣불리 발을 들여놓는 호기심 많은 자들을 목 졸라 죽인다고 했다. 하지만 악마들도 그 거인 파라오만은 당해내지 못한 것이다.

세소스트리스가 저 금지된 정원 한가운데 머물고 있는 이유는 대체 무엇일까?

사내는 이 마을의 옛 자문 위원들을 이끄는 은발 노인을 생각해냈다. 잘 구슬려보든 폭력이나 협박을 쓰든 그 노인의 도움을 얻어내면 될 것이다.

노인은 짚을 엮어 만든 의자에 앉아 노여운 눈빛으로 전임 촌장의 보좌관을 바라보았다.

"오시리스의 옛 무덤이란 없어. 그건 전설일 뿐이라네."

"거짓말 마! 마을 사람들을 전부 꼬드겨서 입 다물게 만들었다는 거 알아. 솔직히 털어놓으시지."

"허튼소리! 내 집에서 당장 나가게."

"영감 나이쯤 되면 목숨이 중요하다는 건 알 거야. 자식들이나 손자들 목숨은 더 말할 필요도 없고 말이지."

"자네 설마……"

"이미 끝장난 인생, 뭔들 못 하겠어?"

노인은 사내의 위협이 빈말이 아니라는 걸 느꼈다.

"무덤이 있기는 있네. 하지만 전부 무너져 폐허가 되었지."

"거기에 보물이 숨겨져 있는 건 아니고?"

"그럴 수도 있지."

"이봐 영감, 난 참을성이 없는 사람이야!"

"지하에 묘실이 두 개 있다는 것밖에는 몰라."

"그 묘실의 정확한 위치를 그려봐."

사내는 몇 가지를 더 확인하고는 노인의 목을 졸랐다. 나이가 나이인 만큼 사람들은 노인의 명이 다해 죽었다고 믿을 것이다. 남은 문제는 신성한 숲으로 들어갈 방법을 찾는 것이었다. 운만 따라준다면 파라오를 없앨 수 있을지도 몰랐다. 그렇게 되면 자신의 팔자도 활짝 필 것이다.


세카리는 이시스가 들고 있는 작은 홀을 감탄의 눈으로 바라보았다. 조금 전 그녀는 상아로 만든 그 홀로 강한 남풍을 일으켜 배가 쏜살같이 내달리게 했던 것이다.

이시스가 설명했다.

"이 홀은 파라오 스콜피온의 것이었어요. 초기 파라오 가운데 한 분으로 아비도스에 묻힌 왕이지요. 부왕께서 이 홀을 내게 주시며, 이것으로 운명을 이겨나가라 하셨죠. 이 왕홀과 토트 신의 칼이 내가 지닌 유일한 무기예요."

"한 가지를 빼놓았어요. 이케르에 대한 당신의 사랑, 유일하고 변함없는 그 사랑이 있잖아요. 그와 당신을 이어주는 끈은 결코 끊어지지 않을 겁니다."

상이집트 아홉번째 주의 주도인 이푸에서는 신전이 대단한 자랑거리였다. 이 지방 수호신 민의 특별한 증거물인 돌이 보존되어 있기 때문이었다. 제1왕조 초기에 하늘에서 떨어졌다는 그 돌은 별들로부터 태어난 것으로서 번영과 풍요로움을 보장해주었다. '민 신의 운석'이라는 이 지방의 이름도 그 돌에서 유래한 것이었다.

민 신은 죽음을 연상케 하는 흰 수의 차림이지만 생식기가 늘 발기한 모습이었고, 이 발기한 생식기를 통해 무엇보다 분명하게 생명의 승리를 보장해주었다.

이시스는 신전으로 갔다. 사제 한 사람이 정화의식을 치르는 신전 입구를 지키고 있었다.

"대사제님을 뵙고 싶습니다."

"무슨 자격으로 그런 요구를 하시오?"

"나는 달의 성전에 들어가려는 겁니다. 이 신전은 우주의 소리를 듣고 그 말씀을 옮겨 적는 곳이지요. 그러니 내게 길을 열어주시오."

문지기 사제의 얼굴이 하얗게 질렸다. 눈앞의 여인이 단 몇 마디 말로 자신의 자격을 입증해 보인 것이다. 사제는 방문객에게 정화의식을 치르게 한 후 천장이 트인 넓은 중정으로 안내했다. 이시스는 대사제를 기다리며 명상에 잠겼다.

얼마 지나지 않아 대사제가 나타났다. 위엄이 느껴지는 사십대 남자였다. 대사제는 의례적인 인사를 건너뛰고 곧장 물었다.

"달의 성전을 보신 적이 있다면 그때가 언제입니까?"

"두 개의 길에 입문했을 때입니다."

"그렇다면……"

"나는 아비도스의 수석 여사제인 이시스입니다. 이 신전에 보관된 오시리스의 신성한 유체를 얻고 싶습니다."

대사제는 더이상의 설명을 요구하지 않았다. 각 지방에 흩어져 있는 오시리스의 유체를 요구하는 건 거장 임호테프 같은 어떤 큰 인물의 부활의식을 준비하기 때문이라는 걸 알고 있었던 것이다.

대사제는 이시스에게 오시리스의 두 귀를 내주었다.

배는 북쪽을 향해 계속 빠른 속도로 나아갔다. 일행은 별다른 사고 없이 몇 개의 주를 지났다. 배가 토트와 오그도아드의 도시인 크헤므누*가 보이는 곳까지 왔을 때였다.

세카리는 이시스의 신경이 예민해져 있음을 느꼈다.

"우리가 들러야 하는 도시인가요?"

"꼭 그래야 하는 건 아니에요. 우리의 목적지는 치타 여신 파케트의 성지이니까요. 하지만 어떤 위험이 느껴져요."

두 사람의 머리 위로 기이한 매 한 마리가 맴돌고 있었다. 어지러

---

* 헤르모폴리스.

이 빙빙 돌며 날고 있는 그 매는 호루스의 매가 지닌 위엄이 없었고, 몸이 온통 피로 얼룩진 듯 보였다. 매는 발톱 대신에 날카로운 갈고리를 달고 있었다.

이시스의 얼굴이 창백해졌다.

"지옥의 불 화덕에서 온 매 인간이에요! 적들을 죽이고 그 재산을 파괴하고 후손들을 몰살시키는 유령이지요."

"그렇다면 예고자가 보낸 거군요."

세카리가 매를 향해 투창기를 던지면서 말했다.

매는 날아오는 세카리의 투창기를 피하고는 성이 나서 누구도 들어본 적이 없는 울음소리를 내질렀다. 그 소리를 듣고도 선원들이 두려움을 이겨낼 수 있었던 건 오시리스의 귀가 그들 곁에 있는 덕분이었다.

선장이 고함을 질렀다.

"저 앞에 섬이 불타고 있습니다!"

섬 하나가 나일 강 한가운데 자리 잡고 배가 지나갈 수 없게 가로막고 있었다.

이시스가 말했다.

"매 인간의 둥지예요. 수확의 축제에서 파라오는 '오시리스는 불의 섬으로부터 와서 곡물을 통해 그 모습을 드러낸다'고 말씀하셨지요. 예고자는 불을 변질시켜 이집트를 황폐하게 만들고 이 나라에 죽음의 봉인을 찍으려 하고 있어요. 매의 모습을 저렇게 타락하게 만든 것도 같은 이유지요. 저 매와 싸워 이겨야 합니다!"

사렌푸트의 궁수들은 비록 전의를 다지긴 했지만 자신도 모르게 몸을 떨었다.

이시스가 지시했다.

"노를 잡아요."

선장이 강물을 살피며 외쳤다.

"나일의 물이 끓어오르고 있어요. 무사히 빠져나가기는 틀렸습니다."

"왕홀의 힘으로 우리의 노는 불에 타지도 물에 젖지도 않을 겁니다."

세카리가 먼저 노를 잡고 젓기 시작했다. 모두들 그를 따랐다.

섬 위에서 무엇인가 모호한 형상들이 몸부림치듯 몸을 뒤틀고 있었다. 알 수 없는 그것들은 이글거리는 불덩이를 삼켜 어떤 모습을 드러내려다가 다시 무너져 내려 수많은 조각으로 부서지곤 했으며, 그러다가 또다시 혼란하고 기괴한 형상들을 이루며 증오에 찬 비명들을 내지렀다.

그것은 이제페트였다.

선원들은 한시라도 빨리 이 지옥에서 벗어나기 위해 있는 힘을 다해 노를 저었다.

이시스가 지시했다.

"배를 대세요."

선장은 자신의 귀를 의심했다.

"지금 말씀은…… 저쪽 강둑으로 가서 배를 버리고 뭍으로 올라가자는 말씀이죠?"

"아니오, 저 섬에 배를 댑시다."

"그럼 우린 죽습니다!"

이시스는 활을 들어 매 인간이 모습을 숨긴 화염 덩어리를 향해 쏘았다. 화살은 가장 높이 치솟은 불꽃 꼭대기를 관통했다. 화살을 맞은 화염 괴물이 수만 조각의 작은 불꽃으로 폭발하며 썩은 냄새를 사방에 퍼뜨렸다.

이시스가 명을 한 번 더 되풀이했다.

"배를 대세요."

거세게 타오르던 불길이 잦아들면서 불꽃들이 서로를 삼켰다.

이시스가 불길이 남아 있는 섬 위에 먼저 발을 내딛었다. 불꽃이 그녀를 피해 달아났다. 비바람이 불어와서 남아 있는 불을 끄고 연기를 흩어버렸다.

상겡이 뭍으로 뛰어내려 미처 달아나지 못한 유령 하나를 한입에 삼켜버렸다. 이번엔 북풍이 두 귀를 꼿꼿이 세우고 바람 냄새를 맡으려는 듯 코를 벌름거리며 침착한 걸음걸이로 배에서 내렸다.

선원들이 들고 있던 노를 치켜들어 환호하며 이시스를 칭송했다. 세카리가 앞장서서 뭍으로 뛰어내리자 선원들이 뒤를 따랐다.

세카리가 이시스에게 축하의 말을 건넸다.

"여사제님은 지금 그 어떤 남자도 할 수 없었을 일을 해낸 겁니다."

"이 섬의 불은 원래 예고자의 것이 아니었어요. 나는 이곳의 불꽃을 원래 주인인 라에게로, 그리고 물을 오시리스에게로 되돌려놓은 겁니다. 우리 자신을 마법으로 가득 채웁시다. 그래서 이 이제페트의 영토를 살아 있는 사람의 땅으로 바꿔놓읍시다."

세카리는 처음으로 믿게 되었다. 이시스가 이케르를 다시 살려낼 수 있을지도 모른다는 걸.

# 31

비나는 예고자가 울부짖는 소리에 놀라 잠에서 깨어났다.

당황한 그녀가 땀으로 뒤범벅된 예고자의 이마에 입을 맞추었다.

"정신 차리세요, 제발! 주인님이 없으면 우리도 끝입니다."

예고자가 몸을 부들부들 떨었다. 비나도 두려움에 떨었다. 그가 입에 한가득 물고 있던 거품이 입술을 뒤덮었다. 간질 발작이었다. 예고자는 알아들을 수 없는 말을 웅얼거렸다.

비나가 그를 머리부터 발끝까지 주무르다가 그의 몸 위로 자신의 몸을 포개고는 그의 몸을 점령한 악을 향해 기도했다. 그를 내버려두고 자신의 몸속으로 옮겨와달라는 간청이었다.

별안간 예고자의 몸에 생기가 돌았다. 그의 눈 속에 또다시 붉은 섬광이 번쩍였다.

예고자가 신음하듯 말을 토해냈다.

"이시스가 매 인간의 둥지를 부쉈다."

그가 의식을 되찾자 비나는 기뻐서 울음을 터뜨리며 그에게 매달렸다.

"이제 살아나셨군요! 그런 못된 짓을 저지른 여자를 그냥 두지 마세요. 그 여사제가 아무리 대단한 마법을 가졌어도 주인님을 당해내진 못할 거예요."

예고자가 몸을 일으켜 비나의 머리카락을 쓰다듬었다.

"너의 동류인 여자들에게 가르쳐주어라. 여자는 남자에게 복종해야 한다는 걸 말이다. 이집트는 열등한 피조물들인 여자들을 고위 성직에 앉힘으로써 신의 계명을 어겼다. 앞으로 올 종교는 여자에게 사제직을 허용하지 않을 것이다."

"그 네프티스라는 여사제는……"

"데리고 즐기다가 군중에게 넘겨줘야지. 성난 그들이 돌을 던져 그 여자를 처형할 테니까. 그것이 바로 정숙하지 못한 여자가 맞아야 할 운명이다."

"주인님의 몸을 닦고 향유를 발라드리겠습니다."

예고자는 비나의 정성스러운 시중을 받으면서 조금 전에 감지한 고통스러운 사실들을 되새겨보았다. 어둠의 매는 죽었고, 지옥에서 나와 인간을 괴롭히던 유령들의 둥지는 파괴되고 말았다. 이시스는 예고자가 쳐놓은 장애물 하나를 넘어서며 또 한번 승리를 거둔 참이었다.

그녀가 이처럼 지독한 열성을 보이는 이유는 무엇일까? 이제 이케르는 죽었고 봉인 단지는 깨어졌으며 파라오는 무력하게 누워 있었다. 그런 만큼 이시스는 절망에 빠져 스스로를 소진시켜야 마땅하지 않은가?

예고자가 비나에게 명했다.

"옷을 벗고 누워라."

하지만 예고자는 그녀의 몸을 즐기는 대신 그녀의 배꼽 위에 등잔을 올려놓고 이마에 몇 개의 문자를 그렸다.

"눈을 감고 정신을 모아 우리의 적 세소스트리스를 생각해라. 지금 네 이마에 쓴 것이 그의 이름이다. 이렇게 해서 너의 살 속에 적의 표지를 담아 넣으려는 것이다. 이는 저주의 힘을 빌려 그를 물리치기 위함이다."

예고자는 설교를 시작했다. 매번 신도들에게 수없이 반복하며 가르치는 내용이었다. 비나는 서서히 최면 상태에 빠져들었다.

파라오의 이름을 이루는 문자들이 그녀의 이마 위에서 형체가 흐트러져 읽을 수 없을 정도로 부풀어 오르더니 스르르 녹아들었다. 검은 피가 비나의 얼굴 위로 흘러내렸다.

예고자의 얼굴에 회심의 미소가 떠올랐다.

세소스트리스는 잠에서 깨어나지 못할 것이다. 그가 누워 있는 침상은 부활의 받침대가 되기는커녕 언제까지고 시신 한 구만을 떠받치고 있을 것이며, 그 자신은 이제 완전한 소멸의 밑바닥에서나 자신의 아들을 다시 만나게 될 터였다.


상이집트 열여섯번째 주의 수호신인 치타의 여신 파케트의 동굴이 가까워오자 상겡이 으르렁거리기 시작했다. 북풍도 발굽으로 배의 갑판을 긁어댔다.

이시스가 둘을 달랬다.

"안심하렴. 난 저곳에 가본 적이 있단다."

이시스는 예전에 파케트의 동굴에서 열린 한 제의에 참여하여 남풍이 되어 범람을 이끌어 오는 역할을 맡은 적이 있었다. 그 의식을 지켜보던 사람들 가운데 이케르가 있었다. 그녀는 묘한 감정의 혼란을 느끼면서도 그가 생의 유일한 남자가 될 거라고는 생각하지 못했다.

세카리가 말했다.

"북풍과 상겡의 반응을 보니 저곳에 위험이 도사리고 있는 게 틀림없어요."

이시스도 걱정스러운 마음이 들었다. 하지만 이 치타의 여신은 변함없는 우군이 아니던가? 아비도스 여사제들은 '마법의 위대한 여신'으로 불리는 이 여신으로부터 자신의 운명과 맞설 힘을 얻었으며, 그리하여 그 운명을 마아트와 합치시켰다. 게다가 이 여신은 오시리스의 육신을 온갖 공격으로부터 온전하게 지켜내곤 했다.

여신이 동굴 밖에 나와 있을 거란 생각이 들었다. 이시스는 조심스레 걸음을 내딛었다.

어렴풋한 어둠 속에서 엄청나게 큰 코브라가 나타났다.

궁수들이 활을 당겨 코브라를 겨냥하자 이시스가 그들을 말렸다.

"쏘지 말아요!"

'할퀴는 자'를 의미하는 파케트는 사물을 태워 삼키는 불길의 주인으로, 때로 뱀으로 변신하여 태양신의 적들과 싸우곤 했다.

이시스가 코브라 앞에 엎드렸다.

"또다시 그대 앞에 왔습니다. 지금 오시리스가 생사의 기로에 서 있습니다. 간청하노니 그대가 보존하고 있는 신성한 유체를 주십시오."

코브라는 당장이라도 달려들 듯 고개를 곧추세웠다.

세카리가 외쳤다.

"내가 처치하겠어요!"

"안 돼요!"

이시스는 세카리를 만류한 뒤 강둑에 아홉 개의 원을 그리고, 그 한가운데 똬리를 튼 뱀을 그려 넣었다.

"그대는 빛을 향해 맴돌아 솟구쳐 오르는 불꽃이며, 어둠으로부터 빠져나오는 길입니다. 새로 태어나기 위한 변환이 그대에게서 이루어집니다. 내 마음을 살피시어 내 의도가 순수함을 알아주십시오."

코브라가 이시스의 이마 위로 혀를 날름거렸다. 이시스가 원의 소용돌이 안에 그린 뱀의 머리를 치타의 머리로 바꾸어 그렸다. 큰 코브라가 즉시 그림 위로 미끄러져 들어가 아홉 개의 원을 따라 둥글게 돌더니 자신의 몸통을 먹어치웠다.

별안간 맹수의 포효 소리가 울려퍼졌다. 겁을 집어먹은 일행이 놀란 눈으로 지켜보는 가운데 이시스가 맹수를 향해 손을 내밀었다. 치타는 자신을 쓰다듬는 여사제의 손길을 온순히 받아들이고는 그녀를 동굴로 데려갔다. 북풍과 상겡이 불안한 눈으로 지켜보았다. 세카리와 궁수들도 여차하면 활을 쏠 자세를 취하긴 했지만, 별 수 없이 그 자리에 남아 있었다.

마침내 이시스가 파케트의 동굴에서 나왔다. 그녀의 손에는 오시리스의 귀중한 유체가 들려 있었다. 신의 두 눈이었다.


상이집트의 스무번째 주 '전(前) 협죽도'는 그 이름에 걸맞은 풍경을 펼쳐놓고 있었다. 강둑을 따라 꽃나무 숲이 우거졌고, 주도인 '파피루스의 아이'* 인근도 곳곳이 꽃나무 숲으로 덮여 있었다. 파피루스의 아이, 즉 어린 왕이라는 이름이 보여주듯이 파피루스는 파라오

---

* 네미네수트, 헤라클레오폴리스.

324

의 상징이었다.

신전 인근에 큰 호수가 있었다. 이 호수의 수호신은 숫양신이었다.

세카리가 주위를 둘러보며 말했다.

"너무 조용한데요."

작은 남자 아이가 일행 앞으로 달려왔다.

"어서 오세요! 마실 것 좀 드릴까요?"

세카리가 의심쩍은 표정으로 물었다.

"넌 누구니?"

"저 신전의 임시 사제예요. 제가 제일 어리죠."

"우릴 사제들한테 안내해다오."

"종신 사제님들은 편찮으십니다."

"돌림병에 걸린 것이냐?"

"아닙니다. 상한 음식을 드시고 탈이 나셨어요. 열이 치솟아 다들 헛소리를 하십니다."

"누가 사제님들한테 그런 음식을 드렸단 말이냐?"

"늘 일하던 주방장 대신 임시로 온 요리사가 식사를 준비했어요. 감찰대가 그를 붙잡아 심문하려고 했는데, 벌써 도망간 뒤였어요. 임시 사제 감독을 맡은 사제님께 모셔다드릴까요?"

신전 고용인들을 책임지고 있는 사제는 손님이 달갑잖다는 듯 찌푸린 얼굴로 이시스와 세카리를 맞이했다.

"종신 사제님들이 자리를 비우신 탓에 일이 산더미처럼 쌓였소. 쓸데없이 노닥거릴 시간은 없으니 용무만 간단히 말하시오."

세카리가 말했다.

"오시리스의 유체를 보여주시오."

사제는 가당치도 않다는 듯 실소하며 되물었다.

"그런 요구를 하다니, 당신들이 뭐라도 되나?"

"이분은 아비도스의 수석 여사제이시니 예를 갖추고 복종하시오!"

이시스의 위엄 있는 모습에 사제는 세카리의 말이 사실이라는 걸 알아차렸다.

"저는 그럴 권한이 없는 사람이라서……"

"우린 시간이 없소."

"그럼…… 따라오십시오."

사제는 두 사람을 신성한 유체를 모셔놓은 제실로 안내했다. 사방 벽에 글이 새겨진 작은 방이었는데, 벽의 글들은 태초의 연꽃 위로 모습을 드러낸 신성한 빛의 아이*에 관한 내용이었다.

"저는 이 안에 들어올 자격이 없는 사람입니다. 신상이 봉안된 내전 문에 손을 댈 수 없는 건 두말할 것도 없지요."

"이제 수석 여사제께서 알아서 하실 거요."

세카리가 사제를 바깥으로 데리고 나오며 말했다.

이시스는 벽에 새겨진 제의문을 큰 소리로 읽었다. 그녀 자신이 살아 있는 말이 되어 이곳에서 신성한 유체를 지키고 있는 수호 정령들을 진정시키려는 것이었다. 마침내 수호 정령들이 막아선 길을 열어주었다. 이시스는 신의 유체가 담긴 유골함으로 다가갔다.

이시스가 신전에서 나왔다. 그녀의 손은 비어 있었다.

"유체가 사라져버렸어요."

---

*태양신 라. (옮긴이)

"그럴 리 없습니다. 거긴 눈에 보이지 않는 수호 정령들이 있어서 누군가 신성한 유체에 손을 대면 살려둘 리 없거든요!"

사제가 기겁하며 대답했다.

유골함이 마법의 보호를 받고 있었던 걸 보면 사제가 거짓말을 하는 건 아니었다.

이시스와 세카리는 같은 생각을 하고 있었다. 마법을 깨고 유골함에 손을 댈 수 있는 사람이 예고자 말고 또 누가 있겠는가?

세카리가 말했다.

"그 임시 요리사가 어떤 사람이었는지 말해주시오."

"이웃 마을에서 온 요리사였는데, 성실해 보였습니다. 의심스런 데가 전혀 없었지요."

"요 근래에 부근을 돌며 신전을 기웃거리던 사람은 없었습니까?"

"별다른 건 못 봤습니다."

이시스는 맥이 빠진 듯 기둥 아래에 주저앉았다. 짐작대로 예고자나 그의 수하 가운데 누군가가 오시리스의 유체를 훔쳐간 거라면 그 유체를 다시 찾을 가망은 없었다. 그녀의 여정도 이제 끝나고 만 것이다.

"나와 함께 가요."

옆에서 나직한 어린 목소리가 들려왔다.

그녀가 고개를 돌려보자 아까 마중을 나왔던 소년 사제가 해처럼 환한 미소를 지으며 서 있었다.

"미안하구나, 난 지쳤거든. 너무 피곤해······"

"일어나세요, 어서."

이시스는 할 수 없이 몸을 일으켰다.

소년 사제는 그녀를 데리고 일반인은 출입이 금지된 신전 깊숙한 곳으로 갔다. 두 사람이 함께 들어간 곳은 빛의 신 라의 제실이었다. 제단 위에 라의 금빛 나룻배가 놓여 있었다.

소년이 말했다.

"며칠 전부터 걱정스러운 징조가 보였어요. 사악한 기운이 어슬렁거리는 게 느껴졌는데도 종신 사제님들은 그걸 무시했어요. 그래서 나라도 손을 써서 신의 유체를 감춰놓아야겠다고 마음먹었죠. 사람들이 말하기를 오시리스의 두 팔은 라의 나룻배를 저어갈 노라고 하잖아요? 여사제님한테만 내 비밀을 털어놓는 거예요."

이시스가 제단으로 다가갔다.

나룻배에 걸쳐져 있는 두 자루의 커다란 노 끝이 손가락 모양으로 갈라져 있었다. 그 노에 오시리스의 두 팔이 담겨 있었던 것이다. 이시스는 소년 사제에게 고맙다는 말을 하려고 몸을 돌렸다. 하지만 소년은 이미 사라지고 없었다.

이시스의 얼굴에 떠오른 미소를 보고 세카리는 일이 잘되었다는 걸 알아차렸다.

그녀가 말했다.

"다시 길을 떠납시다. 이제부터 우리 배의 노는 신성한 힘을 지니게 될 거예요. 오시리스의 두 팔이 부여해주는 힘 말이에요."

"그렇다면 마법으로……"

"아뇨, 그 소년이 도와주었어요. 그 소년의 이름이 뭐지요?"

이시스가 임시 사제 감독에게 물었다.

"소년이요? 신전에서 일한단 말인가요?"

"사제들 중에서 제일 나이가 어리다고 했어요."

"죄송하지만 뭔가 착각하신 것 같습니다. 이 신전에선 제일 나이 어린 사제라 해도 스무 살인 걸요."

이시스는 고개를 들어 해를 바라보았다. 조금 전 그녀를 도와준 소년은 연꽃에서 태어난 빛의 아이였던 것이다.


한밤중에 메데스가 레바논 상인을 찾아왔다. 메데스는 예민하고 들떠 있는 모습이었다.

레바논 상인이 집사를 불렀다.

"이리 와서 나를 좀 일으켜."

몸을 움직이는 일이 점점 더 힘들어지고 있었지만 단것을 멀리하기는 불가능했다. 불안과 근심, 불확실한 상황으로 인한 초조감이 그를 좀먹고 있었다.

"소벡이 풀어놓은 첩자들이 최근 들어 보이질 않소. 고관들에 대한 감시도 느슨해졌고. 그렇다고 방심할 내가 아니지만 말이야."

레바논 상인이 대답했다.

"오래 살려고 몸조심하는 거겠죠. 새 총리의 상태는 어떤지 소식이 있습니까?"

"그는 방에 틀어박혀 꼼짝도 않고 있소. 그의 개인 비서가 자잘한 업무를 처리하고 있지. 총리의 병은 닥터 구아도 손써볼 수 없다더군. 그가 언제 죽을지 모두들 이제나저제나 기다리는 중이오."

"네스몬투는 죽었고 소벡은 죽어가는 중이라니…… 기막힌 기회로군요!"

"더 반가운 건 파라오의 칙령이 내려오지 않고 있다는 사실이오. 내가 포고문을 작성할 일이 없다는 말이지."

레바논 상인은 술에 담가 몰랑해진 대추야자열매를 으적으적 씹으며 물었다.

"나리 생각엔 무슨 이유로 그런 것 같습니까?"

"아마도 세소스트리스가 죽었거나, 움직일 수 없는 처지가 돼서 그런 것이겠지. 보통 유리한 상황이 아니오. 더군다나 신빙성이 있거든. 이제 이집트는 방향을 잃고 물결 따라 이리저리 흔들리는 꼴이 된 거요."

"왕비는 어떻게 하고 있습니까?"

"의기소침해서 처소에 웅크려 지내고 있소."

"세난크흐는요?"

"네스몬투를 잃은 충격에서 벗어나지 못하고 있소. 풀이 죽어서 일을 점점 더 등한시하더군."

레바논 상인이 턱을 긁적였다.

"모든 게 우리를 도와주는군요! 이런 상황이라면 주저 없이 공격 명령을 내려야겠지요?"

"그런데 왜 망설이는 거요?"

"뭔지는 모르겠지만 뭔가 마음에 걸려서요. 뭔가……"

"신중함이 지나치면 때로는 해가 되는 법. 멤피스는 우리 손에 들어왔소. 그러니 꽉 움켜쥐잔 말이오."

레바논 상인이 결심한 듯이 말했다.

"마지막으로 한 번 더 확인해봅시다. 몇 군데서 소란을 일으켜보자는 거죠. 만일 적이 신속하게 대처하지 못한다면 그땐 조직 전체에 총공격 명령을 내리겠습니다."

# 32

동틀 무렵, 곱슬머리 사내는 은거지에서 나왔다. 멤피스도 막 잠에서 깨어난 참이었다. 제비들이 하늘 높이 날아올라 춤을 추었다. 갓 구운 빵과 금방 짜낸 젖이 배달되고, 하루의 첫 대화가 시작되고 있었다.

전병 장수가 곱슬머리에게 전병을 하나 내밀며 속삭였다.

"곧 행동을 개시할 거라네."

"어디서 나온 소리야?"

"레바논 상인이 직접 지시한 거야."

"암호는?"

"예고자에게 영광을!"

"제2암호는?"

"세소스트리스에게는 죽음을!"

곱슬머리는 전병을 우물거리면서 동료인 퉁명스러운 사내에게 이 소식을 알렸다. 두 사내는 마침내 행동을 개시하게 되었다는 데 기뻐하며 헤어졌다.

"놈들이 움직이기 시작했습니다."

감찰관이 보고했다. 그는 곱슬머리 일당이 숨어 있는 집을 감시하던 중이었다.

"곱슬머리와 그의 동료 하나가 그 집에서 나와 각자 반대 방향으로 가는 걸 포착했습니다. 우리 요원들이 그들을 뒤쫓고 있습니다."

소백 총리가 다짐하듯 말했다.

"절대 놓쳐서는 안 돼!"

"문제없습니다. 언제 잡아들일까요?"

"우선은 보고만 있어."

"그랬다가 놈들이 무고한 사람들을 해치고 재물을 파괴하면……"

"명령이다. 어떤 상황이든 너희가 개입해선 안 돼. 누구든 이 명령을 어길 땐 반역죄에 해당하는 중형을 받을 것이다. 알겠는가?"

감찰관이 침을 꿀꺽 삼켰다.

"잘 알겠습니다. 총리 각하."


곱슬머리는 활동을 중단했던 조직원들을 다시 불러 모았다. 그동안 이들은 봇짐장수, 가게 주인, 여러 직종의 장인으로 위장해서 일반 시민들 속에 섞여 살고 있었다. 감찰관의 신임을 얻기 위해 감찰대의 첩자 노릇을 하는 경우도 있었다.

이들은 도시를 한바탕 휘저어놓을 생각에 신이 났다. 또다시 공격받는 일은 없으리라 믿고 있던 멤피스인들이 기겁을 해서 우왕좌왕할 게 아닌가? 불안감은 공포를 낳을 것이고, 그런 상황에서 어둠의 군대가 몰려들면 모두들 버티지 못하고 무너질 게 뻔했다.

첫번째 작전은 밤을 틈타 부두에서 벌어졌다.

하역 인부들이 일을 끝내고 돌아간 뒤, 지키는 사람이 없는 한 화물 창고에 곱슬머리와 다섯 수하들이 불을 놓은 것이다. 아마포를 쌓아둔 창고였다.

검은 연기가 멤피스의 하늘을 뒤덮었다. 다급한 외침이 여기저기서 터져나왔다.

반란 분자들을 미행하며 이 모든 장면을 지켜보던 감찰관들은 아무 조치도 취할 수 없는 상황에 두 주먹을 불끈 쥔 채 분노할 뿐이었다.


젊은 부부가 나일 강가를 걸으며 평온한 행복을 맛보고 있었다. 두 사람은 하루 일을 끝낸 뒤 번잡한 시내에서 벗어나 이곳에서 신선한 바람을 쐬곤 했다.

칼을 든 사내 하나가 길을 가로막고 섰다.

남편이 긴장해서 말했다.

"오던 길로 되돌아가는 게 좋겠어."

젊은 부부가 돌아서자 뒤에 곤봉을 든 사내들이 버티고 서 있었다. 퉁명스러운 사내와 그의 수하 세 명이었다.

"몸에 걸친 장신구랑 입고 있는 옷을 내놔. 저항하면 죽도록 두들겨줄 테니 어서 말 들어."

아내가 소곤거렸다.

"하라는 대로 합시다."

"도둑놈들한테 고분고분 내줄 순 없어!"

남편의 두 다리로 곤봉이 날아왔다. 남자가 고통스러운 비명을 질렀다. 그의 아내가 목걸이와 팔찌, 반지를 빼서 내밀며 애원했다.

"전부 가져가도 좋으니 목숨만 살려주십시오!"

퉁명스러운 사내가 을러댔다.

"속옷 겉옷 할 것 없이 전부 벗어, 샌들도. 어서!"

치욕을 당한 젊은 부부는 그저 눈물만 흘릴 뿐, 유유히 멀어져 가는 강도들을 쳐다볼 엄두조차 내지 못했다.

미행하던 감찰관들은 이 젊은 부부를 지켜보면서 어금니를 깨물었다.


네스몬투 장군과 세호테프는 총리의 상세한 경과 보고에 귀를 기울였다. 방화, 무고한 시민들에 대한 공격, 강탈, 관공서 파괴…… 멤피스는 온통 이 범죄에 대한 이야기로 시끄러웠고, 치안 당국의 무능력과 안이한 대처를 비난하는 소리로 들끓었다.

소벡이 말했다.

"지금까지 굴에서 기어 나온 반란 분자는 곱슬머리와 그의 일당들뿐입니다. 다른 조직원들은 아직 움직임이 없습니다. 이 두 녀석은 일을 저지른 다음엔 다시 은신처로 기어들고 있어요. 우리의 대응 능력을 떠보고 있는 거죠. 그래서 전 순찰대를 사방에 풀어놓고 일부러 우왕좌왕하게 했지요. 놈들은 우리가 두 손 놓고 당황하고 있다고 생각하게 될 겁니다."

네스몬투가 채근했다.

"그렇게 막심한 피해를 입히고 있는데 언제까지 두고만 볼 생각인가?"

"세카리가 알아낸 적의 은신처는 한 군데뿐이에요. 분명히 몇 군데가 더 있을 겁니다. 예고자 일당은 이 도시 곳곳에 소굴을 마련해놓고 구역을 나눠 활동하고 있어요. 한꺼번에 잡기 위해서는 그들이 본격적으로 모습을 드러낼 때까지 기다리는 수밖에 없어요."

"그들을 어떻게 막을 계획인가?"

소벡이 입술 끝을 슬며시 말아올리며 말했다.

"그건 장군님이 맡으실 일이죠! 멤피스의 상세 지도를 가져다드릴 테니 적들이 모르게 우리 병사들을 배치할 제일 좋은 방법을 가르쳐주십시오."

네스몬투가 반색을 하며 대답했다.

"그렇다면 이제 죽은 자가 되살아날 때란 말이군!"

"물론이죠. 적이 공격을 개시하는 순간부터 장군께서 지휘권을 잡으십시오."

세호테프가 물었다.

"메데스에게 우리 계획을 알려줬습니까?"

"내 생각엔 그가 모르고 있는 게 좋을 것 같소. 그래야 그가 평소대로 행동할 테니까. 예고자의 첩자들이 그를 감시하고 있다면, 국사가 점점 엉망이 되어가고 있다고 생각하겠지."

장군이 걱정스럽게 물었다.

"세호테프의 재판은 어떻게 할 건가?"

"재판은 공정하게 진행될 겁니다."

총리가 진지한 태도로 대답했다.


배는 상이집트의 스물한번째 주 '후(後) 협죽도'에 도착했다. 파이움으로 흘러드는 나일 강 지류 덕분에 이곳은 이집트에서 가장 비옥한 지방 가운데 하나였다.

이 지방은 세카리에게 낯익은 곳이었다. 그의 머릿속에 문득 이케르와 함께 겪었던 많은 일들이 떠올랐다. 갖가지 함정이 도사리고 있었던 이곳 파이윰에서도 그는 이케르를 무사히 지켜냈었다. 가장 위험한 장소는 오히려 아비도스라는 걸 어떻게 상상이나 했겠는가?

이시스가 곁에서 말했다.

"자책하지 말아요."

"난 예고자가 흉악한 일을 저지른 순간에 그 자리에 없었고, 그래서 내가 해야 할 일을 하지 못했어요. 폐하께서 황금원을 다시 소집하시면 그땐 나의 파직을 청할 겁니다."

"그건 엄청난 잘못을 저지르는 거예요, 세카리."

"엄청난 잘못은 이미 저질렀는걸요."

"내 생각은 달라요. 하지만 당신은 내 생각엔 조금도 귀 기울일 생각이 없나보군요?"

이시스가 곧장 되묻는 바람에 세카리는 당황했다.

"파라오와 이시스 님 두 분의 힘만으로도 예고자를 쳐부술 수 있을 겁니다. 황금원 회원들도 최선을 다해 힘을 보탤 것이고."

"그러니 사직을 해선 안 되죠. 당신이 고집을 부린다면 그건 이케르를 배신하는 거예요."

배는 사방에 물길이 뻗어 있는 이 지방의 주도 '악어' 시로 다가갔다. 큰 언덕 위에 건설된 이 작은 도시는 햇빛을 받으며 졸고 있었다. 이곳 사람들은 엄청난 몸집을 지닌 한 악어를 악어신 소벡의 화신으로 숭배했다. 덩치가 그에 못지않은 암컷은 악어신의 아내로 여겨졌는데, 금과 유리로 만든 귀걸이 장식을 매단 모습이었다.

세카리가 물었다.

"이곳에서는 무엇을 얻어가야 하는 거죠?"

"이 도시의 신전에선 오시리스의 잘려진 사지가 처음으로 온전하게 하나로 모인 날을 기리는 제의가 매년 열립니다. 이 제의 도중에 악어신 소벡이 큰 호수 한가운데서 저문 해를 소생시킴으로써 어둠을 물리치죠. 그리하여 오시리스가 다시 왕권을 되찾고 부활했음을 선언한답니다. 뭔가 우리에게 필요한 것이 있을 거예요."

부두에는 평상시와 다름없이 사람들이 오가고 있었다. 하역 인부들이 배에서 짐을 내리고 서기관들은 화물의 품목과 수량을 장부에 적고 있었다.

세카리가 나섰다.

"내가 근처를 돌아보고 올 테니 기다려요."

세카리가 정탐을 나간 동안 선원들은 배에서 휴식을 취했다. 북풍과 상겡도 배에 남아 있었다. 상겡은 호기심꾼들이 배 가까이 다가오면 어금니를 드러내서 멀리 내쫓았다.

세카리가 걱정스러운 얼굴로 돌아왔다.

"신전 문이 잠겼어요. 사정을 조사해봐야겠지만, 이곳 사람들 주의를 끌어선 안되겠어요. 사람들 눈빛에 적개심이 느껴져요."

이시스는 북풍을 데리고 신근 부근을 돌아보았다. 상겡이 잔뜩 긴장한 채 몇 걸음 떨어져서 그녀 뒤를 따랐다.

물고기를 파는 장사꾼 아낙을 만난 이시스가 말을 걸었다.

"이곳 신전에 봉헌물을 바치고 싶은데요."

"그럼 좀 기다려야 해요, 아가씨. 사악한 마법이 사제들을 붙잡아 갔거든. 만약 사제들이 돌아오지 못하면 악어가 우릴 잡아먹을 텐데 걱정이야."

"사제들이 어디로 붙잡혀 갔는데요?"

"불꽃의 땅으로 갔어. 큰 호수 북쪽에 숨어 있는 외딴섬이지. 기적이 일어나야 할 텐데. 안 그럼 그들은 물에 빠져 죽을 거야."

"누구든 그곳까지 안내해줄 만한 사람이 있을까요?"

"호수의 뱃사공 하나가 그 섬이 어디 있는지 알아. 하지만 그 뱃사공은 예쁜 여자라면 기겁할 만큼 싫어해. 게다가 뱃삯도 호되게 부르지! 단념하고 이 지방을 떠나요, 아가씨. 이곳은 이제 곧 악마들 차지가 될 테니까."

상겡과 북풍이 잠자코 있어서 이시스는 마음을 놓았다. 이 둘의 태도가 얌전한 건 뒤따라오는 사람이 없다는 의미였다. 다른 길로 정탐을 나갔던 세카리도 위험해 보이는 인물과는 마주치지 않았다고 했다.

세카리가 말했다.

"예고자가 한발 앞서 손을 쓴 겁니다."

"변장을 하고 그 뱃사공을 설득해보겠어요. 그래서 사제들이 붙잡혀간 그 섬으로 안내해달라고 해야죠."

"함정일 겁니다!"

"함정일지 아닐지는 곧 알게 되겠죠."

이시스가 결연히 말했다.


이시스는 머리카락을 회색으로 물들이고 얼굴을 흙빛으로 칠한 다음 남루한 옷을 걸쳤다. 영락없이 나이 든 아낙의 모습이었다. 장사꾼 아낙이 말해준 뱃사공은 키가 큰 사내였다. 얼굴만 봐서는 나이를 짐작하기 어려웠다. 그녀가 나룻배에 올랐는데도 사내는 웅크리고 앉아 그녀에게 눈길 한번 주지 않았다.

"나를 불꽃의 땅으로 데려다주시겠소?"

"거긴 거리도 멀고 삯도 비싸다오. 뱃삯을 치를 만한 주변은 안 돼 보이는구면."

"얼마나 드리면 되겠소?"

"빵 한 조각에 물 한 모금 내미는 걸로는 어림도 없지! 금가락지라면 모를까."

"여기 있소."

뱃사공은 이시스가 내민 금가락지를 한참 들여다보았다.

"옷감 한 필도 주시오. 밀 한 자루나 청동 단지 한 점과 맞바꿀 수 있는 일등품 옷감이어야 해."

"여기 있소."

사내는 옷감을 만져보고 문질러본 다음 접어 넣었다.

"수(數)에 대해 알고 있소?"

"하늘은 1이오. 2는 창조의 불이며 빛나는 대기의 표현이오. 3은 모든 신들이지요. 4는 방향을 가리키는 숫자이고 5는 정신을 열어준다오."

"댁은 배를 만들 줄 아는 사람이니 이 배가 댁을 목적지까지 데려다줄 거요. 배를 뭍에 대지는 마시오. 나룻배를 물에서 끌어올려 눕혀놓는 움막이 있는데, 거기서 세트의 추종자들이 댁을 기다리고 있으니까."

뱃사공이 나룻배에서 내리자마자 배는 저절로 쏜살같이 큰 호수를 향해 나아갔다. 예상치 못한 이 상황에 세카리도 미처 손을 쓰지 못하고 부두에 남았다.

짙은 안개가 불꽃의 땅을 감싸고 있었다. 이시스가 탄 나룻배는 물길이 미로처럼 뒤엉킨 습지를 가로질러 잡초가 무성하게 우거진 어느 섬 앞에 멈추었다. 팔을 들어 흔들며 도움을 청하는 소백 신전 사제들의 모습이 보였다.

이시스는 배의 키를 조종하여 섬으로 다가갔다. 몹시 위험한 일이었지만 사제들을 구해야 했다.

사제들 뒤편에는 창을 든 세트의 추종자들이 몸을 숨기고 있었다.

펠리컨 한 마리가 섬 위로 날아올랐다. 새가 부리를 열자 환한 햇살 한줄기가 뻗어 나와 짙은 안개를 흩어버렸다. 이어서 햇살은 나룻배를 보관하는 움막 위로 불꽃을 옮겨 세트의 추종자들까지 한꺼번에 불태워버렸다.

무사히 목숨을 건진 사제들이 이시스에게 감사의 인사를 했다.

사제들 가운데 최연장자가 이시스에게 말했다.

"펠리컨의 부리가 당신을 위해 또다시 열리기를 기원합니다. 부디 부활한 신이 세상에 모습을 드러내도록 해주십시오. 펠리컨은 자신의 피를 먹여 새끼들을 기름으로써 오시리스의 관대함을 구현하지요. 저 펠리컨이 세트의 추종자들을 물리쳤으니, 이건 상이집트의 신성한 유체들이 소생했음을 의미합니다. 당신이 우리를 구하러 이곳까지 와준 덕분에 신성한 유체들은 그 힘을 완전히 회복하게 된 겁니다."

# 33

세난크흐는 평소의 느긋한 성격과는 달리 식사 내내 음식을 먹는
둥 마는 둥 했고, 유난히 많은 술을 마셨다.

"멤피스 시민들이 두려움에 떨고 있소, 메데스. 게다가 우리한텐
시민들을 안심시킬 대책도 없어!"

"폐하께서 곧 손을 쓰시지 않겠습니까?"

재무 대신이 털어놓았다.

"파라오께서 어디 계신지 모르오. 국정원은 폐하로부터 아무 지시
도 받지 못하고 있단 말이오."

"왕비께서는……"

"왕비 전하는 침묵하신 채 사람들과의 접촉도 피하고 계시오. 총리
는 언제 임종할지 모르는 상태고, 세호테프는 유죄판결을 기다리고
있지. 국사에 관한 온갖 잡무가 쌓이는 건 어찌 해볼 수 있겠지만, 멤
피스의 치안에 대해서는 아무런 대책도 세울 수가 없어. 감찰대도 군
대도 내 명을 듣지 않을 테니까."

메데스가 깜짝 놀라는 표정을 지었다.

"혹시…… 세소스트리스 폐하께서……?"

"누가 감히 그 무서운 말을 입에 올릴 수 있겠소? 폐하께선 아마도 어느 신전에 은거해 계실 거요. 어쨌건 이케르 전하의 죽음이 폐하를 무너지게 하고 말았어. 이 나라는 지도자를 잃어버린 거지."

메데스가 말했다.

"네스몬투 장군의 후임을 임명해서 군대를 움직여야 합니다."

"군 고위 장교들은 저마다 막강한 부대를 지휘하고 있고, 그러면서 서로 잡아먹지 못해 으르렁거리지! 이러다간 당장이라도 내전이 벌어질지 모르오. 게다가 그런 사태를 막을 방법도 없거든. 다행히도 반란 분자들이 아직까지는 국지적 행동만을 벌이고 있소. 만약 그들이 지금의 상황을 알게 된다면 전면 공세로 나올 테지. 그렇게 되면 멤피스는 변변한 저항도 못해보고 적의 손에 넘어갈 거요."

메데스가 호들갑스럽게 대답했다.

"절대 그래선 안 될 일이죠! 나리와 제가 나서서 군대를 재정비하면 되지 않겠습니까?"

"감찰대는 소벡의 명령만을 듣고, 군대는 네스몬투의 명에만 복종해. 그들한테 당신이나 나는 아무 힘도 쓸 수 없어. 그저 거추장스러운 장애물로 보일 뿐이란 말이오."

"그래도 설마……"

"멤피스에 남아 있는 건 어리석은 짓이오. 반란 분자들이 공격해오든 시민들이 폭동을 일으키든 조만간 무슨 일이 벌어질 거요. 이 나라의 통치체제는 무너질 거야. 우린 여길 떠야 하오."

"그럴 수는 없습니다. 세소스트리스 폐하께서 다시 모습을 드러내어 이 사태를 해결하고 질서를 다시 세우실 겁니다!"

"자명한 사실을 외면해봤자 아무짝에도 소용없어."

메데스는 먹던 음식을 내려놓고 포도주 두 잔을 연달아 목구멍에 들이붓더니 떨리는 목소리로 말했다.

"분명히 어떤 해결책이 있을 겁니다. 모든 걸 버릴 수는 없어요!"

세난크흐가 탄식하듯 대꾸했다.

"우리를 버린 건 마아트 여신이오."

"반란 분자들이 우리가 생각하는 것보다 덜 강할 수도 있지 않습니까? 또 그들의 의도가 그저 멤피스 시내 몇 곳에서 폭력 사태를 일으키고 내빼려는 것일 수도 있고 말입니다."

"그들의 우두머리인 예고자가 노리는 건 오시리스의 죽음이오. 그럼으로써 파라오를 몰락시키고 이집트문명을 파괴하려는 것이지. 이제 곧 그자는 이 세 가지 목표를 실현하게 될 거요."

"절대 그렇게 되어선 안 됩니다!"

메데스가 호들갑스럽게 분개했다.

"파라오의 충실한 신하들을 규합해서 이곳에서 싸웁시다. 우리의 굳은 결의를 분명히 보여주자고요!"

세난크흐는 메데스가 보이는 반응에 내심 놀랐다. 그가 영민한 관리이며 처세에 능한 궁정인이란 것을 아는 터라, 그가 무엇보다 일신의 안락을 우선하고 자신을 희생하지 않을 거라고 생각했던 것이다.

"우리가 정말로 버텨낼 수 있을 거라고 생각하는 거요?"

"전 그렇게 믿습니다! 병사와 감찰관 들은 자신들을 통솔해줄 지휘관을 필요로 하고 있어요."

"애써보리다."

세난크흐가 약속했다.

메데스가 한 술 더 떠서 대답했다.

"저도 사람들을 안심시킬 수 있는 소식들을 퍼뜨려보겠습니다. 지금은 앞날에 대한 우리의 믿음이 중요한 역할을 할 겁니다."

세난크흐는 어안이 벙벙해져서 식탁을 떠났다. 메데스가 저렇게 충성스러운 태도로 나오는 걸 보니 그에게 소벡의 계획을 밝히는 편이 좋지 않았나 싶었다. 하지만 세난크흐는 미리 약속된 대로 비밀을 지켰다. 자신의 판단을 한 번 더 되씹으면서 세난크흐는 기분이 흐뭇해졌다. 메데스가 세소스트리스를 가장 열성적으로 수호할 또 한 명의 충신이라는 사실을 확인했기 때문이다.

이시스의 배는 하이집트에 도착했다. 하이집트는 이제까지 거쳐온 상이집트와는 아주 다른 세상처럼 보였다. 양편의 사막 지대 사이로 굽이굽이 흘러온 나일 강이 편안히 펼쳐지면서 드넓은 삼각주 지대를 형성하고 있었다.

멤피스의 제2부두에서 세카리는 그때까지 동행해온 선원들을 돌려보냈다. 사렌푸트의 궁수들은 집으로 가게 된 것을 기뻐하며 이시스에게 감사의 인사를 건넸고, 그러면서 그동안 이시스가 보여준 용기를 새삼 마음에 새겼다. 새로 맞아들인 선원들은 네스몬투가 양성한 특별 부대 소속 병사들이었다.

새 선장은 말투가 거칠고 호전적인 사람이었다. 그는 이 지역 물길을 샅샅이 아는 사람이었고, 그 덕분에 밤에도 낮과 다름없이 배를 몰아갈 수 있었다.

"여자라니!"

일행 중에 이시스가 있는 걸 본 선장이 외친 말이었다.

"저 여자가 내 배에 탈 생각인 건 아니겠지?"

"이건 그녀의 배요."

세카리가 나섰다.

"그리고 당신은 그녀의 말에 따라야 해요."

"농담하시오?"

선장은 미심쩍다는 듯이 이시스를 아래위로 훑어보았다.

"난 누가 날 놀리려 드는 건 못 참아. 그런데 배를 띄우는 목적이 뭐요?"

이시스가 여행의 이유를 밝혔다.

"이 나라는 큰 위험에 처해 있어요. 나는 하이집트에 흩어져 있는 오시리스의 유체를 한시바삐 한데 모아야 합니다. 당신이 도와주지 않으면 어려운 일이에요."

"그렇다면 댁은 정말로……"

"목적지를 일러줄 테니 당신이 선원들을 지휘하세요. 라의 마법이 노를 저어주고, 바람이 우릴 도울 겁니다. 하지만 수많은 적이 우릴 노리고 있어요."

선장이 머리를 긁적였다.

"지금까지 살아오면서 정신 나간 짓들을 꽤 많이 해봤지만, 이번 일에 대면 전부 땅 짚고 헤엄치기였구먼! 잡담은 그만 하고 떠납시다. 첫번째 행선지는 어디요?"

"레토폴리스로 갑시다. 하이집트 두번째 주 '퀴스'*의 주도이지요."

---

* 엉덩이.(옮긴이)

레토폴리스의 대사제는 온유하고 상냥한 인물이었다. 그는 아비도스의 수석 여사제를 반갑게 맞이했다. 이시스가 이곳을 찾아온 이유는 오시리스의 유체 조각 때문이 아니라 이곳 신전에 보관된 오시리스의 홀 하나를 찾기 위해서였다.

"이처럼 위험한 여행을 감행하신 걸 보니 분명 다급한 사정이 있는 거겠지요?"

"불행히도 그렇습니다."

"아비도스가 위태로운 건가요?"

"내 임무는 아비도스를 지키는 겁니다. 나를 도와주십시오. 내게 세 번의 탄생*을 상징하는 홀을 넘겨주세요."

"수석 여사제님을 도울 수 있다면 영광이지요."

이시스와 대사제는 함께 제문을 암송했다. 빛, 별들의 모태인 하늘, 그리고 땅의 신비를 찬송하는 제문이었다.

그런 다음 대사제가 한 제실의 문을 열고 들어가 가죽 끈 세 개가 달린 홀을 꺼내왔다.

이시스가 첫째 가죽 끈에 가볍게 손을 댔다. 가죽 끈은 아무 변화 없이 축 늘어져 있었다.

"한 번 더 해보세요."

그녀가 둘째 가죽 끈을 만졌다. 여전히 마찬가지였다.

"셋째 것부터 만져야 했나봅니다."

대사제의 권유대로 해보았다.

여전히 실패였다. 대사제가 충격으로 휘청거리며 중얼거렸다.

---

\* 네카카(nekhakha).

346

"아냐, 믿을 수가 없어!"

이시스가 잘라 말했다.

"이건 가짜예요. 대사제님 말고 또 누가 이 제실에 드나들 수 있나요?"

"보좌 사제 두 사람입니다. 한 사람은 레토폴리스 출신의 아흔 살넘은 노인이고 또 한 사람은 젊은 임시 사제이지요. 이 둘은 절대 나쁜 짓을 할 사람이 아닙니다!"

"현실을 직시해야 합니다."

"그 말씀은……"

"두 사람 가운데 누군가가 홀을 훔치고 그 자리에 가짜를 갖다 둔겁니다."

"내가 있는 이 신전에서 그런 범죄를 저지르다니!"

대사제가 쓰러질 듯 비틀거렸다. 이시스가 얼른 사제를 부축했다.

"보좌 사제들은 어디 머물고 있나요?"

"신성한 호수 근처의 숙소에 있습니다."

"그들을 심문해봅시다."

대사제는 휘청거리면서도 앞장서서 이시스를 안내했다. 충격과 실망에 이어 큰 분노가 그를 사로잡았다.

낮잠을 자다가 깬 보좌 사제는 아흔이 넘은 나이에도 사리 판단이분명했다. 그는 자신이 근무하는 시간을 밝히고, 이처럼 일할 수 있는 힘을 준 신들에게 감사했다. 자신이 그 제실에 있던 동안에는 별다른 일이 일어나지 않았다고 노사제는 대답했다. 레토폴리스에는평온한 나날이 계속되어 자신은 행복한 노년을 보내고 있다는 것이었다.

대사제는 젊은 보좌 사제의 방문을 두드렸다. 안에서 아무 대답이 없었다.

"이상한 일이군…… 없을 리가 없는데!"

"들어가볼까요?"

"남의 방에 함부로 들어가기가……"

"지금은 어쩔 수 없어요."

작은 방은 텅 비어 있었다. 옷을 담아두는 함들도 비어 있기는 마찬가지였다.

대사제가 분한 듯 중얼거렸다.

"달아났군요. 그가 범인이었어요!"

"그가 입던 옷가지가 하나라도 남아 있는지 둘러봅시다."

찾아낸 건 낡은 자리 한 장뿐이었다.

이시스가 말했다.

"그거면 충분해요."

그녀는 자리를 말아 눈높이로 들어올렸다. 둥글게 말린 자리의 가운데 구멍을 통해 자리의 주인과 이시스의 거리가 점점 가까워졌다. 마침내 그녀의 눈에 도망자의 모습이 분명히 잡혔다.


도망자는 얼어붙은 사람처럼 뻣뻣하게 긴장한 얼굴로 홀을 들여다보고 있었다. 성유물함에 들어 있던 것을 정교하게 제작된 모조품과 바꿔치기한 홀이었다.

예고자의 신도인 그는 오시리스 힘의 상징인 이 홀을 부술 계획이었다.

하지만 그는 계속해서 망설이고 있었다. 임시 사제로 지내는 동안 얼어들은 이야기 때문이었다. 신성한 물건을 범하면 무시무시한 곤욕을 치르게 될 거라고 하지 않았던가?

사내는 가죽 끈 위로 칼날을 수없이 갖다 댔다가는 번번이 포기했다. 그는 용기를 내지 못하는 자신에게 화가 치밀었다. 사내는 자신의 팔과 가슴을 자해하기 시작했다.

피가 흐르자 마음이 좀 진정됐다. 그는 생각했다. 내일은 불신자들의 피가 강물처럼 흐르게 되리라!

이러한 확신이 그의 사기를 북돋웠다. 오시리스의 마법쯤이야 물리칠 수 있을 거라는 배짱이 생겼다. 사내는 칼을 다시금 움켜잡았다.

그 순간, 사내가 숨어 있는 은신처의 문이 활짝 열렸다. 사내는 깜짝 놀라 움직임을 멈췄다. 몸집이 둥글고 단단한 한 남자가 쏜살같이 달려들어 사내의 두 다리를 붙잡아 바닥에 쓰러뜨렸다. 사내는 혼비백산해서 칼을 떨어뜨렸다. 세카리가 사내의 목에 줄을 감아 졸랐다.

이시스가 홀을 소중히 집어 들었다.

이시스가 빛의 탄생을 상징하는 첫째 가죽 끈에 손을 대자 한층 짙은 푸른빛으로 물든 하늘에서 해가 환히 빛났다. 그 황금빛 햇살이 신전을 감쌌고, 거상들의 눈이 초자연적 생기를 띠며 살아났다.

그녀가 둘째 가죽 끈을 만지자 대낮 창공에 수많은 별들이 나타났다. 하늘과 땅을 둘러싼 별들의 모태로부터 매 순간 헤아릴 수 없는 형상들이 창조되었다.

이시스의 손이 셋째 가죽 끈으로 옮겨 가자 땅에서 꽃들이 피어나 제실 앞 정원이 형형색색의 꽃으로 덮였다.

이시스는 신비 바구니에 홀을 담아 다시 배로 돌아왔다.

# 하이집트의 주

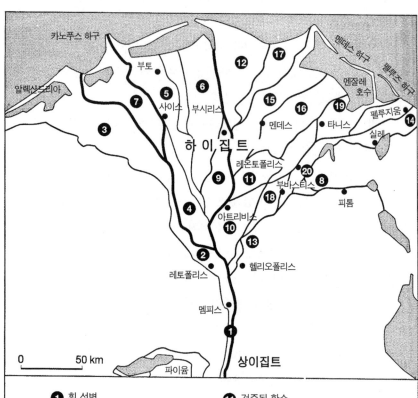

| | |
|---|---|
| **1** 흰 성벽 | **11** 검증된 황소 |
| **2** 엉덩이(퀴스) | **12** 송아지와 암소 |
| **3** 서쪽 | **13** 창조주는 강녕을 누리시도다 |
| **4** 네이트 여신의 화살 (남, 북) | **14** 서쪽세상 사람들의 군주 |
| **5** | **15** 따오기(이비스) |
| **6** 황소의 산 | **16** 돌고래 |
| **7** 갈고리 | **17** 왕좌 |
| **8** 동쪽 갈고리 | **18** 전 어린 왕 |
| **9** 순례자(넴티) | **19** 후 어린 왕 |
| **10** 검은 황소 | **20** 미라가 된 매(솝두) |

# 34

    메다무드 마을 전임 촌장의 보좌관이었던 사내는 자신의 충성을 입증해 보이기 위해 분주하게 움직였다. 전임 촌장을 끊임없이 헐뜯는 건 예사였고, 예전에 자신이 그를 모셨던 건 어리석음 탓이라고 한탄을 늘어놓으면서 또 한편으론 새로 구성된 자문 회의를 입이 마르도록 칭송했다. 그러고는 신전 공사 현장을 지키는 병사들을 위해 음식물을 직접 싸들고 날랐다. 하지만 보초를 선 이 정예병들은 한시도 경계를 늦추는 법이 없었고, 특히 신성한 숲 근처에는 누구든 얼씬 못하게 했다.

    사내는 말을 터볼 만한 병사를 찾지 못해 낙심했다. 병사들은 명령을 철저히 지켰고, 고맙다는 인사 외에는 누구에게도 좀처럼 입을 여는 법이 없었다.

    한 가지 확실한 것은 파라오가 오시리스 부활의 방이 있는 출입 금지 구역으로 들어간 이후 단 한 번도 모습을 드러내지 않았다는 사실이었다.

    마을 사람들의 존경을 받던 그 은발 노인을 죽인 후 사내는 노인의 장례식에서 고인에 대한 감동적인 추도사를 늘어놓기까지 했다.

한 조문객이 탄식했다.

"우리는 이 마을이 간직한 기억을 잃어버린 것이오. 고인과 함께 많은 비밀들이 사라져버렸으니 말이오."

사내가 살인자의 정체를 감춘 채 큰 소리로 외쳤다.

"새로 지어질 신전을 고인께서 얼마나 보고 싶어하셨는데! 파라오를 만나 뵌 일이 고인께서 마지막으로 누린 큰 기쁨이었지요. 파라오께서 그처럼 빨리 이곳을 떠나시다니 아쉽기 그지없습니다. 신전 준공식에 참석하실 수 있었다면 특별한 힘을 얻으실 수 있었을 텐데요."

조문 온 이웃 노인이 지팡이를 꽉 움켜잡은 채 중얼거렸다.

"파라오께서는 메다무드를 떠나지 않으셨네."

"그럼 직접 공사 현장을 감독하고 계신단 말입니까?"

"내 생각엔 신성한 숲에서 몸소 오시리스의 시련을 재현하고 계신 듯하네."

"어떻게 재현하신단 말씀입니까?"

"그건 나도 몰라. 아는 건 오시리스의 시련을 재현할 수 있는 사람은 오직 파라오뿐이라는 것이지. 그건 아주 위험한 일이니까. 이 나라의 번영은 파라오가 이번 시련을 이겨내느냐 그 여부에 달려 있네."

"파라오의 성공을 기원합시다!"

이웃 노인이 고개를 끄덕였다.

사내는 기뻐서 펄쩍 뛸 지경이었다. 노인의 말대로라면 파라오는 지금 힘을 잃고 허약해져 있는 것이다! 이건 자신이 오시리스의 묘실로 들어갈 수만 있다면 세소스트리스를 없앨 수 있다는 걸 의미하기도 했다.

사내는 가슴이 한껏 부풀었다. 예고자와 그의 신도들로부터 영웅 대접을 받고 상상도 못할 만큼 큰 상을 받게 되리라. 사내의 눈엔 이미 테베의 시장이 된 자신의 모습이 어른거렸다. 자기 발아래 엎드려 굽실거리는 수많은 시민들!

하지만 철통같은 경비를 뚫고 들어가는 게 문제였다. 병사들은 잘 훈련된 정예병들이었고, 설사 병사 한둘을 해치울 수 있다 해도 바로 다른 병사들의 주의를 끌기 십상이었던 것이다.

그러므로 좀더 교묘한 방법을 이용해야 했다. 사내는 음식물에 독을 넣기로 마음먹었다.


메데스 역시 체중이 불어나고 있었다. 그도 거사일이 다가올수록 먹는 일로 마음을 진정시켜야 했다.

그는 레바논 상인과 함께 푸짐한 야식을 쌓아놓고 마주 앉아 며칠은 굶은 사람처럼 허겁지겁 먹어대고 있었다. 양념을 얹은 오리 요리는 왕의 식탁에나 어울릴 진미였다. 특등품 포도주는 조상들의 영혼도 사로잡을 만큼 기막힌 맛과 향을 뿜냈다.

메데스가 밝혔다.

"세난크흐가 꼼짝없이 나를 믿게 만들었지. 그는 내 능력을 과소평가하고 날 의심하고 있었어. 하지만 내가 그의 판단을 바꾸어놓았다니까. 이런 심각한 위기에도 파라오에 대한 내 충성심은 굳건하다는 걸 보여주었지. 우리 재무 대신 나리는 사태가 절망적이다 싶으니까 도망치려 하더군. 나한테도 그러라고 권하던걸! 난 그의 조언을 받아들이기는커녕 그에게 한 방 먹였어. 우리의 의무는 적과 맞서 싸워 멤피스인을 안심시키는 게 아니겠느냐고 말이지."

한참 떠들어대던 메데스가 웃음을 터뜨렸다. 하지만 레바논 상인
은 얼어붙은 듯 대꾸가 없었다.

메데스가 말했다.

"공격을 개시합시다. 적은 반격도 하지 못할 거요. 기껏 얼마간 버
티다 말겠지. 멤피스가 우리 손아귀에 떨어지면, 이집트 나머지 지역
도 무너질 거라고."

"세소스트리스는 어떻게 되었는지 아무 소식 없습니까?"

"행여 그가 돌아오거나 그로부터 무슨 소식이 있으면 내가 가장 먼
저 알게 되어 있소. 무슨 포고문이든 내 손을 거쳐야 하니까. 병이 들
었든 아니면 저주에 걸렸든 파라오는 움직일 수 없는 상황이오. 또
그가 자리를 비운 바람에 나라 꼴이 나날이 엉망이 되어가고 있지."

"총리는 뭘 하고 있습니까?"

"죽을 때만 기다릴밖에. 세난크흐는 이제 그를 문병조차 안 하더군."

"왕비는요?"

"내가 조언한 대로 세난크흐가 왕비한테 가서 촉구할 거요. 제자
리로 돌아와 왕권을 이어가달라고 말이야. 하지만 그래봤자 소용없
지! 왕비가 저렇게 풀이 죽어 틀어박혀 있는 게 세소스트리스가 망했
다는 증거가 아니겠소? 죽었단 소리가 아니겠냐고."

"그래도 군대가 있지 않습니까?"

"패가 나뉘어 서로 으르렁거리고 있지. 총사령관이 없으니 사분오
열되더군. 감찰대의 사정도 마찬가지요. 이집트는 신음하고 있소, 병
이 들어도 단단히 들었단 말이오! 그러니 어서 끝장을 냅시다. 만에
하나 회복될 실마리를 그들이 붙잡기 전에 말이오."

레바논 상인은 아무래도 걱정이 가시지 않는지 다시 메데스에게 물었다.

"예고자님은 왜 아무 기별이 없는 걸까요?"

메데스가 대답했다.

"군대가 아비도스를 완전히 봉쇄해버렸으니 그럴밖에! 사방을 꽁꽁 둘러싸고 한 사람도 바깥으로 내보내지 않고 있는데, 이런 상황에서 우리한테 연락을 취하는 건 자살 행위요."

레바논 상인이 잘라 말했다.

"그래도 공식 명령이 있어야 총공격을 개시할 수 있습니다."

"적의 힘이 약화되었다는 걸 아직도 의심하는 거요?"

"세난크흐가 나리 앞에서 연극을 한 건지도 모르잖습니까?"

"그럴 가능성에 대해선 나 역시도 생각해봤지! 그자는 교활하고 사람을 잘 믿지 않는 데다가 능란한 책략가이거든. 하지만 이제 그는 기댈 데가 없는 상황이오. 내가 사람을 좀 볼 줄 아는데, 그는 혼란에 빠져 스스로 무너지고 말았어."

"그렇다면 잘됐군요."

레바논 상인이 맞장구를 쳤다.

메데스가 소리를 높였다.

"불도 질러봤고 강도짓도 해봤고 여러모로 시험해봤지만, 그때마다 저들이 어떻게 대처하는지 당신도 봤잖소? 늘 그랬듯 순찰대가 마지못해 거리나 훑고 다니고 별 소용도 없는 심문이나 벌였을 뿐이지! 난 지금 당신한테 내가 직접 본 정보를 넘겨주는 거요. 게다가 난 무너져가는 한 나라가 할 수 있는 저항이라는 걸 주도하고 있단 말이오. 소위 그 저항이라는 것도 시늉에 불과하지만 말이야! 당신도 말은 책임을 다하시오. 그럼 예고자도 당신한테 상을 내릴 거요."

"그래도 신중을 기하는 게 좋을 것 같습니다."

메데스가 안타깝다는 듯 두 팔을 위로 치켜올리며 외쳤다.

"그러다보면 멤피스를 손에 넣을 기회를 놓친단 말이오!"

"신중을 기했던 덕분에 지금까지 큰 탈 없이 버텨온 겁니다."

"권력을 움켜잡아야 할 시점에 겁을 내며 뒷걸음치자는 거요?"

레바논 상인이 작고 검은 두 눈으로 메데스를 쏘아보았다.

"나는 나리보다 훨씬 오래전부터 예고자님을 위해 일해온 사람이고, 날 비겁하다고 비난할 수 있는 사람은 아무도 없어요. 그런 소리를 듣고 내가 그냥 있지는 않을 거란 말입니다. 똑똑히 기억해두세요. 그런 소린 두 번 다시 하지 마십시오."

"결심이 선 거요?"

"마지막으로 한 번 더 반응을 떠봅시다. 이번엔 우리 세포 하나를 희생시키더라도 일을 좀 요란하게 벌여봐야겠어요. 그래서 나리가 장담하는 대로 당국이 대처하는지 한번 지켜보자고요."

메데스가 돌아간 다음 레바논 상인은 후식 접시를 깨끗이 비우면서 다짐했다. 자신이 장차 감찰대 총수로 임명되어 정적들과 불신자들을 잡아들이게 되면, 저 거만한 국정원 비서부터 처치해버리겠노라고.


"어느 방향으로 가면 됩니까?"

선장이 이시스에게 물었다.

"하이집트의 세번째 주 '서쪽'으로 가세요."

여행길은 엘레판티네에서 멤피스에 이르기까지 나일 강 계곡을 따라 내려올 때와는 전혀 다른 모습이었다. 나일 삼각주 지역에 흩어져 있는 오시리스의 유체를 모으기 위해 이시스는 우선 서쪽으로 방향을 잡았다. 그런 다음 동쪽으로 방향을 틀어 동서를 가로지른 후 다시 남쪽으로 내려와 '창조주는 강녕을 누리시도다'라는 이름을 지닌 헬리오폴리스 지방에 도착할 예정이었다.

이 지방 주신전인 '엉덩이 성채'가 가까워지자 이시스는 부드러운 미소를 지닌 '서쪽세상의 아름다운 여신'을 떠올렸다. 의인들을 저 너머 다른 세상에서 맞이해주는 하토르 여신이었다. 의인들은 저 너머 세상에서 다른 삶을 부여받아 마아트를 누리며 평화롭게 쉬고 있었다. 하지만 저 너머 세상의 삶이 이케르에겐 너무 일렀다! 이케르는 자신의 자질을 마음껏 실현해보지도 못한 나이였다. 그는 지상에서 그를 위해 마련된 길을 계속 가야 했다. 다시 말해 세소스트리스의 과업을 이어가야만 하는 것이다.

선원들이 부두에 배를 대기 위해 분주히 움직였다. 그때 북풍이 귀청이 떨어져라 큰 소리로 울었다. 하역 인부들과 부두에 어슬렁거리던 구경꾼들이 깜짝 놀라 멈춰 섰다.

세카리가 중얼거렸다.

"뭔가 귀찮은 일이 생길 모양인걸."

상겡 또한 사납게 으르렁거리기 시작했고, 세카리의 예상은 틀리지 않았다.

사제 대표단이라는 사람들이 와서 배에 오르게 해달라고 청했다. 병사들이 이들을 호위하고 있었다. 이시스는 승선을 허락하는 대신 자신이 배에서 내렸다. 볼이 움푹 들어간 사십대 사제가 이시스에게 다급히 말했다.

"지금 즉시 떠나십시오. 이곳에 저주가 내렸습니다!"

"나는 신전에 가야 합니다."

"그건 불가능합니다. 전갈 밭을 지나갈 수는 없을 테니까요. 괴수들이 잠에서 깨어나 신전 사제들을 거의 다 죽였습니다. 크기가 엄청난 악어가 지금 신성한 호수를 차지하고 있어서 몸을 씻을 수도 없어요. 정화의식을 치르기도 어렵습니다."

"내가 악운을 쫓아보겠어요."

사제가 화를 냈다.

"떠나시오. 이건 명령입니다."

이시스는 물러서지 않고 신전을 향해 걸어갔다.

한 병사가 그녀를 잡아 세우려 했다. 그러자 상겡이 달려들어 병사를 땅바닥에 쓰러뜨렸다. 세카리의 지시에 따라 궁수들이 사제와 병사 일행을 향해 일제히 화살을 겨냥했다.

"아비도스의 수석 여사제님을 이렇게 대접하면 안 되지."

"그러신 줄 몰랐습니다. 저는⋯⋯"

"어서 꺼지시오, 겁쟁이들! 이 일은 우리가 알아서 할 테니."

세카리는 내심 걱정이 됐지만 겉으로는 아무 내색도 하지 않았다. 하지만 신전 정원과 앞뜰에 한가득 우글거리는 검고 노란 전갈들을 보자 걱정은 한층 더 커졌다.

이시스는 물러서지 않았다.

"토트 신은 힘이 담긴 말씀을 하셨나니, 그의 말은 신들을 충만케 하였노라. 그 말이 흩어진 오시리스를 다시 모아 살아나게 하도다. 너희 세르케트*의 아이들이여! 세르케트는 부활의 빛으로 인도하는 좁은 길의 여신이며 높은 하늘과 높은 땅의 지배자이시니, 여신의 아이들인 너희는 내 길을 막아서지 말라! 너희의 독은 불순함을 공격하는 데 사용되어야 하리니, 사라져야 할 것을 태우고 적을 침으로 찔러라! 너희의 불꽃으로 나의 적들을 마비시키고 내 길을 열어다오."

전갈들이 움직임을 멈추더니 한 마리 한 마리 땅속으로 미끄러지듯 기어 들어갔다. 세카리는 이시스의 마법의 말이 발휘하는 강력한 힘에 감탄했다. 그러나 이시스가 마법의 말로 전갈들을 전부 물리쳤다고 생각한 순간, 검은 전갈 한 마리가 이시스의 튜닉을 타고 기어 오르는 게 보였다.

그녀가 전갈을 향해 손을 뻗었다. 전갈은 금방이라도 쏠 것처럼 독침을 바짝 세웠다.

"신성한 유체가 있는 곳을 알려다오."

그 한마디에 전갈이 치켜세웠던 독침을 내려뜨렸다. 이시스가 전갈을 땅에 내려놓자 전갈이 어디론가 앞서 가기 시작했다. 그녀도 전갈을 따라갔다.

전갈이 그녀를 데려간 곳은 신성한 호수였다. 이시스가 호수로 내려가는 계단에 발을 내디뎠다. 깊은 물속에서 거대한 악어 한 마리가 솟아올랐다. 악어의 등에 오시리스의 엉덩이 부위가 놓여 있었다.

뒤쫓아 온 세카리가 이시스를 말렸다.

"조심해요! 저 괴물은 아무래도 순순할 것 같지 않아요."

"코이악 달에 열리는 제의를 생각해봐요, 세카리. 그 제의에서 오시리스 신은 소벡의 동물**로 변해 태초의 대양을 건너가잖아요?"

세카리도 파이윰에서 있었던 일을 떠올렸다. 그곳 호수에 빠진 이

---

* 전갈의 여신.(옮긴이)
** 악어.(옮긴이)

케르를 호수 주인인 거대한 악어가 구해준 적이 있었다.

물 위로 솟아오른 호수의 정령이 이시스에게로 헤엄쳐 왔다. 이시스도 이미 가슴께가 잠기도록 호수 속으로 걸어 들어가 있었다. 악어가 아가리를 쩍 벌려 무시무시한 이빨들을 드러냈다.

"그대, 멋진 얼굴의 유혹자여, 여자들이 그대를 보면 반하지 않을 수 없으리. 흩어진 것을 계속해서 모아오렴. 그것이 그대의 일이므로."

악어의 조그마한 눈에 어떤 다정함이 스쳐갔다. 이시스가 손을 내밀어 악어 등에 놓인 신의 유체를 집어 들었다.

선장은 자신이 얼마나 뛰어난 뱃사람인지를 보여줄 수 있어서 몹시 흐뭇했다. 하이집트의 열일곱번째 주 '왕좌'로 가는 가장 좋은 물길을 척척 짚어냈던 것이다. 지중해가 가까운 나일 강 하구는 그야말로 물길의 미로였다. 다른 선장 같았으면 아무리 노련하다 해도 이렇게 얽혀 있는 물길 속에서 길을 잃고 말았을 것이다. 이곳에는 곳곳에 온갖 위험이 도사리고 있었지만, 선장은 나일 강의 아주 사소한 변화도 그냥 넘기지 않고 적절히 대응하곤 했다.

선장이 이시스를 쳐다보며 물었다.

"배를 댈 곳이 정확히 어딥니까?"

"아몬 섬이에요."

"거긴 절대 안 가려고 피해왔던 곳인데! 이 지방에 내려오는 전설에 따르면 그 섬엔 유령들이 있어서 아무도 못 오게 막는답니다. 난 전설을 믿지는 않지만 그 섬에 가까이 갔던 배는 전부 풍랑을 만나 난파했소."

"바닷바람이 불어오는 아몬 섬의 북쪽 곳에 배를 대세요."

선장은 더 말려봤자 소용없다고 생각했는지 자신이 해야 할 일에만 신경을 썼다. 세카리도 걱정스러운 눈으로 사방을 살피며 혹시라도 있을지 모를 공격에 대비했다.

섬은 인적 없이 버려져 있었다.

세카리가 나섰다.

"내가 먼저 살펴보고 올게요."

이시스가 고개를 끄덕였다.

기운차게 경중경중 뛰는 상갱을 데리고 세카리는 이 황량한 섬을 둘러보았다. 인기척은 물론이고 모기 한 마리 찾아볼 수 없는 곳이었다.

신성한 유체를 모셔둘 만한 신전이나 제실은 보이지 않았다.

북풍도 배에서 내려 근처를 돌며 먹을 것을 찾고 있었다. 북풍이 별안간 우뚝 멈춰 섰다. 앞에 줄기가 붉고 꽃이 하얀 풀 한 포기가 있었다.

이시스가 다가와 무릎을 꿇고 풀 부근의 땅을 팠다. 흙은 부드러웠다. 그녀가 땅속에서 꺼낸 것은 오시리스의 두 손목이었다.

# 35

제르구는 쉴새없이 술을 들이켰다. 거사일이 다가오면서 불안해서 견딜 수 없었던 것이다. 하지만 날이 갈수록 상황은 한층 분명해졌다. 멤피스는 이제 잘 익은 과일처럼 예고자의 수하들 손에 떨어지게 되어 있었다. 그리고 제르구에겐 장차 높은 지위와 화려한 저택, 그리고 원하는 만큼의 여자들이 주어질 것이다.

사실 지금 제르구에겐 여자 문제를 해결하는 일이 가장 시급했다. 그가 얼마나 거칠고 난폭하게 굴었던지 이 도시의 고급 술집들이 더이상 그를 받지 않으려 했던 것이다. 그에게는 여자도 내주지 않았고, 외국에서 데려온 여자들이 있어도 그가 나타나면 숨겨놓고 시치미를 떼곤 했다. 덕분에 그는 한 싸구려 술집을 찾아낸 걸로 만족할 수밖에 없었다. 이 술집은 예전에 메데스가 올리비아라는 무희에게 주었던 집에서 가까웠다.

제르구가 들어선 술집은 허름하기 짝이 없었다.

주인을 불러낸 제르구가 말했다.

"아가씨 하나 데려와."

주인이 대답했다.

"선불이오."

"이 홍옥수 팔찌면 되겠나?"

"오, 그럼요, 귀하신 나리! 우리 집엔 귀염둥이가 둘 있습죠. 둘 다 외국에서 왔고 아주 싹싹합니다요. 어디든 데려가십쇼."

제르구는 아가씨 둘을 양옆에 끼고 예전에 올리비아가 잠시 지내던 집으로 가서 맞은편에 사는 집지기에게 열쇠를 건네받았다.

처음에는 제르구의 흥에 장단을 맞춰주던 여자들은 제르구가 자신들을 때리기 시작하자 안색이 변했다. 두 여자는 겁을 집어먹고 큰 소리로 비명을 지르기 시작했고, 결국 둘 중 하나가 제르구를 뿌리치고 달아났다.

성이 난 제르구는 남은 한 여자도 발로 걷어차 쫓아버리고는 문지기에게 다시 집 열쇠를 넘겨준 다음 다른 여자들을 찾아보려고 거리로 나섰다.

술집 주인은 여자들로부터 제르구의 행패를 전해 듣고 분개했다. 마침 감찰대의 끄나풀 노릇을 하고 있던 그는 자신과 줄을 대고 있는 감찰관에게 가서 이 사건을 일러바쳤다.

감찰관이 문지기를 심문했다.

"그 남자하고 아는 사이야?"

"그야 뭐, 안다고 할 수도 있고 모른다고 할 수도 있고. 그 사람 이름은 몰라요. 이 동네 사람이 아니거든요. 하지만 그를 본 적은 있죠. 예전에 어떤 예쁘장한 무희가 이 집에서 살게 되었다면서 잠시 머물렀는데, 그때 그자가 드나드는 걸 봤어요."

"이 집 주인은 누군데?"

"어떤 상인이라고 하던뎁쇼. 벨트랑이라던가?"

"그런데 집주인도 아닌 그 무지막지한 녀석에게 열쇠를 내줬단 말이야?"

"그는 집주인의 심부름을 하며 다니는 사람이에요."

평소였다면 감찰관은 이 사건을 대충 덮어버렸을 것이다. 하지만 시국이 시국인 만큼 감찰관들에게는 반란 분자들의 은신처를 밝힐 만한 단서는 끝까지 추적하라는 지시가 내려져 있었다. 그는 문지기에게 제르구의 구체적 인상착의를 묻고 그 진술대로 그림을 그리게 했다. 그러고는 밤이 되면 벨트랑의 집을 은밀히 수색해야겠다고 마음먹었다.

남을 괴롭히면서 기분을 가라앉히는 습관이 있는 제르구는 분풀이 상대를 찾아 뷔트 플뢰리 마을로 갔다. 그는 자신의 지위를 이용해서 이 마을 곡식 저장소 관리관을 번번이 들볶곤 했다. 있지도 않은 잘못을 뒤집어씌우고는, 무거운 벌금에 덤터기로 면직까지 당하지 않으려면 뇌물을 바치라고 을러대는 게 그의 수법이었다. 이 불운한 관리관은 곡식 저장소 책임 감독관인 제르구가 보고서에 자신을 고발하는 내용을 써서 상관에게 올릴까봐 겁을 냈다. 제르구의 상관은 자기 부하를 아주 좋게 보았는지 그가 하는 말이면 뭐든 믿는 듯했기 때문이다.

제르구가 얼굴을 내밀자 관리관은 피가 얼어붙는 것 같았다.

"저는…… 저는 규정을 철저히 지켰습니다!"

"정말 그렇게 생각해? 내가 보기엔 네가 저지른 직무 태만의 가짓수만 적어도 끝이 없을 것 같은데. 그래도 넌 행운인 줄 알아. 내가 널 아끼니까 말이야."

"상납금을 나리께 드린 지 한 달도 채 안 됐습니다!"

"추가 세금이라는 게 있잖아."

관리관의 아내가 달려 나왔다.

"저희 사정 좀 봐주세요. 불가능해요, 그건……"

제르구가 그녀의 뺨을 올려붙였다.

"입 다물어! 어디서 여편네가. 가서 부엌 구석에 처박혀 있으란 말
이다."

연거푸 재물을 빼앗기게 된 관리관은 겁에 질려 있으면서도 자신
의 아내가 이런 모욕을 당하자 피가 끓어올랐다. 이번엔 제르구도 넘
어선 안 될 선을 넘은 것이다. 그렇지만 정면으로 맞설 수는 없었다.
관리관은 굴복할 수밖에 없었다.

"알겠습니다, 요구대로 하지요."


메데스의 아내가 울음을 터뜨렸다.

닥터 구아는 이 눈물 발작이 끝나기를 기다렸다가 심장을 진찰한
뒤 처방을 내렸다.

"몸은 아주 건강합니다. 하지만 마음은 그렇지 못하군요."

이 의사는 평소와는 달리 부드러운 태도로 이것저것 물었다. 부유
하고 무엇 하나 부족한 게 없는 이 여인이 무슨 이유로 이처럼 심하
게 병들었는지 알고 싶었던 것이다.

"어릴 때 심한 마음의 상처를 입은 적이 있나요?"

"아뇨, 의사 선생님."

"바깥분과의 관계는 어떻습니까?"

"우린 서로 아주 잘 맞아요! 메데스는 완벽한 남편이라고요."

"뭔가 걱정거리가 있지 않나요?"

"굶지 않고도 살이 좀 빠졌으면 좋겠는데…… 그게 마음먹은 대로 안 되네요."

그녀가 솔직히 털어놓기는커녕 계속 딴청을 피우자 닥터 구아는 화가 났다. '뭔지 알 수 없고 치료할 수도 없는 어떤 병'이라는 말로 그냥 넘기기엔 걸리는 게 너무 많았다. 그녀를 조금만 더 구슬려보면 숨겨진 진실이 나올 것도 같았다. 그는 수를 써보기로 했다.

"분량과 시간을 철저히 지켜서 약을 드세요. 하지만 그 약만으로는 충분치 않을 겁니다. 그래서 새로운 치료법을 생각하고 있어요."

"그럼 이제 더이상 눈물 발작이 터지지 않는 건가요? 나을 수 있는 거예요?"

"그러기를 바라야죠."

"오! 의사 선생님. 선생님은 정말 솜씨가 뛰어난 분이세요! 그런데 그 치료법이라는 게…… 아프진 않나요?"

"전혀 아프지 않습니다."

"그 치료를 언제 시작할 건데요?"

"다시 오겠습니다. 그때까지는 우선 이 약을 드세요."

닥터 구아는 메데스의 아내에게 최면을 걸어볼 생각이었다. 이 환자가 마음 깊숙이 숨겨놓은 고통을 드러내게 하려면 이 방법밖에 없을 것 같았던 것이다.


선장은 하이집트의 열다섯번째 주 '따오기'를 향해 능숙하게 배를 몰아갔다.

그가 이시스에게 물었다.

"배를 어디에 대야 합니까?"

"그 지점을 가르쳐줄 어떤 징조를 기다리고 있어요."

이 지방은 호루스와 세트가 이 세상의 균형이 걸린 싸움을 벌일 때 토트 신이 둘을 중재한 곳이었다. 앎의 신인 토트는 영원한 적수인 호루스와 세트를 진정시킨 후, 호루스가 오시리스의 계승자로서 적법한 왕권을 지닌다고 인정함으로써 스스로 마아트의 대리자임을 천명했다.

세카리는 부근 어부들의 나룻배를 살피고 있었다. 어부들은 여행자의 배가 다가오자 손을 흔들며 인사를 보냈다. 졸고 있던 북풍과 상겡이 갑자기 펄쩍 뛰어 일어나더니 고개를 쳐들고 하늘을 뚫어져라 바라보았다.

거대한 따오기가 하늘 꼭대기에서 배를 향해 날아오고 있었다. 따오기는 위엄 있는 모습으로 뱃머리에 내려앉더니 오랫동안 이시스를 바라보다가 다시 날아올랐다.

새가 떠난 자리에 흰 대리석 단지 두 개가 놓여 있었다. 아주 단단한 이 흰 대리석은 하토르 여신의 보호를 받는 돌이었다.

이시스가 말했다.

"저 단지들에는 눈의 물이 담겨 있습니다. 오시리스의 육신이 다시 태어나려면 저 물이 필요해요."

이제 이런 기적에 익숙해진 선장은 그저 고개만 끄덕이고는 아비도스의 여사제가 가리키는 곳을 향해 남동쪽으로 배를 몰았다. 하이집트의 스무번째 주 '미라가 된 매'였다.

지중해 연안에서 멀어지자 배를 운항하기도 한결 수월했다. 늦지가 줄어 날벌레들이 성가시게 달려드는 일도 줄어들었고, 경작지와 종려나무 숲은 더 넓게 펼쳐졌다. 배는 나일 강의 넓은 지천으로 들어섰다. 북풍이 변함없이 불고 있어 빠른 속도로 전진할 수 있었다.

선장이 또다시 물었다.

"어느 지점에 배를 대야 합니까?"

"숩두 섬이에요."

"거긴 출입이 금지된 곳인데! 하기야…… 들어가지 못한다는 건 속인한테나 해당되는 거고, 우린 상관없을 겁니다."

이시스의 얼굴에 가벼운 미소가 떠오르는 걸 보고 자신감이 솟은 선장은 다시 항해에 열중했다.

숩두 섬에는 사제들 몇 명이 기거하며 숩두 신의 신전을 지키고 있었다. 숩두 신은 오시리스의 턱수염을 단 미라 매로, 마아트의 깃털 두 개로 머리를 장식하고 있었다.

신전 수석 여사제가 이시스를 맞았다. 키가 크고 얼굴에 위엄이 있는 갈색 머리 여인이었다.

"생명의 여군주가 누구인지 아십니까?"

"세크메트 여신입니다."

"그 여신이 어디에 몸을 숨기고 계신지도 아십니까?"

"거룩한 돌 속에 계십니다."

"그 돌을 어떻게 얻을 생각입니까?"

"숩두 신에게 바쳐진 가늘고 뾰족한 아카시아나무 가시*로 그 돌의 비밀을 꿰뚫겠습니다."

---

* 세페데트(sepedet)라는 가시로 숩두 신 제의에 사용된다.

솝두 신의 수석 여사제가 이시스를 신전으로 안내했다. 미라 매의 조각상 발치에 터키석으로 깎은 아카시아나무 가시가 놓여 있었다.

이시스는 가시를 눈높이로 들어 올려 바라보며 말했다.

"금속으로 존재하시는 라로부터 돌 하나가 태어났으니, 그 돌은 오시리스를 성장케 할 돌이로다. 그 숨겨진 돌은 움직임을 잃고 누워 있는 것을 금으로 바꾸어주나니, 오늘 나는 그 돌을 구하노라. 그 돌로 부활을 완성시키리라."

미라 매 조각상의 눈이 불붙은 듯 환해졌다.

이시스는 뾰족한 가시 끝을 매의 머리에 달린 두 개의 깃털에 갖다 댔다. 매의 몸통이 열리더니 네모난 금빛 돌이 모습을 드러냈다.


하이집트의 열여덟번째 주 '어린 왕'의 주도인 부바스티스는 활기가 넘치는 도시였다. 이 도시에선 고양이 여신 바스테트를 위한 대축제가 열리는데, 이 기간 동안 사람들은 평소의 조심성이나 체면치레를 모두 벗어던지고 축제를 즐겼다.

병사 여러 명이 마중 나와 이시스를 안내했다.

세카리가 고개를 갸웃거렸다.

"이상한 일이네. 예고자의 부하들이 어째서 하나도 모습을 드러내지 않는 걸까요? 하지만 그는 결코 포기할 자가 아니니, 분명 먼젓번보다 훨씬 치밀한 함정을 파놓았을 겁니다. 어쩌면 올가미를 쳐놓은 데가 이곳일지도 몰라요. 절대로 방심해선 안 돼요."

북풍과 상겡도 신경을 바짝 세우고 사방을 살폈다. 주변에 어슬렁거리던 많은 고양이들은 몰로스 개가 나타나자 개가 쫓아올 수 없는 높은 곳으로 부리나케 뛰어 올라갔다.

도시 주신전 앞에 거상이 세워져 있었다. 세소스트리스의 카를 구현해놓은 거상이었다. 이시스 일행이 거상에 경배하기 위해 다가갔다. 이시스는 이 여행을 끝까지 계속해나갈 힘을 달라고 기원했다.

이곳 사제단의 수석 여사제는 아몬드 같은 눈을 가진 아름다운 여인이었다. 그녀가 아비도스의 수석 여사제를 맞이한 장소는 온유한 바스테트 여신의 선물인 갖가지 약용식물이 자라는 정원이었다. 강력한 여신 세크메트를 숭배하는 의사들이 이 정원에 와서 필요한 약초들을 얻어 가곤 했다.

바스테트 신전 수석 여사제의 자리 아래에 웅크리고 있던 몸집이 엄청나게 큰 검은 고양이 한 마리가 이시스를 빤히 올려다보더니 흡족한 듯 몸을 쭉 뻗으며 기분 좋은 울음소리를 냈다. 이 느닷없는 방문객이 마음에 든다는 표시였다.

이시스가 물었다.

"이 정원에서 하늘의 밝은 창이 보이는지요?"

이곳 수석 여사제가 상심한 기색으로 대답했다.

"하늘의 창은 얼마 전에 다시 닫히고 말았어요. 그래서 천상의 빛이 더이상 신비의 함을 비추지 못한답니다. 앞으로 함을 열 수 없을지도 모릅니다."

이시스가 대답했다.

"그 함에 들어 있는 것이 필요합니다. 그게 있어야 신비제의를 올릴 수 있어요. 저주를 푸는 주문을 사용해보셨습니까?"

"해봤지만 소용없었어요."

예고자는 여기에까지 손을 뻗쳐 부바스티스의 창에 저주를 걸고, 눈에 보이는 이 세상과 보이지 않는 저 너머 세상을 연결하는 통로를 막아놓은 것이다. 이시스가 오시리스의 육신을 다시 짜 맞추는 데 필요한 보물을 얻지 못하게 하려는 의도가 분명했다.

"측근 중에 행동이 의심스러운 자는 없었나요?"

수석 여사제가 털어놓았다.

"한 종신 사제가 『하늘 창의 서』를 훔쳐 달아났어요."

이시스는 정원을 잠시 거닐었다.

그녀가 국화 화단에 다가갔을 때였다. 앞서 보았던 검은 고양이가 갑자기 몸을 날렸다. 살무사 한 마리가 이시스를 향해 머리를 곧추세우는 걸 발견했던 것이다. 고양이는 날카로운 발톱으로 살무사를 정확히 낚아채더니 단숨에 물어 죽였다.

부바스티스의 수석 여사제의 표정이 일그러졌다. 이 신전에 뱀이 침입한 적은 한 번도 없었기 때문이다.

이시스가 말했다.

"어둠의 무리가 나를 죽이려 보낸 뱀을 태양신의 고양이가 물리쳐주었습니다. 나를 바스테트 여신의 제실로 안내해주세요."

제실 주변에 일곱 개의 화살이 제실을 지키듯 놓여 있었다.

이시스가 화살들을 차례차례 하늘을 향해 쏘아올렸다. 화살들은 하늘에서 서로 이어져 빛나는 하나의 긴 화살이 되더니, 천을 둘로 나누듯 창공을 가로질러 제실 문 앞에 다시 떨어졌다. 이시스가 제실의 청동문에 손을 대자 문이 열렸다.

안에 함이 하나 놓여 있었다. 이시스가 함을 향해 말했다.

"내 눈에는 네가 안에 품고 있는 기운이 보이나니, 내가 세트와 적의 힘을 결박하리라. 그리하면 그 힘들이 오시리스의 유체 조각들을 범하지 못하리라."

이시스는 하나이면서 일곱인 화살의 뾰족한 촉으로 함의 걸쇠를 당겨 열었다. 함에서 나온 것은 염포 네 필이었다. 각각 동서남북 네 방향에 상응하는 이 염포들은 부활한 자 오시리스를 찬양하여 다시 하나로 합쳐진 이집트를 상징했다. 얼마 후 있을 제의에서 이 염포들은 오시리스의 미라를 감싸게 될 터였다.

이시스가 수석 여사제에게 약속했다.

"이것은 아비도스의 제의가 끝난 후 되돌려드리겠습니다."

"달아난 사제가 훔쳐간 『하늘 창의 서』를 이용해 당신들을 해칠지 몰라요!"

"걱정하시지 않아도 됩니다. 그자는 멀리 가지 못할 겁니다. 그리고 내가 그 책을 새로 한 부 보내드리겠습니다."

뱀을 잡아 공을 세웠던 고양이가 이시스의 다리에 친근하게 매달렸다. 이시스는 고양이를 다정하게 쓰다듬어준 뒤 배로 돌아왔다.

돛대 꼭대기에 올라가 망을 보던 선원이 이상한 형체를 발견하고 신호를 보냈다. 예고자에게 매수되어 달아났던 사제의 시신이 강물에 떠다니고 있었다. 죽은 자는 오른손에 파피루스 두루마리 하나를 꽉 움켜쥐고 있었다. 두루마리는 물에 젖어 내용을 알아볼 수 없었다.

# 36

세난크흐는 절차와 방식을 철저히 지키는 사람이었다. 덕분에 재무부인 '두 겹의 흰 집'에 있는 집무실들은 정리정돈과 청결의 모범이 되고 있었다. 재무부 관리들은 자신이 해야 할 일을 정확히 알고 있었고, 의무를 권리보다 우선시했다. 재무부 관리들은 또한 지위 고하를 막론하고 자신이 이집트의 번영에 중요한 역할을 맡고 있다는 데 자부심을 느끼고 있었다.

재무부의 한 문서실 담당자는 자신의 눈을 믿을 수 없었다. 무기를 든 다섯 명의 괴한이 난입했던 것이다. 이 괴한들은 문지기와 두 명의 서기관을 때려누인 다음 담당자를 벽에 밀어붙이고 칼로 위협했다. 그러고는 회계장부인 파피루스 문서 수십 개를 갈기갈기 찢고 불을 지른 뒤 달아났다.

문서실 담당자는 소리를 질러 도움을 청하면서, 자신이 다치게 될 건 아랑곳없이 옷을 벗어 불을 끄려고 했다. 그는 귀중한 문서들이 불에 타 사라질까봐 동분서주하다가 손과 팔에 화상을 입었다. 사람들이 급히 달려와 돕지 않았다면 그는 불길 속에서 목숨을 잃었을 것이다.


　소백 총리는 공식적으로 임종을 기다리는 처지였으므로 측근 몇 사람만 곁에 불러 함께 일하곤 했다. 소백이 감찰대를 개편하던 당시 직접 길러낸 이 부하들은 유능하고 충실하면서도 과묵한 사람들이었다.
　부하 가운데 하나가 재무부 사건을 상세하게 보고한 후 말했다.
　"이 대담한 짓 역시 반란 분자들의 소행입니다. 부상자들은 다행히 생명에는 지장이 없습니다. 그런데 반란 조직의 이번 활약에 대해 그들 일파가 반감을 품은 것 같습니다. 이번 사건의 주모자를 밀고하는 서신을 보내왔거든요. 덕분에 범인들과 그들의 은신처를 알아냈습니다."
　"믿을 수 있는 제보인가?"
　"뒤를 캐보았는데 확실한 듯합니다. 계속해서 작전대로 밀고나가려면 이번에도 못 본 척하고 넘어가야겠지요?"
　총리는 잠시 생각했다.
　"그들은 대체로 연달아 사건을 일으키는 작전을 써왔지만, 이번에는 달라. 이제까지 없었던 일이야! 이건 우릴 떠보려는 수작이다······ 그래, 바로 그거야! 비밀 조직의 우두머리는 우리의 대처 능력을 시험해보려는 것이다. 만약 우리가 이런 좋은 기회를 잡고도 움직이지 않는다면 그들은 우리를 의심할 것이다. 우리가 덫을 놓았다는 사실을 알아차리고 총공격을 포기할지도 모르니 이제 우리도 움직여야 할 것이다. 마침내 놈들의 꼬리를 잡은 것에 희희낙락하는 체해라. 어서 출동하라."

레바논 상인은 거위 고기 조림을 먹으면서 문지기의 보고를 들었다.

가짜 제보 편지에 흘려둔 은신처를 감찰대 세 개 부대가 포위했다고 했다. 그곳 조직원들에겐 이 사실을 알려주지 않은 상태였다. 레바논 상인은 실제 검증을 원했던 것이다.

보고에 따르면 감찰대는 기껏 출동해놓고도 각 부대장들이 서로 다른 작전을 내세워 반목했고, 그 바람에 명령 계통에 혼란을 일으켜 우왕좌왕하더라는 것이었다. 감찰대 내의 이런 혼란 덕분에 망을 보던 조직원이 감찰대의 토벌 작전을 눈치 채고 동료들에게 서둘러 이 사실을 알렸고, 은신처에 숨어 있던 조직원들은 병이 들어 움직이기 힘든 동료 한 명을 목 졸라 입을 막아놓고 신속히 탈출에 성공했다고 했다.

그렇다면 몇 가지 사실은 확인된 셈이었다.

우선 감찰대는 반란 조직에 관한 정보를 전혀 가지고 있지 않다는 사실이다. 그래서 갈피를 못 잡고 있던 차에, 호박이 굴러 떨어지듯 처음으로 정보를 손에 넣자 앞뒤 가릴 것 없이 달려든 것이다. 다음으로 확인된 것은 수호자 소백이 감찰대를 더이상 지휘하지 못한다는 사실이었다. 감찰대는 생각할 머리를 잃고 팔다리만 제각각 버둥대고 있었다.

레바논 상인도 마침내 메데스의 주장에 동의했다.

조직을 총동원하여 멤피스를 장악할 거사일이 잡혔다. 제1병영도 왕궁도 버텨내지 못할 대규모 공격이었다. 강하고 신속한 타격을 입히고 공포를 확산시켜 멤피스의 방어 조직이 한번 싸워보지도 못하고 자멸하게 만들어야 했다.

물론 힘든 일이겠지만 성공 가능성은 아주 높았다. 승리를 거둔

후엔 자신이 이 도시의 권력을 장악하게 될 것이다. 레바논 상인으로선 예고자가 내세우는 새로운 믿음이 꽤 쓸 만했다. 불신자들을 성이 찰 때까지 마구 잡아들여 처단해도 좋을 구실을 제공해주는 것이다.

세소스트리스의 거상 두 개가 하이집트의 열한번째 주 '검증된 황소'의 주신전을 보호하고 있었다. 이곳의 대사제는 이시스를 반갑게 맞이하고 신전에 보관된 신성한 유체를 내주었다. 오시리스의 손가락이었는데, 두 개의 엄지손가락은 하늘의 여신 누트의 기둥에 상응하는 것이었다.

일이 너무 손쉽게 풀리자 세카리는 오히려 불안한 마음이 들기 시작했다.

다음 행선지는 아홉번째 주 '순례자'의 주도인 제두였다. 사실 제두는 이시스 일행에게 아주 호의적일 게 분명했다. '기둥의 지배자 오시리스의 집'*이자, 오시리스 숭배의 중심지였기 때문이다. 아비도스와 동맹 관계인 이 도시에선 매년 오시리스를 위한 축제가 열리곤 했다. 일행이 도착했을 때 제두의 분위기는 평화로웠다. 코이악 달에 있을 제의 준비도 이미 시작되어 있었다.

일행은 신전 앞뜰에서 한 기묘한 인물과 마주쳤다. 마아트의 깃털 두 개를 머리에 꽂고, 목동이 입는 허리옷을 두른 사내였다. 투박한 샌들을 신고 손에 긴 지팡이를 든 걸로 보아 오시리스의 비의를 찾아

* 페르우시르네브제드(Per-Ousir-neb-djed), 부시리스(하이집트 아홉번째 주의 주도 이름이자, 우시르가 그리스식으로 오시리스라 불리기 전 오시리스의 이름이었다─옮긴이).

나선 순례자인 듯했다.

순례자가 말했다.

"나는 신의 말씀의 대리인이다. 신의 말씀을 아는 자는 라와 함께 하늘에 이르리라. 너희는 신의 말씀을 오시리스 나룻배의 뱃머리에서 뱃고물까지 전할 수 있겠느냐?"

이시스가 대답했다.

"이 신전 나룻배의 이름은 '두 개의 땅*을 밝게 비추는 것'입니다. 이 나룻배가 신의 말씀을 오시리스 언덕까지 옮겨줄 겁니다."

순례자가 지팡이 끝으로 세카리를 가리켰다.

"속인은 물러가라."

세카리가 말했다.

"황금원은 불순함을 정화하고 흩어진 걸 하나로 모은다."

순례자는 깜짝 놀라 허리를 숙였다. 오시리스 신비의 입문자이며 길을 여는 주문을 아는 사람이 이런 외양을 하고 있으리라곤 생각도 못했던 것이다.

순례자가 하소연했다.

"큰 재앙이 닥쳤습니다. 오시리스의 황금풀**이 사라져버렸고, 빛의 새는 오시리스 언덕 위를 더이상 날지 않습니다. 이제 세트가 기세를 떨치고 오시리스는 힘을 잃어 움직이지 못할 겁니다."

염소들이 신전 정원으로 밀려 들어오더니 아카시아나무 잎사귀를 뜯어먹기 시작했다.

순례자가 탄식했다.

---

\* 상하 이집트.(옮긴이)

\*\* 네베흐(nebeh), '황금'을 의미하는 누브(noub)의 발음을 빌려 만든 이름.

"지팡이를 휘둘러도 꿈쩍도 않는 녀석들입니다. 아무리 애를 써도 저 염소들을 쫓아내지 못했습니다."

"다른 무기를 써봅시다."

세카리가 이렇게 말하고는 피리를 꺼내들었다.

엄숙하고 고요한 곡조가 시작되자 염소들은 아카시아나무에서 입을 떼고 마치 춤을 추듯 발을 놀리며 신전을 떠나갔다.

염소들이 사라지자 수령이 수백 년은 넘은 한 아카시아나무 아래에서 오시리스의 황금풀이 땅을 뚫고 고개를 내밀었다. 하지만 빛의 새는 여전히 모습을 드러내지 않고 있었다.

이시스가 물었다.

"신전 지성소가 더럽혀진 적이 있지요?"

"아비도스 수석 여사제께서 신전으로 들어가셔서 흐트러진 조화를 다시 바로잡아주십시오."

이 재앙 역시 예고자의 소행일 거라는 생각이 들었다. 나일 삼각주의 오시리스 도시 제두를 혼란에 빠뜨리면 아비도스 역시 약화될 테니 말이다. 그렇다면 그자는 이미 신성한 유체에까지 손을 댄 것일까?

이시스는 정문을 넘어 정적이 감도는 신전 안으로 들어갔다. 지하로 향하는 계단을 내려가자 묘실이 나왔다. 묘실 입구는 자칼 모습의 아누비스가 지키고 있었다. 이시스를 본 아누비스는 막아섰던 길을 열어주었다. 그녀 앞에 관이 하나 놓여 있었다. 부활의 신 오시리스의 위대한 육신을 보호하는 관이었다.

사방에 꽃들이 어지럽게 널려 있었다. 누군가 이 명계의 군주를 위한 왕관을 흩어놓은 것이다.

이시스는 꽃들을 모아 다시 화관을 엮어 관의 머리 쪽에 놓았다. 그녀가 묘실에서 나오자, 부리와 다리는 붉은색이고 깃털은 눈부신 녹색인 아름다운 따오기 코마타가 오시리스 언덕 위로 날아올랐다.

순례자가 말했다.

"라와 오시리스의 영혼이 다시금 연결되었습니다."

아름다운 따오기가 언덕 꼭대기에 내려앉았다. 이시스가 언덕 꼭대기로 올라갔다. 그곳에 이 지방이 보유한 신성한 유체가 있었다. 오시리스의 척추였다.

순례자가 자신의 머리에 꽂혀 있던 마아트의 깃털 두 개를 빼서 이시스에게 내밀었다.

"당신만이 이것을 다룰 수 있습니다. 이 깃털들이 지닌 힘을 쓰십시오."


레바논 상인의 문지기는 만사가 잘되고 있다는 표정이었다.

"우리 조직원 거의 대부분과 연락이 닿았습니다. 마침내 행동을 개시하게 된 것에 모두들 신이 나 있습니다."

"안전 수칙은 철저히 지켜지고 있겠지?"

"다들 아주 조심하고 있습니다."

"이상한 기미는 없고?"

"전혀 없습니다. 순찰대가 돌고 있고, 가택수색과 검문이 몇 번 있었고, 주변에 병사들이 어슬렁거리는 정도입니다. 감찰대나 군대나 계속해서 제자리걸음만 하고 있어요."

"우리 연락책들한테 성급히 나서서는 절대로 안 된다고 일러둬. 작은 실수 하나에 이번 작전 전체가 위험해질 수 있어."

"틀림없도록 하겠습니다. 찾아온 사람이 있는데 들여보낼까요?"

"몸수색은 해봤나?"

"무기는 없었고, 암호도 제대로 댔습니다."

한 사내가 들어왔다. 잘 단련된 근육질 체구에 눈이 부리부리한 젊은이였다. 사내는 레바논 상인과 동향 출신으로 상인이 시키는 일을 오래전부터 맡아 해오고 있었다.

"좋은 소식이 있나?"

"송구하게도 없습니다."

"그 여사제는 아직도 그 무모한 여행을 하고 있는 거야?"

"이제 곧 하이집트 열번째 주의 주도 아트리비스에 도착할 거랍니다. 그다음엔 태양신의 신성한 고도 헬리오폴리스로 향할 거고요. 헬리오폴리스에 가면 그 여자는 무시무시한 힘을 얻게 될 겁니다."

"무시무시한 힘이라, 그런 말은 아무한테나 쓰는 게 아니야! 그 여사제도 일개 여자에 불과하니까. 게다가 그 여행이라는 것도 남편이 죽었다는 사실을 받아들이지 못해 미쳐버린 여자가 사방을 헤매고 다니는 꼴에 지나지 않아."

사내가 말했다.

"전해 들은 바로는 그 여자가 가는 곳마다 신전의 사제들이 입을 모아 그 여자를 칭송한답니다. 아무래도 능력이 예사롭지 않은 여자 같습니다. 제가 아는 건 거기까지입니다. 정예병들이 그 여자를 호위하고 있어서 더이상은 접근할 수 없었습니다."

사내의 마지막 말이 레바논 상인의 흥미를 끌었다.

정예병이 따라붙었다면 그건 이시스가 뭔가 특별한 임무를 띠고 여행길에 올랐다는 의미였다. 완벽주의자인 레바논 상인으로선 이시스의 이 여행에서 수상한 기미가 감지되는 이상 그냥 두고 볼 순 없었다.

상인이 결정을 내렸다.

"그 여자를 위해 작은 선물을 준비해놔야겠다. 헬리오폴리스에 우리 밀정이 있지?"

"하이집트에서 수완이 제일 좋은 친구죠."

"그 여사제는 여행을 좋아하는 듯하니, 아주 먼 길을 떠나 보내야겠어. 돌아오지 못할 길을 말이야."


오랜 세월 군인으로 살아오는 동안 네스몬투는 이렇게 긴 시간 현장에서 떨어져 지내본 적이 없었다. 군대 사령부와 병영, 병사들과 떨어져 있게 되자 그는 자신이 쓸모없는 존재로 느껴졌다. 안락한 세호테프의 저택도 감옥처럼 느껴질 뿐이었다. 유일한 기분 전환 거리라면 군사 훈련용 체조를 매일 몇 번이고 되풀이하는 일이었다.

세호테프는 현인들의 책을 되풀이해서 읽으며 시간을 보냈다. 아비도스 황금원의 형제인 두 사람은 서로에 대해 순수한 우정을 품고 있었고, 이런 우정이 이 힘든 기다림을 견디는 힘이 되어주었다.

그러던 중 마침내 기다리던 소벡이 그들을 찾아왔다!

총리가 말했다.

"반란 조직의 우두머리는 만만한 상대가 아니에요. 교활하고 의심 많은 인물입니다. 돌아가는 상황이 너무 순조롭다고 생각하는지 몸을 단단히 사리고 있어요."

네스몬투가 대답했다.

"우리가 반격하지 않는다는 데 의심을 품었나보군. 게다가 그자는 이 나라가 흔들리고 있다는 사실도 믿지 않는 게 분명해. 그렇다면 우리 작전이 어긋나고 있다는 말인데……"

"그건 아닙니다."

소벡이 최근에 있었던 일을 두 사람에게 알려주었다.

세호테프가 중얼거렸다.

"소벡 총리, 당신도 만만찮은 도박사군요! 이번 판을 이길 승산이 있는 겁니까?"

"글쎄. 패를 잘못 잡은 것 같지는 않소. 하지만 상대가 과연 미끼를 물 것인가가 문제지."

조바심이 난 장군이 제안했다.

"맞불작전을 써보는 건 어떤가?"

"이미 작전에 들어갔습니다. 자세히 설명해드리죠."

꽤 오랫동안 총리의 설명을 듣고 난 장군은 병사들의 배치에 관해 이런저런 주문을 내놓았다.

"아직 십여 군데 지점이 취약해. 멤피스 전역이 우리 군 경계망 안에 있어야 하네. 단 한 구역도 허술하게 두어선 안 돼. 반란 분자들이 자신들의 쥐구멍에서 기어 나오면 그때를 놓치지 말고 옴짝달싹 못하게 몰아넣어야지."

소벡은 장군이 일러준 대로 군사 배치를 조정하기 위해 몇 가지 사항을 적었다.

"장군, 이렇게 갇혀 지내는데도 눈이 어두워지진 않으셨습니다 그려."

"그렇게 되면 큰일이게! 난 적들이 어서 움직이기를 학수고대하고 있어. 그 어둠의 군대와 한판 붙어보자고."

총리가 대답했다.

"얕잡아 보기엔 놈들이 그리 만만치 않아요. 그 수가 얼마나 되는지도 정확히 모르고요. 정확한 공격 목표도 모르고 있고 말입니다."

네스몬투가 자신 있게 말했다.

"왕궁, 총리 관저, 그리고 제1병영일 테지! 이 세 곳이 전략 거점이니까 이곳을 먼저 점령하려 할 거야. 내가 이 세 곳에 주력부대를 매복시킨 이유도 그 때문일세. 명심하게. 병사들을 보충 배치할 때 절대 적이 눈치 채게 해서는 안 돼!"

총리가 세호테프에게 말했다.

"재판도 진척되고 있소."

"결과가 나쁜 쪽으로 기울어진 거죠?"

"잘 모르겠군. 그건 내가 개입해서 어떻게 해볼 일이 아니었으니까. 조만간 재판정에서 출두 명령이 올 거요. 그때 판결을 받아보면 알게 되겠지."

# 37

하이집트의 열번째 주 '검은 황소'의 주도 아트리비스로 오는 길은 그리 어려울 게 없었지만 선장은 부두에 배를 대면서 안도의 숨을 내쉬었다. 풍랑이 시작되기 전에 도착했기 때문이다. 서쪽에서 두터운 검은 구름이 피어올라 몰려오고 있었다. 바람이 점점 더 세차게 불었고 나일 강물이 위험하게 요동치기 시작했다.

이시스가 세카리에게 말했다.

"이곳에 오시리스의 심장이 있어요. 그것만 있으면 신성한 유체가 전부 모이게 돼요."

번개가 하늘에 몇 줄기 금을 내더니 천둥소리가 울렸다.

세카리가 중얼거렸다.

"세트가 소리를 지르는군요. 당신의 일이 쉽게 풀리게 내버려둘 생각이 없나본데요."

하지만 거칠고 위험한 일에 익숙해진 선원들은 이런 세트의 위협에도 주눅 들지 않았다.

이시스가 일행에게 지시했다.

"배를 단단히 묶어두고 안전한 곳으로 피하세요."

빗방울이 떨어지기 시작했지만 이시스가 시내를 향해 걸어가자 북풍과 상겡도 따라나섰다. 늘 하던 대로 세카리 역시 몸을 숨긴 채 멀찌감치 뒤따랐다.

도시는 인기척을 찾을 수 없을 정도로 텅 비어 있었다. 집집마다 문을 꽁꽁 닫아 건 모습이었다.

이시스는 신전으로 가는 곧은 길로 들어섰다. 그 신전의 이름은 '한가운데의 신전'이었다.

북풍과 상겡이 별안간 멈춰 섰다. 상겡이 으르렁거렸다. 이시스가 사방을 살피는데, 신전의 수호 정령이 모습을 드러냈다.

어깨까지의 높이가 이 미터는 족히 넘는 거대한 검은 황소였다. 사자보다도 강력한 이 황소는 불길 앞에서도 물러서는 법이 없었고, 몸을 숨기고 있다가 적을 덮치기도 했으며, 조금이라도 거슬리는 것이 있으면 광포하게 달려들었다. 이집트의 가장 뛰어난 사냥꾼도 이 황소와 맞서려 하지 않았다. 이 무시무시한 짐승과 맞설 수 있는 사람은 오직 파라오뿐이었다. 그도 그럴 것이 이 짐승은 카라는 이름을 지니고 있지 않은가? 파라오에게서 파라오로 전해지는 불멸의 창조력인 카!

"진정해."

이시스가 북풍과 상겡을 달랬다.

어느새 세카리가 달려와 있었다.

"천천히 뒤로 물러서요. 이 자리를 떠납시다."

"당신은 북풍과 상겡을 데리고 몸을 피해요. 나는 신전으로 들어가겠어요."

"정신 나간 짓이에요!"

"이 방법밖엔 없어요. 이케르가 나를 기다리고 있잖아요."

황소라는 짐승은 훌륭한 아비이자 뛰어난 선생이며 부상당한 동료의 보호자로서, 자기네 무리와 함께 있을 때는 사교적이고 평화를 즐겼다. 하지만 홀로 떨어져 고립되면 몹시 난폭한 모습을 보이곤 했다.

이시스는 금방이라도 달려들 것 같은 황소를 향해 걸음을 내딛었다. 그녀가 두려워하는 유일한 죽음은 이케르의 죽음이었다.

북풍과 상겡, 세카리 역시 달아날 생각은 하지 않았다. 이들은 황소가 공격할 기미를 조금이라도 보이면, 이시스를 구하려 뛰어들 태세였다.

황소가 발굽으로 땅을 긁었다. 주둥이 둘레의 뻣뻣한 털이 황소가 뿜어내는 거품으로 온통 뒤덮였다.

이시스는 침착한 태도로 황소의 눈을 마주 보았다. 황소의 눈 속을 응시하자 아트리비스의 시민과 사제 들이 도시를 버리고 떠난 이유를 알 수 있었다.

"넌 고통스러워하고 있구나. 내가 너를 도와줄게."

황소가 신음 같은 울음소리로 그녀에게 대답했다. 앞으로 다가간 그녀가 손을 뻗어 병든 황소의 몸을 만졌다.

"눈에는 고름이 차 있고 관자놀이는 열에 달아오른 데다 이뿌리마다 염증이 있어…… 이건 내가 아는 병이니 치료할 수 있어. 모로 누워보렴."

세카리는 이시스의 부탁을 받고 서둘러 배로 달려가 필요한 약품을 가지고 왔다. 북풍과 상겡은 이시스의 곁을 지켰다. 이시스는 안약을 황소의 눈에 흘려넣어 소독하고 약초즙을 적신 헝겊으로 소의 이빨과 온몸을 문질러주었다.

비가 그치고 검은 구름이 멀리 물러갔다.

황소는 엄청나게 많은 땀을 흘리고 있었다.

이시스가 황소에게 말했다.

"좋은 징조야. 병이 네 몸에서 빠져나오고 열이 수그러들고 있어.
이제 네 힘도 되돌아올 거야."

세카리가 이시스를 뒤로 슬며시 끌어당겼다.

"너무 가까이 다가가지 않는 게 좋겠어요."

"이젠 이 귀한 친구를 겁낼 필요가 없어요."

황소가 몸을 일으켜 자신을 구해준 친구들의 얼굴을 하나하나 마
주 보았다. 황소가 갑자기 고개를 흔들자 세카리는 긴장했다. 황소의
뾰족한 두 뿔이 그의 가슴을 스쳤던 것이다.

이시스가 황소의 넓적한 이마를 쓰다듬으며 말했다.

"난 '한가운데의 신전'으로 가야 해."

신전 정문은 열려 있었다.

저주를 받아 신전의 수호 정령인 황소가 병들고 온 도시에 병이 퍼
져 사람이 살 수 없게 되자 겁을 집어먹은 사제들이 신전을 버리고
도망간 탓이었다.

이시스가 신전 안으로 들어서자마자 일흔한 마리의 수호 정령이
오시리스의 심장이 보관된 제실을 둘러싸며 접근을 막았다. 얼룩소,
붉은 소, 흰 소가 섞인 이 거칠고 무자비한 황소 떼를 뚫고 제실로 들
어가기란 불가능했다.

이시스가 순은으로 만들어진 토트 신의 칼을 꺼내 흔들었다.

"여기 신의 말씀이 있노라. 이 말씀은 눈앞의 현실을 베어 그 너머

로 넘어갈 수 있게 해주고 올바른 길을 가려내준다. 나는 오시리스의 유체를 훔치러 온 것이 아니라 오시리스를 섬기는 사제로서 온 것이다. 오시리스의 심장이 이집트의 심장에 생명을 불어넣고 부활의 신비를 보전해나가기를 기원하노라."

수호 정령 황소들이 하나둘씩 이시스에게 길을 열어주더니, 제각기 신전 벽과 석비로 스며들어가 본래대로 부조와 신성한 문자가 되었다.

오시리스의 신성한 유체가 담긴 단지 앞에 몸통이 벽옥으로 된 스카라베 한 마리가 놓여 있었다.

"단지의 주인이며 새로운 해를 빚어내는 존재인 그대여, 영원한 생명을 누리고 부활의 기둥처럼 변함없으라. 내게 천상의 금, 영원한 생명으로 인도하는 길을 보여다오. 어제와 오늘, 또 내일이 오시리스의 시대를 완성하고 죽음을 넘어 생명의 변화된 형상들을 창조해내기를 기원하노라."


이시스가 신전에서 나오자 하늘 한가운데서 해가 빛나고 있었다. 인근 마을과 들판으로 피신했다가 다시 돌아온 아트리비스 시민들의 눈이 일제히 이시스에게로 쏠렸다. 이시스는 거대한 검은 황소의 등에 오시리스의 심장을 실었다. 건강을 되찾은 이 황소는 이시스 일행을 부두까지 안내했다.

황소를 앞세운 느닷없는 행렬을 본 선장은 깜짝 놀라 얼어붙었다.

무지막지해 보이는 저 황소가 화가 나서 돌진하기라도 한다면 배에 구멍이 뚫리는 건 순식간일 게 아닌가? 하지만 이시스의 침착한 태도에 선장은 마음을 놓았다. 닻줄을 풀고 출발하라는 지시를 내리는 순간 불안감은 어디론가 사라지고 저절로 흥이 났다. 이번에 갈 곳은 해의 도시 헬리오폴리스였다. 하이집트 열세번째 주의 주도인 이 유명한 도시는 멤피스 북쪽, 나일 삼각주 남쪽 꼭짓점에 자리 잡고 있었다.

세카리는 감격과 존경이 담긴 눈으로 이시스를 바라보았다.

"오시리스의 유체 조각을 전부 모았으니 이제 이 여행을 끝낼 때가 되었군요."

"넘어야 할 산이 하나 더 남아 있어요."

"어쨌든 목표는 이미 완수했으니까 남은 단계야 형식일 뿐이죠!"

"헬리오폴리스가 신성한 도시라고 해서 예고자가 그냥 넘어갔을 리는 없어요."

"그럴 리야 없지요…… 하지만 그자는 지금까지 실패를 거듭해왔어요. 온갖 함정을 파놓고 당신을 해치려 했지만 이 여행을 중단시킬 수 없었잖아요?"

"그를 얕잡아 봤다간 큰 낭패를 당할 거예요."

헬리오폴리스에선 어떤 종류의 위험이 기다리고 있을지 세카리는 새삼 불안해지기 시작했다.


햇살을 받아 반짝이는 강물, 푸른 초목, 넓은 종려나무 숲…… 헬리오폴리스는 평화롭고 엄숙한 신전 도시였다. 이 도시에는 특별한 오벨리스크가 있었다. 빛의 줄기가 그대로 굳어 이루어진 오벨리스크였다. 창조주 아툼과 행동하는 빛 라가 다스리는 곳이 이 도시였다. 파라오의 영혼이 죽음을 이겨내고 다른 세상에서 새롭게 태어나기를 기원하는 주문들을 모은 『피라미드의 서』도 이곳에서 쓰였다.

헬리오폴리스의 사제들이 얻은 정신적 깨달음의 결과물인 고왕국의 거대한 피라미드들은 그 웅장한 모습을 통해 오시리스의 영원불멸을 역설했다.

시 중심부에는 여러 채의 신전이 서 있었다. 이 신성한 영역은 세속의 그 어떤 혼란이나 번잡함도 범접할 수 없는 곳 같았다.

민머리를 한 사제 여러 명이 부두로 나와 이시스를 맞았다.

한 사제가 말했다.

"아비도스 수석 여사제님의 방문을 환영합니다. 여행의 빛나는 성과에 대해서는 소문을 들어 알고 있습니다. 우리도 기꺼이 도와드리겠습니다."

사제의 인사를 들으면서 세카리는 고개를 갸우뚱했다. 이렇게 호의적인 태도로 나오는 만큼 안심이 되어야 했다. 하지만 이상하게도 불안감이 커졌다.

이시스가 청했다.

"대사제님을 뵙고 싶습니다."

"안타까운 일이지만 그럴 수 없게 되었습니다. 대사제께선 의식을 잃고 쓰러지신 뒤 말을 못하십니다."

"그럼 누가 대사제의 직무를 대리하고 있습니까?"

"대사제님의 보좌 사제 가운데 한 사람이 임시로 맡고 있습니다. 대사제님의 유고시에는 종신 사제들이 그 후임을 폐하께 제청할 것입니다."

"지금 말씀하신 대리인을 만나 뵙고 싶습니다."

"즉시 그분께 알리겠습니다. 그 전에 잠시 쉬면서 목을 축이시지요."

임시 사제 한 명이 이시스와 세카리, 북풍과 상겡을 귀빈용 별관으로 안내했다. 북풍과 상겡은 푸짐한 식사를 즐긴 뒤 서로 등을 맞대고 잠이 들었다.

신경이 날카로워진 세카리는 물만 입에 댔을 뿐 음식은 내버려두고 건물의 다른 방들을 전부 돌아보았다. 방들은 꽃과 동물, 그리고 성소를 그린 그림들로 장식되어 있었다.

수상한 점은 발견할 수 없었다. 별관으로 돌아오던 세카리는 대사제 대리가 들어서는 걸 보고 문 뒤로 재빨리 몸을 숨기고는 오가는 말에 주의 깊게 귀 기울였다.

사제가 인사를 꺼냈다.

"방문해주셔서 영광입니다."

이시스가 대답했다.

"이 지방은 '창조주는 강녕을 누리시도다'라는 이름으로 불리지요. 이곳에 오시리스의 마법 왕홀이 보관되어 있는 것을 압니다. 그 홀이 있어야 오시리스의 유체 조각들이 서로 이어져 오시리스께서 온전함을 유지할 수 있지요. 내게 그 홀을 내주시겠습니까?"

"그걸 코이악 달에 있을 신비제의에서 사용하실 겁니까?"

"그렇습니다."

"대사제께서도 아마 승낙하시겠지요?"

"분명 그러실 겁니다."

"원로 사제들의 의견을 들어보게 잠시 말미를 주십시오."

종신 사제들이 쉽게 의견일치를 보았는지 대사제 대리는 금방 다시 돌아왔다. 흰 아마포로 싸인 홀을 이시스에게 건네는 그의 표정이 어두웠다. 무슨 이유에서인지 몹시 당황한 눈치였다.

"신성한 유체를 모두 모으는 일에 성공하신 걸 보니 아비도스는 영원불멸하리라 믿어도 좋을 듯합니다. 하지만 불행히도 수석 여사제님의 여정은 아직 끝나지 않았습니다."

"무슨 말씀이신가요?"

"헬리오폴리스에 보관되어 있던 건 오시리스의 이 홀만이 아닙니다. 이곳엔 유체 조각을 짜 맞춘 신성한 육신이 담겨야 할 관도 있지요. 그 관이 없다면 신성한 유체 조각을 아무리 온전하게 짜 맞춘다해도 그 육신은 생명 없는 물질에 불과합니다."

"그 관이 사라져버렸나요?"

사제가 눈에 띄게 허둥거렸다.

"아닙니다, 절대 아니에요! 관이 점점 부식되는 바람에 대사제께서 결단을 내려 그걸 페니키아*의 수도 비블로스로 보냈습니다. 부식된 부분을 목공 장인이 일등품 소나무로 복원하게 될 것입니다."

"복원 작업은 언제 끝나나요?"

"잘 모르겠습니다."

"코이악 달이 다가오고 있어요. 나는 기다릴 여유가 없습니다."

"그러시겠지요. 수석 여사제께서 비블로스로 가 관을 가지고 돌아오실 의향이 있다면 특별 선박을 내드리겠습니다."

"선원들은 있습니까?"

"뱃사람을 모으는 데는 시간이 얼마 걸리지 않습니다. 즉시 착수할까요?"

"서둘러주세요."

대사제 대리는 인사를 한 뒤 도망치듯 자리를 떴다.

---

* 오늘날의 레바논은 당시 페니키아의 일부에 해당한다.

화가 머리끝까지 치민 세카리가 문 뒤에서 나왔다.

"하이에나 같은 자로군요! 목소리만 들어도 비열하고 위선적이라는 걸 알겠어요. 이렇게까지 천한 본색을 드러내다니!"

이시스도 고개를 끄덕였다.

"나도 저 사람을 신뢰하지 않아요, 하지만 저 사람 덕분에 귀중한 정보를 얻었어요."

"그는 거짓말을 하고 있습니다. 당신한테 덫을 놓은 거라고요!"

"그럴지도 모르죠."

"그렇다니까요! 그의 말을 믿지 말아요, 이시스. 헬리오폴리스의 사제들은 뭔가 실수를 저지르는 바람에 그 관을 부수고 말았을 겁니다. 그래서 그들은 이 일이 밖으로 새어나가지 않도록 아무 말이나 꾸며대고 있는 거예요! 당신을 페니키아로 보내는 건 멀리 떼어놓으려는 심산이에요. 아마 당신을 죽이려 들 겁니다."

"그렇겠죠."

"그렇다면 그 배를 타지 말아야죠!"

"그래도 만약 약간의 희망이라도 있다면, 성공할 가능성이 실낱만큼만 있다면 난 가야 해요."

"이시스……"

"그건 내 의무예요."

# 38

세소스트리스의 영혼은 길을 떠나 떠돌고 있었다.

그 영혼은 우주를 가로지르며 별들과 더불어 춤을 추었고, 지칠 줄
모르고 쉼 없이 움직이는 유성을 따라 유영했으며, 꺼지지 않는 별빛
으로 배를 채웠다.

밤낮으로 이어지는 잠을 넘어서, 시간의 흐름을 넘어서 그의 카는
조상들의 카와 만나고 있었다. 잠들어 있는 파라오는 완전히 무방비
상태였고, 그런 그를 지키는 사람은 친위대뿐이었다. 하지만 겉으로
보기엔 잠든 것 같아도 파라오는 이 지상으로부터 최대한의 힘을 길
어 올리고 있었다.

그 힘은 그가 다시 소생하는 데 없어서는 안 될 생명의 기운이었
다. 그 힘이 있어야 다시 태어나서 오시리스 신전에서 열리는 소생축
제를 누릴 수 있고, 또 예고자와도 맞설 수 있었다.

그가 다시 눈을 뜨게 될 시간이 점점 다가오고 있었다.

메다무드 전임 촌장의 보좌관이었던 사내는 신전을 지키는 병사들

에게 맛 좋은 스튜를 가져다주었다. 그 스튜에는 수면제가 들어 있었다. 그는 일단 그 자리를 떠났다가 두 시간도 안 되어 신성한 숲 근처로 되돌아왔다.

병사들은 자리를 지킨 채 모두 잠들어 있었다. 두 명은 몰려오는 졸음을 쫓아보려 안간힘을 쓰는 중이었지만 이미 몸은 천근만근 처져 있었다.

사내는 신중하게 끝까지 기다리다가 마침내 몸을 일으켜 신성한 숲으로 넘어 들어갔다. 사방이 너무 고요해서 겁이 더럭 났다. 그만두고 싶은 마음이 잠시 스치고 지나갔지만 포기하기엔 너무도 좋은 기회였다. 굵은 나뭇가지를 헤집고 나아가자 옛 오시리스 신전이 눈앞에 나타났다.

사내는 지하 묘실 입구까지 왔다.

이 안에 보물이 있을까? 그렇다, 분명 있을 것이다. 그렇지 않고서야 파라오가 병사들을 시켜 저렇게 철통같이 지키게 해놓았을 리가 없잖은가? 그런데 파라오는 대체 어디 숨어 있는 걸까?

사내는 이런 생각으로 긴장한 채 좁은 통로를 따라 발을 내딛었다. 통로는 묘실로 이어지고 있었다. 안쪽에서 희미한 빛이 흘러나오고 있었다.

침상 위에 키가 엄청나게 큰 누군가가 미동도 않고 누워 있었다.

그였다, 파라오!

사내는 처음에는 파라오가 죽은 거라고 생각했다. 하지만 아니었다. 파라오는 숨을 쉬고 있었다! 사내가 손을 뻗으면 닿을 수 있는 거리에 세소스트리스가 아무 방비 없이 누워 있는 것이다.

목을 조를까, 아니면 칼로 찌를까? 단 한 번의 정확하고 가차 없는 칼놀림이면 충분할 것이다.

사내가 칼을 치켜들었다.

그 순간 파라오가 번쩍 눈을 떴다.

혼비백산한 사내의 손에서 칼이 떨어져 내렸다. 사내는 걸음아 날 살려라 하고 지하 묘실을 빠져나와 숲을 가로질러 정신없이 달렸다. 맞은편에서 병사들이 교대하기 위해 오고 있었다.

사내는 사정을 설명하는 척하다가 병사 한 명을 밀치고 뛰어 달아나려 했다. 그러자 창 하나가 사정없이 그의 몸을 꿰뚫었다.

장교는 이 보잘것없는 희생자에겐 눈길조차 주지 않은 채 잠든 병사들을 흔들어댔다.

장교가 소리쳤다.

"폐하는…… 폐하는 어찌 되셨느냐?"

"나는 여기 있다."

파라오의 위엄 있는 목소리가 들려왔다.


헬리오폴리스의 대사제 대리가 이시스를 만나러 왔다. 그는 지나칠 정도로 공손한 태도로 부두까지 그녀를 안내했다. 부두에는 페니키아에서 건조된 큰 배가 한 척 정박해 있었다.

"여기 비블로스의 왕 아비쉐무에게 보일 서신이 있습니다. 아비쉐무는 이집트의 충실한 동맹자이지요. 그는 수석 여사제님을 환대하고 그 고귀한 관을 돌려줄 겁니다. 바람이 이 항해를 도와주기를 빌겠습니다."

상겡과 북풍이 활기찬 걸음으로 배다리를 올라가 갑판에 내려섰다. 키가 크고 얼굴이 홀쭉한 선장이 둘의 모습을 보곤 버럭 화를 내며 소리쳤다.

"짐승은 배에 탈 수 없어! 내려가지 않으면 때려잡아버리겠다."

이시스가 대답했다.

"이들에게 손대지 마시오. 이들은 나를 호위하는 동행이오."

그러자 선장은 마지못한 태도로 물러나 이 배의 선원들을 불러놓고 출항을 위해 하나하나 지시를 내리기 시작했다. 선원은 모두 열여덟 명이었다.

이시스가 엄격한 말투로 선장에게 말했다.

"당신이 키를 조종해선 안 됩니다."

"지금 날 놀리시는 겁니까?"

"오직 하토르 여신만이 이 항해를 인도해주실 수 있다는 걸 모르나요?"

"나도 여신을 공경하고, 여신이 얼마나 큰 힘을 지니고 있는지도 압니다. 하지만 우리 뱃길은 내가 잡아나가는 거요!"

"내겐 시간이 얼마 없어요, 그러니 연안을 피해 한바다로 항해하세요."

"설마…… 농담이시겠지! 그건 너무 위험해요!"

"하토르 여신께 길을 맡기세요."

"말도 안 되는 소리!"

선원 하나가 외쳤다.

"배가…… 저절로 나아가고 있어요!"

선장이 키를 움켜잡았다. 하지만 선장이 아무리 용을 써도 꿈쩍도 하지 않았다.

이시스가 나직이 말했다.

"버티지 말고 순순히 인정해요, 여신의 불이 당신을 내리치기 전에."

별안간 선장의 두 손에 불이 붙었다. 선장은 고통스러운 비명을 질렀다.

페니키아인 선원 하나가 앞으로 나섰다.

"저 여자가 우리한테 마법을 걸고 있어. 바다에 던져버리자!"

태도가 돌변한 선원 하나가 이시스에게 달려들려 했지만 팔을 제대로 쳐들기도 전에 바닥에 쓰러지고 말았다. 그의 머리는 이미 상겡의 발밑에 짓눌려 있었다. 북풍이 어느새 이시스 곁에 바싹 붙어 이빨을 드러내며 나머지 선원들을 위협했다.

영리한 선원 하나가 나서서 동료들에게 말했다.

"저 두 놈은 보통 짐승이 아냐. 저 마녀를 건드리지 말자고. 우릴 죽일지도 몰라!"

이시스가 선원들을 향해 말했다.

"선장을 치료해주세요. 그리고 각자의 자리를 지켜요. 그러면 이 항해는 순조로울 겁니다. 하토르 여신께서 우리에게 순풍과 잔잔한 물결을 내려주실 테니까요. 비블로스인들이 여신을 우러러 받들고 있으니, 여신께서도 당신의 신전을 다시 보게 되어 기뻐할 겁니다."

모든 게 이시스가 예언한 대로 되고 있었다. 배는 믿기지 않을 만큼 빠른 속도로 내달렸다. 선원들은 얼이 빠져서 각자 자신의 자리를 지켰다.

선장은 화상에 몹시 고통스러워하며 이 치욕을 앙갚음할 기회를 엿보았다. 그는 이번 일을 제대로 해내면 레바논 상인에게서 엄청난 보상을 받기로 되어 있었다. 그러니 이런 절호의 기회를 놓칠 수는 없었다. 하토르 여신의 마법으로 항해가 빨라지는 바람에 얼마 안 있으면 비블로스 항에 도착할 상황이었다.

방법은 단 한 가지, 큰 돛대 위로 올라가 저 마녀의 등에 갈고리를 메다꽂는 것이었다. 선장은 갈고리를 아주 능숙하게 다룰 줄 아는 만큼, 비록 두 손을 붕대로 칭칭 감고 있어도 과녁을 빗맞히는 일은 없을 것이다.

이시스는 바다를 바라보며 이케르를 생각했다. 납치당해 이제 곧 바다에 던져지리라는 걸 알았을 때, 곧이어 라피드 호가 난파했을 때 그는 얼마나 두려웠을까?

이케르는 아직 살아 있었다. 그녀는 남편이 살아 있다는 걸 느꼈고, 또 알고 있었다.

상겡이 으르렁거렸다.

이시스가 손을 뻗어 쓰다듬어주었지만 소용없었다. 상겡은 벌떡 일어나더니 뭔가 찾는 것처럼 그녀 주위를 빙빙 돌았다. 킁킁거리며 바닥을 살피던 개가 고개를 드는 순간 선장이 돛대 꼭대기에서 휘청하며 중심을 잃고 떨어지더니 상갑판 난간에 한 번 세차게 부딪고는 그대로 바닷물 속으로 사라졌다.

선원 한 명이 소리 질렀다.

"선장을 구해야 해!"

다른 선원이 중얼거렸다.

"그래봤자 소용없어. 우리 힘으론 어림도 없는 일이라고. 하토르 여신께서 우릴 보호해주시니까 저 고약한 위인은 잊어버리자. 우릴 호되게 부려먹으면서도 봉급은 쥐꼬리만큼 줬던 자야."

같은 생각을 했는지 선원 대다수가 움직일 생각 없이 멀뚱히 쳐다보고만 있었다.

뱃머리에서 망을 보던 선원이 외쳤다.

"비블로스가 보인다! 드디어 도착했다!"

선장이 돛대에서 떨어진 건 몸이 둔해서도, 예기치 못한 사고 때문도 아니었다. 이시스는 떨어지는 선장의 등에 칼날이 박혀 있는 걸 놓치지 않았다. 세카리의 예리한 솜씨였다.

이렇게 큰 배가 항구에 도착하면 비블로스에선 축제가 열리곤 했다. 선장이 불상사를 당했다는 부선장의 보고가 있었지만 축제 분위기는 조금도 가라앉지 않았다.

부두 책임자가 이시스를 맞이했다.

"나는 아비도스의 수석 여사제입니다. 이곳 왕이신 아비쉐무 님에게 서신을 전해야 합니다."

"즉시 호위대를 붙여 궁정으로 안내해드리겠습니다."

이시스는 성벽으로 둘러싸인 옛 도시를 향해 걸음을 옮겼다.

의전 대신이 정중하게 이시스를 영접했다. 마침 왕은 주신전에서 하토르 여신을 위한 제의를 올리고 있었다. 의전 대신은 이시스에게도 그 제의에 참석할 것을 권했다.

비블로스의 주신전은 이집트 건축의 영향을 받아 크고 웅장했다. 신전으로 들어가는 출입로가 서쪽과 동쪽, 두 곳에 나 있었다. 동쪽 벽에 등을 붙이고 서 있는 다섯 거상 가운데는 이집트 파라오의 모습도 보였다.

한 사제가 다가와 큰 수반에 담긴 물로 이시스에게 정화의식을 치러준 후 제단으로 안내했다. 이시스는 제물이 쌓인 제단에 절을 올리고 양편에 제실들이 늘어선 중정을 가로질러 지성소로 들어갔다. 이 지성소에는 머리에 태양 원반을 단 하토르 여신의 아름다운 조각상이 있었다.

번쩍거리는 튜닉을 입은 작달막하고 퉁퉁한 사람이 그녀에게 반갑게 인사를 건넸다.

"도착하셨다는 소식을 조금 전에 들었습니다, 수석 여사제님! 여행은 편안하셨습니까?"

"덕분에 편안하게 왔습니다."

"매일 아침 나는 하토르 여신께 감사 기도를 올립니다. 여신께서 이 작은 나라에 가져다주시는 번영에 대한 감사이지요. 이집트가 보여주는 변함없는 우정 덕분에 이 나라는 밝은 미래를 약속받았습니다. 우리와 이집트의 관계가 나날이 굳건해지고 있으니 기쁘기 한량없습니다. 이 지성소를 어떻게 생각하십니까?"

"훌륭한 곳이군요."

"오! 물론 이집트의 신전에 비길 수야 없지요. 하지만 이 신전은 여기 장인들이 이집트 대가들의 지도를 받아 하토르 여신에게 바친 진정 어린 경배입니다. 이 신전이 완공되었을 때 이집트 파라오께서 내게 황금 왕관을 선물했죠. 생명과 번영, 영속성을 상징하는 마법의 형상들로 장식된 왕관입니다. 나는 큰 행사가 있을 때마다 꼭 그 왕관을 쓴답니다. 신하들이 이집트 양식을 아주 좋아하거든요."

비블로스의 왕과 이시스는 신전의 뜰로 들어섰다.

"정말 아름답지요! 성벽들, 옛 도시, 바다…… 아무리 봐도 질리지 않는 풍경입니다. 궁금해서 그런데 한 가지 여쭤봐도 되겠습니까? 아비도스에 이집트의 귀중한 보물들이 숨겨져 있지 않습니까?"

"제가 이곳에 온 것은 그 보물들 중 하나를 찾기 위해서입니다."

아비쉐무는 깜짝 놀라며 되물었다.

"비블로스에 오시리스의 보물이 있단 말입니까?"

"오시리스의 관이 이곳에 와 있습니다."

왕이 관이라는 단어를 음미하듯 되풀이하더니 물었다.

"혹시 전설을 말씀하시는 겁니까? 그 관이 이곳 궁정의 정원까지 떠내려 왔는데 타마리스나무 한 그루가 무성하게 자라 그 관이 속인들의 눈에 띄지 않도록 숨겼다는 전설 말입니다. 그 이야긴 한갓 전설일 뿐입니다!"

"그래도 그 정원을 보여주시겠습니까?"

"물론이지요. 하지만 실망하실 겁니다."

"여기 헬리오폴리스의 대사제가 왕께 보낸 서신이 있습니다."

레바논 상인의 서명이 들어간 그 서신은 페니키아 문자로 쓰인 것이었다. 서신에는 긴 인사말에 뒤이어 다음과 같은 명확한 지시 사항이 담겨 있었다.


아비도스의 수석 여사제 이시스를 은밀히 제거하시오. 사고로 죽은 것처럼 보여야 합니다. 예고자께선 귀하의 나라를 공격하지 않을 것이고, 이 수고에 대해 큰 보상을 하실 겁니다. 우리의 교역도 재개되어야겠지요.


아비쉐무는 무엇보다 이 '교역'이라는 단어가 반가웠다. 페니키아 왕은 이 나라 배들이 운송하는 밀수품의 공급자로서, 밀교역이 중단되어 상당한 타격을 받고 있었던 것이다. 자신이 그런 손해를 입게 된 데는 이 약해빠진 젊은 여자에게도 책임이 있는 이상, 지시받은 일을 망설일 이유는 없었다.

"잠시 쉬신 다음……"

"당장 그 정원에 가보고 싶습니다."

"그렇게 하십시오. 나는 궁정에 급한 일이 있어 가봐야 하니, 정원에는 의전 대신이 안내해드릴 겁니다."

정원에는 삼나무와 소나무, 타마리스나무와 올리브나무 등 갖가지 수목이 우거져 있었다. 이시스는 나무 사이로 난 길을 천천히 걸으며 관을 숨길 만큼 울창하게 우거진 타마리스 고목이 있는지 살폈다. 북풍과 상겡은 배에 남아 있었으므로 이곳에서 무슨 일이 일어나도 그녀를 지켜줄 수 없는 상황이었다.

그녀 앞을 한 무리의 여자들이 가로막고 섰다. 여자들은 사나운 얼굴을 하고 있었다. 이시스가 뒤를 돌아보니 또 한 무리의 여자들이 있었다. 양옆에도 여자들이 몰려와서 그녀를 둘러쌌다. 화려한 옷차림에 화장을 한 걸로 봐서 페니키아 상류층 여인네들이었다. 여자들이 서서히 포위를 좁혀왔다.

이들 가운데 한 여자가 이시스를 향해 소리쳤다.

"도둑질을 하러 온 걸 다 안다. 감히 신전을 더럽히다니! 너는 우리한테 마법을 씌워 아이를 낳지 못하게 할 속셈이었겠지! 우리가 너를 없애 해를 끼치지 못하게 하겠다. 이게 다 왕이 미리 눈치 채서 알려주신 덕분이야."

"당신들은 잘못 알고 있는 겁니다."

"우리 왕이 거짓말을 했다고 말하려는 거냐? 너는 네 나라에서 죄 짓고 도망쳐 온 여자야. 이집트에서 사악한 마술을 부렸다는 걸 알고 있다. 우리가 힘을 합해 너를 짓밟아 네 시신을 바다에 던지리라."

여자들 무리가 다가왔다.

"나는 아비도스의 수석 여사제 이시스입니다."

"네 허튼소리엔 관심 없어! 못된 여자들은 벌을 받아야 해."

이시스는 자신을 죽이려 다가오는 무리 앞에서 고개를 의연히 들었다. 그러고는 죽음을 맞이하듯 머리카락을 풀어 내렸다. 풀어 내린 머리카락은 상(喪)을 의미하지 않는가? 세카리의 우려는 틀린 게 아니었다. 빠져나갈 수 없는 함정이 눈앞에 있었다. 그리고 그녀는 죽게 될 것이다.

무리를 이끄는 여자가 달려들라는 신호를 보내려는 참이었다.

"모두 멈추어라!"

나이 지긋한 아름다운 여인이 무리를 말렸다. 거동에서 자연스레 권위가 느껴지는 여인이었다. 여인이 말을 이었다.

"저 여인의 머리카락에서 풍겨 나오는 섬세한 향기는 타락한 여인의 것이 아니다."

여인의 말 한마디에 모두들 멈춰 섰다. 여인이 이시스에게 말했다.

"그대는 감히 비블로스의 왕비 앞에서 훔친 지위를 사칭하며 거짓말을 하려 하는가?"

"저의 부친인 파라오 세소스트리스께서는 저를 아비도스 수석 여사제의 지위를 감당할 수 있도록 가르치셨습니다."

"그렇다면 이곳에는 왜 온 것이오?"

"이 정원에 감춰져 있는 오시리스의 관을 아비도스로 가져가야 합니다. 부군이신 비블로스 왕께서 제게 허락하신 일입니다."

둘러선 무리 사이에서 감탄과 나직한 귀엣말, 이런저런 숙덕거림이 일더니, 이 궁정 여인네들의 사나운 태도가 누그러졌다. 왕비가 물러가라는 손짓을 하자 여인네들이 그 자리를 떠났다.

왕비가 이시스에게 말했다.

"나를 따라오시오. 자초지종을 들어보고 싶소."

# 39

오시리스의 흰색 튜닉을 입은 세소스트리스는 동서남북 네 방향을 향해 하늘과 땅의 결합을 고했다. 그는 어둠을 물리친 빛 라를 상징하는 붉은색 아마 헝겊을 목에 두르고 오시리스에게 새로 헌정된 신전을 축성했다.

세소스트리스는 신전 내실에 처음으로 불을 밝히고 향을 피웠다. 그가 이 신전의 주인인 파라오 몬투를 향해 선언했다.

"여기 태양과 같은 힘과 기쁨을 바칩니다."

신전 사방 벽에는 파라오의 소생을 기리는 축제의 장면들이 펼쳐지고 있었다. 이 신전 카의 생기를 유지해나갈 임무는 지상에서 파라오의 모습을 구현하는 황소에게 맡겨졌다.

신전의 맞은편에는 종신 사제들의 거주 구역이 자리하고 있었다. 종신 사제들은 신성한 호수의 물로 몸을 정화했다. 종신 사제들 가운데는 신전 조제실에 소속된 연금술 전문가도 있었다. 이 조제실에는 이곳에서 만들어진 갖가지 종류의 연고와 향이 보관될 것이며, 푼트의 금 역시 이곳에 놓이게 될 것이다.

파라오의 소생은 메다무드 마을이 간직한 오시리스 전통이었다. 이 전통대로 새로 태어남으로써 세소스트리스는 예고자와 맞설 절대적 무기를 얻게 되었다. 이제 남은 일은 그 무기의 힘을 발현시키는 것이었다.

파라오는 황소가 있는 외양간 신전으로 갔다. 왕이 다가오는 걸 느낀 황소는 성을 내며 거친 콧김을 내뿜기 시작했다.

파라오가 말했다.

"진정하라. 눈이 보이지 않아 고통스러워하는 걸 안다. 그대의 고통은 해의 수컷인 그대와 짝이 되어줄 해의 암컷이 없기 때문이다. 이제 새로운 신전을 지었으니, 암컷 해가 모습을 드러내리라."

밤새도록 계속된 춤과 노래가 황금의 여신인 달의 기분을 흡족하게 했다. 음악을 배불리 삼킨 여신이 마침내 어둠을 흩으며 모습을 드러냈다.

황소가 온순해지자 파라오는 외양간 신전 안으로 들어갔다. 외양간 한가운데 아카시아나무 한 그루가 서 있었고, 그 그늘이 드리운 자리에 작은 제실이 있었다.

제실 안에 봉인된 단지가 놓여 있었다. 생명의 원천이자 신이 행하는 신비로운 창조의 원천인 오시리스의 체액이 담긴 단지였다.


비블로스의 왕비는 이시스의 이야기를 듣고 깜짝 놀랐다.

"그렇다면 내 남편이 끔찍한 덫을 놓아 당신을 죽이려 했단 말이군요! 그런 비난이 얼마나 막중한 것인지는 알고 있겠지요?"

"왕비께서 도와주지 않으셨다면 이 궁정의 부인들이 나를 죽였을 겁니다. 이 사실 말고도 다른 증거가 필요하십니까?"

왕비는 마음을 진정시키기 힘든 듯 고개를 들어 하늘을 올려다보았다.

이시스가 또다시 물었다.

"비블로스는 이집트를 배신한 건가요?"

"우리에겐 교역으로 이익을 남기는 것이 가장 중요합니다. 그래서 왕은 교역 대상을 늘리려고 애쓰는데, 그러다보면 약속을 저버리는 경우도 생깁니다."

"또다른 근심을 갖고 계시는군요, 왕비님."

"내 아들이 아픕니다. 그 아이의 병을 고쳐줘요. 그러면 관이 있는 곳을 알려주겠어요."

아이는 고열에 들떠 헛소리를 하고 있었다.

이시스는 아이 주위에 일흔일곱 개의 횃불을 밝혀 수호 정령들을 불러 모았다. 수호 정령들의 힘을 빌려 사악한 힘을 물리치기 위해서였다.

그녀가 아이의 입술에 검지를 갖다 대자 알 수 없는 말을 중얼거리던 아이가 잠잠해지더니 편안한 미소를 지었다.

"악은 물러가고 고통은 사라졌단다. 이제 네 생명의 기운은 되돌아왔다."

날이 밝자 횃불이 하나씩 꺼졌다. 아이는 혈색을 되찾았다.

왕비가 말했다.

"관은 어느 타마리스나무 속에 숨겨져 있었어요. 하지만 왕은 서신 하나를 받은 후 그 나무에서 관을 꺼내 알현실의 큰 기둥 속에 감췄지요. 관은 포기하고 어서 떠나요, 이시스. 지체하다간 목숨을 잃을 겁니다."

"예고자가 왕을 조종하고 있는 건가요?"

왕비의 얼굴이 창백해졌다.

"어떻게…… 어떻게 그걸 알고 계시오?"

"저를 궁정으로 데려가주세요."

"이시스, 그건 미친 짓이에요."

"비블로스를 구하고 싶지 않으신가요?"


페니키아 왕의 전략에는 치밀함과 외교적 수완이 동시에 요구됐다. 그는 이집트의 심기를 거스르지 않으면서도 한편으론 레바논 상인의 밀거래를 도와 막대한 이득을 챙기고 있었다. 예고자가 내세우는 교리에는 별 흥미가 없었지만, 때때로 예고자에게 양보하는 일이 필요하기도 했다.

왕은 자기 궁정의 알현실을 무척 좋아했다. 이 방은 페니키아의 전원 풍광을 담은 뛰어난 그림들로 장식되어 있었다. 마침 왕은 바다를 향해 난 창문에 등을 돌린 채 앉아 있었다.

왕비가 들어왔다.

"무슨 일이오?"

"우리 아들을 완쾌시킨 여의사를 소개하러 왔어요. 대단한 신통력을 지닌 사람입니다! 왕자의 열은 내렸고, 지금은 다시 뛰어놀기 시작했어요."

"그럼 그 여의사에게 상을 내려야겠군!"

"그녀의 부탁을 뭐든 꼭 들어주시겠어요?"

"아비쉐무는 한번 한 약속은 꼭 지키는 사람이오."

왕비는 조롱 섞인 눈빛으로 왕을 쳐다보았다.

"하토르 여신을 조심하세요. 당신이 약속을 어기면 여신께서 벌을 내릴지도 모릅니다."

"내 말을 의심하는 거요?"

"이번만큼은 믿겠어요! 그 누구도 자기 아들의 목숨을 놓고 식언을 할 수는 없을 테니까요. 여기 그 여의사가 와 있어요."

왕비가 이시스를 들어오게 했다.

아비쉐무는 급소를 찔린 표정으로 벌떡 몸을 일으켰다.

"당신은……"

"계획대로라면 저는 사고로 죽었어야 하지요. 이집트의 현자 한 분이 말씀하시기를, 거짓말은 결코 좋은 결실을 맺을 수 없다고 했습니다. 파라오 세소스트리스가 딸의 부고를 전해 듣는다면 어떤 행동을 취할지 생각해보았습니까?"

왕은 눈길을 떨어뜨렸다.

"원하는 게 뭐요?"

"관을 주십시오."

"그건 부서졌다고 말하지 않았소!"

"왕비 마마 덕분에 저는 진실을 알고 있습니다."

이시스는 알현실의 원주를 하나하나 만져보다가 일곱째 원주에서 발을 멈췄다.

이시스가 왕에게 요구했다.

"자신이 한 약속을 지키세요."

"저 기둥 안에 당신이 찾는 게 없다는 걸 증명해 보이려고 기둥을 부술 수는 없어!"

"비블로스의 수호 여신인 하토르 여신께서는 세크메트 여신으로 변신하실 수 있지요. 암사자의 광포함에 코브라의 독까지 더해질 겁니다. 한번 한 약속을 어기는 건 용서받을 수 없는 잘못이에요."

아비쉐무가 단도 손잡이를 꽉 움켜잡았다.

마침 세카리가 창문 바깥쪽에 잠복한 채 비블로스의 왕을 지켜보고 있었다. 북풍과 상갱에게 배를 지키라고 시킨 다음 이시스를 뒤쫓아 왔던 것이다.

아비쉐무가 천천히 칼을 뽑아들었다.

세카리는 아비쉐무가 결정적 동작을 취할 기미만 보이면 지체 없이 달려들 태세를 갖추었다.

왕의 행동을 멈추게 한 건 왕비의 한마디였다.

"아비도스의 수석 여사제는 우리 아들의 목숨을 구해주었어요. 신들과 파라오를 모욕하지 말아요, 그녀에게 은혜를 갚아야 합니다."

왕은 한걸음 물러섰다. 신들도, 파라오도 두려웠던 것이다.

목수 한 사람이 불려 와서 기둥에서 조심스럽게 관을 꺼냈다. 썩지 않는 아카시아나무로 짠 이 관에는 눈에 보이지 않는 것을 볼 수 있게 해주는 두 개의 눈이 조각되어 있었다.

이시스가 왕비와 함께 알현실을 나오자 세카리도 숨어 있던 장소를 떠나 정박 중인 배로 돌아왔다.

왕비가 이시스에게 부탁했다.

"파라오께서 아비쉐무를 너무 가혹하게 응징하지 않으셨으면 해요. 내 남편은 이 도시를 번영시키는 일에 지나치게 집착한 나머지 크나큰 실수를 저지른 겁니다."

"왕이 예고자의 하수인을 멀리하길 바랍니다. 그러지 않으면 결국엔 그들이 왕을 제거하고 비블로스를 지옥으로 만들어버릴 테니까요."

"남편을 꼭 설득해보겠어요, 이시스."

이시스가 돌아오자 북풍과 상겡은 기쁜 나머지 이리 뛰고 저리 뛰며 부산을 떨었다. 관이 손상되지 않도록 아마포로 여러 겹 감싼 뒤선실 안에 밧줄로 단단히 묶어두었다.

세카리가 말했다.

"작은 문제가 하나 남아 있어요. 선장이 바다 속으로 사라진 뒤, 선원들은 이 배에 귀신이 붙었다고 생각하고 다들 어디론가 숨어버렸어요. 선원들을 찾아내기는 불가능해요."

"하토르 여신께서 선원들의 몫을 대신해 우리를 인도해주실 거예요. 돛을 올려요. 내가 키를 잡을게요."

이시스가 별들의 여왕 하토르 여신의 보호하에 평온한 항해가 이루어지기를 기원하는 주문을 외웠다.

강한 바람이 일면서 돛이 한껏 부풀었다. 배는 비블로스 항구를 떠나 이집트를 향해 미끄러져 갔다.

돌아오는 길은 갈 때보다 더 빨라서, 배는 북풍과 상겡이 잠들었다가 다시 깨어나기도 전에 헬리오폴리스에 도착했다. 부두에 배를 대자마자 이시스는 하토르 여신에게 꽃과 포도주를 바쳤다.

그녀는 세카리에게 관을 잘 지켜달라고 당부한 후 잠에서 막 깨어난 두 친구에게도 일렀다.

"관에서 한시도 눈을 떼어선 안 돼."

세카리가 걱정되는 듯 물었다.

"내가 신전까지 따라가야 하지 않을까요?"

그녀가 담담히 대답했다.

"난 조금도 위험하지 않아요."

신전 문 앞에서 마주친 대사제 대리가 유령이라도 본 것처럼 얼굴이 하얘졌다. 그가 웅얼거리며 인사를 건넸다.

"오…… 오셨습니까?"

"내가 유령으로 보이나요?"

"여행은……"

"큰 사고 없이 잘 다녀왔습니다."

"이렇게 빨리, 이렇게……"

"하토르 여신께서 시간을 줄여주셨지요. 대사제님의 건강은 좀 나아지셨습니까?"

"별 차도가 없습니다. 우린 최후의 상황을 우려하고 있습니다. 그건 그렇고…… 관은 찾아오셨습니까?"

"비블로스의 왕으로부터 잘 건네받았지요. 지금 관은 안전한 곳에서 엄중한 보호를 받고 있습니다."

"잘됐네요, 잘됐어요! 좀 쉬신 다음에……"

"난 지금 즉시 떠날 생각입니다. 내가 맡겨놓은 바구니를 돌려주세요. 거기 오시리스의 신성한 유체가 담겨 있습니다."

사제가 갑자기 울음을 터뜨렸다.

"정말 무서운 일이에요! 이곳 헬리오폴리스에서 절대 있어선 안 될 일이 일어나고 말았습니다!"

"무슨 말씀인가요?"

"면목이 없어서, 도저히……"

"말씀해보세요."

사제가 기어 들어가는 목소리로 털어놓았다.

"바구니를 도둑맞았습니다."

"누구 소행인지 수사는 해보셨나요?"

"해봤지만 불행히도 아무 소용 없었습니다!"

"내 생각은 다르네."

어떤 묵직한 음성이 대답했다. 대사제 대리가 얼어붙은 듯 천천히 이시스의 뒤를 바라보았다.

이시스 뒤에 두번째 유령이 서 있었다.

"대사제님…… 어떻게 죽어가던 사람이!"

"이 신전 사제들 가운데 숨어 있는 예고자의 하수인을 찾아내기 위해서는 죽어가는 시늉을 해야 했지. 구체적인 증거가 필요했으니까. 이젠 그 증거를 찾았어. 신비 바구니를 훔친 것은 너니까 말이야."

"잘못 생각하신 겁니다, 저는……"

"아니라고 말해도 소용없다."

건장한 신전지기들이 대사제 대리를 에워쌌다.

그러자 대사제 대리가 갑자기 태도를 바꾸었다.

"그렇다, 나는 미래의 이집트의 주인을 섬기는 사람이다. 그분은 이 신전을 무너뜨리고 온 세상에 새로운 믿음을 심으실 것이다! 너희는 이미 졌어. 오시리스는 부활하지 못할 테니까. 신비 바구니는 이미 불태워버렸단 말이다!"

"신비 바구니는 여기 있소."

대사제가 이시스에게 바구니를 건네주며 말했다.

"네 공범은 그 가증스러운 짓을 저지르기 전에 붙잡혔다. 너희 둘은 대역죄를 저질렀으니 함께 처형될 것이다. 예고자도 앞으로는 헬리오폴리스에 손을 뻗지 못할 것이다."

이로써 이시스의 여행은 끝났고, 그녀는 임무를 완수했다.

신비 바구니에는 오시리스의 유체 각 부분이 모두 담겨 있었다. 이제 아비도스로 돌아가 이 신성한 유체 조각들을 짜 맞추어야 했다.

이케르가 그녀를 기다리고 있었다. 또한 그에 대한 그녀의 사랑도 나날이 커져만 갔다.

# 코이악 달의 신비제의

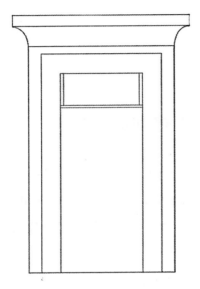

---

\* 앞으로 언급하게 될 부활제의의 전 과정은『피라미드의 서』『관의 서』『빛을 향해 나아감의 서』같은 고대 이집트 주요 문헌들에서 빌려온 것이다. 또한 프톨레마이오스 시대 신전들에 보관된 오시리스 관련 문헌들, 특히 덴드라 신전의 문헌(에밀 샤씨나와 실비 코빌의 번역 참조)이 큰 도움이 되었으며, 그 밖에 사해 두루마리(no 825) 등의 다른 문헌들도 참조하였다.

## 코이악 달, 첫째 날(10월 20일), 아비도스

새벽제의를 마친 후 탁발 사제와 네프티스는 생명의 집으로 갔다. 탁발 사제가 미라의 손상을 막기 위한 주문을 외고, 네프티스는 미라에 기를 불어넣었다. 미라에 부패하는 기미가 전혀 없는 걸로 봐서 이케르는 여전히 중간 지대, 완전한 소멸과 재탄생의 중간 지대에서 삶을 이어가고 있는 게 분명했다.

정오부터 임시 사제들을 상대로 심문이 또다시 시작됐다. 이번엔 아셰르가 불려왔다. 탁발 사제가 말했다.

"자네에게 돌로 단지를 만드는 기술이 있다고 들었네. 제의 용기를 제작할 줄도 알고 말이야. 또 제의에 쓰인 그릇들을 씻고 관리하는 일도 아주 잘해내고 있다더군."

"칭찬을 해주시니 몸 둘 바를 모르겠습니다. 제가 도움이 되도록 애는 쓰고 있습니다."

"자네의 포부는 무엇인가, 아셰르?"

"가정을 이루고 또 아비도스에서 가능한 한 오랫동안 일하는 겁니다."

"혹시 종신 사제가 되고 싶은 마음이 있는가?"

"그저 꿈일 뿐이죠!"

"그 꿈이 실제가 된다면 어떻게 할 텐가?"

"감히 생각지도 못할 일이지만, 만약 그렇게 된다면 저는 오시리스를 섬기기 위해 세속의 일을 기꺼이 포기하겠습니다."

"아비도스의 엄격한 법이 두렵지 않은가?"

"아니요. 그로 인해 오히려 제 신념은 굳건해지는걸요. 덕분에 아비도스는 이집트 정신성의 변함없는 토대로 남지 않겠습니까?"

"내가 묻는 말에 명확히 대답하게. 사리에 어긋난 일이 있거나 누군가 의심스러운 행동을 하는 걸 본 적이 있는가?"

예고자는 잠시 생각하는 척했다.

"제가 본 것은 저 너머 세상과 여기 이 세상을 하나로 묶는 어떤 조화로움입니다. 이 세상에서는 우리가 살아가는 매 순간이 의미를 지닙니다. 임시 사제와 종신 사제가 자신의 근무시간에, 자신의 능력에 맞게 구체적인 임무를 수행하고 있으니까요. 오시리스 정신 덕분에 우리는 우리 자신을 넘어서서 저 너머로 나아갈 수 있습니다."

자신은 누군가를 의심해본 적도 없고 고발할 거리도 찾지 못했다는 게 예고자의 대답이었다. 그의 말에 따르면 아비도스는 낙원이나 다름없었다.

네프티스는 음식을 먹는 둥 마는 둥 했다.

예고자가 의아해서 물었다.

"배고프지 않은 거야?"

"오늘이 코이악 달의 첫째 날이야. 신비제의가 거행되는 달이지. 이 제의에 이집트의 흥망이 달려 있어."

"걱정되나보군?"

"오시리스를 부활시키는 과정은 위험한 모험이야. 그리고 우선 수석 여사제가 돌아와야 해. 그녀가 없으면 제의를 시작할 수 없거든."

"그 여자가 그렇게 중요한 역할을 맡고 있는 거야?"

"그녀가 신비제의의 열쇠를 쥐고 있어."

"한갓 여자에게 그렇게 막중한 자리를 주다니 지나친 거 아냐?"

별안간 네프티스는 달콤한 꿈을 꾸다가 깨어난 기분이 들었다. 조금 전까지도 아셰르에게 홀려 있던 일이 어리둥절하게 느껴질 정도였다. 하지만 그녀는 자신의 혼란을 내색하지 않을 만큼 침착했다.

"…… 자기 말이 맞는 것 같아."

"이집트는 잘못을 저지르고 있어. 여자들한테 너무 많은 특권을 주는 바람에 국력이 약해지잖아."

"그렇게 무뚝뚝한 탁발 사제 앞에서도 자기는 정말 당당하게 행동했다면서?"

"당신도 할 말 못하고 살 필요는 없잖아?"

"자기가 종신 사제가 되는 건 이제 따놓은 당상이야!"

"바라는 게 뭐냐고 묻기에 가정을 이루고 싶다고 했지. 내 아내가 되어주겠어?"

예고자가 네프티스의 손을 슬며시 잡았다.

"그건 좀더 생각해보아야 할 일인데……"

네프티스가 중얼거렸다.

"난 아직 결혼할 나이도 아니고 또……"

"내가 하자는 대로 해, 행복하게 해줄게. 여자는 자기 남편의 말에 복종하고 남편이 원하는 건 뭐든지 충족시켜주는 게 의무 아냐?"

"그럼…… 여사제로서의 내 의무는?"

"착각하고 있군! 여자는 정신의 영역에 접근할 수 없어. 당신은 똑똑하니까 무슨 말인지 알아들을 거야. 또 남자는 한 명의 아내만으로 만족할 수 없다는 사실도 인정할 것이고. 암컷의 욕정은 자연적으로 한계가 있지만 수컷은 그렇지 않아. 남자가 우월하다는 건 신의 법으로 정해져 있어. 신의 법을 존중하자고."

네프티스는 짐짓 온순한 척 예고자 앞에서 눈길을 떨어뜨렸다.

"그런 주장은 정말 새롭고, 정말 뜻밖이라……"

예고자가 네프티스를 껴안았다.

"이제 곧 우린 부부가 될 거야. 당신이 내 첫째 아내가 되는 거지. 나와 잠자리를 함께하고 내 아들의 어미가 될 거란 말이야. 그리고 당신이 상상도 못할 호사스러운 미래를 누리게 될 거야."

아비도스 주둔군 지휘관은 부두에 나와 있었다. 비록 군인이긴 했지만 그도 코이악 달이 얼마나 중요한지 알고 있었다. 그런데 수석 여사제가 아직 돌아오지 않은 것이다. 지휘관은 걱정을 떨칠 수 없었다.

보초병이 와서 알렸다.

"배가 들어오고 있습니다."

병사들이 즉시 부두에 도열했다.

뱃머리에 버티고 선 거인의 모습을 알아본 지휘관은 단번에 마음을 놓았다. 파라오가 돌아왔으니 모두들 훨씬 편안하게 숨 쉴 수 있게 된 것이다.

세소스트리스는 봉인 단지를 들고 생명의 집을 향해 성큼성큼 앞장서 갔다. 병사들은 여전히 밤낮으로 생명의 집을 지키고 있었다. 탁발 사제와 네프티스가 파라오를 맞았다.

세소스트리스가 소리 높여 말했다.

"여기 오시리스 생기의 원천이 있다. 이것을 이케르의 머리맡에 놓아라."

탁발 사제와 네프티스가 지시를 이행하는 동안 파라오는 생명의 집을 지키는 위병의 수를 세 배로 늘리라는 명을 내렸다. 정예 궁수들이 지붕 위로 포진해서 생명의 집을 난공불락의 요새처럼 지켰다. 병사 각각에게는 마법이 깃든 흑요석 칼이 주어졌다.


비나가 떨리는 목소리로 외쳤다.

"파라오가 돌아왔어요!"

예고자도 놀라움을 감추지 못했다.

"그렇다면 그의 영혼이 생명 저 너머의 세상을 여행한 후 그의 육신과 다시 결합했다는 말이로구나. 파라오는 이제 어떤 새로운 힘을 지니게 되었다. 그리고 그 힘을 아비도스를 위해 사용하려 들 것이다."

"우리가 위험해지는 건가요?"

"파라오가 존재하는 한 우린 언제나 위험했어! 그의 계획이 뭔지 알아봐야겠다."

"주인님…… 그 네프티스란 여자와 또다시 저녁을 함께하셨더군요."

예고자가 비나의 머리카락을 쓰다듬었다.

"순종적이고 말귀를 알아듣는 여자야. 그녀도 참된 믿음의 추종자가 될 거다."

"그 여자와…… 혼인할 생각이신가요?"

"너하고도 할 것이다. 너희 둘은 내 말에 복종하고 나를 섬겨라. 그것이 신의 법이니까 말이다. 그리고 이 문제를 다시는 입에 올리지 마라."

베가가 혼비백산해서 예고자에게 달려왔다.

"방금 파라오가 돌아왔습니다. 봉인 단지를 갖고 말입니다! 게다가 또다른 배가 부두에 닻을 내리는 중이에요. 이시스의 배가요!"


탁발 사제는 생명의 집 내부 네 귀퉁이에 불을 내뿜는 사자 머리, 우라에우스, 비비원숭이 조각상, 그리고 화로를 하나씩 배치했다. 그 어떤 사악한 힘도 돌벽을 뚫고 침입할 수 없게 하기 위해서였다. 흰 석회암 문을 통과해야만 생명의 집으로 들어올 수 있게 한 것이다.

생명의 집 중정 천장에는 하늘의 여신 누트가 둥글게 아래를 굽어보고 있었고 모래가 깔린 바닥에는 땅의 신 게브가 사지를 펼치고 있었다. 오시리스의 나룻배가 있는 제실은 그 한복판이었는데, 바로 그 제실에 이케르의 육신이 놓여 있었다.

마침내 이시스가 그곳으로 들어왔다. 다시 이케르를 만난 것이다!

그녀는 하염없이 눈물을 흘리며 이케르에게 다가섰다. 그리고 파라오와 탁발 사제, 네프티스가 지켜보는 앞에서 당장 작업에 착수했다. 이케르가 필요로 하는 건 그를 잃은 슬픔의 표현이 아니라 그를 다시 빛으로 데려올 소생술의 성공이었기 때문이다.

그를 부활시키기 위해서는 우선 죽음을 그의 몸에서 떼어내어 다른 곳으로 옮겨놓아야 했다. 이케르의 죽음이 오시리스, 무를 극복하고 끊임없이 새로 태어나는 이 존재*의 육신으로 옮겨져야 하는 것이다. 오직 오시리스만이 모든 형태의 죽음을 흡수하여 그것을 생명으로 바꾸어놓을 수 있었다.

이를 위해서는 세 오시리스를 차례차례 부활시켜야 했다. 이제 해야 할 일은 이 제의 절차를 아주 정확하게, 실수 없이 수행하는 것이었다. 게다가 주어진 시간은 코이악 달 삼십 일뿐이었다.

이시스는 여행에서 모아온 신성한 유체 조각들을 이어 붙였다. 오시리스의 머리, 두 눈과 귀, 목과 턱뼈, 척추, 가슴, 심장, 두 팔, 두 손, 손가락, 성기, 두 다리, 엉덩이와 두 발이 모두 모여 금속과 돌로 이루어진 육신이 완성되었다. 헬리오폴리스에서 가져온 홀 덕분에 이시스는 이 부활의 육신 각 부분을 어긋남 없이 온전히 하나로 짜맞출 수 있었다. 또한 토트 신의 언덕에서 찾아온 황금홀이 이 유체 조각들에 초자연적 힘을 부여해주었다.

이어서 파라오가 연금술적인 창조의 열쇠이자 생명의 원천인 오시리스의 체액이 담긴 봉인 단지를 열었다. 오시리스의 체액은 이어 붙여놓은 석상 조각들 사이로 범람하는 나일 강물처럼 흘러들어 이 조각들을 단단히 연결해주었다. 푼트의 향이 사방으로 퍼져나갔다.

이시스가 금속과 돌로 이루어진 이 미라에 숩두 섬에서 가져온 신성한 돌을 갖다 댔다. 움직임 없이 누워 있는 미라에 생기를 부여하고 멈춘 심장이 다시 뛰게 하기 위해서였다. 그런 다음 그녀는 미라에 연고를 세 겹으로 바르고 염포 네 필로 감쌌다. 이 염포는 하늘의 창이 열릴 때 빛이 보여주는 네 단계의 밝기를 상징했다. 이제 미라

---

* 우넨네페르(Ounen-nefer), 가장 많이 사용되는 오시리스의 이름들 가운데 하나.

를 테베에서 가져온 숫양 가죽 안에 넣어야 했다.

파라오가 미라를 향해 말했다.

"그대의 이름은 생명이다. 우리의 어머니 하늘의 여신이 그대를 또다시 낳으리니, 그대의 귀한 본성이 그대의 아들 오시리스 이케르에게 전해지리라!"

세소스트리스는 금속과 광물로 이루어진 첫번째 오시리스를 나무에 금을 씌워 제작한 암소의 뱃속에 넣었다. 이 암소의 배는 별들과 성좌가 펼쳐진 생명의 진정한 기원, 우주를 상징했다. 연금술의 절차에 빗대면 거대한 증류기에 해당하는 이 뱃속에서 인간의 눈으로는 볼 수 없는 부활이 이루어지게 되는 것이다. 이로써 생명으로의 변환이라는 이 부활제의의 첫걸음이 시작되었다.

파라오가 말을 이었다.

"창조의 빛 라에게서 연금술로 빚은 돌 하나가 태어나나니, 이 돌을 통해 부활이라는 숨겨진 작업이 실현된다. 금속과 진귀한 돌이 결합한 이 육신이 오시리스를 황금나무로 변하게 하리라. 이시스, 이제 연금술을 행하라."

이시스가 나무 틀에 아마포를 펼쳐 끼운 후, 그 한가운데에 오시리스의 형상을 그렸다. 이어서 축축하고 기름진 진흙, 보리와 밀 낱알, 향료, 보석 가루를 함께 개어 오시리스의 형상을 빚었다.

"그대는 이제 우리 가운데 있나니, 죽음이 그대를 부패시키지 못하리라. 보리의 황금빛 이삭은 금이 되리니, 새롭게 태어난 그대의 생명이 푸른 잎줄기의 형상을 띠고 그대의 빛나는 육신에서 뻗어 나오리라. 그대는 모든 신이고 여신이며 풍요한 강물이고 이 나라 이집트이며 생명이노라."*

두번째 오시리스가 형태를 갖추었다. 두번째 부활이 시작되었다. 이 과정은 앞선 첫번째 부활과 긴밀하게 이어져 있었다.

세번째 부활시켜야 할 오시리스는 아비도스의 무덤 안에 누워 있는 오시리스의 미라여야만 했다. 그 미라가 가장 최근에 부활했던 건 지난해 코이악 달 마지막 날 밤 아홉시였다. 오시리스가 지닌 불멸성은 이런 방식으로 오시리스에게서 오시리스에게로 이어지고 있었던 것이다.

불행히도 오시리스의 미라는 무덤에 침입한 예고자에 의해 이미 조각조각 부서진 상황이었다. 무덤 안의 미라를 부수면 오시리스의 부활을 막을 수 있을 거라고 계산한 예고자의 소행이었다.

하지만 다가올 제의에서는 오시리스의 미라를 대신하여 부활의 받침대가 되어줄 이케르의 미라가 있었다. 과연 이케르의 미라가 부활을 위한 그 시련을 이겨낼 것인가?

이시스가 자신의 남편을 응시하며 기원했다.

"세번째 오시리스가 되어줘. 그래서 이 부활을 끝까지 완성시켜줘."

이제 남은 날은 이십구 일뿐이었다.


### 코이악 달, 둘째 날(10월 21일), 아비도스

"위병의 수가 세 배로 늘었습니다. 병사들은 유령의 몸통을 뚫을 수 있는 흑요석 칼을 지급받았습니다. 이시스와 네프티스, 탁발 사제

---

* S. 코빌, 『오시리스 12궁』(뢰벤, 1997), p. 57.

는 생명의 집에 틀어박혀 나오지 않고 있습니다."

베가의 보고를 들은 예고자가 물었다.

"다른 종신 사제들과는 이야기를 나눠봤느냐?"

"모두가 같은 생각입니다. 부활제의가 이제 막 시작되었다는 거죠."

"오시리스의 미라가 없는데, 무엇을 부활의 받침대로 삼는단 말이냐?"

비나가 앞에 어른거리는 환영을 좇는 듯 멍한 눈으로 대답했다.

"이케르가 있잖아요."

예고자가 그녀의 어깨를 잡았다.

"이케르는 죽었다, 비나. 나는 오시리스의 미라를 산산조각 냈고 생명의 원천이 담긴 단지까지 부수어버렸어. 아비도스는 속이 빈 조가비가 된 거지. 아무리 제의를 올려봤자 소용없단 말이다."

"이케르는 삶과 죽음 사이에서 떠다니고 있어요. 그의 눈이 열려 있는 게 보여요. 이시스와 파라오가 그를 되살리려 하고 있어요."

비나는 확신에 차 있었다.

베가가 다급하게 끼어들었다.

"얼른 막아야 합니다!"

"스합에게 위병의 배치 상황을 알아보라고 해라. 생명의 집 안으로 들어갈 방법을 어떻게든 알아내라고 전해라."


은신처에 붙박여 지내던 스합은 모처럼 바깥바람을 쐴 수 있어서 흥이 났지만 그렇다고 함부로 나다닐 순 없었다. 그는 신중을 기해 몸을 사리며 정탐 기회를 엿보았다. 그러나 생각과 달리 밤이 되었어도 기회는 좀처럼 생기지 않았다. 생명의 집과 그 인근은 수백 개의 등불이 밝혀져 낮처럼 훤했다. 궁수들은 신경을 바싹 곤두세운 채 사방을 살피고 있었다.

스합은 결국 포기하고 돌아섰다. 생명의 집으로 들어갈 방법은 없었다.

예고자는 비나를 진정시키려 애썼다. 그녀는 환영을 본 다음부터 계속 부들부들 떨고 있었다.

베가가 털어놓았다.

"파라오와 그 빌어먹을 수석 여사제는 무시 못 할 힘을 지녔습니다. 주인님은 아비도스를 떠나시는 게 좋겠습니다. 조만간 수사망이 좁혀올 겁니다."

"넌 신비제의에 참여한 적이 있지. 제의에서 파라오가 하는 일이 무엇이냐?"

"생기가 소진된 지난해 오시리스를 이용해 새로운 오시리스를 빚어내지요. 그리고 광물과 금속의 오시리스, 식물 오시리스를 만들어 세 가지 형태로 부활이 이루어지도록 합니다. 이 과정에는 봉인 단지에 든 오시리스의 체액이 꼭 필요하지요. 생명의 집에 소장된 고문헌들, 그러니까 '빛의 영혼들'에 그 절차와 방법이 기록되어 있습니다."

예고자가 생각에 잠긴 채 중얼거렸다.

"그렇다면 우리 손에 죽은 이케르가 오시리스를 부활시키기 위한 받침대가 되겠군. 내게 확실한 정보를 줄 사람이 하나 있지. 바로 네프티스 말이야. 그 여자가 생명의 집에서 나오자마자 내게 알려라."

이시스와 네프티스는 이케르를 둘러싼 네 방향에 새로 조합된 영혼인 카노푸스 단지를 놓았다. 서쪽에는 매의 머리* 형상 뚜껑이 덮인 첫번째 단지가 놓였다. 이 단지 안에는 오시리스의 생기를 담는 그릇이자 순환 도관(導管)인 내장이 담겨 있었다. 동쪽에 놓인 자칼 머리** 뚜껑의 두번째 단지 안에는 위장과 비장이 들어 있었다. 남쪽, 사람 머리*** 형상 뚜껑이 덮인 세번째 단지 안에는 간, 북쪽 비비원숭이 머리**** 형상의 뚜껑이 덮인 네번째 단지 안에는 허파가 들어 있었다.

오시리스의 후계자 호루스의 네 아들이 이렇게 다시 모여 그 아버지의 카와 심장에 힘을 불어넣었다.

이시스와 네프티스가 각 단지의 뚜껑을 열고 매와 자칼, 사람과 비비원숭이를 향해 경배의 주문을 외웠다. 그러자 이케르의 미라에 배아 상태이긴 하지만 새로운 내장 기관이 생겨나 생기를 발산했다.

이 순간 광물과 금속의 오시리스, 식물 오시리스, 인간 오시리스는 같은 리듬과 움직임을 띠고 있었다. 이 셋은 이제 분리할 수 없이 하나로 이어져 함께 호흡하며 부활과 소멸의 운명을 걸게 된 것이다.

밤이 되자 이시스와 네프티스만 남겨두고 파라오와 탁발 사제는 생명의 집에서 나왔다. 탁발 사제는 여사제들을 포함한 모든 종신 사제들을 모아놓고 코이악 달의 신비제의가 시작되었음을 알렸다.

베가가 화들짝 놀라 되물었다.

"봉인 단지가 없어졌는데 어떻게 제의를 올린단 말입니까?"

"파라오께서 메다무드 신전에 있던 봉인 단지를 찾아오셨소. 오시

---

* 케베세누프(Kebeh-senouf), '자신의 형제에게 청량한 물을 주는 자'.
** 두아무텝(Doua-moutef), '자신의 어머니를 공경하는 자'.
*** 임세티(Imseti), '비옥하게 하는 자(?)'.
**** 헤피(Hepy), '빠른 자'.

리스가 새로 태어나기 위한 모든 준비가 갖추어졌소."


## 코이악 달, 셋째 날(10월 22일), 아비도스

하토르 여신의 일곱 여사제는 가장 탐스럽게 익은 대추야자열매를 골라 일부는 은쟁반에 담고 나머지는 으깨서 즙을 냈다. 이 즙으로 오시리스의 재생된 체액을 상징하는 술을 빚을 예정이었다.

이 일을 끝낸 뒤 여사제들은 파라오에게 과일과 술을 가져왔다. 파라오는 자신의 만세 신전에서 새벽제의를 올린 후, 생명의 집으로 가서 세 형태의 오시리스에게 여사제들이 가져온 봉헌물을 바쳤다.

"이 과일과 술은 은혜로운 불의 현신이니, 이것을 들고 새해와 함께 부활의 신비 속에서 새로 태어나소서."

이시스가 곁에서 기원을 보탰다.

"여기 이 자리에서 영원한 비밀인 부활이 이루어지나니, 오시리스여, 빛으로 빚어진 그대의 육신에서 해가 떠오르리라."

이렇게 해서 세 오시리스가 처음으로 고체와 액체 음식물을 받아들였다. 이제 탁발 사제는 살진 황소들의 행렬을 준비해야 했다. 행렬이 끝난 후에는 이 황소들을 도살해야 했는데, 이 제의는 코이악 달 여섯째 날 치러질 예정이었다.

봉헌이 끝난 후 이케르의 미라 곁에는 이시스만 남고, 모두 생명의 집에서 나왔다.

네프티스가 탁발 사제에게 털어놓았다.

"한 임시 사제 때문에 고민입니다. 얼마 전 그가 제게 청혼했는데, 그 사람한테 마음이 가는 건 사실입니다. 그는 기술이 뛰어난 장인이고 모두로부터 인정받고 있어요. 게다가 사제님께서 그를 종신 사제로 받아들이실 생각이신 것도 알아요."

"누구를 말하는 것이오?"

"아셰르입니다. 키 크고 잘생긴 그 임시 사제 말이에요. 그가 여자들에 대한 자신의 생각을 이야기해주었어요. 그 이야기를 하는 아셰르의 목소리는 부드럽고 상냥하며 감미롭기까지 했지만, 그 내용은 놀라운 것이었습니다. 여자는 애초에 사제가 될 자격이 없고, 남자는 절대적으로 우월한 존재라고 했습니다. 저는 그 앞에서는 그 말을 인정하는 척했지요."

"그가 진담으로 한 말이라는 게 분명하오?"

"농담이었다고는 생각하지 않지만, 그래도 한 번 더 확인해보고 싶습니다."

"신중하게 행동해야 하오! 만약 그가 예고자를 따르는 자라면 여사제님은 지금 위험에 처한 겁니다."

"그가 적이라면 그는 저를 자신의 우두머리에게로 데려갈 테죠."

"왜 그가 예고자에게 당신을 데려간단 말이오?"

"저한테서 생명의 집에 엄중히 감춰놓은 비밀을 캐낼 수 있으니까요."

"신변을 보호할 대비책을 마련해봅시다."

"절대 눈치 채게 해선 안 됩니다! 그랬다간 아셰르의 경계심을 불러일으켜 일을 망치게 될 거예요."

"이것이 얼마나 위험한 일인지 알고 있소?"

"무엇보다 중요한 건 아비도스에 뿌리내린 악을 제거하는 겁니다. 마침내 그럴 기회가 온 것 같아요."

탁발 사제가 대답했다.

"그보다 덜 위험한 방법도 있소. 그 아셰르라는 임시 사제가 어떻게 아비도스 출입 허가를 얻었는지 관련 문서를 검토해보면 될 거요. 내가 결론을 내리기 전에는 그에게 섣불리 말을 꺼내지 마시오."

네프티스는 이시스가 겪는 고통을 떠올렸다. 네프티스는 비록 자신의 목숨을 내놓는 한이 있더라도 생명의 집을 안전히 지켜야겠다고 결심했다.


## 코이악 달, 넷째 날(10월 23일), 멤피스

네스몬투 장군은 소벡 총리의 어두운 얼굴을 보자 나쁜 일이 일어났음을 예감했다.

"반란 분자들이 공격해온 건가?"

"아뇨, 방금 재판정의 판결이 내려졌습니다."

"설마……"

"극형 선고입니다."

"세호테프는 아무도 죽이지 않았어!"

"살해 의사를 품었다는 건 살해를 저지른 것이나 다름없는 중죄라는 게 재판정의 입장입니다. 게다가 국정원 위원이라는 사실이 상황을 더 악화시켰죠."

"이 판결을 받아들일 수 없어. 상소해야 하네."

"확정판결입니다, 네스몬투 장군. 시국이 이렇게 혼란한 만큼 재판정이 확고한 본보기를 보여야 해요. 파라오께서 오신다 해도 세호테프를 위해 하실 수 있는 일은 없습니다."

극도로 낙담한 노장군은 무력감에 사로잡혔다. 하지만 전사로서의 본능은 감옥을 습격해서라도 자신의 형제를 구해내야겠다는 결심을 하게 만들었다.

"어리석은 짓은 마세요. 그랬다가는 장군의 존재가 세상에 드러나게 됩니다. 장군께선 우리 군의 반격 작전을 지휘해야 합니다. 멤피스의 사활이 장군한테 달렸단 말입니다."

수호자 소벡은 장군에게 주어진 임무를 또 한번 강조했다.

"이곳에 몸을 숨기고 계십시오. 절대 모습을 드러내선 안 됩니다. 만약 그랬다간 우리가 덫을 놓았다는 사실을 반란 조직의 괴수가 알아차릴 겁니다. 이 집은 병사들이 지킬 겁니다. 세호테프가 처형되면 몰수될 집이니까요."

이렇게 말하는 소벡의 음성이 떨렸다. 하지만 총리도 장군도 자신의 비통한 속마음을 드러내 보이는 사람이 아니었다.


소벡은 하루 두 시간씩만 눈을 붙이며 감찰대의 수사 일지를 세세히 검토했다. 그는 세호테프의 처형을 연기할 단서를 찾고 있었다.

어느 용의자의 인상착의 그림 한 장이 소벡의 관심을 끌었다. 제르구와 어딘가 닮은 모습이었던 것이다. 수사관의 보고서에 따르면 이 용의자는 올리비아 사건에 관련되어 있을 거라고 했다. 벨트랑이라는 인물 소유의 어느 주택을 은밀히 수색한 결과가 흥미로웠다. 장물이거나 밀수품으로 추정되는 많은 상품이 쌓여 있더라는 것이었다.

소백은 이케르가 제르구에 대해 알아봐달라고 부탁했던 일을 떠올렸다. 당시 그에 대해 어느 정도 탐문해보긴 했지만 의심스러운 점을 찾아내지는 못했었다.

또다시 들춰본 서류도 제르구와 관련된 것이었다.

이번엔 단순한 의혹이 아니라 정식 고발이었다. 뷔트 플뢰리라는 마을의 곡식 저장소 관리관이 제르구를 폭행, 협박에 의한 재물 갈취, 직위 남용 등의 죄목으로 고발한 것이다. 많은 수의 관리가 이런 식의 부정을 저지르고 있었고, 또 이런 관리들을 중벌로 다스리는 게 총리의 일이었다. 만약 고발장의 내용이 사실이라면 피고는 감옥에 가야 마땅했다.

하지만 총리는 제르구에 대한 체포를 잠시 미루었다. 그 전에 미행을 붙여 그가 반란 조직과 내통하고 있는지 알아보기 위해서였다.


## 코이악 달, 다섯째 날(10월 24일), 멤피스

"이 약의 효과를 장담할 수 있소?"

닥터 구아의 물음에 약제사 렌세넵이 자신 있게 대답했다.

"명의 임호테프의 이름을 걸고 약속한다니까요!"

"부작용도 없겠지?"

"이건 연꽃과 양귀비, 그리고 십여 가지 희귀한 꽃을 다려 얻은 진액을 아주 정확한 비율로 배합한 약이에요. 내가 직접 이 약을 시험해봤지요. 선생님의 환자도 이 약 때문에 불편함을 느끼지는 않을 겁니다. 최면에서 깨어나도 뒤끝이 깨끗할 거고요. 한 가지 권하고 싶은 건 환자한테 너무 많은 걸 묻지 말라는 겁니다. 자신감 있고 조용한 목소리로 말하시고 조급함을 드러내지 마세요."

구아는 환약이 든 봉지를 들고 메데스의 집으로 갔다. 메데스의 아내가 호들갑스럽게 그를 반겼다.

"드디어 오셨네요, 의사 선생님! 처방해준 약을 먹었는데도 울음을 멈출 수가 없어요. 난 이제 사는 게 지옥이에요!"

"지난번에 말씀드렸듯이 새로운 치료법을 써봅시다."

"난 준비됐어요."

"바깥양반에게도 알리고 싶은데요."

"그 사람은 일이 많아서 늦게 들어올 거예요. 한번 생각해보세요. 파라오도 소식이 없지, 총리는 다 죽어가지, 총사령관도 없지, 그러니 할 일이 얼마나 많겠어요? 멤피스는 지금 자기 발로 무덤에 걸어들어가는 꼴이라고요."

"부인의 건강 이야기나 합시다."

"네 그래요! 의사 선생님, 그 이야길 해요!"

"이 환약 네 알을 드세요."

메데스의 아내는 즉시 닥터 구아의 지시를 따랐다. 구아가 그녀의 맥박을 쟀다.

"이제 곧 아주 편안해질 겁니다. 졸음이 오면 억지로 깨어나려 하지 말고 그냥 잠에 몸을 내맡기세요. 내가 부인 곁에 있겠습니다."

약의 효과는 곧 나타났다.

구아는 메데스의 아내에게 환약 두 알을 더 먹게 했다. 그녀는 긴장이 완전히 풀리면서 축 늘어졌다.

닥터 구아가 말했다.

"부인, 내 목소리 들리세요?"

"네, 들려요."

메데스의 아내가 잠긴 목소리로 대답했다.

"안심하세요. 지금부터 부인을 짓누르고 있는 병을 몰아내도록 하겠습니다. 이제 진실만을 말해야 합니다. 그러실 수 있겠습니까?"

"그……그럴게요."

"진실이 부인의 병을 고칠 약입니다. 무슨 뜻인지 아십니까?"

"아…… 알아요."

"부인은 국정원 비서인 메데스의 아내이죠?"

"그래요."

"멤피스에 살고 있나요?"

"예, 멤피스에 살아요."

"행복합니까?"

"예…… 아뇨…… 예…… 아뇨, 아뇨!"

"남편이 부인을 때립니까?"

"아니요, 절대로 안 그래요. 가끔은, 그러죠……"

"남편을 사랑합니까?"

"사랑하죠, 근사한 남편이니까, 아주 근사한 남편이니까."

"그렇다면 부인은 남편의 말을 그대로 따릅니까?"

"그럼요!"

"남편이 부인한테 후회스러운 무슨 일인가를 시킨 적이 있나요?"

"없어요, 있긴 해요…… 그래서 후회하고 있어요. 하지만 그건 남편을 위한 일이었어요. 아뇨, 아뇨, 난 절대 후회하지 않아요."

"이제 부인의 병의 뿌리가 잡히는 것 같군요. 그 뿌리를 뽑아내서 부인의 병을 고쳐드릴게요. 나를 믿고 다 털어놓으세요. 그러고 나면 더이상 고통을 겪지 않아도 됩니다. 남편이 부인한테 시킨 일이 뭔가요?"

메데스의 아내는 괴로운 듯 몸을 뒤틀었다. 그녀의 팔다리가 부들부들 떨리고 눈이 뒤집혔다.

"난 구아예요. 당신의 병을 치료할 의사 말입니다. 이제 우린 목표점에 다 왔어요. 나한테 털어놓아요. 그러면 이 고통에서 해방될 겁니다."

경련이 멎고 환자는 안정을 되찾았다.

"편지를 썼어요…… 수석 재정 관리관 세난크흐를 모함하려고 그의 필체를 흉내 내서 편지를 썼었죠. 난 재능이 있거든요. 특별한 재능이죠! 메데스가 흡족해했는데, 아주 흡족해했는데…… 그만 실패하고 말았어요. 그래서……"

"그래서?"

그녀는 또다시 몸을 떨었다.

"난 구아예요. 내가 당신을 치료하고 있어요. 이제 곧 병이 나을 겁니다. 말해봐요, 진실을 말해요."

"편지를 또 한 통 썼어요. 세호테프의 필체를 흉내 낸 편지였죠. 그래서 그를 반역과 살인죄로 옭아 넣었어요. 이 일은 성공했지요! 메데스가 좋아했어요, 아주 좋아했어요…… 마음이, 마음이 너무 편해요! 다 나았나봐, 병이 다 나았나봐요……"

닥터 구아는 지금 막 반란 조직의 주요 협력자를 찾아낸 참이었다. 메데스가 이 조직의 핵심 인물일 게 분명했다. 또한 그가 바로 세호테프의 누명을 벗길 열쇠였다.

이 중요한 정보를 누구에게 전한단 말인가? 총리는 임종을 기다리고 있고 네스몬투 장군은 이미 고인이었으며, 왕비는 아무도 만나지 않고 칩거 중이었다.

남은 사람은 수석 재정 관리관 세난크흐였다. 실의에 빠져 있는 그가 자신의 말에 귀 기울여줄 것인가? 또 그에게 과연 어떤 조치를 취할 힘이 남아 있을 것인가?

닥터 구아의 머릿속에 한 가지 끔찍한 가정이 스쳐갔다. 만약 그 재무 대신이 메데스의 공범이라면?


## 코이악 달, 여섯째 날(10월 25일), 아비도스

수의사가 살진 황소들을 검사했다. 황소들은 화환과 타조 깃털, 색색의 휘장으로 한껏 치장된 모습이었다. 청정하다는 판정을 받은 황소는 신전 도살장을 향해 느릿느릿 걸어갔다. 우두머리 백정이 또 한 번 육질을 확인하는 절차가 남아 있었다. 최대한의 카가 담긴 살코기를 얻어야 하기 때문이었다.

북풍과 상겡이 이 많은 황소들을 지키고 있었다. 보통 때라면 황소 떼가 도착하자마자 임시 사제들이 시끌벅적 흥을 돋웠을 것이고, 몇몇은 술판을 벌여 오시리스의 재탄생을 축하했을 것이다. 하지만 아비도스에 몰아닥친 심상찮은 사건들이 모두의 마음속에서 지워지지 않은 상태였고, 그 바람에 누구도 잔치를 열 생각을 하지 않았다.

비나가 생명의 집을 지키는 위병들에게 줄 음식을 들고 또다시 나타났다.

장교 한 명이 그녀를 막아섰다.

"허가받은 음식이요?"

"저는 늘……"

"새로운 지시가 떨어졌소. 그냥 돌아가시오."

비나는 자신이 보여줄 수 있는 가장 예쁜 미소를 지어 보였다.

"이 빵들을 버릴 수도 없고 또……"

"감옥에 들어가고 싶나?"

비나는 일단 포기하고 그 자리를 떠나 세소스트리스 만세 신전으로 왔다. 그녀는 음식물 바구니를 신전 제단 한곳에 올려놓았다. 신전에서 업무를 보고 있던 베가가 슬며시 다가왔다.

아무도 엿듣는 자가 없다는 걸 확인한 베가가 말을 꺼냈다.

"탁발 사제가 종신 사제들을 소집했었소. 그의 지시에 따라 종신 사제들은 이 신전에서 제의를 올려야 하오. 이런 걸로 봐서 오시리스 부활제의는 생명의 집에서 비밀리에 수행되고 있는 것 같소."

"그들이 무엇을 부활의 받침대로 삼고 있는지 아세요?"

"오시리스의 돌 육신과 보리 이삭으로 만든 미라요. 이 두 구의 미라를 금으로 바꿔야만 하는 것이지. 그리고 아마도…… 아니, 그럴 리야 없지! 무슨 소리! 이케르는 죽었어. 분명히 죽었단 말이오! 어느 누구도 그를 되살릴 수는 없어."

"그렇지만 임호테프는 부활했잖아요."

"허나 그 녀석은 임호테프와는 견줄 수도 없는 인물이라고! 게다가 그런 시도를 해봤자 실패할 게 뻔해."

"세소스트리스가 메다무드에서 돌아오면서 새 봉인 단지를 가지고 왔잖아요?"

베가는 얼굴을 일그러뜨렸다. 비나가 물었다.

"생명의 집에 들어갈 수 있겠어요?"

"그건 힘든 일이오. 거기 드나들 수 있는 사람은 파라오와 탁발 사제, 이시스, 그리고 네프티스뿐이거든."

'또 그 빌어먹을 여자로군' 하는 생각에 비나는 화가 솟구쳤다. 하지만 네프티스의 앞날은 정해져 있었다. 생명의 집에서 일어나는 일을 다 털어놓든가 아니면 죽거나 둘 중 하나인 것이다.


### 코이악 달, 일곱째 날(10월 26일), 아비도스

상현달이 하늘에 떠올라 신성한 빛 라의 길을 열어주었다. 물질과 정신 속에 숨어 있는 이 신성한 빛은 어둠보다 더 강한 힘을 지니고 있었다.

이시스는 이 순간을 초조하게 기다리던 참이었다. 낮의 해와 밤의 달, 이 두 빛나는 존재가 합쳐짐으로써 세 오시리스가 조화롭게 성숙할 힘을 얻을 거라는 기대 때문이었다.

광물과 금속으로 이루어진 오시리스는 사람의 눈이 미치지 않는 하늘 암소의 뱃속, 이 연금술의 증류기와도 같은 곳에서 힘을 키우고 있었다. 오시리스의 유체 조각들은 별빛을 흡수하여 서로 단단히 이어졌다.

식물 오시리스가 광물과 금속 오시리스가 성취한 이 비밀스러운 발전의 증인이자 증거가 되어주었다.

낱알이 처음으로 싹을 틔운 것이다.

이시스가 이케르를 향해 나직이 속삭였다.

"자신감을 가져. 새 생명을 얻기 위한 모든 조건이 갖춰졌어. 지금부터 넌 빛으로 변환하는 순간에 얻게 될 영원성과 자연의 순환이 지닌 영원성 두 가지를 누리게 될 거야. 이제 이 생명의 집은 실제로 황금의 집이 된 거야. 금을 빚어내는 연금술의 장소 말이야."

그 시간에 세소스트리스는 생명의 집 앞뜰에서 죽었다가 다시 부활한 역대 파라오들의 영혼과 더불어 향연을 열고 있었다. 탁발 사제를 비롯한 종신 사제들과 여사제들이 이 향연에 참석했다. 이들은 살진 황소의 카와 아카시아 꽃이 들어간 빵을 함께 나누어 먹었다. 이 음식들은 신들이 향연을 벌이는 기쁨의 들판에서 온 것이었다.

곧이어 세소스트리스는 세 오시리스에게 봉헌할 음식물을 가져왔다. 오시리스들은 이 축성된 음식물로부터 미세한 정수를 뽑아 섭취했다.

오시리스 이케르는 다른 두 오시리스와 호흡이 이어진 채, 두 오시리스가 힘을 키워나가는 속도에 발맞춰 점차 중간 세상에서 빠져나오고 있었다.

파라오가 이시스에게 말했다.

"이케르의 죽음이 자리에서 물러났다. 이제 생명으로의 이행이 시작된 것이다. 그렇지만 이것은 부활을 향한 첫걸음일 뿐, 아직 안심할 수는 없다. 금속 오시리스는 여전히 순도와 힘이 부족하다. 부활할 오시리스의 세 형태는 서로 긴밀히 이어져 결코 간극을 보여서는 안 되는데 말이다. 어떤 불꽃, 즉 너의 사랑이 오시리스에게 힘을 불어넣어줄 수 있다. 이시스, 그 불꽃이 없다면 생명의 요소들은 서로 분리되어 흩어지고 만다. 불꽃만이 예고자가 야기한 운명을 이겨낼 수 있을 것이다. 그 불꽃은 이 세상에 속한 것이 아니니까 말이다."

이시스는 빛으로의 변환을 기원하는 주문을 쉼 없이 외웠다.

하늘문이 눈부시게 흰 석회암에 새겨져 있었다. 파라오가 아누비스의 가면을 쓰고 이 하늘문의 빗장을 열었다.

이제 이 문을 통해 우주의 힘들이 이 황금의 집에 가득 들어차게 될 터였다. 우주의 힘들은 죽음에서 생명으로 변환해가는 과정에 꼭 필요한 것이었지만, 만약 오시리스 이케르가 그 힘에서 오는 충격을 견뎌낼 수 없을 경우엔 어떤 심각한 위험을 초래할 수도 있었다.


### 코이악 달, 여덟째 날(10월 27일), 아비도스

비나는 화가 잔뜩 나서 욕설을 퍼붓고 있었다.

네프티스는 예고자와 혼인하기로 했다면서 왜 그를 찾아오지 않는단 말인가? 오기만 하면 꽁꽁 묶어놓고 모든 걸 불게 만들 작정이었다. 아주 특별한 방식으로 고문해서 말이다! 비나의 고문을 못 이긴 그 여사제는 결국 부활제의의 비밀을, 이케르의 완전한 소멸을 막기 위해 파라오와 이시스가 어떤 방법을 쓰고 있는지를 털어놓게 될 것이다.

이케르의 미라가 오시리스 부활제의에서 받침대 역할을 하고 있다는 건 분명했다. 그리고 이 불가능한 일을 해내기 위한 시간은 고작 이십이 일밖에 남아 있지 않았다.

비나가 날이 선 목소리로 말했다.

"그들은 성공하지 못할 거예요!"

"그렇고말고."

예고자가 비나의 머리카락을 쓰다듬으며 중얼거렸다.

"그 빌어먹을 생명의 집에 들어가볼 방도를 못 찾겠어요, 주인님! 스합이 샅샅이 살펴봤는데, 경비가 허술한 곳을 찾을 수 없더랍니다. 게다가 베가 사제도 거긴 출입하지 못해요."

"그들이 거기서 무얼 하든 우리가 앉아서 당할 수는 없지. 생명의 집을 허물어뜨릴 방법은 네프티스를 통해 알아내면 된다."

"그 여자가 여기 와서 주인님 발아래 엎드려야 그걸 알아낼 수 있죠!"

"안심해라. 그 여자는 올 것이다."


탁발 사제가 네프티스에게 말했다.

"지난 수년간의 문서에서 아셰르라는 임시 사제의 기록을 찾아냈소. 그의 신변은 그 자신이 여사제님께 말했던 그대로이고, 심문에서 진술한 내용 역시 동일하오. 그는 아비도스 인근 마을 출신이고 돌단지 제작 기술을 가진 석공인 게 맞습니다. 이 장인은 겸손하고 나무랄 데 없는 사람이오. 매년 두세 달씩 임시 사제로서 맡은 일을 잘해내고 있고, 흠잡힐 만한 언행을 한 적도 없소."

"겸손하다고요? 그 사람 성격에는 부합하지 않는 평가인걸요. 그를 고용한 사람이 누군가요?"

"어디 보자…… 베가 사제로군. 베가 사제는 얼마 전 수사관들에게 그 임시 사제의 신원을 보증한 적도 있었소. 동료들도 그렇지만 베가 사제 역시 아셰르를 높이 평가하더군."

"베가 사제라고요……"

탁발 사제가 네프티스를 타일렀다.

"공연한 의심은 품지 마시오. 베가 사제는 고집 세고 무뚝뚝하긴 해도 의심받을 만한 사람은 아니니까. 엄격하고 정직하기로는 그만한 사람이 없지 않소?"

"기회가 닿는 대로 아세르와 한 번 더 이야기를 나눠보겠습니다. 이번엔 확실히 알게 되겠죠."

네프티스가 단호한 목소리로 대답했다.


이케르의 머리가 하늘에 닿았다. 이시스는 자신이 황금원에 입문할 때 보았던 것을 그에게 전해주었다.

그 순간 두루미, 펠리컨, 분홍 홍학, 야생 오리, 흰 넓적부리새, 검은 따오기 들이 황금의 집 위로 큰 원을 그리며 날았다. 생명의 온갖 형태가 태어나는 생기의 대양 눈에서 솟아오른 이 새들은 저 너머 다른 세상의 말을 하고 있었다. 이시스가 오시리스의 부활을 완성할 수 있도록 그녀에게 그 말을 가르치려는 것이었다.

사람의 머리를 가진 새 한 마리가 이케르의 미라에 내려앉았다. 새는 두 가지 영원성의 상징인 반지 두 개를 양 발톱으로 각각 움켜잡고 있었다.

내려앉은 새는 이케르의 영혼이었다. 그의 영혼이 우주로부터 돌아와 오시리스의 육신을 되살리고 있었던 것이다.

이시스는 이 일을 코이악 달 열두째 날까지 절대 비밀에 붙여야 했다.

## 코이악 달, 아홉째 날(10월 28일), 멤피스

술에 취한 제르구는 가짜 석비들을 만들어내는 조각공의 작업장으로 갔다.

제르구는 돈이 필요했다. 어쩐지 통하는 데가 있을 것 같은 한 시리아 여자와 재미를 보고 싶은데, 이 여자가 아주 비싼 값을 불렀던 것이다. 하지만 메데스로부터는 당장 돈을 타낼 수가 없었다. 그는 마지막 일전을 준비하느라 바쁘다며 얼굴도 보이지 않고 있었다. 제르구는 석공한테서 한몫 긁어내야겠다고 마음먹었다.

석공은 제르구를 보자 작업장 안쪽으로 데려갔다. 제르구가 다짜고짜 을러댔다.

"구리도 좋고, 부적도 좋고, 베 몇 필도 괜찮으니 당장 내놔!"

"이런, 진정하세요!"

있는 대로 성질이 난 제르구는 석공을 후려쳐 쓰러뜨리고는 발로 밟아댔다.

"내놔, 나한테 진 빚을 갚아야 하잖아!"

어떤 손이 강한 완력으로 제르구의 머리카락을 움켜잡아 벽에 밀어붙였다.

가까스로 얼굴을 빼내 손의 임자를 쳐다본 제르구는 자신의 눈을 믿지 못하고 소리쳤다.

"소벡 총리! 어떻게 이럴 수가…… 죽어가고 있다더니!"

"널 붙잡을 생각에 씻은 듯이 나았지. 올리비아라는 말썽쟁이 여자, 벨트랑이라는 상인의 집, 여기에 대해서 뭐 생각나는 것 없나?"

"처음 듣는 이름인데요, 정말 몰라요!"

445

"그럼 뷔트 플뢰리의 곡식 저장소 관리관이 널 고발한 일은 어떻게 된 거야?"

"그건 착오였습니다…… 행정상의 착오예요."

"다 털어놓게 해주지!"

"안 돼요. 입을 열면 그들 손에 죽는다고요!"

"제가 말씀드리죠!"

얼굴이 부어오른 석공이 나섰다. 석공은 갑자기 들이닥친 수호자 소백과 십여 명의 감찰관을 보고 잔뜩 겁을 집어먹었다. 게다가 감찰관 몇몇은 이미 자신의 작업장을 구석구석 뒤지고 있었다.

제르구는 석공의 자백으로 모든 게 들통 나자 제풀에 무너지고 말았다. 재물을 수탈해온 사실을 고백하고 선처를 호소하며 뜨거운 눈물을 쏟아냈다.

"진짜 범인은 메데스예요."

소백이 깜짝 놀라 반문했다.

"국정원 비서 말이냐?"

"그렇다고요. 그가 저를 조종하고, 자신을 위해 일하라고 강요했어요."

"벨트랑이라는 가명으로 절도, 밀매, 장물 은닉죄를 저지른 게 메데스란 말이지?"

"그는 주머니를 불리는 데 눈이 멀었습니다."

"올리비아 사건도 그가 저지른 거냐?"

"그럼요!"

"너와 네 상전이 혹시 반란 조직과 내통하고 있는 거냐?"

제르구는 금방 대답하지 못하고 머뭇거렸다.

"메데스는 아마도 그럴 테지만, 전 절대 아닙니다요!"

"예고자한테 영혼을 팔아먹은 것 아니냐?"

"아니에요, 아니라고요! 각하처럼 저도 그자를 증오하고 또……"

제르구의 오른손에 불이 붙었다. 그가 끔찍한 고통의 비명을 내지르는가 싶더니 곧이어 그의 팔과 어깨, 머리가 화염 덩어리가 되었다.

소백과 감찰관들은 눈앞의 광경에 넋이 나가 미처 손쓸 경황도 없었다.

제르구는 산 채로 불에 타서 재가 되었다.


닥터 구아는 메데스의 아내로부터 알아낸 사실을 세난크흐에게 알리기로 결단을 내렸다. 구아의 이야기를 들은 세난크흐는 즉시 그를 데리고 총리 관저로 걸음을 옮겼다.

구아가 의아한 듯 말했다.

"소백 총리는 임종을 기다리고 있습니다. 저도 알현을 청했다가 거절당한걸요."

"이건 국가 기밀인데, 총리는 이미 건강을 회복했소."

총리와 대면한 구아는 자신이 들은 일들을 간결하고 정확하게 설명했다.

세난크흐가 더 알아볼 필요도 없다는 듯 단언했다.

"메데스가 필적을 위조하는 재주가 있는 자기 아내를 이용한 거요. 그 방법으로 일전에는 나를 모함했었고, 이번엔 세호테프를 제거하려 한 거죠. 법으로 옭아매서 말이오. 그래서 국정원을 분쇄할 속셈이었겠지요."

총리가 한술 더 보탰다.

"그자는 횡령죄를 저질렀을 뿐만 아니라, 필경 반란 분자들과 내통하고 있을 거요. 닥터 구아, 이건 절대 비밀이오. 세난크흐, 즉시 재판정에 닥터 구아의 공술서를 제출하시오. 여기 총리 인장을 찍은 세호테프의 석방 명령서가 있소."

## 코이악 달, 열째 날(10월 29일), 멤피스

메데스는 가슴이 두근거렸다. 내일이면 자신이 멤피스를 지배하게 되는 것이다.

반란 조직이 총동원되어 왕궁과 총리 관저, 제1병영을 습격할 예정이었다. 조직원들에게 내려진 단 한 가지 지침은 공포를 퍼뜨리라는 것이었다. 누구든 붙잡는 족족 그 자리에서 약식 처형해버리고 여자와 아이들까지 학살하라는 명령이었다.

지휘관이 없는 멤피스의 방어 병력은 저항 한번 제대로 하지 못하고 곧장 무너지고 말 터였다.

메데스는 레바논 상인을 축하해주러 찾아간 자리에서 직접 그를 목 졸라 죽일 계획까지 세워두었다. 레바논 상인의 공식 사인은 승리의 감격을 이기지 못해 폭식을 하다가 심장 발작을 일으킨 게 될 것이다.

왕비와 총리, 세호테프, 세난크흐를 다 제거한 후 스스로 파라오의 왕관을 집어 들어 자신의 머리에 얹는 장면이 눈앞에 선했다. 메데스는 부푼 마음으로 다짐했다. 예고자가 이집트에 그의 믿음을 퍼뜨릴 때 나는 나의 법으로 이집트를 통치하리라.

술주정뱅이 제르구도 제거해야 했다. 이어서 자신의 신경병자 아내도 없애면 마침내 집이 조용해질 것이다! 아내는 최근 닥터 구아가 왔다간 뒤 계속해서 잠만 자고 있었다.

조용히 이런 즐거운 상념에 빠져 있던 메데스는 느닷없는 요란한 소음에 정신이 번쩍 들었다. 숨넘어가는 비명에 이어서 누군가 문을 발로 걷어차 여는 것 같더니, 거친 발소리들이 몰려왔다. 그러고는 또다시 조용해졌다.

메데스는 집사를 불렀다.

대답이 없었다.

그는 서재 창문으로 바깥을 살폈다.

사방에 감찰관들이 깔려 있었다! 감찰관들은 하인들을 전부 포박한 다음 계단을 통해 그가 있는 곳으로 올라오고 있었다.

도망쳐야 했다. 유일하게 남은 출구라곤 지붕뿐이었다. 겁에 질려 손발이 말을 듣지 않았지만 그래도 메데스는 지붕까지 간신히 올라갔다.

자신의 호화로운 저택 꼭대기에서 부들부들 떨리는 다리로 균형을 잡으며 메데스는 잠시 망설였다. 이제 길 건너편으로 건너뛰어야 했던 것이다.

그때 위압적인 목소리가 들려왔다.

"항복해라. 달아날 길은 없다."

"소벡! 주…… 죽어가던 게 아니었나?"

"다 끝났다, 메데스. 넌 끝장이야. 예고자도 널 구해주지 못해."

"난 죄가 없어, 예고자를 알지도 못하고 또……"

메데스는 그 순간 자신의 손에 불이 붙는 걸 보았다.

공포에 질린 그가 휘청했다. 균형을 잃은 그의 몸이 지붕에서 떨어져 저택 담장 위에 박힌 날카로운 금속 꼬챙이에 순식간에 꿰이고 말았다.

"탐욕스러운 자는 무덤을 얻지 못하리라."

총리가 현자 프타호테프의 시 한 구절을 중얼거렸다.

메데스가 모든 걸 기록해둔 게 소벡으로서는 행운이었다. 메데스의 문서들이 그의 자백을 대신해주었던 것이다. 소벡은 메데스가 공문서를 위조하여 라피드 호를 빼돌리고, 세관원들을 매수하고, 레바논 상인과 공모하여 밀수를 벌였으며, 벨트랑이라는 가명으로 부정한 재물을 보관해왔고, 관용 선박들을 반란 조직원 간의 연락을 위해 사용했으며, 한 가짜 감찰관을 시켜 이케르를 살해하려 했었다는 사실을 모두 알아냈다. 메데스가 저지른 죄는 이외에도 끝이 없었다.

메데스가 마지막에 써놓은 말이 눈에 들어왔다. 그건 분명 그가 저지른 악행들 가운데 최악의 것을 알리는 말이었다.

코이악 11일, 최후의 작전


## 코이악 달, 열한째 날(10월 30일), 멤피스

지하 은신처 입구를 가린 뚜껑문을 세 번 두드리는 소리가 들렸다.

곱슬머리가 부하들에게 말했다.

"나가자."

레바논 상인이 반란 조직 각 세포 우두머리에게 지시한 내용처럼 곱슬머리 역시 동트기 전에 공격을 개시하라는 명을 받은 상태였다.

조금 전의 신호는 같은 조직원인 집주인이 때가 되었음을 알려온 것이었다.

드디어 멤피스 점령 작전이 시작된 것이다.

곱슬머리는 뚜껑을 밀어 올렸다. 하지만 그가 미처 땅 위로 몸을 빼낼 겨를도 없이 억센 팔이 그를 움켜잡아 구멍에서 끌어올리는가 싶더니 벽에 세차게 밀어붙였다.

네스몬투 장군의 우렁찬 목소리가 귀를 때렸다.

"다시 보게 되어 반갑다, 이 쓰레기 같은 놈!"

"당신은……"

"보다시피 멀쩡하지!"

반쯤 넋이 나간 곱슬머리가 달아나려고 몸을 버둥거리자 네스몬투의 두 손이 사내의 목을 뚝 꺾어놓았다.

장군이 병사들에게 지시했다.

"불을 질러라. 쥐새끼들은 땅 밑을 좋아하니까 땅 밑에서 을씨년스럽게 끝을 보도록 해줘."

네스몬투는 기운이 펄펄 나서 또다른 전략 지점으로 달려갔다.

장군의 귀환으로 사기가 치솟은 장교와 병사들은 그의 명을 한 치도 어김없이 수행했다.

코이악 달의 이 열한째 날, 멤피스에서는 악이 소탕되었다.


레바논 상인은 과자를 목구멍 속으로 우적우적 밀어 넣고 있었다. 해가 떠오르기 시작했는데도 여전히 아무 기별이 없다니!

문지기가 와서 알렸다.

"누가 찾아왔습니다. 통행증을 내보이던걸요. 나무 형상 문자가 새겨진 작은 삼나무 조각 말입니다."

레바논 상인은 큼직한 크림 케이크 반 조각을 꿀꺽 삼켰다.

마침내 메데스가 나타난 것이다! 그는 전투가 끝나 승리를 확정지은 다음에 나타나기로 되어 있었다.

"올라오게 해."

레바논 상인은 한 잔 가득 담긴 백포도주를 단숨에 들이켰다. 이제 메데스를 죽이는 특별한 즐거움을 맛볼 차례였다.

별안간 작은 삼나무 조각이 레바논 상인의 얼굴을 향해 날아왔다. 삼나무 조각에 정면으로 콧잔등을 얻어맞은 상인은 깜짝 놀라 잔을 떨어뜨렸다.

앞에 덩치 큰 인물이 버티고 서 있었다.

"난 총리 소벡이다. 오래전부터 멤피스에 야금야금 뿌리내린 반란 조직의 괴수가 바로 네놈이렷다."

"잘못 아셨습니다. 저는 그저 선량한 상인일 뿐입니다 제 신용이야……"

"메데스는 죽었다. 그가 시시콜콜 적어둔 내용 덕분에 너도 찾아낼 수 있었지. 네가 훈련시킨 폭도들은 전부 네스몬투 장군에게 소탕되었다."

"네스몬투라니, 그는……"

"장군은 든든하게 살아 계시지."

몸을 일으키기도 어려웠던 레바논 상인은 무죄를 주장하는 일도 단념하고 말았다. 그래봤자 소용없을 뿐더러 거의 드러눕다시피 널브러져 앉은 자세로는 애원을 하기도 어려웠다.

소벡이 말을 이었다.

"네가 멤피스 지하 조직 책임자이고, 네 위에 틀어 앉은 최고 두목이 예고자렷다? 그자는 어디 숨어 있느냐?"

별안간 상인이 얼굴이 시뻘개져서 소리쳤다.

"예고자, 그 미치광이가 내 인생을 망쳐놨어! 권력과 재물은커녕 날 쫄딱 망하게 만들었어. 난 그자를 증오하고 저주해. 그자를……"

레바논 상인의 가슴에 나 있던 긴 상처가 움푹 패더니 그대로 쩍 갈라지며 상인의 몸이 두 조각이 났다.

상인은 고통으로 숨이 막혀 비명조차 지르지 못한 채 자신의 가슴에서 심장이 빠져나오는 걸 지켜보고만 있었다. 입은 옷 위로 피가 쏟아져 내렸다.


왕비와 총리, 네스몬투 장군은 가마도 타지 않은 채 멤피스 시를 둘러보았다. 시민들은 마음껏 기쁨을 드러내고 있었다. 백성의 수호자 파라오를 찬양하는 잔치가 동네마다 열려 어디를 가나 떠들썩했다.

기쁜 일이 하나 더 있었다. 세호테프가 석방된 것이다. 덕분에 이제 황금원 회원들은 어둠의 세력들과 좀더 효과적으로 싸울 수 있을 터였다.

하지만 이처럼 확실한 승리를 거두었음에도 총리를 비롯한 황금원 회원들은 시민들의 안도감을 함께 나누지 못하고 있었다.

예고자는 여전히 살아 움직이고 있는데, 파라오는 자리에 없는 것이다. 게다가 아비도스에서는 대체 무슨 일이 일어난 것일까?

아비도스의 일이 걱정스러운 건 모두가 마찬가지였지만 우선은 멤피스의 안전을 확고히 해야 했다. 질서가 완전히 회복되기 전에 이 도시를 비우고 떠날 수는 없었다.

세난크흐가 갑자기 생각난 듯 세호테프에게 물었다.

"벌써 코이악 달 열한째 날이오. 서른째 날이 되면 오시리스가 부활하게 될까?"

세호테프가 대답했다.

"파라오께서 이시스 님과 더불어 위대한 비밀을 실현하기 위한 제의를 올리고 있어요. 두 사람은 결코 포기하지 않고 적과 맞서 싸울 겁니다."

"열두째 날에는 위험이 도사리고 있지. 이날 제의를 올리는 중에 조금이라도 실수가 생기면 부활은 멈추게 될 거요. 그렇게 되면 예고자가 오시리스의 아카시아나무 자리에 죽음의 나무를 심게 될 테지."


## 코이악 달, 열두째 날(10월 31일), 아비도스

예고자가 소스라쳐서 잠에서 깨어났다. 아비도스는 아직 깊은 밤에 잠겨 있었다. 예고자의 두 눈이 붉은 빛으로 번쩍였다.

"비나, 물에 적신 천을 다오, 어서!"

비나는 벌떡 일어나 잠을 떨어버리고는 지체 없이 움직였다.

예고자는 오른쪽 손바닥에 일어나는 불꽃을 몇 번이나 꺼야 했다. 살이 타들어가고 있었다.

불에 탄 손바닥을 보며 비나가 겁먹은 소리로 말했다.

"주인님, 당장 치료하셔야 해요!"

"소금이면 충분하다. 저녁 무렵이면 이 상처는 사라질 거다. 비겁한 자들이 나를 배신했다. 메데스와 제르구는 죽었어."

"원래부터 그들을 없앨 생각이셨잖아요?"

"그래, 부려먹고 버릴 계획이었지. 레바논 상인도 몸이 찢겨 죽었다."

"레바논 상인이라면, 멤피스 조직의 우두머리 말씀이세요?"

"그 뚱보는 나를 찬양하고 내 이름의 영광을 기원하기는커녕 내게 욕을 퍼부었어. 그에게 내린 벌은 본보기였다. 불경한 자들이 어떻게 되는지 보여준 것이다."

"우리 편이 멤피스를 점령했나요?"

"나의 충실한 신도들은 참된 믿음을 위해 싸우다 죽어서 낙원으로 갔다. 네프티스의 입을 열게 해서 생명의 집으로 들어갈 방법을 알아내야겠다. 부활의 희망을 부수어버려야 해. 그런 다음 곧장 아비도스를 떠나자."

"사방을 병사들이 지키고 있어요, 주인님. 자칫하면 위험해질……"

"너도 한갓 여인네의 소견머리를 가졌구나. 소금 두 자루를 챙겨라. 스합의 은신처로 가자."

얼간이 스합은 극도로 예민해져서 조그만 기척에도 몸을 벌떡 일으키곤 했다. 다행히 병사나 감찰관 들은 살아 있는 돌들이 오시리스와 교감하고 있는 이 고요한 무덤 지대에 접근하지 않았다.

인기척에 긴장한 스합이 은신처 입구를 가린 버드나무 가지를 슬쩍 들어올렸다. 예고자가 비나를 데리고 서 있었다.

스합은 제실에서 나와 엎드렸다.

"용서하십쇼, 주인님! 생명의 집에는 도저히 들어갈 수 없어요. 위병들이 밤낮없이 교대하는 데다 사방에 횃불을 밝혀놓으니 어디 눈을 피할 수가 있어야 말입죠. 멀찍이 떨어져 그 근방을 어른거리기만 해도 당장 을러대며 쫓아냅니다요."

비나가 발칵 화를 내며 나섰다.

"예고자님을 위해 일할 수 있는 기회인데 이런 위험쯤은 감수해야 할 것 아냐?"

스합은 신경질적인 데다 도무지 얌전한 구석이라고는 없는 이 여자가 미워 죽을 지경이었다. 주인님은 조만간 이 여자를 버릴 게 분명했다. 아니면 이 여자가 어떤 식으로든 주인님을 배신하든가 말이다. 그렇게 되면 자신의 칼로 이 여자를 요절 내리라 다짐했다.

예고자가 스합에게 말했다.

"우릴 생명의 집으로 들어가게 해줄 사람은 네프티스다. 여기 오시리스 무덤 앞에서 그 여자와 혼인할 생각이다. 그렇게 되면 그 여자는 뭐든 내가 하라는 대로 해야 할 처지가 되는 것이다. 만약 그 여자가 주제넘게도 날 거역하려 들면 그땐 네가 나서라. 네 칼날을 요령껏 써서 그 여자가 어떻게든 입을 열게 만들거라."

비나가 애가 달아서 물었다.

"주인님, 그냥 잡다가 고문하면 되지 않을까요?"

예고자가 비나의 볼을 어루만졌다.

"넌 이제 사나운 암사자로 변신할 능력을 잃어버렸다. 나는 네프티스를 새로운 무기로 삼아 아비도스를 칠 생각이다."

"그 이집트 여자와 혼인하시다니, 그 여자와……"

"그만 해라, 비나! 신의 계율을 기억해라. 남자는 여러 명의 아내를 거느릴 권리가 있다는 걸!"

스합은 감동한 얼굴로 고개를 끄덕였다. 하지만 이 갈색 머리 여자의 생각은 다른 것 같았다. 스합은 비나의 태도가 어쩐지 마음에 걸렸다.

"스합, 이 소금을 흘리면서 사막까지 가거라. 병사들이 아무리 앞을 막고 있더라도 우리는 이 소금으로 그린 길을 통해 빠져나갈 수 있다."

"어디로 가는 겁니까?"

"멤피스다."

"그렇다면 우리 편이 승리한 거군요!"

"아직은 아니다. 적들은 자신들의 군사적 우세를 믿고 이제 대재앙의 위험은 없을 거라 안심하고 있지. 하지만 엄청난 착각이라는 걸 깨닫게 될 것이다."


코이악 달 열두째 날인 이날 새벽, 부활을 향해 넘어야 할 중요한 단계가 이시스를 기다리고 있었다. 만약 그녀가 이 단계를 통과하는 데 실패할 경우 이케르는 또다시 죽음을 맞아야 했다. 그리고 이 두 번째 죽음은 돌이킬 수 없을 터였다.

불안이 밀려왔지만 그녀는 오직 사랑만을 생각했다. 앎에 대한 사랑, 죽음 너머에서 빛나는 삶에 대한 사랑, 자신이 가야 할 길을 제시해주는 부활의 신비에 대한 사랑, 신의 작품인 창조에 대한 사랑, 그리고 무엇보다 부당한 고통에 갇혀 있는 한 특별한 사람에 대한 사랑 말이다. 그 사람을 고통에서 벗어나게 하는 것이 그녀가 해야 할 일이었다.

생명의 집은 이제 금을 빚어내는 공간인 황금의 집이 되어 있었다. 파라오가 하늘문의 빗장을 열어 이곳을 생명으로의 변환이 이루어지는 장소로 바꾸어놓았기 때문이다. 이곳에서 세 오시리스는 서로 긴밀히 연결된 채 같은 리듬과 호흡으로 성장하고 있었다. 지금 그녀가 해야 할 일은 이 우주에 들어찬 변환력들을 구체적으로 발현케 하는 것이었다. 이 일은 광물, 금속, 식물, 동물, 인간이 공통적으로 보유한 생명으로부터 영원히 지속되는 측면을 이끌어냄으로써 가능했다.

이시스는 등잔 하나를 들고 생명의 집으로 들어섰다. 어슴푸레한 여명 속에서 한줄기 밝은 빛이 보였다. 광물과 금속의 오시리스가 누워 있는 관에서 빛줄기가 뻗어 나와 식물 오시리스와 이케르의 미라에 닿아 있었다.

이시스는 옷을 하나씩 벗었다. 이윽고 벌거벗은 몸이 되어 보이지 않는 존재와 대면한 이시스는 자신의 오라비 이케르를 되살리기 위한 신비한 작업을 시작했다.

그녀가 이케르를 향해 말했다.

"내가 그대를 위해 오시리스의 유체 조각들을 모아왔으니, 이것으로 그대가 부활하기 위한 받침대를 세우리라."

가장 먼저 할 일은 꿀벌의 작업이었다. 꿀벌은 파라오 왕권의 상징이며 황금으로 변환시킬 식물성 금의 생산자였다.

이시스는 푼트의 금을 녹여 오시리스의 앞면과 뒷면을 뜬 주형 두 짝을 만들었다. 크기는 일 쿠데 정도였다.

그녀는 이 거푸집 안쪽에 아마포로 만든 돛을 깔았다. 이 돛은 부활한 자가 세상을 가로지를 수 있게 해줄 태양 나룻배를 상징했다.

이어서 계량기인 오시리스의 눈으로 모래와 보리의 분량을 재어 섞은 뒤 주형에 채워 넣어 인간의 머리를 지닌 미라를 빚어냈다. 그것은 흰색 왕관을 쓴 이케르의 머리 형상이었다.

이 작업까지 마치자 이시스는 가슴이 조여들었다. 죽은 자신의 남편이 오시리스라는 지고한 정신성의 무게를 견뎌낼 수 있을지 걱정스러웠던 것이다. 하지만 주형은 아무 이상 없이 온전했다. 금의 완성체인 오시리스가 이케르를 받아들여 그의 받침대가 되기를 수락한 것이다. 이렇게 해서 산 사람들의 세상이 죽은 사람들의 세상과 하나가 되었다.

이시스는 오시리스 주형을 청동으로 만든 검은색 통 안에 넣었다. 아래로 두 개의 구멍이 뚫린 이 통은 정사각형 두 개를 붙여놓은 모습으로, 옆면 길이가 일 쿠데 이 팔므, 깊이는 삼 팔므 삼 드와*였다. 와디 함마마트 채석장에서 가져온 귀한 돌을 깎아서 만든 네 개의 다리가 하늘을 떠받치는 기둥처럼 통을 떠받쳤다.

통 아래에는 장밋빛 화강암으로 깎은 또다른 대야를 놓았다.

이시스는 변환의 돌인 보리 알갱이를 한줌 집어 들었다. 이 보리 알갱이의 배아와 살이 외피로 둘러싸여 있는 모습은 남성적 요소와 여성적 요소의 결합을 구현했다. 이 곡식 알갱이들은 빛나는 불꽃에 닿으면 본성이 바뀌었다. 이시스는 보리 알갱이에 불길을 가해 남성인 잉태의 불과 여성인 양육의 불을 융합시켰다. 불의 이 두 가지 국면은 불가분하게 연결되어 서로 보완하며 새로운 탄생을 빚어내는 것이다.

청동 통의 모서리마다 조각된 독수리와 우라에우스가 마법을 발산하여 통 주위에 넘을 수 없는 방어선을 형성했다. 덕분에 그 어떤 부정한 요소도 통에 접근하지 못했다.

특히 어려운 작업은 불꽃을 조절하여 지나치게 뜨거워지지 않게 하는 것이었다. 불이 품고 있는 기운은 서서히, 완만하게 이케르의

---

* 육십오 센티미터, 이십팔 센티미터.

미라로 옮겨져야 했다.

　이번엔 하이집트의 열다섯번째 주 '따오기'에서 가져온 단지들이 동원될 차례였다. 금을 입힌 흰 대리석 단지들이 곱고도 정교한 빛을 내뿜었다.

　이시스는 제의 절차를 하나씩 행할 때마다 단지 속 눈의 물을 아주 조금 덜어내어 자신의 몸에 발랐다. 그녀 자신이 모든 형태의 오염을 씻어내고 새로워지기 위해서였다.

　이윽고 그녀는 단지의 물을 천천히 통 위로 흘려보냈다. 오시리스의 체액이 흘러가는 밤을 따라 흘렀다. 신의 이 체액에는 눈에 보이는 혹은 보이지 않는 모든 물질에 깃든 약동하는 생명력이 담겨 있었다.

　식물 오시리스가 검은색을 띠었다. 죽음에서 생명으로의 변환이 성공적으로 진행되고 있다는 증거였다.

　이시스는 화강암 대야를 들었다. 위에서 흘러내린 액체가 고여 있었다. 그 액체로 이케르의 미라를 적시려다가 그녀는 한순간 망설였다. 액체가 지나치게 강하면 부패를 일으켜 이케르의 미라를 썩게 할지도 몰랐다. 반면 너무 약하면 다음 단계의 변환을 일으키지 못하고 미라는 한갓 부스러기가 되어 흩어지게 될 것이다.

　이전 단계로 되돌아가 다시 시작하는 건 불가능했다.

　이시스는 대야의 액체를 이케르의 미라에 부었다. 신성한 호수로부터 온 정화수, 오시리스의 체액이 홍수처럼 흘러넘쳐 이케르의 미라로부터 죽음을 씻어냈다.

　이시스가 나직이 읊조렸다.

　"하늘의 여신이 그대를 세상에 내보내리라. 보리가 모래와 섞여 그대의 몸이 되리니, 빛의 영혼이 창공을 가로질러 다시 태어나리라."

이 영혼은 날아가버릴 수도 있는 것인 만큼 광물과 식물 속에 붙잡아놓아야 했다. 광물과 식물은 죽음의 시간을 자양분으로 빨아들이고, 그리하여 그 자신들이 명백히 소멸한 이후에도 다시 태어날 수 있는 것들이었기 때문이다.

이케르의 미라에선 불에 탄 자국을 찾아볼 수 없었다. 불길을 알맞게 조절한 것이다. 부패의 흔적도, 변질의 징조도 보이지 않았다.

왕세자의 미라는 이처럼 흠 없는 완전한 모습으로 소생의 물을 흡수하고 있었다.

코이악 달 스물한째 날까지 매일 밤 이시스는 이케르의 미라에 생명의 힘을 옮겨주는 이 작업을 꾸준히 해나가야 했다.


## 코이악 달, 열셋째 날(11월 1일), 아비도스

"사람들 귀와 눈을 피해 당신한테 하고 싶은 말이 있어. 우리 이제 중대한 결정을 내려야 하지 않겠어?"

예고자의 이러한 말을 들은 네프티스가 마침내 그를 찾아왔다.

두 사람은 오시리스 언덕으로 향하는 길을 따라 발걸음을 옮겼다.

예고자가 말했다.

"나는 이 외지고 조용한 장소가 마음에 들어. 인적은 찾아볼 수 없고, 오직 무덤과 석비, 제탁, 오시리스를 찬양하는 조각상들만 늘어서 있는 곳이지. 이곳에는 시간이 존재하지 않아. 고귀한 사람과 비천한 사람 간의 차별도 없어. 모두들 오시리스의 영생을 약속받았으니까 말이야. 살해당한 뒤 부활한 오시리스 같은 그런 기적이 또다시 일어날 수 있을까?"

네프티스가 대답했다.

"코이악 달 신비제의가 행해지는 동안 오시리스는 죽음의 비극과 동시에 재탄생의 과정을 다시 겪게 되지."

"나를 비롯해서 임시 사제들은 아비도스의 진짜 비밀에 접근할 수 없어. 당신은 종신 사제니까 그 비밀을 알고 있겠지?"

"그건 절대 발설해선 안 되는 거야."

"아내가 남편한테까지 입을 다물겠단 말이야?"

"그 비밀은 어떤 경우라도 지켜져야 해. 아비도스의 법이 그런걸."

예고자가 목소리를 높이지 않고 말했다.

"그렇다면 그 법을 바꿔주어야겠군. 한갓 열등한 여자인 주제에 남자와 맞먹으려는 마음을 품게 둘 수는 없으니까."

"당신은 어떻게 그런 확신을 품게 된 거야?"

"단 하나뿐인 신이 주신 계율이거든. 나는 그 신의 유일한 대리인이야."

"그렇다면 오시리스께서 당신한테 직접 계시를 내렸다는 거야?"

예고자가 슬쩍 웃음을 흘렸다.

"이제 곧 오시리스는 완전한 죽음을 맞게 돼. 나는 진정한 신의 계율을 세울 생각이야. 진정한 신의 군대를 이끌고 세상에 새로운 믿음을 퍼뜨리겠어. 이 믿음에 맞서는 자는 살아남을 수 없을 거야."

네프티스는 놀람과 두려움에 휩싸였지만 겉으로는 아무 내색도 하지 않았다.

예고자…… 이런 식으로 자신의 생각을 말할 수 있는 자는 예고자뿐이었다!

"이쪽 담장에 좀 앉자. 이 작은 정원, 아름답지 않아?"

장막처럼 드리워진 버드나무 잎사귀들 너머에서 스합이 자신의 주인과 이집트 여사제의 모습을 지켜보고 있었다.

예고자가 네프티스의 손을 다정히 잡았다.

"당신은 구원받을 거야. 오시리스의 훈령은 잊어버리고 무조건 나를 섬길 테니까. 그렇게 하겠다고 약속할 거지?"

네프티스는 고개를 아래로 숙여 질겁한 눈을 감추었다.

"그렇게 하면 내 처지가 곤란해질 텐데. 하지만…… 난 당신과 헤어지고 싶지 않아."

"마음을 정해, 어서."

"너무 서두르고 있네, 뭐든 말이야!"

"우리에겐 시간이 별로 없어."

"만약 우리가 아비도스를 떠나게 되면 다른 신도들, 그러니까 베가 사제도 우리와 함께 가는 거야?"

"왜 그 사제 이야기를 하는 거지?"

"탁발 사제 말로는 베가 사제가 당신한테 일자리를 주었다던데."

"베가가 아셰르를 채용한 건 맞아. 하지만 베가는 내가 아셰르 자리에 대신 와 있다는 사실은 몰라. 그 늙은 사제는 우둔하고 고지식해서 변할 줄을 몰라. 그를 비롯한 오시리스 추종자들은 개종할 주변머리가 없으니 이곳에서 죽게 될 거야. 하지만 카의 종복 사제는 오래전에 낡은 믿음을 버렸어. 그는 제의를 일부러 망치고 아비도스와 조상들을 이어놓은 끈들을 끊어버린 채 초조하게 기다리고 있지. 나를 좇아 자신의 믿음을 온 세상에 떳떳이 드러낼 순간을 말이야. 내가 오시리스를 그의 왕국 한가운데서 파멸시킬 준비를 하게 된 데는 그 용감한 사제의 힘이 컸어."

이제 네프티스는 예고자의 주요 공범이 누구인지 알게 되었다. 그의 정체는 흠잡을 데 없이 처신해온 한 종신 사제인 것이다! 베가는 단지 미끼에 불과했다. 부당한 의혹을 사서 수사관들의 관심을 범인으로부터 돌리기 위한 미끼 말이다.

"그럼 아비도스는 망하게 되는 거야?"

"당신은 내 첫째 아내로서 나를 도와 아비도스의 몰락을 앞당겨야 해."

"내가 뭘 하면 되는데?"

"그렇게 많은 병사들이 생명의 집을 밤낮으로 지키는 이유가 뭐지?"

그녀가 내놓는 대답이 그가 만족할 만큼 솔직한 게 아니라면 그는 그녀를 죽일 것이다. 네프티스는 자신의 목숨이 위태롭다는 걸 알면서도 이런 모험을 감행한 걸 후회하지 않았다. 덕분에 진상을 알게 되지 않았는가! 또한 그녀는 살아서 이 자리를 빠져나가야 했다. 그래서 진상을 알려야 했다.

생명의 집에 관련된 비밀을 누설한다는 건 생각조차 할 수 없는 일이었다. 그러기보다는 차라리 죽는 게 나았다. 하지만 지금 네프티스는 그럴듯한, 예고자가 분명 가지고 있을 정보와 일치하는 정보를 그의 손에 건네주어야 했다.

"거기서 코이악 달 신비제의 본(本) 의식을 올리고 있어."

"당신은 그곳에 들어갈 수 있지?"

"그래, 생명의 집에 들어가서 이시스 자매를 보좌하곤 해."

예고자가 네프티스의 머리카락을 어루만졌다.

"내 사랑스러운 아내, 당신도 그 신비제의를 본 적이 있어?"

"어깨너머로…… 그냥 흘깃 구경만 했을 뿐이야."

"이시스 여사제가 부활의식을 진행하고 있지?"

"맞아, 파라오와 함께 한 단계씩 의식을 치러나가고 있어."

"지금 그 부활의 받침대로 이용되는 게 뭐지?"

"정신과 물질의 여러 상태들이 동원되고 있어."

"좀더 자세히 말해봐."

예고자의 목소리가 별안간 강압적인 울림을 띠기 시작했다.

네프티스는 한참 동안 망설였다.

"이케르…… 이케르는 삶과 죽음 사이에서 떠돌고 있어. 그를 오시리스 미라에 동화시켜 변환의식을 치르게 하려는 거야."

"이시스가 그 의식 첫 단계를 잘 통과했겠지?"

"가장 어려운 일들이 남아 있어. 내 생각엔 성공할 것 같지 않아."

"더 상세하게, 이시스가 구체적으로 어떤 의식을 올렸는지 이야기해봐."

"그녀는 그 의식들을 혼자 할 때가 많아. 그래서……"

"내게 모든 걸 털어놔, 남김 없이 말해보란 말이야."

스합이 뛰어들 준비를 했다. 자신의 날카로운 규석 칼날로 저 여자의 살갗 구석구석을 찔러대면 낱낱이 자백하지 않고 배기겠는가?

예고자는 최후 수단을 동원하기 전에 방법을 한번 바꾸어보았다. 남성으로서의 매력에는 자신이 있는 터라 그걸 이용하여 네프티스를 굴복시키기로 마음먹은 것이다. 그는 그녀를 끌어안고 처음엔 부드럽게, 그다음에는 승리를 확인하려는 수컷의 난폭성을 보이며 그녀에게 입을 맞추었다.

거기서 몇 걸음 떨어진 한 제탁 뒤에 비나가 숨어 있었다. 몸을 웅크린 채 두 사람의 대화를 한마디라도 놓칠세라 엿듣고 있던 비나는 더이상 참지 못했다. 발밑이 와르르 무너져 내리는 것 같았다. 눈이 뒤집힌 비나는 손에 돌멩이 하나를 움켜잡고 벌떡 일어나 소리쳤다.

"네년의 머리통을 깨어버릴 테다!"

예고자가 위험하다고 생각한 스합이 때를 놓치지 않고 달려들었다. 그로서는 마침내 이 위험한 여자를 제거해버릴 좋은 기회였다.

비나의 팔이 네프티스를 막 내리치려는 찰나 스합의 칼이 그녀의 목덜미에 깊숙이 꽂혔다.

예고자는 네프티스를 몸에서 떼어낸 뒤 비나를 응시했다. 비나는 증오로 일그러진 얼굴로 웅얼거렸다.

"당신을 사랑했는데…… 네가…… 이럴 수는 없어……"

비나는 땅바닥에 털썩 쓰러져 숨을 거두었다.

이 상황을 틈타 네프티스가 달아나기 시작했다.

"잡아라."

예고자가 스합에게 지시했다.

숨을 몰아쉬며 네프티스의 뒤를 쫓던 스합은 뾰족한 창끝이 자신의 코앞을 막아서는 걸 보았다. 근처 제실에 숨어 있던 세카리가 몸을 솟구쳐 달려들면서 겨눈 창이었다.

스합이 놀란 눈으로 이 비밀요원을 바라보았다.

"…… 어떻게…… 어떻게 바람처럼 나타난 거지?"

스합의 가슴팍은 이미 창에 꿰인 뒤였다. 그가 피를 토하며 몇 걸음 휘청거리다가 머리를 앞으로 박으면서 꼬꾸라졌다.

네프티스가 안전하게 몸을 피한 걸 확인한 세카리가 예고자를 뒤쫓았다. 예고자는 스합이 미리 표시해놓은 길을 따라 사막 쪽으로 달아나면서 소금을 한 움큼 집어 길에 뿌렸다.

소금은 길바닥에 떨어지자마자 불길로 변했다. 높은 담벼락 같은 불길이 세카리를 막아섰다. 덕분에 예고자는 사막을 통해 아비도스를 무사히 빠져나갔다.

궁수들이 수많은 화살을 날려보았지만 이미 예고자는 사라진 뒤였다.

소금 불길이 어느 정도 잡힌 뒤 세카리는 연기와 재로 뒤덮인 길을 샅샅이 훑어보았다. 시신의 흔적은 없었다.

네프티스가 여전히 부들부들 떨면서 세카리에게 말했다.

"배신자의 정체를 알아냈어요."

하지만 세카리는 불안감에 빠져들었다. 예고자가 이제부터 무슨 짓을 하려는 건지 도무지 짐작이 가지 않았던 것이다.


## 코이악 달, 열넷째 날(11월 2일), 아비도스

새벽이었다. 파라오가 비블로스에서 가져온 관을 들고 황금의 집으로 들어섰다.

"그대에게 주와 도시 들을 가져왔노라. 이 주와 도시 각각에는 신이 거하고 있나니, 이 주와 도시 들이 하나로 합쳐져 그대를 소생시키리라."

그가 세 오리시스를 향해 말하고는, 관에서 오시리스의 육신 각 부분에 해당하는 단지 열네 개를 꺼냈다.

은으로 만든 단지들은 머리와 척추, 심장, 주먹과 발에 해당했고,

금으로 만든 단지들은 눈과 목, 팔, 손가락, 다리와 성기에, 검은 청동으로 만든 단지들은 귀와 기관과 식도를 감싼 가슴, 엉덩이에 해당했다.

파라오는 각각의 단지에 담긴 물을 이케르의 미라에 부었다. 이 소생의 물이 배아 상태로 있던 오시리스의 신체 기관을 다시 자라나게 했다.

그런 다음 파라오는 금과 은, 청금석, 터키석, 붉은 벽옥, 석류석, 홍옥수, 방연광을 갈아 가루로 만든 후 채에 걸러 섞었다. 이 혼합물은 이케르의 미라 전신에 생기를 운반할 혈관과 림프관을 여는 데 사용될 것이었다. 이제 이케르의 미라에는 이집트의 각 주들이 제공한 체액과 수분, 피, 허파, 기관지, 위장, 배와 내장, 갈비뼈와 피부가 갖추어졌다.

파라오가 소리를 높였다.

"이 나라 전체가 그대의 카이며, 그대 육신의 각 부분이 각 지방의 은밀한 표현이로다. 모든 것이 서로 얽히고 다시 풀리며, 서로 뒤섞이고 다시 나뉘어 정돈되며, 떨어져 나갔던 것은 다시 통합된다. 그대는 이제 더이상 한 개인으로서의 삶이 아닌 땅과 하늘의 삶을 살게 되리라."

세소스트리스는 아들의 카 열네 부분에 생기를 불어넣었다. 그것은 말, 존엄성, 행위, 번영, 승리, 계시, 통치 능력, 풍부한 영양, 봉사능력, 마법, 빛남, 엄격함, 에네아드의 빛, 그리고 정확함이었다.*

세소스트리스가 또다시 말했다.

---

* 후, 셰페스, 이리, 와주, 나크트, 아크흐, 제파, 셰메스, 헤카, 체헨, 우세르, 페세주, 세페드.

"이 카들 덕분에 그대의 시야와 이해력, 창조적 직관*이 다시 형성되리라."

부드러운 빛이 이케르를 둘러쌌다. 이번 변환 단계도 성공한 것이다.

곁에 있던 이시스가 말했다.

"내가 내 오라비의 사지육신을 모았도다. 이제 그는 최초의 대양과 하나가 되어 그 물로 살아가리라."

파라오가 황금 단지에 이시스의 눈물을 모은 뒤 말했다.

"나는 떠나야 한다. 예고자가 달아났다. 아비도스를 직접 공략하려던 그의 계획이 수포로 돌아갔으니, 이제 그는 자신의 가장 큰 무기인 파괴의 불을 써서 대재앙을 도발하려 할 것이다."

이시스가 대답했다.

"상이집트의 세번째 주에 있는 불솥 '붉은산'이 심상찮았습니다."

"네켄의 수호신들과 네 노력이 그곳의 불을 진정시켰다. 하지만 불이 담긴 거대한 솥이 또 한 곳, 멤피스 근처에 있다. 만약 예고자가 그 불솥을 쏟아 불덩이들을 흘려보낸다면 멤피스는 완전히 파괴될 것이다. 예고자와 맞서 그 재앙을 막을 사람은 나뿐이다."

"만약 폐하께서 코이악 서른째 날까지 돌아오시지 못한다면 우리의 노력은 물거품이 되고 맙니다. 오시리스는 부활하지 못할 거예요. 폐하 없이 이 제의를 끝까지 수행한다는 건 불가능하니까요."

파라오가 딸을 품에 안았다.

"우리는 조금 전 가장 중요한 단계를 넘었다. 다음에 해야 할 일만을 생각해라. 의혹과 번민, 실패에 대한 두려움이 너를 괴롭힐 것이

---

* 마아, 세젬, 시아.

다. 그러나 너는 아비도스의 수석 여사제이며 불의 길을 통과한 사람이다. 이미 이케르는 새로운 생명을 품고 있다. 그 생명이 자라나 다시 번성하게 해라. 코이악 서른째 날에는 내가 네 곁에 돌아와 있을 것이다."

탁발 사제와 세카리를 대면한 베가는 침착함을 유지하며 깜짝 놀라는 시늉을 해보였다.

"그렇소이다. 내가 아셰르를 채용했습니다. 아셰르뿐만 아니라 다른 많은 임시 사제들한테도 이곳 일자리를 마련해주었지요. 다들 자기 마을에서 솜씨 좋기로 소문난 장인들입니다. 아셰르는 정해진 시험을 치러서 뽑혔고, 그런 다음 수습 기간을 거쳤지요. 상급자들의 마음에 쏙 들게 일을 잘했기 때문에 그는 아비도스에 정기적으로 와서 일하게 된 겁니다."

세카리가 물었다.

"그자가 수상한 태도를 보이거나 의심스러운 말을 한 적은 없습니까?"

"난 그와 마주칠 기회가 거의 없소. 게다가 그의 일은 나하곤 무관하오. 그를 감독하는 사제들 말로는 책잡을 데가 없다던데."

탁발 사제가 물었다.

"카의 종복 사제는 어떻소?"

"양심적이고 나무랄 데 없는 사제이지요. 그의 괴팍한 성격과 대인기피증 탓에 별다른 교유는 없습니다."

세카리가 캐물었다.

"최근 그의 행동에서 이상한 점을 발견하지 못하셨습니까?"

베가가 의외라는 듯 대답했다.

"그런 건 전혀 발견 못했네! 대체 무슨 일인지 내가 알면 안 되겠소?"

탁발 사제가 상황을 설명했다.

"아비도스에 잠입해 들어왔던 반란 분자들을 제거했소. 하지만 불행히도 그들의 우두머리를 놓치고 말았지요."

"그들의 우두머리라면…… 대체 누구……?"

"예고자 말이오. 그자가 아셰르라는 인물로 위장하고 있었소."

베가가 경악한 표정을 실감나게 지어 보였다.

"예고자가 이곳에? 그럴 수가!"

탁발 사제가 베가를 안심시키려고 대답했다.

"이제 위험은 사라졌소, 코이악 달의 신비제의는 차질 없이 수행될 거요."

베가가 말했다.

"너무 놀라 정신을 차릴 수 없을 지경입니다. 하지만 내가 맡은 일에는 최선을 다해야지요."

베가는 면담을 마치고 방을 나서면서 '예고자가 이곳에 있었다니……'라고 넋이 빠진 듯 중얼거리는 연기력까지 선보였다.

베가의 뒷모습을 바라보던 탁발 사제가 말했다.

"엄격하고 순진한 사람이야. 저 노사제는 악의 세력이 아비도스를 침범해 온 걸 모르고 있었어. 자신의 일에 몰두하느라 어지러운 바깥 세상과는 담을 쌓고 지내거든."

세카리가 단호히 대답했다.

"그래도 그가 무슨 일을 하는지, 어떤 행동을 하는지 계속해서 지켜보겠습니다."

"차라리 카의 종복 사제를 지켜보게. 어떻게 그가 이처럼 오랫동안 우리를 속일 수 있었을까? 그런 두 얼굴이 참으로 가증스럽군! 그를 즉시 체포하지 않는 이유가 뭔가?"

"세 가지 이유에서입니다. 첫째, 확실한 증거가 필요합니다. 그가 혐의를 부인해버리면 죽도 밥도 안 되니까요. 둘째, 예고자가 분명 그에게 맡겼을 임무가 무언지 알아내야 합니다. 그건 아마도 생명의 집을 파괴할 방법을 알아내라는 임무겠지요. 마지막으로 다른 공범이 있는지 밝혀내야 합니다."

탁발 사제가 근심스럽게 말했다.

"걱정이군. 무엇보다 그의 일거수일투족을 놓치지 말아야 해."

"황금원의 형제여. 날 믿으세요."


## 코이악 달, 열다섯째 날(11월 3일), 아비도스

이시스는 밤새도록 눈의 물을 이케르의 미라에 부었다. 오시리스 육신에서 새로 내장 기관이 자라나게 해줄 소생의 불이 지나치게 뜨거워지지 않게 하기 위해서였다.

어린 태양 이케르가 어둠을 뚫고 나오기 위해 얼마나 힘들게 싸우고 있는지 느껴졌다. 그녀는 밤하늘을 응시했다.

황소\*의 다리가 평소와는 다른 빛을 띠고 있었다. 세트의 분노가

---

\* 큰곰자리.

472

우주를 구성하는 귀한 금속들을 부수고 광물과 식물의 성장을 막으려 하는 것이다.

이시스가 외쳤다.

"입 다물라, 침범자여, 술주정뱅이에 방종하며 분란을 일으켜 무질서를 퍼뜨리는 그대여. 그대는 분리하고 해체하는 자로다! 밤의 해가 그대의 공격을 물리치고 그대의 난동을 평정하리라! 그대가 아무리 방해해도 별들은 연금술을 행하여 빛을 생명으로 바꾸어놓으리라. 하늘과 별들은 오시리스를 따르고 그의 의지를 전수하노라. 오시리스의 아들 호루스의 눈은 죽음에 굴복하지 않으리라."

검은 구름이 달을 가리더니 천둥이 치고 번개가 하늘을 갈랐다. 얼마 후 수많은 별들이 하늘을 가득 메우고 고요하고 평화롭게 빛났다.

이제 이케르의 미라에 신성한 연고를 발라 향기롭게 할 시간이었다. 이 연고 덕분에 이케르는 신들과 더불어 살 수 있고, 결코 더럽혀지지 않는 진정한 정결함을 얻어 죽음을 물리치게 되는 것이다.

이시스는 금과 은, 구리, 납, 주석, 철, 사파이어, 적철광, 에메랄드, 그리고 토파즈를 부수어 가루를 냈다. 이렇게 얻어진 가루를 벌꿀에 갠 뒤, 포도주와 기름, 연꽃 추출물에 적신 유향을 섞었다. 이 반죽을 가열하자 신성한 돌인 연고가 완성되었다.

이시스는 이 신성한 돌을 오랜 시간을 들여 오시리스의 육신 각 부분에 발랐다. 그러자 육신에 잠재된 것들이 실재하는 것으로 바뀌기 시작했다.

해질 무렵 그녀는 이케르의 미라를 비블로스에서 되찾아온 관 속에 눕혔다. 네프티스가 와서 이시스를 도왔다. 해를 몸속에 품어 옮기는 서쪽세상의 아름다운 여신 누트가 관 뚜껑 안쪽을 장식하고 있

473

었다.

이케르의 두 발이 황금에 닿았고 머리는 별이 되었다.

이시스가 큰 소리로 알렸다.

"그대는 돌 한가운데에서 쉬리라. 이 관은 죽음과 분해의 자리가 아니라 오시리스의 빛나는 육신이니, 생명의 제공자이며 연금술 도가니, 삶과 죽음의 세상을 주유하는 나룻배로다. 그대의 두 누이가 날개를 펼쳐 그대에게 행복한 여행을 위한 힘찬 바람을 부쳐주리라."

### 코이악 달, 열여섯째 날(11월 4일), 아비도스

"예고자를 보았어요."

네프티스는 탁발 사제가 보는 앞에서 이시스에게 털어놓았다. 탁발 사제는 조금 전 하늘의 여신 누트의 조각상을 운반해온 참이었다. 부활제의를 성공시키기 위해서는 아비도스의 수석 여사제가 누트 여신에 동화되는 단계를 거쳐야 했다.

"그가 자매님에게 이케르에 대해 이야기하던가요?"

"아뇨, 그는 나와 혼인해서 자신의 노예로 삼고자 했어요. 그에겐 무서운 힘과 마법이 있어요. 결코 포기할 사람이 아니에요. 황금의 집이 위험해요."

흑단으로 만들어 금박을 입힌 침상 위에 탁발 사제가 소카르 신의 주형을 내려놓았다. 이 제의용 침상은 높이 삼 쿠데 반, 폭은 이 쿠데, 길이는 삼 쿠데*였다. 탁발 사제는 은단지를 들어 그 안에 담긴 내용물을 주형에 부었다. 이 생명의 물질은 부활제의 첫 십사 일간의 작업으로 얻은 것이었다. 일 쿠데 이 팔므 크기인 황금 침상은 오시리스의 변환과 나란히 지하 묘지의 신 소카르의 변환이 일어날 자리였다. 소카르 신은 의인들의 영혼에 다른 세상으로 가는 길들을 알려주곤 했다.

탁발 사제가 말했다.

"누트 여신은 우주이며 하늘의 길이오. 이시스, 이 하늘 여인의 몸을 답사하며 밤의 열두 시간을 건너 그 시간들의 가르침을 얻으시오."

이시스는 여신의 조각상을 마주 보며 길을 떠났다.

밤의 첫번째 시간, 여신이 두 손을 뻗어 이시스에게 생기를 불어넣어주었다. 이시스의 귀에 지치지 않는 별들과 데칸스의 노랫소리가 들려왔다.

두번째 시간, 누트는 낡은 해를 힘껏 삼켰다. 이시스는 시아(Sia), 즉 원인들을 파악하는 직관력이 이케르의 심장을 검사하고 아무 움직임 없는 그에게 활기를 주기 위해 눈의 물을 붓는 것을 보았다. 저 깊은 세상으로부터 올라온 파라오의 매가 이케르의 약해진 신체 기관에 힘을 불어넣었다.

세번째 시간, 고요한 시간에 불꽃들이 타올랐다. 높이 치솟은 불기둥들이 뜨거운 열기를 내뿜는 가운데 예고자의 화염이 황금의 집을 덮쳤다. 번개 한줄기가 그 화염을 물리쳤고, 눈부신 빛이 이케르의 미라를 둘러싸서 보호했다.

네번째 시간, 칼로 무장한 정령들이 오시리스의 적들을 무찔렀다. 이시스는 세 그루 나무와 어떤 물속의 나라, 물고기 머리를 하고 양

---

* 백팔십삼 센티미터, 백오 센티미터, 백오십칠 센티미터.

손은 등 뒤로 묶인 생물들을 보았다. 혼란과 미심쩍음, 불안감이 그녀를 사로잡았다. 이시스는 상복 차림으로 머리카락을 풀어헤쳤다. 과연 새로운 해가 뜰지 걱정스러웠다.

다섯번째 시간, 세트의 추종자들이 거세게 공격해왔다. 예고자는 끈질겼다. 그러나 세트의 무리들은 목과 사지가 잘려 패퇴되었다. 이시스는 하토르 여신의 나무 그늘에 자라난 어느 식물 위에 앉았다. 그건 카를 만들어내는 식물이었다. 이케르의 심장이 다시 뛰기 시작했고, 호흡기가 숨을 쉬기 시작했고, 그의 위가 다시 모습을 갖추었다.

여섯번째 시간, 이시스는 미라 위에 똑바로 서서 그에게 자신의 사랑을, 그리고 영혼으로 움직일 수 있는 능력을 전해주었다. 이시스는 남아 있는 세트의 무리들을 불이 활활 타오르는 증류기 안으로 끌어들여 옛 육신과 새로 태어나는 생명을 분리시켰다. 증류기 안에 과거의 잔해들이 남고 영혼은 날아갔다. 불은 해로운 곰팡이를 태워 없앴다. 온화한 열기와 생육에 필요한 습기가 남았다. 이제 정액이 만들어졌다.

일곱번째 시간, 해가 춤을 추었다. 대립하는 것들이 서로 화해했다. 간이 마아트를 받아들였고, 매의 얼굴을 한 신의 아들이 모습을 드러냈다.

여덟번째 시간, 호루스가 조상들에게 둘러싸여 오시리스에게 새로운 생명을 주었다. 오시리스의 폐가 숨을 쉬기 시작했다.

아홉번째 시간, 불꽃이 높은 벽처럼 치솟아 앞을 가로막았다. 의로운 사람이라는 판결을 받아 끝없이 새로 태어나는 존재만이 그 불의 벽을 넘어갔다. 의인의 앞을 강물이 다시 가로막자 오시리스의 동반자들이 그가 물살을 헤치고 헤엄쳐 뭍에 닿을 수 있도록 도와주었다.

횃불들이 신전을 환히 밝혔다. 오시리스의 내장에는 생기만이 가득했다.

열번째 시간, 우라에우스가 불을 내뿜자 두려움이 진정되었다. 누트 여신의 음부에서 우주의 구상이 태어났다. 누트 여신이 자신의 심장을 이케르의 심장 안에 놓고 이 심장을 기억할 능력을 주었다. 그러자 이케르는 잊었던 것을 기억해냈다.

열한번째 시간, 빛의 돌이 찬란하게 반짝이고 라의 눈이 열렸다. 이시스는 라의 불꽃 속으로 빨려 들어가 나룻배를 저었고, 자신이 거쳐온 통과의례들을 연달아 다시 치러냈다.

열두번째 시간, 밤을 가로지르는 이 여행의 마지막 문이 파괴의 세력들을 물리쳤다. 이 마지막 문이 눈과 생명의 원천인 오시리스의 체액에서 태어난 아이, 연금술로 빚어진 이 황금의 아이, 오시리스 이케르에게 길을 열어주었다.

이제 탈진해버린 이시스가 이케르를 응시하며 말했다.

"그대 머리가 뼈와 이어지니, 하늘의 여신이 그대의 뼈를 하나로 모으노라. 여신이 그대를 위해 사지를 다시 붙이고, 그대에게 심장을 가져다주노라. 여신이 그대에게 죽음이 없는 세상의 문들을 열어주도다. 그대의 두 눈이 밤의 나룻배가 되고 낮의 나룻배가 되리니 저 창공을 건너 새벽의 빛과 만나기를."


## 코이악 달, 열일곱째 날(11월 5일), 아비도스

탁발 사제가 선두에 서서 행렬을 이끌고 세소스트리스 만세 신전과 아비도스의 무덤 구역을 한 바퀴 돌았다. 제의 행렬을 이룬 종신 사제들과 여사제들은 작은 오벨리스크 모형 네 개와 신의 깃발들을 들고 있었다. 이들은 창조의 신들에게 황금의 집에서 수행되고 있는 신비한 작업을 완성하게 해달라고 기원했다.

용케도 혐의를 벗은 베가는 아비도스를 떠나거나 아니면 원한과 야심을 잊고 주어진 임무만을 수행하며 살려는 생각도 해보았다. 하지만 그때마다 손바닥에 새겨진 세트의 머리가 붉게 타올라 고통을 안겨주었다. 예고자는 떠나고 스합과 비나는 죽었으니, 이제 아비도스에 남은 사람은 베가뿐이었다.

베가는 불안했다. 다리는 부어올랐고 얼굴엔 긴장한 기색이 역력했다. 하지만 예고자의 이 마지막 남은 신도는 도망갈 구석이 없었다. 따라서 이시스가 하고 있는 작업을 중단시킬 방도를 어떻게 해서든 찾아내야 했다.

베가 옆에는 카의 종복 사제가 언제나처럼 퉁명스러운 표정으로 제의 행렬을 따라 발걸음을 옮겨놓고 있었다. 이 사제는 늘 봐도 한결같은 모습으로 누구와도 이야기를 나누지 않고 자신이 맡은 일에만 몰두하곤 했다.

이런 두 사제를 세카리가 관찰하고 있었다. 예고자의 하수인으로 밝혀진 사제의 얼굴에서는 불안이나 초조함을 찾아볼 수 없었다. 자신을 추적하는 수사관들을 완전히 따돌렸다고 믿는 것 같은 눈치였다. 그런데 옆의 베가는 오히려 잔뜩 찌푸리고 있었다. 두 사람이 혹시 공범인 걸까?

어떤 그림자가 다가오고 있는 게 느껴졌다. 어디서 생겨났는지 모를 가늘고 긴 그림자였다. 이 그림자가 예고자의 공격이라고 생각한 이시스는 토트 신의 칼을 치켜들고는 기회를 노려 이 유령의 배에 칼날을 내리꽂았다.

칼에 찔려 바닥에 박힌 그림자 유령이 오그라들더니 황금의 집 바닥 속으로 빨려 들어갔다.

뛰는 가슴을 진정시킨 이시스는 남은 그림자가 있는지 사방을 살폈다. 그림자의 흔적은 어디에도 보이지 않았다.


멤피스로 향하는 배 위에 서 있던 예고자가 별안간 몸을 반으로 접듯 꼬꾸라졌다.

옆에 있던 도기 장수가 깜짝 놀라 물었다.

"어디 아프시오?"

예고자가 천천히 몸을 일으켜 섰다.

"아니요, 잠시 피곤해서 그랬던 거요."

"나라면 의사를 찾아가겠소. 멤피스에는 용한 의사들이 많다오."

"알겠소이다."

배를 칼에 찔린 예고자는 피가 흐르는 상처를 아마천으로 눌렀다.

조금 전 아비도스의 수석 여사제가 죽인 죽음의 그림자, 벽을 자유자재로 통과하던 그 그림자는 예고자의 한 분신이었던 것이다.

하지만 상관없었다. 최후의 공격을 감행하는 데 그 그림자가 꼭 있어야 하는 건 아니었다.

## 코이악 달, 열여덟째 날(11월 6일), 아비도스

이시스는 붉은색으로 칠한 아카시아나무 횃불에 불을 붙였다. 불꽃이 은은하게 타올라 해로운 힘이 황금의 집에 범접하지 못하게 막아주었다.

세 오시리스는 여전히 서로 이어진 채 계속해서 빛을 향한 길로 나아가고 있었다. 생명의 물질을 담고 제의 침상에 누워 있는 소카르 신의 주형 역시 마찬가지였다.

이시스는 눈의 물로 이케르의 미라를 계속 적셨고, 그 체액으로 부활의 육신에 자양분을 공급했다.

별안간 이시스의 머리 위로 하늘 하나가 생겨났다. 그 하늘에 태양 원반이 모습을 드러내고 거기서 눈부신 빛줄기들이 뻗어 나와 이케르를 비추었다.

빛을 받은 이케르의 신체 기관이 아주 빠른 속도로 자라났다.

그것은 이케르가 삶과 죽음 사이를 가로막은 또다른 장애물을 넘어섰다는 증거였다. 이틀 전 이시스가 하늘 여신을 가로지르며 밤의 열두 시간에 대해 얻은 앎이 이 성공을 거둔 것이다. 금을 빚어내기 위한 불꽃도 알맞게 조절되어 저 너머 세상의 반향을 이끌어낸 참이었다.

이시스는 지칠 줄도 모르고 작업을 계속했다.


베가는 온갖 기회를 엿보았지만 아직도 생명의 집으로 들어갈 방법을 찾아내지 못하고 있었다.

그로서는 결국 코이악 스물다섯번째 날을 기다리는 수밖에 없었다. 정해진 제의 절차에 따라 그날이 되면 이시스와 오시리스 미라는 생명의 집 밖으로 나와야 했다. 오시리스 미라가 자신을 막아서는 세트의 추종자들을 물리치고 자신의 무덤에 무사히 도달하는 것이 그날 치러야 할 제의 내용이었다. 페케르 숲에 있는 그 무덤이야말로 부활의 마지막 단계가 완성되는 장소인 것이다.

베가는 마음을 다잡았다. 이케르를 또다시 죽이고야 말리라! 이시스가 완성해가고 있는 그 작품을 망가뜨리고 예고자의 승리를 드높이 선언하리라!

우선 해결해야 할 문제가 있었다. 세카리의 의심을 푸는 것이다. 베가가 자유롭게 일을 꾸밀 수 있으려면 해결책은 한 가지뿐이었다. 카의 종복 사제가 유죄라는 확실한 증거를 만들어야 했다. 확실한 증거만 손에 넣으면 세카리는 더이상 베가를 감시하지 않을 것이다.


## 코이악 달, 열아홉째 날(11월 7일), 멤피스

멤피스에 도착하여 배에서 내리는 파라오의 눈에 아비도스의 영상이 비쳤다. 아침 여덟시, 이시스가 소카르 신의 주형을 황금 받침 위에 올려놓고 있었다. 이제 남은 작업은 주형에서 소카르 신상을 꺼내 향을 발라 햇볕을 쐬는 일이었다. 빛이 점차 어둠을 몰아내면서 오시리스 미라에 새로운 생기를 불어넣고 있었다.

파라오가 돌아왔다는 소식은 곧 멤피스 전역으로 퍼져나갔다. 반란 조직의 소탕으로 이제 안정을 되찾은 시민들은 파라오의 귀환을 기뻐하며 향연을 열고 춤과 음악을 즐겼다.

세소스트리스는 왕비를 포함하여 국정원 위원들을 소집했다.

파라오가 알렸다.

"기뻐할 때가 아니다. 예고자가 임시 사제로 위장해서 아비도스에 잠입하는 일이 있었다. 그에겐 여러 명의 공범이 있었다. 그들 가운데 몇 명은 죽었고, 예고자는 달아났다."

세호테프가 걱정스럽게 물었다.

"그럼 남은 공범은 몇 명입니까?"

"적어도 아비도스의 종신 사제 한 명은 계속해서 배반자 노릇을 하고 있다. 세카리가 그자의 정체를 밝혀낼 것이다."

세난크흐가 물었다.

"이시스 여사제가 맡은 작업은 어떻게 진척되고 있는지요?"

"이미 많은 단계를 넘어 이제 오시리스 이케르는 다시 살아나기 시작했다. 이곳 반란 조직은 완전히 소탕했는가?"

네스몬투가 대답했다.

"그렇습니다. 그 들쥐 같은 자들의 절반은 지하 소굴에서 빠져나오지도 못하고 연기에 질식해 죽었고, 나머지 반 역시 우리 병사들의 화살과 창을 피하지 못했습니다. 이 도시의 반란 분자들은 완전히 소탕된 듯합니다. 소벡 총리의 전략이 아주 적절했지요."

소벡이 나섰다.

"이번 일은 세카리의 공입니다. 여기 세카리가 폐하께 올리는 보고서가 있습니다. 이번 사건의 상세한 전말과 주모자들을 밝힌 보고서입니다."

문서 첫머리에 적힌 이름은 국정원 비서 메데스였다. 파라오는 현자들이 들려준 경고 하나를 떠올릴 수밖에 없었다.

'네가 길러 요직에 앉힌 자가 네 등을 칠 것이다'라는 경고였다.

총리가 힘찬 어조로 말을 이어갔다.

"저도 네스몬투 장군의 생각과 같습니다. 이제 멤피스는 평화를 되찾았습니다."

세소스트리스가 대답했다.

"예고자의 마지막 술책이 바로 그것이다. 우리로 하여금 승리를 확신하게 만들 속셈이지. 아비도스에서는 남아 있는 그의 하수인이 부활제의를 중단시키려 들 것이고, 이곳에서는 그 괴수가 파괴의 불을 일으킬 것이다."

왕비가 물었다.

"그자가 어떤 방법을 쓸까요?"

"붉은산*의 화염을 멤피스에 쏟아 부으려 할 것이오."


예고자는 헬리오폴리스 남쪽의 거대한 규암산인 붉은산의 뜨거운 공기를 가슴 가득히 빨아들였다. 이 산에는 핏빛을 띤 불의 돌이 있었다. 예고자는 이 돌의 힘을 이용해서 낡은 해를 불태우고 그 후계자의 탄생을 막을 생각이었다.

그는 자신의 승리를 장담했다. 이제 곧 멤피스는 잿더미가 될 것이고 비탄의 울음소리가 사방을 덮으리라. 그리고 거대한 불꽃이 하늘 꼭대기까지 치솟아 그의 승리를 소리 높여 외치리라.

---

* 게벨 엘아흐마르(Gebel el-Ahmar).

## 코이악 달, 스무째 날(11월 8일), 아비도스

아침 여덟시, 이시스와 네프티스는 이제페트를 씻어내 몸을 정결히 하고 온몸의 털을 민 다음, 어깨에 이름을 새기고 머리에 제의용 가발을 쓴 차림새로 베를 짰다. 길고 넓은 이 베는 오시리스를 그의 영원의 집으로 옮길 때 그 육신을 덮을 것이었다.

생명의 집 외부는 여전히 병사들이 둘러싸고 엄중히 지키고 있었다. 탁발 사제는 위병 교대를 직접 챙겼고, 하루에도 여러 번씩 생명의 나무를 살펴보곤 했다. 생명의 나무 어디에도 활기를 잃은 기색은 보이지 않았다.

세카리는 카의 종복 사제를 감시하고 있었다.

머리를 꼿꼿이 치켜들고 곧은 눈길로 상대를 쏘아보는 이 사제는 임시 사제들이 인사를 해도 그 인사를 받아주는 적이 거의 없었다. 이렇게 돌아다니는 동안 공범일 가능성이 있는 인물과 만난 일도 없었다. 이 노사제는 곧장 자신의 관사로 돌아와 검소한 식사를 들었던 것이다.

그를 몰래 따라다니며 지켜보던 세카리는 혼란을 느꼈다. 그만 포기하고 자리를 떠나야 했겠지만 세카리는 본능적으로 감시를 계속했다.

별안간 놀라운 광경이 벌어졌다. 카의 종복 사제가 격렬한 분노에 사로잡혀 자신의 집에서 뛰쳐나오더니 손에 든 나무 서판 하나를 내리쳐 부수고 그 조각들을 발로 밟아 땅에 묻는 것이었다.

세카리는 사제가 다시 안으로 들어가기를 기다렸다가 서판 조각들을 끌어 모아 다시 붙여보았다.

서판에는 오카피의 긴 주둥이와 곧추선 두 귀를 가진 세트의 머리가 그려져 있었다.


## 코이악 달, 스물한째 날(11월 9일), 아비도스

이날은 모든 신들이 하늘로 들어가고 식물 오시리스의 발아가 끝나는 중요하면서도 위험한 날이었다.

이시스와 네프티스는 제실 지붕으로 올라가 지붕창을 가리고 있던 돌을 들어냈다. 이 제실에는 코이악 열두번째 날 모래와 보리로 속을 채운 뒤 그 이후로 계속해서 눈의 물로 싹을 틔워온 오시리스 주형이 놓여 있었다.

세 오시리스는 여전히 서로 연결된 상태였다. 이제 아주 조심스러운 작업을 해야 했다. 검은 청동 통 안에서 오시리스 주형을 꺼내는 일이었다. 두 짝으로 이루어진 이 황금 주형이 깨어져 있다면 희망역시 깨어질 수밖에 없을 것이다.

아무 이상 없는지 주형을 꼼꼼히 살피는 이시스의 손길은 침착하고 섬세했다. 그녀는 두 짝 주형의 앞뒤로 향을 바른 뒤 파피루스를 꼬아 만든 네 개의 가는 끈으로 묶었다.

이렇게 묶으면 목과 흉곽, 미라 머리에 얹힌 흰색 왕관까지 변형될 염려가 없었다.

햇빛이 주형과 통, 그리고 식물 오시리스 위로 쏟아졌다.

네프티스가 이시스에게 권했다.

"좀 쉴까요? 자매님은 지쳐 있어요."

이시스는 이케르의 식물 미라를 가만히 응시하며 말했다.
"그가 죽음에서 해방될 때 나도 그의 곁에서 쉴 거예요."

탁발 사제는 부서진 조각을 다시 이어붙인 서판을 보고 깜짝 놀랐다.
"카를 섬기는 일을 맡은 사제가 예고자의 하수인이라니…… 믿기지 않는군!"
세카리가 대답했다.
"하지만 여기 증거가 있습니다."
"다른 공범들도 있는가?"
"그건 아닌 듯합니다. 하지만 계속해서 그를 감시해보겠습니다."
"체포해서 자백을 받아내는 게 낫지 않을까?"
"그 사제는 고집이 세서 입을 열지 않을 겁니다. 그가 다음번 일을 꾸미도록 내버려둔 뒤 현장에서 붙잡는 것이 나을 듯합니다."
"그건 너무 무모하네, 세카리!"
"안심하세요. 그는 나를 피해 달아나지 못할 겁니다. 그의 거동을 감시해달라고 베가 사제님께 청하세요. 조금이라도 수상한 행동을 하면 곧장 알려달라고 말입니다."


**코이악 달, 같은 날, 멤피스**


무서운 위험이 닥쳐오고 있다는 것을 모르는 멤피스는 일상적 모습을 되찾았다. 네스몬투 장군은 돌아온 정찰병의 보고를 받자마자 파라오에게로 갔다.

"예고자의 자취는 찾을 수 없었답니다, 폐하. 붉은산 채석장은 폐쇄된 채 버려진 상태랍니다. 병사들이 그곳을 샅샅이 뒤져보았지만 사람의 흔적은 전혀 발견하지 못했답니다. 폐하의 지시대로 군대를 풀어 그곳을 봉쇄했습니다. 만약 예고자가 그곳에 숨어 있다면 그는 완전히 고립되어 외부로부터 그 어떤 도움도 받지 못할 것입니다."

세소스트리스가 확고한 어조로 대답했다.

"그자는 거기 숨어 있다. 그러나 그가 스스로 모습을 드러내기 전엔 그를 찾아내기 어려울 것이다."

"혹시 그 괴물이 코이악 달 스물다섯째 날을 기다리고 있는 걸까요?"

파라오가 고개를 끄덕였다.

"그럴 것이다. 그는 공모자인 아비도스 종신 사제를 통해 신비제의의 진행 과정을 알아냈을 것이다. 스물셋째 날은 미라의 입 열기 의식을 치르는 날이다. 그날 이시스가 이 의식을 성공적으로 치러서 오시리스의 혈색이 돌아오면 이집트의 모든 바위가 힘을 머금을 것이고 붉은산의 불솥이 다시 끓어오를 것이다. 스물넷째 날 세트는 의식에 필요한 무엇인가를 훔쳐 제의를 중단시키려 할 것이고, 스물다섯째 날에는 추종자들을 풀어 오시리스를 공격해올 것이다."

"탁발 사제와 세카리가 있으니 반드시 막아낼 겁니다!"

"그건 알 수 없다, 네스몬투. 오늘 새벽 먼동이 트자마자 예고자는 파괴의 불을 일으킬 테니 말이다. 이 싸움의 결과가 아비도스의 운명을 좌우할 것이다."

"폐하, 제가 폐하를 대신하여 싸우겠습니다!"

"그대의 용기는 가상하지만 내가 가야 한다. 이집트 파라오로서 두 겹 왕관의 힘을 동원할 수 있는 사람은 나뿐이다. 하지만 이처럼 강력한 적을 물리칠 수 있다는 보장은 없다. 황금원 회원들을 아비도스로 데려가서 부활의 집을 수호하고 조상들의 도움을 기원하라."

"폐하……"

"나도 안다, 네스몬투. 내가 예고자에게 승리를 거둔다 할지라도 코이악 서른째 날까지 아비도스로 돌아가기에는 시간이 너무 부족하다는 사실을. 내가 아비도스에 갈 수 없다면 이케르는 죽게 될 것이다. 하지만 희망은 남아 있다. 내일 조선소에서 쾌속선 한 척이 진수된다. 밤낮으로 배를 운항할 수 있는 선원들을 선발하라. 북풍과 나일 강이 우리를 도울 것이다."

네스몬투가 대답했다.

"폐하께서는 승리를 거두실 겁니다. 그리고 늦지 않게 아비도스에 도착하실 겁니다."


### 코이악 달, 스물두째 날(11월 10일), 아비도스

머리에 오시리스의 부활을 상징하는 푸른 초목관을 쓴 사제가 쟁기를 맨 흰 소, 검은 소, 얼룩소, 이 세 마리 황소를 끌어 밭을 갈았다. 황소들 뒤편에는 신의 사랑을 상징하는 괭이*를 든 사제들이 밭

---

* 메르(mer)라는 단어는 '괭이'와 동시에 '사랑', '물길'을 의미하기도 한다. 창조에 대한 사랑이 순환하는 오시리스의 육신인 피라미드(mer) 역시 이 단어에 뿌리를 두고 있다.

고랑을 고르며 따라갔다. 오시리스를 땅에 묻는 이날을 맞아 죽은 사람들과 산 사람들 모두가 소생 축제를 벌이고 있었다.

종신 사제들이 파피루스 섬유로 짠 작은 자루들에서 씨앗을 꺼내 오시리스의 눈, 즉 일 부아소가 들어가는 황금 그릇으로 분량을 쟀다. 이윽고 씨앗이 밭고랑에 뿌려지고 그 위로 다시 흙이 덮였다.

이것은 즐거운 장례식이었다. 이렇게 땅에 매장된 씨앗은 오시리스가 그랬던 것처럼 빛을 향해 변환하여 풍요로운 곡물로 다시 태어날 것이기 때문이다. 아비도스 신전 사제단은 이 파종의식을 치름으로써 대지의 신 게브와의 교감을 확인하곤 했다.

모든 의혹을 씻어낸 베가는 이제 거리낄 게 없었다. 더이상 염탐당할 염려가 없는 만큼 이달 스물다섯째 날에 일으킬 거사만 준비하면 되었다. 베가는 탁발 사제로부터 부탁받은 대로 카의 종복 사제 곁에 붙어 그를 살피는 척했다. 카의 종복 사제는 흰색, 검은색, 붉은색, 얼룩, 이 네 마리 암소의 의식을 올리는 데 열중하고 있었다.

동서남북 네 방향에서 온 이 암소들은 우선 오시리스의 무덤을 찾아내고, 보이거나 보이지 않는 적들로부터 이 무덤을 지켜내는 의식을 수행했다. 이 신성한 땅을 악으로부터 해방시킨 암소들은 사방을 두루 밟고 다님으로써 이 땅을 정화하고 부활의 장소를 아무도 침범하지 못하도록 지켰다.

파라오가 의식에 참여하지 못하는 바람에—이 사실이 베가에겐 아주 좋은 징조로 여겨졌다—암소들을 네 개의 밧줄로 묶어 모는 일은 이시스가 맡았다. 이 밧줄들 끝에는 생명의 열쇠인 안크가 달려 있었다. 베가는 예고자가 파라오를 다른 곳으로 유인한 게 분명하다고 생각했다.

이런 확신이 들자 베가의 증오와 원한은 또다시 활활 타오르기 시작했다. 하지만 그는 이런 속내를 감춘 채 동료 사제들을 따라서 마아트의 깃털을 아마포가 들어 있는 함 하나에 꽂았다. 함은 모두 네 개였는데 그 안에 든 아마포는 오시리스의 후계자인 호루스의 카에 바칠 것들이었다. 우주가 하나이듯 하나로 통합된 이집트는 이러한 의식을 통해 오시리스의 육신이 다시금 온전하게 복원되었음을 경축했다.

이시스와 네프티스는 큰 해와 작은 해를 의미하는 황금원 두 개를 만들고, 이어서 한낮의 햇살 아래 삼백육십오 개의 등잔을 켰다. 두 여사제가 이 의식을 올리는 동안 종신 사제와 여사제 들은 작은 모형 나룻배 서른네 개를 운반했다. 나룻배 안에 놓인 작은 신상들이 배의 노를 저어갈 선원들이었다.

밤이 되자 이 나룻배들이 신성한 호수를 건너갔다.

그리고 식물 오시리스의 보리는 금이 되었다.


## 코이약 달, 스물셋째 날(11월 11일), 아비도스

지하 무덤의 군주 아누비스가 일곱 줄기 빛의 호위를 받으며 왔다. 아누비스는 오시리스 미라에 흑요석 스카라베를 올려놓았다. 이 스카라베는 신들의 생각을 끌어올 심장이었다. 그런 다음 아누비스는 미라의 몸체를 부적과 보석으로 둘러쌌다. 육신에 내재된 부패되는 성질을 없애기 위해서였다.

같은 시간, 이시스는 소카르 신의 주형을 열어 완성된 신상을 꺼냈다. 그녀는 이 작은 신상을 갈대 자리를 덮은 화강암 받침 위에 올려놓고 청금석을 붙여 머리카락을 만들고, 황토로 얼굴을 칠하고, 터키석으로 턱을 만들어 붙인 다음 온전한 두 눈을 그려 넣었다. 그러고는 오시리스의 두 가지 왕홀을 신상 양손에 쥐여준 뒤 햇볕에 내놓았다.

이케르의 얼굴빛은 변함없이 같았다.

아누비스가 이케르의 얼굴에 향환(香丸) 다섯 알을 올려놓았다.

"잠에서 깨어나 눈을 떠라. 황금의 집이 그대를 빚으니, 이는 조각공이 석상을 만드는 것과 같도다."

이시스가 제두의 순례자로부터 받은 마아트의 깃털 두 개를 들어올렸다. 깃털에서 생기를 머금은 파장이 뿜어져 나왔다. 우주를 조화롭게 하는 생기의 파장이었다.

아누비스가 말했다.

"내가 그대의 얼굴을 열어주리라. 그대의 두 눈이 그대를 인도하여 어둠의 나라를 건너게 하리라. 그리하여 그대는 창공을 가로지르는 빛의 군주를 보게 되리라."

아누비스는 천상의 금속으로 만들어진 손도끼 '큰 마법'을 들어 도끼날 쪽을 이케르의 입술 위에 댔다.

입술에 또다시 피가 돌았다.

이케르의 미라가 혈색을 되찾은 것이다.


**코이악 달, 스물넷째 날(11월 12일), 아비도스**


혈색을 되찾은 이케르를 바라보며 이시스는 그를 껴안고 입 맞추고 싶은 마음이 간절했다. 하지만 그랬다간 자칫 눈앞에 보이는 희망

의 불빛, 입 열기 의식으로 얻은 이 작은 희망의 불빛을 꺼뜨릴 위험
이 있었다. 죽음의 무력함에서 빠져나온 이 빛의 육신은 결코 인간의
손을 타지 않은 청정한 상태를 유지해야 했다. 앞으로도 혹독한 시련
을 더 겪은 후에야 이 육신은 움직임을 부여받을 수 있을 것이다.

각 채석장의 돌들이 힘을 머금었다. 그와 함께 붉은산의 불솥도 끓
어올랐다. 이제 곧 이 돌과 불은 예고자의 무시무시한 군대가 될 터
였다.

이시스는 부왕 세소스트리스를 생각했다. 이 불리한 전투에서 파
라오는 또다시 승리를 거둘 수 있을 것인가? 파라오의 지성, 그의 용
기와 마법만으로 예고자와 맞설 수 있을까? 어쩌면 내일 이시스는
아버지를 잃게 될지도 몰랐다. 또 파라오가 코이악 서른째 날까지 아
비도스로 돌아와 부활제의를 완성시키지 못한다면, 이케르도 되살아
나지 못할 것이다.

부활의 상징을 미라 제작실에 묻는 날이었다. 이날 이시스는 소카
르 신상을 새 염포로 감아 무화과나무 함에 넣은 뒤, 무화과나무 가
지들을 쌓고 그 위에 그 함을 올려놓았다. 무화과나무는 하늘의 여신
이 지상에 머물 때 거주하는 자리였다.

앞으로 일주일, 누구에게든 한 달처럼 느껴질 이 일주일 동안 소카
르 신상은 어떤 잉태 과정을 통해 물질과 우주를 이어놓게 될 것이
다. 그러면 이케르는 그의 위대한 어머니의 품속에서 다시 태어나게
되는 것이다.

네프티스가 붉은 천을 펼치려 할 때였다. 이시스가 별안간 네프티
스의 손에서 천을 빼앗아 바닥에 던졌다. 천에 불이 붙더니 불꽃이
활활 타올라 미라를 둘러싸고 넘실거렸다.

황금 단지에 담긴 눈의 물이 없었다면 위험할 뻔했던 상황이었다.

이시스가 말했다.

"예고자의 짓이에요. 그자가 세트의 분노를 앞세워 이 천을 불태우고 부활제의를 중단시키려 한 거예요."

네프티스가 근심스러운 얼굴로 물었다.

"그자가 이곳에서 일어나는 일을 전부 파악하고 있는 걸까요?"

"그의 하수인이 알려주겠지요. 하지만 그 하수인도 예고자도 이 황금의 집 벽을 넘어오진 못해요. 내가 예고자의 그림자를 없애버렸거든요."

"내일 우리는 이곳에서 나가 세트의 추종자들과 맞서야 해요. 세트의 기운 역시 이케르의 미라에겐 꼭 필요한 것이니까요. 난 최악의 상황이 닥칠까봐 두려워요. 만약 내일 예고자의 하수인이 제의를 올리는 무리에 섞여 세트의 힘을 장악한다면 이케르 님은 치명적 상처를 입고 말 거예요."

"그렇지만 우린 다른 길이 없어요."


탁발 사제가 자신의 제안을 받아들이자 베가는 희희낙락했다.

내일 제의에서 의식의 한 절차로 호루스 추종자들과 세트 추종자들이 서로 겨룰 때 카의 종복 사제를 세트의 편에 넣자는 것이 베가의 제안이었다. 카의 종복 사제가 혼자 움직일 수도 있겠지만, 그게 아니라 공모자들이 있을 경우엔 그들의 정체를 밝힐 수도 있지 않겠냐는 것이었다.

하지만 베가의 실제 계획은 제의 행렬이 첫 휴식을 취할 때 이시스를 죽이고 이케르의 미라를 부순 다음, 이 끔찍한 죄를 카의 종복 사제에게 뒤집어씌우려는 것이었다.

베가는 세트의 추종자 역할을 맡을 경우 곤봉을 몸에 지닐 수 있다는 사실을 이용했다. 그가 챙겨갈 무기는 흔히 볼 수 있는 나무 곤봉이 아니라 타마리스나무를 깎아 만든 호수의 곤봉이었다. 이 곤봉은 예고자가 그것에 파괴의 힘을 실어놓은 이후로 그 어떤 적도 때려누일 수 있었다.


## 코이악 달, 스물다섯째 날(11월 13일), 아비도스

탁발 사제와 이시스, 네프티스가 황금의 집에서 오시리스 나룻배를 끌고 나왔다. 나룻배에는 이케르의 미라가 두 여사제가 짠 베를 덮고 누워 있었다. 빛의 신의 작품, 라의 현신인 이 나룻배는 선체를 구성하는 각 부분을 아카시아나무로 만들어서 짜 맞춘 것으로, 나뭇조각 각각은 다시 하나로 이어진 오시리스 육신의 각 부분에 상응했다.

오시리스 심판에서 의로운 사람으로 판결받은 자만이 이 나룻배에 올라 저 너머 세상으로 떠나갈 수 있었다. 이 여행에는 어둠을 물리치고 밤낮으로 노를 저을 수 있는 거룩한 존재들*이 동행했다.

탁발 사제가 의식을 올리기 위해 모인 사람들을 향해 말했다.

"오시리스의 영원의 집으로 가자. 우리도 그의 뒤를 이어 창조의 힘을 지닌 존재**이자 빛의 존재***로 다시 태어날 수 있기를."

---

\* 이마쿠(imakhou).

\*\* 우세르.

\*\*\* 아크흐.


494

사제 두 사람이 길 안내자인 아누비스 자칼의 가면을 쓰고 제의 행렬 선두에 섰다. 이어서 토트의 가면을 쓴 사제, 창을 들고 하토르 여신을 호위하며 무서운 암사자의 여신을 진정시키는 오누리스* 역할의 사제, 매 모습의 호루스 가면을 쓴 사제, 법과 제의를 가르치는 일을 맡은 사제들, 마아트의 팔을 받쳐 든 사제, 봉헌물 단지를 든 사제, 그리고 악공 사제들이 뒤를 따랐다.

행렬이 신성한 호수 가까이 왔을 때 세트 추종자들이 공격해왔다. 곤봉을 치켜들고 달려들던 무리들은 나룻배가 내뿜는 빛에 가로막혀 제자리에 얼어붙은 듯 멈췄다.

탁발 사제가 선언했다.

"세트와 사악한 눈은 격퇴당했다. 저들의 이름은 더이상 존재하지 않는다. 오시리스의 나룻배여, 그대가 저들을 붙잡았도다! 저 반역자들을 낚시 바구니에 가두어 끈으로 결박하고 칼에 꿰어 도마에 올리자!"

세트의 무리 역할을 맡은 자들이 굴복해서 엎드렸다.

탁발 사제는 상징적 행위들을 마저 완수했다. 세트 추종자들의 머리를 자르고 심장을 꺼내는 의식이었다.

이 첫번째 의식이 끝나자 죽은 시늉을 하며 바닥에 쓰러져 있던 카의 종복 사제가 투덜거리며 몸을 일으켰다. 오시리스를 해치려는 공격자의 역할을 맡게 된 게 영 불쾌했던 것이다. 하지만 그는 상급자의 지시에 이러니저러니 반박할 사람이 아니었다. 다른 공격자들도 이제 이 힘든 역할에서 놓여난 걸 반기며 다음 차례인 양파 축제 의

---

* 안후르, 전사와 사냥꾼의 신.(옮긴이)

식을 준비했다.

베가가 여전히 곤봉을 손에 쥔 채 슬그머니 옆으로 빠져나왔다.

제의 행렬은 잠시 흩어져 있는 상태였다. 목표물을 해치우기에 딱 좋은 기회 아닌가? 이시스나 네프티스는 아무 저항도 못할 것이다. 이제 곧 두 여자를 이케르가 있는 곳으로 보내버리리라.

그는 원한에 사무쳐 있었고, 따라서 양심의 가책은 눈곱만큼도 느끼지 않았다. 예고자에게 자신을 팔아 복수심을 충족시키고 권력욕을 채울 생각만이 그를 사로잡고 있었다.

등 뒤에서 누군가의 목소리가 들렸다. 세카리였다.

"결국 당신이었군. 가장 비열하고 가증스러운 배신자!"

베가는 머리끝이 쭈뼛 서서 뒤돌아보았다.

"아직까지 나를 감시하고 있었군!"

"카의 종복 사제가 범인이란 말은 조금도 믿지 않았지. 이건 직업상의 본능이거든…… 예고자는 카의 종복 사제를 우리한테 미끼로 던져주고 당신이 움직일 수 있는 길을 열어놓으려 했지. 하지만 당신의 길은 여기에서 끝이야."

베가는 자신의 큰 덩치를 이용해 세카리를 덮쳐누르려 했다. 세카리는 재빨리 몸을 피했다. 하지만 그는 호수의 곤봉을 미처 경계하지 못했다. 덮치는 시늉으로 세카리를 속인 베가가 곤봉을 휘둘러 세카리의 어깨를 세차게 내려쳤다. 세카리가 정신을 잃고 땅바닥에 굴렀다.

이시스와 네프티스는 미라 앞에 있었다.

베가가 무시무시한 곤봉을 추켜올리며 외쳤다.

"너희 둘은 이제 끝장이야! 이케르 역시 이걸로 끝장이다!"

그 순간 앞발을 들고 몸을 잔뜩 솟구친 북풍이 몸무게 전부를 실어 베가의 등을 덮쳤다.

등뼈가 부러진 베가는 비명을 내지르면서 쓰러졌다. 곤봉이 그의 손에서 굴러 떨어졌다.

상겡은 북풍이 혼자서도 잘해내리라 믿고 뒤에서 지켜보고만 있었다.

죽어가는 배신자의 두 눈에 공포가 가득했다. 상겡이 어슬렁거리며 베가의 냄새를 맡더니 역겹다는 듯 코를 킁킁거리며 자리를 피했다. 베가의 숨이 끊어졌다. 행렬에 있던 사람들이 하나둘씩 베가를 둘러싸고 모였다.

마아트의 팔을 운반하던 사제가 모두를 향해 말했다.

"이제 첫번째 판결을 내려야 할 때요. 이 종신 사제가 미라가 되는 절차를 거쳐 신들의 재판정에 나아갈 자격이 있다고 생각하시오? 만약 우리 가운데 한 사람이라도 그의 자격에 이의를 품고 있다면 나서서 말하시오."

탁발 사제가 앞으로 나섰다.

"베가는 자신의 서약을 어기고 악을 위해 봉사하였소. 그는 생명의 나무를 고사시키려 했고, 오시리스 신비제의를 더럽혔으며 아비도스 수석 여사제와 동료 여사제 네프티스를 죽이려 했소. 이런 죄만으로도 그의 유죄를 판결하기에 충분하오. 그는 미라가 되어선 안 되며, 세트의 붉은 밀랍상과 함께 불태워져야 하오. 그를 이루던 것은 육신이든 영혼이든 단 한 점도 남아 있지 못하도록 말이오."

탁발 사제가 소카르 신의 은대야에 물을 담아 이시스의 발을 씻은 다음 양파를 꿰어 만든 목걸이를 그녀의 목에 걸어주었다. 제의에 참석한 사람들은 모두 생명의 열쇠 안크 모양인 이 양파 목걸이를 걸고 있었다. 새벽이 되자 이 목걸이들은 의로운 영혼들에게 바쳐졌다. 이렇게 함으로써 죽은 자들은 또다시 빛을 부여받은 것이다.* 양파 덕분에 사람들의 얼굴은 정화되었고 심장은 건강히 뛰었으며 밤의 뱀은 물러났다.

마지막 차례는 이케르의 오감을 여는 의식이었다. 하지만 이케르가 열린 오감을 통해 제대로 보고 듣고 느끼기 위해선 이 의식 말고도 또다른 변환 과정을 거쳐야 했다.

세트를 제압하고 악을 물리침으로써 길을 밝혀놓은 오시리스 나룻배가 다시 황금의 집으로 돌아왔다. 세카리는 어깨에 붕대를 두르고도 민첩하게 움직이며 행렬이 안전한지 살폈다.

의식은 대성공을 거두었지만 이시스는 마냥 기뻐할 수만은 없었다. 걱정으로 가슴이 무거웠다.

파라오와 예고자가 붉은산에서 겨루고 있었다. 과연 누가 승리를 거둘 것인가?


### 코이악 달, 스물다섯째 날(11월 13일), 멤피스

파라오는 이번이 마지막일지도 모른다는 기분으로 새벽제의의 주문을 외웠다.

---

* '양파' 헤즈(hedj)에는 '빛'이라는 의미도 있다.

498

이제 몇 시간 후면 멤피스의 모든 신전들은 사라지게 될지도 몰랐다. 급류처럼 쏟아진 불은 멤피스를 삼키고 아비도스로 퍼져나갈 것이다.

파라오는 두 겹 왕관을 쓰고 불사조가 그려진 허리옷을 두른 차림으로 신전을 나서 붉은산으로 향했다. 멀리 산이 보이자 그는 호위병들이 더이상 따라오지 못하게 했다.

이시스가 이케르 미라의 입 열기 의식을 잘 치러낸 덕분에 이케르는 부활의 문턱까지 와 있었다. 하지만 이제 남아 있는 마지막 단계들은 무서운 시련일 게 분명했다.


돌산은 화염을 뿜어냈고 돌들은 불쏘시개가 되어 성난 세트의 불을 일구고 있었다. 세트의 불이 이 거대한 불솥의 용암을 끓어오르게 했다. 이 용암은 제1왕조 이래로 파라오들이 이룩해온 영원한 위업들을 잿더미로 만들 수 있을 만큼 위력적이었다.

그동안 자신을 따르던 오합지졸 무리들을 전부 잘라낸 예고자는 오히려 자신의 파괴력이 증대되는 걸 느꼈다. 이제 그는 이집트를 공략함으로써 세상을 공략하고 세상에서 마아트를 쓸어버릴 참이었다.

예고자는 앞을 응시했다. 돌산 입구에 세소스트리스의 모습이 나타났다. 파라오는 끔찍한 열기와 뜨겁게 달궈진 땅은 아랑곳없다는 듯 초연한 모습이었다.

"드디어 왔군, 세소스트리스! 달아나지 않으리라는 걸 알고 있었다. 스스로 나와 겨뤄볼 만하다고 생각하고 있었겠지. 허튼 꿈이야! 네가 제일 먼저 저승길로 가게 될 거다. 참된 믿음으로 개종하지 않으려는 얼빠진 자들이 네 뒤를 잇게 되겠지."

"널 따랐던 자들은 전부 죽었다."

"상관없다! 그런 변변치 못한 종자들은 지나간 과거에만 매달려 있거든. 나는 미래를 준비하고 있단 말이다."

"폭력으로 강요받은 믿음, 추상적이어서 허공에 떠버린 교리, 사람을 죽이는 계율…… 이런 것이 네가 말하는 미래인가?"

"내 입에서 흘러나오는 말은 유일신의 계명이다. 인간은 이 계명에 복종해야 할 것이다!"

파라오는 꿰뚫는 듯한 눈길로 예고자를 응시했다. 한 번에 제압할 수 없는 상대를 만난 예고자의 붉은 두 눈이 분노로 이글거렸다.

"나는 절대불변의 진리를 보유하고 있다. 누구도 바꿀 수 없는 진리를 말이다! 너는 어째서 이 사실을 인정하지 않으려는 것이냐, 세소스트리스? 너의 지배는 끝나고, 나의 지배가 시작되었다. 조만간 백성들은 내 곁으로 모여 나를 우러러 추대하리라."

파라오가 확고한 어조로 대답했다.

"이집트를 지배하는 것은 마아트이지 광신이 아니다."

"어서 엎드려 내게 경배하라!"

파라오의 흰 왕관이 눈부신 빛줄기로 변했다. 눈이 멀 만큼 밝은 빛에 예고자는 자신도 모르게 한 걸음 물러섰다. 분에 치받친 예고자가 벌겋게 달아오른 돌을 집어 세소스트리스를 향해 던졌다.

불덩이는 파라오의 얼굴을 스치며 빗겨나갔다.

예고자가 던진 두번째 돌은 좀더 정확하게 파라오의 이마를 향해 날아왔다. 날아오는 돌에 맞서 파라오의 이마에서 암코브라 우라에우스가 솟아올랐다. 우라에우스가 내뿜는 불꽃에 돌이 가루처럼 산산이 부서져 흩어졌다.

예고자는 빛과 분진 때문에 자신의 적수를 제대로 보지 못하고 있었다. 그가 상대방을 공략하기 위해서는 상대방 내부의 이제페트를 간파하여 빈틈을 노려야만 했다. 하지만 세소스트리스에게서는 그 어떤 이제페트도 찾아낼 수 없었다.

화로 같은 열기 속에서도 세소스트리스는 앞으로 발을 내딛었다. 파라오의 붉은 왕관에 붙은 나선 장식이 풀려나가 예고자의 목을 휘감았다. 예고자는 자신의 목에 쇠고리처럼 감겨드는 것을 간신히 떼어냈지만 목에는 이미 깊은 상처가 난 뒤였다. 피가 흘러내려 그의 온몸을 적셨다. 예고자는 땅속 깊이까지 울릴 정도로 무시무시한 고통의 신음을 내질렀다.

"지옥의 악마들이여, 저 깊은 바다에서 솟아올라 이 나라를 유린하라!"

땅이 쩍 갈라지면서 화염과 연기가 솟구치려는 순간 세소스트리스가 황금 단지를 열어 안에 담긴 액체를 흩뿌렸다. 그것은 이시스의 눈물이었다.

불꽃이 잦아들었다.

예고자는 용암을 흘러넘치게 하려 했지만 허사였다. 오히려 불꽃이 강물처럼 그에게로 몰려들어 살아 있는 횃불처럼 그의 온몸을 타고 올랐다.

"나는 잠시 모습을 감추는 것이지 죽는 게 아니다, 세소스트리스! 백 년, 천 년, 이천 년 후, 나는 다시 돌아와 승리를 거두리라!"

예고자의 몸이 재가 되어 무너졌다. 열기가 수그러들고 돌산이 정적을 되찾았다.

이집트는 예고자가 태어난 이후로 줄곧 그가 독을 퍼뜨리지 못하게 막아왔다. 지금 두 겹 왕관이 거둔 이 승리는 마아트가 계속해서 세상을 조화롭고 밝게 비출 거라는 증거였다.

이제 세소스트리스는 최대한 빨리 아비도스로 가야만 했다. 그래야 이케르를 다시 빛으로 인도할 수 있는 것이다.

멤피스 제1부두에는 새로 진수한 배가 출발을 기다리고 있었다. 배의 선원들은 산전수전 다 겪은 노련한 병사들이었다.

이들을 향해 파라오가 말했다.

"이제 아비도스로 가자. 밤낮으로 배를 몰아라. 코이악 달 서른째 날에는 아비도스에 도착해야 한다."

선장이 하얗게 질려 중얼거렸다.

"불가능합니다, 폐하! 아무리 강한 바람이 도와준다 해도 그렇게 빨리는……"

"코이악 달 서른째 날이다."

"알겠습니다, 폐하. 그리고 이 배의 이름을 지어주십시오."

"라피드 호라고 부르자."


## 코이악 달, 스물여섯째 날(11월 14일), 아비도스

사제들이 세트의 하마를 작살에 꿰인 모습의 작은 진흙 조상들로 만들어 불을 피운 제단 위에 올려놓고 구웠다. 하마는 우주 질서의 교란자인 세트가 즐겨 변신하는 동물 가운데 하나였다. 이제 제의는 오시리스의 부활을 향한 마지막 단계에 접어들고 있었다. 최종 문턱을 눈앞에 둔 이때, 부조화를 현시하는 것들은 모두 억제하고 없애야 했다. 그것들이 부활의 연금술적 변환 과정을 중단시킬 위험이 있었던 것이다.

또다시 제의 행렬이 시작되기 전 이시스는 이케르의 미라를 조용히 응시했다. 이케르는 아직 죽음에서 완전히 빠져나오지 못하고 있었다. 하지만 생명의 어떤 잠재성이 이 부활의 육신 속에서 숨 쉬는 게 느껴졌다.

그녀는 정신을 모아 자신의 아버지를 불렀다. 눈앞에 거대한 화염 덩어리가 보였다. 불꽃이 집어삼킨 어느 인간의 형상이었다.

이어서 활활 타던 불이 꺼지고, 붉은빛 천지가 푸르게 바뀌면서 바람을 받아 한껏 부푼 어느 배의 돛이 보였다.

세소스트리스가 아비도스로 돌아오고 있는 것이다! 하지만 다음 순간 불안감이 덮쳐왔다. 배를 타고 오는 사람이 만약 세소스트리스가 아니라…… 예고자라면? 그자라면 이시스의 염력을 속일 능력이 있지 않은가? 지금 저 배는 광신도 무리를 싣고 이 오시리스의 영지를 짓밟기 위해 오고 있을지 몰랐다.

탁발 사제가 이시스에게 다가왔다.

"어려운 문제가 생겼습니다. 이제 세트의 또다른 화신인 야생 당나귀를 제물로 바쳐야 할 시간이오. 한 사제가 북풍이 이곳에 있다는 건 용납할 수 없다며, 이 땅에서 쫓아내든가 아니면……"

"북풍은 우리의 목숨을 구했고, 베가를 응징했으며, 이케르와 오랫동안 동고동락해왔습니다. 그런 북풍을 희생물로 바치자는 말인가요? 그렇게 한다면 신들의 뜻을 거슬러 분노를 사게 될 겁니다! 북풍을 아비도스 밖으로 쫓아내는 것 역시 안 될 일입니다. 세트의 힘은 부활의 연금술을 위해 꼭 필요한 불꽃인데, 북풍이 없으면 그 힘을 얻을 수 없으니까요."

"그렇다면 어떻게 하면 좋겠소?"

"세트는 자신이 저지른 죄의 대가로 오시리스를 영원히 등에 태운 채 생기의 대양을 헤엄쳐 건너야 합니다. 세트는 든든한 배가 되어 오시리스를 영원으로 실어 날라야 하는 것이지요. 북풍에게 그 역할을 맡기세요."

북풍은 주어진 역할을 하겠다는 뜻으로 오른쪽 귀를 쫑긋 세우고는 진지하고 조용한 태도로 등을 내밀어 귀중한 짐을 받아 실었다. 모든 사제들이 느린 행렬을 이루어 오시리스 신전을 돌았다. 오시리스 미라를 등에 태운 북풍을 상겡이 호위하듯 앞장섰다. 여사제들은 플루트를 불었고 종신 사제들은 땅에 향을 뿌렸다. 탁발 사제가 '존재하는 자이자 존재하지 않는 자' 아툼 신의 상징인 수레를 끌었다. 인간의 이해력으로는 접근할 수 없는 이 이원적 존재, 대립적이면서 분리할 수 없는 성격으로 구성된 이 결합체에는 생명의 탄생과 관련된 비밀이 담겨 있었다.

세카리와 상겡은 잠시도 경계를 늦추지 않았다. 이케르를 이렇게 바깥에 싣고 다니는 건 몹시 위험한 일이었기 때문이다. 예고자의 하수인들이 다 죽었다고는 하지만, 예고자가 이곳에 머문 시간이 길었던 만큼 그가 심어놓은 저주의 마법이 도사리고 있을지도 몰랐다.

제의 행렬이 무사히 끝났다. 그와 함께 오시리스의 영토를 확보하는 의식도 완수되었다. 북풍은 일정한 보폭으로 걸으며 그 안정감을 이케르의 미라에 전달했다. 이것 역시 이케르가 다음 단계를 넘어서기 위해 꼭 필요한 힘을 북돋아주었다.

이시스는 이케르와 함께 황금의 집에 홀로 남았다. 이제 둘은 빛의 나라*로 들어가는 문을 마주하고 있었다. 파라오가 새벽제의를 올릴 때마다 새로운 해, 새로운 창조를 받아들이기 위해 열어놓는 문이었다.

오시리스의 뒤를 이어 부활한다는 것은 빛의 존재**가 된다는 의미였다. 오시리스는 이렇게 빛의 형상을 띠고 그 자신의 구현물, 즉 그를 표현한 그림, 상징물들, 석상에 결합하곤 했다.

오시리스와 하나가 되기 위해선 평소 마아트를 실천해야 했다. 이케르가 올곧은 사람이라면 눈앞에 있는 문을 넘어 빛의 나라로 들어갈 수 있겠지만, 만약 올곧지 못하다면 문이 내뿜는 강렬한 빛 때문에 이케르는 완전히 사라지고 말 터였다.

부활하여 오시리스와 하나가 되려면 올곧음 외의 다른 조건들도 충족시켜야 했다. 여러 단계의 통과의례들을 거쳐야 했고, 품행에 모순이 없어야 했으며, 서약을 준수하고, 신비의 비밀을 누설치 말아야 하며, 창조의 원리를 경배해야 했다. 과연 이케르는 지상의 삶을 거쳐 오는 동안 이런 자격 조건들을 다 채웠을까?

이제 이시스가 해야 할 일은 영혼새 바와 저 너머 세상으로부터 오는 생명의 힘 카를 결합시키는 것이었다. 이 두 가지가 만나서 서로의 속성이 뒤섞이지 않은 상태로 하나를 이루어야 빛의 존재인 아크흐가 탄생할 수 있었다. 만약 이 두 요소가 서로 결합하기를 거부한다면 제3의 존재는 생겨날 수 없는 것이다.

이시스는 변환을 촉진하는 주문들을 외워 힘이 실린 카를 일깨우

* 아크헤트.
** 아크흐.

고 해를 가득 머금은 바를 불러들였다.

드디어 이케르의 미라가 눈부신 빛에 감싸여 문을 넘었다. 그와 동시에 변환이 시작되었다. 빛으로 변환하는 과정은 금속 오시리스가 겪는 것과 동일했다. 바와 카의 결합이 이루어지면 아크흐, 즉 빛의 새인 따오기 코마타가 날아오를 수 있었다.

이시스가 소리 높여 말했다.

"라께서 그대에게 오시리스로부터 나온 금을 주시고, 토트께서 그대에게 오시리스로부터 탄생한 순수한 금속 인장으로 표지를 찍어주리라. 그대의 미라는 동방의 산에서 온 변환의 돌처럼 흐트러짐 없이 영속할 것이다. 금이 그대 얼굴에 빛을 비추고, 그대를 숨 쉬게 하며, 그대의 손이 자유롭게 움직이도록 하리라. 신들의 금인 마아트의 힘으로 그대는 소멸의 존재에서 불멸의 존재로 옮겨가노라. 마아트는 그대 앞에 있으리니, 그대의 부활한 육신에서 멀어지지 않으리라."

재생된 눈(目)인 보름달이 환히 빛났다. 하지만 그 환한 달빛으로도 서쪽에서 솟아오르는 오리온을 가릴 수는 없었다.

이시스는 끝이 다섯 갈래인 별 형상의 왕홀을 이케르의 이마에 갖다 댔다. 그런 다음 두 마리 뱀 장식이 달린 거대한 삼나무 작살을 가뿐히 들어 올려 그 갈고리 부분을 미라의 얼굴에 올려놓았다.*

"금이 되어 나타나라, 호박금이 되어 빛나라, 그대는 이제 영원한 생명을 누리리라."

---

* 길이가 이백육십 센티미터에 달하는 제의용 작살이 사카라의 한 분묘에서 출토되었다.

## 코이악 달, 스물일곱째 날(11월 15일), 아비도스

탁발 사제가 부두에 나와 왕비와 다른 황금원 회원들을 맞이했다.

네스몬투 장군이 큰 소리로 푸념을 늘어놓았다.

"힘들었던 여행이었소! 바람 한 점 불지 않는 데다가 많은 병사들이 병이 났고 나일 강은 우리를 골탕 먹이려고 작정을 한 것 같았거든. 어쨌거나 드디어 왔소!"

옆에서 세호테프가 거들었다.

"장군이 선원들의 사기를 북돋아주지 않았다면 우린 지금 이곳에 도착하지 못했을 겁니다."

탁발 사제가 걱정스러운 얼굴로 물었다.

"파라오께서도 늦지 않게 오시겠지요?"

세난크흐가 털어놓았다.

"우리도 싸움의 결과를 모릅니다. 폐하께서 승리하셨다면 새로 건조한 배를 타고 이리로 달려오실 겁니다. 그 배는 엄청난 속도를 낼 수 있도록 설계된 배이지요."

왕비가 물었다.

"부활제의는 잘 진행되고 있습니까?"

"이케르 전하는 빛의 나라 문턱까지 도달해 있습니다."

탁발 사제의 대답이었다.

모두의 얼굴에 긴장한 기색이 흘렀다.

마중 나와 있던 네프티스가 입을 열었다.

"이시스 님의 사랑이 죽음을 물리칠 것입니다."

탁발 사제가 말했다.

"꼭 희망이 있어야 전력을 다하는 건 아니지요. 결과와 상관없이 열심히 제의를 수행합시다. 이제 부활의 빵을 마련할 차례입니다."

부활의 빵은 피라미드의 뾰족한 꼭짓점* 모양으로 빚어졌다. 피라미드의 정점은 빛의 기원이 구현되었던 태초의 언덕이니까 말이다.

이시스가 빛의 움직임을 풀어놓았다. 이케르의 정신이 빛을 넘어 들어가 그 빛줄기에 실려 자유롭게 이동할 수 있도록 하기 위해서였다. 빛줄기들이 이케르의 육신 곳곳을 파고들어 새살이 돋게 했다.

"해 한가운데 그대의 넓은 자리가 있으니 그대의 생각은 불꽃이라. 그 생각의 불꽃이 동쪽세상과 서쪽세상을 이어주리라."

미라의 목 아랫부분에 빛나는 원이 생겨났다. 그 원을 따라 부드러운 불꽃이 일어 이케르의 얼굴을 감쌌다. 그럼에도 이케르의 얼굴에 그을린 흔적은 보이지 않았다.

이케르는 금의 고유한 존재 형식으로 살고 있었다. 만약 그 존재가 외부와의 소통을 끊어 자신을 바깥으로 드러내지 않는다면, 그 존재는 자양분으로 삼을 것이 자신의 본체밖에는 없게 되므로 결국 고갈되어 사라지고 말 것이다.

이시스는 다음 단계를 알리는 징조가 나타나기를 기다려야 했다.

왕비는 흔들림 없이 초연했고, 탁발 사제는 잔뜩 찌푸리고 있었다. 세호테프는 신경이 곤두선 상태였으며, 세난크흐는 감정을 짐작할 수 없는 표정이었다. 네스몬투는 조바심을 냈고 네프티스는 근심에

---

* 벤벤(benben).

짓눌려 있었다.

생명의 집은 병사들이 물샐틈없이 지키고 있었지만 세카리는 그것도 못 미더웠는지 북풍과 상겡을 데리고 계속해서 생명의 집 부근을 감시했다.

네스몬투 장군이 말했다.

"죽음이라는 적도 다른 적들과 마찬가지요. 약점을 찾아내 적시에 공격하면 이길 수 있소!"

세호테프는 장군처럼 낙관적이지 않았다. 부당하게 기소되어 극형에 처해질 위기를 겪은 이후로 그는 최악의 경우를 예상하는 습관이 생겼다. 코이악 달 서른째 날에 부활이 이루어진다는 건 그로서는 불가능한 일처럼 여겨졌다.

세난크흐는 이시스를 믿었다. 그녀는 도저히 넘을 수 없을 거라는 수많은 장애물을 넘어오지 않았던가?

물론 이 코이악 달의 마지막 남은 사흘이 제일 중요하다는 건 누구나 알고 있었다. 또 혹시라도 파라오가 말일까지 오지 않는다면 지금까지 이시스가 수행해온 부활제의는 실패로 돌아가고 말 것이다.

하늘을 올려다보던 네스몬투가 소리쳤다.

"저것 좀 보시오, 저기!"

높이 떠서 날아오고 있는 잿빛 왜가리 한 마리가 보였다. 우아하고 위엄 있는 날갯짓으로 아비도스를 향해 내려온 왜가리는 피라미드 꼭짓점 모양의 빵에 내려앉았다.

세상의 첫 아침을 연 창조의 원리를 전하는 전령이자 오시리스의 영혼인 이 새는 이케르의 눈을 갖고 있었다.

## 코이악 달, 스물여덟째 날(11월 16일)

한 가지 믿어볼 만한 건 북풍이 계속해서 세차게 불고 있다는 것이었다. 선장은 계절에 맞지 않는 이 예외적인 현상에 안도하는 한편으론 놀라면서 돛이 최대한의 바람을 받게 했다. 선원의 절반은 벌써 여섯 시간째 분주히 노를 젓고 있었고 나머지 반은 잠들어 쉬고 있었다.

세소스트리스는 계속해서 뱃머리를 지키며 한순간도 눈을 붙이지 않았다.

선장이 다가와 말했다.

"시간에 맞춘다는 게 쉽진 않지만 성공의 희망이 아주 없는 건 아닙니다, 폐하. 배가 이렇게 빨리 달릴 수 있을 줄은 몰랐습니다. 아무 사고 없이 지금처럼 달릴 수만 있다면 가능합니다!"

"하토르 여신이 우릴 보호하실 것이다. 여신의 제단에 바친 불꽃이 절대 꺼지지 않도록 하라."

이케르는 빛의 나라로 들어가는 문턱을 막 넘어선 상황이었다. 빛의 문은 그를 물리치지 않은 것이다. 금이 이케르의 혈관을 타고 생명을 실어 날랐다. 하지만 생명은 아직 광물, 금속, 식물의 상태에 머물러 있었다. 파라오는 이 생명을 코이악 달 서른째 날에 인간의 형상으로 발현시키려는 것이다.

노를 젓는 선원 가운데 한 명인 썩은니라는 이름의 사내는 어떻게든 세소스트리스를 파멸시키고 싶었다.

예전에 그의 딸 프티트 플뢰르는 이케르가 자신과의 혼인을 거절한 데 앙심을 품고 그를 감찰대에 밀고한 적이 있었다. 사내에게 불운이 이어진 건 그때부터였다. 처음엔 세무청에 수입을 거짓으로 신고한 게 발각되었고, 이어서 농장을 잃고 말았다. 양심의 가책에 시달리던 딸은 별안간 죽었고, 설상가상 그 자신도 중병이 들어 이가 전부 들뜨며 썩기 시작했다.

사내는 이 일이 전부 이케르 때문이라고 생각했다. 하지만 이케르는 왕세자가 되었고 그 양부는 파라오 세소스트리스였다.

원한의 나날을 보내던 사내에게 운명이 미소를 지어주었다. 메데스의 한 부관 밑에서 전령 일을 하게 되었던 것이다. 그는 자신에게 맡겨지는 일이 원래 임무에서 벗어난 일인 걸 눈치 채고도 군말 없이 수행해왔다. 덕분에 사내는 전령선 한 척을 떠맡아 운항할 수 있었고 곧이어 세소스트리스를 무너뜨리려는 음모에도 낄 수 있었다. 메데스가 부리는 전령들의 우두머리로 승진한 그는 얼마 전까지도 메데스의 핵심 수하 노릇을 해왔다.

하지만 불행히도 운명은 또다시 그를 외면하고 말았다. 메데스가 그만 몰락을 맞았던 것이다! 메데스의 부하들이 뿔뿔이 흩어질 때 썩은니는 모든 걸 걸고 도박을 해보기로 결심했다. 그는 왕명에 따라 특별한 배가 서둘러 건조되고 있으며, 그 배가 머지않아 운항에 나설 거라는 정보를 손에 넣었고, 이런저런 연줄을 댄 끝에 그 배에 노 젓는 선원으로 합류할 수 있었다. 그러고는 남아 있는 메데스의 심복들에게 아주 값진 재물을 실은 배가 있다며 마지막으로 한탕하자는 제안을 했다.

그들은 배가 아비도스에 도착하기 직전에 공격할 심산이었다. 썩은니는 선장을 없애고 배를 강제로 뭍에 댄 후 불을 지르는 일을 맡았고, 남은 무리들은 세소스트리스를 맡기로 했다. 제아무리 거인 파라오라도 수로 밀어붙이면 어쩔 수 없지 않겠는가?

라피드 호는 절대로 목적지에 도착할 수 없을 것이다.


## 코이악 달, 스물여덟째 날(11월 16일), 아비도스

황금원 회원들이 오시리스의 빛의 영혼을 불러들이기 위해 수레를 끌었다. 수레에는 라의 상징인 태초의 돌이 실려 있었다. 태초의 돌이 내뿜는 빛줄기가 아비도스 전역을 환히 밝혔다. 그 빛줄기는 생명의 집 안으로 스며들어와 식물 오시리스의 결정적인 변환을 이루어냈다. 미라의 몸에서 보리가 싹을 틔웠던 것이다. 이 성과는 초자연적인 것의 표현인 자연의 순환주기가 부활했음을 알려주는 것이었다. 이제 이케르의 혈관 속에는 식물 연금술로 빚은 이 금이 돌고 있었다.

죽음을 다른 자리로 옮겨놓는 작업은 계속되었고, 이 과정에서 이시스는 미미한 실수조차 저지른 적이 없었다. 하지만 최종적인 성공은 파라오에게 달려 있었다. 오시리스의 부활을 위해서는 파라오의 원칙이 전수되어야 했기 때문이다. 오시리스의 아들인 호루스, 즉 세소스트리스라는 불꽃만이 이 부활을 완성시킬 수 있었다.

하지만 지금 아비도스로 다가오고 있는 것은 어쩌면 또다른 불꽃, 예고자라는 불꽃일지도 몰랐다.

세카리가 네스몬투에게 털어놓았다.

"저는 안심이 안 됩니다."

"아비도스에 예고자의 잔당이 남아 있을지 몰라 걱정인 건가?"

"그럴 가능성은 거의 없습니다."

"예고자가 덫을 쳐놓았다 해도 황금원은 다 막아낼 수 있네!"

"만약 예고자가 붉은산의 용암을 흘려보냈다면요? 그랬다면 그 불의 강은 얼마 안 있어 이곳을 덮칠 겁니다."

노장군이 자신 있게 대답했다.

"폐하께서 승리를 거두셨네. 그처럼 강한 파라오는 패배라는 걸 모르는 법이지."

"그래도 멤피스에서 아비도스까지는 너무 먼 거리예요. 반란 분자들을 전원 색출한 것도 아니고 말입니다. 잔당들이 다시 뭉쳐 파라오의 배를 습격할지도 모르지요. 막다른 골목에 몰린 쥐가 더 위험합니다. 죽기 살기로 덤벼드니까요."


탁발 사제가 세카리에게 물었다.

"자네, 머리카락을 모두 밀고 매일 법을 읽으며 살 생각은 없는가?"

세카리는 놀란 기색을 숨기지 않았다.

"무슨 말씀이신지……"

"이제 난 세월의 무게를 감당하기 힘들어. 맡은 일도 버겁고 말이야. 아비도스에는 새로운 탁발 사제가 필요하네. 자넨 세상을 두루 돌아다녔고 위험한 일도 많이 겪었지. 이제 자네도 한곳에 정착하여 본질적인 것을 위해 헌신해야 할 때가 아닌가? 나는 세상 물정을 몰라서 수많은 실수를 저질러왔네. 하지만 자네는 잘해낼 수 있을 거야."

"정말로 그런 생각을……"

"파라오께 내 후계자로 자네를 추천할 생각이네."

## 코이악 달, 스물아홉째 날(11월 17일), 아비도스

코이악 달을 이틀 남겨둔 날 새벽이었다. 이시스는 이케르의 가슴에 아홉 개의 연꽃잎 장식이 달린 넓적한 목걸이*를 걸어주었다. 자기와 귀한 돌 사백십칠 개를 일곱 줄로 엮은 이 목걸이는 매 순간 세상을 생성하는 창조의 신들의 집합체인 에네아드를 구현하고 있었다.

이제 지극히 위험한 작업 과정에 들어가야 할 때가 되었다. 연금 작업을 위한 증류기, 하늘 암소를 햇빛 아래 내놓는 작업이었다. 전체가 금으로 변한 이 암소의 뱃속에서는 인간의 눈길을 피해 마지막 단계의 변환이 일어나고 있었다. 하늘 암소에게도 햇빛이 꼭 필요했다. 하지만 그것이 과연 햇빛을 견딜 수 있을 만큼 충분히 견고하고 안정되어 있을 것인가?

이시스와 네프티스가 광물과 금속의 오시리스가 담긴 황금 암소를 함께 받쳐 들고 행렬의 선두에 섰다. 행렬은 온화한 가을 햇살을 받으며 오시리스의 무덤을 일곱 바퀴 돌아야 했다. 세카리, 세호테프, 세난크호, 그리고 네스몬투는 네 개의 신비함을 끌었다. 왕비와 탁발 사제는 번갈아 보호의 주문을 외웠다.

행렬에서 걱정과 우려의 소리가 새어나왔다. 불길하게도 황금 암소의 표면에 아주 작은 변질의 흔적이 나타났기 때문이었다. 햇빛을 받은 암소가 변질된다는 건 실패와 재앙의 동의어였다. 하지만 이시스와 네프티스는 걸음을 재촉하지 않았다.

세호테프는 목이 바싹 타들어가는 것 같았다.

---

\* 우세크흐.

514

암소 등 부분의 색이 조금씩 변해갔다. 변색된 부위는 나비 모양을 띄고 있었고, 더이상 확산되지는 않았다. 그런데 그 부분이 날갯짓을 하는 게 아닌가!

세난크흐가 나직이 말했다.

"큰 황금색 나비야. 이케르 전하의 영혼이 우리와 함께하고 있어."

행렬은 무사히 끝났다.


그들은 예전에 메데스의 부관들 밑에서 일하던 서른 명가량의 부랑자들로, 나쁜 짓을 저지르는 데는 이골이 난 자들이었다. 감찰대에게 붙잡혀도 더이상 잃을 게 없는 막장 인생들이었다.

옛 동료였던 썩은니의 제안에 그들은 귀가 솔깃했다.

계획은 단순했다. 배가 아비도스 북쪽에 있는 한 언덕 꼭대기 마을 근처를 지날 때 썩은니가 불을 지를 것이다. 그러면 선원들은 일단 배를 뭍에 댈 것이고, 불한당들은 그 순간에 배를 습격할 것이다.

이들은 벌써부터 전리품을 어떤 방식으로 분배할 것인지를 놓고 옥신각신하다가 옛날 방식을 따르기로 정해놓은 상태였다. 먼저 뺏은 놈이 임자인 것이다.

갈대밭에 몸을 숨긴 불한당들은 갈대 끝을 질겅질겅 씹으면서 한 판 신나게 벌여볼 순간을 기다렸다.

망을 보던 사내가 소리쳤다.

"배가 나타났어!"

돛들을 세찬 북풍에 한껏 부풀린 멋진 배가 믿을 수 없을 만큼 빠른 속도로 강물을 헤쳐 나가고 있었다.

한 사내가 어리둥절한 얼굴로 중얼거렸다.

"저건 화물선이 아니잖아."

다른 사내가 말했다.

"가만, 저기 뱃머리에 보이는 건……"

"상관없어. 배를 대자마자 쳐들어가면 돼."

배 가운데 선실 꼭대기로 불길이 치솟기 시작했다.


해가 저물었다.

위대한 땅 아비도스는 코이악 달을 단 하루 남겨놓고 고요히 밤을 맞이하고 있었다.

파라오는 여전히 도착하지 않은 상태였다. 그가 오지 않는다면 제의를 제시간에 올릴 수 없고, 따라서 오시리스를 부활시키려는 이시스의 노력도 물거품이 되고 말 것이다.

왕비는 세소스트리스 만세 신전 가까이 있는 별궁으로 들어갔다. 종신 사제들과 여사제들은 아비도스가 태평하던 시절과 마찬가지로 주어진 제의 일과를 수행했다.

네스몬투가 초조한 기색을 드러냈다.

"함정에 빠지신 거야…… 예고자의 잔당이 함정을 판 게 틀림없어! 동이 트자마자 나일 강으로 가봐야겠어."

세호테프가 대답했다.

"소용없는 일이에요."

"폐하에겐 우리의 도움이 필요할 걸세!"

"폐하가 필요한 건 우리예요. 예고자가 오시리스와 이케르에게 떠안긴 죽음은 폐하가 오셔야만 몰아낼 수 있어요."

세난크흐도 긴장한 탓에 평소처럼 느긋한 태도를 과시하지 못했다.

세카리가 말했다.

"그 어떤 위험이 닥치더라도 폐하는 분명 밤새 배를 몰아오실 겁니다. 희망을 잃지 맙시다."


## 코이악 달, 서른째 날(11월 18일), 아비도스

네스몬투 장군은 병사들을 이끌고 아비도스의 제방을 따라 걸어갔다. 잠을 이룰 수 없었던 그는 북쪽을 향해 걸음을 옮기며 혹시라도 파라오의 배를 찾을 수 있을까 강을 응시하곤 했다.

아침 해가 떠올랐다. 예사롭지 않은 북풍이 세차게 불고 있었다. 저 멀리 날렵하면서도 튼튼해 보이는 배 한 척이 모습을 나타냈다.

장군의 명에 따라 궁수들이 일제히 화살을 겨냥했다.

뱃머리에 거인이 한 사람 서 있었다.

세소스트리스 폐하!

가장 먼저 배에서 내린 파라오 앞으로 네스몬투가 달려가 엎드렸다. 파라오는 뱃길을 보살펴준 하토르 여신에게 감사의 기도를 올린 후 신전을 향해 걸음을 옮겨놓았다.

네스몬투가 선장에게 물었다.

"오는 길은 무사했는가?"

"배를 운항하는 덴 아무 문제없었지요. 라피드 호는 이름 그대로 빠른 배입니다! 그런데 불행히도 선원 한 명을 잃고 말았습니다."

"사고가 있었던 건가?"

"아닙니다. 말씀드리자면 기이한 이야기이지요. 어제 저녁, 막 어두워질 무렵이었습니다. 썩은니라는 선원의 몸에 별안간 불이 붙더니 불꽃이 곧장 그의 몸을 휘감았습니다. 달려들어 구할 새도 없었지요. 그 일이 벌어진 것과 동시에 서른 명가량의 사내가 갈대밭에서 뛰어나와 작은 부두로 몰려들었습니다. 하지만 폐하께서 그들을 쳐다보자 모두들 혼비백산해서 뿔뿔이 달아나더군요. 그 와중에 여러 명이 밟혀 죽었습니다."

네스몬투가 다시 파라오의 곁으로 갔다. 왕비와 황금원 회원들이 나와 파라오를 맞았다. 그러나 반가움의 인사말을 나누고 있을 때가 아니었다. 부활제의를 완성시키기 위해 이제 위험한 최종 단계를 넘어야 하는 것이다.

파라오는 황금의 집으로 들어가 이시스를 엄숙히 포옹하고, 오시리스 이케르의 머리에 꽃이 그려진 의인의 관을 씌워주었다.

파라오가 소리 높여 말했다.

"신들이 폭풍을 몰아내고 그대의 적들을 무찔렀으니 창공이 새로운 빛으로 빛나도다. 그대는 오시리스의 후계자 호루스가 되었도다. 그대의 심장은 마아트로 가득 채워졌고 그대의 행동은 마아트의 올곧음을 따르고 있으니 그대야말로 통치자로다. 하늘로 올라가 빛, 향기, 새들, 밤과 낮의 나룻배인 해와 달과 더불어 지내며, 존재에서 생명으로 나아가라. 정신과 물질이 결합하고, 눈의 불꽃에서 나온 태초의 질료가 그대를 빚어내나니, 그 태초의 질료는 광물, 금속, 동물, 식물, 인간 사이를 나누는 경계를 지우노라. 그대는 생명과 죽음 사이에 놓인 모든 세상들을 통과하여 이제 죽음으로부터의 탄생 직전의 순간에 왔노라."

파라오는 메다무드에서 가져온 봉인 단지를 열었다.

"이시스, 이 오시리스의 체액을 부활의 육신에 흘려넣어라."

이케르의 미라는 어쩌면 이 단계를 감당하지 못해 허물어져버릴지도 몰랐다. 과연 부활제의는 성공할 수 있을 것인가?

이케르가 눈을 떴다. 하지만 그의 시선은 저 너머 세상을 향하고 있었다.

파라오와 이시스는 오시리스 신전으로 갔다.

신전 제1제실 바닥에 기둥 '안정'*이 세로로 길게 눕혀져 있었다.

세소스트리스 뒤에 자리 잡은 왕비가 '지배력'을 상징하는 왕홀을 들고 파라오에게 그 기둥에 밧줄을 매어 일으켜 세울 힘을 불어넣었다.

파라오가 말했다.

"움직임 없던 이가 다시 살아나 죽음 밖으로 나오리라. 이 신성한 기둥은 영속하는 것이니 세월과 더불어 새로워질 것이다. 이제 오시리스의 척추에 또다시 생기가 돌고 카가 편안히 자리 잡게 되리라."

왕비가 기둥에 향을 뿌렸다.

증류기 안에서는 이시스 여신이 소리개 암컷의 모습으로 자신의 오라비 오시리스를 향해 왔다. 여신은 사랑의 기쁨에 취해 있었다. 천랑성 소티스처럼 정확한** 여신은 금으로 변환한 오시리스의 성기 위에 내려앉았다. 그러자 부활한 오시리스의 정액이 그녀의 몸속으로 흘러들어갔다. 날카로운*** 자 호루스가 그의 어머니로부터 태어

---

* 제드, 이 단어는 '말, 주문'을 의미하기도 한다.
** 세페데트(sepedet, 이 단어에서 소프데트(Sopdet), 즉 소티스(Sothis)라는 이름이 나왔다 — 옮긴이).
*** 세페드(seped).

났고, 그리하여 '그는 빛나는 자의 이름으로 부활한 자를 위해 빛났다*'.

왕비가 소리 높여 선언했다.

"이시스 여신은 여자로 있으면서 남자의 역할을 했노라. 여신은 이 두 개의 극을 담당하니 하늘의 비밀과 땅의 비밀을 알고 있도다. 빛으로부터 솟아난 여신은 창조자의 눈의 동공이로다. 별과 연금술로 빚은 불이 결합하여 호루스가 태어난다."

이시스와 네프티스가 오색찬란한 큰 날개가 달린 옷을 입고 파라오와 함께 이케르 주위를 돌기 시작했다. 두 여인은 박자를 맞춰 옷에 달린 날개를 펄럭였다. 깨어나고 있던 이케르에게 바람으로 생기를 불어넣어주려는 것이었다.

이시스가 이케르를 향해 말했다.

"그대의 뼈가 그대에게 돌아왔고, 그대의 유체 조각들이 모두 모였노라. 이제 그대의 두 눈이 다시 열렸다. 삶을 살고 죽음을 죽지 말라. 죽음이 그대를 떠나 그대로부터 멀어지노라. 그대는 죽어 있었으나 이제 에네아드보다 더 오래 복을 누리며, 조화로움의 지배자**를 위해 살리라."***

이시스가 하이집트의 두번째 주 퀴스에서 가져온 홀을 흔들었다. 홀에 달린, 세 번의 탄생을 통해 연속해서 벗은 허물을 상징하는 가죽 끈 세 개가 오시리스 이케르를 빛으로 인도했다.

파라오가 생명의 열쇠, 개화의 홀, 안정의 기둥 끝으로 왕세자의

---

* 『피라미드의 서』, 632a sq.
** 태양신 라를 가리킴.(옮긴이)
*** 『관의 서』, 510, 515장.

코를 건드리며 말했다.

"빛이 그대에게 생명을 주노라."

환한 해의 눈부신 빛줄기가 이케르의 미라 위로 넘쳐흘렀다.

이시스가 알렸다.

"관의 문들이 열리고 있노라. 신들의 섭정 게브가 그대의 두 눈에 다시 시력을 주노라. 게브가 접혀 있던 그대의 두 다리를 펴준다. 아누비스가 그대의 두 무릎을 굳건히 해주나니, 그대는 일어설 수 있으리라. 강력한 세크메트 여신이 그대를 다시 일으켜 세운다. 그대는 심장 덕분에 다시금 앎을 얻고, 두 팔과 두 다리를 다시금 사용하며, 그대의 카가 하고자 하는 것을 완수하리라."*

아비도스의 하늘이 청금석이 되고, 터키석 같은 빛줄기들이 이 위대한 땅을 비추었다.

하늘에 닿을 듯 우뚝 솟은 생명의 나무, 즉 오시리스의 아카시아나무가 수많은 흰 꽃을 피웠다. 나무를 뒤덮은 향기로운 그 꽃들이 신성하고 감미로운 향을 사방으로 퍼뜨렸다.

황금원 회원들이 부활한 오시리스를 둘러싸고 모였다. 동쪽에는 파라오와 왕비, 이케르와 이시스가 자리 잡았다. 이케르는 그토록 간절히 꿈꾸어왔던 이 결사에 마침내 들어온 것이다. 서쪽에는 탁발 사제와 세카리, 북쪽에는 네스몬투와 세호테프, 남쪽에는 세난크흐가 자리 잡았다.

파라오는 눈에 보이지는 않으나 실재하는 크눔호테프, 제후티, 세피 장군에게 예를 올렸다. 그러고는 기원 이래로 변함없이 이어져온

---

\* 『피라미드의 서』, 676장; 『관의 서』, 225장; 『사자의 서』, 26장.

법을 모두에게 상기시켰다.

"단 하나 중요한 건 황금원 회원이 각자에게 주어진 생명의 임무를 완수하는 일이다. 그 임무란 설교하는 것도, 개종시키는 것도 아니고, 어떤 절대 진리와 교리를 강요하는 것도 아니다. 그것은 올바름을 지켜 행동하는 것이다."

황금원 회원들이 봉인 단지와 금으로 변환한 오시리스 미라를 그의 영원의 집에 안장했다. 이 영원한 안식처의 입구는 서쪽세상을 향해 나 있었다.

싹을 틔운 식물 오시리스는 어제와 내일을 상징하는 두 마리 사자가 몸을 맞댄 형상의 현무암 받침 위에 자리 잡았다. 매의 조각상 두 개가 오시리스의 머리와 다리를 지켰다. 이 침묵의 군주는 다음번 코이악 달까지 이 자리에 머물 것이다. 그때가 돌아오면 아비도스의 사제들은 신비제의를 올려 또다시 그를 생명으로 인도할 것이다.

황금원 회원들이 세소스트리스, 이시스, 이케르만 남겨놓고 오시리스 무덤에서 나갔다.

파라오가 저 너머 세상을 향해 난 문을 응시하며 말했다.

"이케르는 떠나간 후에 다시 돌아왔다. 오직 오시리스만이 부활하며, 몇 명만이 그 변환 과정에 접근하곤 한다. 이제 왕세자는 갔다가 다시 돌아올 능력을 지니고 있다. 네가 원하는 게 무엇이냐, 이시스?"

"이케르와 저는 영원히 함께 살기를 바랍니다. 더이상 헤어지지 않고 나란히, 악으로부터 멀리 떨어져 평화롭게 쉬고 싶습니다. 우리는 손을 맞잡고 영원의 나라 문을 넘어 들어가, 빛이 태어나는 그 완전한 순간에 그 빛을 바라보렵니다."

파라오가 대답했다.

"오시리스 이케르는 이 문을 통과해야 한다. 만약 네가 그를 따라 간다면, 너는 죽음을 통과하게 될 것이다. 불의 길로 가본 적이 있다 하더라도 너는 죽음을 맞게 될지도 모른다. 선택은 네게 달렸다."

### 토트의 달, 첫째 날(1월 20일), 멤피스

이시스 여신의 눈물로 불어난 나일 강이 빛나는 천랑성 소티스의 보호를 받으며 풍요하게 범람했다. 한 해가 기쁘고 풍요로울 거라는 예고였다.

아비도스 황금원에 입문한 총리는 그 놀라움에서 천천히 회복되고 있었다. 적을 맞아 용맹하게 싸우고 위험 앞에서 결코 물러서지 않는 소벡이었지만, 그런 신성한 앎의 세계가 있으리라고는 생각도 못했던 터라 큰 충격을 받았다.

소벡은 위대한 비밀을 전수해갈 나라를 위해 일한다는 사실에 자부심을 느꼈다. 오시리스의 시련을 통해 상하 이집트는 나날이 나라를 새로이 세워나가고 있었다. 저 너머 세상의 빛이 아로새겨진 재료들을 사용해서 말이다. 백성들의 물질적 행복을 보장하는 것만으론 충분하지 않았다. 무엇보다도 하늘을 향한 창문들을 활짝 열어야 했다.

네스몬투 장군이 방문했다. 총리가 반갑게 맞으며 물었다.

"오늘도 좋은 소식이겠지요, 장군?"

"반가운 소식들이 있지. 시리아 팔레스타인 지역은 안정되었고, 누비아에는 평화가 확고하게 자리 잡았거든."

"장군 생각에는 멤피스에 내려놓은 계엄 조치들을 해제해도 될 것 같습니까?"

"예고자가 사라짐으로써 남은 잔당들은 기가 완전히 꺾였어. 반란 분자들이 준동할 염려는 없다고 보네."

세난크흐가 양팔 가득 파피루스 문서를 안고 들어오는 바람에 두 사람은 잠시 이야기를 멈췄다. 세난크흐가 말했다.

"폐하께서 내게 많은 개혁안을 맡기셨어요. 급히 시행해야 할 사안들입니다. 총리가 도와주셔야 합니다. 또한 장군께서 이집트군 총사령관인 만큼 말씀드립니다만, 우리 군대의 경영도 개선되어야 합니다."

네스몬투가 배짱을 부리듯 목에 힘을 주었다.

"그만 사임하고 세카리에게나 가볼까 생각중이네. 아비도스의 새 탁발 사제가 된 그 친구라면 행정 업무로 골머리를 앓는 일은 없을 테니까."

세난크흐가 어림없다는 듯 말했다.

"사임은 꿈도 꾸지 마세요."

세난크흐의 말에 자존심을 세운 노장군은 이마를 높이 쳐들고 상겡과 북풍을 산책시키러 갔다. 장군이 이 둘을 좋아하는 건 이들이 허튼소리를 하지 않아서였다.

총리가 두 손 들었다는 표정으로 말했다.

"네스몬투 장군에 대해선 난 포기했소."

"안심해요. 장군은 아주 소소한 지출이라도 함부로 하지 않는 사람이니까. 또한 장군의 병사들은 그를 위해 기꺼이 목숨도 바칠 정도지요. 장군보다 더 확실하게 우리의 안전을 지켜줄 수 있는 사람은 없어요."

소백이 투덜거렸다.

"알아요, 알아. 그런데 세호테프는 아비도스에서 돌아왔소?"

"그는 오시리스 신전 복원 공사 때문에 얼마간 그곳에 붙잡혀 있어야 할 겁니다."

"솔직히 말해보시오, 세난크흐. 폐하의 최근 결정에 찬성하시오?"

"폐하께선 우리가 보지 못하는 것까지 보시지 않습니까? 오직 폐하만이 실제 현실을 제대로 보실 수 있어요."

이건 소백도 같은 생각이었다.

두 사람 위에는 이 거인 파라오가 든든히 버티고 있었다. 그는 자신의 대신들이 실수를 저지른다 해도 그걸 메울 수 있었고, 어둠 속에서도 아주 미미한 빛을 가려낼 수 있었다. 덕분에 총리는 마음이 든든해져서 자신의 무거운 책무를 수행할 힘을 얻곤 했다.

"의전 책임자에게는 알렸소?"

"네, 알렸습니다. 그는 폐하의 손님들을 적절한 예를 갖추어 맞을 겁니다."

멤피스 전역이 온갖 소문들로 술렁거리고 있었다. 세소스트리스가 새로 왕세자를 임명하여 후계자로 삼을 준비를 하고 있는 게 아니냐는 것이었다.

이런저런 이름들이 새 왕세자의 이름으로 거론되었다. 하지만 멤피스의 부유한 가문 상속자들이 주목받고 있는 건 아니었다.

궁정 의전 책임자는 아주 작은 실수도 하고 싶지 않았다. 그는 걱정에 짓눌려 신경이 곤두선 채 파라오의 손님들을 맞으러 달려 나갔다. 그러고는 오는 길은 편안했는지, 건강은 어떤지 예의상 늘어놓는 질문들도 생략한 채 이들을 파라오의 집무실까지 안내했다. 집무실 문은 열려 있었다.

"여기 오셨습니다."

의전 책임자가 긴장해서 서둘러 말하고는 물러갔다.

세소스트리스가 힘차고 엄숙한 목소리로 두 사람의 손님에게 말했다.

"들어오거라, 이시스와 이케르. 기다리고 있었다."

# 이집트의 비밀 신전을 여는 주문

고대 이집트에 관한 이야기들은 늘 우리의 호기심을 자극한다. 붉은 사막 위의 대신전, 피라미드와 스핑크스, 파라오의 웅장한 거상, 투탕카멘의 황금 마스크 이미지로 각인된 깊은 무덤 속의 보물들, 그리고 미라의 저주…… 어린 시절, 청소년용 교양 잡지나 〈내셔널지오그래픽〉의 영상을 통해 우리에게 다가온 고대 이집트는 이런 모습을 하고 있었다.

그러나 익숙한 듯하면서도 고대 이집트는 우리에게 여전히 '아주 먼 옛날'이고 '저기 먼 곳'이다. 우리 현실의 삶에서 비껴난 별개의 공간인 것이다. 그래서 우리는 별 부담 없이, 기꺼이 이집트에 끌리고 싶어하는 것인지도 모른다. 매혹적이지만 음습하고, 감탄스럽지만 생뚱맞은 대상, 신비와 놀라움의 무한한 저장고로서 말이다.

살아 있는 고대 이집트인이라 불리며 고대 이집트를 배경으로 수많은 소설을 써온 작가 크리스티앙 자크의 새 장편소설 『오시리스의 신비』에서 우리는 또 하나의 고대 이집트, 생생하게 재현된 이 매력

527

적인 세계를 만날 수 있다. 이미 『람세스』를 통해 전 세계에 이집트 열풍을 일으킨 바 있는 작가는 『오시리스의 신비』에서도 강력하고 지혜로운 파라오 세소스트리스 3세를 등장시키는데 이번에는 파라오 혼자가 아니다. 이 소설에서 파라오와 나란히, 때로는 파라오보다 한걸음 더 앞서서 이야기를 이끌어가는 주인공은 순진한 시골 청년 이케르이다. 『오시리스의 신비』는 서기관이 되는 것이 꿈인 청년 이케르가 생명을 건 모험을 겪고, 한 아름다운 여인을 사랑하며, 파라오와 그의 충신들을 도와 이집트를 위기에서 구해내는 대단히 흥미로운 모험소설이다. 또한 이 작품은 운명적 여정을 통해 빛의 세계에 입문한 주인공이 우주의 참다운 생명원리에 눈뜨는 통과제의를 기록한 뛰어난 성장소설이기도 하다.

소설의 역사적 배경은 이집트 중왕국 시대 제12왕조의 세소스트리스 3세 재위기(BC 19세기 후반)이다. 고대사에 따르면 파라오 세소스트리스 3세는 봉건 귀족들의 특권과 영향력을 빼앗아 왕권을 강화하고, 총리제를 근간으로 왕국의 중앙 행정 조직을 개편하여 이집트가 강대국으로 발전하는 기반을 놓은 인물이다. 또한 그는 누비아를 정복하고 남부 국경을 나일 강 제2폭포에까지 이르게 함으로써 이집트의 통치 영역을 확장했으며, 팔레스타인 원정을 통해 이민족들을 이집트에 복속시킴으로써 이집트의 영향력을 확대했다고 한다. 『오시리스의 신비』의 줄기를 이루는 큰 사건들은, 어느 정도 문학적 상상력이 덧붙긴 했지만, 이러한 역사적 사실들을 고스란히 재현하고 있는 셈이다.

하지만 이 소설에서 마주치는 것은 이러한 역사적 사실의 재현만은 아니다. 작가는 정확하고도 엄밀한 사료들에 자신의 상상력을 보태 나일 강을 따라 펼쳐지는 삶의 공간을 탁월하게 복원해낸다. 사막을 가로질러 유유히 흘러가는 강물, 매년 되풀이되는 범람과 강물에 실려와 드넓게 충적되는 검은 흙, 그 비옥한 토양 위에서 부지런히 삶을 꾸려가는 이집트 사람들, 배를 타고 강을 오르내리며 곡물과 도기를 실어 나르고, 밭을 갈고, 추수하고, 나라에 세금을 바치며, 힘을 합해 운하를 파고 제방을 쌓는 고대 이집트인의 다양한 삶의 모습. 그리고 저장된 곡물을 관리하고 나일 강의 범람 규모를 계산하며, '영원한 기념물'을 세우기 위해 무거운 건축 자재를 먼 거리로 실어나를 방법을 궁리하는 서기관들, 옛 현자의 가르침을 배우는 서기관 학교, 병사 양성소의 군사훈련, 이집트인의 탁월한 의술과 의약품 목록까지 다루고 있는 이 소설은 그 자체로 정밀하고도 생생하게 구현된 고대 이집트의 생활사이자 문화사이기도 하다.

크리스티앙 자크는 이 소설에서 이집트 문명이 지닌 영속성의 비밀을 풀어보려 했다고 밝히고 있다. 이를 위해 그가 찾은 열쇠는 완전한 '처음'의 보존과 죽음으로부터의 부활로 응축되는 하나의 우주관, 삶과 죽음의 연속성 속에서 파악되는 생명의 의미에 대한 어떤 해석이다.

작가는 이러한 열쇠를 유혹하듯 흔들면서 독자들을 오시리스 신화 속으로 이끌고 들어간다. 이 소설은 오시리스 신화를 축으로 선악의 대결 구도를 이루는데, 이 구도를 따라 세트-예고자에 의해 살해당하는 오시리스-이케르, 찢겨 흩어진 오시리스의 유체 조각을 찾아 나선 이시스의 험난한 여정, 오시리스-이케르 미라의 부활제의, 그리하여 마침내 본질적 생명의 회복이라는 소설의 큰 틀이 완성된다.

이집트 신화에서 오시리스는 죽은 자들의 군주이자 동시에 죽음으로부터 부활한 자이다. 오시리스는 죽음으로부터의 이 부활을 통해, 식물이 싹을 틔우는 것에서부터 나일 강이 매년 범람하는 것에 이르기까지 세상 모든 것에 생명을 부여하는 힘으로 인식된다. 오시리스는 삶과 죽음의 연결자이자, 이 연결의 무한한 반복을 통해 우주 질서를 유지해나가는 원리인 것이다.

고대 이집트인에게 우주는 별개의 두 세계로 구성되어 있었다. 눈으로 볼 수 없는 저 너머 세계는 신들과 죽은 자들의 영역으로서, 그곳에는 사물과 존재의 본질, 말하자면 현상들의 진정한 원인이 자리 잡고 있다. 반면 눈에 보이는 이 세계는 덧없이 변화하는, 단편적인 외관들만 인식할 수 있는 곳이다. 그런데 분리된 이 두 세계를 연결하는 통로가 바로 죽음과 장례제의이다. 인간은 죽음을 통해 진정한 생명으로 나아갈 수 있으며, 진정한 생명은 죽음이라는 관문을 지나서야 다시 눈앞에 구현될 수 있다. 피라미드와 미라, '영원한 안식처' 무덤, 또 그 무수한 기념물들은 이 본질의 세계와 소통하기 위한 매개물들이다. 다시 말해 그것은 생명과 죽음을 통합하여 완전한 삶을 이루려는 의지이며 동시에 지상의 삶에 대한 찬가인 것이다.

이렇게 본다면 이집트 파라오들은 개인적 영생의 욕심 때문에 거대한 피라미드와 무덤을 건설했던 게 아니다. 파라오는 인간세계에서 신들의 의지를 구현하고 우주를 운영하는 힘들의 균형을 유지하여 창조 활동을 지속시키는 역할을 했다. 파라오가 행하는 통치란 신들로부터 부여받은 올바름의 원리인 마아트를 인간 세상에 세우는 일이었다.

그러므로 할리우드 영화들이 고대 피라미드 건설 현장에 대해 우리에게 각인시킨 강압과 폭력의 이미지는 이제 수정되어도 좋을 것이다. 피라미드 건설에 동원된 이집트인의 얼굴에는 존재의 진정한 본질을 향해 기원을 올리는 충만한 미소가 감돌았을지도 모를 일이니까. 적어도 그런 미소를 상상해보자는 것이 이 소설에서 작가 크리스티앙 자크가 독자에게 넌지시 던지는 제안인 건 분명하다.

『오시리스의 신비』에서 우리가 마주치는 건 '또다시 이집트'이긴 하지만, 이번에는 '또다른 이집트'이다. 이 소설에는 신전과 무덤의 땅으로, 황금 유물과 미라의 저주로 축소되지 않은, 보다 깊숙한 이집트가 있다. 아직 아무도 모르는 비밀 신전을 갖고 있고, 그 깊숙한 지성소의 문을 꼭 닫아놓은 이 이집트는 사람들 사이에 섞여서 만나기보다 혼자 찾아가 대면해야 할 이집트이다. 비밀은 비밀리에 만나야 하는 것이니까.

그 비밀 신전에 무엇인가 알려지지 않은 보물들이 여전히 남아 있을지는 잘 모른다. 적어도 도굴꾼들이 파내서 경박한 흥미의 포장을 입힌 황금색 유물이나 수상한 아마포 뭉치는 아닐 것이다. 기이하고 낯선 것에 대한 흥미를 자극하는, 그저 고대 이집트라는 이름표만 붙여놓은 가짜 이미지들은 아닐 것이다. 그 신전은 우리 안에서 발효하는 어떤 질문들, 우리 누구나가 속에 담고 있지만 쉽게 밖으로 꺼내놓지는 않는, 우리 안에 있어서 익숙하지만 잘 대면하지 않아서 낯선 질문들에 대한 대답을 숨기고 있을지 모른다. 어쩌면 그것은 자꾸만 고갈되는 지혜, 정신의 풍요로움과 연결된 것일지 모른다.

이집트의 그 비밀 신전을 열 주문이 필요하다.

2008년 2월
임미경

옮긴이 **임미경**

서울대 불문과를 졸업하고 동대학원에서 박사학위를 받았다. 현재 서울대와 아주대에 출강하고 있다. 옮긴 책으로 『여성과 성스러움』『포르노그라피아』『뽀뽀상자』『영혼의 기억』『나무 인간』 등이 있다.

문학동네 세계문학

## 오시리스의 신비 4

초판인쇄 | 2008년 2월 11일
초판발행 | 2008년 2월 25일

지 은 이 | 크리스티앙 자크
옮 긴 이 | 임미경
펴 낸 이 | 강병선
책임편집 | 강건모 오영나 김승욱 류현영
펴 낸 곳 | (주)문학동네
출판등록 | 1993년 10월 22일 제406-2003-000045호

주    소 | 413-756 경기도 파주시 교하읍 문발리 파주출판도시 513-8
전자우편 | editor@munhak.com
전화번호 | 031) 955-8888
팩    스 | 031) 955-8855

ISBN  978-89-546-0460-4  04860
      978-89-546-0456-7 (세트)

**www.munhak.com**

# 문학동네가 펴낸 파울로 코엘료의 책들

## 포르토벨로의 마녀 임두빈 옮김

전 세계 9천만 독자들이 기다려온 파울로 코엘료의 신작!
집시처럼, 마녀처럼 현재를 살아라! 영혼과 소통하고 마음을 꿰뚫어 보고 매혹
적인 구도의 춤을 추는 아테나가 들려주는 세상의 모든 사랑 이야기. 그녀의 길
을 따라 걷다보면 우리는 어느새 '신으로서의 여성'을 발견하게 된다.

## 연금술사 최정수 옮김

파울로 코엘료, 전설의 베스트셀러!
브라질 작가 코엘료를 세계적 작가의 자리에 굳건히 올려놓은 대표작. 꿈을 찾
아 떠나는 한 소년의 이야기를 축으로, 신비로운 체험과 심오한 생의 물음들을
던져준다. 『어린 왕자』『예언자』『성경』의 감동적인 우화를 떠올리게 하는 영혼
의 필독서.

## 오 자히르 최정수 옮김

사랑 때문에 이렇게 멀리 떠난 적은 없었다
어느 날 갑자기, 말없이 사라져버린 아내. 꿈을 잃고 현실에 안주하던 내게 생의
의미를 일깨워주고 진정한 '나'를 찾도록 이끌었던 그녀. 영원하고 유일한 사랑
인 에스테르를 찾아 떠나는 감동적인 구도의 여정.

## 11분 이상해 옮김

걷지 말고 춤추듯 살아라!
사랑의 연금술, 성과 사랑, 그 '내면의 빛'에 대한 도발적 우화. 인간의 육체와
영혼이 함께 사랑으로 통합될 수 있음을 희망적으로 알려준다. 사랑을 이만큼
내밀하게 표현한 책은 없었다.